ANNA SALTER

Der Schatten am Fenster
Tödliches Vertrauen

»Der Schatten am Fenster«

Alex Willy ist ein eiskalter Verbrecher, aber auch ein glänzender Schauspieler und brillanter Lügner. Nur einer Person hat er aus Eitelkeit schockierende Details seiner Taten gestanden und die Abgründe seiner Seele offen gelegt: der Gerichtspsychologin Dr. Michael Stone. Und nur sie kann Willy gefährlich werden, als ihm ein Wiederaufnahmeverfahren gewährt wird und man ihn aus der Haft entlässt. Kaum in Freiheit, beginnt er ein diabolisches Katz-und-Maus-Spiel, in dem er das Leben der Psychologin wie ein Schatten durchdringt und sie immer weiter auf eine tödliche Falle zutreibt …

»Tödliches Vertrauen«

Dr. Michael Stone, Gerichtspsychologin mit Spezialgebiet Sexualstraftaten, wird in einen hochexplosiven Fall verwickelt: Der Arzt Dr. Reginald Larsen, souverän, attraktiv und am Beginn einer großen Karriere, soll sich an Patientinnen vergriffen haben. Als Michael Larsens Vergangenheit untersucht, stößt sie auf erschreckende Fakten. Und bald muss sie begreifen, dass ihr Wissen sie in tödliche Gefahr bringt. Hinter einem Anschlag auf Michaels Leben scheint allerdings nicht Larsen zu stecken. Doch wer sonst sollte ein Interesse daran haben, sie mundtot zu machen? Während Michael unermüdlich nach der Wahrheit sucht, zieht sich die Schlinge um ihren Hals immer weiter zu …

Autorin

Anna Salter ist in North Carolina geboren und aufgewachsen. Sie studierte zunächst Literaturwissenschaft und Psychologie, bevor sie sich in Harvard der Kinderpsychologie und klinischen Psychologie zuwandte. Ihre wissenschaftlichen Publikationen gelten als Leitfaden für die Therapie von Sexualstraftätern, und Dr. Salter ist gefragte Beraterin bei Gericht und im Strafvollzug. Berühmt wurde sie mit ihren Thrillern um die Psychologin Dr. Michael Stone, die alle bei Goldmann erschienen sind.

Von Anna Salter außerdem lieferbar:

Die Psychologin. Roman (43859)
Schwarze Seelen. Roman (45397)

Anna Salter

Der Schatten am Fenster

Tödliches Vertrauen

Zwei Romane
in einem Band

GOLDMANN

Die Originalausgabe von »Schatten am Fenster«
erschien 1998 unter dem Titel »Fault Lines«,
die von »Tödliches Vertrauen« 2000 unter dem Titel
»White Lies«, beide bei Pocket Books,
a division of Simon & Schuster Inc., New York

Umwelthinweis:
Alle bedruckten Materialien dieses Taschenbuches
sind chlorfrei und umweltschonend.

1. Auflage
Taschenbuchausgabe Januar 2005
»Schatten am Fenster«

»Tödliches Vertrauen«

Umschlaggestaltung: Design Team München
Umschlagfoto: corbis
Druck: GGP Media GmbH, Pößneck
Redaktion: Alexander Groß
Verlagsnummer: 13356
BH · Herstellung: Sebastian Strohmaier
Made in Germany
ISBN 3-442-13356-4
www.goldmann-verlag.de

Der Schatten am Fenster

Aus dem Amerikanischen
von Karina Krawczyk

Für meinen Vater

THEODORE SALTER, M.D.,

der sich schützend zwischen seine Kinder
und die Welt stellte.

1

»Er ist tot! Tot!« Die Frau am anderen Ende der Leitung schluchzte. Ich versuchte den Schlaf abzuschütteln und sah auf die Nummer, die mir die Notrufzentrale gegeben hatte – Clarrington. Wenn der Anruf aus Clarrington kam, war es nicht unwahrscheinlich, daß sie mit einer Hand den Hörer hielt und mit der anderen eine Waffe. Clarrington war eine kleine Industriestadt zwanzig Meilen von der blühenden Universitätsgemeinde entfernt, in der ich arbeitete. In Clarrington standen alle Räder still. Die Menschen waren mehr oder weniger ständig arbeitslos, und vielleicht war Clarrington deshalb – wenn nicht aus irgendwelchen geheimnisvollen Gründen, von denen ich nichts wußte – das Gewaltzentrum des bekannten Universums. Clarrington glich jener bewohnten Quadratmeile in Mexiko, die ganze Wolken von Monarch-Schmetterlingen anzog: Anscheinend kam jeder drogen- oder alkoholsüchtige Kriminelle dieser Welt in Clarrington vorbei.

»Wo ist er? Ist er bei Ihnen?« Ich wußte nicht, was ich sagen sollte. Nichts, was ich aus meiner Ausbildung zur Gerichtspsychologin mit dem Fachgebiet Kindesmißbrauch und häusliche Gewalt kannte, hatte mich auf die rauhe Wirklichkeit des Bereitschaftsdienstes für die Psychiatrische Abteilung der Jefferson-Universitätsklinik vorbereitet. Ich war mir ziemlich sicher, daß die Frage »Wie fühlen Sie sich dabei?« unpassend war, zumindest, bis ich herausgefunden hatte, ob sie einen Krankenwagen brauchte.

Die schluchzende Frau beachtete mich gar nicht. »Er ist

tot«, wiederholte sie. Sie weinte so sehr, daß ich sie kaum verstehen konnte. »Ich habe es in der Zeitung gelesen.« Ich sackte zurück auf mein Bett. Das war allerdings ein anderes Spiel. Ich schaute zur Uhr: drei Uhr morgens. Eine trostlose Zeit für meine unbekannte Anruferin. Aber wenn der Todesfall ihr so nahe ging, war es doch seltsam, daß sie erst aus der Zeitung davon erfahren hatte.

»Das tut mir leid.« Ich wußte nicht genau, was sie von mir hören wollte.

»Ich habe das nicht gewußt«, sagte sie. »Ich habe nicht gewußt, daß er noch am Leben war.«

Moment mal. Jemand, von dem sie nicht gewußt hatte, daß er immer noch lebt, war tot, und sie hatte davon in der Zeitung gelesen? Warum war sie so verstört, wenn sie sowieso geglaubt hatte, daß er tot sei? Ich setzte mich wieder auf und rieb mir die Augen. Hatte sie nicht alle Tassen im Schrank?

»Wenn ich geahnt hätte, daß er noch lebt ... Wenn ich es nur geahnt hätte ...« Ich erwartete die übliche Reue-Litanei: der Anruf, der nie gemacht wurde, die Entschuldigung, die nie ausgesprochen wurde, die Wiedergutmachung, die schon geplant war. »Wenn ich es gewußt hätte«, schluchzte sie, »hätte ich ihn eigenhändig umgebracht.«

Ich war perplex. Oh, Clarrington. Wir haben alle Schuldgefühle, wenn jemand stirbt, aber wegen einer verpaßten Chance, jemanden zu ermorden? Ich machte den Mund auf, ohne eigentlich zu wissen, was ich sagen sollte, aber meine anonyme Anruferin hatte schon aufgelegt. Auch gut. Ich war ganz sicher, daß in meiner Ausbildung kein passendes Seminar zu diesem Problem angeboten worden war.

Ich schaute in das schwarze Einsatzbuch auf dem Tisch neben mir. Es wurde von einem Bereitschaftsarzt zum nächsten weitergereicht und enthielt Angaben über die Wiederholungstäter unter den Notfall-Anrufern – die Aufmerksamkeitssüchtigen und Hysterischen und die üblichen Verzweifelten, nicht zu vergessen die wirklich Verrückten. Ohne einen Namen konnte ich nicht nachsehen, ob meine anonyme Anruferin zu den Stammkunden der Bereitschaftsärzte zählte. Sicher, ihr Anruf paßte nicht zu dem Verhaltensmuster der aktiven Daueranrufer, auf die man mich hingewiesen hatte. Seltsamerweise war fast keiner der Anrufe ein echter Notfall. Die meisten waren chronische Anrufer, die irgendwie herausgefunden hatten, daß eine Stimme am anderen Ende der Leitung die Schatten der Nacht verdrängt.

Inzwischen war mein Adrenalinpegel viel zu hoch, um wieder einschlafen zu können. Ich stand auf, ging hinunter und durch mein kleines Wohnzimmer hinaus auf die Terrasse. Der Mond war gerade hell genug, um den kleinen Fluß unter mir glitzern zu lassen. Ich starrte in die Dunkelheit, dahin, wo die Baumgrenze anfing, gleich jenseits des Wassers.

Vor ein paar Jahren war ich zurück aufs Land gezogen, in dieses winzige Apartment ohne Gästezimmer. Die kleine Terrasse, der Fluß darunter, der Whirlpool in der Ecke der Terrasse waren genau das, wonach ich gesucht hatte. Durch meine Arbeit treffe ich allerdings ab und zu auf brutale Menschen, und als ich gerade umgezogen war, war mir einer von ihnen gefolgt, in mein abgelegenes Häuschen eingestiegen und hatte am Ende versucht, mich umzubringen. Jetzt gab es Zeiten, in denen ich nachts nicht ohne einen 38er Revolver in meiner Tasche auf die Terrasse ging.

Einem Impuls folgend, ging ich ins Haus zurück und nahm das Telefon, um den Anrufbeantworter in meiner Praxis abzuhören. Zumindest glaubte ich, es sei ein Impuls. Vielleicht brauchte ich auch nur eine Ausrede, um die Terrasse zu verlassen, wo ich mich als Zielscheibe fühlte. An manchen Tagen verhielt ich mich wie ein Junkie, der sich ständig Ausreden ausdachte, um den wahren Grund für sein Verhalten ignorieren zu können. Es war schon mehr als ein bißchen verrückt, um diese Zeit meinen Anrufbeantworter abzurufen. Ich hatte ihn abgehört, bevor ich ins Bett ging, und alle meine Patienten hatten die Notrufnummer, falls etwas dringend genug war, um mich mitten in der Nacht zu stören. Zu meiner Überraschung war eine Nachricht auf Band, die gegen zwei Uhr eingegangen war.

»Dr. Stone, hier ist Camille.« Camille war eine neue Klientin, die heute das erste Mal kommen sollte. »Ich wollte fragen, ob ich meinen Anfall-Hund zu der Sitzung mitbringen darf. Sie ist lizenziert, sie darf überall hingehen, in den Supermarkt und so. Bitte sagen Sie mir vorher Bescheid, denn ich glaube nicht, daß ich ohne sie kommen kann.« Ihre Stimme klang dünn und hatte etwas, das ich nicht identifizieren konnte: Es war nicht Angst, nicht Depression, etwas Seltsames.

Ein Anfall-Hund. Was in aller Welt war ein Anfall-Hund? Wenn Menschen bei einem epileptischen Anfall schon nichts machen konnten, was sollte dann ein Hund dabei? Und warum zerbrach sich Camille noch um zwei Uhr morgens den Kopf darüber? Sie war unruhig genug, um wach zu bleiben und mich anzurufen, aber zu höflich, um die Notrufnummer zu wählen, die ich ihr gegeben hatte, als wir den Termin vereinbart hatten. Das hieß wohl, daß die Frage für sie wichtig war und nicht bloß eine Ausrede, um mit mir Kontakt aufzunehmen.

War sie deprimiert? Menschen, die mitten in der Nacht nicht schlafen konnten, waren meistens deprimiert. Aber vielleicht wäre ich auch deprimiert, wenn ich so oft einen epileptischen Anfall hätte, daß ich selbst zu einer fünfzigminütigen Therapiesitzung nicht ohne meinen Hund kommen könnte.

Auf dem Weg ins Büro am nächsten Morgen dachte ich

immer noch darüber nach. Dreiviertel des Jahres war die viertelstündige Fahrt dorthin eine einzige grüne Postkartenansicht. Wer auch immer New England erschaffen hatte, dachte wohl, daß das nur fair wäre, wenn New England all diese grünen, sanften Hügel bekam, gespickt mit alten Bauernhöfen; wenn es die schmalen, gewundenen Straßen bekam, die sich entlang kleiner, natürlicher Flüsse schlängelten; dazu die vermutlich wenigsten McDonald's-Filialen pro Quadratmeile und die meisten Leute mit genug Verstand, um Reklametafeln an der Autobahn zu verbieten – zumindest in Vermont. Wenn New England also schon all diese Geschenke bekam, dann wäre es nur fair, daß es in einer Hinsicht leer ausging: In New England gab es keinen Frühling.

Ich bin eine geborene Südstaatlerin. Und obwohl es im Süden vieles gibt, was mich von der Region fernhält – Mama, zum Beispiel –, muß man vor dem Süden den Hut ziehen, wenn es Frühling wird. Im Süden beginnt er im Februar, und die ganze Welt explodiert. In Chapel Hill gibt es im Februar mehr Farbe als in ganz Vermont im Mai. Und das Licht: Im Frühling von North Carolina gibt es strahlendes, endloses Licht. Licht, wenn man aufwacht, und Licht, wenn man ins Bett geht. Aber wer konnte da schon ins Bett gehen? Ich erinnere mich, daß ich abends auf der Veranda meiner Großmutter in einem Schaukelstuhl saß – jeder saß abends auf seiner Veranda – und den Azaleen zusah, die sich am Ufer in der Brise wiegten.

Ich betrachtete die braune Landschaft. Es war Mai, und die Blätter warteten wohl erst das Ende der Matschsaison ab, bevor sie sich zeigen wollten. Matschsaison, das ist die Jahreszeit, wenn die Schneeschmelze soviel Matsch hinterläßt, daß Fremde vermuten müssen, eine Art Sintflut sei durchs Land gezogen. Die Matschsaison ist New Englands Ersatz für den Frühling, obwohl es eigentlich mehr nach der Kulisse für einen Horrorfilm aussieht.

Um neun Uhr morgens saß ich in meiner Praxis und wartete auf Camille. Um acht Uhr hatte ich sie angerufen, um sie wissen zu lassen, daß ich nichts gegen ihren Hund einzuwenden hätte. Als ich hörte, daß die Tür zu dem kleinen Warteraum in dem viktorianischen Haus geöffnet wurde, ging ich hinaus, um sie zu begrüßen. Ein Rottweiler, nahezu so groß wie meine Couch, spazierte herein, setzte sich und betrachtete mich auf eine entschieden unfreundliche Weise. Er hatte diesen Ich-kenne-die-Entfernung-zu-deiner-Kehle-Blick, den Kampfhunde haben. Es war zweifellos ein Arbeitshund – aber ein Anfall-Hund? Dieser hier konnte Anfälle erzeugen.

Ich trat vor, um der Frau am anderen Ende der Leine die Hand zu schütteln, und sah, wie sich die Muskeln des Hundes spannten. Camille war so groß wie ich, nur wesentlich fülliger. Sie sah blaß und mitgenommen aus. Irgend etwas an ihrer Ausstrahlung stimmte nicht, aber ich war so auf den Hund fixiert, daß ich einen Augenblick brauchte, um zu erkennen, was es war: der Farben-Mischmasch. Ihre Haut war hell, die Augenbrauen waren blond, aber ihr Haar war dunkelbraun, fast schwarz. Nur wenige echte Blondinen färbten ihr Haar in ein ungünstiges Dunkelbraun wie dieses. Sie hatte kluge Augen, aber irgendwie schien ihr Körper, ihre ganze Erscheinung, nicht zu den Augen zu passen. Außerdem zitterte sie unübersehbar; aber wenn sie epileptische Anfälle hatte, dann litt sie vielleicht auch unter einer zerebralen Ischämie. Das Zittern war keine Erklärung für den Hund. Niemand brauchte einen Rottweiler als Hilfe bei Krampfanfällen. Und wenn ich mir diesen Hund ansah, kam mir sofort der Begriff »Kampfhund« in den Sinn, auch wenn ich wußte, daß man sie heutzutage gerne als Schutzhunde bezeichnete.

Camille schüttelte mir schlaff die Hand. »Ich weiß nicht, ob ich bleiben kann«, sagte sie, kaum daß wir saßen. »Mir geht es nicht besonders gut.« Sie saß mir gegenüber, blickte aber ständig über ihre Schulter in Richtung Fenster.

»Kann ich etwas tun, damit die Situation für Sie angenehmer wird?« fragte ich. Sie sah aus, als fühle sie sich extrem unwohl.

»Nicht wirklich«, sagte sie und verstummte.

Ich wartete eine Weile und fragte dann: »Womit möchten Sie anfangen?« Ganz bestimmt war sie niemand, den ich mit Fragen bombardieren konnte. Vielleicht war sogar der Hund darauf abgerichtet, jeden zu beißen, der das versuchte.

»Ich ...« Ihre Stimme erstarb, und sie schaute zu Boden. Offensichtlich kämpfte sie mit den Tränen und versuchte sich zusammenzureißen.

»Lassen Sie sich Zeit. Erzählen Sie, was Sie können.« Während ich wartete, schätzte ich die Möglichkeiten ab. Paranoia? Nein, Paranoiker waren mehr damit beschäftigt, was sich in einem Zimmer befand, als damit, was draußen passierte. Paranoiker ließen ihren Blick durchs Zimmer schweifen und blieben zwangsläufig an der Reihe von Videofilmen in meinem Regal hängen. Dann suchten sie nach einer Kamera. Paranoiker hörten nicht auf, auf meine Notizen zu starren, bis ich sie ihnen zur Überprüfung aushändigte.

Wenn aber nicht Paranoia, was dann? Eine mißhandelte Ehefrau möglicherweise. Mißhandelte Ehefrauen waren oft in einer ziemlich schlechten Verfassung, und manchmal hatten sie Angst, ihr Mann könnte herausfinden, daß sie zum Therapeuten gingen. Vielleicht wurde sie von ihrem getrennt lebenden Mann bedroht. Aber in ihrer Angst war etwas, das so stark war, wie ich es noch nie zuvor gesehen hatte, noch nicht einmal bei einer mißhandelten Ehefrau. Ich bezweifelte, daß sie eine war.

»Ich kann nicht darüber sprechen.« Sie weinte. »Aber ich

muß wissen, ob es irgendwann besser wird. Es ist fünf Jahre her. Ich glaube nicht, daß es besser wird. Ich kann nicht aus dem Haus gehen, und ich war seitdem keinen Augenblick allein ohne Keeter. Und manchmal glaube ich, daß er im Haus ist, obwohl ich *weiß*, daß es nicht sein kann, denn Keeter sitzt ganz ruhig da, aber ich habe wirklich das Gefühl, daß er da ist.« Sie hielt inne und weinte weiter.

»Das war nicht immer so«, meinte sie. »Ich war nie so. Ich war Krankenschwester«, sagte sie, und es klang, als ob dieses Leben Lichtjahre entfernt wäre, was vermutlich auch stimmte.

Vergewaltigung? Ein extrem brutaler Überfall? Vielleicht. Ich hatte Frauen gesehen, die deswegen in einem ziemlich schlimmen Zustand waren, aber niemals in einem so schlimmen. Irgend etwas hatte ihre Persönlichkeit völlig durcheinandergebracht. Sie versteckte sich hinter einem übergewichtigen Körper und dunklem Haar – das sie, da hätte ich wetten können, vorher nicht hatte –, verschanzte sich im Haus und hinter einem Rottweiler. Was, außer einer Vergewaltigung, konnte jemanden dazu bringen, sich derart zu verhalten?

»Mit der Zeit erholen sich fast alle Menschen von fast jeder Art Trauma«, sagte ich. Ich hatte den Satz bewußt vage formuliert. Manchen ging es später nicht sehr viel besser, und das zu wissen würde ihr vermutlich nicht helfen. »Ich weiß nicht, was passiert ist. Und ich weiß, daß Sie es mir im Augenblick nicht sagen können. Aber wenn ich ein bißchen mehr darüber erfahre, was Sie durchgemacht haben, kann ich Ihnen vielleicht besser helfen.« Diese Frau brauchte jede Art von Beruhigung, die sie kriegen konnte, selbst wenn es nur vage Floskeln waren.

»Wenn ich darüber rede, wird es schlimmer.«

»Ja, ich weiß. Es löst Flashbacks aus, nicht wahr?« Sie nickte. »Dann erzählen Sie mir von Keeter«, sagte ich. Sie sah überrascht auf, blickte zu Keeter und dann zu mir. »Sie wird Ihnen nichts tun«, meinte sie. »Sie ist sehr gut abgerichtet«.

»Ja, so sieht sie aus«, erwiderte ich. Sie mußte es sein, denn das war das einzige, was sie kontrollieren konnte. Diese Frau war emotional bestimmt nicht stark genug, um einen Kampfhund unter Kontrolle zu halten. »Ich habe nicht gefragt, weil ich mir deswegen Sorgen mache«, sagte ich ruhig und meinte es ehrlich – auch wenn ich einmal eine Hundetrainerin gekannt hatte, die von einem Rottweiler angegriffen worden war, während sich dessen Besitzer gerade für ein Hundetraining anmeldete. Der Rottweiler sprang über den Tisch, geradewegs an ihre Kehle – ohne jede Vorwarnung. Ich blickte erneut auf Keeter.

»Ich habe gefragt, weil Sie vielleicht über Keeter reden können, ohne daß gleich die Flashbacks wiederkommen, weil sie eben nicht Teil dessen ist, was Ihnen zugestoßen ist. Sie bekamen sie doch erst später, richtig? Also gibt es zwar eine Beziehung zu dem, was passiert ist, aber sie war nicht dabei. Und vielleicht kann ich ein bißchen mehr über Ihre Symptome erfahren, wenn Sie mir von Ihrer Beziehung zu Keeter erzählen.«

Sie schaute mich nachdenklich an. Ich war froh, als sie sich für einen Moment entspannte. Das war zumindest ein gutes Zeichen. »Ich war vorher bei Anwälten. Die wollten immer darüber reden, was passiert ist.«

»Aber Sie konnten nicht, ohne sofort wieder zusammenzubrechen, nicht wahr?«

»Ja. Und dann ließen sie mich über irgend etwas reden.«

»Wir werden uns der Sache seitlich nähern«, erklärte ich. »Wir werden sie zunächst nicht direkt ansprechen, aber wir werden auch nicht ganz davon weggehen. Wir werden so nah wie möglich herankommen, ohne die Wunden aufzureißen. Okay?«

Sie nickte und seufzte und sah jetzt noch ein bißchen erleichterter aus. »Ich kenne das Problem ein bißchen«, sagte ich ruhig. Sie fühlte sich verloren und verängstigt, und sie sollte wissen, daß derjenige, den sie nach der Richtung fragte, wenigstens eine ungefähre Vorstellung davon hatte, wo es langging. Sonst würde ihre Angst, verloren zu sein, das Problem noch verschlimmern.

»Was ist ein Anfall-Hund?«

»Na ja, sie ist darauf trainiert, eine Telefontaste zu drücken, die automatisch eine Notrufnummer wählt. Und sie kann mich nach Hause bringen, wenn ich mich verirrt habe. Ich hatte mein ganzes Leben lang Anfälle, aber bis vor ein paar Jahren brauchte ich keinen Hund. Mein erster Hund war ein kleiner Terrier, und sie war wunderbar, aber nach alldem fühlte ich mich nicht mehr sicher. Ich wollte einen Hund, der mich beschützen konnte, und ich weiß, daß Keeter das kann, obwohl ... Ich fühle mich nirgends mehr sicher, selbst mit Keeter nicht.«

»Also ist Keeter ein Wachhund, der auch darauf abgerichtet ist, mit Krampfanfällen umzugehen?« Sie nickte. Das war schon eine Leistung, Keeter so abzurichten, daß sie Hilfe zuließ, wenn Camille sie brauchte, anstatt die Helfer fernzuhalten. Beide Aufgaben schienen mir unvereinbar, und ich fragte mich, wie Keeter wohl im Ernstfall reagieren würde.

Camilles Zittern hatte aufgehört, und mir wurde klar, daß es eher Angst war als zerebrale Ischämie. Diese Frau war wie ein Wrack nach einem Zugunglück – aber was für eine Art Zug hatte sie überrollt? Und wie würde sie mir jemals davon erzählen können?

»Ich war nie so«, sagte sie. »Ich war Krankenschwester«, wiederholte sie. »Ich war Säuglingsschwester auf einer Frühgeborenen-Station«. Sie sah hoch, und ihre Augen leuchteten auf. Das war Teil eines Traumas: Menschen hörten nicht auf, ihr verlorenes Leben zu betrauern. Camille konnte sich nicht damit abfinden, nicht mehr die zu sein, die sie einmal war.

Und früher war sie wahrscheinlich eine ganz andere gewesen. Schließlich ist eine Frühgeborenen-Station ein Ort, an dem sich die Aufgaben einer Krankenschwester nicht darauf beschränken, Patienten von einem Untersuchungszimmer ins andere zu schieben. Die Hälfte aller Frühgeborenen schwebt in Lebensgefahr, und Eingriffe sind so häufig wie Besucher. Diese Schwestern haben ein Maß an Verantwortung und Kompetenz, das normalerweise Ärzten vorbehalten ist.

»Erzählen Sie mir von Ihrer Arbeit als Krankenschwester.«

Ihre Hände hörten auf, das zerrissene Kleenex in ihrem Schoß zu drehen, und sie seufzte. »Ich hatte Schichtdienst. Ich hätte eine Begleitung zu meinem Auto bekommen können. Ich meine, wenn ich Nachtschicht hatte. Ich ging gegen Mitternacht nach Hause, und so manche Schwester hätte den Sicherheitsdienst bestellt, um sich zum Parkplatz begleiten zu lassen. Aber ich fürchtete mich nie, und der Wachmann brauchte zwanzig Minuten oder eine halbe Stunde, um zu kommen. Ich wollte einfach nicht so lange herumsitzen. So ging ich immer alleine hinunter.« Sie brach abrupt ab, und als sie weitersprach, war ihr Redefluß versiegt, und sie klang nahezu aphasisch.

»Niemals hätte ich … Ich hatte nicht erwartet … Ich *wußte,* daß ich das Auto abgeschlossen hatte … Es war immer noch abgeschlossen, als ich … Ich weiß immer noch nicht … Oh, Mama, Mama …« Ihr Gesicht wurde fahl, und ihre Augen flackerten, als ob sie etwas Schreckliches erblickte. Keeter erhob sich, schaute zu Camille und dann zu mir. Keeter hatte einen Höllenjob. Woher sollte sie wissen, wen sie angreifen mußte? Ich saß bloß da, aber Camille reagierte unverkennbar so, als ob sie jemand mit einem Messer bedrohte.

Keeter hatte mich derart abgelenkt, daß ich Camille nicht schnell genug helfen konnte. In dem Augenblick, als ich den Mund aufmachte, um sie wieder auf sicheren Boden zurückzubringen, stand sie auf und wandte sich zur Tür. »Ich muß jetzt gehen«, sagte sie.

»Warten Sie«, sagte ich eindringlich. »Gehen Sie nicht. Lassen Sie uns das wieder in Ordnung bringen.« Es war nicht gut, wenn sie jetzt ging. Ich war schließlich der Überzeugung, daß sich meine Klienten durch die Therapie nicht schlechter fühlen sollten. Ich wollte, daß sie zumindest in der gleichen Verfassung meine Praxis verließen, in der sie gekommen waren. Wenn Camille jetzt ging, hätte sie einen furchtbaren Tag voller Flashbacks und Ängste vor sich.

Sie stoppte und drehte sich wieder zu mir um.

»Ich möchte, daß Sie sich einen sicheren Ort vorstellen. Setzen Sie sich einen Augenblick«, sagte ich ruhig.

Sie blieb noch ein paar Minuten stehen, und ich sagte nichts, während ich wartete. Ich konnte Trauma-Opfer nicht herumkommandieren, sie mußten ihre eigene Entscheidung treffen. Schließlich ließ sie sich zögernd auf der Kante des Stuhles nieder.

Ich öffnete den Mund, um sie zu bitten, die Augen zu schließen, als mir klar wurde, was für eine idiotische Idee das war. So sagte ich statt dessen: »Stellen Sie sich einfach einen Ort vor, an dem Sie sich sicher und geborgen fühlen könnten – einen Garten, eine Festung, ein Schiff. Es muß kein realer Ort sein. Es kann alles sein, was Ihnen einfällt.« Wenn sie das schaffte, würde es ihre Erregung dämpfen. Ihr Herz würde aufhören zu rasen, ihre Handflächen würden nicht mehr schwitzen, ihre Gedanken nicht mehr galoppieren. Es würde die Aussicht verbessern, daß sie einen Tag ohne Flashbacks erlebte.

Für einen Moment blickte sie in die Ferne und dann auf den Boden. »Es gibt keinen Ort, der sicher ist«, sagte sie. »Es gibt keinen Ort, wo er nicht sein könnte.«

»Dann stellen Sie sich einen Ort vor, an dem Sie sich ein bißchen weniger fürchten würden, egal was für ein seltsamer Ort das auch sein mag. Eine Wolke, der Platz neben Gott, inmitten von Panzern oder sonst etwas.« Ich wartete, bis sie darüber nachgedacht hatte.

»Ein Grab«, sagte sie schließlich. »Vielleicht wäre es das.« Vergeblich hoffte ich, daß sie gleich anfangen würde zu lachen. Dafür huschte zum ersten Mal ein Schimmer von Frieden über ihr Gesicht. Ich spürte, wie mein Herz sich zusammenzog: Wenn jemand glaubte, sich nur noch in einem Grab sicher und geborgen fühlen zu können, würde er früher oder später versuchen, dorthin zu gelangen.

Nachdem sie gegangen war, dachte ich weiter darüber nach. Im Prinzip sah es ganz nach Vergewaltigung aus, aber es mußte mehr passiert sein – nicht, daß Vergewaltigung nicht schon schlimm genug war. Aber was mich bisher immer beeindruckt hatte, war die menschliche Fähigkeit, mit einem Trauma fertig zu werden, so fürchterlich es auch sein mochte. Vergewaltigungsopfer konnten normalerweise viel schneller ihre Funktionsfähigkeit wiedererlangen als diese Frau. Irgendwer hatte ihr in dieser Nacht auf dem Parkplatz aufgelauert, und irgend etwas war passiert – aber was?

Ich grübelte immer noch darüber nach, als das Telefon klingelte. Es war Carlotta, meine älteste und beste Freundin – abgesehen von der Tatsache, daß sie ihre über 1,80 Meter große Gestalt als Modell vergeudet hatte statt für Basketball. Jetzt war sie Anwältin und damit doch noch zu Verstand und zu einem richtigen Job gekommen. Eigenartig, wie man allein am Klang einer Stimme erkennen konnte, ob man gleich eine gute oder eine schlechte Nachricht zu hören bekam. Ich haßte es, wenn Carlottas Stimme so klang wie jetzt. Sie hatte mir einmal eine wirkliche Hiobsbotschaft überbracht, und seitdem zuckte ich sofort zusammen, wenn ich sie in diesem Ton sprechen hörte.

»Was ist los?« fragte ich.

Sie seufzte. »Hast du schon in die Zeitung geschaut?«

»Nein«, sagte ich. »Was steht drin?«

»Warum holst du dir nicht einfach eine? Und wir treffen uns zum Lunch. Vielleicht können wir dann darüber reden«, meinte sie.

Ich blickte zur Uhr. Es war halb elf. »Nein«, antwortete ich ruhig. »Du erschreckst mich zu Tode, und ich habe keine Lust, bei der Suche nach einer Zeitung panisch herumzurennen, nur weil ich nicht weiß, was los ist. Was ist passiert?«

Funkstille. »Es tut mir leid«, sagte sie, »es ist niemand gestorben.« Erst als ich ausatmete, merkte ich, daß ich den Atem angehalten hatte. »Es ist nur, daß Willy draußen ist.«

»Willy ist draußen? Willy ist raus? Willy ist nicht raus. Oder? Wie zum Teufel konnte er rauskommen?«

Carlotta wollte es erklären, aber ich redete bereits weiter. »Wie konnte Willy rauskommen? Warst du schon mal in einem Hochsicherheitstrakt? So ein Ort ist eine Festung. Da kommt man nicht raus. Das ist ein Witz, Carlotta. Genau die Art Trick, die dieser Hurensohn anwenden würde. Er will, daß ich einen Herzinfarkt kriege.«

Wieder Funkstille. Da wurde mir klar, daß Carlotta genau das hatte verhindern wollen. Ich schrie sie an, als ob sie Willy höchstpersönlich aus dem Gefängnis geschmuggelt hätte. Besser, ich hielt den Mund. Nach einem Augenblick meinte Carlotta: »Er ist nicht ausgebrochen, Michael. Er ist mit seiner Revision durchgekommen. Das Gericht hat den Fall an die Vorinstanz zurückverwiesen und ihn für die Zwischenzeit auf freien Fuß gesetzt.«

»Was? Auf welcher Grundlage?«

»Beeinflussung. Das Gericht hat beanstandet, daß einige der Fragen, die die Sozialarbeiter den mißbrauchten Kindern gestellt hatten, suggestiv waren.«

»Das glaube ich nicht.« Der Dezibelpegel meiner Stimme stieg wieder an, aber bei welchem zurechnungsfähigen Menschen wäre das nicht der Fall?

»Es gibt noch etwas. Ich glaube nicht, daß der Fall noch einmal verhandelt wird, aber im Moment kann ich nicht mehr dazu sagen. Ich habe eine Verhandlung. Geh und kauf dir eine Zeitung, und wir treffen uns dann mittags im Sweet Tomatoes.« Carlotta legte auf. Wie konnte sie mich so hängenlassen? Und warum konnte der Fall nicht neu verhandelt werden?

Dieses Jahr war Carlotta in die Generalstaatsanwaltschaft berufen worden, was bedeutete, daß sie den zuständigen Staatsanwalt dazu bringen konnte, mit ihr über Willys Fall zu reden, selbst wenn er nicht in unserem Staat verhandelt wurde. Ich fragte mich, ob sie ihn schon angerufen hatte und deshalb wußte, daß der Fall nicht noch einmal vor Gericht kommen würde.

Alex B. Willy war aus dem Gefängnis raus. Ich habe Alex B. Willy niemals außerhalb eines Gefängnisses erlebt, und es war mir bis jetzt auch egal gewesen. Als ich ihn vor drei Jahren das erste Mal traf, hatte er gerade angefangen, eine dreißigjährige Haftstrafe wegen Kindesmißbrauchs abzusitzen. Das war lang im Vergleich zu dem milden Strafmaß, das heutzutage für Kindesmißbrauch verhängt wird, aber während seiner Untersuchungshaft war ans Licht gekommen, daß er eine ganze Reihe von Opfern nicht genannt hatte.

Er entpuppte sich als jemand, der bis über beide Ohren in Narzißmus badete und es liebte, mir von seinen Untaten zu berichten. Aber so ungeheuerlich sein bekanntes Strafregister schon war, die Wahrheit war noch viel ungeheuerlicher: Willy war nicht nur ein gewöhnlicher Verführer und Laß-die-Kinderlein-im-Dutzend-billiger-zu-mir-kommen-Böser-Onkel-Typ. Willy war ein Sadist. Es machte ihn geil, Menschen zu quälen, besonders Kinder.

Ich ging an die Ecke und starrte auf den Zeitungskasten mit der *Upper Valley Times*, als wäre er ein Todfeind. Verdammter Hurensohn. Kein normaler Mensch hätte ihn auf freien Fuß gesetzt. Schließlich kramte ich den Vierteldollar raus, den ich brauchte, und zog die Zeitung heraus. Ich konnte mit dem Lesen nicht bis zum Büro warten, und so stand ich da und blätterte, bis ich den Artikel fand.

GEISTLICHER GEWINNT REVISION

Appleton, NH – Das Oberste Gericht von New Hampshire hat heute verfügt, daß Alex B. Willy Anspruch auf ein neuerliches Verfahren wegen sexuellen Mißbrauchs an Minderjährigen hat. An dem Fall, der nach Meinung vieler durch Übereifer der Staatsanwaltschaft und ein allzu naives Vertrauen in die Glaubwürdigkeit von Kindern gekennzeichnet war, beanstandete das Gericht, daß die Zeugen, ein sechs- und ein siebenjähriger Junge, während der Ermittlungen Suggestivfragen von Sozialarbeitern ausgesetzt gewesen waren. Das Oberste Gericht bemängelte, daß in der vorherigen Instanz die Aussagen der Kinder zugelassen worden waren, ohne durch ein Gutachten festzustellen, ob die Erinnerung der Kinder zu sehr beeinflußt worden war, um noch glaubwürdig zu sein.

Die Verfügung sieht allerdings auch vor, daß keine neue Gerichtsverhandlung angesetzt werden kann, solange ein solches Gutachten nicht vorliegt. Die Staatsanwaltschaft muß jetzt beweisen, daß das Erinnerungsvermögen der Kinder glaubwürdig ist und nicht unzulässig beeinflußt wurde. Wenn sie den Nachweis nicht erbringen kann, bleibt der Weg für eine Wiederaufnahme versperrt.

Mr. Willy sagte dazu: »Ich bin sehr dankbar für die Chance, meine Unschuld zu beweisen, und zuversichtlich, daß eine neue Verhandlung das erreichen wird. Ich hoffe, daß diese fürchterliche Nervenprobe bald vorbei ist. Ich hege gegen niemanden Groll in meinem Herzen, denn ich weiß, daß die beteiligten Erwachsenen es nur gut gemeint haben und die Kinder natürlich bloß Kinder und als solche leicht zu beeinflussen sind.«

Typisch Willy. Ich konnte die Überzeugungskraft seiner Worte selbst noch in gedruckter Form spüren. Er klang genau wie ein unschuldiger Mann, und jeder Durchschnittsmensch, der seine Aussage las, würde seine Unschuld keine Sekunde bezweifeln. Willy klang sogar wie ein *liebenswerter,* unschuldiger Mann, der noch nicht einmal bei den fürchterlichsten Anschuldigungen ärgerlich werden konnte.

Das war sein Talent. Wer mit Willy zu tun hatte, hatte es mit einem emotionalen Chamäleon zu tun. Als ob er über Radar verfügte, wußte er immer, für welchen emotionalen Ton sein Zuhörer empfänglich war, und er konnte ihn todsicher liefern. Ich hatte Willy unzählige Stunden beobachtet, aber ich wußte immer noch nicht, wie er das machte. Etwas in mir konnte es einfach nicht begreifen.

Langsam ging ich ins Büro zurück. Nur um mich meiner eigenen Zurechnungsfähigkeit zu versichern, öffnete ich das Fach mit den Kassetten von Willy. Mit seiner Einwilligung hatte ich einige der Interviews aufgenommen – einen echten Sadisten zum Reden zu bringen war eine so seltene Gelegenheit, daß ich mich für den Mitschnitt entschieden hatte, um es dann besser durcharbeiten zu können. Von Willy konnte ich eine Menge lernen, auch wenn es ziemlich deprimierend war.

Ich kramte in den Kassetten, bis ich die eine fand, die ich suchte. Auf dem Label stand: »Die Kunst, Erwachsene zu überreden«. Willy hatte mir seine Erlaubnis für die Aufnahme mit der schriftlichen Einschränkung gegeben, daß ich die Kassetten niemals dritten vorspielen durfte. So als ob er mich damit quälen wollte, um dann sicherzugehen, daß ich es nicht gegen ihn verwenden konnte.

Ich holte meinen Kassettenrekorder und legte die Kassette ein. Dann spulte ich bis zu der Stelle, die mir am wichtigsten erschien. »Es ist ganz einfach, Dr. Michael«, sagte Willy gerade. »Man muß nur herausfinden, welche Bedürfnisse die Menschen haben. Was brauchen sie? Brauchen sie Geld? Dann leihe ich ihnen welches. Brauchen sie einen Zuhörer? Ich bin da. Brauchen sie Bestätigung? Ich werde sie ihnen geben. Menschen sind randvoll mit Bedürfnissen.« Dabei hatte er gelacht.

»Die einzige Schwierigkeit ist, herauszufinden, was sie am *meisten* brauchen. Was brauchen sie so dringend, daß sie dafür, sagen wir mal, ihr Erstgeborenes verkaufen würden? Was brauchen sie so nötig, daß sie ignorieren würden, was vor ihren Augen passiert? Ich habe schon Kinder im Fond eines Autos mißbraucht, während ihre Eltern auf dem Vordersitz saßen.«

Ich war so verblüfft gewesen, daß ich einen Augenblick lang nichts sagen konnte. Willy hatte wieder gelacht. »Wirklich, ich habe es getan. Ich habe einfach eine Decke über die schlafenden Kinder geworfen und sie befummelt, obwohl ihre Eltern vorne saßen. Natürlich wachten die Kinder auf, und der erschrockene Blick, den sie ihren Eltern zuwarfen, war *so* befriedigend. Sie wußten, daß ihnen niemand glauben würde. Irgendwie wußten sie es. Und sie hatten recht.

Es gibt natürlich Raffinessen, von denen ich nicht erwarten kann, daß Sie sie kapieren. Sie sind eine viel zu *beschränkte* Schülerin.« Das, so dachte ich jedes Mal, wenn ich diese Bänder abhörte, war wirklich wahr.

»Was zum Beispiel?«

»In bezug auf ihre Bedürfnisse. Wonach sie hungern. Letztlich ist es nie etwas Konkretes. Na ja, manchmal fängt es mit Geld an, mit einem Kredit, der ihnen aus der Klemme hilft, oder so etwas, aber später stellt sich immer heraus, daß sich hinter dem Geld eine viel stärkere Sucht verbirgt. Das Höchste ist natürlich« – und ich erinnerte mich, daß Willies Augen anfingen zu leuchten –, »etwas Existentielles zu liefern, etwas, wovon der andere noch nicht einmal eine Ahnung hatte, daß er es braucht. Irgend etwas Verborgenes, Unsichtbares, das sie nur von mir bekommen. Damit hat man Möglichkeiten, die das Vergnügen natürlich noch steigern.«

»Was zum Beispiel?«

»Oh, man kann die Mißhandlung ihres Kindes jeden Tag ein bißchen alltäglicher machen und noch ein bißchen alltäglicher, bis sie sie gar nicht mehr sehen.«

»Aber was ist das, was Menschen so dringend brauchen, daß sie leichtfertig zulassen, daß Sie ihr Kind mißbrauchen? Freundschaft? Selbstbestätigung? Was bieten Sie ihnen, Mr. Willy, das so wertvoll ist?«

»Kein Koch verrät alle seine Zutaten, Dr. Michael. Nein, wirklich, Sie erwarten doch nicht, daß ich die ganze Arbeit für Sie mache, oder?«

Und was lieferte Willy *mir*, das mich jedesmal wiederkommen ließ, um mit ihm zu reden? Willy wollte nicht darüber sprechen, aber ich auch nicht.

Ich nahm die Kassette heraus, hob die Zeitung auf und starrte entmutigt auf den Artikel. Ein Gutachten, um die Glaubwürdigkeit der Kinder zu beweisen. Der Fall war gelaufen. Es gab keine Chance, etwas zu beweisen, was nicht existierte. Das war so, als ob man nachweisen sollte, daß in einem Zimmer kein weißer Elefant war. Ein paar Idioten hatten irgendwann eine Suggestivfrage gestellt, und danach konnte nichts mehr von dem berücksichtigt werden, was die Kinder ausgesagt hatten.

Egal was sie vor der Befragung durch die Sozialarbeiter hatten durchmachen müssen – sonst hätte es keine Befragung gegeben. Egal, welche Symptome sie zeigten – und Willy hatte mir ihren Zusammenbruch in hämischen Details geschildert.

Am Ende war es ganz simpel: Was Menschen zweifellos brauchten, war der Glaube, unterscheiden zu können, wer Schutz brauchte und wer nicht, und eine Menge Leute hatten Willy vertraut. Er sah gut aus, er konnte gut reden, er war beliebt in seiner Gemeinde, ein Geistlicher, der regelmäßig die Kranken und Alten besuchte. Eine ganze Reihe Leute war ihm ergeben. Wenn es da auch nur eine Chance gab, die Beschuldigungen gegen ihn wegzureden, diese Leute würden sie ergreifen. Und nun hatten sie sie.

2

Mittags herrschte im Sweet Tomatoes Hochbetrieb. Ihre Spezialität waren ungewöhnliche Pastagerichte, und nirgends waren Pastagerichte so gut wie im Sweet Tomatoes. Das Angebot war zu speziell, um eine seriöse Konkurrenz zu haben. Das Sweet Tomatoes war mein Lieblingslokal.

Ich wurde zum letzten freien Tisch am Fenster geführt und winkte Harvey zu, einem der Besitzer, als ich mich setzte. Er kam zu mir herüber und begrüßte mich. »Haben Sie eine Minute Zeit?« fragte er.

»Vielleicht sogar mehr als eine«, antwortete ich. »Ich warte auf Carlotta, daß sie aus der Verhandlung kommt.« Staatsanwälte konnten das Ende einer Sitzung nicht beeinflussen, so daß Carlotta bald auftauchen konnte oder auch nicht. Harvey setzte sich, und ich widerstand der Versuchung, einfach die Augen zu schließen und zuzuhören. Er hatte diese wunderbar dunkle, weiche, männliche Stimme, bei deren Klang man gleich daran dachte, ins Bett zu hüpfen. Er war ein Teddybär von einem Mann, ein großer Typ mit ein paar Pfund zuviel um den Bauch. Aber das Übergewicht ließ sich leicht übersehen. Und einen Zoll neben meinem Ohr würde diese Stimme wunderbar klingen. Aber ich hatte verheirateten Männern abgeschworen, ja wirklich.

»Immer noch dabei, die Welt vor Kinderschändern zu schützen?«

»Nee, ich hab die Fronten gewechselt. Jetzt sage ich für die Täter aus. Dafür gibt's mehr Geld.«

Harvey schaute mich perplex an. »Das war ein Witz«, meinte ich. »Aber vor Gericht habe ich wegen meines schwarzen Humors einmal fast Ärger bekommen, als ein Staatsanwalt mich fragte, warum ich soviel weniger berechnen würde als der Gutachter der Verteidigung. Fast hätte ich geantwortet: ›Es ist eben teurer, wenn man seine Seele verkauft‹, aber ich habe es gelassen.«

Harvey lachte. »Warum?«

»Zu riskant«, antwortete ich. »Schon einmal hat ein Richter mitten in meiner Aussage die Geschworenen ausgeschlossen und zum Staatsanwalt gesagt: ›Ihre Zeugin war gefährlich nah dran, den Verteidiger als Lügner zu bezeichnen.‹«

»Und? Darf man den Verteidiger keinen Lügner nennen?«

»Nein. Selbst, wenn es stimmt. Man erwartet Respekt. Und was ist mit Ihnen?«

»Nichts Besonderes. Wir werden demnächst nach Italien fahren, um ein paar neue Weine für das Restaurant zu testen.«

»Hartes Leben«, meinte ich.

»Aber ich wollte Sie etwas wegen meiner Nachbarin fragen ...«

»Schießen Sie los«, erwiderte ich. Dabei haßte ich das. Die Leute wollten immer, daß ich ihre Ehemänner, ihre Kinder und sogar ihre Katzen analysierte. Da mußte man zuhören. Und wenn man den letzten freien Tisch am Fenster haben wollte, erst recht.

»Ich habe diese Nachbarin mit diesem bösartig aussehenden Hund, und ich mache mir Sorgen ...« Ich spitzte die Ohren. War das möglich? Aber Kleinstädte sind so: Dauernd stolperte man über Querverbindungen – einmal hatte sich herausgestellt, daß der prügelnde Ehemann meiner neuen Klientin mein Zahnarzt war. Aber selbst in Kleinstädten, sagte ich mir, gab es mehr als nur eine Nachbarin mit einem bösartig aussehenden Hund.

Herausfinden konnte ich das nicht mehr, denn in diesem Augenblick kam Carlotta herein. Alle Köpfe wandten sich diskret nach ihr um. In New England starrte niemand jemand anderen an. Sogar Charles Bronson konnte – und tat es auch – die Straße in der Innenstadt hinunterspazieren, wo er ein Ferienhaus hatte, ohne von einem einzigen Fan angesprochen zu werden. Trotzdem fielen interessante Menschen auf, und Carlotta war 1,83 Meter groß und sah seit ihrem zwölften Lebensjahr interessant aus.

Harvey sah sie ebenfalls und erhob sich. »Macht nichts«, meinte er. »Wir reden später.«

»Rufen Sie mich an«, sagte ich und hoffte, daß nichts anderes aus meiner Stimme herauszuhören war als gewöhnliche Freundlichkeit. Sexy Männer brachten mich immer aus dem Gleichgewicht.

Carlotta war wahrscheinlich gerade erst aus der Verhandlung gekommen, aber niemand in dem Lokal hätte das geglaubt. Ohne Eile kam sie an den Tisch und setzte sich. Sie war betont schlicht gekleidet: schwarze Hose, eine matte schwarze Bluse, schwarzer Blazer. Um den Hals trug sie eine handgeknüpfte indianische Perlenkette, die sehr edel aussah, und die schlichte schwarze Kleidung war dafür der passende Rahmen. Calvin Klein hätte Carlotta auf den Laufsteg geholt, so wie sie war.

Carlotta sah beunruhigt aus. »Wie läuft der Fall?« fragte ich.

»Prima«, sagte sie, während sie mich besorgt ansah. Da merkte ich, daß ich der Grund für ihre Besorgnis war. Und es traf mich, daß sie Sweet Tomatoes vielleicht deshalb ausgesucht hatte, weil sie glaubte, daß ich hier nicht schreien würde. Jesus. Ich bin jemand geworden, den man bändigen mußte. Vielleicht sollte ich mein Temperament doch etwas zügeln.

»Ich bin okay«, sagte ich. »Klar, mir gefällt das nicht. Ich finde, es ist Bockmist. Ich finde, es ist schlimmer als Bockmist. Ich finde, es ist kriminell. Ich finde, daß jeder einzelne Richter, der dafür gestimmt hat, ihn freizulassen, erschossen werden sollte. Aber was soll ich dazu sagen? Jeden Tag kommt einer raus, der nicht rauskommen dürfte.«

Ich verstummte. Was beunruhigte Carlotta? Ich war doch ganz ruhig. Keiner konnte wegen Willy etwas tun. »Also gut, was wirst du tun?« fragte sie.

»Tun? Wie, was tun? Es gibt nichts, was ich tun könnte.«

»Michael, ich möchte dich an nichts erinnern, was du zu verdrängen versuchst.« Na, prima. War Carlotta jetzt die Psychologin? »Aber Alex B. Willy ist ein sehr gefährlicher Mann.«

»So?«

»Ja, so. Wenn ich das richtig verstanden habe, hat er dir Dinge erzählt, die sonst niemand von ihm weiß.«

»So?«

»Ja, und vielleicht habe ich ja irgend etwas vergessen, aber ist das für ihn nicht bereits genug, um sich Sorgen zu machen?«

»Kann schon sein«, gab ich zu. »Aber womit kann ich ihm schon schaden? Natürlich kann ich nichts davon in die Zeitung setzen. Also, weshalb sollte er sich Sorgen machen?«

»Wird er aufhören, Kinder zu mißbrauchen?« fragte mich Carlotta geradeheraus.

»Nein, das wird er nicht tun.«

»Wie stehen die Chancen, daß er dabei wieder erwischt wird?« drängte sie.

»Unter Umständen kann das passieren«, sagte ich, »wahrscheinlich aber nicht so bald. Willy hat die Kinder in seiner Gewalt, indem er ihnen angst macht und ihre Eltern gleichzeitig dazu bringt, ihm zu vertrauen. Und die Dinge, die er den Kindern antut, sind absolut extrem. Diese Art Mißbrauch klingt für die meisten Eltern nicht glaubwürdig.«

»Warum sollte er also noch einmal erwischt werden?«

»Er ist zu aktiv«, antwortete ich. »Er hat einfach zu viele Kinder mißbraucht, und er nimmt jede Gelegenheit wahr. Er wird Schmiergelder verteilen, bevor er unter Umständen gefaßt wird.«

»Und wenn das passieren sollte, was ist dann mit dir?«

»Carlotta, was meinst du damit? Nichts ist mit mir.«

»Bist du eine Bedrohung für Willy oder nicht?« Carlotta fragte, als ob sie die Zeugin der Gegenseite ins Kreuzverhör nehmen würde, was sie auf gewisse Weise auch tat. »Wenn man davon ausgeht, wieviel du weißt, wärst du dann nicht eine sehr eindrucksvolle Zeugin der Staatsanwaltschaft?«

»Du vergißt die Anwälte. Alles, was Willy mir erzählt hat, wird vor Gericht als ›Hörensagen‹ eingeschätzt und ist nicht zulässig.«

»Beim ›Hörensagen‹ gibt es vierundzwanzig Ausnahmeregelungen. Ich möchte dich jetzt nicht mit Einzelheiten langweilen, aber das Entscheidende wäre: Ich gehe alles sorgfältig durch und laß es von meinem Chef absegnen – ohne die Namen zu nennen, natürlich«, fügte sie hastig hinzu, »und ich denke, das Material wäre zulässig.«

»Jesus.« Das würde Willy gar nicht gefallen. Und sicher würde er es herausfinden. Willy rechnete damit, daß keines der mißbrauchten Kinder, die ihn beschuldigten, in seiner Aussage bestätigt würde. Aber selbst wenn man den aktuellen Fall beiseite ließ – irgendein mißbrauchtes Kind würde ihn sicher irgendwann einmal beschuldigen.

»Was ist mit dem Patient-Arzt-Vertrauensverhältnis?« fragte Carlotta.

»Ich denke, es gibt keines«, mußte ich antworten. »Er war nie mein Klient. Ich habe niemals meine Dienste angeboten.«

Für einen Augenblick schwiegen wir beide. »Michael, das, was er dir anvertraut hat, könnte sogar zulässig sein, wenn man ihn für das laufende Verfahren noch einmal kriegen würde.«

»Aber das wird man nicht.«

»Das ist wahr.«

Wir verstummten. Die Unterhaltung ging nicht in die Richtung, die mir gefiel. Ich nahm die Speisekarte und vertiefte mich darin.

»Michael, du mußt dich damit auseinandersetzen.«

Ich legte die Speisekarte weg. Von ihrem kunstvollen Make-up bis hin zu den geschmackvollen Haarsträhnen sah Carlotta aus wie eine Frau, deren Hauptproblem es zu sein schien, sich möglichst keinen Fingernagel zu brechen. Aber das täuschte. Ich kannte Carlotta gut genug, um zu wissen, daß es keine Chance gab, ihr zu entkommen, wenn sie sich einmal in einer Sache festgebissen hatte.

»Sich mit was auseinandersetzen, Carlotta? Sieh mal, er interessiert sich nicht wirklich für die Sexualität von Erwachsenen, also wird er mich nicht als mögliches Opfer verfolgen. Du mußt auch bedenken, daß er seit Jahren nicht mehr mit Kindern zusammen war und deshalb eine Menge Phantasien aufgebaut hat. Er wird sich irgendwo niederlassen und anfangen, sich in der Gemeinde Liebkind zu machen. Ich glaube nicht, daß er zurückkommen wird, nur um mich ruhigzustellen. Er kann sein Problem mit mir auch dadurch lösen, daß er soweit wie möglich wegzieht. Ich würde niemals erfahren, ob er wegen einer neuen Sache gefaßt wird. Und der alte Fall wird nicht mehr verhandelt, das weißt du.«

Wir schwiegen erneut. Ich schaute wieder in die Karte.

»Ist das wahrscheinlich?« fragte Carlotta. »Würde er einfach wegziehen? Und könntest du damit leben? Obwohl du genau weißt, daß er draußen herumläuft und Kinder mißbraucht?«

Ein »Nein« zu jedem einzelnen Punkt, dachte ich. Tief in meiner Seele wußte ich, daß Willy zu gründlich war, um eine Sache nicht zu Ende zu bringen. Und dazu gehörte, daß er wußte, daß ich ihn nie in Ruhe lassen würde, selbst wenn er mich in Ruhe ließ.

»Sicher«, log ich. »Warum nicht? Weißt du, wie viele Leute draußen herumlaufen und Kinder mißbrauchen? Du kannst mich damit nicht verrückt machen. Ich tue, was ich kann.« Aber ich wußte, Carlotta hatte recht. Ich mußte wegen Alex B. Willy etwas unternehmen.

Nur gab es keine Möglichkeit, Carlotta davon zu erzählen. Sie würde an die Decke gehen und meckern und sich aufführen wie eine Glucke. Schlimmer noch, sie würde es Adam erzählen, dem Vollzeit-Polizisten dieser Stadt und meinem Teilzeit-Liebhaber, der mich mit seinem Beschützerinstinkt verrückt machen würde, und dann würde ich meine Beziehung zu ihm verlieren und die Freundschaft zu Carlotta, und das alles nur deshalb, weil ich Carlotta die Wahrheit gesagt hatte. So konnte ich also meine Beziehung zu beiden nur schützen, wenn ich Carlotta anlog – wenn auch zähneknirschend.

Mama würde so etwas niemals tun. Mama liebte es, die Würfel fallen zu lassen, wie sie fielen. Manchmal warf Mama die Würfel auch selbst. Aber ich war nicht Mama. Definitiv: Ich war nicht Mama.

»Hmmm«, sagte Carlotta, und ich sah die Ratlosigkeit in ihren Augen. Eigentlich hätte sie es besser wissen müssen, als mir einfach zu glauben. Und dann lief mir ein kalter Schauer über den Rücken: Ich verkaufte Carlotta gerade Sicherheit. Sie wollte glauben, daß ich vor Willy sicher war, damit sie sich keine Sorgen um mich machen mußte. Und sie glaubte es wider besseren Wissens. Vielleicht hatte ich trotz allem etwas von Willy gelernt.

3

Ich bin nicht gerade geduldig und schon gar keine Zauderin. Ich bin mehr der Typ, der vor einer Kreuzung noch einmal Gas gibt. Und fürs Cross-Country suche ich lieber ein Pferd aus, das zu schnell springt und ausbricht, als eines, das scheut: Wir überspringen ein Hindernis auch dann noch, wenn es uns umbringt. Das ist wohl genetisch bedingt, der Preis, mit Mama verwandt zu sein.

Ich hätte Carlotta bitten können, ihre Verbindungen bei der Staatsanwaltschaft spielen zu lassen, um herauszufinden, wo sich Willy aufhielt, seitdem er entlassen worden war. Doch wenn ich sie mir so ansah, dann war das keine gute Idee: Ich würde sie nur mißtrauisch machen.

Schließlich ließen wir das Thema Willy fallen und sprachen über die Auswirkungen von sexuellem Mißbrauch und Glaubwürdigkeitsgutachten auf die Opfer, über Verfahrensfragen und über die Art, wie die Presse jede Täterversion aufgriff, egal wie bizarr sie erschien. Unterschwellig aber konnte ich nicht anders, als an Willy zu denken. Da hatte Carlotta etwas angestoßen. Ich war so empört gewesen, daß ein Idiot von einem Richter ihn freigelassen hatte, daß ich mir bis dahin nicht überlegt hatte, in welche Lage seine Entlassung mich brachte. Mit dem Ende des Mittagessens war ich zu der Einsicht gelangt, daß – auch wenn Willy mich nicht suchen würde – ich ihn irgendwie finden mußte. Ich konnte nicht einfach zusehen, wie er achtzehn Millionen Kinder sadistisch mißbrauchte.

Auf dem Rückweg zum Büro dachte ich über die Probleme nach, die auf einen zukamen, wenn man damit anfing, sein Leben auf Lug und Trug aufzubauen. Bei der Suche nach Willy wäre es bestimmt besser, wenn jemand anderer jederzeit wüßte, wo ich war und was ich vorhatte – aber es war keinen Streit wert.

Carlotta war selber schuld, dachte ich nüchtern. Wenn sie nicht so besitzergreifend wäre, hätte ich sie eingeweiht. Ich *hätte es* ihr gesagt, wenn ich mich darauf hätte verlassen können, daß sie sich aus der Sache raushielt und Adam nichts davon erzählte. Ich würde mich jedenfalls bei einer Freundin, die etwas so unglaublich Dummes vorhatte, völlig raushalten. Bestimmt.

Zu meiner Verteidigung konnte ich anbringen, daß ich mich auf dem Fahrersitz stets wohler fühlte als auf dem Beifahrersitz. Willy würde mich auf jeden Fall suchen, weshalb ich nicht herumsitzen und darauf warten sollte, daß er mich überraschte. Als er sich wortreich auf die verschiedenen

Techniken der Kinderverführung einen abwichste, hatte keiner von uns beiden damit gerechnet, daß er jemals wieder aus dem Gefängnis kommen würde – schließlich war er über sechzig und erst am Anfang seiner dreißigjährigen Haftstrafe.

Aber das eigentliche Problem war ein anderes und so gewaltig, daß ich noch nicht einmal daran denken wollte: Was zum Teufel sollte ich tun, wenn ich ihn schließlich gefunden hatte? Ich konnte ihn ja schlecht erschießen – trotz meiner hoffnungslos politisch unkorrekten Vorliebe für Waffen und aller Schießpraxis konnte ich mir einfach nicht vorstellen, jemanden kaltblütig niederzuschießen.

Ich konnte ihn auch nicht bekehren: »Willy, wußten Sie nicht, daß es unrecht ist, Kinder zu mißbrauchen?«

»Schätzchen«, würde er antworten, »das habe ich nicht gewußt. Natürlich werde ich sofort damit aufhören.«

Ihm zu drohen würde nur mich in Gefahr bringen. Je sicherer Willy war, daß ich ihm schaden wollte, desto unnachgiebiger würde er mich verfolgen.

Sollte ich die Mitglieder seiner Gemeinde warnen? Es in der Zeitung veröffentlichen? Sicherlich würde mir niemand glauben. Willy war zu gewitzt und zu charmant.

Ich würde in einem großen Verleumdungsprozeß enden, der mich zu einer Verrückten abstempelte, deren Aussage wertlos war. Menschen neigten dazu, Beweise zu ignorieren, wenn sie jemanden wirklich mochten. Vor ein paar Monaten war der Lehrer einer Privatschule mit einer Megasammlung von Kinderpornos erwischt worden. Seine Kollegen behaupteten, daß dies nicht bedeute, daß er pädophil sei. Genau. Als ob Leute, die zweihundert Kochbücher besitzen, nicht gerne kochen.

Bei dem Gedanken, wie Willy sich verteidigen würde, mußte ich grinsen. Ich würde wahrheitsgetreu aussagen, daß ich ihn im Gefängnis besucht hatte, um mehr über Sadisten zu erfahren. Willy würde diese Besuche zweifellos gegen mich verwenden. Er würde mich als Paranoikerin darstellen, die ihn seit Jahren verfolgte und Märchen über ihn verbreitete.

Aber wenn er mich verklagen sollte, könnten die Kassetten beweisfähig werden. Bei dem Gedanken an diese Möglichkeit besserte sich meine Laune, obwohl berufsbedingte Selbstopferung nicht gerade meine erste Wahl war.

Ich ging die paar Blocks von Sweet Tomatoes in mein Büro zurück. Mein Büro lag in einem Haus, das ich einmal mit Carlotta geteilt hatte. Ich arbeitete dort nur einen Tag pro Woche. Den Rest der Zeit verbrachte ich in der Psychiatrischen Abteilung der Jefferson-Universitätsklinik, wo ich Unterricht gab, Assistenzärzte beaufsichtigte, in langweiligen Komitees saß und ununterbrochen den Chefarzt ärgerte, der der Meinung war, daß Takt eine Kunst sei, von der ich weniger verstand als jeder andere.

Das stimmte nicht ganz. Ich wußte durchaus, was Takt war. Nur war ich der Meinung, daß es ein Charakterfehler sei. Also, was sollten die paar Dutzend Klagen über mich im Lauf der Jahre? Niemand hatte sich jemals darüber beschwert, daß ich etwas Falsches gesagt hatte. Alle meinten nur, daß ich es nicht auf genau diese Weise und zu genau diesem Zeitpunkt hätte sagen sollen, wenn überhaupt. Nichts als Details.

Ich hatte noch eine halbe Stunde Zeit bis zu meiner nächsten Klientin und wollte ein bißchen telefonieren, um Willy aufzuspüren. Das Fehlen eines Plans war zwar ein ausgesprochenes Problem, doch warum sollte ich mich jetzt darum kümmern? Zuerst mußte ich ihn finden. Aber das Telefon klingelte, noch bevor ich den Hörer abnehmen konnte.

»Hier ist Dr. Stone«, sagte ich.

»Michael«, sagte die Stimme am anderen Ende.

Mein Herz schlug einen Takt schneller, was mich extrem ärgerte. Ich würde wohl niemals die Wirkung, die Adam auf mich hatte, kontrollieren können. »Einen wunderschönen guten Tag, Chief Bowman. Heute schon alle Schurken gefaßt?«

»Ein halbes Dutzend vor Sonnenaufgang«, antwortete Adam und hielt dann inne. »Ich würde gern heute abend vorbeikommen«, meinte er. Adam konnte viel direkter sein als ich.

»Warum?« fragte ich. »Hat Carlotta dich angerufen?«

»Soll das ein Verhör sein?« erwiderte Adam. »Warum sollte Carlotta mich anrufen?«

Ich hatte es verpatzt: Wenn sie ihn noch nicht angerufen hatte, dann würde er es jetzt tun.

»Unwichtig«, sagte ich. »Wirklich unwichtig. Sie hat nur mal wieder getobt, wie immer. Und da dachte ich, du wolltest kommen, um mich zu belehren – was mir nicht gefallen würde«, setzte ich streng hinzu, für den Fall, daß er sie doch noch anrufen sollte.

»Nein«, sagte er langsam, »das hatte ich nicht vor.«

Adam konnte weniger sagen und eine viel größere Reaktion bei mir auslösen als jeder andere. Ich spürte, daß mein Mund trocken wurde.

»Hört sich gut an«, meinte ich, während ich versuchte, meine Stimme gleichgültig klingen zu lassen, und kläglich damit scheiterte. »Zum Dinner?«

»Sicher«, sagte Adam, und wir gingen zum Wann und Wo über, was mein Herz noch höher schlagen ließ.

Gegen den Ruf des Östrogens konnte ich nichts ausrichten. Ich lebte gerne alleine. Ich wollte keinen ständigen Liebhaber. Aber jedesmal, wenn Adam vorbeikam, pochte das Östrogen in meinen Ohren.

Einmal sind Adam und ich nach Hawaii geflogen. Eigentlich bin ich alleine hingeflogen, und er ist nachgekommen.

Ich war nicht sicher gewesen, ob er kommen würde, und so spazierte ich am Strand entlang, als ich merkte, daß der Kerl in den Shorts, der mir barfuß entgegenkam, Adam war.

Die ganze Zeit über hatten wir in einer anderen Welt gelebt. Wie die Geister von Aragón sprachen wir nie von zu Hause. Wir redeten niemals über seine Arbeit oder über meine, über Sexualverbrecher oder über meinen Unabhängigkeitsdrang oder über sonst etwas, das mit der realen Welt zu tun hatte. Nachts trug ich am Strand lange Baumwollkleider ohne etwas darunter, und wenn der Wind meinen Rock hochwehte, fühlte ich mich wie Marilyn Monroe auf diesem Gitter, obwohl ich mich nie zuvor wie Marilyn Monroe gefühlt hatte. Ich erinnerte mich immer noch daran, wie der Wind um meine nackten Beine strich und um meinen Unterleib. Und auch an das Gefühl bei anderen Dingen. Eine Million Meilen entfernt von Hawaii, in meinem Büro sitzend, ließ es mich immer noch lächeln.

Auf dem Rückweg zum Festland hatten wir beide schlechte Laune. Unerbittlich kam uns die Realität mit jeder Meile entgegen, und wir wußten beide, daß es nicht dasselbe sein würde. Und so war es dann auch.

Auf dem Weg nach Hause hielt ich beim Chinesen. Das Beste daran, über vierzig zu sein, war, daß ich Frieden geschlossen hatte mit dem, was ich konnte und was nicht. Und ich war keine Meisterköchin.

Trotz allem war ich froh, Adam zu sehen, als er kam. Zwar fehlte immer noch das Frühlingslicht, aber glücklicherweise schien es wärmer zu werden, so daß wir auf der Terrasse essen konnten. Ich war so beschäftigt, die Kartons auszupacken, daß ich gar nicht merkte, wie still Adam war.

»Ich habe nachgedacht«, sagte er schließlich. »Was hältst du davon, für eine Weile zu mir zu ziehen?«

»Warum?« fragte ich. »Was ist falsch daran, wenn alles so

bleibt, wie es ist?« Ich war nie besonders schlau, wenn das Östrogen in meinen Ohren pochte. Ich hätte wissen müssen, was kam, aber ich ahnte nichts.

»Die Distanz zwischen unseren Wohnungen ist einfach zu groß«, meinte er leichthin.

»Die fünfzehn Minuten Fahrt? O Mann, du lebst schon zu lange auf dem Land. In Boston kommt man während der Rush-hour in fünfzehn Minuten gerade mal einen Block weit.«

Adam sagte nichts, so daß ich fortfuhr: »Sieh mal, warum sollte man eine gute Sache ruinieren? Es ist nicht gerade einfach, mit mir zusammenzuleben.« Eigentlich war es unmöglich.

Adam blieb hartnäckig. »Und warum ziehst du dann nicht zurück zu Carlotta? Ihr seid doch gut miteinander ausgekommen, als du bei ihr gewohnt hast.«

Jetzt merkte ich, worauf er hinauswollte. Er hatte Carlotta angerufen.

»Ich kann nicht zu Carlotta ziehen«, sagte ich, während ich mich setzte, um ihn anzusehen. »Falls es irgendein Risiko gibt – aber ich sage nicht, daß es eines gibt –, möchte ich sie nicht mit hineinziehen. Du kennst Carlotta. Sie hat keine blasse Ahnung von Selbstverteidigung. Und sie hat es immer gehaßt, wenn ich meine Waffe ins Haus brachte.«

»Du kannst nicht hierbleiben, nicht solange Willy draußen ist. Du bist eine Viertelmeile weg vom nächsten Nachbarn.«

»Warum nicht?« Als wenn ich es nicht selbst gewußt hätte.

»Michael, bist du jemals am Tatort eines Mordes gewesen?«

»Nein«, sagte ich. »Was hat das eine mit dem anderen zu tun?«

»Weil ich nicht weiß, ob dir klar ist, in was du da hineinschlitterst.«

»Ich schlittere in gar nichts hinein.«

»Glaub das, und ich freß einen Besen.«

»Adam, dafür gibt es keinen Grund.«

»Sieh mal, ich habe keine Lust, deinen geschundenen und zerschlagenen Körper mit Nadeln unter den Fingernägeln zu finden.«

»Ach, hör doch auf damit. Ist das nicht ein bißchen barock?« Es war nur eine schwache Widerrede, aber anscheinend gab es nichts, was ihn überzeugt hätte. Adam war meilenweit von mir entfernt. Er hatte den Kopf voller Horrorbilder, und ich flippte immer noch am Strand von Hawaii herum. So viel zum Thema Schranken fallen lassen.

»Nicht, wenn du schon mal so eine Leiche gefunden hast.« Auch er hatte keine gefunden, zumindest nicht in Vermont. Na ja, vielleicht doch. Ich erinnerte mich, daß es auch in Vermont, wie fast überall, schon einmal einen Serienmörder gegeben hatte. Vor langer Zeit war er ein paar Jahre lang aktiv gewesen und hatte alle sechs Monate eine Leiche hinterlassen. Also gut, auch diese Dinge konnten hier passieren.

»Er wird dich umbringen«, sagte Adam ruhig.

»Wenigstens könntest du sagen, daß er es ›könnte‹.«

»Er wird dich umbringen«, wiederholte Adam mit Nachdruck, »und dann bringe ich ihn um.«

»Ach, komm schon, in Gottes Namen. Das wirst du nicht. Du bist ein Cop, ein guter Cop. Du läufst nicht herum und bringst Leute um.«

»Ich werde ihn umbringen«, wiederholte Adam entschlossen. »Aber es wird nichts mehr nützen, weil du bereits tot sein wirst. Und dann werde ich dich vermissen«, sagte er leise, »jeden Tag, für den Rest meines Lebens.«

Ich fröstelte. Er zitierte da etwas, was ich ihm über meine Tochter erzählt hatte, die vor ein paar Jahren am plötzlichen Kindstod gestorben war. Jordan war meine absolute

Achillesferse. Ich war nicht darauf vorbereitet gewesen, daß er sie wiederauferstehen lassen wollte, und so erhob sich ihr Tod aus dem Jammertal, in dem ich ihn vergraben hatte, und durchströmte jede meiner Poren. Plötzlich hatte ich wieder den metallischen Geschmack im Mund, den ich noch Wochen nach ihrem Tod geschmeckt hatte – Trauer hat Auswirkungen, die niemand erklären kann. Ich fror und wußte, daß ich bald vor Kälte zittern würde. Ich blickte auf. Natürlich, es war unbeabsichtigt. Er hatte die Erinnerung an Jordan nicht wecken wollen. Ich sah in seinen Augen, daß dem doch so war, und stand auf.

Meine Stimme klang vollkommen ruhig, aber zu behaupten, sie wäre eisig gewesen, wäre genauso, als wenn man behauptete, daß der Polarkreis aus ein paar Eiswürfeln bestand. Sie hatte auch den Ton, den eine Klapperschlange von sich gab, wenn man auf sie trat. »Spiel nie wieder Jordan gegen mich aus, weder in deinem noch in meinem Leben. Nicht um alles in der Welt. Nicht, um mein Leben zu retten. Nicht, um das Leben aller hungernden Kinder dieser Welt zu retten. Nicht noch einmal. Nie wieder.«

Mir war schwindlig und kalt. Ich ging hinein und nahm die Autoschlüssel und meinen Mantel. Adam war still. Instinktiv hatte er nichts geantwortet. »Und verschwinde, bevor ich wiederkomme«, sagte ich. Ich wußte, daß er gehen würde. Nie zuvor hatte er diesen Ton in meiner Stimme gehört. Noch nicht mal ich hatte ihn jemals gehört.

Es kostete sehr viel Kraft, aber auf dem Weg hinaus blieb ich an der Tür stehen. Ich stützte mich auf den Rahmen und drehte mich um. »Ich kann es nicht auf deine Art machen. Ich kann mich nicht hinter deinem Rücken verstecken und in deinem Schatten leben. Ich kann nicht nach Hause zu Big Daddy laufen, wenn es ein bißchen rauher wird. Ich weiß genau, wie gefährlich Willy ist, noch viel genauer als du – und ja, vielleicht wird er mich umbringen, wenn ich dumm oder unvorsichtig genug bin, ihm die Gelegenheit zu geben. Aber wenn ich weglaufe und mich verstecke, würde ich mich selbst aufgeben, so daß es sich auch nicht mehr lohnen würde weiterzuleben. Ich werde mit ihm fertig oder nicht. Alles, was du tun kannst, ist, das zu zerstören, was zwischen uns ist.« Adam schwieg. Ich wartete einen Moment und ging dann.

Eine Weile fuhr ich herum, ohne zu wissen, wo ich war. Jordan war mit aller Macht zurückgekehrt. Dabei waren Trauer und Depression noch nicht einmal auf dem gleichen Planeten zu Hause. Depression war wie eine allmähliche Lähmung. Nach einer Weile hat man nicht einmal mehr die Kraft, einen Arm zu heben oder aus dem Bett zu kommen. Trauer war mehr wie ein Schlag in die Magengrube. Es war ein Spasmus. Man fühlte sich, als ob man sich zu einem Ball zusammenrollen müßte, um die Schläge abzuwehren.

Schließlich merkte ich, daß ich in der Nähe von Marvs Wohnung war, also fuhr ich hin. Langsam dämmerte mir, daß ich nicht mehr in der Lage war, Auto zu fahren. Ich mußte von der Straße und war noch nicht soweit, um nach Hause zu fahren. Und ehe ich zu Carlotta fuhr, wollte ich lieber verdammt sein.

Marv hatte eine Wohnung in der Stadt. Es wäre unfair zu behaupten, daß er dort alleine lebte, obwohl außer ihm kein Mensch da war. Er lebte mit seinen Bildern und Skulpturen – Volkskunst, die er in aller Welt zusammengesammelt hatte. Es war ein beruhigender Ort, selbst für mich, die nicht einen Deut von Kunst verstand. Marv war ein ausgezeichneter Psychiater, auch wenn er vor Gericht ein schlechter Zeuge war. Trotzdem war er der Mensch, den ich anrief, wenn ich bei einem Fall einen Rat brauchte. Heute nacht brauchte ich keinen. Vielleicht wollte ich einfach nur eine Weile zwischen seinen Bildern sitzen. Weil mir die

Kunst etwas gab, so fragte ich mich, oder weil ich wußte, daß er sie so liebte?

Ich klopfte an die Tür und hörte Marvs Slipper. Marvs violette Slipper. Sie waren unglaublich häßlich, aber zu Hause hatte er sie immer an. Marv öffnete die Tür. Er trug seine übliche, kunterbunt zusammengewürfelte Kleidung. Er war klein, teilweise kahl und hatte einen Spitzbauch. Mein Östrogen ärgerte mich nie, wenn Marv um mich war, und heute nacht war das um so angenehmer.

Er sah überrascht aus und redete gleich los. Dann bremste er sich und sah mich genauer an. Einmal, so hatte er mir erzählt, hatte er einen Transsexuellen beraten, der beschlossen hatte, niemals zu einem Therapeuten zu gehen, der nicht bemerkte, daß er ein Mann war. Der Typ hatte sechs Therapeuten ausprobiert, bevor er Marv fand. Marv erkannte es sofort an der Breite seines Handgelenks. Ich hätte nicht verheimlichen können, in welcher Verfassung ich vor ihm stand, selbst wenn ich es versucht hätte.

»Ich habe mich gerade gefragt ...«, begann ich schwach.

»Nichts da«, meinte Marv, während er den Arm um mich legte. »Komm rein.«

»Setz dich«, sagte er und deutete auf die Couch. »Laß mich das Feuer ein bißchen anfachen und einen Tee aufsetzen.« Normalerweise trank ich keinen Tee, aber ich wußte, daß es eine gute Idee war. »Und jetzt«, sagte er, als er mit dem Feuerschüren fertig war, »gebe ich dir noch eine Decke – was hältst du von dieser Häkeldecke aus Albanien?«

Es war das erste Mal an diesem Abend, daß ich lächeln mußte. Irgendwie wußte man, daß Marv niemals mit einer ausrangierten Armeedecke ankommen würde. Ich mußte mich geschlagen geben. Ich hatte das Bild einer Naturkatastrophe vor Augen – vielleicht einen Hurrikan –, und Marv rannte herum und verteilte unter den Überlebenden Häkeldecken aus Albanien, Spanien oder Rußland.

Marv brachte die Decke und den Tee, setzte sich neben mich und trank, während er ruhig ins Feuer starrte. Er sagte kein einziges Wort.

»Du kannst weitermachen, womit du gerade aufgehört hast«, sagte ich. »Ich möchte mich einfach nur ein bißchen entspannen.«

»Mir geht es gut«, sagte er. »Oder störe ich dich?«

»Nein«, meinte ich ehrlich. »Im Gegenteil.«

Das war alles. Er fragte nichts. Ich sagte nichts. Ich zitterte noch eine Weile, trotz des Feuers, der Decke und des Tees, und schlummerte dann langsam ein. Ich wußte, was passieren würde. Es war jedes Mal dasselbe: Ich würde aufwachen und für eine Sekunde glauben, daß sie noch lebt, und dann merken, daß es nicht wahr war. Ich haßte diesen Absturz mehr als alles andere auf der Welt, aber ich konnte nichts dagegen machen. Marvs Wohnung war immer noch besser als andere Orte, um das durchzustehen.

Scheiß auf den Lebenslauf. Der Tod war ein jämmerliches Geschäft. Wenn Esoteriker schwatzen, daß nichts grundlos geschieht, könnte ich kotzen. Jordans Tod hatte mich ziemlich beschädigt – wie er alle Eltern beschädigte, die ein Kind verloren hatten. Er machte uns nicht weiser oder sensibler fürs Leben. Er verletzte uns.

Adam hatte keine Ahnung, wovor ich wirklich Angst hatte. Ich hatte keine Angst, daß Willy mich zu Tode foltern würde. Natürlich wäre das fürchterlich, obwohl ich vor dem Tod eigentlich keine Angst hatte – Eltern, die ihr Kind verloren haben, haben keine Angst mehr. Was mir wirklich Angst machte, war, daß Willy genug erfahren würde, um Jordan gegen mich auszuspielen. Aber, Ironie des Schicksals: Ausgerechnet Adam hatte es getan. Das geschah mir ganz recht, sagte ich mir, während ich einschlief. Das geschieht dir ganz recht, wenn du zuläßt, daß dieser Hurensohn dir unter die Haut geht.

4

Als ich aufwachte, war das Feuer im Kamin frisch angefacht, und eine kleine Kaffeemaschine stand auf dem Tisch neben der Couch. Ich mußte nur noch den Knopf drücken, um frischen Kaffee zu bekommen. Daneben standen eine Tasse mit Milch und ein einsamer Krokus in einer Vase. Es war immer noch sehr früh. Wie früh mußte Marv aufgestanden sein, um all das zu arrangieren?

Ich betrachtete den Krokus. Natürlich hätte ich Marv den Kopf abgerissen, wenn er mir gesagt hätte, daß alles wieder gut werden würde oder daß die schwärzeste Nacht immer vor dem Morgengrauen lag oder ähnlichen Unsinn. Er hatte nichts dergleichen gesagt. Er hatte einfach einen Krokus hingestellt – den ersten Frühlingsboten und die einzige Blume, die ihren Kopf durch die Schneedecke stecken konnte. Es war schwierig, mit einem Krokus zu streiten, selbst für mich.

Ich dachte nach. Ich stand mehr auf der Seite von Carlotta und Adam, als ich zugeben wollte. Hätte ich eine Freundin, die den gleichen blödsinnigen Karambolagekurs fuhr, würde ich toben und rasen, betteln und auf sie einreden, wahrscheinlich sogar weniger geschickt als beide zusammen. Ich würde damit nicht so umgehen können wie Marv letzte Nacht. Was hätte mir Besseres passieren können? Ich fühlte mich schuldig gegenüber meinen Klientinnen, den mißhandelten Ehefrauen. Vielleicht sollte ich weniger streiten und statt dessen ein paar Krokusse hinstellen.

Natürlich wäre ich nicht so dumm gewesen, ein totes Kind gegen jemanden auszuspielen. Auch einen Tag danach fühlte ich mich noch schwach und lädiert – so, als ob ich mich geprügelt hätte, was ich vermutlich auch getan hatte.

Wie ich es vorausgesehen hatte, war ich aus meinem schlimmsten Alptraum aufgewacht: Zuerst mit dem angenehmen Gefühl, daß Jordan im anderen Zimmer lag und ich nur aufstehen mußte, um nachzusehen, warum sie immer noch schlief. Dann kam der Zusammenbruch – alles geschah wie immer im Halbschlaf. Mit dem vollständigen Erwachen hatte ich das Schlimmste so ziemlich hinter mir.

Ich stand auf und schlurfte in die Küche, um Marv zu suchen. Er war nicht mehr da, aber auf dem Tisch lag ein Zettel. »Ich mußte weg. Es gab einen Selbstmordversuch in der JVA. Bleib, solange du möchtest. Fühl dich wie zu Hause. Alles Liebe.«

Wenn Marv jemals an meine Tür klopfen sollte, nahm ich mir vor, würde ich ihm keine Fragen stellen. Nicht eine einzige. Aber wer würde schon an meine Tür klopfen, ohne etwas wissen zu wollen? Die ganze Sache war mir ein bißchen unangenehm. Ich war wie ein Chirurg, der auf jedes Problem immer nur mit Amputation antwortete. Jetzt aber war ich der Patient und mußte etwas verarbeiten, was sich nicht amputieren ließ.

Jetzt stellte sich heraus, daß kein Chirurg, sondern nur ein Arzt für chronische Beschwerden helfen konnte. Einer, der wußte, wie man mit diesen Dingen umgehen mußte, die einen fast umbrachten und nie vergingen. Ich hatte von Marv etwas gelernt, aber ich bezweifelte, daß ich es anwenden konnte. Chirurgen waren schlechte Internisten und umgekehrt.

Ich ging zum Auto hinaus, um meine Reisetasche zu holen. Ich hatte die Angewohnheit, spontan zu verreisen, und deshalb immer eine gepackte Tasche im Auto. Ich besaß nicht viel. Irgendwann hatte ich beschlossen, in meinem Leben niemals mehr als zweihundertfünfzig Sachen zu besitzen, aber etwas, worauf ich niemals verzichten würde, war eine Reisetasche. Darin war alles, was ich für ein Wochenende brauchte oder gar für ein halbes Dutzend davon.

Was benötigte man denn wirklich auf einer Reise? Zwei

Paar Shorts, drei T-Shirts, einen Badeanzug, zwei lange Hosen (eine davon hatte man sowieso schon an), zwei Hemden, ein Kleid, einen Pullover – wo man einen Mantel brauchte, sollte man nicht hinfahren. Fünf Slips und zwei BHs, ein paar Toilettenartikel, und das war's. Alles war knitterfrei, alles paßte zusammen, und alles ließ sich im Waschbecken auswaschen und bis zum nächsten Morgen trocknen. Ich saß nie in der Klemme, solange ich meine Reisetasche und meine Kreditkarte bei mir hatte, die ebenfalls in der Tasche steckte.

Ich zog meine Zahnbürste und das einzige Kleid heraus: ein wadenlanges Stretchsamt-Kleid mit langen Ärmeln und Rollkragen. Es war brav genug, um im Vatikan oder im Nahen Osten getragen zu werden, vornehm genug für ein Sinfoniekonzert und schlicht genug, um es tagsüber anziehen zu können. Ich mochte keine monofunktionalen Einzelstücke.

Kaum war ich in der Klinik angekommen, in der Marv und ich arbeiteten, sprach mich Marvs Sekretärin Judy an: »Weißt du, wo Marv ist?« fragte sie.

»Sicher«, sagte ich. »Er ist in der JVA. Dort gab es letzte Nacht einen Selbstmordversuch.«

»Oh, Mann«, meinte sie.

»Wieso? Was ist los?«

»Da ist eine Frau, die glaubt, daß sie mit ihm zu einem Vorgespräch für seine neue Gruppe verabredet ist.« Marv wollte eine neue Selbsterfahrungsgruppe aufbauen und wie die meisten Therapeuten die Teilnehmer vorher einzeln befragen. Sonst konnte es passieren, daß jemand teilnahm, der zu krank war oder der bei der ersten Konfrontation einen Selbstmordversuch beging. Oder es konnte ein zudringlicher Kerl in der Gruppe landen, der sich sofort die labilste Frau herauspickte und ihr das Leben zur Hölle machte. Selbsterfahrungsgruppen konnten nur funktionieren, wenn die Teilnehmer einigermaßen gut zusammenpaßten. In einer Einzelsitzung konnte der Therapeut diejenigen aussortieren, die von vornherein ungeeignet waren.

»Und? Kannst du den Termin nicht verlegen?«

»Natürlich kann ich das. Und ich schätze, ich werde es müssen. Ich glaube nur nicht, daß diese Frau wiederkommen wird. Sie scheint ziemlich nervös zu sein.«

Natürlich schuldete ich Marv einen Gefallen, und obwohl sein Talent, eine nervöse Klientin zu beruhigen, bestimmt größer war als meines, war es für diese Frau vielleicht besser, mit mir zu reden, anstatt mit dem Hinweis weggeschickt zu werden, daß sie später wiederkommen solle. »Okay, ich spreche mit ihr«, sagte ich.

»Ich hab sie in sein Büro gebracht«, meinte Judy. »Ginger sitzt schon wieder im Wartezimmer und macht jeden neuen Klienten verrückt.«

Am liebsten hätte ich mein Angebot sofort wieder zurückgezogen. Ich wollte Ginger nicht treffen. Ginger war nicht mehr meine Klientin, und ich hatte nicht vor, Ginger jemals in meinem Leben wiederzusehen. Unglücklicherweise lag Marvs Büro am anderen Ende des Flurs. Wenn ich die neue Klientin sehen wollte, mußte ich durch das Wartezimmer und an Ginger vorbei. Fast hätte ich Judy erklärt, daß eher die Hölle einfrieren würde, als daß ich mich freiwillig in einen Raum mit Ginger begeben würde, aber dann hielt ich doch den Mund.

Wie feige. Schließlich war ich der Grund, weshalb Marv sich mit Ginger herumschlagen mußte. Vor ein paar Jahren war sie in meine Praxis gekommen und hatte behauptet, sie hätte keine besonderen Probleme und bräuchte nur ein bißchen Hilfe bei ein paar beruflichen Schwierigkeiten. So etwas nannte man eine Riesenlüge. Sie hatte sich sofort in eine symbiotische Klette verwandelt, was mich fast umgebracht hätte.

Ginger war unbarmherzig. Sie kam in meine Praxis, während ich mit anderen Patienten beschäftigt war, nur um mir nahe zu sein. Sie rief meinen Anrufbeantworter an, um meine Stimme zu hören. Sie erschien Stunden vor unserer Verabredung und schlief im Wartezimmer. Nach der Sitzung wollte sie nicht gehen. Sie rief jeden Tag an und verlangte, daß ich zurückrufe. Wenn ich nicht konnte oder nicht wollte, drohte sie mit Selbstmord.

Wäre es so weitergegangen, wäre ich in der Klapsmühle gelandet – und wegen Totschlags angeklagt worden. Aber als ich anfing, mich davor zu fürchten, zur Arbeit zu gehen, sah ich mich gezwungen, sie an Marv zu übergeben. Ich hatte ihn in diesem Fall sowieso schon konsultiert, und wir hatten gehofft, daß sie bei einem männlichen Therapeuten ihr Verhalten ändern würde. Das geschah nicht, aber ich habe trotzdem nicht angeboten, sie zurückzunehmen.

Ginger saß im Wartezimmer, ganz in Schwarz gekleidet. Sie war um die dreißig, aber ihr Gesicht war so ausgemergelt und faltig, daß sie älter aussah. Sie war klein, hatte dunkles, kurzgeschnittenes Haar und lag zusammengerollt auf der Couch. Sie schien niemals Frieden zu finden, und alles an ihr strahlte Unruhe aus.

Was ihr fehlte, war die Fähigkeit, sich selbst zu besänftigen. Zur Ruhe kam sie nur, wenn sie mit demjenigen zusammen war, an dem sie gerade hing. Ohne diesen Menschen fiel sie in einen Abgrund. Niemand konnte besser als Marv vermitteln, wie man sich selbst besänftigte, aber es sah nicht so aus, als ob er mit Ginger sehr weit gekommen wäre.

Ich glaubte nicht daran, daß man Menschen anhand der Farben, die sie trugen, diagnostizieren konnte. Aber im Fall von Ginger konnte man daran immer erkennen, in welcher Stimmung sie war. Wenn sie sich von ihrem Therapeuten vernachlässigt fühlte – was ständig vorkam –, trug sie Schwarz.

Als ich hereinkam, blickte sie auf, und ich blieb stehen. Ich konnte nicht anders. »Wie geht es Ihnen, Ginger?« fragte ich.

»Na ja, nicht gerade gut im Moment.«

»Das tut mir leid. Warten Sie auf Marv? Ich glaube nicht, daß er bald kommt. Er hat einen Notfall. Wann haben Sie Ihren Termin?«

»Oh, wir sind nicht vor eins verabredet. Ich dachte nur, ich komme etwas früher. Haben Sie Zeit, um mit mir zu reden? Sie wissen ja, daß ich glaube, daß eine Therapeutin besser für mich wäre.« Wer auch immer gerade Gingers Therapeut war, es war immer der falsche.

Ein Teil von mir wollte aufschreien: *»Nie im Leben. Nicht, bevor die Bulls Michael Jordan austauschen. Nicht, bevor die Celtics mir einen Freischuß anbieten. Nicht, bevor es Frieden im Nahen Osten gibt. Nicht, bevor alle gekauften Zeugen die Wahrheit gestehen. Bevor ich mit dir noch einmal rede – habe ich lieber eine Lobotomie.«* Ich hatte eine zu lange Pause gemacht, so daß Ginger hoffnungsfroh aufschaute. Vielleicht konnte sie ja zwei Therapeuten auf einmal haben.

»Ich kann nicht, Ginger«, antwortete ich ruhig. »Und ich glaube auch nicht, daß es Ihnen helfen wird, wenn Sie andauernd von einem Therapeuten zum nächsten wechseln. Warum sprechen Sie nicht mit Marv darüber und hören sich an, was er dazu meint? Ich muß jetzt gehen, aber ich hoffe, daß es Ihnen bald bessergeht.«

Trotz der Schreie in meinem Kopf hoffte ich das wirklich, obwohl es nicht danach aussah. Ginger hatte keine Ahnung, wie sie sich besser fühlen sollte, ohne jemand anderen auszusaugen. Und ich bezweifelte, daß sie jemals dahinterkommen würde. Schlimmer noch, sie hatte keine Ahnung, wie feindselig ihr Blutegel-Verhalten wirkte. Sie fühlte sich nur hilflos.

Und ich fühlte mich wie eine Kriminelle auf der Flucht, was ein Teil des Problems war. Egal, was man je mit Ginger angestellt hatte, niemals konnte man die Schuldgefühle loswerden, die sie einem eingeimpft hatte.

Ich schloß die Tür zu Marvs Büro und versuchte Ginger hinter mir zu lassen. Die Frau, die Judy hereingebracht hatte, sah nicht wie jemand aus, der normalerweise bei Selbsterfahrungsgruppen auftauchte. Sie hatte ein kleines, scharfes Kinn – viel zu klein für ihr Gesicht –, was nicht gerade ein Hinweis für Unterernährung in ihrer Kindheit war, aber doch dafür, daß Generationen ihrer Ahnen nicht genug zu essen gehabt hatten. Ihre Schultern waren schmal und gebeugt. Als sie mich nervös anlächelte, konnte ich einige fehlende und ein paar verfärbte Zähne sehen. Sie trug diese Art billigen Polyester, der die neueste Mode nachahmte. Besser, sie würde ein paar Jeans und ein Arbeitshemd tragen, dachte ich.

Es war ganz einfach: Sie war arm, und ihre Zähne und ihr Kinn verrieten, daß sie aus armen Verhältnissen stammte. Ich hätte nicht sagen können, wie alt sie war: Armut ließ die Menschen älter aussehen, als sie in Wirklichkeit waren. Ich schätzte sie auf Mitte Fünfzig, also war sie vielleicht Anfang Vierzig.

Mein Vater war Anwalt gewesen und hatte Vorfahren mit etwas Geld. Aber meine furchtlose Mama stammte aus einer Familie, die vom Meer lebte. Einige von ihnen waren ihr ganzes Leben lang so arm wie Kirchenmäuse gewesen. Ich war damals zu jung, um mich noch an sie erinnern zu können, aber ich hatte Geschichten gehört, die die Depression im Vergleich dazu wie einen Witz erscheinen ließen. Wenn man vom Meer lebte und das Meer nichts hergab, wenn es kein soziales Netz gab und die Nachbarn in der gleichen schlechten Situation waren wie man selbst, dann war man ewig hungrig.

Kleider wurden aus Futtersäcken genäht, was wohl nicht so schlimm war, wie es klingt. Kann sogar sein, daß es besser ausgesehen hatte als der Polyesterstoff vor mir. Die Futtersäcke waren aus Baumwolle, und ich erinnerte mich schwach an ältere Frauen, die in ihren Schaukelstühlen auf der Veranda saßen und Kleider trugen, die mit kleinen Blümchen bedruckt waren. Irgendwo in meinen Genen spürte ich, was Armut bedeutete, auch wenn ich sie niemals selbst erlebt hatte, und die Frau vor mir war für mich eine Art Verwandte.

»Hallo, ich bin Michael Stone«, sagte ich und streckte ihr die Hand entgegen. Sie stand auf und hielt mir linkisch ihre hin, aber als ich sie ergriff, überraschte mich ihr fester Händedruck.

»Ich bin Katy«, sagte sie.

»Ich weiß, daß Sie hier sind, um mit Dr. Gleason zu sprechen, aber er wurde zu einem Notfall gerufen, und ich dachte, vielleicht kann ich einspringen. Nehmen Sie Platz. Sie sind wegen der Gruppe gekommen?«

»Ja, ich glaube«, sagte sie, während sie sich an das entfernte Ende der Couch setzte. »Obwohl ich manchmal nachts arbeiten muß und nicht glaube, daß ich dann kommen kann. Also weiß ich nicht, ob es geht, aber ich dachte, ich komme einfach vorbei und frage. Die Kinder sind aus dem Haus, und ich dachte, es ist vielleicht an der Zeit, daß ich ein bißchen rauskomme. Ich bin eine ganze Zeit nicht aus dem Haus gekommen – ja, wirklich, eine ganze Weile nicht, aber jetzt sind sie alle erwachsen und draußen. Die letzte ist am Dienstag, an ihrem achtzehnten Geburtstag, mit ihrem Freund zusammengezogen, und ich dachte mir, ich sollte vielleicht rausgehen und mehr tun, als nur arbeiten und nach Hause kommen und vor dem Fernseher sitzen.« Sie war nervös und redete in einem fort, was kein Wunder war, wenn sie so wenig rausgekommen war, wie sie sagte.

Ich wollte etwas sagen, aber sie redete weiter. »Ich war nie so eine Mutter, die die ganze Zeit unterwegs ist. Ich weiß nicht, warum manche Leute Kinder haben. Sie bleiben nie mit ihnen zu Hause. Sogar meine Schwester – und ich liebe sie wirklich –, aber sie ist im Schnitt fünf Nächte die Woche unterwegs, und ihr Jüngstes ist noch nicht mal zehn.«

»Warum haben Sie diese Gruppe ausgewählt?« fragte ich. Ich wollte sie nach ihren Erwartungen fragen, aber ich wußte nicht, wie ich das ausdrücken sollte, ohne daß es überheblich oder bedrohlich klang.

»Also, meine Freundin hat die Anzeige gelesen, aber es stand nicht drin, wieviel es kostet. Das ist nicht ganz unwichtig.«

»Es ist unterschiedlich«, sagte ich. Eigentlich hatte ich keine Ahnung, wieviel Marv berechnete, aber ich wußte, daß er weniger nahm als ich. »Es richtet sich danach, wieviel Sie aufbringen können.«

»Das ist im Moment nicht sehr viel, das sage ich Ihnen gleich, auch wenn ich vielleicht im Sommer mehr arbeiten kann. Viele Leute nehmen sich den Sommer frei, und dann haben sie nicht genug Schichtarbeiter.«

»Was interessiert Sie an der Gruppe?« fragte ich beharrlich. Es war schwierig, sie sich in einer Bezwinge-deine-Triebe-Selbsterfahrungsgruppe vorzustellen.

»Ich habe bis jetzt nur wenig Soziales gemacht«, antwortete sie. »Und als Tanya meinte, es wäre eine soziale Gruppe, da dachte ich, na ja, was hast du schon zu verlieren? Ich habe noch nie einen netten Mann kennengelernt, aber ich schätze, jemanden auf diese Weise kennenzulernen ist besser, als in eine Bar zu gehen. Ich gehe nicht gerne in Bars. Ich habe schon zu viele Betrunkene erlebt, die sich nicht benehmen konnten.«

Oje, ihre Freundin hatte geglaubt, daß »kontaktfähig« etwas mit Kontaktklub zu tun hatte, was im Grunde so falsch nicht war, aber trotzdem ein peinliches Mißverständnis. »Na ja, das hier hat eigentlich nichts mit Dating zu tun. Es ist eine Gruppe, in der man über seine Probleme spricht. Und meistens besteht sie aus Frauen. Ein paar Männer werden vielleicht auch kommen, aber die sind meistens verheiratet. Die Gruppe wurde eigentlich nicht eingerichtet, um Kontakte zu knüpfen.«

»Oh, nicht ...«

»Nein, obwohl ich verstehen kann, daß die Anzeige danach ausgesehen hat, aber es ist wirklich nur eine Gruppe, in der man über Probleme spricht.«

»Davon habe ich genug, das können Sie mir glauben. Ich habe gedacht, daß es eine Gruppe ist, um Leute kennenzulernen.«

»Nein«, sagte ich. »Welche Probleme haben Sie?« Ich weiß nicht, was mich dazu gebracht hat zu fragen. Ich hätte sie einfach gehen lassen können. Vielleicht war ich neugierig wegen ihres Händedrucks. Vielleicht wollte ich einfach nicht ins Wartezimmer zurückgehen. Oder vielleicht war es deshalb, weil Menschen oft in letzter Minute die Nerven verlieren, wenn sie zu einem Therapeuten kommen, und dann vorgeben, daß sie am falschen Ort wären.

Seit eine Frau einmal in mein Büro gekommen war und gefragt hatte, ob dies das Sozialamt sei, reagierte ich auf so etwas rabiater als andere. Ich hatte verneint und sie gehen lassen. Drei Tage später beging sie einen Selbstmordversuch. Erst als ich sie danach wiedersah, erfuhr ich von ihren Ängsten, arm zu sein.

»Na ja«, sagte sie. »Ich habe schon schwere Zeiten erlebt, natürlich nicht so schwere wie andere. Mein Mann war ein Trinker. Das machte mir nichts aus, und er schlug mich auch, aber ich nahm es, wie es war. Aber eines Nachts verprügelte er meinen kleinen Billy, der noch nicht mal fünf war. Ich sag Ihnen, mit mir konnte er machen, was er wollte, aber er durfte niemals meine Kinder schlagen, und ich sagte ihm das klipp und klar. Ich versuchte ihn daran zu hindern, als er anfing, auf Billy einzuschlagen, aber er war ein großer Mann, und wenn er es sich in den Kopf gesetzt hatte zuzuschlagen, dann schlug er zu. Danach ging er einen trinken, und ich brachte Billy wieder in Ordnung, so gut ich konnte. Er hörte nicht auf, mich zu fragen, was er falsch gemacht hatte, und ich sagte ihm, nichts, aber ein kleines Kind kann so was nicht verstehen. – Ich lauerte ihm auf. Ich wußte, daß er betrunken sein würde, wenn er wiederkam, und wirklich, so gegen fünf erschien er, voll wie eine Haubitze, und ich versteckte mich hinter der Treppe. Dann machte ich einen Schritt nach vorn und schlug ihm mit einer Eisengußpfanne ins Gesicht, so fest ich konnte. Ich schlug ihm mitten ins Gesicht, und er stolperte hinaus und kam nie wieder zurück.«

»Nie wieder?« Ich hörte gebannt zu. Sie war wegen mehr als nur der Gruppe gekommen, aber ich wußte nicht, weshalb. Vielleicht, um irgendwem ihre Geschichte zu erzählen.

»Niemals. Uns ging es gut, auch wenn der erste Winter nicht einfach war. Wir fanden ein Haus für fünfhundert Dollar.« Ich muß überrascht dreingeblickt haben, denn sie fügte rasch hinzu: Na ja, es war mehr ein Hühnerverschlag, aber meine Kinder und ich brachten es in Ordnung. Wir gruben uns einen Brunnen, mehr als sechs Meter tief. Das war nicht einfach, aber die Kinder haben mir geholfen. Ich bügelte und verdiente fünfundzwanzig Dollar die Woche. – Aber in diesem ersten Winter kam der Tag, als ich überhaupt kein Geld mehr hatte, die Kinder hungrig waren und nichts im Haus war, was ich ihnen geben konnte. Ich hatte gehört, daß er bei seiner Mutter wohnt, und ich hatte ihn nicht um einen Cent gebeten, seitdem er weg war, so daß ich hinging, um ihn um zehn Dollar zu bitten, damit ich etwas für die Kinder zu essen kaufen konnte. – Ich sah ihn auf der Veranda sitzen, aber bevor ich ihn erreichte, drehte er sich um und sah mich. ›Ich sage es dir gleich‹, hat er zu mir gesagt, ›bitte mich nie um Geld, weil ich für einen lahmen Gaul nicht zahle.‹ Da drehte ich mich auf dem Absatz um und ging weg und habe ihn nie wieder um etwas gebeten. – Irgendwie kamen wir durch diesen Winter, Gott allein weiß wie, und das nächste, was ich von ihm hörte, war, daß er im Newport-Gefängnis saß. Die ganzen drei Jahre hatten wir nichts von ihm gehört, und dann fing er an, mir zu schreiben und mich zu bitten, mit den Kindern zu kommen, und dann schrieb er, wie schwer es ohne Familie wäre und wie sehr er uns vermissen würde.«

»Und was haben Sie getan?« Ich hatte Angst zu fragen. Solche Geschichten hatte ich schon oft gehört, und so wartete ich auf das übliche Ende.

»Ich schrieb ihm zurück«, antwortete sie. »›Laß mich Dir nur eines sagen: Für einen lahmen Gaul zahle ich nicht.‹«

Ich war wie betäubt. Nachdem sie gegangen war, blieb ich eine Weile sitzen. Diese Frau hatte die »Seele eines Winters«, wie Wallace Stevens gesagt hätte. Was hatte sie, was die anderen nicht hatten? All diese Frauen, die ich gesehen hatte, wie sie ins Newport-Gefängnis fuhren und ihre Kinder ermahnten: »Seid jetzt lieb, Daddy tut es leid.« Komm, lüg mich an und sei mein Liebster.

Was war es, was diese Frauen dazu brachte, seinen Tränen zu glauben, obwohl sie es eigentlich besser hätten wissen müssen? War es Einsamkeit? Geld? Sex? Und das waren keine Frauen, denen mitten im kalten Winter von New England das Geld und das Essen für ihre kleine Kinder ausgegangen war. Was hatte diese Frau, was andere nicht hatten? Was hatte diese Frau, was Ginger fehlte, die keine zwei Sekunden alleine sein konnte, ohne an jemandem zu kleben?

Gab es irgend etwas, das mich dazu gebracht hätte, ins Newport-Gefängnis zu fahren? Ich hoffte nicht. Aber ich hatte auch nie versucht, einen sechs Meter tiefen Brunnen zu graben, mit Kindern am Rockzipfel und einem Winter vor der Tür.

Ich konnte vor ihr nur den Hut ziehen. Vielleicht war es wahr, was Marge Piercy geschrieben hatte, daß »mit Standhaftigkeit nichts gewonnen ist als Standhaftigkeit«. Aber manchmal war das schon eine ganze Menge.

5

In meinem Büro dachte ich immer noch über sie nach, als Melissa, meine Sekretärin, hereinkam. »Eilbrief«, sagte sie. »Ich habe für dich unterschrieben.« Ich warf den Brief auf den Tisch. Eilbriefe waren Routine: Anscheinend wollte kein Anwalt mehr die »Schneckenpost« benutzen. In Gedanken war ich bei Katy und nahm von dem Absender keine Notiz, bis ich plötzlich herumfuhr:

Wilbee Cingu
Never-Never Land Enterprises
64 Martin Luther King Blvd.
Cross Roads Junction, NH

Ich schaute noch einmal hin. Wilbee Cingu. Ich kannte keinen Wilbee Cingu, und ein Anwaltsbüro, das Never-Never Land Enterprises hieß, gab es auch nicht.

Ich schaute genauer hin. Wil-bee-c-ing-u – werde dich treffen. Oje. Ich mußte mir keine Gedanken mehr darüber machen, wie ich Willy finden sollte. Er hatte mich bereits gefunden. Angst schnürte mir die Kehle zu, und ich holte tief Luft, um mich zu beruhigen. Willy hatte zum Sprung auf mich angesetzt, und es war genauso unangenehm, wie ich es mir vorgestellt hatte. Es hätte mir nichts ausgemacht, eine dunkle Straße hinunterzugehen, um ihn zu treffen – na ja, natürlich schon, aber ich konnte ja doch nichts dagegen tun –, aber ich konnte nicht still sitzen bleiben, während er gegen mich vorging.

Ich hatte einmal eine Freundin, die vor zwanzig Jahren die erste weibliche Polizistin in ihrem Staat wurde. Dann mußte sie in einem Wohnhaus allein eine dunkle Treppe hinaufsteigen, wo ein Mann mit einer Axt auf sie wartete. Niemand wußte, wie sie das schaffte. Aber ich: Sie stieg einfach hinauf.

Ich zögerte einen Augenblick. Das konnte auch eine Briefbombe sein. Willy wäre dazu fähig. Andererseits könnte er dann aber nicht das Resultat bestaunen, so daß es ihm nicht genug Spaß machen würde. Wenn er eine Briefbombe schickte, dann stimmte meine Diagnose über sexuelle Sadisten nicht. Ich mußte fast lächeln. Noch nie in meinem Leben hatte ich *soviel* Vertrauen in meine Diagnose gehabt.

Ich öffnete den Brief. »Endlich frei«, zitierte Willy, »Endlich frei«, aber ich hätte wetten können, daß Martin Luther King dabei nicht an Willy gedacht hatte.

»Jetzt«, schrieb Willy, »müßtest Du Dich eigentlich fragen, welche Rolle Du im Never-Never Land übernehmen sollst. Schließlich: ›Realität ist nur das Produkt höchster Imagination.‹ Zeig mir Deine, und ich werde Dir meine zeigen.« Unterschrieben war der Brief mit

partytime@postoffice.worldnet.att.net.

Ich starrte den Brief an. Es war nicht gerade ein langes Schreiben, aber es verriet doch eine Menge. Ich wußte, woraus Willys Phantasien bestanden – aus wahrhaft fürchterlichen Foltermethoden –, und wenn Willy vorhatte, sie wahr werden zu lassen, dann würde es jemandem bald sehr schlecht ergehen.

Ich persönlich wollte Willys Phantasien wirklich nicht zu

spüren bekommen. Die einzigen Menschen, die seine Phantasien erlebt hatten, waren seine Opfer.

Wenn er mir das also mitteilte, ja, dann hatte er vermutlich auch Pläne mit mir. Schlimmer noch, er machte sich damit noch nicht einmal strafbar. Es war eine Drohung, die nicht wie eine Drohung aussah. Willy war bestimmt nicht bei einem der größeren Provider mit ihren schriftlichen Abrechnungen gemeldet. Willy besaß sicherlich eine Software, mit der er direkten Zugang zum Internet hatte und mit der er sich von jedem Telefon der Welt einwählen konnte.

Aber dafür mußte ich kein schlechtes Gewissen haben, wenn ich es Adam nicht erzählte. Was könnte er damit schon anfangen?

Das viel größere Problem war, was *ich* damit anfangen sollte. Ich versuchte nachzudenken. Jesus, er war noch nicht mal zehn Minuten draußen, und schon nahm er Kontakt zu mir auf. Hatte er das alles geplant?

Also gut: Welche Rolle hatte Willy im Never-Never Land für mich vorgesehen? Ich zweifelte nicht daran, daß er sich als Peter Pan sah, und wußte genau, was er mit den »verlorenen Jungs« vorhatte, die er zwangsläufig aufgabeln würde. Aber was war mit den Mädchen? Angenommen, daß ich darin eine Rolle spielen sollte, wie paßte ich da hinein? Es gab nur zwei weibliche Figuren bei *Peter Pan* – Tinker Bell und Wendy –, und keiner von beiden war etwas Schlimmes zugestoßen.

Na ja, da gab es noch die indianische Prinzessin. Wenn ich mich richtig erinnerte, war sie in einem Käfig an einen Pfahl gebunden worden, während das Hochwasser stieg. Das allerdings war wirklich keine schöne Perspektive ... Eine Sache war klar: Willy hatte mich eingeladen, mit ihm per E-Mail zu kommunizieren, und er kannte meine E-mail-Adresse nicht.

Ich hatte zwar keine Lust, mit ihm dieses Spielchen zu

spielen, aber wenn ich ihm antworten würde, hätte er automatisch meine E-mail-Adresse und damit eine weitere Möglichkeit, sich in mein Privatleben einzuschleichen. Aber wenn ich ihm nicht antwortete, hätte ich keinen Anhaltspunkt, was als nächstes kam. Was für ein Blatt! Würde mir nicht jeder, dem ich davon erzählte, raten, gleich nach Afghanistan auszuwandern? Nein, ich konnte es niemandem erzählen, nicht einmal Marv.

Das Telefon klingelte. Ich zuckte zusammen und brauchte einen Augenblick, bevor ich dranging. Ein einziger Brief von Willy, und schon war ich schreckhaft. »Es ist die Notaufnahme«, sagte Melissa, »die Bereitschaftsärztin will dich sprechen.«

»Wer ist es?« fragte ich.

»Das hat sie nicht gesagt«, antwortete Melissa.

»Stell sie durch«, meinte ich.

»Michael, hier ist Suzanne. Ich bin in der Notaufnahme, und wir haben hier unten eine deiner Klientinnen, eine Camille Robbins.«

Glücklicherweise war Suzanne Stenson eine der intelligentesten psychiatrischen Assistenzärztinnen, die die Jefferson-Klinik je hervorgebracht hatte. Das war deshalb ein Glück, weil es nicht halb so schlimm war, es mit einem verrückten Patienten zu tun zu haben, wie mit einem verrückten Arzt.

»Warum ist sie bei euch?«

»Du kennst doch Harvey vom Sweet Tomatoes? Er hat sie heute morgen im Garten gefunden, als sie sich vor ihrem Haus in den Büschen versteckte. Ihr verdammter Hund wollte ihn nicht in ihre Nähe lassen, und er wollte schon die Polizei rufen, als sie doch noch rauskam und den Hund zurückrief. Es sieht aus, als hätte sie eine Art Flashback. Harvey brachte sie hierher. Sie war desorientiert und verwirrt und fiel von einem Flashback in den nächsten.«

O Gott. Ich hätte nur gewünscht, Harvey hätte etwas von Hunden verstanden. Dem war wohl nicht so, sonst hätte er bereits die Polizei gerufen, als dieser Rottweiler ihn das erstemal ansah.

»Michael, das Problem ist, daß der Hund mitgekommen ist. Ich sage das nicht gerne, aber das Personal sorgt sich mehr um den Hund als um deine Klientin. Niemand will näher als einen halben Meter an ihn heran, was ein großes Problem darstellt, weil deine Klientin an der Leine klebt, als wäre sie ein Rettungsring. Sie sagt, er sei ein Anfall-Hund. Ist das wahr?«

»Es ist eine Sie«, sagte ich, »obwohl ich nicht überrascht bin, daß du nicht nah genug herangekommen bist, um nachzusehen. Ihr Name ist Keeter. Soweit ich weiß, ist sie ein Anfall-Hund, was bedeutet, daß sie überall hingehen darf. Sie ist gleichzeitig ein Kampfhund, also sei vorsichtig.«

»Hör mal, wenn die Leute hier noch vorsichtiger wären, würden sie sie erschießen.«

»Warum komme ich nicht einfach runter und schaue nach ihr?«

»Ja, warum tust du das nicht einfach.«

»Übrigens, hat sie dir nur gesagt, daß ich ihre Therapeutin bin, oder wollte sie mich sehen?«

»Sie wollte dich sehen.« Gut. Das bedeutete, daß wir doch eine Beziehung hatten, egal wie neu und zerbrechlich sie war. Suzanne fuhr fort: »Noch etwas, Michael. Sie müßte eingewiesen werden, aber wir können diesen Hund nicht mit einweisen.«

»Von Rechts wegen müßt ihr, es ist ein Partnerhund.«

»Von Rechts wegen tun wir es, also werden wir genau aus diesem Grund keine Einweisung für Camille empfehlen. Niemand glaubt, daß man sie trennen kann, und wir können diesen Hund nicht einfach auf der Station lassen. Die Sicherheitsleute würden durchdrehen, die anderen Patienten würden durchdrehen, und ich fürchte, auch der Hund würde durchdrehen. Nur damit du weißt, daß das keine Alternative ist.«

Na prima. Ich hatte da eine Frau, die so durcheinander war, daß sie sich mit Flashbacks in den Büschen versteckte, und eine Einweisung war nicht möglich. Aber ich konnte eigentlich nichts dagegen einwenden. Ich würde Keeter auch nicht auf der Station lassen. Was, wenn Camille die Gewalt über sie verlor und Keeter fünf oder sechs Patienten fraß? Andererseits, was sollte ich Camille sagen, wenn sie eingewiesen werden wollte?

Am besten die Wahrheit – was bedeutete, daß ich später dafür unter Beschuß stehen würde. Wenn die Klinik-Oberen Camille nicht einlieferten, weil sie nicht wußten, was sie mit dem Hund machen sollten, würden sie es gegenüber Camille niemals zugeben. Die Verwaltung würde die Assistenzärzte zwingen, Camille zu sagen, daß eine Einweisung nicht nötig war.

Mediziner hatten immer schon ein ambivalentes Verhältnis zur Wahrheit. Oft war es für sie schwerer, die Wahrheit zuzugeben, als sie zu finden – die lange Geschichte der Lügen, mit denen Sterbende über ihren Zustand getäuscht wurden, belegt das. Nur gut, daß die Leitung mich sowieso schon für einen unberechenbaren Hitzkopf hielt, so daß ich nicht allzuviel zu verlieren hatte, was meinen Ruf betraf – wenn man das als gut bezeichnen konnte.

Ich legte Willys Brief in die Schublade. Leider konnte dieses verdammte Ding ein Beweis für ein zukünftiges Verbrechen sein, und außerdem wollte ich in der Lage sein, es noch einmal lesen und überdenken zu können. Es mußte doch einen Weg geben herauszufinden, was Willy vorhatte.

Ich ging hinunter in die Notaufnahme. Fred Feuerstein hat die Aufzüge entworfen, also nahm ich, wie der Rest des Personals, die Treppe. Ich ging geradewegs ins Schwesternzimmer. »Ich suche Dr. Stenson«, sagte ich. Ich trug mein Klinik-Schildchen, so daß die Schwester, die ich nicht kannte, kaum hochschaute, bevor sie mich den Gang hinunterführte. Was man in Kinofilmen zu sehen bekam, war gar nicht so falsch. Es wäre nicht allzu schwierig, wie ein Arzt auszuschauen. Na prima. Willy hatte mich bereits in eine komplette Paranoikerin verwandelt. Schon überlegte ich, wie einfach es für ihn wäre, an die Orte zu gelangen, an denen ich mich aufhielt.

Ich fand Suzanne im Arztzimmer, wo sie gerade Krankenblätter ausfüllte. Entlang des Zimmers verlief auf Sitzhöhe eine Theke, an der mehrere Ärzte saßen und ihre Notizen machten oder telefonierten. Krankenhausärzte machten sich generell Notizen, wenn sie einen Patienten sahen. Das klang gut und war es im Grunde auch, außer daß es in Krankenakten endete, die so dick waren, daß sie nach einer Weile niemand mehr lesen wollte. Natürlich verursachte das ab und an eine Katastrophe.

Suzanne war eine Ausnahme. Sie las die Krankenakte von Anfang bis Ende, egal wie oft der Patient schon eingewiesen worden war. Suzanne las noch einen Moment weiter, bevor sie aufblickte.

Ich sah die vertrauten Augenringe, die mir verrieten, daß sie schon die ganze Nacht auf war. Assistenzärzte wurden auf gefährliche Weise ausgenutzt, weil man sie routinemäßig zu 24- oder sogar 36-Stunden-Schichten einteilte. Es gab nur wenige Staaten, die das verboten, und leider war Vermont keiner von ihnen.

Natürlich war das für die Patienten, die eine miserable Behandlung bekamen, genauso furchtbar wie für die Assistenzärzte, die anfingen, ihr Leben zu hassen. Außerdem gab es da auch noch das kleine Problem, daß es schlecht für ihre Ausbildung war, weil niemand denken konnte, wenn er derart müde war.

Trotz aller Erklärungen der Klinikleitung geschah dies aus einem einzigen Grund: Geld. Leute einzustellen, die all diese Schichten machen konnten, kostete einen Haufen Geld. Assistenzärzte waren billig, und sie hatten vor allem keine Rechte.

Suzanne war schlank – wer hatte schon Zeit zu essen? – und hatte schulterlanges, dunkles Haar und helle Augen. Ich weiß nicht, warum Psychologen soviel Energie damit vergeuden, IQ-Tests zu entwickeln. Man kann an den Augen ziemlich gut erkennen, wie klug jemand ist. Jeder, der Suzanne ansah und nicht erkannte, daß sie wirklich sehr, sehr clever war, brauchte selber einen IQ-Test.

»Da bin ich ja froh«, meinte ich zu ihr, »wenn ich dir den Tag mit einer meiner Patientinnen verschönern kann. Ich weiß ja, wie gelangweilt du sonst hier herumsitzt, ohne etwas zu tun zu haben.«

»Eigentlich«, meinte sie, »sehen wir hier unten nicht so viele Patienten von dir. Ich dachte schon, du hättest dein Feingefühl eingebüßt, aber von wegen! Ich habe herausgefunden, daß du sie erst einmal gesehen hast. Ich schätze, wir können noch nicht einmal von dir erwarten, daß du jemanden in nur einer Sitzung kurierst.«

»Warum eigentlich nicht«, antwortete ich. »Die Verwaltung tut es doch auch. Also, was ist zu tun?« Ich wußte, daß Suzanne nicht allzuviel Zeit hatte.

»Nicht viel«, sagte sie. »Was ist der Frau passiert? Sie kann es uns anscheinend nicht sagen, und alles, was wir wissen, ist, daß sie in den Büschen herumgekrochen ist und von einem Flashback in den anderen fiel.«

»Was hat sie gesagt?«

Suzanne seufzte. »Nicht viel. Sie bekam einen Panikanfall und rollte sich zusammen. Dann schauten wir alle auf den Hund und hofften, daß der nicht glaubte, daß wir das Problem wären.«

»Medikamente?« fragte ich.

»Genug Haldol, um einen Elefanten umzulegen – vorausgesetzt, daß sie es nicht dem Hund gegeben hat.«

»Du hoffst, daß sie es dem Hund gegeben hat.«

»Bloß so ein Gedanke …«, antwortete sie. »Die Frage ist nur«, fuhr sie fort, »was machen wir mit ihr? Wir haben ihr schon alle gängigen Medikamente gegeben. Wir können sie nicht einweisen. Hat sie Verwandte oder Freunde, die sich um sie kümmern können?«

»Nicht daß ich wüßte«, antwortete ich.

»Also«, sagte sie, während sie sich auf ihrem Stuhl zurücklehnte und die Arme vor der Brust kreuzte, »was möchtest du, daß wir mit ihr machen?«

»Kuriert sie«, sagte ich. »Was sonst?«

Ich stürmte hinaus, um nach Camille zu sehen. Vorher hätte ich eigentlich gerne die Krankenakte gelesen, aber Suzanne brauchte sie noch.

Auf dem Weg zum Saal ärgerte ich mich. Entgegen der populären Auffassung einiger Boulevardblätter neigten gute Therapeuten nicht dazu, den Zustand ihrer Patienten zu verschlimmern. Ich hatte geglaubt, daß Camille stabilisiert war, als sie meine Praxis verließ. Also, warum war sie hier? Wenn das hier nichts war, was sie jeden Tag tat, mußte ich der Tatsache ins Auge blicken, daß die Therapiesitzung bei ihr eine Dekompensation verursacht hatte: An Koinzidenz zu glauben war ein bißchen hart.

Wenn aber die Therapie das Problem war, hieß das, daß ich ein noch größeres hatte. Wenn Camille *überhaupt nicht* darüber sprechen konnte, was passiert war, ohne gleich zusammenzubrechen, egal wieviel Zeit wir darauf verwandten oder wie indirekt wir vorgingen: Wie weit konnten wir da kommen? Um ein bißchen Ruhe zu finden, mußte sie wenigstens über einen *kleinen* Abgrund springen. Was sollte ich tun, wenn sie auch das nicht konnte?

Schlimmer noch, ich hatte das unangenehme Gefühl, daß Camille nicht die einzige war, die in einen Abgrund schaute. Noch an diesem Morgen war Willy nur eine vage Möglichkeit gewesen, ein flüchtiger Vielleicht-taucht-er-auf-vielleicht-auch-nicht-Gedanke. Jetzt plante er in meinem Vorgarten einen Spießrutenlauf und schickte mir eine schriftliche Einladung.

6

Der größte Raum in der Notaufnahme sah aus wie eine Miniatur-Sporthalle, die in kleine Felder zersplittert war. Darauf verteilten sich Menschen, die voneinander nur durch einen Vorhang getrennt waren, der manchmal halb, manchmal ganz zugezogen war. Die Vorhänge nützten den Patienten wenig. Natürlich konnte niemand den malträtierten Körper des anderen sehen, während man behandelt wurde, aber jeder konnte hören, was die Angelegenheit des anderen war. Es war nicht gerade angenehm, mit einem gebrochenen Ellenbogen dazuliegen und auf der einen Seite ein Kind weinen zu hören, dessen Gesicht gerade genäht wurde, und auf der anderen Seite eine schluchzende alte Frau zu haben, deren Mann nach einer Herzattacke gerade für eine Operation vorbereitet wurde.

Aber wie der Operationssaal ist auch die Notaufnahme ein Ort, an dem physische Nöte Vorrang vor emotionalen haben. »Zwischenmenschliche Belange« – wie das Schlagwort hieß, mit dem Krankenhäuser humanisiert werden sollten – wurden in der Notaufnahme nicht allzu wichtig genommen. Man mußte das Leben eines Patienten erhalten, bevor man sich um seine Gefühle kümmern konnte. Ein großer Raum half dem Pflegepersonal, schnell von einem zum anderen zu kommen, wenn es nötig war.

Ich wanderte umher, bis mir klar wurde – welche Überraschung –, daß sie den Hund nicht hier hatten unterbringen wollen. Ich ging zurück zum Schwesternzimmer und fragte nach Camille. Dann wurde ich zu einem kleinen Untersuchungszimmer mit geschlossener Tür geführt. Ich klopfte leise an, steckte meinen Kopf hinein und fragte: »Darf ich hereinkommen?«

Camille saß gegenüber der Tür, mit dem Rücken zur Wand. Anfangs war ihr Blick ausdruckslos, und mir wurde klar, daß sie mich nicht wiedererkannte. Sie starrte ins Leere und sah desorientiert aus. Ich fragte mich, wie erregt sie ohne das Haldol gewesen wäre, das die Flashbacks zwar unter Kontrolle brachte, aber auch ein starker Tranquilizer und ein Psychopharmakon war, bei dem sie sich anschließend ziemlich elend fühlen würde. Niemand, der es schon einmal genommen hatte, wollte es noch einmal nehmen, egal wie verrückt er war.

Langsam betrat ich das Zimmer. Camilles Blick schärfte sich, und ihr Gesicht hellte sich auf. Ich hätte ihre beste Freundin sein können. Das war so, als ob man ein paar tausend Meilen von zu Hause entfernt jemanden traf, den man kaum kannte. Beziehungen waren immer relativ.

Ich bewegte mich langsam. Menschen mit einem posttraumatischen Streß-Syndrom waren nervös, und es gab nicht genug Haldol auf der Welt, um sie zu beruhigen. Ich setzte mich so nah wie möglich, was nicht nah genug war. Ich wußte, daß ihr im Moment jeder im Umkreis von drei Metern als Eindringling vorkommen konnte.

Keeter hob den Kopf, als ich hereinkam. Sie lag zwischen Camille und der Tür. Ich wußte nichts über den Umgang mit Schutzhunden, aber wenn Menschen es mochten, begrüßt zu werden, dann würde es Keeter vielleicht auch gefallen, dachte ich. Gerade wollte ich sie ansprechen, als mir klar wurde, daß ich lieber alles vermeiden sollte, woraus sich schließen ließ, daß Keeter hier die dominante Figur war. So sprach ich zuerst Camille an.

»Hallo«, sagte ich leise, »ich habe gehört, daß Sie eine schwere Zeit hatten.« Sie sagte nichts, legte bloß den Kopf in ihre Hände und begann zu weinen, beziehungsweise weinte erneut. Ihr Gesicht war rot und geschwollen und naß von Tränen.

»Guten Tag, Keeter«, sagte ich ruhig. »Ich hoffe, du behältst die Sache im Auge.« Keeter antwortete trotzdem nicht. Sie sah aus, als ob sie denken würde: »Ha, der älteste Trick der Welt.«

»Er ist wieder da«, meinte Camille. »Ich wußte, daß er wiederkommen würde.«

»Er ist wieder da?« wiederholte ich. Das wurde langsam kompliziert. Wenn ich zuviel fragte, würde es wieder einen Flashback auslösen, und sie würde völlig zusammenbrechen. Aber früher oder später mußte ich wissen, was passiert war. Wieviel konnte ich fragen?

Camille nickte und sagte nichts.

»Der gleiche Kerl?« fragte ich.

Sie nickte erneut.

»Sie haben ihn gesehen?« fragte ich. Es sah so aus, als ob ich mehr über den Umfang ihrer Flashbacks erfahren mußte. Ich hatte zwar schon geglaubt, ich wüßte, wie sie aussahen, aber es gab alle möglichen Arten: emotionale Flashbacks, somatische Flashbacks ... eine komplette Sicht- und Klang-Halluzination, das war das extremste.

Sie schüttelte den Kopf.

»Sie haben ihn nicht gesehen?« Das war etwas seltsam. Ich hatte Camille schon auf einen kompletten »Da-ist-er«-Flashback festgelegt.

Sie schüttelte wieder den Kopf. »Es war dunkel. Er muß schon die ganze Zeit dagewesen sein.« Sie hielt inne und weinte heftiger. »Ich lag im Bett.«

»Camille, Sie kennen Flashbacks, nicht wahr? Sie wissen, daß er nicht wirklich da war, sondern daß es eine Rückblende war?«

Sie schaute mich direkt an, und für einen Augenblick war ihr Blick überraschend klar und intensiv. »Es war kein Flashback«, meinte sie bestimmt.

Es entstand eine Pause. Ich wußte nicht, was ich sagen sollte. Camille starrte mich nur weiter an.

»Sie meinen, Sie glauben, daß er wirklich da war?«

»Er war da. Er war wirklich da.«

Wenn sie glaubte, daß der Kerl wirklich da war, mußte ihr Panik-Level unglaublich hoch gewesen sein. Flashbacks waren schlimm genug, aber dabei wußte sie immerhin, daß der Täter nicht wirklich zurückgekehrt war, um sie zu verschleppen und die ganze Sache von vorne beginnen zu lassen.

»Camille«, sagte ich sanft, »wie konnte er wiederkommen? War Keeter nicht bei Ihnen? Glauben Sie, daß Keeter so jemanden an Sie ranlassen würde? Waren Sie nicht mit Keeter zusammen im Haus?«

»Er war da«, sagte sie bestimmt und senkte dann wieder den Blick. »Ich habe nie geglaubt, daß Keeter ihn aufhalten könnte. Niemand kann ihn aufhalten.«

Während ich versuchte, das einzuordnen, entstand erneut eine Pause. Wahrscheinlich hatte diese Frau schon Tausende von Flashbacks gehabt. Was machte diesen so anders? Was hatte sie dazu gebracht zu glauben, daß er wirklich da war? Bevor ich etwas sagen konnte, fuhr Camille fort. Ihre Stimme senkte sich bis zu dem Punkt, wo sie kaum noch zu hören war. »Er sagte, es würde diesmal schlimmer werden, viel schlimmer.«

Was hatte ihr dieser Kerl denn überhaupt angetan? Es muß Vergewaltigung gewesen sein, aber was für eine Art Vergewaltigung? Da gab es ein paar grausame Möglichkeiten: Vergewaltigung mit Objekten, Vergewaltigung, während das Opfer gefesselt war. Ich hatte schon eine Frau behandelt, die neben dem Grab vergewaltigt wurde, das sie vorher für sich hatte ausheben müssen.

»Wodurch sollte es schlimmer werden?« fragte ich. Es ist schon seltsam, wie gut man eine Unterhaltung führen kann, ohne zu wissen, wovon der andere redet. Vielleicht half es sogar: Man sagte weniger und hörte besser zu.

Camille antwortete nicht. Ich war sicher, sie wußte es nicht. Sie hatte aufgehört, auf ihre Tränen zu achten, die ihr Gesicht hinunterliefen. Ihre Nase lief ebenfalls, aber sie schniefte bloß. Wenn sie noch panischer wurde, würde sie auch das nicht mehr beachten. Ab einem bestimmten Panik-Level hörten zivilisatorische Feinheiten auf – selbst Hygiene.

Ich sah eine Kleenex-Box auf dem Tisch stehen und langte hinüber, um sie ihr zu geben. Sie beachtete meine ausgestreckte Hand nicht, so als ob sie gar nicht da wäre, und begann zwanghaft ihr Handgelenk zu reiben. Ein Schauer lief mir über den Rücken. Ich wußte, was das bedeutete.

Ich wußte nicht, wie weit ich noch gehen konnte, aber ich machte weiter. Ich konnte nicht fragen, wie lange es gedauert hatte; sie würde es nicht wissen, also fing ich am anderen Ende an. »Wo hat man Sie gefunden?« fragte ich.

»Niemand hat mich gefunden«, sagte sie. »Ich habe zu Gott gebetet, wieder und wieder, aber Er half mir nicht. Niemand half mir.«

Ich versuchte es noch einmal. »Als es vorbei war …«

Camille unterbrach mich, und es war das erste Mal, daß ich bei ihr ein Aufblitzen von Ärger feststellte. »Es war nicht vorbei«, meinte sie. »Es wird niemals vorbei sein.«

Einen Moment blieb ich still, um herauszufinden, wie ich fragen sollte. »Wohin sind Sie gegangen?« fragte ich. »Als Sie rauskamen?«

»Ich bin nie rausge … oh …«, sagte sie, als sie bemerkte, was ich sie fragen wollte. »In einen Zwinger«, sagte sie schließlich. »Ich bin über den Zaun geklettert und habe mich bei den Hunden versteckt. Ich hatte zuviel Angst, um in ein Haus zu gehen, und ich … ich hatte nichts an. Ich habe gedacht, daß ich bei den Hunden sicher wäre.« Sie verstummte. »Nein, das habe ich nicht«, meinte sie bestimmt. »Ich habe nicht geglaubt, daß ich irgendwo sicher sein könnte.« Ich fing an, die Geschichte zusammenzusetzen – aber es gab immer noch eine Million Details, die ich nicht kannte.

»Hat er Sie gehen lassen?« fragte ich. Das klang nicht gerade nach einer Situation, aus der man leicht herauskam.

»Ich hatte einen Anfall«, meinte sie. »Ich hatte schon Jahre keinen mehr gehabt. Ich erinnere mich nicht an viel. Als ich ihn bekam, sagte er gerade, daß ich es nicht wert sei, umgebracht zu werden. Ich schätze, das war wahr, aber manchmal denke ich, es wäre besser gewesen, er hätte es getan. Denn dann müßte ich das nicht noch einmal durchmachen.«

Ihre Stimme klang so resigniert, daß ich eine Gänsehaut bekam. Diese Frau dachte wirklich, daß ihr Folterer zurückgekehrt war, und glaubte nicht, daß sie oder irgend jemand sonst ihn davon abhalten konnte, es wieder zu tun – was auch immer es war. Schlimmer noch, dieser Hurensohn hatte ihr Selbstwertgefühl so weit vernichtet, daß sie sogar glaubte, es nicht wert zu sein, getötet zu werden.

Nun hatte ihre Nase angefangen zu tropfen, aber sie beachtete es nicht. Automatisch wollte ich ihr wieder das Kleenex geben, als ich bemerkte, daß es völlig zerknüllt war. Ich warf es weg, nahm die Kleenex-Box und zog ein neues raus. Da hörte ich einen scharfen Atemzug. Überrascht blickte ich auf.

Camilles Pupillen waren stark erweitert, und dann zogen

sie sich auf Stecknadelgröße zusammen. Sie saß vollkommen starr da, während ihre Hände den Stuhl umklammerten. Ihre Fingerknöchel waren weiß. Ihr Gesicht fing an, diesen leeren Blick zu bekommen, der sagte, daß ich nicht mehr im Zimmer war.

»Camille«, sagte ich eindringlich. »Schauen Sie auf den Stuhl; schauen Sie auf Keeter. Was sehen Sie?« Sie verlor gerade den Kontakt zu ihrer Umgebung. Wenn ich sie dazu bringen konnte, sich auf Keeter oder irgend etwas im Zimmer zu konzentrieren, würde das vielleicht helfen, daß sie im Hier und Jetzt blieb.

Aber es war vergebens. Ihre Augen flackerten noch nicht einmal in Keeters Richtung. Statt dessen hob sie die Arme und berührte ihre Wangen. »Lieber Gott, nicht meine Nase. Nur meine Nase, laß mir meine Nase, sonst kann ich nicht mehr atmen.« Ihre Stimme wurde schriller und ihr Atem hektischer. »Nicht meine Augen verbinden«, sagte sie. »Ich kann nichts mehr sehen ... Ich kann nichts mehr sehen«, sagte sie, und ihre Stimme wurde noch schriller.

»Was?« fragte ich. »Was ist auf Ihrem Gesicht?«

Sie wandte mir ihr Gesicht zu wie eine Blinde. »Können Sie es nicht sehen?« Dann verlor ich sie endgültig. Sie rutschte leise vom Stuhl und rollte sich zusammen, legte die Hände auf ihren Kopf und fing an, hin und her zu schaukeln. Stille erfüllte das Zimmer, nur unterbrochen durch das leise Geräusch, das Camille machte. Wenn ich mich vorgelehnt hätte, hätte ich es vielleicht sehen können. Aber ich tat es nicht.

Keeter reagierte kaum auf das, was passierte. Sie sah todmüde aus, sicher war sie es auch. Ihre Besitzerin benahm sich wahrscheinlich schon den ganzen Tag so.

Ich schaute auf die Kleenex-Box in meinen Händen, um zu verstehen, was passiert war. Es war eine ganz normale Kleenex-Box. Als ich sie wieder hinstellen wollte, erstarrte ich. Dahinter, auf dem Tisch, wo vorher die Kleenex-Box gestanden hatte, lag das Problem. Ich erinnerte mich sofort an die Szene in meinem Büro. »Mama«, hatte sie gesagt, und ich hatte geglaubt, sie riefe ihre Mutter. O Mann, all die Dinge, die mir Leute erzählten, die ich aber nicht hörte.

Es war ein einfaches Ding, das auf dem Tisch lag. Man findet es in jedem Haushalt, in jedem Krankenhaus. Für die meisten Menschen war es beruhigend, wenn sie es um sich hatten. Es war wirklich nichts Besonderes, einfach nur eine dicke, gewöhnliche Rolle Klebeband.

7

Suzanne hatte ein großes Problem, natürlich. War Camille einmal in der Notaufnahme aufgetaucht, war Suzanne für sie verantwortlich und konnte sie in dem Zustand, in dem sie sich befand, nicht einfach wieder auf die Straße setzen. Sie konnte sie stundenlang in ein Behandlungszimmer stecken – ich sah das kommen –, aber es würde mehr als nur ein paar Stunden dauern, bis Camille wieder auf die Erde zurückgekehrt war.

Wir riefen Harvey an – obwohl keine von uns beiden glaubte, daß ausgerechnet ein Nachbar viel über Camilles Freunde und Verwandte wissen würde. Aber wen hätten wir sonst anrufen sollen? Camille war nicht in dem Zustand, nur eine einzige weitere Frage beantworten zu können.

Der Anruf bei Harvey brachte nichts. Camille hatte kaum mit ihm oder seiner Frau gesprochen, und niemals hatte er jemand anderen in ihr Haus gehen oder aus ihrem Haus kommen sehen. Hund hin oder her, irgendwie mußte Camille eingewiesen werden, wenigstens vorübergehend.

Es gab natürlich einen harten Kampf mit der Verwaltung.

Ich wehrte soviel von dem Sperrfeuer ab, wie ich konnte – Suzanne war ab nächstem Jahr als Chefassistenzärztin im Gespräch, falls sie nicht die gesamte Leitung bis dahin gegen sich aufgebracht hatte, wozu diese kleine Episode durchaus geeignet war. Am Ende wurde ein Kompromiß geschlossen. Camille bekam ein 24-Stunden-Bett. Einige der Psychiatriebetten waren für Patienten mit Kurzzeit-Krisen reserviert, aber diese Betten waren jeweils nur maximal vierundzwanzig Stunden verfügbar.

Keeter wurde besondere Aufmerksamkeit zuteil. Sie durfte Camilles Zimmer nicht verlassen, außer, um ausgeführt zu werden. Ich fragte mich, wer sie wohl ausführen würde, aber ich entschied mich, nicht nachzufragen. Wenn Camille am Ende der vierundzwanzig Stunden nicht in der Lage war, das Krankenhaus zu verlassen und nach Hause zu gehen, mußte sie ins Städtische Krankenhaus überwiesen werden. Laß die sich doch mit dem Hund herumschlagen, schien der bürokratische Standpunkt zu sein.

Suzanne und ich schauten uns an. Keine von uns hatte erwähnt, daß Camille niemals die Kriterien für eine Überweisung erfüllen würde. Um heutzutage überwiesen zu werden, mußte man entweder akut mordlüstern oder selbstmordgefährdet sein. Und das hieß: die Waffe in der Hand und den Finger am Abzug – und zusätzlich geisteskrank. Camille war sicherlich krank genug, aber sie wollte niemanden umbringen, obwohl Suzanne und ich an diesem Punkt auch das in Betracht zogen.

Wir hatten einen anderen Plan. Wir dachten, daß der Hund eher zu überweisen war als Camille. Falls es ihr nach vierundzwanzig Stunden noch nicht besserging, würden wir einfach den Hund einweisen, und Camille konnte mitgehen.

Es hatte uns den ganzen restlichen Tag gekostet, und das einzige, was wir erreicht hatten, waren ein paar Stunden an einem sicheren Ort, an dem sie sich wieder regenerieren konnte. Das überraschte uns nicht. Es war immer schwieriger, mit der Klinikleitung zu verhandeln als mit Patienten.

»Keeter«, sagte ich finster, bevor ich ging, »Bleib ruhig. Mach keinen Ärger: Kein Happi-Happi. Nicht die kleinste Zwangsneurose. Nicht der Anflug einer Depression.«

Als ich ging, kam mir der Assistenzarzt entgegen, der Suzanne ablösen sollte, die Gott sei Dank endlich nach Hause gehen und schlafen konnte.

»Passen Sie auf den Gestörten in 102 auf«, sagte ich, als ich an ihm vorbeimarschierte. »Er ist bösartig wie ein Kettenhund.«

Ich ging hinaus in die kühle Frühlingsdämmerung und schaute zur Uhr. Acht Uhr. Vor Juni würde es um diese Uhrzeit nicht heller werden. Ich haßte den Winter, wo man im Dunkeln zur Arbeit fuhr und im Dunkeln nach Hause kam. Es gab einen Grund, warum Gott gesagt hatte: »Es werde Licht.« Wäre ich Gott gewesen, hätte ich das als erstes gesagt.

Ich eilte hinauf in mein Büro und holte das Schreiben von Willy, bevor ich ging. Ich legte es auf den Sitz meines Autos und betrachtete es noch einen Augenblick, bevor ich startete. Natürlich hatte ich nicht vor, es schon heute abend zu beantworten. Ich war zu müde von dem Kampf um Camille, zu aufgedreht vom Anblick ihres qualvollen Zusammenbruchs. Ich war nicht in Stimmung dafür.

Ich fuhr nach Hause. Wenn ich Willy antworten würde, war die große Frage, was.

Mit Willy umzugehen war nicht gerade so, wie mit irgendwem sonst umzugehen. Was seiner Person vielleicht am nächsten kam, war eine antisoziale Persönlichkeitsstörung – ein Schweinepriester, um es kurz zu machen. Es gab Regeln, wie man mit Schweinepriestern umgehen mußte. Man durfte sich nicht klein machen, man durfte nicht prahlen. Und was man am allerwenigsten durfte, war, sich auf einen Machtkampf einzulassen. Antisoziale Persönlichkeiten würden sich eher die Nase abhacken, um das Gesicht zu wahren, sie würden ins Gefängnis gehen, sie würden sich – oder schlimmer: dich – umbringen, bevor sie einen Machtkampf verlieren. Deshalb mußte man ihnen die Wahl lassen: Wenn du das tust, wird das und das passieren. Wenn du jenes tust, dann das. Du hast die Wahl, nicht ich.

»Das ist gut«, hatte ich mal zu jemandem gesagt, der drohte, mein Büro auseinanderzunehmen. »Sicher, wenn Sie sich entscheiden, das zu tun, können Sie mein Büro auseinandernehmen. Kein Problem. Das hier aber ist der Deal: Wenn Sie mein Büro auseinandernehmen, werden Sie ins Gefängnis gehen. Wenn Sie es nicht auseinandernehmen, werden Sie nicht ins Gefängnis kommen. Sie haben die Wahl. Wenn Sie ins Gefängnis gehen wollen, dann gehen Sie ins Gefängnis. Wenn Sie nicht ins Gefängnis wollen, dann setzen Sie sich hin und sagen mir, warum Sie so aufgebracht sind. Aber Sie müssen eines verstehen: Egal, welchen Weg Sie wählen – ob Sie heute nacht in den Knast gehen oder nicht –, ich werde auf keinen Fall in den Knast gehen.« Er setzte sich hin.

Bei Willy würde das nicht funktionieren. Tief in meinem Herzen wußte ich, daß es so nicht gehen würde – aber was würde gehen? Nichts. Also mach deinen besten Stich.

Diesmal zögerte ich nicht, in der Dunkelheit aus dem Wagen zu steigen. Willy würde nicht auf mich warten. Soviel wußte ich wenigstens über ihn: Er liebte Vorspiele. Er wollte reden, also würde er mir Zeit geben zu antworten. Ich ging ins Haus und fühlte mich das erste Mal sicher, seitdem ich angegriffen worden war. Ich legte meine Sachen im Wohnzimmer ab und ging hinaus auf die Terrasse.

Das Außenlicht illuminierte den kleinen Fluß unter mir.

Ich war schon lange nicht mehr um diese Zeit auf der Terrasse gewesen und hatte fast vergessen, wie der Fluß nachts aussah. Nachts sah Wasser immer unterschiedlich aus. Es wurde lebendig wie ein Nachttier. Und wenn man es lang genug betrachtete, konnte man schwören, daß das Licht von unten kam und wie Phosphor durch den gurgelnden Strom schimmerte. Das hatte ich auch schon gesehen. Ich hatte mein Ruder in echten Phosphor getaucht, und es hatte Kreise aus Licht hinterlassen.

Irgendwo, tausend Meilen südlich von hier, saßen wahrscheinlich die meisten meiner Verwandten am Wasser, wie ich. So oder so lebten die meisten von ihnen am Wasser – am Ozean oder an einer Bucht oder wenigstens an einem großen Strom. Im Vergleich dazu war mein kleiner Fluß keine große Sache, aber ich konnte mir nicht vorstellen, ohne ihn zu leben. Ich ging hinein, holte mir ein Glas Eistee und setzte mich draußen hin. Ich spürte, wie der Ärger des Tages anfing, von meinen Schultern abzufallen.

Ich saß ganz ruhig da und ließ mich von dem Wasser faszinieren. Wasser war so ziemlich alles, was meine Familie gemeinsam hatte. Ich hatte alle möglichen Sorten von Verwandten: clevere und dumme, nette und bösartige. Ich hatte eine Mama, die Barrakudas wie niedliche Fische aussehen ließ, und einmal hatte ich einen Daddy gehabt, der lieber getrunken hatte, als zu kämpfen. Aber jeder einzelne von uns hatte Salzwasser in den Venen.

Ich war das schwarze Schaf. Nicht meine Cousine Mary Lou, die Alkoholikerin war und von der Polizei aufgegriffen wurde, als sie außerhalb von Hardee bewußtlos auf der Straße zusammenbrach. Mary Lou fand zu Gott und richtete sich wieder auf, und meine Familie beschloß, daß sie ein Beweis für die heilende Kraft des Herren war. Nicht mein Neffe Buddy, der einige Jahre in einem Militärgefängnis verbracht hatte, für etwas, wovon ich noch nicht einmal wissen wollte, was es war. Das wurde einfach unter Jugendsünden verbucht.

Aber ein braves Südstaaten-Mädchen wie ich, das an einem Ort leben wollte, an dem sich jeder Körper zu Tode fror und wo bekanntermaßen die Menschen genauso kalt waren wie die Winter? Ich lachte laut auf, als mir einfiel, daß niemand in meiner Familie überrascht wäre, wenn Willy mich umbringen würde. Was konnte man schon anderes erwarten, wenn man im Norden unter Fremden lebte?

Wie würde Mama mit Willy umgehen? Mama würde das Problem nicht sehen. »Erschieß ihn, sobald du ihn siehst«, würde sie sagen, als ob damit der Fall erledigt wäre.

»So einfach ist das nicht, Mama. In dem Augenblick, in dem ich ihn sehen würde, wäre es schon zu spät.« Ich wußte nicht, warum ich mich so oft auf diese Weise mit Mama unterhielt wie jetzt. Leben konnte ich mit ihr nur mit sieben Staaten zwischen uns.

Spontan ging ich ins Wohnzimmer und nahm das Telefon. Erst jetzt bemerkte ich das Blinklicht an meinem Anrufbeantworter und drückte die Taste, um ihn abzuhören.

Marvs Stimme erklang, mit einem Anflug von Sorge. »Michael«, sagte er, »danke, daß du mit meiner Klientin gesprochen hast. Ich habe an deiner Notiz gesehen, daß die Gruppe nicht das war, was sie gesucht hatte. Aber eigentlich rufe ich an, weil ich in der Zeitung gelesen habe, daß Willy draußen ist. Das tut mir sehr leid. Und ich frage mich, ob das vielleicht problematisch für dich werden könnte? Ich wäre froh, wenn wir irgendwann mal darüber reden würden. Und ... nun ja ... ich hoffe, daß die andere Angelegenheit sich auch gebessert hat.«

Ich hatte ihm nicht gesagt, weshalb ich auf seiner Couch gelandet war, aber ich wußte, daß Marv sich vorstellen konnte, daß das einzige, was mich in eine solche Verfassung bringen konnte, Jordan war. »Laß es mich wissen, wenn ich helfen kann. Und bitte komm wieder vorbei, wann immer du möchtest.«

Er war ein unglaublich gütiger Mann, und vielleicht würde ich mich wieder auf seiner Couch zusammenrollen. Ich nahm den Hörer ab. Von der Güte zur ... Aber das war das Problem mit Mama. Meistens wußte ich noch nicht einmal, weshalb ich sie anrufen sollte. Ich nahm das Telefon mit hinaus und setzte mich wieder. Ich betrachtete es einen Augenblick und seufzte. Sei's drum. Ich wählte und wartete. Wenn Mama da war, würde sie sofort abnehmen. Mama trödelte nicht herum.

»Hallo«, sagte die Stimme. Mama meldete sich nie mit ihrem Namen, egal wessen Hörer sie abnahm. Sie erwartete einfach, daß jeder wußte, wer sie war.

»Mama, hier ist Michael.«

»Michael, dem Himmel sei Dank, Kind. Viele Monde sind vergangen, seit ich etwas von dir gehört habe.«

»Das Telefon funktioniert in beide Richtungen, Mama.« Wie schaffte ich das bloß? Wenn ich mit ihr telefonierte, ließ ich mich schon innerhalb von *Sekunden* in einen Kampf verwickeln.

»Na ja, wir waren sehr beschäftigt mit dem Garten. Du weißt, wieviel Arbeit das macht. Wir hatten keine Zeit, mal Atem zu holen.« Mama war niemand, der einfach etwas zugeben konnte. Ich versuchte mich zu erinnern, ob sie jemals auch nur eine *Teil*verantwortung für etwas übernommen hatte, was falsch gelaufen war. Wahrscheinlich nicht. Es führte zu nichts, wie immer.

»Mama, erzähl mir etwas über Kampfhunde.« Mama kannte ihre Hunde.

»Kampfhunde, Kind? Sie werden nicht mehr Kampfhunde genannt. Das klingt vor Gericht nicht gut. Du weißt ja, wie die Leute heutzutage wegen jeder Kleinigkeit vor

Gericht ziehen. Die gottverdammten Anwälte regieren das Land.«

Von einem Kampfhund gefressen zu werden war nicht gerade meine Definition von einer Kleinigkeit, aber ich ließ es durchgehen. Daß mein Daddy Anwalt gewesen war, ebenfalls. »Also gut, Schutzhunde. Das ist aber nicht, was ich wissen wollte. Ich möchte wissen, wie ein weiblicher Schutzhund voraussichtlich reagiert, wenn sein Besitzer ihn nicht in der Gewalt hat. Könnte sie bösartig werden? Was würde sie tun?«

»Nun ja, dieser Mensch sollte sie einfach nicht besitzen. Das ist ja albern.«

»Ich kann die Welt nicht ändern, Mama. Ich kann nichts gegen die Tatsache machen, daß jemand einen Schutzhund besitzt, obwohl er es besser nicht sollte. Ich will einfach nur wissen, wie der Hund sich verhalten könnte.«

»Ist sie bösartig? Manche von ihnen sind von Natur aus bösartig und manche nicht.«

»Ich weiß es nicht. Für mich sieht sie so aus, aber ich kann es nicht sagen.«

Funkstille. »Eines ist sicher, sie wird die Führung übernehmen.«

»Was meinst du damit? Sich gegen ihren Besitzer wenden?«

»Nicht unbedingt. Aber sie wird anfangen, ihre eigenen Entscheidungen zu treffen. Ein guter Hund beschützt nicht nur den Menschen. Er beschützt auch sein Revier. Dein Mädchen wird sich ihr Revier vornehmen, und ehe du dich's versiehst, wirst du keine Post mehr erhalten. Auch der UPS-Mann wird nicht mehr vorbeikommen. Gott, auf Harker's Island gab es mal einen, der den UPS-*Wagen* angriff, wenn er die Einfahrt herunterkam.«

»Würde sie einen Fremden in das Schlafzimmer ihres Besitzers lassen, während er da ist?«

»Michael, du kannst wirklich dumme Fragen stellen«, sagte Mama und schnaubte. Und da wunderte ich mich noch, woher mein Mangel an Takt kam.

Ich sparte mir eine Erwiderung. Es schien klar zu sein, daß letzte Nacht niemand in Camilles Schlafzimmer gewesen sein konnte. Ich hatte nicht wirklich daran geglaubt, aber sie schien so seltsam sicher zu sein. »Klingt so, als wenn du da jemanden mit viel Ärger hättest«, meinte Mama.

»Die ganze Welt ist voller Ärger«, erwiderte ich.

»Das ist wohl wahr«, sagte sie. Es war einer der seltenen Momente, wo Mama und ich einer Meinung waren. Fast fühlte ich mich unwohl.

Ich verabschiedete mich, legte auf und ging wieder ins Haus. Ich öffnete den Kühlschrank, auf der Suche nach Eistee, und sah Kartons mit chinesischem Essen. Jesus, Adam. Ich hatte ihn fast vergessen. Die letzte Nacht schien Trillionen Meilen weit weg. Ich stand auf und ging umher. Kein Hinweis, daß er jemals hier gewesen war: kein Zettel, nichts. Vielleicht war dies das Ende. Keine Frage, daß man meine Empfindlichkeiten leid sein konnte. Möglich, daß mein Kommentar wegen Jordan zu grob gewesen war.

Ich nahm mir von dem Eistee und setzte mich spontan an den Computer. Ich würde die E-Mail heute nur schreiben. Ich würde sie nicht abschicken. Ich würde nur ein bißchen herumspielen. Ich öffnete mein E-Mail-Programm und starrte auf den Bildschirm. Was genau hatte ich vor? Ich saß eine Weile da, bevor ich lostippte.

Mich würde interessieren, wozu Sie sich entschlossen haben, Mr. Willy. Sicher, Sie können wieder mit Ihren alten Gewohnheiten anfangen, aber sind die inzwischen nicht ein bißchen wie »alles schon mal dagewesen«? Natürlich können Sie eventuell erwischt werden, aber eine Menge Leute scheinen das Gefängnis wirklich zu lieben. Vielleicht sind Sie ja einer von ihnen.

Ich denke, Sie haben überhaupt keine Wahl. Denn ich glaube nicht, daß Sie Ihren Appetit zügeln können, selbst wenn Sie es versuchen. Sie sind nicht wirklich Herr Ihrer Begierden, eher ihr Sklave. Aber egal, in beiden Fällen bin ich nicht involviert. Für mich gibt es darin keine Rolle, Mr. Willy, außer vielleicht die des griechischen Chors oder die von Kassandra, die das Unheil verkündet.

Wenn Willy eine Achillesferse hatte, dann war es sein Narzißmus. Meine Bemerkung, daß er seinen Appetit nicht zügeln konnte, würde ihm nicht gefallen. Seiner Ansicht nach war er kein Sklave. Und er hatte keinen Sinn dafür, daß man seinen narzißtischen Größenwahn gegen ihn richtete.

Meine Hand strich über die »Sende«-Taste. Es wäre klüger zu warten. Laß wenigstens vierundzwanzig Stunden verstreichen. Laß ihn warten. Eine zu schnelle Antwort könnte er als Zeichen von Angst interpretieren. Außerdem würde ich mich nicht mehr sicher fühlen können, wenn ich die E-Mail einmal geschickt hatte.

Ich tat es trotzdem. Dabei fiel mir die Geschichte von dem Skorpion ein, der das Pferd stach, das ihn sicher über den Fluß tragen wollte. Als das Pferd nach dem Grund fragte, antwortete der Skorpion: »Weil es meine Natur ist.« Ich hatte meine Eigenarten wie Willy die seinen. Meine Natur war es, den Ball gleich wieder abzuspielen und nicht erst zu warten, bis er an der Grundlinie aufkam.

Ich weiß nicht, was mich anschließend an der Sache so nervös machte. Ich hatte weiter die »Sende«-Taste vor Augen, obwohl diesmal statt dessen »Start« darauf stand.

8

Am Samstag ging es mir beim Aufwachen immer noch nicht besser. Ich spürte diese Anspannung, wie ich sie vor jedem großen Spiel an der High-School gespürt hatte. Damals war Gewinnen eine wichtige Sache gewesen, obwohl ich auch da genug Weitblick gehabt hatte, um zu wissen, daß Lombardi übers Ziel hinausgeschossen war, als er meinte, daß Gewinnen alles war. Gewinnen war nicht alles. Aber wenn man es mit einem sexuellen Sadisten zu tun hatte, der einen zum Krüppel schlagen oder gar umbringen wollte, war es das vielleicht doch.

Ich hätte meine Planwagen im Kreis aufstellen und die Büchsen austeilen müssen, aber es war schwierig, einen einzelnen Wagen im Kreis aufzustellen. Ich hätte meine Truppen zusammenziehen müssen, aber ich machte es nicht. Nicht, weil die Leute nicht helfen wollten. Ich wußte einfach nicht, wie ich ihre Hilfe annehmen sollte, ohne das Gefühl zu bekommen, versagt zu haben.

Ich stellte die Kaffeetasse auf den Tisch neben meinem Bett und stand auf. Ich war depressiv. Ich haßte es, an meine Grenzen zu stoßen, aber ich schien es ständig zu tun. Ich hatte mehr Knoten in meiner Psyche, als jeder Seemann kannte.

Ich mußte meinen Blickwinkel erweitern – zumindest etwas von dem verlorenen Territorium zurückgewinnen –, und dafür war der heutige Tag so gut wie jeder andere. Lächerlich zu glauben, daß ich nicht alleine in eine Sporthalle gehen konnte. Ich hatte es mein ganzes Leben lang getan. Nur weil mich einer mal in einer Halle gewürgt hatte. Daran war nicht die Halle schuld.

Aber warum hatte er es gerade dort getan? Warum hatte er mir den liebsten Platz der Welt versaut? Warum nicht einen Schönheitssalon, eine Miss-Wahl oder ein Meeting? Egal, welches Meeting. Warum nicht das Büro des Chefarztes der Psychiatrie? Ich hätte ohne jeden dieser Orte leben können.

Na ja, um fair zu bleiben, vielleicht hatte er es nicht tun können, weil es schwer war, mich dort zu finden. Noch nie im Leben war ich bei einer dieser Miss-Wahlen gewesen, und ich hielt mich auch nicht in der Nähe von Schönheitssalons auf. In der Psychiatrischen Abteilung war mein Haß auf jedes Meeting legendär. Nicht zu vergessen, daß ich ins Chefbüro nur ging, wenn es unbedingt sein mußte, normalerweise wegen eines idiotischen Meetings, das ich verpaßt hatte.

Ich ging hinüber zu meinem Wandschrank, um meine kostbaren Basketballschuhe herauszuholen. Aber als ich mich bückte, um sie aufzuheben, spürte ich, wie sich plötzlich ein Unterarm gegen meinen Hals preßte. Ich richtete mich wieder auf und schnappte nach Luft. Jesus Christus. Würde mich das den Rest meines Lebens verfolgen? Ich hatte ein posttraumatisches Streß-Syndrom, und ich haßte es.

Ein PTSD zu haben bedeutete, daß ich jedesmal, wenn mich etwas daran *erinnerte,* wie ich gewürgt worden war, die gleichen Gefühle und körperlichen Reaktionen zeigte, die ich hatte, während ich gewürgt worden *war.* Es bedeutete auch, daß schon der bloße Gedanke solche Symptome auslösen konnte und manchmal sogar einen Alptraum. Camille hatte dasselbe, nur schlimmer. Sie hörte tatsächlich die Stimme des Täters. Mein PTSD war nicht ganz so schlimm, aber schlimm genug.

Ich bückte mich wieder, um die Schuhe aufzuheben, doch das Gesicht meines Angreifers war so deutlich, daß es mich schauderte und ich mich erneut erhob. Ich gab auf und starrte die Schuhe nur an.

Ich konnte es tun, wenn ich mich zwang. Blitzartig kam mir die Idee, daß es beim ersten Mal vielleicht besser wäre, mit jemandem zusammen in die Sporthalle zu gehen. Aber das wollte ich auf keinen Fall. Ich sah es schon kommen: »Adam, ich fürchte mich, alleine in die Sporthalle zu gehen. Könntest du nicht mitkommen und meine Hand halten?« Unglaublich. Unmöglich.

Ich wollte wieder nach den Schuhen greifen und hielt dann inne. Die Erinnerung an den Überfall war so stark, daß ich nach Luft schnappen mußte. Ich setzte mich aufs Bett und dachte nach. Verdammt noch mal, ich konnte mich zwingen, diese Schuhe zu nehmen und in die Halle zu gehen, und eines Tages würde ich es auch tun. Aber mir war klar, daß ich dafür einen Preis bezahlen würde.

Menschen mit PTSD versuchten Dinge zu vermeiden, die sie an das Trauma erinnerten. Ich wußte das. Wenn ich in die Halle ging, wäre der Preis das permanente Gefühl, gewürgt zu werden. Nicht zu vergessen, die Alpträume. Ich konnte es tun. Aber vielleicht sollte ich vorher besser noch Willy loswerden.

Wenn ich den Täter in meinem Kopf mit dem auf der Straße verglich, war Willy das größere Übel, dachte ich. Mach dich nicht verrückt, weil du es nicht ertragen kannst, dominiert zu werden. Wie viele Kämpfe kannst du an wie vielen Fronten gleichzeitig kämpfen? Wenn du deine Reserven derart ausbeutest, wirst du weniger für Willy haben.

Zum Teufel damit. Jede Faser meines Körpers wollte sich die Basketballschuhe schnappen und sagen: »Leck mich, du Arsch, mach, daß du wegkommst.« Aber ich tat es nicht. Ich mußte damit noch eine Weile leben, das war alles. Wenn ich es nicht tat, würde ich mit zwei Angreifern in meinem Kopf enden und vorgeben, ich hätte bloß einen.

Ich hatte die Mentalität eines Chirurgen – eines skalpellverliebten Chirurgen. Schneid es raus! Schmeiß es weg!

Das war meine Art, mit Problemen umzugehen. Ich konnte nicht glauben, daß ich die bewußte Entscheidung traf, mit etwas zu leben – sogar mit etwas in meiner Psyche, das einem Blutsauger verwandt war. Aber es stimmte, daß ich daran sterben würde, wenn ich nicht damit leben konnte. Und der Tod war ein Problem, mit dem man nichts zu tun haben wollte.

Neben meinen Basketballschuhen standen meine Reitstiefel. Warum nicht? Ich war so frustriert, daß ich alles kurz und klein schlagen wollte. Warum nicht ein paar Geländesprünge in Angriff nehmen? Ich seufzte und griff nach den Stiefeln.

Ich sprang in mein Auto, das sauber und spartanisch war. Ich kann nicht verstehen, daß Leute für ein Auto sparen. Alle Autos machen das gleiche. Sie fahren von hier nach da. In meinen Augen ist ein Auto etwas mit vier Rädern und einem Sitz. Na gut, und einem Motor, der im Winter anspringt und nicht stehenbleibt. Egal welches Auto ich auch besaß, es war immer die Standardausführung. Klein. Billig. Ohne Schnickschnack.

Kein Porsche wie der, den ein Studienfreund von mir besessen hat. Er wohnte über mir und mußte zwei, drei Mal in der Nacht nach unten rennen, weil die Alarmanlage anging. Diebe flogen auf einen Porsche wie Moskitos auf Blut. Vergiß es. Ich habe nie ein Auto besessen, das man abschließen mußte, weil ich nie ein Auto hatte, das irgendwer stehlen wollte.

Ich nahm die Interstate und raste in Richtung der alten Braxton Farm. Näher war zwar diese modische Reitschule, wo alle Studenten und Professorenkinder ritten, aber mir wäre es nie eingefallen, dorthin zu fahren. Der Stall sah immer frisch getüncht aus. Einmal hatte ich beim Vorbeifahren sogar Blumenkästen in den Fenstern der Stallungen gesehen. Das war zu edel für mich. Ich hatte eine alte Farm auf dem Land gefunden, die Springpferde seriös trainierte und nach Reitern suchte.

Am Tor stand einfach nur »Braxton Farm«. Braxton war schon Jahrzehnte tot. Jetzt gehörte sie Joe Higgins, aber es war die Braxton Farm geblieben und würde es immer bleiben. Ich bog in den Weg zu dem verwitterten Stall ein und besah mir die Szenerie. Von außen sahen die Stallungen wie immer aus: grau und abgenutzt. Die Zäune brauchten alle einen neuen Anstrich. Joe kümmerte sich nie um solche Details. Aber der Platz war ordentlich und sauber und sah aus, als ob er komfortabler für Pferde als für Menschen wäre.

Die Matschsaison schien sich zu verkrümeln. Der Außenreitplatz sah halbwegs brauchbar aus. Das war schade. Ich hatte vorgehabt, es als Argument für einen Geländeritt zu benutzen, weil die Geländestrecke auf einem Hügel lag und im Frühjahr schneller trocken wurde. Joe hielt mich für ein bißchen zu draufgängerisch und verordnete mir oft genug den Reitplatz. Schlimmer noch, seitdem er die Reithalle gebaut hatte, kam ich die Hälfte der Zeit gar nicht mehr raus.

Ich fand ihn, wie er gerade eine junge braune Stute sattelte, die ich nicht kannte. Joe war ein gepflegter, gutaussehender Mann um die sechzig mit grauem Haar, der immer ein Flanellhemd zu Reithosen und -stiefeln trug. Ich hatte ihn niemals anders angezogen gesehen. Er wirkte ein bißchen wie der Stall: verwittert, aber solide und ohne Schnickschnack.

»Schön«, sagte er beim Aufschauen. »Ich habe gerade an dich gedacht. Ich will diese junge Stute das erste Mal mit auf die Geländestrecke rausnehmen und wünschte mir, daß jemand hier wäre, um uns auf Freight Train zu begleiten.«

War ich tot und im Himmel oder was? Ich mußte noch nicht einmal mit ihm streiten. »Wunderbar«, meinte ich. »Wie geht es Freight Train?« Freight Train war ein sehr verläßlicher, angenehmer Springer, und ich hatte nicht oft Gelegenheit, unproblematische Pferde zu reiten.

»Was mit ihm nicht stimmt, ist sein neuer Besitzer. Ich wünschte, gute Eltern würden aufhören, ihren Kindern Pferde zu kaufen, mit denen sie nicht umgehen können. Freight Train ist dabei, völlig durchzudrehen. Bei jedem Sprung bricht er aus, und er wird dieses Kind noch umbringen, wenn ich ihn nicht unter Kontrolle bekomme.«

Es schien idiotisch, ein Pferd auf einer Geländestrecke unter Kontrolle bringen zu wollen. Normalerweise wurde diese Arbeit auf dem Reitplatz gemacht, wo Pferde wesentlich weniger aufgedreht waren als im freien Gelände. Aber ich sagte nichts. Das wollte ich Joe todsicher nicht ausreden.

»Kontrolle, Michael. Ich möchte dieses Pferd unter Kontrolle bekommen. Ich sollte mit ihm auf dem Reitplatz arbeiten, aber ich habe keine Zeit. Die Eltern dieses Kindes bestehen auf einem ersten Turnier am nächsten Wochenende, und in der Stimmung, in der Freight Train ist, würde er auf der Geländestrecke jedes Kind bei lebendigem Leib fressen.« Joe hörte auf, das Pferd zu satteln, und blickte mich über dessen Rücken an. »Wir werden diese Hindernisse schön langsam und locker nehmen, Michael, oder wir kehren sofort zum Stall zurück. Meistens bist du schlimmer als Freight Train.«

»Hey, ich bin gerade erst angekommen. Laß deine schlechte Laune nicht an mir aus«, meinte ich verstimmt.

Joe und ich hatten einen Dauerstreit, ob ich die Hindernisse zu schnell nahm oder nicht. Es war pure Anmache. Nur weil ich vor keinem Sprung trödelte. Ich sprang immer kontrolliert oder versuchte es wenigstens.

Ich ging zurück zur Sattelkammer, um Freight Trains Ausrüstung zu holen. Der Raum glänzte, und der Geruch von Lederöl lag süßlich in der Luft. Halfter und Zaumzeug waren ordentlich an Haken gehängt und namentlich gekennzeichnet. Die Sättel hingen an einem Ständer mitten im Raum.

Ich nahm Halfter und Zaumzeug von Freight Train und suchte einen Springsattel – einen großen Springsattel – aus, der ihm gut passen würde. Dann legte ich sein Zeug in der Nähe des Sattelplatzes ab und ging ihm das Halfter anlegen. Alle Boxen waren mit den Namen der Pferde versehen, und ich wanderte herum, bis ich ihn fand. Ich hätte Joe fragen können, aber mir war nicht danach. Er nörgelte mir heute zuviel.

Die obere Türhälfte der Box stand offen, und ich schaute hinein, um sicherzugehen, daß es Freight Train war. Das Pferd war zu groß, um ein anderes sein zu können, also öffnete ich die untere Hälfte der Tür und blieb einen Augenblick stehen, um ihn im gleißenden Sonnenlicht, das in den Stall fiel, zu bewundern.

Er war ein großer, kastanienbrauner Vollblüter von über 1,70 Metern Stockmaß. Für einen Vollblüter hatte er ungewöhnlich dicke, kräftige Beine und nicht diese Storchenbeine, die normalerweise ihr Untergang waren. Die Sonne malte Streifen auf sein glänzendes, braunes Fell, das rötlich schimmerte, wenn das Licht darauf fiel. Freight Train schaute mich mit großen, verwunderten Augen an. Selbst wenn er sein Heu mampfte, hatten seine Augen diesen tiefen, reinrassigen Schimmer.

Oh, Vollblüter. Sie hatten ein Herz wie kein anderes Pferd. Wer sonst würde sich für dich buchstäblich zu Tode rennen, wenn du nicht aufpaßt? Wer sonst sah ein Hindernis und begann zu sabbern? Sie liefen, wohin sie nicht laufen sollten, nicht laufen durften, ohne sich zu gefährden. Man mußte oft genug auf die Bremse treten, auch wenn man dabei kein Pedal hatte.

Na gut, sie hatten ihre Fehler – eine vorwitzige Natur,

Storchenbeine – und viele auch eine lausige Persönlichkeit, ziemlich verschroben. Viele Vollblüter wollten dich beißen, sobald sie dich sahen, und wenn du noch nie von einem Vollblut getreten oder abgeworfen worden warst, hieß das nur, daß du noch nie einen geritten hattest. Aber schließlich waren sie Vollblüter – und ansonsten gab es noch jede Menge anderer Tiere.

»Freight Train, mein Lieber«, sagte ich, während ich ihm das Halfter überstülpte, »was hältst du von einer kleinen Spritztour? Zum Beispiel ein kleiner Geländeritt.« Freight Train spitzte die Ohren. Natürlich verstand er nicht, was ich sagte, aber er konnte die Erregung in meiner Stimme hören.

Ich führte ihn hinaus zum Sattelplatz. Freight Train blieb ruhig. Ich machte ihn fest und ging das Putzzeug holen.

Als ich aus der Sattelkammer zurückkam, hatte Joe seine Stute gesattelt und war dabei, sie in der Reithalle aufzuwärmen, so daß ich den Gang zwischen den Boxen für mich alleine hatte. Der Stall war vollkommen still, bis auf das Geräusch von schmatzenden Pferden, ein gelegentliches Schnauben oder einen Tritt gegen die Wand.

Etwas in mir begann sich zu entspannen. Es gab nur ein paar wenige heilige Orte auf dieser Welt. Ganz oben auf meiner Liste standen eine menschenleere Sporthalle und ein sauberer, gutgeführter Stall mit Pferden, die Heu mampften.

Mit leichten Strichen striegelte ich Freight Trains verstaubtes Fell, während ich mich vom Hals zu seinen Flanken vorarbeitete: Pferde waren immer staubig und brauchten tägliche Pflege. Sein Fell glänzte, ein Verdienst seiner Ernährung und des regelmäßigen Striegelns. Er schien die Bürstenstriche zu mögen und blieb ruhig stehen. Vielleicht striegelte ich ihn länger als nötig – Joe würde mich bald drängen, fertig zu werden –, aber der Rhythmus der ruhigen Bürstenstriche in dem sonnigen Stall war Balsam für meine geschundene Seele.

Ich nahm den Hufkratzer aus der Kiste mit dem Putzzeug und hob ein Bein des großen Kerls nach dem anderen hoch. Ich entfernte all den Dreck von der Hufsohle, inspizierte seine Beine und tastete sie von den Knien abwärts ab und konnte weder eine Erwärmung noch eine Schwellung feststellen. Beim Cross-Country konnte dich ein lahmes Pferd umbringen, so daß es nicht bloß Altruismus war, der mich überprüfen ließ, ob Freight Train fit war.

Er war es. Er fühlte sich wie eine Million Dollar an, er sah aus wie eine Million Dollar, also legte ich ihm den Sattel auf und gurtete ihn gerade fest, als Joe sein Pferd aus der Reithalle brachte.

»Wirst du heute noch fertig?« fragte er. Was immer auch in der Reithalle passiert war, es hatte seine Laune nicht gebessert.

»Du kennst mich ja«, erwiderte ich, »ich versuche nur, den Ausritt zu verzögern. Noch eine Sekunde.«

Joe schnaubte, und ich rannte los, um Helm und Handschuhe zu holen. Als ich zurückkam, war er mit seiner Stute bereits weg. Ich kletterte auf Freight Trains Rücken und stürmte hinterher. Es war schon ein kleines Kunststück, allein hochzukommen, wenn man bedachte, wie groß Freight Train war. Aber ich hätte niemals die Geduld gehabt, nach einem Trittbock zu suchen.

Freight Train wurde etwas munterer, als wir die Stallungen verließen, aber nicht unruhig, bis wir den Reitplatz und die Absperrung passiert hatten. Als ihm klar wurde, daß es ins Gelände ging, änderte sich seine Stimmung völlig. Er benahm sich wie ein Kind, das nicht an sich halten kann. Er wollte loslaufen, aber ich ließ ihn nicht, also fing er an, auf der Stelle zu tänzeln, als wäre er ein Paradepferd. Freight Train hob den Kopf, so daß ein weiteres Aufnehmen der Zügel nichts brachte: Sein Kopf war schon so weit zurück, wie es ging.

Ich lachte laut auf und langte hinunter, um seinen Hals zu tätscheln. »Ruhig, mein Großer«, sagte ich. »Wir kommen schon noch hin.« Ich hielt die Zügel weiter in der einen Hand und tätschelte ihn zur Beruhigung mit der anderen, als wir die Straße hinunterritten. Keine Ahnung, warum ich das so liebte. Vielleicht, weil ich unter Menschen immer diejenige zu sein schien, die den Mund nicht zukriegte. Vollblüter waren so lebhaft, daß ich neben ihnen wie die Sanftheit in Person wirkte. Oder vielleicht auch, weil ich genau wußte, wie sie sich fühlten.

Hinter der Kurve kamen der Hügel und die Geländestrecke in Sicht. Freight Train machte ernst, gab das Tänzeln auf und ging gegen meine Hand. Ich nahm die Zügel in beide Hände und zog an und gab nach, zog an und gab nach. Es würde nichts bringen, bloß anzuziehen. Freight Train würde sich gegen den Druck versteifen oder an der Gebißstange zerren, was wirklich Probleme verursachen könnte.

Als das erste Hindernis in Sicht kam, brachte ich Freight Train in einen versammelten Galopp, und wir fingen an, es im weiten Bogen zu umkreisen. Ohne uns abzusprechen, war Joe und mir klar, daß er auf mich warten würde, bis ich mit Freight Train gesprungen war. Die neue Stute würde ihm über die Hindernisse folgen.

Freight Train war nicht glücklich über das Kreisen, aber er nahm es hin, bis er die erste Springmöglichkeit erblickte. Da versuchte er vorzupreschen und abzuspringen, aber ich war gnadenlos. Ich ließ ihn weiter im Kreis galoppieren, indem ich den Zügel auf der Innenseite anzog und den anderen locker ließ. Sein Kopf zeigte zum Kreis, aber sein Körper drängte seitlich weg zum Sprung.

Auf diese Weise machten wir ein paar Runden, dann änderte ich die Kreisrichtung, so daß er zur anderen Seite des Hindernisses den Bogen zu einer Acht schloß. Der arme

Freight Train war so sehr auf den Sprung konzentriert, daß er den neuen Kreis gar nicht voraussah und die Richtung nicht änderte, als ich ihm die entsprechende Hilfe gab.

Dadurch kam er auf der neuen Kreisbahn in den Außengalopp, was ihn fast stürzen ließ. Er stolperte, fing sich wieder und wechselte den Schritt. Meine Botschaft war klar: Paß auf, was ich tue, Freight Train, sonst fällst du auf die Nase.

Wir gingen ein paar weitere Achten, und dann ritt ich den ersten Sprung an.

Es war ein ziemlich schwerer Sprung: ein Oxer, ungefähr einen Meter hoch, aber gute 1,80 Meter tief. Er hatte keine Fänge und war nur drei Meter breit, was es für ein Pferd sehr einfach und verlockend machte, seitlich auszuscheren. Der Sprung sah wie ein einfacher Hochsprung aus, bis man genau vor ihm war, was die Chance erhöhte, daß das Pferd versuchen würde auszuweichen.

Das Problem für Freight Train war nicht, daß es ein Oxer war – er kannte sein Gelände –, problematisch war vielmehr, ob er passend zum Absprung kam. Egal, wie gut ein Pferd springen konnte, es mußte immer aus der richtigen Entfernung abspringen. Es mußte weit genug sein, damit er das Hindernis nicht traf, und nah genug, damit er beim Landen klarkam. Idealerweise würde er mit geraden Tritten bis zum Absprung galoppieren und auf wundersame Weise genau die richtige Entfernung für den Absprung finden.

Das würde nicht zufällig passieren, noch nicht einmal bei einem so erfahrenen Springer wie Freight Train. Es war meine Aufgabe, seine Tritte so zu verlängern oder zu verkürzen, daß er perfekt wegkam.

Wenn er falsch absprang, mußte er entweder einen Schritt auslassen und sich lang machen – nicht einfach, wenn das Hindernis 1,80 Meter tief war –, oder er mußte einen Schritt mehr machen und es »touchieren« – auch nicht einfach, wenn man im halsbrecherischen Tempo unterwegs war. Die paar tausend Pfund hatten etwas Monumentales, wenn sie in Fahrt kamen.

In beiden Fällen konnte es passieren, daß er entweder auffußte oder anschlug, was deshalb ein großes Problem wäre, weil es sich um ein festes Hindernis handelte. Das vor uns war aus Holzscheiten zusammengenagelt, die dick genug waren, um, sagen wir mal, das World Trade Center abzustützen. Dabei fiel mir ein, wie seltsam es doch war, daß ich so etwas liebte.

Freight Train wollte nicht auf mich hören. Die Sonne schien, und das Hindernis lag einfach da, und bei Gott, er war ein Vollblut und für schwindelerregenden Galopp geboren. Das stupide Kreisen hatte nur klarmachen sollen, wer hier der Boß war, und er wurde als Reaktion auf meinen ständigen Kampf kontinuierlich langsamer.

Ich schätzte die Entfernung von dem Sprung bis zu der Stelle ab, wo ich glaubte, daß der Absprung passen würde. Und entschied, daß Freight Train noch kürzere Tritte machen sollte. Er reagierte verzögert, aber er reagierte.

Als wir näher an das Hindernis kamen, begann mein eigenes Adrenalin hochzuschießen, und ich konnte den bitteren Geschmack von Angst schmecken. Sein Leben aufs Spiel zu setzen verlangte volle Aufmerksamkeit. Wenn man nicht vollkommen verrückt war, konnte es einen zu Tode erschrecken. »Mach deinen besten Stich, Schicksal«, dachte ich, »und laß mich dann bis zum nächsten Mal in Ruhe« – eine seltsame Fürbitte, aber eine, die mir dabei stets in den Sinn kam.

Drei Schritte vor dem Hindernis kam Freight Train richtig ab. Ich ließ die Zügel locker und machte mich sprungbereit. Jetzt konnte Freight Train selbst entscheiden, was er machen mußte, und er hielt die Schrittfolge.

Er machte seinen letzten Schritt und stieg in die Luft. Er

sprang so hoch, wie Pferde es immer tun, wenn sie ein starres, weites Hindernis erblicken. Ich stand in den Steigbügeln und warf mich nach vorn, so daß ich die Zügel über seinem Hals locker lassen konnte. Er mußte sich in der Luft strecken können, so weit er wollte, ohne an die Gebißstange zu stoßen. Anfänger benutzen die Zügel immer, um im Gleichgewicht zu bleiben, und es ist ein Wunder, daß sie nicht zu Tode getrampelt werden, wenn sie abgeworfen werden.

Freight Train hatte eine Schwebe-Zeit, bei der Michael Jordan neidisch werden würde, und es schien mir, als ob ich ewig fliegen würde. Die Glücksgefühle trafen mich wie – na wie schon? – wie ein Güterzug eben, und als ich landete, hatte ich genug Endorphine für eine große Herzoperation ohne Narkose. Ich war high. Mit einzigartiger Klarheit konnte ich die Vögel zirpen hören und sah deutlich jedes Blatt in den nahen Bäumen. Alles war so bunt und lebendig, wie sonst nur unter Drogen.

Als wir den Hügel hinaufgaloppierten, schaute ich zurück. Joe hatte seine Stute über das Hindernis gebracht, wenn auch knapp. Die Stute sah erschrocken und zittrig aus, Joe wild entschlossen. Für einen Neuling war ein Cross-Country eine furchterregende Sache.

Ich lachte laut auf. All diese Macho-Kommentare über Frauen und Pferde waren voll daneben. Das ganze Gerede über »dieses große Ding zwischen den Beinen«. Wir verwechselten Männer nicht mit Pferden; wir machten beim Reiten nicht mit ihnen Liebe – wir waren das Pferd. Es war, als ob wir zum Zentauren würden und plötzlich vier Beine bekämen. In diesem Augenblick waren Freight Train und ich eine Einheit, eine gut geölte Maschine, und wir konnten jedes Hindernis, das uns in den Weg kam, wie ein Gazelle überspringen. Jesus, das Leben war schön.

Der zweite Sprung war ein viel einfacherer: eine Konstruktion aus senkrechten Stangen mit Federfahnen, die seitlich abstanden und das Pferd auf das Hindernis zulenkten. Wir kamen gut heran, als Freight Train sich plötzlich nach links drehte. Überrascht – das Hindernis vor uns war nichts im Vergleich zum vorherigen – versuchte ich mein Gleichgewicht wiederzufinden, indem ich mit meinem linken Bein gegen die Flanke drückte. Aber Freight Train lief weiter schräg und schaute in Richtung der Bäume. Ich blickte hinüber – was hatte ihn erschreckt? – und erhaschte den Schimmer von etwas Gelbem.

Gelb. Was war gelb? Rehe waren nicht gelb. Aber ich hatte keine Zeit, darüber nachzudenken. Freight Train lief immer noch schräg, und wir waren fast vor dem Hindernis. Er streifte es. Glücklicherweise war es ein kleines.

Ich schaute zurück. Es gab keine Möglichkeit, Joe zu warnen. Aber seine Stute war so nervös, daß sie sowieso nichts anderes zu bemerken schien.

Ich ritt eine langgezogene Kurve nach rechts. Um den dritten Sprung zu nehmen, mußten wir einen Weg zwischen Bäumen entlanggaloppieren, und wir näherten uns meiner Lieblingsetappe.

Freight Train und ich waren allein in diesem Tunnel aus Bäumen – Joe und seine Stute waren immer noch ziemlich weit weg –, und ich konnte die Vögel hören. Die Bäume waren so nah und leuchtend, daß ich glaubte, nur die Hand ausstrecken zu müssen, um sie zu berühren. Ich überlegte, was dieses gelbe Etwas zwischen den Bäumen, das ich gesehen hatte – glaubte, gesehen zu haben –, gewesen sein könnte. Ich hatte keine Ahnung. Zur Zeit war sicher keine Jagdsaison, und natürlich war die Strecke nicht in der Nähe von irgendwelchen Wanderwegen.

Was es auch immer gewesen war, es war weg. Freight Train schien in Ordnung zu sein. Ich war inzwischen so high, daß alles wie in Zeitlupe abzulaufen schien. Das Trommeln von Freight Trains Hufen auf dem harten Boden klang wie ein altes, vertrautes Geräusch, fast wie ein Herzschlag.

Als wir das Ende der Baumgrenze erreichten, brach die Angst in mein endorphingetränktes Gehirn. Das nächste Hindernis war schlicht mörderisch. Es begann mit einer scharfen Wendung nach rechts, so daß es bergab ging, aber das Gefährliche war das Hindernis selbst. Es war ein Tiefsprung: Man sprang über etwas und erwartete, auf der gleichen Ebene zu landen, fand den Boden auf der anderen Seite aber erst viele Zentimeter tiefer. Das Hindernis verdeckte das Gefälle, so daß ein unerfahrenes Pferd nicht sehen würde, daß dieses kleine, siebzig Zentimeter hohe Hindernis auf der anderen Seite neunzig Zentimeter tief war.

Dazu kam das Problem, daß wir eine Wende von hundertachtzig Grad gemacht hatten und nun auf die gleiche Baumgruppe zuritten, die Freight Train erschreckt hatte – nur von der anderen Seite.

Ich sah das Hindernis vor mir und preßte meine Schenkel leicht in Freight Trains Seiten. Diesmal, dachte ich, sollte ich ihn treiben, um Geschwindigkeit aufzunehmen. Bergab wurden Pferde vorsichtiger und tendierten dazu, langsamer zu werden. Dieses Hindernis war ein solcher Pferde-Stopper, so daß ich ihn einfach nur darüber kriegen wollte, egal wie.

Das Hindernis lag gleich hinter dem Tunnelende, und die Drei-Schritt-Marke würde gleich auftauchen. Freight Train schien mir immer noch etwas zu langsam, so daß ich ihn mit den Schenkeln noch weiter antrieb. Wir würden nicht sehr gut über dieses Hindernis kommen, aber ich wollte verdammt sein, wenn nicht.

Plötzlich rannte etwas Weißes aus seinem Versteck in der Baumgruppe und geradewegs vor Freight Trains Hufe. Ich sah den Schatten in den Augenwinkeln und dachte noch »oje«, aber es ging alles viel zu schnell.

Freight Train scherte sofort nach links aus, weg von dem Eindringling und leider auch von dem Hindernis: Pferde schützten instinktiv ihre Beine, indem sie nie auf etwas traten, das sie nicht kannten. Ich stand schon in den Steigbügeln und lehnte mich vor, so daß ich keine Möglichkeit hatte, das Gleichgewicht zu halten. Freight Train lief nach links und ich geradeaus. Ich flog durch die Luft in Richtung Hindernis. Die Welt schien sich zu drehen, und ich schlug mit dem Rücken hart auf und rutschte über das Hindernis, bis ich einen knappen Meter tiefer landete.

Wäre ich geistesgegenwärtig gewesen, hätte ich mir darüber Sorgen gemacht, daß Joe nicht sehen würde, daß Freight Train mich abgeworfen hatte, und auf mir landete. Aber ich war zu durcheinander, um an so etwas zu denken. Ich versuchte, mich zu erinnern, was passiert war, aber ich konnte es nicht. Ich lag einfach nur da. Es kam mir noch nicht einmal in den Sinn aufzustehen.

Ich hörte das Geräusch rennender Füße – Freight Train war zum Baumtunnel zurückgekehrt, wo ihn Joe gesehen und eingefangen hatte. Dann war Joe neben mir und fragte: »Ist alles in Ordnung?«

Für einen Augenblick antwortete ich nicht. Aus irgendeinem Grund haßte ich diese Frage. Sie wurde immer gestellt, wenn man verletzt war und bevor man selber wußte, ob man in Ordnung war. Es wurde erwartet, daß man sagte: »Ja, mir geht's gut«, selbst wenn es nicht stimmte, damit der andere aufhören konnte, sich Sorgen zu machen. Ich schien nicht genug Luft zu haben, um etwas sagen zu können, und Joe fragte erneut: »Bist du in Ordnung?«

Als ich nicht antwortete, meinte er: »Michael, kannst du deine Beine bewegen?« Das erschreckte mich dermaßen, daß ich sofort sagte: »Natürlich kann ich meine Beine bewegen.« Und es stimmte: Sie ließen sich tatsächlich bewegen, was sehr beruhigend war. Dann fiel mir alles wieder ein.

»Es war nicht die Schuld von Freight Train«, sagte ich zu Joe. »Irgend etwas ist ihm vor die Hufe gelaufen.« Was im Grunde sehr mysteriös war. Nie zuvor hatte ich gehört, daß ein Tier sich freiwillig in Gefahr brachte. Ich wurde ein bißchen klarer im Kopf und setzte mich auf, während ich fragte: »Ist Freight Train in Ordnung?« Die Welt fing wieder an, sich zu drehen, und ich lehnte mich zurück und schloß die Augen.

»Er ist in Ordnung«, sagte Joe.

»Gut, dann geh und schau nach ihm«, meinte ich knapp und mit geschlossenen Augen.

»Zum Teufel mit Freight Train«, meinte Joe.

»Er ist ein vierzigtausend Dollar Pferd, Joe. Also geh und schau nach ihm. Ich bin okay.«

Joe grummelte, ging aber weg, und ich war froh, daß ich für einen Augenblick alleine sein konnte, um mich zu sammeln. Ich stand langsam auf und versuchte den Dreck von meinem Rücken zu klopfen. Ich merkte, daß ich mich sehr langsam bewegen mußte, um die Welt daran zu hindern, sich zu drehen, und ging hinüber zu dem Hindernis und lehnte mich dagegen, wieder mit geschlossenen Augen. Joe kehrte mit beiden Pferden im Schlepptau zurück, und ich richtete mich auf. »Er ist in Ordnung«, meinte er.

Ich schaute auf die Pferde. Beide hatten Gras zwischen den Zähnen; anscheinend hatten sie ihre Freiheit dazu genutzt, um frische Halme abzugrasen. Beide schienen völlig ungerührt von meinem Mißgeschick: Pferde zeigen nicht gerade viel Mitgefühl …

Ich versuchte erneut, mich zu bewegen. Die Welt schien wieder so zu sein, wie sie sein sollte. Ich ging zu Freight Train hinüber und begann aufzusteigen.

»Bist du wirklich in Ordnung?« fragte Joe.

»Natürlich«, antwortete ich knapp. »Du hast mich das schon mal gefragt.«

»Na ja, du steigst gerade auf das falsche Pferd«, meinte er. »Das ist der einzige Grund, weshalb ich frage.«

Ich schaute auf das Pferd und sah, daß es Joes Stute war. Ich stieg wieder runter, mit soviel Würde wie möglich, und ging zu dem anderen Pferd. Vielleicht ging es mir schlechter, als ich geglaubt hatte.

»Wir gehen nach Hause«, meinte Joe.

»Du weißt, daß Freight Train über dieses Hindernis muß«, erwiderte ich. Joe wußte, daß man ein Pferd niemals wegbringen durfte, bevor es nicht über das Hindernis gesprungen war, das es verpaßt hatte. Egal, was der Grund für das Scheuen gewesen war.

»Gut«, meinte er. »Dann bringe ich ihn rüber.«

»Joe«, sagte ich langsam. »Ich muß da auch rüber.«

Ich konnte seinen Seufzer hören, aber er sagte nichts. »Gib mir deine Peitsche«, sagte ich. Er gab sie mir und half mir hinauf. Ich hielt die Peitsche dicht an mein Bein, so daß Freight Train sie nicht sehen konnte. Normalerweise wäre es das letzte Ding gewesen, das ich bei Freight Train brauchen würde, aber diesmal war das anders.

Wir drehten um und trabten den Hügel hinauf. Ich wollte nicht noch einmal die scharfe Wende beim Baumtunnel nehmen – man mußte es nicht unnötig schwer machen. Ich schüttelte verschiedene Teile meines Körpers aus, um herauszufinden, ob sie funktionierten. Es schien so, aber ich fühlte mich nicht gut, und es sah so aus, als würden wir Mühe haben, dieses Hindernis zu überwinden. Was zum Teufel war das gewesen? Und was hatte es dazu gebracht, vor einen galoppierenden Vollbüter zu laufen?

Joe bestieg seine Stute und positionierte sich links von dem Hindernis, um zu verhindern, daß Freight Train auf die gleiche Weise ausbrach wie beim letzten Mal. Normalerweise hätte ich ihm gesagt, daß ich keine Hilfe brauchte, aber diesmal hielt ich den Mund.

Wir trabten los, die Bäume zur Rechten, das Hindernis geradeaus. Eines war sicher: Den linken Zügel konnte ich wegwerfen. Freight Train würde nicht nach rechts ausbrechen, wo der Eindringling hergekommen war. Warum hatte ich das gerade gedacht? Es war kein Eindringling gewesen. Es war einfach ein blödes Kaninchen. Wenn Freight Train ausbrechen würde, dann nach links, wie er es vorhin gemacht hatte.

Auf halber Strecke fielen wir in Galopp, und ich fühlte seine Anspannung, als wir näher herankamen. Dieses Mal saß ich so weit hinten im Sattel, wie ich konnte, für den Fall, daß er wieder scheute. Ich sah, wie er in Richtung der Bäume starrte, zweifellos auf der Suche nach einem weiteren Kaninchen. Ich hielt den rechten Zügel so kurz, daß er seinen Kopf kaum nach links drehen konnte, aber sein Hinterteil fing an, sich zu drehen. Freight Train dachte nicht daran, das Hindernis vor ihm zu überspringen. Er erwartete Ärger aus Richtung der Bäume.

Ich hatte die Peitsche in der Hand, aber Freight Train wußte es nicht. Ich nahm die Zügel in die rechte Hand und schlug ihm fest aufs linke Hinterteil. Überrascht schoß er vorwärts – und vergaß die Bäume für einen Moment.

Das Hindernis stand geradewegs vor ihm, aber er war nicht bereit. Ich schlug ihn erneut, diesmal noch fester, und er hob ab, linkisch und spät, aber immerhin.

Er war verunsichert, und ich hatte mehr das Gefühl zu fallen als zu fliegen. Er stolperte bei der Landung und stürzte beinahe. Ich fiel nach vorne auf seinen Hals.

Feight Train fing sich wieder, und ich wurde nicht abgeworfen. Wir waren drüber. Ich fühlte mich erleichterter, als ich zugeben wollte, und Joe kam angetrabt, vielleicht ebenfalls erleichterter, als er zugeben wollte.

Ich überlegte, ob ich den Rest der Strecke schaffen würde. Ich haßte es, einfach abzubrechen, aber ich fühlte mich miserabel. Freight Train würde es locker schaffen, aber was war mit mir? Glücklicherweise mußte ich keine Entscheidung treffen. »Jetzt geht's nach Hause«, meinte Joe und ritt auf seiner Stute davon, bevor ich widersprechen konnte.

Ich folgte ihm, und wir ritten zum Stall zurück. Keiner von uns sagte ein Wort. Wenn sich jemand verletzte, wurde Joe immer wütend – aus Sorge, dachte ich, aber es war trotzdem nicht angenehm. Ich hatte ihm deswegen in all den Jahren ordentlich Zunder gegeben, so daß er gelernt hatte, es für sich zu behalten – zumindest in meiner Nähe. Ich selbst hatte genug damit zu tun, vor lauter Schwindelgefühl auf dem Pferd zu bleiben.

Im Stall fing ich an, Freight Train abzusatteln, aber Joe nahm mir den Sattel aus der Hand. »Fahr nach Hause, Michael«, meinte er knapp. »Du siehst beschissen aus.«

Ich dachte noch nicht einmal daran zu widersprechen. Ich lief einfach zum Auto. Als ich mich umsah, bemerkte ich, daß Joe mich beobachtete. Vielleicht wollte er sehen, ob ich diesmal wenigstens das richtige Auto nahm. Himmel, noch konnte ich aus eigener Kraft laufen. Wie schlimm konnte es dann schon sein?

Ich stieg ins Auto und fuhr in Richtung Interstate, aber als ich aus Joes Blickfeld verschwunden war, bog ich in einen Nebenweg ein, der zur Geländestrecke führte. Da gab es etwas, was ich tun mußte, und morgen wäre es dafür zu spät. Ich fuhr so nah wie möglich heran und stieg den Hügel hinauf. Ich wollte zu dem Dickicht der Bäume, die Freight Train erschreckt hatten. Es schien ein langer Weg zu sein. Auf einem Pferd merkte man nicht, welche Entfernungen man zurücklegte.

Ich drückte die Brombeerbüsche auseinander und schaute ständig auf den Boden. Ich brauchte ein paar Minuten, aber dann fand ich, was ich gesucht hatte – in etwa. Überrascht kniete ich mich hin und untersuchte es mit den Fingerspitzen.

Da, in dem weichen, nassen Boden, war ein Fußabdruck. Aber es war kein großer Mann, der in den Büschen gestanden hatte. Es war der Abdruck eines Fußballens – klein, ungefähr meine Größe –, aber da, wo der Absatz hätte sein müssen, war bloß ein kleines, tiefes Loch. Eine Frau hatte in dem Gebüsch gestanden, eine Frau, die nicht damit gerechnet hatte, hier stehen zu müssen, und währenddessen zweifellos ihre Schuhe verflucht hatte. Es konnte nicht Willy gewesen sein, es sei denn, er hätte seine Füße in kleine Stöckelschuhe gezwängt, was schlecht zu ihm passen würde.

Ich stand völlig verwirrt auf und dachte nach. Willy konnte sehr anziehend auf Frauen wirken. Einer seiner Bewunderinnen war ich schon mal über den Weg gelaufen, als ich ihn besuchte. Hatte er jemanden angeheuert, der mich im Auge behalten sollte? Es konnte kein gewöhnlicher Wanderer gewesen sein. Niemand trug beim Wandern Stöckelschuhe.

Ich legte eine Hand auf den Rücken, während ich nachdachte. Es fing an, höllisch weh zu tun, und ich konnte genau in der Mitte meines Rückgrats einen Knoten spüren. Ich machte zum Vergleich daneben eine Faust. Der Knoten stand fast genauso weit heraus.

Ich schluckte. Ich hatte schon zu lange Basketball gespielt, um mich wegen einer gewöhnlichen Verstauchung oder einer gebrochenen Nase aufzuregen, aber der Gedanke an Christopher Reeves machte mich fast hysterisch. Mit einem Knoten wie diesem schrie die Notaufnahme förmlich nach mir.

9

Ich war erleichtert, daß es Jack war, der schließlich in meine Kabine in der Notaufnahme kam. Normalerweise ging ich ihm aus dem Weg. Jack und ich waren einige Zeit zusammengewesen, lange bevor ich auf meine Weise katholisch wurde und aufhörte, mit verheirateten Männern auszugehen.

Aber in diesem Moment war mir nicht danach, ihn zu meiden. Er war ein sehr guter Arzt, was mir im Moment wie ein Lottogewinn erschien, und er würde sich sehr gut um mich kümmern. Jack würde keinen einzigen angeknacksten Wirbel übersehen: die Art von Verletzung, bei der es dir noch gutging, wenn du schlafen gingst, und die dir beim Aufwachen das Rückenmark spaltete.

Mein Kopf fühlte sich an, als ob ihn jemand mit einem Hammer traktieren würde, und ich lächelte schwach, als er hereinkam. »Ich sehe schon«, meinte er, »du führst wieder dein gewohnt ruhiges Leben.«

»Da war dieses Kaninchen mit der Taschenuhr«, erwiderte ich. »Hörte nicht auf zu sagen, daß es zu spät dran war. Und lief dann genau vor mein Pferd.«

Jack nahm meinen Kopf in beide Hände und bewegte ihn. Ich schloß wegen der Schmerzen für eine Sekunde die Augen. Mit jeder Bewegung glaubte ich, ein Vorschlaghammer würde meinen Kopf zerschmettern. »Kopfschmerzen?« fragte Jack.

»Mehr oder weniger«, erwiderte ich.

Er schaute von einem Auge zum anderen. »Sind sie in Ordnung?« fragte ich und versuchte sachlich zu klingen. Ich wußte, daß es kein gutes Zeichen wäre, wenn meine Pupillen unterschiedlich groß waren.

»Mehr oder weniger«, meinte er. »Übelkeitsgefühle oder Müdigkeit?«

»Nein«, sagte ich. »Bloß guter altmodischer Schmerz.«

»Und was tut dir noch weh?« fragte er.

»Das hier.« Ich stieg von der Untersuchungsliege und drehte mich um. Ich hob mein Hemd hoch und zeigte Jack meinen Rücken.

»Beeindruckend«, meinte er. »Das müssen wir uns genauer ansehen.« Er legte seine Hand auf meinen Rücken und strich über die Beule. Trotz der Schmerzen merkte ich, wie angenehm sich seine Finger anfühlten. Dieser Mann hatte schöne Hände. Ich seufzte innerlich. Das Östrogen war wieder im Anmarsch. Sollte ich irgendwann einmal eine multiple Persönlichkeit werden, würde es einen Wettlauf zwischen meinem vernunftbetonten Teil und dem östrogenbeschleunigten Hirnstamm geben.

»Schon gesehen?« fragte er.

»Nein«, erwiderte ich. »Bloß gefühlt.«

»Dann schau mal.« Er drehte sich um, nahm einen Spiegel und hielt ihn mir so hin, daß ich einen Blick über meine Schulter werfen konnte. Der untere Teil meines Rückens hatte sich von einer zur anderen Seite verfärbt. Der Knoten in der Mitte sah so schlimm aus, wie er sich anfühlte.

»Oh, Mann«, meinte ich.

»Meine Liebe«, sagte er, »was immer du damit beweisen wolltest, du hast es geschafft.« Ich mußte lachen. Jack zitierte einen Typen aus der Basketball-Oberliga, der mir mal das gleiche gesagt hatte.

»Könnte sein, daß ich mich wieder auf weniger gefährliche Turnarten verlegen sollte.« Es rutschte mir einfach so raus, und am liebsten hätte ich sofort die Reset-Taste gedrückt, um es ungeschehen zu machen.

Jack reagierte nicht. Unser Verhältnis war längst über diese Art von Neckerei hinaus. Schlimmer noch, es erinnerte mich schmerzlich daran, wie unterschiedlich er und ich die Affäre gesehen hatten.

Er setzte sich hin und füllte die Überweisung fürs Röntgen aus. Er schien sehr lange dafür zu brauchen. Schließlich reichte er sie mir. »Falls du mir jemals wieder etwas außer deinem Allerwertesten zeigen möchtest«, meinte er, »dann ruf mich an. Ansonsten besitze ich eine Rudermaschine.«

Das tat sehr weh, aber ich ließ es ihm durchgehen. Ich schluckte es ohne Widerrede.

Ich stand die Wartezeit vor dem Röntgen durch, die Wartezeit beim Radiologen, der die Bilder interpretierte, und auch die Wartezeit wegen Jack, der zurückkam, um mir zu sagen, daß alles in Ordnung war. Ich hatte Kopf und Kragen riskiert, aber immerhin hatte ich mir nichts gebrochen. Ich hatte eine Gehirnerschütterung, aber es sah so aus, als hätte ich keinen Schädelbruch oder irgendwelche bleibenden Schäden an meinen kostbaren kleinen Gehirnzellen. Das war gut – ich hing sehr an diesen kleinen Zellen.

Als ich zu Hause ankam, tat mein Kopf so weh, daß ich ihn erst eine Weile aufs Lenkrad legen mußte, bevor ich aus dem Auto steigen konnte. Mir war übel, aber ich war mir ziemlich sicher, daß es nur von den Schmerzen kam.

Ich schloß die Tür hinter mir und schwebte mehr oder weniger ins Obergeschoß. Es tat weniger weh, wenn ich sehr langsam ging und vorsichtig auftrat. Ich legte mich aufs Bett und bewegte mich nicht. Im Krankenhaus hatte ich nur Aspirin genommen, aber ich merkte, wie ich auf eine dumpfe, erschöpfte Weise wegglitt.

Das Telefon klingelte, aber ich dachte nicht daran, mich zu melden. Der Anrufbeantworter sprang an, und ich konnte Marvs Stimme hören. »Michael«, sagte er, »ich muß dich sprechen. In einer Sitzung kam etwas heraus, was du wissen solltest.« Seine Stimme klang irgendwie beunruhigt, aber das kümmerte mich nicht – nicht im geringsten. Mir war es egal, wer was in welcher Sitzung gesagt hatte. Mir war so ziemlich alles egal. Ich war zu müde und hatte zu große Schmerzen.

Die Zeit verstrich. Einen ganzen Tag und eine ganze Nacht stand ich nur auf, wenn es unbedingt sein mußte. Ich versuchte mir die Zähne zu putzen, aber das rüttelte zu stark an meinem Kopf. Wenn ich mich umdrehte, wachte ich jedesmal auf, weil durch jede Drehung das Pochen in mein Kopf wieder anfing.

Marv hatte erneut angerufen, aber mir war es immer noch egal. Meine Welt war auf ein einziges Ziel reduziert – meinen Kopf so ruhig wie möglich zu halten.

Außerdem: Hätte ich mit Marv gesprochen, hätte er sofort gemerkt, wie schlecht es mir ging. Dann hätte er es anderen erzählt, und die wären gekommen, um hier herumzuhuschen. Ich hätte mich mit ihnen auseinandersetzen müssen, und dafür hatte ich einfach keine Kraft. Der einzige Anruf, bei dem ich mich gemeldet hatte, war der von Jack gewesen: Ich hatte Angst, daß er kommen würde, um nach mir zu sehen, wenn ich nicht dranging.

Eine kleine Stimme in mir sagte: »Ruf Marv an. Er hat sich nicht gut angehört«, aber ich ignorierte sie. Little Chicken hätte an meine Tür kommen können, und ich hätte bloß gesagt: »Ach, der Himmel fällt gerade herunter? Das weiß ich schon. Er ist mir auf den Kopf gefallen.«

10

Meinem Kopf ging es immer noch nicht besser. Ich rief an, um mich für Montag und Dienstag krank zu melden – eine Grippe, gab ich an –, und es dauerte bis zum späten Dienstag, bis ich wieder gehen konnte, ohne die Zähne zusammenbeißen zu müssen. Schließlich ging es mir gut genug, um mich wieder daran zu erinnern, daß es auch noch eine

Außenwelt gab und Geräte, die mich mit ihr in Verbindung brachten.

Als erstes sollte ich das Telefon in Angriff nehmen. Ich hatte den Anrufbeantworter gerade zur Hälfte abgehört, als es klingelte. Spontan nahm ich ab und meldete mich mit »Hallo«.

Als ich Adams Stimme hörte, spürte ich einen Schlag. »Michael«, sagte er. Ich wollte etwas erwidern, aber mir fiel nichts ein – außerdem merkte ich, daß ich den Atem anhielt. Als ich nichts sagte, fuhr Adam fort: »Hör mal, ich möchte dich nicht nerven, aber es gibt ein paar Dinge, die ich dir sagen möchte.«

Das klang nicht nach Adam. Er klang nicht so warmherzig – besorgt vielleicht, aber nicht warmherzig –, und es wirkte einstudiert. »Erstmal: Es tut mir leid, daß ich Jordan erwähnt habe.«

»Nicht jetzt«, erwiderte ich. O Gott, wenn er Jordan wieder heraufbeschwor, würde ich es bestimmt nicht durchstehen.

»Das weiß ich. Darauf bin ich auch schon gekommen«, fügte er knapp hinzu. »Die zweite Sache ist – und es ist das einzige, was ich verlange –, daß du mir versprichst, mich anzurufen, wenn Willy sich mit dir in Verbindung setzt.«

Ich sagte nichts. Ich war keinesfalls bereit, mit Adam über Willy zu diskutieren. Gerade jetzt wollte ich Adam nicht in meiner Nähe haben. Er hatte zuviel aufgewühlt, und ich brauchte für Willy einen klaren Kopf.

Ich sagte immer noch nichts. Ich haßte es, Adam anzulügen, und seine Bitte klang so ehrlich und so … vernünftig.

»Michael, er hat sich doch nicht etwa schon mit dir in Verbindung gesetzt?« fragte Adam scharf.

»Ich denke nach, Adam. Interpretier da nicht gleich zuviel hinein. Ich muß darüber nachdenken, ob ich ein solches Versprechen geben kann.« Noch hatte ich nicht gelogen.

»Sollte ich Schwierigkeiten haben«, sagte ich, »wirst du der erste sein, der davon erfährt.«

Es entstand eine Pause.

»Das ist nicht genug«, meinte Adam.

Er nahm mir jeden Spielraum. »Also gut«, sagte ich und gab auf. »Ich verspreche es.« Warum nötigten die Menschen einen zu lügen?

»Okay«, sagte er, und es klang erleichtert, während über mir eine Welle von Schuldgefühlen zusammenschlug: Der Mann vertraute mir. »Über die anderen Dinge können wir später reden«, fügte er hinzu, und weg war er.

Nachdem er aufgelegt hatte, saß ich einfach nur da. Wenn es möglich war, mein Verhältnis zu Adam noch zu verschlechtern, so hatte ich es eben getan. Aber was bleibt dir übrig, wenn dir jemand die Pistole an den Kopf setzt? Das war nicht meine Schuld.

Aber wenn ich es mir recht überlegte, hätte ich auch etwas anderes sagen können. »Nein« zum Beispiel. Warum hatte ich nicht einfach gesagt: »Nein, Adam, ich werde gar nichts versprechen, aber ich werde deine Bitte im Hinterkopf behalten.« Je mehr ich darüber nachdachte, um so merkwürdiger erschien es mir, daß ich zugestimmt hatte. Ich konnte einfach nicht klar denken, wenn Adam um mich war. Nicht zu vergessen, daß ich mit diesem hämmernden Kopfweh überhaupt nur schwer denken konnte.

Aber es war mehr als das. Es gab ja einen Grund, warum ich alleine lebte. Beziehungen waren für mich wie Magneten: Sie warfen mich aus der Bahn. Erwartungen, Forderungen – auch ich haßte es, jemanden zu enttäuschen. Nach einer Weile fing ich in jeder Beziehung an, mich immer weniger als »ich selbst« zu fühlen. Und ziemlich bald fühlte ich mich so zermürbt, daß ich mich selbst nicht mehr leiden konnte und den Mann verließ.

Ich beschloß, die Sache beiseite zu legen und an den

Computer zu gehen – schließlich hatte Adam mich dazu *verführt,* ihn anzulügen. Er hatte es regelrecht erzwungen. Ich sollte mich von ihm freimachen und statt dessen herausfinden, was Willy vorhatte, der irgendwo da draußen war. Ich hatte Willy eine Art Fehdehandschuh hingeworfen, und es würde interessant werden zu erfahren, wie er darauf reagierte.

Ich loggte mich ein, und tatsächlich gab es eine Nachricht von »partytime«. Ich starrte sie einen Augenblick an, bevor ich sie öffnete. Allein eine E-Mail von Willy zu sehen jagte mir schon einen Schrecken ein. Schließlich doppelklickte ich auf »partytime«, und das Schreiben von Willy erschien auf meinem Bildschirm.

> Also gut, mein liebe Frau Doktor. Ich könnte Dir beweisen, daß ich meinen Appetit zügeln kann – ein bißchen Gegen-Psychologie gefällig? Als nächstes wirst Du das Symptom anprangern! Aber nein, ich kann Dich nicht in der Mailänder Schule sehen. Meine Liebe, Du müßtest glauben, daß ich ein aufsässiger Jugendlicher bin, um mir das so einfach abzunehmen. O Michael, du amüsierst mich.

Also kannte er sich ein bißchen in Psychologie aus. Na toll. Viele Leute kannten die Mailänder Schule und ihren Hang, sich auf die Symptome zu konzentrieren: Wenn jemand wirklich aufsässig war, würde er eher das Symptom aufgeben, als den Machtkampf zu verlieren.

Aber interessanterweise hatte ich gar nicht auf das Symptom angespielt, sondern bloß auf seinen Narzißmus, was er immer noch nicht erkannte, trotz aller Cleverneß.

> Alles in allem war das eine enttäuschende Kommunikation. Vielleicht bist Du nicht ganz so clever, wie ich

dachte. Oder aber der Streß frißt sich in Deine Seele wie Säure, nicht wahr? Du fängst an, Dich zu fragen, wann und wie und ... was passieren wird.

Du brauchst Trost! Entspannung von dem Unvermeidlichen. Es ist immer noch Zeit – ein wenig zumindest. Schaff Dir einen Hund an, einen Rottweiler vielleicht, als einen Hüter. Kauf Dir ein paar Blumen – KAMELIEN zum Beispiel. Iß eine kleine KIWI oder eine Quiche LORRAINE.

Ich fröstelte. Für einen Moment stockte mir der Atem. Ich las es wieder und wieder. Ich stand auf und ging im Zimmer umher, setzte mich wieder und las den letzten Absatz noch einmal. Ich stand wieder auf und ging umher, während ich mir immer noch sagte, daß es nicht bedeuten konnte, was ich dachte, daß es bedeutete. Ich konnte mich irren. Ich mußte mich irren.

Aber was waren die Alternativen? Ich hatte eine Klientin, die Camille hieß, eine, die Kiwi und eine, die Lorraine hieß. Er hat die Namen sogar groß geschrieben, verdammt noch mal. Schaff dir einen Rottweiler als Hüter an. Hüter. Keeter.

Ich brauchte jemand Unbeteiligten, der das las und mir sagte, daß ich verrückt war. Ich war schon fast beim Telefon, als ich innehielt. Jeder, den ich kannte und der das sah, würde mir raten, die nächsten zwei Jahre in Neuseeland zu verbringen.

Aber woher konnte Willy wissen, wer meine Klienten waren? Hatte er meine Akten durchwühlt? War er den Leuten gefolgt, die in meinem Büro ein- und ausgingen? Hörte er mein Telefon ab? Hatte ich mit ihnen telefoniert? Meine Computerdatei konnte er nicht geknackt haben. Ich hatte die Namen meiner Klienten gar nicht im Computer gespeichert.

Ich las die Nachricht noch einmal. Es mußte so sein, wie

ich dachte. Es machte sonst keinen Sinn. Quiche Lorraine und Kiwi? Er konnte beides nicht einfach aus dem Hut gezaubert haben.

Also war er hier. Nahe genug, um meine Praxis zu beobachten. Aber woher kannte er ihre Namen? War er ihnen gefolgt, um ihre Adressen herauszufinden? Selbst wenn: Durch die Adressen konnte er vielleicht ihre Namen herausbekommen, aber woher kannte er Keeters Namen? Ich ging es wieder und wieder durch wie eine Schallplatte, die einen Sprung hatte. War er in meine Praxis eingebrochen? Hatte er meine Akten gelesen? Wenn er den Leuten folgte, dann wußte er auch, wo ich wohnte.

Ich drehte mich im Kreis. Ich stand auf, nahm mir ein Glas Eistee, um meine Nerven zu beruhigen, und setzte mich wieder, um nachzudenken. Für Südstaatler war Eistee wie Muttermilch, und bei Streß griff ich gerne nach etwas aus dem Süden. Ich schaute auf den Eistee und rührte ihn um, während ich versuchte, einen klaren Gedanken zu fassen. »An der Schwelle zum Geisterreich ertönt ein Klagelied«, hatte Wallace Stevens geschrieben. Nun gut, die Angelegenheit war ziemlich gespenstisch, und ich hörte etwas, aber was? »An der Schwelle zum Geisterreich, vage, aber eindringliche Laute.« Das hatte Stevens niemals geschrieben.

Ich erinnerte mich an etwas, das lange Zeit her war. Ich war mit ein paar Freunden aus dem College segeln gewesen. Wir waren auf einer siebeneinhalb Meter langen Erickson unterwegs, einer Nußschale von einem Boot, als der Motor seinen Geist aufgab und Nebel aufkam. Mir wurde die Navigation übertragen, so daß ich mit den Seekarten unter Deck ging, während die anderen am Steuer saßen oder nach Booten Ausschau hielten – so gut sie eben konnten. Der Nebel war so dicht, daß man keinen Meter weit sehen konnte, und das kleine Boot hatte keinen Radar.

Keiner von uns war wirklich nervös – bis die Fähren kamen. Wir hörten das Geräusch der Motoren, wie es lauter und lauter wurde, aber keiner konnte etwas erkennen. Dann, als die Motoren so laut waren, daß wir nur noch darauf warteten, gerammt zu werden, fing das Geräusch allmählich an zu verklingen. Das verdammte Ding fuhr so nah an uns vorbei, daß wir es praktisch berühren konnten, aber wir konnten es immer noch nicht sehen.

»An der Schwelle zum Geisterreich, das Geräusch von Fähren.« Das kam der Wahrheit schon näher. Ich konnte Willy im Nebel hören, aber ich konnte nichts erkennen. Er war wie die Fähre, mit dem Unterschied, daß er nicht im Nebel stand. Man konnte behaupten, auch er hätte eine Art Radar, aber während die Fähren es benutzten, um uns nicht zu rammen, würde Willy mich damit einkreisen und noch mehr einkreisen und jedes Mal näher kommen. Er war mehr wie ein Hammerhai.

Das war nichts wirklich Neues. Egal, was ich wem erzählt hatte: Von dem Augenblick an, als ich hörte, daß Willy entlassen worden war, hatte ich gewußt, daß er an meiner Türschwelle stehen würde – oder besser, draußen vor dem Fenster. Aber ich hätte nie geglaubt, daß er meine Klienten mit hineinziehen würde.

Ich dachte an Lucas, den Massenmörder. Als er fünf Jahre alt war, hatte ihn seine Mutter gefragt, ob er das Maultier, das die Familie besaß, liebte. Er hatte genickt, und sie hatte es vor seinen Augen erschossen. Sie hatte gewußt, daß sie ihn am meisten verletzen konnte, wenn sie das verletzte, was er liebte.

Ich hatte keine Kinder. Ich lebte allein. Mir konnte man mit solchen Dingen nicht so leicht Angst einjagen. Aber meine Praxis war mir heilig, und auch die Menschen, um die ich mich kümmerte, waren mir wichtig. Was hatte mich glauben lassen, daß Willy nicht dahinterkommen würde?

Es gab ein paar Dinge, die ich erledigen mußte. Ich zog mich an und holte meine Pistole, eine Magnum, aus der Schublade. Ich überprüfte, ob sie geladen war. Ohne Kinder im Haus war das in Ordnung.

Ich steckte ein paar Schnellader-Magazine in die Tasche, schnappte mir meine Autoschlüssel und stürmte zum Auto. Ich bewegte mich zu schnell, und mein Kopf fing wieder an, weh zu tun. Ich lief etwas langsamer – Jesus, ich haßte es, abbremsen zu müssen, wenn ich irgendwo hinkommen wollte – und stieg dann ins Auto.

Von der Fahrt selbst bekam ich gar nichts mit. Es war einer dieser Abläufe, bei denen mein Verstand so beschäftigt war, daß mein Gehirn das Steuerrad selbständig übernahm. Ich erreichte meine Privatpraxis in Carlottas Haus und blieb im Auto sitzen. In ihrem Teil des Hauses brannte Licht, aber ich hatte sowieso keine Wahl. Seit der Schulzeit war Carlotta meine beste Freundin – und ich betete zu Gott, daß Willy das nicht herausfand –, und ich mußte mit ihr darüber reden.

Ich dachte über tausend Möglichkeiten nach, wie ich es machen könnte, ohne ihr gleich die volle Wahrheit sagen zu müssen, aber keine funktionierte. Ich gab es auf und stieg aus dem Auto. Wenn es um Carlottas Sicherheit ging, sollte meine Empfindlichkeit, was mein Privatleben betraf, besser zurückstehen.

Ich ging zur Hintertür, die zur Küche führte. Während ich mit meinem Schlüssel öffnete, klopfte ich. Carlotta stand in ihrem seidigweißen Lieblingspyjama in der Küche und mixte sich gerade einen Proteindrink. Carlottas Lebensstil unterscheidet sich ein wenig von meinem. Mein Lieblingsschlafanzug war ein T-Shirt. Als ich hereinkam, drehte sie sich um und sagte: »Seien Sie gegrüßt, Dr. Michael. Möchten Sie einen Milchshake?«

»Nein, danke«, antwortete ich und setzte mich an den

Tisch. Geistesabwesend klopfte ich auf die Tischplatte. Es war ein außergewöhnliches Objekt: ein dickes, solides Stück Rotbuche auf einem Untersatz aus handgetöpfertem Steingut. Beim Klang meiner Stimme drehte sich Carlotta um, schaute mich kurz an und kehrte dann zu der Herstellung ihres Drinks zurück. »Was zum Teufel ist denn mit dir passiert?«

»Bin vom Pferd gefallen«, erwiderte ich. Carlotta drehte sich erneut um und musterte mich. »Nichts Ernstes«, sagte ich. »Jack hat es sich in der Notaufnahme angeschaut.«

Ich sagte nichts weiter, und kurz darauf hörte Carlotta auf, mit dem Mixer zu hantieren, und setzte sich hin. Auch sie sagte nichts, trank ihren Drink und wartete. Ich vermutete, ihr war klar, daß ich nicht bloß zu Besuch gekommen war.

»Wie läuft's mit Hank?« fragte ich schließlich. Hank Holden war ein Richter, mit dem Carlotta zusammen war.

»Prima«, meinte sie.

Ich holte tief Luft. Es gab keine Möglichkeit, Carlotta etwas vorzumachen, also sollte ich besser gleich auf den Punkt kommen. »Warum ziehst du nicht für eine Weile zu ihm?«

»Michael …«

»Ich werde das nicht näher erklären, Carlotta. Wirklich nicht. Aber ich bitte dich, zieh zu Hank.«

»Also ist er hier.«

Ich zuckte mit den Schultern.

»Du trägst deine Pistole.«

Ich zuckte erneut die Schultern. Ich stand auf und goß mir etwas von dem Milchshake ein, einfach um etwas zu tun zu haben.

»Du hast Adam nichts davon erzählt.«

Ich setzte mich wieder hin.

Carlottas Gesicht spiegelte ihre Gefühle wie ein Kaleidoskop wider. Ärger wechselte mit Angst und mit ein paar anderen Empfindungen, die sich zu schnell änderten, um sie identifizieren zu können.

»Michael, du bist eine verfluchte Närrin.«

»Das ist wahr«, meinte ich. Schwer, etwas dagegen zu sagen.

»Warum ich?« fragte sie.

»Das hat keinen besonderen Grund«, sagte ich.

»Dann bleibe ich hier. Du bist es, hinter der er her ist.«

»Das würde ich nicht tun«, entgegnete ich.

»Warum?«

»Er weiß Dinge, die er nicht wissen sollte«, meinte ich vorsichtig und starrte auf den Tisch. »Es kann sein, daß er in die Praxis eingebrochen ist.«

Ich hörte, wie Carlotta scharf Luft holte, aber ich blickte nicht auf. Das war wirklich kein angenehmer Gedanke. Carlotta hörte auf.

»Hank ist bis morgen nicht in der Stadt.«

»Heute nacht bleibe ich hier.«

»Wird das eine Hilfe sein oder ein Risiko?«

»Gute Frage, aber ich habe eine Waffe, und du hast keine. Du solltest noch einmal über einen Schießkurs nachdenken«, sagte ich ruhig. Das war eine alte Diskussion. Carlotta haßte Waffen.

»Wenn ich aufhören würde, mit dir zusammen zu sein«, entgegnete sie, »würde ich keine Waffe brauchen.«

Das stimmte wahrscheinlich.

»Adam weiß nichts davon«, meinte Carlotta matt.

Ich erwiderte nichts. Das war keine Frage gewesen.

»Du weißt, daß ich ihn angerufen habe«, sagte sie.

»Es hat eine Diskussion gegeben«, antwortete ich. »Ich, äh, habe ihm versprechen müssen, daß ich ihm sage, wenn Willy auftaucht.«

Ich wußte, ich hatte nicht die geringste Chance.

»Das war blöd« war alles, was sie sagte.

Carlotta verschwand im Bett. Sie hatte nicht gerade viel gesagt, aber sie war so sauer, wie sie nur sein konnte. Wer konnte ihr das verdenken? Ich hatte einen Irren in ihr Leben gebracht, der vielleicht sogar in ihr Haus eingebrochen war, zweifellos während sie schlief. Nun sollte sie ausziehen, ohne zu wissen, wann sie zurückkehren konnte, und als Dreingabe mußte sie sich auch noch um mich sorgen.

Dazu kam, daß sie schnell dahinterkommen würde, daß ich sie beim Mittagessen mehr oder weniger angelogen hatte, als ich ihr versicherte, daß Willy untertauchen und mir nicht nachstellen würde. Dann würde sie doppelt sauer sein.

Was sollte ich dazu noch sagen? Ich wußte auch nicht, warum ich es so haßte, wenn sich Leute um mich sorgten. Ich haßte es einfach.

Soweit ich das überblicken konnte, hatte ich jetzt Ärger mit jedem, den ich kannte. Ich hatte Marv nicht zurückgerufen, obwohl er mir gesagt hatte, daß es wichtig war. Ich hatte Carlotta und Adam angelogen. Es sah so aus, als ob man mit mir einfach nicht befreundet sein könnte. Es sah so aus, als ob man verzweifeln müßte, wenn man mit mir befreundet war. Andererseits konnte es auch sein, daß niemand wußte, wie er mit mir befreundet sein konnte, ohne mich ständig zu kontrollieren. Und daß ich überhaupt nicht wußte, wie ich mit jemandem befreundet sein konnte, ohne mich kontrolliert zu fühlen.

Ein Graben tat sich auf, wie nach einem Erdbeben. Willy hatte nicht wissen können, was er da heraufbeschwor. Im Grunde hatte er nur ein bißchen Streß gemacht, und schon brach die Erde auseinander. Also sollte ich vielleicht ein bißchen aktiver werden und verhindern, daß alles auseinanderbrach. Vielleicht sollte ich Marv anrufen, um wenigstens eine Beziehung intakt zu halten.

Aber ich wußte, ich würde es nicht tun. Ich hatte einfach keine Lust, ihn anzurufen – wer konnte schon sagen, weshalb? Ich wußte noch nicht einmal, ob es wegen dieses Grabens war oder wegen all der anderen. Wie viele Risse gab es in meiner verrückten Psyche? Wie viele Footballspieler gab es an den High-Schools von Texas?

11

Mitten in einem schlechten Traum wachte ich auf. Ich fuhr durch New York City, als ich merkte, daß ich etwas verloren hatte. Irgend etwas war mir abhanden gekommen, und was auch immer es war, es änderte alles. Es gab keine Möglichkeit mehr, dahin zu gelangen, wohin ich wollte, und aus irgendeinem Grund war mir klar, daß ich nicht zurückfahren konnte, um es zu suchen. Etwas ganz Wesentliches war verlorengegangen, und ich wachte mit einem starken Verlustgefühl auf.

Ich war noch so von dem Traum gefangen, daß ich einen Augenblick brauchte, um zu merken, daß etwas anders war: Ich hatte keine Kopfschmerzen mehr. Das erste Mal seit meinem Sturz war mein Kopf nicht mehr das Zentrum des Universums. Ich schlüpfte aus dem Bett, um meinen neuen schmerzfreien Zustand zu testen, und machte fast einen Luftsprung, als nichts Schreckliches geschah.

Natürlich sprang ich nicht. Statt dessen ging ich vorsichtig in die Küche, mit jeder Bewegung ein bißchen zuversichtlicher. Die Erinnerung an die Kopfschmerzen war noch frisch, und ich wollte nicht, daß sie wieder anfingen. Carlotta hatte mir Kaffee gemacht, so daß ich vermuten konnte, daß sie nicht mehr ganz so sauer auf mich war. Ich goß mir eine Tasse ein und ging zurück ins Bett.

Puh. Wovon handelte dieser Traum überhaupt? Ich

konnte nicht glauben, daß es um meine Beziehungen ging und um den Druck, der durch die Sache mit Willy auf ihnen lastete. Ohne Kopfschmerzen sah alles schon viel besser aus, und ich fing an zu glauben, daß ich vielleicht überreagiert hatte.

Carlotta und ich hatten schon Ehen und Scheidungen gemeinsam durchgestanden. Ich tolerierte ihren Weiblichkeitswahn. Und sie tolerierte schon zwei Jahrzehnte lang, daß ich sie deswegen aufzog.

Frauen nehmen ihre Freundschaften ernst, und eines Tages würden Carlotta und ich in einem Altersheim enden, wo wir auf einer grünen Veranda in weißen Schaukelstühlen sitzen und über ehemalige Liebhaber quatschen würden. Frauen leben in dem Bewußtsein, daß sie jeden Lebenspartner wahrscheinlich um ein Jahrzehnt oder mehr überleben, so daß sie mit keinem lebenslange Pläne machen konnten.

Nein, es waren die Frauenfreundschaften, die am Ende überdauerten. Carlotta und ich würden hin und her schaukeln, unanständige Geschichten austauschen und dabei rauchen und Brandy schlürfen, bis wir abgefüllt waren. Das Problem war nur, daß daraus nichts werden würde, wenn Willy nicht bald aus meinem Leben verschwand.

Also, worum ging es in diesem Traum? Jordan? Wie viele Monate waren es noch bis zum Jahrestag ihres Todes? Fünf. Ein bißchen früh für eine Jahrestags-Trauer.

Hatte es, wenn nicht mit Jordan, dann vielleicht mit Adam zu tun? Was hatte ich verloren? Was war mir abhanden gekommen?

Ich gab das Grübeln auf und zog mich an. Carlotta war weg, und ich war spät dran. Ich hatte zwar vor zehn Uhr kein Meeting in der Psychiatrie, aber vorher noch etwas anderes zu tun. Ich ging in mein Büro und schloß den Aktenschrank auf. Natürlich gab es dort keine Spuren, daß Willy eingebrochen hatte. Wie zum Teufel hätte er auch in ein abgeschlossenes Zimmer in einem total abgeschlossenen Haus eindringen können?

Ich zog alle meine Patientenunterlagen heraus und legte sie auf die Couch. Obwohl nur als Teilzeit, machte ich schon eine ganze Weile Therapie, so daß jede Menge Unterlagen zusammenkamen. Ich ging in den Keller, kam mit ein paar Bücherkartons wieder, legte alle Unterlagen hinein und trug sie ins Auto. Ich wußte nicht, ob es funktionieren würde, aber es mußte sein.

Ich fuhr zu meiner Bank und ging hinein. An den Schreibtischen in der Lobby saßen mehrere Frauen. Ich pickte mir die heraus, deren Frisur am wenigsten gestylt aussah. Gestylte Frisuren waren immer ein schlechtes Zeichen. Sie war frei, also ging ich hinüber und setzte mich hin. »Ich brauche ein Bankschließfach«, sagte ich. »Eigentlich brauche ich eine ganze Reihe davon.«

»Schön«, sagte sie freundlich. »Wie viele hätten Sie denn gerne?«

»Oh, bestimmt einige«, meinte ich.

»Einige?«

»Na ja, wie groß sind sie denn?« Ich hatte die Kartons noch nicht hereingebracht. Ich wollte nicht, daß sie ausflippte. »Ich meine, wie groß ist das größte?«

»Nun«, meinte sie, während sie sich zurücklehnte und mich verwundert ansah, »sie sind alle sechzig Zentimeter tief. Das größte ist fünfundzwanzig Zentimeter hoch und vierzig Zentimeter breit.«

Ich rechnete kurz im Kopf nach. Ich würde eine Menge Bankfächer brauchen. »Einen Augenblick«, sagte ich. »Ich bringe die Sachen einfach herein.«

Ich mußte mehrmals hin und her laufen und hatte ihre volle Aufmerksamkeit. »Das größte Bankfach kostet hundert Dollar im Jahr«, meinte sie versuchsweise. »Normalerweise benutzen es die Leute, um ... Sind Sie sicher, daß...?«

Sie war darauf geschult, nicht nachzufragen, also tat sie es nicht. Aber ich antwortete ihr trotzdem. »Staatsanleihen«, sagte ich, während ich meine Hände auf dem Tisch faltete und sie geradewegs ansah. »Meine Großtante ist gestorben.«

Sie sah mich einen Moment lang an. Entweder war ich eine dieser Superreichen, die sie bis jetzt noch nie getroffen hatte, oder ein verlogener Junkie, der sein Dope deponieren wollte – ich hatte in meiner Praxis schon von Dealern gehört, die ihren Stoff in Bankschließfächern deponiert hatten. Ich konnte fast sehen, wie sie dachte: »Sie könnte beides sein.«

»Lassen Sie mich nachsehen, wie viele frei sind«, sagte sie und ging davon, während sie sich über ihre Schulter nach meinen Kartons umsah.

Warum war niemals etwas einfach? Ich würde zu drei Filialen fahren müssen, um genug Bankschließfächer zu finden, und bis dahin war ich vermutlich verarmt und hatte ein weiteres Meeting in der Psychiatrie verpaßt. Aber ich war so erleichtert, daß ich mich fast übermütig fühlte. Wenn das den Informationsfluß zu Willy stoppen konnte, war es die Sache wert. Außerdem war es analytisch. Jede neue Information, die Willy nach diesem Zeitpunkt bekam, konnte nicht aus diesen Unterlagen stammen – keine neue Information, wenn ich noch eine andere Sache erledigte. Aber zuerst mußte ich in die Psychiatrie fahren.

Ich schlich mich geradezu in die Psychiatrische Abteilung. Ich wollte niemandem über den Weg laufen, der in dem Meeting gewesen war, das ich verpaßt hatte. Wie sollte ich erklären, wo ich gewesen war? »Na ja, ich habe gedacht, daß ein Sadist in mein Büro eingebrochen ist und meine Unterlagen gelesen hat, deshalb habe ich sie in ein Bankschließfach gebracht.« Pa...ra...noia, würden sie munkeln.

Ich hätte alle Unterlagen aus meiner Privatpraxis in mein

Büro in der Psychiatrie bringen können, aber wenn Willy in meine Praxis einbrechen konnte, dann konnte er sicherlich auch in die Psychiatrie einbrechen. Die Abteilung war in einem Haus genau gegenüber der Klinik untergebracht, verbunden durch einen Tunnel und rund um die Uhr geöffnet. Auf jeden Fall aber waren meine Psychiatrie-Unterlagen kein Problem. Alle Akten waren im Hauptgebäude untergebracht, wo sie niemand finden konnte. Verdammt noch mal, manchmal konnte noch nicht einmal ich sie finden.

Ich hatte geglaubt, daß ich unbemerkt in mein Büro geschlüpft war – meine Sekretärin Melissa war nicht an ihrem Platz gewesen, als ich vorbeiging –, aber ich war keine zehn Minuten da, als es an der Tür klopfte. Ich drehte mich um und sah Toby, den Chefarzt der Psychiatrie, in der Tür stehen. Aha, das Meeting war wohl nicht so wichtig gewesen.

»Eine Minute Zeit?« fragte er.

»Sicher«, meinte ich mit einem Anflug – einem schwachen Anflug – von Enthusiasmus.

Toby kam herein und setzte sich auf die Couch. Er war bisher noch nie vorbeigekommen. Toby hatte mir einmal gesagt, ich sei kein Teamarbeiter, und ich hatte geglaubt, es wäre ein Kompliment. Dieses Mißverständnis war das erste von vielen. Toby glaubte, ich sei ein Hitzkopf, der seinen eigenen Weg ging und egal, was ich tat, nie bedachte, welche Auswirkungen das auf die Abteilung hatte. Einmal hatte er mir vorgeworfen, daß ich mich nicht um die *finanziellen* Ziele der Abteilung kümmerte, und seine Stimme hatte so empört geklungen, als ob ich eine alte Frau auf der Straße überfallen hätte.

Toby hatte keine Ahnung. Einmal hatte er mir vorgeworfen, ich würde in ihm bloß einen Bürokraten sehen. Ich sah ihn nicht bloß als Bürokraten. Ich sah ihn als ein komplettes, aufgeblasenes Arschloch, das als erstes erschossen werden müßte, wenn eine Revolution kommen sollte. Es beruhigte mich, daß ich trotz allem wenigstens ein *paar* soziale Maßstäbe hatte.

Ich machte mich auf einen Angriff gefaßt, aber Toby war ungewöhnlich ruhig. Ich konnte es nicht ausstehen zu warten. »Ich habe die Planungssitzung verpaßt, weil ich einen Notfall hatte«, sagte ich. Es war die einzige Ausrede, die die Psychiatrie nicht anzweifeln würde. Dieses Lügengeschäft schien um so einfacher, je weiter man ging, und ich fing an, richtig in Schwung zu kommen.

»Das ist nicht wichtig«, sagte Toby. »Wir schicken Ihnen das Protokoll.«

Bitte was? *Was* hatte er gesagt? Ich war wie versteinert. Was war los mit Toby? War er krank?

»Ich frage mich ... Sie haben doch Patienten in Ihrer Privatpraxis?« Im Jefferson hatte ich nur Beratungsfunktion, gab Unterricht und saß in schwachsinnigen Komitees.

»Sicher«, sagte ich argwöhnisch. O Gott, bitte laß es nicht einen seiner Verwandten sein.

Er seufzte. »Mein Nachbar hat mich angerufen. Seine Tochter geht zur Jefferson-Uni. Es sieht so aus, als ob es da einen ... Vorfall gegeben hat. Lucy war bei einer Party der Studentenverbindung und hatte getrunken – ziemlich viel. Sie hatte Sex mit einem Jungen auf dieser Party – freiwillig, wie sie sagt. Aber als sie aufwachte, wurde sie von ein paar jungen Männern vergewaltigt – von dreien, inklusive ihres Freundes.« Toby schaute weg. Wir wußten beide, daß er wahrscheinlich gesagt hätte, es sei ihr eigener Fehler, weil sie betrunken war, wenn es nicht sein Nachbar gewesen wäre. Gegenüber Gewaltopfern war er nicht gerade der sensibelste Mensch, es sei denn, es waren seine eigenen Patienten. Seine Patienten behandelte Toby besser als irgendwen sonst.

Er fuhr fort: »Sie blieb liegen und war zu schwach, um sie zu stoppen, aber sie hörte nicht auf, ›nein‹ zu sagen. Sie war einfach erschöpft.« Toby sah aus, als ob er sich ziemlich unwohl fühlen würde. Ich merkte, daß es nicht leicht für ihn war, zu mir zu kommen, und ich war mir nicht sicher, warum er gekommen war. In der Abteilung gab es eine Menge guter Therapeuten, die Gewaltopfer behandelten.

»Sie möchten, daß ich mit ihr spreche?« fragte ich.

»Nein, nein«, meinte er. »Sie hat schon einen Therapeuten. Es ist nur ... der junge Mann ... nun ja, er bestreitet nicht, daß diese Männer mit ihr Sex hatten. Er behauptet, daß sie einverstanden war.«

»Nicht sehr wahrscheinlich«, meinte ich, »es sei denn, Lucy spielt Ihnen etwas vor.«

»Auf keinen Fall«, entgegnete er. »Ich kenne Lucy schon ihr ganzes Leben. Sie ist sehr vernünftig. Die Sache ist nur die – ihre Eltern sind außer sich. Lucy möchte, daß die Universität etwas unternimmt, aber der junge Mann behauptet, daß sie sie angestachelt und es herausgefordert hat. Ihre Eltern befürchten, daß es ihrem Ruf schadet – und, wie ich vermute, auch ihrem eigenen. Aber Lucy besteht darauf, daß etwas getan wird.«

»Polizei?« fragte ich.

»Hat keiner gerufen«, sagte er. »Selbst Lucy will nicht diese Art von Publizität.«

Ich seufzte. Die Polizei konnte mit Vergewaltigungsfällen viel besser umgehen als eine Universität. Aber ich wußte auch, wie selten Gewaltopfer bereit waren, sie einzuschalten.

»Toby, was genau möchte Lucy, daß passiert? Wenn sie die Polizei schon nicht einschalten will, hat sie dann wenigstens eine offizielle Beschwerde bei der Universität eingelegt?«

»Ja«, sagte Toby. »Aber wie Sie sich vorstellen können, hat der Disziplinarausschuß jetzt zwei gegensätzliche Geschichten auf dem Tisch. Lucy hat einfach keine Beweise. Ich bezweifle, daß sie viel tun können.«

»Was ist mit den anderen Männern?«

»Bis jetzt wollte der junge Mann ihre Namen nicht nennen, und Lucy kennt sie nicht.«

»Selbst wenn der Disziplinarausschuß ihr recht geben würde: Was glaubt sie, was er machen kann? Die Uni kann niemanden ins Gefängnis bringen. Was glaubt sie, was passieren sollte?«

»Sie will wissen, wer sie sind, und sie will, daß man sie – alle – rausschmeißt. Sie sagt, sie will nicht über den Campus spazieren und sich fragen, ob der oder der sie vergewaltigt hat. Und«, Toby zog seine Augenbrauen sarkastisch hoch, »sie möchte, daß sie sagen, daß es ihnen leid tut.«

Biiiitttttteeee. Gegenüber Tätern konnten Menschen so naiv sein. Glaubte Lucy wirklich, es würde irgend etwas ändern, wenn sie sie zu einer Entschuldigung zwang? Ebenso konnte man einen Straßenräuber bitten, sich zu entschuldigen.

»Wie kann ich helfen?« Ich mußte zugeben, daß im Vergleich dazu mein Krieg mit Toby ziemlich unbedeutend war. Diese Sache könnte schlecht ausgehen, wenn sie nicht richtig gehandhabt wurde, und Lucy könnte leicht traumatisiert werden, wenn sie es nicht schon war. Nicht zu vergessen, daß es das Potential für einen familiären Riß gab, der vielleicht niemals heilen würde, wenn ihre Familie nicht damit einverstanden war, was sie vorhatte.

»Der junge Mann ist einverstanden, sich einem psychologischen Gutachten zu unterziehen, aber ich fürchte ... Nun ja, bezugnehmend auf Ihren letzten Vortrag, also ... Da die meisten Therapeuten nicht für kriminalistische Untersuchungen geschult sind, endet es meistens damit, daß die Täter recht bekommen ... Das ist letztlich der ganze Schlamassel.« Der Schlamassel, meine Güte. Das war es, was ich meinte, und für mich war das nicht normal.

Toby fuhr fort: »Ich beziehe mich auf Ihre Untersuchung

über Seelsorger, die demnach nicht besser abgeschnitten haben als der Durchschnittsmensch – was, wie ich aus Ihrer Ausführung gefolgert habe, nicht außergewöhnlich ist. Ich dachte … Ich dachte nur … Sie haben ständig mit Tätern zu tun – also dachte ich, Sie könnten…« Er holte tief Luft und kam schließlich auf den Punkt. »Könnten Sie auf diese Sache einen Blick werfen und vielleicht mit dem jungen Mann sprechen und sehen, was Sie herausfinden? Sehen, ob Sie irgend etwas tun können, damit die Sache nicht zu hoch gehängt und Lucy nicht verletzt wird?«

Du liebe Güte. Zunächst war es ein Schock, daß Toby tatsächlich bei meinem Vortrag zugehört hatte. Das allein war unglaublich. Und er hatte dabei etwas gelernt? Ich war sprachlos, und dann erkannte ich, wieviel es ihn gekostet haben muß, das zuzugeben. Dieses aufgeblasene Arschloch war einfach in Lucy und ihre Familie vernarrt, und er wünschte sich so sehr, daß ihnen geholfen wurde, daß er sogar zu jemandem ging, den er am wenigsten leiden konnte.

Meine Meinung über Toby stieg ein wenig. Ich hatte ihn immer für einen beinharten Narzißten gehalten, aber ein echter Narzißt würde niemals die Interessen anderer über seine eigenen stellen. Vielleicht war Toby doch nicht so ein durchgeknallter Narzißt, wie ich geglaubt hatte. Vielleicht war er es nur zu neunundneunzig Prozent und hatte ein funktionierendes Prozent, das er aus dem Hut zaubern konnte, wenn er es brauchte. Das war doch schon etwas.

»Ich werde es tun«, sagte ich. »Aber Sie müssen eines wissen, Toby. Ich werde ihn befragen, und ich will dabei etwas von den neuen Methoden anwenden, über die ich bei dem Vortrag gesprochen habe. Aber – und es ist ein großes ›Aber‹ – ich werde aussagen, was ich herausfinde. Wenn ich zu dem Schluß komme, daß er die Wahrheit sagt, werde ich ihn unterstützen. Und obwohl ich nicht glaube, daß er die Wahrheit gesagt hat – das Beste, was ich erreichen kann, ist, einen Lügendetektortest zu beantragen, ohne den normalerweise kein Täter etwas gesteht.«

»Ich bezweifle nicht«, meinte er trocken und stand auf, »daß Sie aussagen werden, was Sie herausfinden. Ich habe viel Vertrauen zu Lucy, sonst wäre ich nicht hier.«

Ich war ein wenig verärgert. »Ich vollbringe keine Wunder, Toby«, sagte ich. »Wenn er lügt, kann ich es vielleicht herausfinden, aber er wird seine Geschichte kaum ändern. Und am Ende wird es keinen Unterschied machen zu wissen, daß er lügt.«

»Oh, machen Sie das Beste daraus«, sagte er mit einem schiefen Lächeln, so daß ich hätte schwören können, daß er mir zuzwinkerte.

12

Es gab noch etwas, das erledigt werden mußte, und der einfachste Weg, es zu tun, war Adam anzurufen. Nichts da. Es mochte der einfachste Weg sein, aber ich würde ihn nicht anrufen. Ich mußte jemand anderen finden, der mir helfen konnte.

Natürlich konnte ich nicht einfach die Gelben Seiten aufschlagen und einen Privatdetektiv suchen. Manche Ermittler waren sehr erfahren, andere nichts als Blender, aber der Unterschied ließ sich nicht durch eine Anzeige feststellen. Ich war noch nicht einmal sicher, ob es im Upper Valley überhaupt gute Detektive gab. Im ländlichen New England gab es einfach keinen großen Bedarf für sie. Jeder wußte, wer mit wem eine Affäre hatte. Das herauszufinden war aber genau das, was die meisten Privatdetektive im Geschäft hielt.

Mein Problem war nicht, ob mein Ehemann eine Affäre hatte. Mein Problem war, ob Willy mein Büro abhörte, und ein Gerücht konnte mir da wenig weiterhelfen. Verdammt, wenn ich in einer Stadt leben würde, gäbe es vielleicht eine Detektei, die sich auf die Beseitigung von Wanzen spezialisiert hatte.

Aber natürlich: Danny. Ich kannte ihn nicht sehr gut, aber ich war mal in einen Fall verwickelt gewesen, bei dem das FBI mitmischte. Danny war der leitende Spezialagent vor Ort, der dazugerufen wurde. Während unserer Zusammenarbeit erzählte er mir, daß er in ein paar Monaten in den Ruhestand gehen würde und daran dachte, dann ein bißchen als Privatdetektiv zu arbeiten. Ich schlug die Gelben Seiten auf und fand ihn. Er hatte eine kleine Anzeige, die nichts über die unglaublichen Empfehlungsschreiben verriet, die er für seine Arbeit bekommen würde.

Danny war groß und schlank und trug eine randlose Brille. Er sah aus wie ein Buchhalter – was er tatsächlich auch war, zumindest hatte er das mal gelernt –, aber er war auch derjenige, der in Südamerika zweimal US-Geiseln befreit hatte. Er war ein guter Unterhändler – er konnte mit jedem reden, und man konnte nicht anders, als ihn zu mögen –, aber er war auch stets viel besonnener, als es den Anschein hatte.

In Südamerika hatte Danny beide Male mit den Kidnappern telefonisch verhandelt, was dazu geführt hatte, daß ihr Versteck aufgespürt und gestürmt werden konnte. Aber er war auch einer von denen gewesen, die die Tür eingetreten hatten. All das wußte ich von Adam, der einen Freund beim FBI hatte. Danny war nicht der Typ, der viel über seine Arbeit sprach.

Ich hatte ihn gemocht, und wir hatten ein paar Mal gemeinsam zu Mittag gegessen, aber es war ein bißchen unheimlich. Er konnte sehr komisch und liebenswert sein, aber er kriegte es immer so hin, daß er mit dem Rücken zur Tür saß, und wenn man ihn genau beobachtete, sah man, daß er die Menschenmenge stets im Auge behielt – selbst wenn er lachte.

Ich hatte mir vorgestellt, wie es sein würde, mit ihm im Bett zu liegen – meine Phantasie war, sagen wir mal, sehr lebhaft und mannigfaltig –, aber ich war zu dem Schluß gekommen, daß er dann die Bettseite, die am weitesten von der Tür entfernt war, nehmen würde und ständig das Zimmer im Auge behalten würde – selbst wenn er … lachte.

Aber ein Fall war etwas anderes. Ich wählte seine Nummer und wartete. Bei dem Gedanken, daß er wissen würde, wer dran war, noch bevor er abgenommen hatte, mußte ich grinsen: Wie standen die Chancen, daß Danny diese Anrufer-Kennung besaß, die den Namen ebenso wie die Nummer anzeigte? Etwa hundert Prozent. Ich freute mich, daß seine Stimme freundlich klang, als er sich meldete.

»Hallo, hier ist Danny Barns«, sagte er.

»Danny«, begann ich. »Hier ist Michael Stone.« Er würde niemals zugeben, daß er wußte, wer dran war, und ich würde ihn nicht vor den Kopf stoßen, indem ich es erwähnte.

»Frau Doktor«, sagte er. »Wie geht es Ihnen?«

Der Job als Privatdetektiv sei ziemlich langweilig, meinte er, aber er machte nebenher ein bißchen Beratung, was interessant sei. Er sagte nicht, für wen, und ich fragte nicht nach, aber ich hatte das Gefühl, daß er auf die eine oder andere Weise immer noch mit der alten Agentur verbandelt war, was das Ganze sicher interessanter machte. Ein paar Minuten ging es so weiter; dann kam ich auf den Punkt:

»Ich möchte Sie engagieren«, sagte ich. Ich rechnete damit, ihm die Wahrheit sagen zu müssen. Ich glaubte nicht, daß ich ihn anders dazu bringen konnte, die Sache ernst zu nehmen. »Es kann sein, daß jemand meine Therapiesitzungen abhört. Es ist jemand, den ich kenne, und er hat mir ein Wortspiel geschickt, das so klang, als ob er wüßte, wer meine Klienten sind. Ich weiß nicht, woher er sie kennt, aber ich möchte sicher sein, daß er mich nicht abhört.«

»Von welchem Apparat rufen Sie an?«

Ich lachte. Adam hatte mir einmal erzählt, wie viele Leute von genau dem Apparat anriefen, von dem sie glaubten, daß er abgehört wurde. »Ich rufe aus einem anderen Büro an.«

»Woher wissen Sie, daß er Sie abhört? Könnte er an Ihre Akten rangekommen sein?« fragte Danny.

»Mag sein«, antwortete ich. »Sie sind im gleichen Büro – in meiner Privatpraxis –, aber ich habe Sicherheitsschlösser an der Tür, und es gibt keinen Hinweis für einen Einbruch. Trotzdem habe ich alle Akten in Bankschließfächern verstaut, einfach um sicherzugehen.«

Ich war beeindruckt, wie konzentriert und effizient er fragte. Seine Stimme klang sehr geschäftsmäßig und war ohne jede Wärme oder feine Untertöne, die ich bei ihm schon erlebt hatte.

»Wieviel weiß er?«

»Keine Ahnung«, sagte ich. »Alles, was er bisher getan hat, war, ihre Namen zu nennen.«

»Das hört sich nicht so schlimm an«, erwiderte Danny und klang schon weniger interessiert. »Kann sein, daß er Ihr Büro bloß beobachtet hat und den Leuten gefolgt ist.«

»Vielleicht«, meinte ich. »Aber er ist niemand, der sich mit einem billigen Nervenkitzel zufriedengibt. Er ist ein Planer. Er liebt lange, akribisch durchdachte Drehbücher. Wenn die Namen alles wären, was er hätte, würde er sie nicht auf diese Weise erwähnen. Was immer er vorhat, das war nur der Aufschlag.«

Funkstille. »Was für eine Art ›Drehbuch‹?« fragte Danny schließlich.

»Nun, er ist ein Sadist. Mit Jagdschein. Kein netter Mann. Und er hat mir mehr oder weniger Dinge erzählt, von denen er sich jetzt wünschen würde, daß er sie nicht erzählt hätte.«

Genau das, dachte ich, wünschte ich mir auch.

»Na gut, ist es mehr oder weniger?«

»Eigentlich ist es mehr. Eine ganze Menge mehr sogar, als ihm lieb sein kann – jetzt, da er Dank einer Gruppe juristischer Arschlöcher, denen ich wünsche, daß er in ihre Nachbarschaft zieht, so unerwartet von einer langen Haftstrafe befreit wurde.«

»Wie wäre es mit heute«, bot Danny an. Es sah aus, als hätte ich wieder seine volle Aufmerksamkeit, was vermutlich kein gutes Zeichen war. Das war wie ein »großer Fall« in der Medizin. Wenn Ärzte sich für etwas interessierten, war das eine schlechte Nachricht für ihre Patienten.

»Klingt gut«, entgegnete ich. »Wenn Sie die Zeit haben.« Er meinte, er würde sie sich nehmen, und wir trafen uns gleich nach dem Mittagessen in meinem Büro.

Es stellte sich heraus, daß eine Wanzensuche eine schwierige Angelegenheit war. Heutzutage waren Mikrophone so groß wie eine Bleistiftspitze und konnten überall versteckt sein. Wenn jemand Zugang hatte, konnte er sie in der Fußleiste verstecken oder im Telefonhörer, fast überall. Diese beiden Stellen waren die beliebtesten, meinte Danny, weil Wanzen Strom brauchten, und die einzige Möglichkeit, nicht wiederkommen zu müssen, um die Batterien auszutauschen, war, sie direkt an der Stromquelle zu verstecken.

Wanzen konnten auf jeder Frequenz senden. Na prima, also hatten wir etwas, das praktisch von mikroskopischer Größe war und auf jeder Frequenz senden konnte. Aber Technik funktioniert in beide Richtungen. Danny durchquerte mit seinem Wanzendetektor, einem kleinen Gerät, das sämtliche Frequenzen austestete, den ganzen Raum. Danny war gründlich. Aber er fand nichts.

»Sie kann abgeschaltet sein«, meinte er. »Man kann sie ferngesteuert ein- und abschalten. Er könnte sie nur bei den Therapiesitzungen einschalten. Wie behutsam geht er vor?«

»Behutsam ist das falsche Wort«, sagte ich. »Er ist ziemlich selbstsüchtig und prahlt gerne. Andererseits ist er eigentlich kein Idiot, und er hat mir verraten, daß er mich abhört, so daß er annehmen muß, daß ich nach Wanzen suchen werde. Es könnte ein Problem sein, wenn er die Wanze nur bei der Therapiesitzung einschaltet. Ich kann doch nicht einen Klienten bitten, Platz zu nehmen, während ich nach Wanzen suche.«

»Natürlich können Sie das«, sagte Danny. »Wenn Sie den richtigen Klienten fragen. Sie werden einfach einen neuen Klienten bekommen. Welches Problem müßte er haben, damit sich Ihr Mann interessiert und einschaltet?«

»Pädophilie«, erwiderte ich, ohne zu zögern. »Wenn er hört, daß ein Pädophiler hier ist, würde er dranbleiben«.

Wir machten einen Plan. Danny würde anrufen und auf dem Anrufbeantworter in meiner Privatpraxis eine Nachricht hinterlassen, in der er um einen Notfall-Termin bitten würde. Er würde sich als John vorstellen, ohne einen Nachnamen zu nennen, und fragen, ob er sobald wie möglich vorbeikommen könnte. Er hätte ein paar Phantasien über Kinder und … nun ja, er müßte schnell mit jemandem darüber reden. Ich würde zurückrufen und einen Termin für Freitag morgen, neun Uhr ausmachen. Mein üblicher 9-Uhr-Termin war Kiwi, eine von denen, die Willy erwähnt hatte. Wenn er mich abhörte, dann hörte er auch sie ab. Ich verschob Kiwis Termin und hatte statt dessen einen mit »John«, der pünktlich kommen würde – mit einem kleinen Gerät in seiner Brieftasche.

13

Alexander Hammil, der angebliche Peiniger von Lucy, verlor keine Zeit, mich anzurufen. Übers Telefon klang er unerträglich präpotent, aber ich ermahnte mich, daß Präpotente von Natur aus unangenehm waren und daß dies nicht automatisch bedeutete, daß er ein Vergewaltiger war. Ich nannte ihm meine Bedingungen, aber er wollte mich trotzdem sehen, was wohl bedeutete, daß er entweder ein arroganter Schnösel war oder die Wahrheit sagte.

Ich sagte ihm, ich würde ihm ein Schreiben schicken, das genau ausführte, worüber wir gesprochen hatten. Vertraue niemals, *niemals,* darauf, was jemand in einer solchen Situation am Telefon sagt. Er sollte meinen Brief unterschreiben und zu dem Treffen mitbringen. Er schien ungeduldig und wollte wissen, ob er den Brief abholen könnte, um die Angelegenheit zu beschleunigen. Sicher, meinte ich. Ich würde das Schreiben am nächsten Tag fertig haben und ihn am Freitag in meiner Privatpraxis treffen.

Ich legte auf und setzte mich an den Computer. Ich wußte, daß ich mich königlich in die Nesseln setzen konnte, wenn ich die Angelegenheit nicht gründlich vorbereitete.

Sehr geehrter Mr. Hammil,
mit diesem Schreiben beantworte ich Ihre telefonische Bitte um ein Treffen bezüglich der Angelegenheit vor dem Disziplinarausschuß der Universität. Ich werde die Bedingungen, unter denen ich bereit bin, Sie zu treffen, schriftlich fixieren, damit ausgeschlossen ist, daß wir uns eventuell gegenseitig mißverstanden haben könnten. Wie Sie wissen, hat Lucy MacDonald bei der Universität Beschwerde gegen Sie eingelegt, in der sie Ihnen vorwirft, daß Sie und einige andere Männer ohne ihr

Einverständnis mit ihr sexuell verkehrt haben. Sie gibt an, daß sie unter starkem Alkoholeinfluß stand und wiederholt umgekippt sei. Sie behauptet, sie habe Sie und die anderen Männer zurückgewiesen, aber Sie hätten ihren Protest ignoriert. Sie baten mich um ein Gutachten bezüglich der Vorwürfe gegen Sie.

Ich habe erklärt, daß psychologische Standardtests nicht klären können, ob ein bestimmtes Ereignis stattgefunden hat oder nicht, und daß es kein psychologisches Profil eines Vergewaltigers gibt. Ich habe lediglich zugestimmt, Sie zu befragen, wenn allen Parteien in diesem Fall klar ist, daß es durchaus sein kann, daß ich am Ende keine definitive Aussage machen kann.

Normalerweise ist eine psychologische Beurteilung vertraulich. In diesem Fall aber habe ich erklärt, daß ich Sie nur begutachten werde, wenn die Ergebnisse beiden Parteien zugänglich sind. Das gilt sowohl für den Fall, daß sich herausstellen sollte, daß Sie die Vergewaltigung begangen haben, wie sie Ihnen vorgeworfen wird, als auch für den Fall, daß ich Ihrer Darstellung der Ereignisse zustimme oder keine definitive Aussage machen kann. Sie waren damit einverstanden, diese Erklärung zu unterschreiben, und stimmen allen Punkten zu.

Ich habe Sie darauf hingewiesen, daß Sie vorher einen Anwalt konsultieren sollten, und Sie haben mir mitgeteilt, daß Sie dies bereits getan haben und daß Ihr Anwalt Ihre Bereitschaft zu diesem Gutachten unterstützt. Bitte sorgen Sie dafür, daß Ihr Anwalt dieses Schreiben liest und über alle Bedingungen des Gutachtens informiert ist.

> Wenn Sie mit allem einverstanden sind, unterschreiben Sie bitte dieses Schreiben sowie die dazugehörende Einwilligung zur Freigabe der Ergebnisse und übergeben Sie mir beides vor oder bei unserem Termin.

Ich gab den Brief Melissa, damit ihn Mr. Hammil abholen konnte, und rief Lucy an. Zwar konnte ich ihr nicht viel sagen, solange ich nicht mit Hammil gesprochen hatte, aber ich teilte ihr mit, daß ich bereit war, mir die Sache anzusehen. Sie klang so erleichtert, daß ich mich fragte, was Toby ihr über mich erzählt hatte. Ich bat sie um eine schriftliche Aussage, in der sie genau darstellte, was sie von dem Augenblick, als sie das Studentenheim verließ, bis zu ihrer Rückkehr nach Hause erlebt hatte. Ich sagte ihr, ich bräuchte ihre Aussage bis Freitag, dazu die unterschriebene Einwilligung, um Mr. Hammil damit zu konfrontieren.

Bis Freitag hatte ich alles unter Dach und Fach. Um neun Uhr morgens erschien »John« pünktlich zu seinem Termin. Auf seine Bitte hin ließ ich die Rollos herunter, und erst dann holte er seinen Wanzendetektor heraus. Während er im Zimmer herumging und es absuchte, erzählte er die ganze Zeit von seiner Vorliebe für Kinder, wie lange er schon aus dem Knast heraus war und wie sehr er sich wünschte, nicht wieder zurückgehen zu müssen.

Ich amüsierte mich. Danny hätte nicht überzeugender sein können. Ich war diejenige, die Schwierigkeiten hatte, sich zu konzentrieren. Ich hörte zu, während Danny durchs Zimmer lief, auf Stühle kletterte, um die Decke abzutasten, oder auf allen vieren über den Boden kroch, ohne je ein Stichwort zu verpassen.

»Nichts«, sagte er schließlich, nach einer vollen Stunde des Kriechens, Kletterns und Prüfens. »Zumindest nichts, was im Augenblick eingeschaltet ist.«

»Gut«, sagte ich erleichtert. »Also müssen wir abwarten. Vielleicht waren es doch nur die Akten.«

Er wandte sich zum Gehen, blieb dann mit der Hand an der Türklinke stehen und drehte sich zu mir um. »Türknauf-Kommentare« nannten wir das. Sie waren stets der wichtigste Teil einer Sitzung. »Er wird Ihnen über den Kopf wachsen«, meinte er. Aber es hörte sich nicht so an, als ob er mich verletzen wollte. Es klang einfach wie eine nüchterne Einschätzung der Situation.

Ich zuckte mit den Schultern. Was sollte ich darauf sagen?

»Es gibt noch andere Möglichkeiten, etwas dagegen zu tun«, sagte er.

Ich zuckte erneut mit den Schultern.

Er machte eine etwas längere Pause, als ob er auf eine Erwiderung meinerseits wartete, aber mir war einfach nicht danach, mich zu erklären. Außerdem war ich nicht sicher, ob ich das überhaupt konnte.

»Okay«, sagte er, »möchten Sie einen Rat?«

»Sicher«, erwiderte ich. Aus irgendeinem Grund fand ich, daß ein Ratschlag von Danny nicht so furchteinflößend war wie einer von Adam oder Carlotta.

»Bleiben Sie nicht in der Defensive. Sitzen Sie nicht herum und warten darauf, bis er Sie findet. Er hat alle Trümpfe auf seiner Seite: die Zeit, den Ort, die Umstände. Wenn Sie mitspielen wollen, müssen Sie wenigstens herausfinden, wo er ist, und ihn verfolgen.«

»Richtig. Und was soll ich machen, wenn ich ihn gefunden habe?«

»Zögern Sie nicht.«

Ich schwieg. Ich wußte, was er meinte. Adam hatte mir einmal erzählt, daß eine überraschend große Zahl von Frauen, die eine Waffe besaßen und wußten, wie man damit umgeht, trotzdem vergewaltigt und ermordet wurde. Sie drücken nicht ab, hatte er gesagt. Sie zögern zu lang. Es klang so, als ob Danny glaubte, ich sei eine von ihnen.

Er überreichte mir eine Karte mit einer Nummer. »So können Sie mich immer erreichen«, sagte er. Es war nicht die Nummer aus dem Telefonbuch. Vielleicht ein Handy, dachte ich. Vielleicht eine Nummer, die nicht jeder bekam.

Dann überreichte er mir den Wanzendetektor. »Suchen Sie damit vor jeder Sitzung das Zimmer ab«, sagte er. »Vielleicht hatte er heute einen schlechten Tag. Vielleicht macht er blau. Aber das bedeutet nicht, daß er nicht wiederkommt.«

Nachdem er gegangen war, setzte ich mich für einen Augenblick hin, um nachzudenken. Ich fühlte mich besser, ohne zu wissen, weshalb. Ich kannte Danny kaum. Er schien so viele Schichten zu haben wie eine Zwiebel, und ich war mir nicht sicher, ob es einen wirklichen Danny darunter gab. Wenn es einen gab, konnte man nie wissen, ob man ihn schon gefunden hatte.

Aber das bedeutete, daß ich auf seinen Rat hören konnte, ohne mich dabei schlecht zu fühlen, wenn ich ihn nicht annahm. Und er konnte ihn mir geben, ohne sauer zu werden, wenn ich ihn nicht befolgte. Wenn ich umgebracht würde, würde Danny den Tatort genauso wie jeden anderen untersuchen. Vielleicht war das nicht gerade ein Zeichen bester seelischer Verfassung, daß Danny der einzige Mensch war, mit dem ich mir vorstellen konnte, über all das zu reden. Zum Teufel damit. Alexander Hammil wartete.

Ich zog die Rollos wieder hoch – das Zimmer sah mit heruntergelassenen Rollos gemütlicher aus, und ich wollte nicht, daß Hammil sich wohl fühlte – und ging hinaus, um ihn zu begrüßen. Er war pünktlich erschienen, und ich traf im Wartezimmer auf einen geschmackvoll gekleideten, gutaussehenden jungen Mann, der gelassen auf der Couch saß.

Als ich hereinkam, erhob er sich. O Mann, das würde eines von diesen »Ja, Ma'am, nein, Ma'am«-Treffen werden.

»Hallo«, sagte ich, während ich ihm die Hand reichte. Er schüttelte sie mit exakt dem richtigen Grad an Festigkeit. »Ich bin Dr. Stone. Ich freue mich, daß Sie gekommen sind, und hoffe, daß wir die leidige Sache heute klären können. Ich bin ein bißchen spät dran, und um die Angelegenheit zu beschleunigen, möchte ich, daß Sie einen kurzen Fragebogen für mich ausfüllen. Es geht dabei um Ihre Version der Ereignisse. Es tut mir leid, wenn er ein bißchen lang aussieht, aber es gibt auf den vielen Seiten immer nur eine Frage, und es würde wirklich helfen, wenn Sie ihn ausfüllen.« Ich reichte ihm den Fragebogen und einen Stift und fragte schnell, bevor er die Chance hatte, Protest anzumelden: »Möchten Sie einen Kaffee? Oder Tee?«

Er verneinte, und ich wandte mich zum Gehen, bevor er es sich anders überlegen konnte. Ich blickte zurück und sah, wie er mit den Schultern zuckte und sich hinsetzte. Na also. Das Interview hatte begonnen.

Der Fragebogen war simpel. Er sollte klären, was er an dem Tag der angeblichen Vergewaltigung vom Aufstehen bis zum Schlafengehen getan hatte. Er sollte mithelfen zu entscheiden, ob ich ihm glauben konnte oder ob er log. Ich ließ die Tür zu meinem Büro halb offen, so daß ich sehen konnte, wie weit er war.

Er schrieb zwanzig Minuten ohne Unterbrechung und legte dann den Stift weg. Ein paar Minuten später kam ich heraus und nahm den Fragebogen entgegen. Ich bot ihm erneut Kaffee an, und diesmal akzeptierte er. Ich sagte ihm, daß ich ein paar Minuten brauchen würde, um den Fragebogen durchzugehen.

Ich las den Fragebogen aufmerksam durch. Was ich vor allem wissen wollte, war, ob er behauptete, daß er es nicht getan hatte. Über neunzig Prozent der Menschen logen dadurch, daß sie etwas nicht sagten. Solange man sie nicht direkt fragte, zum Beispiel: »Haben Sie es getan?«, solange man sie nicht zur Lüge nötigte, versuchte die große Mehrheit, der Frage auszuweichen. Aus irgendeinem Grund schien es schwierig zu sein zu sagen: »Ich« (erste Person) »tat« (Vergangenheit) »das nicht« (die Sache, derer man beschuldigt wurde).

Zuerst sah ich mir die letzte Seite an. Da wurde er gefragt, warum ich ihm glauben sollte und ob er bei seiner Aussage ehrlich gewesen war. »Warum sollte ich lügen?« hatte er geschrieben. »Ich wurde ermahnt, die Wahrheit zu sagen. Es ist nicht die Art von Dingen, die ich tun würde.« Oh, oh. Es gab keinen Satz, in dem er ausdrücklich sagte, er habe es nicht getan.

Ich begann auf der ersten Seite des Fragebogens und las weiter. Wenn man ihn genau las, gab es keine Antwort, in der er widersprach. Ich las seine Beschreibung des Tages. Es gab Auslassungen im Zeitablauf, Wechsel bei den Zeiten der Verben und bei Pronomen – alles Dinge, die für einen Täuschungsversuch sprachen. Wir hatten ein Problem. Er war offensichtlich ein kleiner Heuchler. Aber das zu wissen war etwas anderes, als es zu beweisen. Dafür brauchte ich seine Hilfe.

Ich ging hinaus und lächelte. »Ihre Antworten sind sehr hilfreich«, sagte ich, »und klären eine Menge. Ich frage mich, ob ich Sie noch um eines bitten kann. Hier ist die Version der Ereignisse von Miss MacDonald. Könnten Sie bitte diesen roten Stift nehmen und alles durchstreichen, mit dem Sie nicht einverstanden sind? Dann möchte ich, daß Sie jeder Zeile, die sie durchgestrichen haben, eine Nummer und ein Initial geben. Und auf einem der leeren Blätter unter der Nummer aufschreiben, was wirklich passiert ist.«

Ich ging es ein paar Mal durch, um sicher zu sein, daß er es verstanden hatte. Er war ziemlich schlau, aber das hatte er nicht erwartet, und seine Gedanken waren mit anderen Dingen beschäftigt – hauptsächlich damit, mich zu beeindrucken –, so daß er einige Zeit brauchte, um es zu verstehen.

»Wenn Sie das noch machen, bin ich zuversichtlich, daß wir die ganze Sache heute noch klären können.« Er stimmte zu und setzte sich hin, um mit Begeisterung an die Arbeit zu gehen. Als er fertig war, kam ich zurück und fragte, ob er sicher sei, daß er alles durchgestrichen hatte, was nicht stimmte.

»Ich glaube, ja«, meinte er.

»O nein«, erwiderte ich. »Ich will nicht, daß Sie es glauben. Ich möchte, daß Sie sicher sind. Absolut sicher. Ich möchte Ihnen alle Zeit geben, die Sie brauchen, um *sicher* zu sein, daß Sie alles durchgestrichen haben, womit Sie nicht einverstanden sind. Also nehmen Sie sich noch ein paar Minuten und gehen Sie es noch mal durch.«

Ich wandte mich zum Gehen, und er sah perplex aus, setzte sich aber wieder hin. Ein paar Minuten später klopfte er höflich an die halb offene Tür. »Ich bin fertig«, sagte er.

»Prima«, sagte ich, während ich hinter meinem Tisch aufstand und zu ihm hinüberging. »Sind Sie sicher, daß Sie alles durchgestrichen haben, dem Sie nicht zustimmen können?«

»Soweit ich das beurteilen kann«, sagte er.

»Nun ja«, meinte ich. »Ich möchte nicht, daß Sie irgendwelche Zweifel haben. Setzen Sie sich wieder hin und gehen Sie es noch einmal durch. Kommen Sie nicht wieder, bevor Sie wirklich *sicher* sind, daß Sie alles durchgestrichen haben, was nicht wahr ist, und aufgeschrieben haben, was *genau* passiert ist.«

Er war sauer, aber er setzte sich wieder hin. Damit es funktionierte, mußte er darauf festgelegt werden, was er geschrieben hatte, und ich war darauf vorbereitet, solange weiterzumachen, bis er sich festgelegt hatte.

Als er diesmal zurückkam, war er bereit. »Ich bin fertig«,

sagte er. »Ich bin alles genau durchgegangen«, fügte er schnell hinzu.

»Sie sind sicher«, fragte ich, »daß Sie alles durchgestrichen haben?«

»Ich bin mir sicher«, antwortete er. Er wollte sich nicht noch einmal hinsetzen und alles durchgehen.

»Dann kommen Sie herein«, sagte ich und öffnete die Tür. Ich schaute die Erklärung durch, während er sich hinsetzte. Er war meinen Anweisungen gewissenhaft gefolgt, und es gab eine ganze Reihe von roten Strichen auf Lucys Erklärung. Jeder hatte ein Initial und eine Nummer. Ich nahm die zusätzlichen Blätter und verglich Lucys Erklärung mit dem, was er geschrieben hatte. Schließlich schüttelte ich den Kopf.

»Ich weiß nicht, ob Sie und Miss MacDonald bei Ihrer Wortwahl die gleiche Angelegenheit meinen«, sagte ich. »Nur um sicher zu sein: Was verstehen Sie unter ›Angriff‹?«

»Angriff?« fragte er überrascht.

»Angriff. Ich meine nicht, daß Sie mir jetzt eine Definition geben sollen. Sie sollen mir nur ehrlich sagen, was Sie mit diesem Ausdruck meinen.«

»Na ja, ich würde sagen, Angriff bedeutet, jemandem eine Art von Gewalt anzutun.«

»Gegen dessen Willen?«

»Na ja, sicher. Die meisten Menschen sind nicht damit einverstanden, wenn ihnen Gewalt angetan wird«, sagte er sarkastisch und riß sich dann zusammen.

»Und was ist mit ›umkippen‹?«

»Bewußtlos werden«, meinte er.

»Würden Sie das bitte hinschreiben?« fragte ich zuckersüß, während ich ihm das Blatt zurückgab, auf dem er notiert hatte, was passiert war.

Er hielt einen Augenblick inne, um zu überlegen, konnte

aber nicht erkennen, wo das Problem lag, also schrieb er es hin. »Würden Sie es bitte unterschreiben?« fragte ich.

»Warum sollte ich es unterschreiben?« entgegnete er.

Ich verdrehte die Augen so stark, daß es ihm nicht entgehen konnte. »Ich habe von Ihnen und von Miss MacDonald Material bekommen, und ich möchte sicher sein, was von wem stammt. Außerdem ist die ganze Sache sehr emotional, und ich möchte nicht, daß Miss MacDonald oder Sie später behaupten, ich hätte mir etwas ausgedacht. Es ist das übliche Prozedere. Stimmt irgend etwas nicht an der Definition, daß Sie es nicht unterschreiben wollen? Falls ja, ändern Sie es.«

Er schaute wieder auf das Blatt und unterschrieb es dann.

Ich sammelte die Erklärung wieder ein – die Version von Lucy und seine Berichtigung – und schaute erneut von einer Aussage zur anderen. Ich schüttelte ungläubig den Kopf, las aber weiter. Es war vollkommen still im Zimmer. Er fing an, auf dem Stuhl hin und her zu rutschen. Aber ich las einfach weiter und ließ seine Angst wachsen.

Schließlich hielt er es nicht mehr aus. »Habe ich etwas Falsches geschrieben?« fragte er.

»Ich glaube ja«, antwortete ich, ohne es näher auszuführen. Ich verglich weiter Punkt für Punkt die Erklärung.

Er wartete noch ein paar Minuten und fragte dann: »Was ist falsch?«

Nach einem langen Moment antwortete ich: »Na ja, Sie und Miss MacDonald stimmen in der Darstellung der Ereignisse überein. Das hatte ich nicht erwartet.«

»Wir stimmen überein? Nein, wir stimmen nicht überein. Sie behauptet, wir hätten sie vergewaltigt. Das habe ich nie gesagt.«

»Aber«, sagte ich, während ich ihm die Erklärung hinhielt, damit er sie sehen konnte, »Miss MacDonald benutzt das Wort ›Angriff‹ drei Mal und ›umkippen‹ fünf Mal, und

Sie haben es kein einziges Mal gestrichen. Sie haben andere Dinge durchgestrichen, aber Sie haben keines dieser Worte gestrichen.« Er schaute schnell auf die Aussage von Lucy und wurde blaß. »Ich … ich …«

»Na ja«, sagte ich, während er stotterte, »ich denke folgendes: Ich glaube, es ist eine Menge von dem wahr, was Sie gesagt haben. Eine ganze Menge. Na ja, lassen Sie mich das so sagen…« Ich nahm ein Blatt und zeichnete eine horizontale Linie mit einer Null am einen Ende und einer Hundert am anderen. »Ich weiß, daß Sie nicht hier unten sind«, sagte ich, während ich auf die Null deutete. »Ich könnte sogar wetten, daß Sie überhaupt nicht in der Nähe davon sind«, sagte ich, während ich immer noch auf die Null zeigte.

»Aber ich weiß, daß Sie mir nicht alles gesagt haben«, sagte ich, auf die Hundert deutend. »Wo liegen Sie Ihrer Meinung nach?« fragte ich und hielt ihm den Stift hin. »Zeichnen Sie einfach einen Strich an dem Prozentpunkt der Skala, wo Sie glauben, daß die Wahrheit Ihrer Geschichte liegt.«

Es war schwierig, in dieser Situation einen Strich bei hundert zu machen, denn dann mußte er zugleich erklären, warum Lucy Begriffe wie »Angriff« und »umkippen« benutzen konnte. Er machte bei ungefähr fünfundneunzig Prozent einen Strich, aber auch das war in gewisser Weise ein Geständnis.

»Sie wissen«, sagte ich, während ich auf seinen Strich blickte, »daß ich glaube zu wissen, wo das Problem liegt. Ich kann verstehen, daß Sie den Vorwurf, ein ›Vergewaltiger‹ zu sein, objektivieren möchten, weil Sie betrunken waren und die Sache etwas aus dem Ruder lief. Sie glauben, ein Sexualtäter ist jemand, der hinter dem Busch hervorspringt. Aber was ich nicht verstehe, ist, warum Sie nicht wirklich Ihre Version der Geschichte erzählt haben. Wenn ich richtig vermute, waren Sie genauso betrunken wie sie.

Sie kann den Alkohol doch nicht als Entschuldigung für ihr eigenes Verhalten benutzen und für Ihres nicht – wenn Sie wirklich so betrunken waren, wie ich glaube. – Vielleicht irre ich mich, aber ich denke nicht, daß Sie wirklich geglaubt haben, daß sie es ernst meinte, als sie protestierte. Verdammt, vielleicht war es so leise, daß Sie es gar nicht richtig registriert haben. Nicht zu vergessen, daß Sie die anderen sowieso nicht unter Kontrolle gekriegt hätten.«

Er sah völlig schockiert aus und saß nur still da.

Ein Luftzug vom Fenster zerzauste sein Haar. Sonst hätte er wie eine Statue ausgesehen. »Ist das wahr?« fragte ich. »Waren Sie auch betrunken?« Da bemerkte ich, daß ich aus dem Rhythmus gekommen war. Ich hätte ihn jedesmal bestätigen lassen sollen, was ich gesagt hatte, und ihn daran gewöhnen müssen zu antworten. Shit, eine Kleinigkeit wie diese konnte den Unterschied ausmachen, ob er gestehen würde oder nicht.

»Also, waren Sie betrunken?«

»Alle waren betrunken«, sagte er. »Roger ließ den Wodka in Strömen fließen, und am Ende war es hundertprozentiger. Und Sie haben recht«, sagte er, sich sichtlich erholend. »Ich war mindestens so betrunken wie sie.« Ich hatte ihm einen einzigen Weg aus der Sackgasse vorgeschlagen, und er hatte sich entschlossen, ihn anzunehmen.

»Hatten Sie sie gerade erst kennengelernt, oder waren Sie schon länger mit ihr zusammen?«

»Ich hatte sie gerade erst kennengelernt.«

»Also war sie ein ziemlich leichtes Mädchen, weil Sie sich erst kurz kannten und sie gleich mit Ihnen ins Bett ging«, meinte ich und schüttelte den Kopf. »Ich kann verstehen, warum Sie ihr ›Nein‹ nicht ernst nahmen. Sie müssen geglaubt haben, daß sie sich über Sie lustig macht. War es das, oder glaubten Sie, daß sie wirklich wollte, daß sie aufhören?«

»Nein, nein«, sagte er schnell. »Ich dachte ... Ich dachte einfach nur ... nun ja, ich meine, sie machte eigentlich mit jedem rum, ich war einfach nur derjenige, der sie dazu brachte.« Er wurde jetzt mutiger und übernahm die neue Version, die ich ihm angeboten hatte. »Sie war gerade dabei, mir das Hirn wegzuficken, und ich dachte nur, verdammt, vielleicht würde sie das bei jedem machen. Außerdem war es nicht gerade so, daß ich die anderen eingeladen hatte.«

»Sie kamen von allein herein?«

»Sicher«, sagte er, »wir waren gerade dabei, und sie kamen einfach rein und ... und ...« Er verstummte.

»Und was hätten Sie zu diesem Zeitpunkt schon machen können?« sagte ich nachhelfend. »Die waren zu dritt, und Sie waren total betrunken. Wenn Lucy wegen des Alkohols schon nichts tun konnte, um Sie zu stoppen, konnten Sie es vielleicht auch nicht.«

»Ich konnte nichts tun. Himmel noch mal, ich habe noch nicht einmal richtig gemerkt, was vor sich ging, so besoffen war ich.«

»Was ich nicht verstehe«, meinte ich, »warum wollen Sie alles auf Ihre Kappe nehmen? Wenn das alles wahr ist, warum sollte es dann allein Ihre Schuld sein? Warum nehmen die anderen Sie nicht in Schutz? Dann stünde es vier zu eins, statt nur Ihr Wort gegen das von Lucy. Sie können tun, was Sie wollen, aber ich sage Ihnen, was ich glaube: Ich denke, es wäre besser, wenn Sie nicht mit einer Lüge hier rausgingen. Weil der Ausschuß sofort glauben würde, daß Sie bei allem gelogen haben, wenn er erfährt, daß Sie zum Teil gelogen haben. – Ich denke, die wahre Geschichte ist ausschlaggebend. Ich denke, Sie müssen zugeben, wie betrunken Sie waren und warum Sie glaubten, daß ihr Protest nicht mehr als ein Spielchen war. Ich denke, Sie sollten sagen, daß nichts geplant war, daß Sie die anderen nicht eingeladen haben und daß die nur zufällig hereingekommen sind. – Jetzt liegt es an Ihnen. Aber wenn ich Sie wäre, würde ich dem Ausschuß sagen, wer die anderen jungen Männer waren, und sie dazu bringen, Ihre Geschichte zu bestätigen. Denn wenn Sie es nicht tun, wird der Ausschuß nach dem Warum fragen. Und der einzige Grund, ihre Namen zu verheimlichen, ist der, sie zu decken, weil Sie schuldig sind. Ansonsten sind Sie darauf angewiesen, daß die anderen Ihre Aussage bestätigen. Aber machen Sie, was Sie wollen. Ich werde Ihnen Stift und Papier geben und die Chance, die Sache richtigzustellen. Da Sie so betrunken waren, habe ich, wenn ich ehrlich bin, keine Lust, einen Bericht zu schreiben, in dem steht, daß Sie gelogen haben. Das würde so aussehen, als ob alles nur Ihre Schuld gewesen wäre. – Aber glauben Sie mir, Alexander – das ist ein einmaliges Angebot. Wenn Sie hier rausgehen, ist die Sache gelaufen, und ich werde schreiben, was ich denke. Kommen Sie nicht später zurück und erzählen mir, daß Sie nicht die Chance hatten, ihre Seite der Geschichte darzustellen. Das hier ist Ihre Chance. Hier ist der Stift. Nehmen Sie ihn oder lassen Sie es bleiben. Wenn Sie möchten, dann werde ich einen Bericht schreiben, in dem steht, daß Sie ein Lügner sind.«

Ich reichte ihm den Stift und erhob mich rasch. »Ich werde Kaffee holen«, meinte ich und ging hinaus, bevor er die Möglichkeit hatte, etwas zu entgegnen.

14

In dem Augenblick, als Alexander Hammil mein Büro verließ, fotokopierte ich sein Geständnis und verließ damit das Büro. Wenn er nur den Verstand eines Moskitos hatte, würde er seinen Besuch bei mir überdenken und geradewegs zu seinem Anwalt rennen. Der würde dann zum Hörer greifen und Hammils Aussage widerrufen, noch bevor der seinen ersten Satz beendet hatte.

Ich fuhr geradewegs zu meinem Apartment – das ohne registrierte Telefonnummer – und setzte mich an meinen Computer. Die Auswertung würde nicht lange dauern, jetzt, da er seine Schuld gestanden hatte. Er hatte natürlich alles verharmlost und heruntergespielt, aber er hatte zugegeben, daß die anderen Männer unaufgefordert hereingekommen waren und daß Lucy sie wiederholt zurückgewiesen hatte. Er hatte auch zugegeben, daß er gewußt hatte, daß sie bewußtlos dalag und unfähig war, sich zu wehren. Und Wunder, o Wunder, er hatte die Namen seiner Vergewaltiger-Freunde genannt.

Da blieb nicht viel hinzuzufügen. Ich gab ihm Pluspunkte für sein Geständnis, fügte aber auch hinzu, daß das Herunterspielen typisch für das Verhalten von Sexualtätern war und ein starkes Indiz für einen Rückfall. Wenn Hammil glaubte, daß er diesmal nichts Falsches getan hatte, würde er beim nächsten Mal auch nicht glauben, daß es falsch war.

Ich rief Tom Gaines an, den Anwalt von Lucy. Beim letzten Mal hatte ich ihm nur mitgeteilt, daß er das Gutachten am Freitag morgen bekommen würde. Tom hatte keine Fragen gestellt. Ich war ziemlich sicher, daß er da sein würde. Seine Sekretärin nahm beim ersten Klingeln ab und stellte mich dann durch.

»Miss Michael«, sagte Tom, als er den Hörer abnahm. »Wie geht es meiner kleinen süßen Südstaaten-Blüte heute?«

»Ich kann nicht glauben, daß Sie hier mit solchen Sprüchen landen wollen«, erwiderte ich, aber ich meinte es nicht ernst. Männer mit Südstaaten-Akzent machten mich an. Ich hatte ihn schon beschuldigt, Stunden genommen zu haben, um seinen Akzent zu erhalten. Er spielte den Südstaatler bis in die Haarspitzen und lullte damit eine Menge Leute ein, die ihn deshalb nicht ernst nahmen, was ein großer Fehler war.

»Eigentlich geht es mir gut. Und ich glaube, Ihnen wird es auch gleich gutgehen. Es sieht so aus, als wenn Ihre Klientin die Wahrheit gesagt hätte.«

»Sie wissen doch, Miss Michael, daß alle meine Klienten die Wahrheit sagen«, meinte Tom spöttisch. »Aber diese hier mit Sicherheit«, fügte er hinzu.

»Nun, es sieht so aus, daß Mr. Hammil sich ein Herz gefaßt und gestanden hat. Ich werde Ihnen mein Gutachten faxen, das ein volles schriftliches und unterschriebenes Geständnis umfaßt.«

»Wunder gibt es immer wieder«, meinte Tom. »Aber ich bin sicher, daß Sie damit nichts zu tun haben«, fügte er hinzu.

»Nichts, was der Rede wert wäre«, erwiderte ich. »Er kam einfach in mein Büro spaziert und hatte beschlossen, die Wahrheit zu sagen. Aber für den Fall, daß es da noch eine Art Kehrtwende geben sollte, werde ich Ihnen auch die Erklärung faxen, die er vorher unterschrieben hat und die ihm empfiehlt, sich einen Anwalt zu nehmen und so weiter und so fort. Diese Erklärung dürfte in fünfzehn Minuten soweit sein, also schicke ich den Bericht los, sobald wir aufgelegt haben.«

»Nur damit Sie es wissen«, meinte Tom. »Sollte einer meiner Klienten angeklagt sein, werde ich ihn nicht näher als zwei Meter an Sie heranlassen, also versuchen Sie es nicht einmal.«

»Warum denn nicht?« entgegnete ich. »Wenn doch alle die Wahrheit sagen.«

Ich legte auf und faxte den Bericht. Als er durch war, atmete ich erleichtert auf. Ich haßte es, über Informationen zu verfügen, die ich nicht verwenden konnte. Es machte mich völlig verrückt, wenn ich sah, daß ein Fall den Bach runterging, und ich wichtige Informationen hatte, die ich aber nicht verwenden konnte, weil jemand seine Erklärung widerrufen hatte. Ohne eine rechtsgültige Erklärung verließ keiner mein Büro. Aus Langeweile checkte ich mein E-Mail-Postfach. Ich erwartete zwar keine E-Mail, aber wenn ich schon an meinem Computer saß, warum nicht?

Da war eine Nachricht von »partytime«. Also hatte Willy etwas zu sagen. Was war es diesmal?

Ich doppelklickte auf seine Nachricht.

> Bravo! Ich freue mich zu sehen, daß mein Vertrauen in Dich gerechtfertigt war. Überaus geschickt, wie Du mit diesem armen Unglücksraben umgegangen bist. Mein Gott, diese Amateure sind so naiv, daß es fast schon wieder erfrischend ist. Wirklich, das war eine beeindruckende Vorstellung Deiner Fähigkeiten – und Deiner besonderen Begabung für Irreführung, was mich sehr überrascht hat.

Wovon redete er? Er konnte doch nicht Hammil meinen. Der hatte mein Büro vor noch nicht einmal einer Stunde verlassen, und ich hatte es gerade auf Wanzen durchsucht, als er hereingekommen war. Für einen Moment war ich verwirrt.

> Aber das erstaunt mich eigentlich nicht. Du bist eine kleine, manipulative Hexe, stimmt's? Und wahrscheinlich gar nicht so naiv, wie Du immer tust? »Erzählen Sie es mir, Mr. Willy. Lehren Sie mich, Mr. Willy.« Ein bißchen auf die Colombo-Tour, was? Wie sagt man dazu noch? Rache ist süß...

Ein Zittern durchfuhr mich. Es gab niemand anderen als Hammil, den Willy meinen konnte. Aber wie hatte er die

Unterhaltung mit Hammil abhören können? Wir hatten alles gründlich nach Wanzen durchsucht, bevor er gekommen war.

Woher konnte er wissen, daß er die Wanze bei »John« ab- und bei Hammil wieder anschalten mußte. Konnte er einen Tip bekommen haben? Etwas, das der Detektor nicht aufspüren konnte? War das wahrscheinlich? Ich konnte es nicht glauben. Danny würde das neueste und modernste Dingsda haben.

Ich sah mir den zweiten Absatz der E-Mail an. Willys Ton hatte sich verändert. Er beschimpfte mich, er erklärte, warum er hinter mir her war. Was natürlich bedeutete, daß er näher kam. Willy war des Vorspiels müde und wollte zur Sache kommen, was immer er damit auch meinte.

Ich las den Brief wieder und wieder. Es fühlte sich an wie eine Lokomotive, die mit zunehmendem Tempo geradewegs auf mich zukam, während ich wie ein Mäuschen, von dem Licht geblendet und gelähmt, auf den Gleisen stand. Schlimmer noch, ich war ein *verwirrtes* Mäuschen, das davon besessen war herauszufinden, wie Willy die Information bekommen konnte – und für das es keine Möglichkeit gab, von den Gleisen zu springen. Wie war Willy an die Information gekommen?

Es waren nicht die Akten. Soviel zu den Bankschließfächern. Wenn es eine Wanze war, dann eine, die ein FBI-Agent nicht finden konnte – was unwahrscheinlich war, wenn man Danny kannte. Aber es mußte eine Wanze sein. Er konnte sie an- und abschalten, aber woher wußte er, wann? Nichts machte Sinn. Und die Sache eskalierte zu schnell, um sie aufzuhalten.

Das Telefon klingelte, und ich sprang auf. Ich starrte es einen Augenblick an, bevor ich dranging. Ich nahm ab, während ich für einen panischen Moment den Atem anhielt und Willy am anderen Ende erwartete. Aber es war Marv, und ich atmete erleichtert aus. Jesus, war ich schreckhaft. »Michael«, sagte er mit Ärger in seiner normalerweise warmherzigen Stimme, »ich habe versucht dich zu erreichen.«

»Ja, ich weiß, Marv«, sagte ich, während ich versuchte, mich wieder in die Gegenwart zurückzubringen. »Es tut mir leid. Ich saß nur in so einer komischen Sache fest.«

Es gab viele Leute, bei denen ich mir lieber die Zunge abgebissen hätte, als mich zu entschuldigen, aber Marv gehörte nicht dazu. Er war so gütig, daß ich mich bei ihm nie in der Defensive fühlte. Nicht, daß ich ihm erzählt hätte, daß ich vom Pferd gefallen war, natürlich nicht. Das wäre zu weit gegangen.

Sein Ton änderte sich sofort. »In einer komische Sache?« war alles, was er fragte. Marv konnte die Leute um so besser dazu bringen, etwas zu erzählen, je weniger er sagte, aber ich war nicht in der Stimmung, darauf einzugehen.

»Egal«, sagte ich, während ich immer noch auf den Computerbildschirm starrte. »Was ist los?«

»Ich brauche deinen Rat bei Ginger.« Augenblicklich durchfluteten mich Schuldgefühle. Der Geier, den ich an Marv weitergereicht hatte, pickte jetzt an seinem Hals. Vielleicht hatte ich ihn deshalb nicht zurückrufen wollen. Irgendwie hatte ich seit den paar Minuten, die ich mit Ginger in Marvs Wartezimmer gesprochen hatte, gewußt, daß sie ihre Mühlstein-Tour abziehen würde.

»Es wird mir ein Vergnügen sein, über sie zu reden«, meinte ich betont enthusiastisch, »aber sag mir vorher, Marv: Willst du mich bitten, sie zurückzunehmen?« Das war natürlich der wahre Grund, warum ich ihn nicht zurückrufen wollte. Ich hatte sie mit der Hoffnung an Marv überwiesen, daß die Dynamik sich bei einem Mann ändern würde. Das war natürlich nicht passiert, so daß Marv erklären konnte, daß er keine große Hilfe war.

»Sie zurückzunehmen wäre keine Lösung«, sagte Marv ruhig. »Aber ich habe eine Art Plan, über den ich mit dir sprechen muß, denn ich habe leider einen ernsten Fehler bei ihr gemacht.«

Ich setzte mich gerade hin. Marv hatte einen *ernsten* Fehler gemacht. Ich war so überrascht, daß ich einen Moment lang schwieg. Alle Therapeuten machten ständig kleine Fehler, aber Marv behandelte Ginger so vorsichtig, wie er nur konnte, und er war der beste Therapeut, den ich kannte. Was für eine Art ernsten Fehler hatte er gemacht?

Shit, wenn ich nicht so selbstsüchtig und auf meine Kopfschmerzen und Willy fixiert gewesen wäre, hätte ich ihn sofort zurückgerufen. Na prima, schon wenige Tage nach meinem Besuch auf seinem Sofa hatte er meine Hilfe gebraucht, und ich hatte noch nicht einmal seinen Anruf beantwortet.

»Hast du jetzt Zeit?« fragte ich ruhig. Es hatte keinen Sinn, am Telefon darüber zu sprechen. Warum sollte ich nicht zu ihm fahren und ihm die Hilfe geben, um die er mich bat?

»Ja«, sagte er erleichtert. »Jetzt gleich wäre gut.«

Er sagte es ruhig, aber irgend etwas an der Art, wie er »gleich« gesagt hatte, ließ mich glauben, daß es mehr als dringend war. »Ich bin sofort da«, sagte ich und legte auf. Ich schnappte mir meine Pistole. Willys letzte Nachricht ließ keinen Zweifel daran, daß ich sie eine Weile tragen mußte. Ich nahm die Autoschlüssel und ging zur Tür. Aber das Schicksal war nicht kooperativ. Sosehr ich Marv auch sehen wollte, ich schaffte es nicht.

15

Ich schaffte es fast. Ich war beinahe draußen, als das Telefon klingelte. Ich wollte schon weiterlaufen, als mir einfiel, daß es noch einmal Marv sein könnte. Vielleicht wollte er, daß ich etwas mitbrachte. Vielleicht rief er an, um mir zu sagen, daß Ginger wieder vor seiner Bürotür campierte und daß wir uns irgendwo anders treffen sollten. Das ließ mich umkehren. Ich nahm den Hörer ab, aber es war Melissa, meine Sekretärin.

»Michael, ich habe in deinem Büro angerufen, aber du warst nicht da. Tut mir leid, daß ich dich zu Hause störe.«

»Kein Problem. Was ist los?«

»Du hattest hier einen sehr seltsamen Anruf von jemandem, der Harvey heißt, und ich dachte, du solltest es wissen. Er hat gesagt, daß seine Nachbarin sich sehr merkwürdig benehmen würde und daß er dich sofort sprechen müßte. Ich habe ihm gesagt, daß ich versuchen würde, dich zu erreichen. Brauchst du seine Nummer?«

Ich notierte sie. Harveys Nachbarin: Camille. Ich fühlte mich schuldig, daß ich sie noch nicht angerufen hatte, um eine neue Therapiestunde zu vereinbaren. Sie war am Wochenende aus dem Krankenhaus entlassen worden, aber ich hatte den Termin am Montag abgesagt, als ich versuchte, meinen Kopf vor dem Abfallen zu bewahren. Ich hätte längst anrufen müssen, aber ich war zu beschäftigt mit dem Vergewaltiger gewesen. Das größte Problem, das man als Psychologin hatte, war, alle Bälle gleichzeitig in der Luft zu halten.

Ich rief Harvey an. »Michael«, sagte er und klang sehr erleichtert, »ich weiß nicht, was ich mit Camille machen soll.« Harvey wußte, daß sie meine Klientin war, seit wir ihn aus der Klinik angerufen hatten.

»Was meinen Sie?« fragte ich. »Was ist passiert?«

»Ich habe sie nicht oft gesehen, seit sie aus dem Krankenhaus entlassen wurde. Ich wollte sie im Auge behalten, aber sie war nie draußen, noch nicht einmal, um den Hund auszuführen.« Harvey war die Art von Nachbar, den jeder haben sollte. Er war entsetzt, als wir ihn aus dem Krankenhaus anriefen und er erfuhr, daß Camille sehr krank war und keine Freunde oder Verwandten hatte.

Aber Camille war auch nicht in Upper Valley aufgewachsen. Erst vor ein paar Jahren, nach dem Überfall, war sie hierhergezogen und lebte seither wie eine Einsiedlerin. Wie konnte man Freundschaften schließen, wenn man niemals aus dem Haus ging und mit keinem redete? Die einzigen Menschen, mit denen sie gesprochen hatte, waren die zwei Therapeuten, bei denen sie gewesen war, bevor sie zu mir kam – bei keinem von beiden war sie lange geblieben. Beide Therapeuten wollten, daß Camille über den Überfall redete, und sie hatte die Therapien abgebrochen, weil sie nicht darüber reden konnte.

Was Verwandte betraf, so hatte sie keine, mit denen sie sprechen konnte. Sie hatte mir erzählt, daß ihre Mutter vor ein paar Jahren gestorben war, und ihren Vater hatte sie nicht mehr gesehen, seitdem sich ihre Eltern scheiden ließen, als sie zwölf war. Sie hatte keine Geschwister, und wenn es entfernte Familienangehörige gab, so kannte sie sie nicht.

Sie lebte von einer Behindertenrente – was in ihrem Fall gerechtfertigt war. Sie konnte wirklich nicht arbeiten, doch nicht durch eigenes Verschulden. Aber wenn jemand nicht arbeitete und keine Kontakte knüpfte, konnte er verdammt lange an einem Ort leben, ohne jemanden kennenzulernen.

Ich dachte kurz über Camilles früheres Leben nach. In Boston hatte sie viele Freunde gehabt, aber sie hatte sie alle hinter sich gelassen. Sie hatte Angst, daß jemand erfuhr, wo sie war, und daß es dann auch der Täter herausfinden würde. Das machte zwar keinen Sinn, aber ein Trauma konnte das Angstzentrum im Gehirn auf die Größe einer Wassermelone anwachsen lassen, so daß wenig Platz für Logik blieb.

Harvey fuhr fort: »Dann, vor einer Weile, fing sie an zu schreien, einfach nur zu schreien. Michael, es war beängstigend. Ich wollte die Polizei rufen, aber als sie aufhörte, war ich mir nicht mehr sicher, ob ich es tun sollte. Ich wollte sie nicht verängstigen. Also ging ich rüber. – Das ganze Haus war ruhig. Ich klopfte, aber niemand kam zur Tür. Es war so still, daß ich eine Gänsehaut bekam. Auch der Hund hat nicht gebellt, obwohl er mich gehört haben muß. Ich ging wieder zurück und wußte nicht, was ich machen sollte, also beschloß ich, erst Sie anzurufen. Soll ich die Polizei rufen ... oder das Krankenhaus ... oder sonst jemanden?«

Ich überlegte. Was konnte die Polizei schon tun? Es würde wahrscheinlich eine Konfrontation mit Keeter geben. Wenn Camille gerade einen großen Flashback hatte, würde Keeter fremde Männer sicher nicht in Camilles Nähe lassen.

Die Polizei müßte etwas gegen Keeter unternehmen, um an Camille heranzukommen, und sie dabei zeitweise außer Gefecht setzen, vielleicht auch für immer. Keeter war für Camille der einzige Sicherheitsgarant. Wenn Keeter etwas passierte, würde sich Camilles Zustand noch weiter verschlimmern. Und selbst wenn die Polizei sie bloß zeitweise außer Gefecht setzte, würde es Camilles Ängste verstärken.

Das Krankenhaus anzurufen war noch nicht einmal eine Option. Sie hatten wenig Platz für solche Fälle. Harvey konnte das kommunale Mental Center anrufen. Aber sie kannten Camille nicht. Und sie kannten Keeter nicht. Eigentlich war das Problem, daß Keeter sie nicht kannte, genauso wenig, wie sie die Polizei kannte.

»Nein«, sagte ich. »Ich überprüfe das. Geben Sie mir die Adresse, und ich komme vorbei.« Ich sprach die Worte aus und wollte sie augenblicklich wieder zurücknehmen. Ich haßte es, zu Klienten nach Hause zu fahren. Es kam mir immer vor, als ob ich eine Grenze überschreiten würde. Es hatte immer eine Auswirkung auf die Beziehung. Es machte sie kumpelhaft und unprofessionell.

Aber was konnte die Polizei oder einer der Seelsorger tun, wenn sie hingingen? Selbst wenn sie Keeter nicht erschossen, würden sie zweifellos Camille in eine geschlossene Anstalt bringen, wo sie sieben oder mehr Stunden in der Notaufnahme sitzen mußte, während sich die Leute stritten, was sie mit ihr machen sollten. Wenn Camille zu Hause bleiben konnte, sollte sie es tun. Aber ich bezweifelte nicht, daß sie inzwischen einen Grad an Verrücktheit an den Tag legte, der die Polizei das nicht so sehen lassen würde. Wenn die kam, würden sie sie sicher einweisen.

»Michael«, sagte Harvey. »Warum kümmert sich niemand um sie? Hat das Krankenhaus sie einfach so entlassen?«

»Oh, Harvey«, meinte ich. »Sie haben wohl fünfzehn Jahre einer sogenannten Entwicklung verpaßt. Kennen Sie diese Menschen, die sich in jeder Stadt aus Mülltonnen ernähren und in Drecklöchern schlafen? Eine ganze Menge von ihnen ist psychisch krank. Diese Gesellschaft ist der ›aufgeklärten‹ Meinung, daß psychisch Kranke sich um sich selbst kümmern können. Krankenhäuser setzen Leute vor die Tür, die weder Geld noch einen Platz zum Schlafen haben und die Stimmen hören. Es sieht so aus, als wäre das eine ›aufklärerische Errungenschaft‹, aber in Wirklichkeit geht's dabei um Geld und darum, was es kostet, sie aufzunehmen und zu ernähren.«

»Aber das hier ist doch Upper Valley!« Harveys Stimme wurde laut. Ich wußte von den Kellnerinnen im Sweet Tomatoes, daß Harvey eine gute Seele war und sein Personal fair behandelte und bezahlte.

»Das ist egal«, sagte ich. »Wir haben nicht so viele psychisch Kranke wie die Städte, aber staatliche Krankenhäuser haben überall viel Durchgangsverkehr. Die Pflegekassen zahlen keinen unbegrenzten Aufenthalt, und außerdem sind diese Typen selten versichert. Sie gehen durch die Drehtüren wie überall sonst.«

Harvey war still, möglicherweise sprachlos. Wenn er glaubte, daß das schlimm sei, sollte ich ihm vielleicht von all den mißbrauchten Kindern erzählen, die ich schon gesehen hatte, wie sie zu ihren gewalttätigen, sogar sadistischen Eltern zurückgebracht wurden, mit dem Hinweis auf »Familien-Erhalt«. Dabei war das eher »Kinder-Vernichtung«.

Ich legte auf und überlegte, wozu ich mich da eigentlich bereit erklärt hatte. Ich haßte es immer noch, zu Klienten nach Hause zu fahren, aber was half es? Ich schätzte die Situation auf dem Weg zu Marv ein. Ich konnte für Camille nicht viel tun, außer nachzusehen, ob sie in Ordnung war und nicht selbstmordgefährdet. Aber andererseits war das gar nicht so wenig. Ich rief Marv an, um ihm zu sagen, daß ich noch einen Zwischenstopp machen mußte, und ging hinaus.

Camille lebte in einem kleinen, zweistöckigen Haus im Kolonialstil mit eingezäuntem Garten, ein paar Blocks von der Hauptstraße entfernt. Alle Orte im Upper Valley waren so klein, daß es noch nicht einmal ein Rathaus gab, aber Camille hatte eine Haus genommen, das so nah wie möglich an der Hauptstraße lag. Ich hatte so etwas erwartet. Weite und Einsamkeit der Landschaft wären für sie nichts gewesen.

Gott sei Dank für den eingezäunten Garten! Es würde

Keeter nicht unbedingt drinnen halten – der Zaun war nicht allzu hoch –, aber er würde Kinder davon abhalten, in ihr Revier einzudringen.

Ich ging zur Rückseite des Hauses, bevor ich anklopfte, einfach bloß, um das ganze Grundstück zu sehen. Hinter dem Haus gab es einen Park, ein guter Platz, um Keeter laufen zu lassen. Zweifellos hatte das das Haus attraktiv gemacht, denn der winzige Garten war nichts für einen Hund dieser Größe. Nicht, daß Camille sie frei herumlaufen lassen würde. Wahrscheinlich hatte sie das Halsband des armen Hundes an ihrem Handgelenk festgeklebt.

Harvey war schon zur Arbeit gefahren, so daß ich nicht bei ihm anhielt. Gastronomen, und Harvey sowieso, schienen nicht um acht Uhr zur Arbeit zu gehen wie der Rest von uns. Er erschien immer rechtzeitig, um sich ums Mittagsgeschäft zu kümmern. Seine Frau unterrichtete an der Schule, so daß ich wußte, daß auch sie nicht da war. Ich ging zu Camilles Haus und klopfte an die Tür.

Keine Antwort. Kein Bellen.

Ich drückte auf die Klingel.

Keine Antwort. Wo war Keeter?

Ich konnte nicht einfach wieder gehen, wo ich doch wußte, daß Camille da war. Was, wenn sie sich erhängt hatte? fiel mir plötzlich ein. Jesus, ich hätte früher daran denken sollen. Ich würde es mir niemals verzeihen, daß ich Harvey nicht die Polizei hatte rufen lassen, wenn Camille etwas Fürchterliches zugestoßen war.

Aber vielleicht hatte sie auch nur Angst, die Tür zu öffnen.

»Camille«, rief ich. »Ich bin's, Michael. Ich muß mit Ihnen sprechen.«

Nichts.

»Camille, kommen Sie an die Tür. Ich muß wirklich wissen, ob Sie in Ordnung sind.«

Immer noch nichts.

Ich wollte gerade drohen, die Polizei zu rufen – ich hatte wirklich keine andere Wahl, wenn sie mich nicht reinließ –, als ich »Michael?« hörte. Die Stimme war schwach, aber sie war da. Immerhin hatte sie sich nicht erhängt. Das war doch schon etwas. »Sind Sie es wirklich?«

»Ich bin es wirklich, Camille. Bitte öffnen Sie die Tür.«

Ich hörte Schritte. Camille war nicht weit weg, und die Tür öffnete sich gerade soweit, wie die Türkette reichte. Camille spähte hinaus. »Sind Sie allein?«

Ich wollte gerade sagen: »Nein, ich habe einen Serienkiller mitgebracht«, ließ es aber bleiben. Ich hatte diesen verqueren Humor, der ab und zu durchbrach, aber ich versuchte ihn an die Kette zu legen. Nicht jeder verstand ihn, und ich war mir ziemlich sicher, daß Camille nicht nach Scherzen zumute war.

»Natürlich bin ich allein«, sagte ich. Sie schien immer noch zu zögern, aber dann schloß sie die Tür und entfernte die Kette. Sie machte sie langsam wieder auf, und ich trat ein.

Das erste, was ich bemerkte, war Keeter, die sich knapp drei Meter von der Tür entfernt duckte. Sie war so angespannt, daß ihre Muskeln sich spannten. Sie sah aus, als würde sie für ein Gewichtheber-Magazin für Hunde posieren. »Das ist die diesjährige Miss Canine Olympia. Sagen Sie uns, Miss Keeter, wie haben Sie sich dieses hinreißende Aussehen bewahrt?«

»Menschenfleisch«, antwortete sie, »das ist das Frühstück für Champions.«

Ich mußte zugeben, daß sie in dieser geduckten Stellung aussah, als würde sie gleich losspringen, und das einzige, was vage nach einem Ziel aussah, war ich.

Aber Keeter kannte mich, sagte ich mir. Zumindest sollte sie mich kennen. Ich holte tief Luft und begann mich ihr zu nähern, um sie zu begrüßen, weil ich glaubte, daß sie ihre Alarmbereitschaft aufgeben würde, wenn sie mich erst einmal erkannt hatte.

»Michael«, meinte Camille scharf. »Ich würde das nicht tun.«

Ich stoppte. »Warum nicht?« fragte ich.

»Sie ist ein *Wachhund.* Sie hat früher nachts eine geschlossene Tankstelle bewacht. Sie wurde darauf abgerichtet, den Eindringling hereinzulassen und *dann* anzugreifen. Sie versteht wirklich keinen Spaß, was ihr Revier angeht. Kommen Sie ihr bloß nicht zu nah. Wenn sie in diesem Zustand ist, fühlt sie sich bedrängt, wenn Sie sich ihr nähern.«

Ich ging einen Schritt zurück. So gesehen, sollte ich sie vielleicht doch nicht begrüßen. »Warum bellt sie nicht?«

»Training«, antwortete Camille. »Sie wurde abgerichtet, sich ruhig zu verhalten und dem Eindringling aufzulauern.« Ich drehte mich halb zu Camille um. Ich brachte es nicht fertig, dieser gesammelten Sprungkraft den Rücken zuzukehren, aber das Wichtigste waren Camille und die Tatsache, daß sie ansprechbar war.

Jetzt erst bemerkte ich, daß sie ein Pillenfläschchen umklammerte. »Was sind das für Tabletten?« fragte ich nervös. Vielleicht war meine Selbstmord-Phantasie doch nicht so abwegig.

»Haldol«, sagte sie. »Ich habe gedacht, daß er da war, und ich war völlig fertig. Ich habe ihn gehört. Schließlich schaffte ich es doch noch, Haldol zu nehmen, die doppelte Dosis«, meinte sie verlegen.

Kein Wunder, daß sie ansprechbar war. »Erinnern Sie sich daran, daß Sie geschrien haben?« fragte ich.

»Nein«, meinte sie und hielt inne. »Ich habe jemanden schreien gehört, aber mir war nicht klar, daß ich das war. Habe ich geschrien?«

»Ja«, sagte ich. »Ihr Nachbar Harvey rief mich an. Er

hatte befürchtet, daß Sie Hilfe brauchen, aber als er klopfte, kam niemand an die Tür.«

Ich beobachtete Keeter weiter aus den Augenwinkeln, während ich redete. Sie sah aus, als wenn sie sich ein wenig entspannte. Ihre Muskeln zeigten nicht mehr diese massive Anspannung, dieses Noch-einen-Schritt-und-du-gehörst-mir-Aussehen.

»Oh«, sagte sie. »Ich habe jemanden an der Tür gehört, aber ich hatte geglaubt, daß er zurückgekommen sei.« Ich wußte sofort, wer »er« war: das Herzchen, das sie gekidnappt, mit Klebeband geknebelt, sie zweifellos vergewaltigt, wahrscheinlich auch gefoltert hatte. Die Details kannte ich nicht, aber ich wußte, daß sie schlimm genug waren, um die Frau vor mir völlig zu zerstören.

»Nein«, sagte ich. »Es war nur Harvey. Was ist passiert?«

»Er ist zurückgekommen«, sagte sie. »Die einzige Möglichkeit, damit zurechtzukommen, ist das hier«, sagte sie und hielt das Haldol hoch. »Manchmal wünsche ich mir einfach, daß er mich umbringt, damit es vorbei ist.«

»Setzen wir uns doch und reden ein bißchen«, sagte ich. Camille seufzte und führte mich dann ins Wohnzimmer. Keeter sah besser aus, aber ich machte einen weiten Bogen um sie, nur um sicherzugehen. Das war eine echte Freundin: Kaum kam man durch eine falsche Tür, schon wurde man zum Imbiß.

»Camille«, sagte ich, nachdem wir uns gesetzt hatten, »glauben Sie wirklich, daß er es war und nicht ein Flashback?«

»Ich weiß es nicht«, sagte sie. »Es sah nicht nach einem Flashback aus. Flashbacks handeln immer von Dingen, die wirklich passiert sind. Ich meine, ich wachte auf und sah ihn mich knebeln – ich konnte es fühlen –, oder er hat ... er hat ...«

»Stopp«, sagte ich. »Es ist besser, nicht daran zu denken.

Es war ein anstrengender Vormittag, und es könnte noch so ein Wie-Sie-es-auch-nennen-wollen-Ding auslösen. Aber was meinen Sie damit? Wo liegt der Unterschied zu den anderen Malen?«

»Bei diesem hier ging es nicht darum, was er getan hatte«, sagte sie nachdenklich. »Er machte mir damit angst, was er noch tun würde.«

»Es war keine Folge davon, was vorher passiert war?«

»Nein«, sagte sie. Keeter kam herein und legte sich zu ihren Füßen hin. Ich vermutete, sie hatte entschieden, daß ich nicht hier war, um die Tankstelle auszurauben oder Camille zu überfallen. Camille kraulte ihren Kopf; Keeter legte ihn auf Camilles Füße und wedelte mit dem Schwanz. Das war eine Seite an Keeter, die ich vorher noch nie gesehen hatte. Das war eine Seite an Camille, die ich ebenfalls noch nie gesehen hatte. Sie wirkte viel klarer als normalerweise nach einem Flashback. Vielleicht sollte sie ihre Dosis einfach verdoppeln.

Sie war außerdem eine bessere Psychologin als ich. Sie hatte recht. Ein Flashback war immer die Folge von etwas Vergangenem. Immer. Das war das Charakteristische an einem Flashback. Das Gehirn rief die Bilder des Traumas zurück. Es lieferte keine neuen Möglichkeiten. Und Camille hatte mir schon vorher davon erzählt. Die Stimme hatte gesagt, daß es beim nächsten Mal schlimmer werden würde, aber ich hatte nicht bedacht, wie ungewöhnlich diese Aussage für einen Flashback war.

»Und es gibt da noch etwas«, fuhr Camille fort. »Er redet immer nur. Ich kann ihn nicht sehen.«

»Was meinen Sie damit, daß Sie ihn nicht sehen können?«

»In all den anderen Flashbacks konnte ich ihn sehen. Ich sah es jedes Mal wieder passieren, wieder und wieder. Das hier ist nur eine Stimme in der Dunkelheit. Er ist hereingekommen. Ich weiß nicht wie, aber er ist hereingekommen.« Sie seufzte mutlos. »Ich erwarte nicht, daß Sie mir glauben.«

Aber ich fing an, mich zu wundern. Flashbacks waren nicht hörbar. Es konnte sein, daß Stimmen darin vorkamen, aber sie waren auf jeden Fall visuell. Es sei denn, sie hatte einen psychotischen Schub. Psychotische Halluzinationen waren immer hörbar. Es gab keinen Grund, warum man nicht einen psychotischen Schub auf dem Höhepunkt einer posttraumatischen Streß-Störung haben konnte. Außer, daß sie zu alt dafür war. Meistens tauchten psychotische Schübe bei Menschen auf, die jünger waren als Camille. Außerdem: Wenn dieses Trauma einen psychotischen Schub auslösen konnte – warum hatte der Angriff selbst keinen ausgelöst? Warum gerade jetzt?

Zum ersten Mal wurde mir klar, daß ihr Peiniger tatsächlich zurückgekehrt sein konnte. Was, wenn ihr dasselbe passiert war wie mir? Was, wenn sie von einem Sadisten verfolgt wurde? Ich hatte bis jetzt noch nicht daran gedacht, weil Camille ein fürchterliches PTSD und eine lange Reihe von Flashbacks hinter sich hatte. Ich war einfach davon ausgegangen, daß ihre Angst damit zusammenhing.

Aber ein hoher Prozentsatz von Sadisten kehrte zurück. Die einzigen Untersuchungen dazu kamen vom FBI, das sadistische Vergewaltiger und sogar Serienkiller nach der Verhaftung befragte – Serienkiller bringen nicht jeden um, den sie überfallen, insbesondere dann nicht, wenn sie kein Tötungsmuster entwickelt haben.

In den Befragungen hatten sie häufig beschrieben, wie sie nach der Vergewaltigung zurückgekehrt waren. Sie standen vor dem Haus ihres Opfers und beobachteten es oder riefen es an, einfach nur, um seine Stimme zu hören. Es war eine Art von Gegen-PTSD: Die Täter hatten ebenfalls emotionelle Flashbacks, aber sie *wollten* ihre Erinnerungen heraufbeschwören. Die Wiederbelebung gab ihnen jedesmal einen Nachgeschmack von dem Hochgefühl, das sie während der Gewalttat empfunden hatten.

Außerdem: Einige von ihnen hatten tatsächlich die gleiche Frau zweimal überfallen. Die Zahl solcher Wiederholungsattacken ist größer, als die meisten Leute glauben.

Das hatte ich zum Teil auch deshalb nicht bedacht, weil ich mit Willy beschäftigt gewesen und es mir zu bizarr erschienen war, daß wir beide zur gleichen Zeit von einem Sadisten verfolgt wurden. Für einen Internisten mochte es ungewöhnlich sein, daß er in der gleichen Woche zwei seltene Krebsarten diagnostizieren mußte, aber wie außergewöhnlich war das für einen Spezialisten? Und worauf war ich spezialisiert? Auf Traumata.

Aber selbst wenn der Täter zurückgekehrt war: Wie war er ins Haus gekommen? Warum drehte Keeter nicht durch?

»Erzählen Sie mir von Keeter«, sagte ich. »Wie haben Sie sie bekommen?«

»Ich traf jemanden, der viele Schutzhunde besaß«, sagte sie. »Er hatte eine bestimmte Route. Er lieferte sie bei den Nachtwächtern von Tankstellen und Geschäften ab und holte sie morgens wieder. Ich hatte versucht, über einen gewerblichen Trainer einen Hund zu bekommen, aber er wollte mir keinen verkaufen, weil er glaubte, ich könne nicht mit ihm umgehen.«

Kein falscher Gedanke, dachte ich, sagte aber nichts. Seriöse Händler wollten ihre Hunde nicht an Leute verkaufen, die es zulassen würden, daß sie kleine Kinder fraßen. Und in Camilles Fall würde wahrscheinlich jeder einigermaßen verantwortungsvolle Mensch sagen, daß sie nicht mit einem Kampfhund umgehen konnte. »Wie haben Sie denn diesen Typen kennengelernt?«

»Durch Zufall«, sagte sie. »Ich erzählte einem Tankwart, den ich kannte, daß ich einen Schutzhund suchte. Ich brachte immer mein Auto zu ihm, und eines Tages unterhielten wir uns, während er am Auto arbeitete. Ich war gerade dabei wegzuziehen. Ich konnte einfach nicht mehr in Boston bleiben, nach dem ... Na ja, ich mußte ständig daran denken, daß er wußte, wo ich wohnte, und zurückkommen würde. Ich habe es noch nicht einmal jemandem erzählt, daß ich wegging. Ich hatte Angst, daß er es irgendwie erfahren würde.«

»Er«, so wußte ich, war immer der Täter. Sie nannte ihn niemals anders. Er dominierte ihr Denken so stark, daß sie immer glaubte, ich wüßte, von wem sie redete, wenn sie »er« sagte.

»Mein Auto wurde repariert. Ich hatte Chris nicht erzählt, was passiert war, aber vielleicht ahnte er etwas. Ich hatte mein Auto immer zu ihm gebracht, so daß ich ihn schon länger kannte, und danach war ich so ... anders.« Ihre Augen füllten sich mit Tränen. Die Trauer darüber, wer sie einmal gewesen war, wollte nicht aufhören.

»Sie müssen wissen«, sagte sie unter Tränen, »ich habe immer allein gelebt, seit ich sechzehn war. Ich hatte nie Probleme damit. Meine Mutter war ständig deprimiert, und sie hat getrunken. Ich konnte sie nicht dazu bringen, damit aufzuhören, obwohl ich es ständig versuchte. Ich konnte niemanden nach Hause mitbringen, weil meine Mutter immer nur im Nachthemd herumlief, und schließlich zog ich aus. Ich machte die Schule fertig und schlug mich alleine durch. Ich sagte den anderen Schwestern, daß es lächerlich sei, sich zum Parkplatz begleiten zu lassen. Ich habe einfach nicht gewußt ... ich hätte niemals ...«

Sie weinte ein paar Minuten, und wir schwiegen beide. Ich habe die Frau, die sie beschrieb, niemals getroffen, auch wenn ein bißchen von dieser Camille durch das Chaos aus Angst und Unruhe, das sie umgab, hindurchschimmerte. Es gab immer noch einen Kern all dessen, was sie einmal gewesen war, aber er war tief verschüttet.

»Chris machte Sie mit diesem Züchter bekannt?« fragte ich sanft. Ein Teil von mir wollte über ihr Leben vor der Katastrophe weiterreden, und heute konnte sie darüber sprechen. Aber meine Unruhe darüber, daß der Täter zurückgekehrt sein könnte, stieg. Und falls er tatsächlich zurückgekehrt war, würde sie vielleicht gar keine Gelegenheit mehr haben, darüber zu sprechen, wenn ich nicht bald herausfand, wie er in ihr Haus gekommen war.

»Chris rief ihn an und dann mich, um mir zu sagen, daß ich mit ihm reden sollte. Er glaubte, er würde mir einen Hund verkaufen, wenn ich wirklich einen wollte. Er sagte, es wäre kein zugelassener Züchter, sondern bloß ein Kerl, der ein paar Hunde hatte, die er an Tankstellen und Geschäfte vermietete.«

Es überraschte mich nicht, daß es so einfach gewesen war, einen Hund zu bekommen. Es gab ganze Heerscharen von Machos, die Wachhunde besaßen oder züchteten und meinten, daß jeder einen haben sollte. Einige waren Survival-Spezialisten oder Möchtegern-Militärs oder was auch immer.

»Hat Chris die Hunde von diesem Typen nachts in seiner Tankstelle eingesetzt?«

»Sicher«, meinte sie. »Deshalb kannte er ihn.«

»Kannte Chris Keeter?«

»Ich weiß es nicht«, sagte sie. »Warum?«

Ich ignorierte die Frage. »Warum war der Züchter bereit, einen seiner Hunde zu verkaufen?« fragte ich. »Er hat sie doch sonst nicht verkauft, oder? Ich meine, Sie haben gesagt, daß er kein regulärer Züchter war.«

»Nein, ich denke nicht, aber, na ja, Keeter hat sich nicht sehr gut benommen. Moment mal. Chris kannte sie, denn ich erinnere mich, wie er mir erzählte, daß ich es mir zweimal überlegen sollte, sie zu nehmen. Er sagte, sie wäre nicht besonders zuverlässig. Ich habe das ganz vergessen. Aber der andere Typ sagte, daß sie nur jemanden brauchte, der mit ihr zusammen war. Er sagte, daß es einen Unterschied machte, ob sie die Nacht alleine in einem Haus sein mußte oder die ganze Zeit mit dem Besitzer zusammen war.«

»Was hat sie angestellt, was so schlimm war?«

»Ich weiß es nicht genau«, sagte sie. »Ich denke, sie war etwas zu aggressiv oder so. Ich glaube, Chris hat gesagt, daß der Tankwart Probleme hatte, wenn er morgens die Tür aufschloß. Chris sagte, daß er niemals Ärger mit ihr gehabt hat, aber er konnte schlecht jeden Tag bei ihr bleiben. Es war mir egal, was sie getan hatte«, meinte sie trotzig. »Ich mußte einen Hund haben, und niemand sonst wollte mir einen verkaufen.«

»War sie schon als Anfall-Hund abgerichtet?« fragte ich zweifelnd.

»Nein, ich ließ sie gleich, nachdem ich sie bekommen hatte, abrichten. In Manchester gab es ein Trainingszentrum. Aber eigentlich«, sagte sie verlegen, »hat sie das nicht gut gemacht. Sie hat die Prüfungen nicht bestanden, aber ich brauchte mehr einen Wachhund als einen Anfall-Hund, so daß ich sie behielt. Den Leuten sagte ich einfach, daß sie ein Anfall-Hund ist«, meinte sie, während sie verlegen auf den Boden schaute, »so daß ich sie überallhin mitnehmen konnte. Es gab sonst zu viele Orte, wo sie nicht hätte mitkommen können, aber sie hat eigentlich keine Papiere als Anfall-Hund. Sie würde schon das Richtige machen, ich meine bei einem Anfall, sagte ich mir. Der Typ war jedenfalls der Auffassung, sie sei unzuverlässig.«

Ich schaute wieder zu Keeter. Na prima. Sie war ein unzuverlässiger Wachhund, der ein bißchen auf epileptische Anfälle trainiert war und auch dabei unzuverlässig war. Was zum Teufel würde sie im Notfall tun? Wer konnte das schon wissen?

Also, was brachte das alles? Der Typ, der ihr den Hund

verkaufte, kam als Täter nicht in Frage. Sie hatte ihn vor dem Überfall nie getroffen, und es wäre zuviel der Koinzidenz, wenn sie ihn danach getroffen hätte. Aber Chris kam in Frage. Chris war jemand, den Keeter kannte und der ein Gebäude betreten konnte, das Keeter bewachte, ohne daß sie ihm gleich an die Gurgel ging. Sie hatten eine Beziehung. Keeter hatte seine Tankstelle bewacht.

Und auch die Tatsache, daß Chris Camille vor dem Überfall gekannt hatte, paßte. Viele Täter waren mit ihren Opfern bekannt, die dadurch überhaupt erst zur Zielscheibe wurden. Camille mußte ihn nicht erkannt haben. Sie hatte mir gesagt, daß der Täter eine Skimaske getragen hatte, und damit würde man noch nicht mal seine eigene Großmutter wiedererkennen.

Aber hätte Camille nicht die Stimme von Chris wiedererkannt? Vielleicht, vielleicht auch nicht. Menschen, die entführt wurden, waren so verängstigt, daß sie kaum ihre eigene Stimme wiedererkannten, und Camille hatte Chris nur oberflächlich gekannt.

Wenn Chris der Täter war, hatte er mehr Glück als Verstand. Camille kam zu ihm, und er konnte sich an ihrem fürchterlichen Zustand weiden. Dann erzählte sie ihm, daß sie einen Wachhund brauchte, und er besorgte ihr einen, der ihn kannte und der nicht reagieren würde, wenn er ihr Grundstück betrat.

Aber ich glaubte nicht daran, daß Chris der Täter war. Zum Beispiel hatte er ihr von Keeter abgeraten. Aber wer es auch war, eines war sicher: Keeter war nicht erprobt für den Ernstfall. Es gab Leute, die ins Haus kommen konnten, ohne daß sie Theater machte – ihr Trainer und Chris, zum Beispiel. Nicht zu vergessen, daß jeder, der Keeter kannte, sie als unzuverlässig einschätzte.

»Wußte Chris, wohin Sie ziehen wollten?« fragte ich.

Sie überlegte einen Augenblick. »Ich glaube nicht, daß er

es genau wußte. Ich erzählte ihm, daß ich nach New England ziehen würde. Nein, warten Sie, ich erinnere mich, wie er gesagt hat, daß er früher in Vermont gelebt hat, und wir redeten darüber, so daß ich glaube, daß ich ihm die ungefähre Gegend genannt habe. Warum fragen Sie?«

Oh, oh. Ich mußte sofort mit Adam reden. Das schien kein Job für einen Therapeuten mehr zu sein. Wenn ein Täter nicht innerhalb, sondern außerhalb ihres Kopfes existierte, war es ganz klar ein Job für die Polizei. Ich hatte in bezug auf Verbrecherjagd null Erfahrung.

Aber das hatte mir Adam auch schon über Willy gesagt. Zweifellos existierte Willy genauso außerhalb wie innerhalb meines Kopfes. Aber das war etwas anderes, beharrte ich. Es war sinnvoll, Camilles Fall an Adam zu übergeben und nicht meinen. Dummerweise widersprach mir dabei die Stimme in meinem Kopf, sobald ich versuchte zu erklären, warum.

Shit, ich mußte es einsehen. Es war nur deshalb etwas anderes, weil es nicht um mich ging. In diesem Fall ging es um Camille. Und sie hatte nicht mit Adam geschlafen. Sie hatte auch nicht dieses bescheuerte und lästige Nähe-Problem. Und vor allem: Sie war nicht Mamas Kind.

Es gab noch etwas anderes. Ich wußte, daß ich es nicht ertragen konnte, daß Adam mich ein zweites Mal retten würde. Ich würde ihn dafür zum Teufel jagen. Mamas Kind. Dummerweise war ich in jeder Beziehung Mamas Kind.

Camille gab mir ein paar Unterlagen und unterschrieb einige Vollmachten. Ihre Erfahrungen mit der Bostoner Polizei waren so lala. Einer der Beamten hatte ziemlich sensibel auf ihren konfusen Zustand reagiert, der andere hatte sie bedrängt, alle Details zu nennen. Als sie es nicht konnte – sie brach zusammen, als sie versuchte darüber zu reden –, wurde er ungeduldig und ließ sie schließlich allein.

Zwar hatte sich nach zwanzig Jahren feministischen

Kampfes *einiges* in bezug auf die Behandlung von Vergewaltigungsopfern verändert: Die Polizei versuchte nicht mehr, die Opfer routinemäßig mit Lügendetektor-Tests der Lüge zu überführen, und einige Reviere setzten sogar weibliche Beamte bei der Befragung ein. Aber die Wahrheit war, daß es viel mehr Vergewaltigungen gab als Polizistinnen und daß alte Gewohnheiten nur langsam starben. Camilles Erfahrungen mit der Bostoner Polizei waren besser als die der meisten Vergewaltigungsopfer in den großen Städten.

Und, um fair zu sein: Wahrscheinlich war es unmöglich, Camille zu befragen. Sie wurde nackt in einem Hundezwinger gefunden. Sie war verwirrt und konnte nicht sagen, was geschehen war. Polizisten waren vor allem an der Verbrecherjagd interessiert. Sie hatten einen schrecklichen Fall auf dem Tisch und eine Augenzeugin, die ihnen nichts nützte. Ich konnte verstehen, daß der Polizist frustriert gewesen war.

Ich sagte Camille, was ich vorhatte, und sie stimmte zu. Sie sah die Polizei immer noch als Freund und Helfer und hatte nichts dagegen, daß ich Adam einschaltete und mich bei den Polizisten, die den Überfall untersucht hatten, meldete. Aber sie würde sie niemals von sich aus rufen. Der Täter spukte zu sehr in ihrem Kopf herum. Sie glaubte nicht, daß ihn jemand aufhalten konnte.

Ich verließ sie ungern. Wenn Camille in Gefahr war, wollte ich sie nicht allein lassen, selbst mit Keeter nicht. Aber auch wenn Keeter Chris kannte, redete ich mir ein, und Chris der Täter war, bedeutete das nicht, daß Keeter zulassen würde, daß er Camille attackierte. Camille war jetzt ihre Besitzerin, Chris war es nie gewesen.

Und abgesehen von allem Training – da gab es immer noch Keeters Gene: Bei einem Rottweiler war der Befehl, seinen Besitzer zu beschützen, fest in der DNS verankert.

Zum ersten Mal benutzte ich mein Autotelefon. Ich hatte

eine Abneigung gegen Autotelefone, aber dann hatte ich doch noch eines gekauft, als Adam drohte, mir eines zu schenken, falls ich mir keines anschaffte. Ich hatte ihm mein Problem erklärt: Kauf dir ein Autotelefon, und als nächstes kaufst du dir eins für die Dusche, und bald wird es *keinen* Ort mehr geben, an dem du nicht mit der Welt verbunden bist – aber es hat ihn nicht besonders beeindruckt.

Er sagte nur, daß auch er ein Problem habe, wenn es um Freunde von ihm ginge, die regelmäßig mit Sexualstraftätern Umgang hatten und ohne Autotelefon unterwegs waren, ohne eine Sekunde darüber nachzudenken, mit wem sie es zu tun hatten. Was würde ich tun, hatte er gefragt, wenn mich einer verfolgen und von der Straße abdrängen würde – nach einer Telefonzelle suchen?

Ich benutzte es nicht gerne, aber ich wollte nicht im Beisein von Camille telefonieren, falls Adam nicht an seinem Platz war und ich der Vermittlung erläutern mußte, wie ernst ich die Situation einschätzte. Aber ich hatte Glück. Er war da, und ich wurde zu ihm durchgestellt. Ich erzählte ihm, daß ich eine Klientin mit einem Problem hatte, das wahrscheinlich eher außerhalb als innerhalb ihres Kopfes existierte, und daß ich mit ihm darüber sprechen mußte. Er sagte, ich solle vorbeikommen.

Er war gerade dabei, etwas zu schreiben, als ich durch die offene Tür in sein Büro trat. »Hallo«, meinte ich freundlich.

Er sah auf und lächelte. »Komm rein«, sagte er und zog einen Stuhl für mich heran. Das Lächeln verschwand nicht, als er sich wieder setzte, und für einen Moment erinnerte ich mich daran, wie sehr ich es geliebt hatte, die kleinen Lachfalten in seinen Augenwinkeln mit meinen Fingerspitzen zu berühren. Ich kannte alle Furchen und Falten in seinem Gesicht.

Für einen Augenblick schwiegen wir, und die Atmosphäre fing an, sich aufzuheizen. Ich erinnerte mich an Hawaii und an das Gefühl von Sand auf meinem bloßen Rücken. Ich erinnerte mich an das Hotelzimmer und den Mond, der durch das Dachfenster auf seine bloße Brust schien. Ich erinnerte mich an seine gleitenden Finger zwischen ... Ich sah ihn an. Ich sah den Blick in seinen Augen und wußte, daß er sich ebenfalls an etwas erinnerte, was auch immer es war.

»Fang nicht wieder damit an«, meinte ich.

Adam sagte nichts.

»Ich bin beruflich hier«, betonte ich.

Adam sagte immer noch nichts.

»Schau, wenn du meinst ...« Aber Adam unterbrach mich.

»Michael«, sagte er, »ich habe nichts gesagt.«

»Oh«, sagte ich. »Das ist richtig ... Entschuldigung.«

Wie konnte dieser Mann mich bloß so aus dem Rhythmus bringen? Ich sollte mich einfach nicht mehr mit ihm im gleichen Raum aufhalten.

»Eine Art Übertragung«, meinte ich seufzend. »Ich habe mit mir selbst geredet.«

»Rede weiter«, meinte er.

»Lieber nicht«, erwiderte ich.

Ich begann ihm von Camille zu erzählen. Adam schien nicht besonders interessiert – egal, ob er es zugeben wollte oder nicht, er hatte diesen Blick, den ich bestens kannte –, bis ich anfing zu erzählen, warum ich nicht mehr sicher war, daß sie einen Flashback gehabt hatte. Ein anderer Polizist hätte vermutlich ignoriert, was ich sagte – ich hatte Null Beweise –, aber Adam war eben kein anderer Polizist.

Er war sehr aufmerksam, und egal, wo er mit seinen Gedanken vorher gewesen war, dort war er jetzt nicht mehr. Ich erzählte ihm von Chris, und er wirkte noch interessierter. Er wußte so gut wie ich, daß Sadisten häufig zu ihren Opfern zurückkehrten. Wenn es eine Möglichkeit gab, Keeter auszutricksen, dann war das, was Camille behauptete, nicht mehr so unwahrscheinlich.

»Wie sicher bist du dir?« fragte er schließlich.

»Daß es kein Flashback war? Ich weiß es nicht. Es klang einfach nicht danach. Wie kann ein Flashback von etwas handeln, das nie passiert ist? Ich schätze, ich bin mir ziemlich sicher.«

»Woher weißt du, daß sie dir nichts vormacht?«

»Die ganze Geschichte? Von Anfang an? Wie Münchhausen? Sicher nicht. Man kann sich nicht so verstellen, wie sie im Krankenhaus aussah: erweiterte Pupillen, Zittern, Kurzatmigkeit, Veränderung der Hautfarbe. Sie hatte eine ausgewachsene Panik-Attacke.«

»Wahn?«

»Wahn? Wie bei einem Paranoiker? Und hat Panik-Attacken, weil sie glaubt, was sie sagt?« Eigentlich hatte ich mir das noch nicht überlegt, aber es hörte sich nicht stimmig an. – »Ich weiß es nicht. Der Inhalt ihrer Wahnvorstellungen stimmt nicht. Ich weiß nicht, warum, aber alle Paranoiker haben die gleichen Wahnvorstellungen: Die Leute übertragen Fernsehbilder durch ihre Zähne, Außerirdische haben ihnen einen Sender in den Schädel gepflanzt. Hier geht es nicht um eine der üblichen Wahnvorstellungen.«

»Okay, aber Paranoiker haben auch ein Problem mit Leuten, die sie verfolgen.«

»Sicher«, mußte ich zugeben. »Ich schätze, ich kann das nicht völlig ausschließen, aber ich glaube es nicht.« Ich hielt inne, während ich versuchte herauszufinden, warum ich so sicher war, daß es sich nicht um Paranoia handelte.

»Paranoiker sind immer mißtrauisch«, sagte ich schließlich. »Sie durchsuchen dein Büro. Sie beschließen, daß du einer von *denen* bist. Sie suchen nach versteckten Rekordern. Nichts dergleichen habe ich bei Camille erlebt. Ein Grund mehr, den Fall bei der Bostoner Polizei zu überprüfen. Ich kann nicht sagen, daß es unmöglich ist. Aber ich behaupte, wenn der eigentliche Vorfall so passiert ist, wie sie sagt, dann gibt es keinen Grund zu glauben, daß sie mir jetzt etwas vormacht.« Ich wußte, daß Adam sowieso versuchen würde, die Akten zu bekommen und herauszufinden, wie weit die Bostoner Polizei mit der Lösung des Falls gekommen war.

»Werd nicht gleich sauer, Michael. Aber was ist mit Gedächtnispsychose?«

Ich verdrehte die Augen. »Adam, das hatten wir doch schon. Die Gedächtnispsychose-Zeloten haben absolut keine Beweise für einen solchen Befund. Und hier gibt es eine Menge Beweise – tonnenweise –, daß es das nicht ist. Aber selbst ein echter Gedächtnisfanatiker würde sich nicht auf diesen Fall beziehen. Das hier ist keine familieninterne Attacke gewesen.

Außerdem glaube ich wirklich nicht, daß es dabei um den tatsächlichen Überfall geht. Ich habe das Gefühl, daß Boston bestätigen wird, daß sie so gefunden wurde, wie sie behauptet. Ich denke, es geht vielmehr darum, ob der Überfall sie so gründlich durcheinandergebracht hat, daß der Typ jetzt nur in ihren Kopf zurückgekehrt ist. Selbst wenn man diese Rückwirkung einrechnet, wäre das keine Gedächtnispsychose.«

»Ich werde es herausfinden«, sagte er, »und dich anrufen.«

Ich sagte ihm, was ich wußte. Stück für Stück, alle Details, die ich von Camille über den Vorfall erfahren hatte. Sie kannte das genaue Datum, an dem sie verschleppt worden war, und natürlich den Namen des Krankenhauses, in dem sie gearbeitet hatte. Sie wußte nicht genau, wo sie gefunden worden war. Alles, was unmittelbar nach dem Überfall passiert war, lag im Nebel, aber sie konnte sich genau an den Namen eines der Polizisten erinnern. Sie hatte sich auf sein Namensschild konzentriert, um die Erinnerung abzuwehren, während er sie bedrängte.

Ich ging widerwillig. Ich fühlte mich zwischen zwei Stühlen. Ein Teil von mir wollte sagen: »Soso, dein Liebhaber ist also ein Stachelschwein?« Vielleicht wollte ich sagen: »Okay, du *könntest* einen weniger stacheligen Liebhaber finden. Aber wäre der auch in der Lage, einen Nagel in die Wand zu hauen?« Möglicherweise wollte ich auch nur »Dinner?« sagen. Aber ich sagte nichts davon. Ich sagte lediglich »Bis dann« und dachte, er würde schon wissen, was ich meinte. Es hatte keinen Sinn, Dinge totzureden.

Auf dem Weg hinaus dachte ich darüber nach. Ab und zu nahm ich eines dieser Bücher zur Hand, die behaupteten: »Männer kommen vom Mars; Frauen von der Venus.« Sie gaben mir immer das Gefühl, ich käme vom Pluto. Ich schien da nicht hineinzupassen.

Bis zur fünften Klasse war die Welt in Ordnung gewesen. Dann fingen all die anderen Mädchen an, in den Pausen auf dem Felsen zu sitzen und ihr Haar zu kämen. Öde, öde, öde. Ich konnte mit dem Felsen nichts anfangen, also spielte ich bis zum Schluß Football. Unnötig zu betonen, daß es nicht allzu viele Mädchen gab, die mitspielten.

Ich wußte, was ich tat. Ich versuchte die Tatsache zu rationalisieren, daß es mich umbringen würde, wenn ich mich mit Adam zusammensetzen und über unsere Beziehung reden sollte. Ein Teil von mir wußte, daß ich es tun sollte, aber ich wollte einfach nicht. Und Adam war da kaum besser als ich. Aber wenn ich es mir recht überlegte, konnte es sein, daß ich ziemlich alt aussehen würde, wenn ein hartgesottener Polizeichef besser über Gefühle reden konnte als ich. Na ja, irgendwer mußte an seinen Gewohnheiten festhalten. Sonst würde das normale Auf und Ab nicht mehr funktionieren.

Ich blickte zur Uhr. Es war ein bißchen spät für Marv.

Stunden zu spät. Es wurde langsam Nachmittag, und am späten Nachmittag trafen Therapeuten normalerweise ihre Klienten – weil Erwachsene tagsüber arbeiteten und Kinder zur Schule gehen mußten, war am Nachmittag immer am meisten los.

Marv war ausgebucht, sagte mir seine Sekretärin, als ich ankam. Das überraschte mich nicht – aber die Nachricht auf meinem Tisch schon. »Ich habe bis acht Uhr Klienten. Komm bitte danach nicht in meine Wohnung, auch nicht am Wochenende. Ich will auch nicht am Telefon darüber sprechen. Ich denke, am besten warten wir bis Montag und reden dann in deinem Büro. Können wir uns am frühen Montag morgen treffen? Sag mir eine Zeit, und ich werde verlegen, was immer ich an Terminen habe. Sag Rochelle Bescheid.«

Komm nicht in meine Wohnung? Sag eine Zeit, und ich verlege Termine? Einen Klienten verlegen wegen eines blöden Meetings? Das war noch nie passiert. Ruf nicht an. Irgend etwas sehr Ernstes ging hier vor, aber mir fiel kein Szenario ein, das Marv dazu bringen würde, mir zu sagen, daß ich nicht zu ihm kommen sollte, um darüber zu sprechen. Hatte er eine Freundin, von der ich nichts wußte und die mit ihm alleine sein wollte? Familiäre Probleme?

Aber Marv hatte keine Freundinnen außer seinen Bildern – da war ich mir ziemlich sicher –, und sosehr ich es auch versuchte, ich konnte mir kein einziges Gemälde vorstellen, das gegen meinen Besuch sprechen würde.

O Gott, es konnte doch nicht sein, nein, es konnte nicht sein, daß Ginger in seinem Haus war. Selbst wenn Marv einen psychotischen Schub hätte, würde er so etwas nicht erlauben … hoffte ich. Ich rief mir die unzähligen Fälle ins Gedächtnis, wo Leute aus allen Wolken fielen, wenn sie erfuhren, was ihre Freunde oder Familienmitglieder getan hatten. Nobelpreisträger und Rockstars mißbrauchten Kinder. Universitätsrektoren machten obszöne Anrufe. Und jeder einzelne von ihnen hatte Menschen, die ihn liebten und nicht glauben wollten, daß er so etwas tat.

Fast zehn Prozent aller männlichen Therapeuten hatten eine sexuelle Beziehung zu ihren Klientinnen. Es schien nicht so ungewöhnlich zu sein. Aber doch nicht Marv! Wenn Marv einen ernsthaften Fehler gemacht hatte, der irgendwie in diese Richtung ging, würde ich alle Rekorde beim Aus-den-Wolken-Fallen brechen.

Aber wenn es nicht das war, was konnte es sonst sein? Warum wollte Marv nicht, daß ich in seine Wohnung kam? Die Welt machte jeden gottverdammten Tag weniger Sinn.

16

Wenn ich schon in der Psychiatrie war, konnte ich genausogut andere Sachen zu Ende bringen. Ich rief Toby an und erwischte ihn zwischen zwei Essen. Seine Sekretärin stellte mich sofort durch. Amüsant, wie zugänglich er war, wenn man ihm einen Gefallen tat. »Toby«, meinte ich. »Hier ist Michael. Ich kann Ihnen keine Details nennen, weil ich dazu keine Genehmigung habe, aber die Sache, um die Sie mich gebeten haben, ist ziemlich gut ausgegangen. Sie sollten das vielleicht Lucy sagen.«

»Ich bin wirklich froh, das zu hören«, meinte er, und seine Stimme klang ungemein erleichtert. »Ich bin sehr dankbar für Ihre Hilfe.«

»War mir ein Vergnügen«, sagte ich und meinte es auch so. Toby stand selten auf der Seite der Engel, aber wenn doch, dann macht es mir nichts aus, auf der gleichen Seite zu stehen.

Und es tat mir natürlich nicht leid, daß er mir etwas schuldig war. In der Welt der Fakultäts-Machtspiele machten sich Schulden bezahlt. Auch wenn Toby nur wenig unternehmen würde, er war auf jeden Fall aufmerksamer gegenüber seinen Schuldnern und nahm mehr Rücksicht.

Zweifellos würde ich wieder Ärger bekommen und dann Tobys Hilfe brauchen. Wenn das geschah, stand ich am unteren Ende der Hierarchie, als jemand, der normalerweise nicht viel Unterstützung von ihm erwarten durfte. Es konnte also nicht schaden, daß Toby mir einen Gefallen schuldig war.

Ich blieb im Büro und arbeitete noch eine Weile, so daß es schon dunkel war, als ich meine Pistole nahm und zum Auto ging. Mein Kopf schwirrte vor lügenden Vergewaltigern und spitzelnden Sadisten und vor allem vor Sorge um Marv und Camille.

Was hatte Stevens noch mal geschrieben: »Wir müssen unsere Gedanken die ganze Nacht ertragen, bis das Morgenlicht sie erhellt ...« Stevens, Meister der Zwischentöne. Zuerst redete er von einem gewöhnlichen Schneesturm, und am Ende merkte man, daß er den Schneesturm in seinem Kopf meinte. Vielleicht würde sich auch bei mir eines Tages alles aufklären, aber im Moment war ein Schneesturm noch eine Untertreibung. Es war eher wie eine Schlammschlacht.

Die Dämmerung senkte sich herab, als ich nach Hause fuhr. Ich haßte die Dämmerung – aus dem gleichen Grund, aus dem ich Schneestürme haßte –, egal ob drinnen oder draußen. Ich konnte dann nicht richtig sehen. Nachts, wenn sich meine Augen erst einmal an die Dunkelheit gewöhnt hatten, konnte ich mehr erkennen als in diesem Zwielicht.

Gelegentlich, mußte ich zugeben, gab es in der Dämmerung einen tollen Sonnenuntergang. Aber selten. In neunzig Prozent der Fälle war es bloß ein verwaschener Mischmasch. Wenn der Tag zu Ende gehen würde, als ob einer das Licht ausknipste, gäbe es wenigstens einen echten

Übergang in den funkelnden Nachthimmel. Aber jeden einzelnen verdammten Tag mußte man dieses zögerliche, langsam sterbende Licht ertragen. Gott sei Dank war der Tag zu Ende, als ich zu Hause ankam, und die Nacht war hereingebrochen.

Ich setzte mich mit einem tröstenden Glas Eistee auf die Terrasse, als der volle Mond sich gerade vor die Wolken schob. Während ich hinaufschaute, erinnerte ich mich daran, wie erstaunt ich mit fünf Jahren gewesen war, daß der Mond unserem Auto den ganzen Weg nach Hause folgte: Wohin wir auch fuhren, er war schon da – egal, wie schnell wir fuhren, er schien immer mitzukommen.

Während ich auf der Fensterbank in meinem Zimmer saß, redete ich mit ihm. Ich konnte nicht verstehen, daß Halb- und Vollmond das gleiche waren, also wartete ich, daß der Vollmond wiederkam.

Ich konnte dann nicht einfach so ins Bett gehen: Ich konnte es kaum erwarten, bis Mama die Tür zugemacht hatte und ich mir den Stuhl ans Fenster stellen konnte. Ich redete mit dem Mond, und er hörte zu. Mama war nicht gerade eine begnadete Zuhörerin, und wenn sie zuhörte, sagte sie meistens etwas so Warmherziges wie »Red keinen Unsinn, Kind«, oder sie schnaubte bloß. Mama hatte ein Schnauben, das das Wort »Bockmist« besser zum Ausdruck brachte als das Wort selbst. Der Mond hat mich nie angeschnaubt.

Ich erinnerte mich auch daran, wie ich mich nachts aus dem Haus schlich, um unter diesem Mond schwimmen zu gehen, als ich älter war. Ich liebte es, nachts draußen zu sein – vor allem, wenn der Mond so schien wie heute. Ich blickte auf den Fluß hinunter: Im Mondlicht sprudelte er so intensiv, daß es in den Augen weh tat, und er sah vollkommen anders aus als bei Tage.

Aber schließlich konnte der Mond alles in einen Schein

aus Glanz tauchen. Was sah im Mondlicht nicht glänzend aus? Alte Autos glänzten. Müllhalden glänzten. Selbst Einkaufszentren glänzten.

Plötzlich hatte ich das Gefühl, beobachtet zu werden. Zuerst dachte ich noch, es wäre der Mond. Ich lächelte und schüttelte den Kopf darüber, wie einfach es doch war, sich wieder in eine Fünfjährige zu verwandeln – aber mitten in der Bewegung hielt ich inne.

Dieses Gefühl war nicht angenehm. Es war nicht das Gefühl, daß jemand nach mir sah oder auf mich aufpaßte: Es war anders. Ich schaute ein letztes Mal den Mond an und dann in Richtung der Bäume hinter dem Fluß.

Ich hätte es auf die Paranoia geschoben, wenn ich nicht die Untersuchungen gelesen hätte. Darin stand, daß Menschen merkten, wenn sie jemand anstarrte, obwohl keiner wußte, weshalb das so war. Außerdem: Bei Paranoia hätte ich dieses Gefühl bestimmt nicht mitten in meiner Mondanbetung bekommen, wo ich mir über Willy überhaupt keine Gedanken machte. Das Gegenteil war wahrscheinlicher. Ich wurde beobachtet, und es brauchte eine Weile, bis dieses Gefühl in mein mondsüchtiges Hirn sickern konnte.

Ich nippte an meinem Eistee, während ich nachdachte. Ich hatte meine Pistole nicht auf die Terrasse mitgenommen, und vielleicht war es nicht besonders gut, wenn ich als Zielscheibe hier sitzen blieb. Was ging da vor sich? War dies die Nacht, in der Willy seinen Zug machen würde, oder war er nur dabei, das Terrain zu orten?

Während ich darüber nachdachte, schmeckte ich den bitteren Geschmack von Angst, und dann drehte ich durch. Wirklich. Ich konnte mein Leben nicht damit verbringen, herumzusitzen und darauf zu warten, daß jemand mich folterte und ermordete. Willy hatte bis jetzt nicht einen Finger gerührt, und schon hatte er alles gestohlen, was mir wichtig war. Ich konnte noch nicht einmal auf meiner verdammten

Terrasse sitzen und den Mond anschauen, ohne an ihn zu denken.

Abrupt stand ich auf und ging zurück ins Haus, um meine Pistole zu holen. Verdammt noch mal. Es war völlig lächerlich. Wer kannte diese Wälder besser? Willy? Bestimmt nicht. Wer war es gewohnt, nachts im Wald herumzulaufen? Willy oder ich? Zehn zu eins, daß Willy sich nicht mit fünfzehn aus dem Haus geschlichen hat, um schwimmen zu gehen. Auch wenn er wahrscheinlich in diesem Alter ums Haus geschlichen war, um Peeping Tom zu spielen.

Zum Teufel noch mal. Es war mein Platz, also meine Wette. Wenn Willy und ich das hier austragen mußten, war es vielleicht sogar ein Vorteil, wenn es in meinen eigenen Wäldern geschah.

Ich rannte nach oben und starrte die Kleider in meinem Schrank an. Ich besaß nicht sehr viele. Das Limit von zweihundertfünfzig Sachen setzte auch meiner Garderobe Grenzen. Überraschung, Überraschung! Natürlich besaß ich kein echtes Outfit für die Nacht. Es mußte schwarz sein – das wußte ich von all den Vergewaltigern, die ich interviewt hatte. Also, was konnte ich anziehen?

Ich hatte keine schwarzen Jeans. Meine beiden Bluejeans waren blau. Aber ich besaß immerhin eine schwarze Anzughose. Ich streifte meine Sachen ab und zog sie an. Dann suchte ich nach Schuhen. Ich konnte die flachen Pumps nehmen, die ich bei der Arbeit trug, aber im Wald wären sie ungeeignet. Ich seufzte, als ich meine schwarzen Basketballschuhe sah. Ich hatte sie noch nie außerhalb des Spielfelds getragen, aber diesmal mußte ich wohl eine Ausnahme machen. Schließlich war es so etwas ähnliches wie ein Spiel.

Ich fand einen schwarzen Rollkragenpullover in der Schublade, zog ihn an und darüber ein schwarzes Sweatshirt. Ich kramte herum, bis ich eine dunkelblaue Kappe fand. Sie war nicht schwarz, aber fast. Ich sah ziemlich komisch aus mit den Basketballschuhen und der Anzughose. Als ob mich das kümmern würde. Diese verdammte Sache würde heute nacht ein Ende finden, so oder so.

Ich machte die Pistole am Gürtel fest und rannte hinunter zur Eingangstür. Gerade als ich sie erreichte, bremste ich quietschend ab. Seit *Schweigen der Lämmer* konnte sich niemand mehr einen Täter ohne Nachtsichtgerät vorstellen.

Was, wenn er eins hatte? Wußte er, was ich dachte, als ich auf den Wald gestarrt hatte, abrupt aufgestanden und zurück ins Haus gelaufen war? Welche Tür würde er beobachten? Die Terrassen- oder die Eingangstür? Selbst ohne Nachtsichtgerät konnte er mich im Mondlicht aus der Tür kommen sehen. Wie raffiniert war Willy? Raffiniert. Aber er konnte nicht beide Türen gleichzeitig im Auge behalten. Also, welche von beiden?

Ich lief durchs Zimmer, während ich nachdachte, als ich bemerkte, daß ich in der Eile die Terrassentür nicht geschlossen hatte. Geistesabwesend machte ich sie zu. Ich mußte mich entscheiden. Welche Tür würde er beobachten? Ich hatte keine Möglichkeit, es herauszufinden, und es konnte richtig ungemütlich werden, wenn Willy mich sah und aus dem Hinterhalt überfiel.

Ich drehte mich von der Terrassentür weg, als mein Blick auf die Holzkiste fiel. Die Holzkiste. Ich besaß eine von diesen Holzkisten, die in die Wand integriert waren. Von draußen konnte man sie durch eine etwa sechzig Zentimeter breite, abgedichtete Luke mit Holz füllen. So mußte man das Holz nicht selber ins Haus schleppen.

Ich entfernte den Deckel der Kiste und fing an, die Holzscheite durchs Zimmer zu werfen und auf meinen kostbaren Parkettboden zu schmeißen. Die Luke war wirklich nicht breit: Gut, daß ich dünn war. Ich würde gerade so durchpassen. Ich hatte das letzte Stück Holz entfernt und stand auf. Ich schaute mich um. Was hatte ich vergessen? Das Licht. Ich ging hinüber und machte das Wohnzimmerlicht aus. Ich hätte es schon früher tun sollen, aber die Holzkiste wurde vom Sofa vor dem großen Terrassenfenster verdeckt. Niemand hatte sehen können, als ich die Kiste entlud. Aber ich wollte nicht, daß das Licht durch die Luke nach draußen schien und mich verriet.

Die Holzkiste war nicht groß genug, daß ich ganz hineinpaßte, so daß ich mich hineinlehnte, soweit ich konnte, um die Luke von Holzresten zu säubern. Das war der schwierigere Teil. Die Luke würde nach außen aufgehen. Die einzige Möglichkeit, sie aufzubekommen, war, mit der Holzkiste gegen den Boden zu drücken, aber ich wollte keinen Krach machen. Wenn ich Willy nicht selbst darauf brachte, würde er nicht sehen, wie ich mich seitlich aus dem Haus schlich, egal welche Tür er beobachtete.

Ich drückte vorsichtig gegen die Luke, aber nichts passierte. Ich drückte erneut dagegen und kam keinen Millimeter vorwärts. Schließlich schlug ich kurz mit der Faust dagegen, bis sie sich bewegte. Die Luke war abgedichtet, so daß man die Schläge draußen nicht hörte.

Ich hatte Glück. Die eine Seite der Luke öffnete sich, und ich konnte mit meiner Hand den Rand umfassen, bevor das ganze Ding wieder zufiel. Vorsichtig schob ich die Luke weiter auf und hielt sie fest.

Ich steckte meinen Kopf hinaus und wartete. Meine Augen würden zwei oder drei Minuten brauchen, um sich an die veränderten Lichtverhältnisse zu gewöhnen, und bis dahin kam ich keinen Schritt weiter. Bald verwandelte sich die Dunkelheit vor mir in Bäume und einen Holzstoß, und ich zog meine Arme über den Kopf und fing an, mich herauszuwinden. Ich kroch so schnell heraus, wie ich konnte, und verschloß leise die Luke. Es wäre nicht gut, wenn Willy sie fand, während ich draußen war.

Ich kauerte mich für einen Moment hin, um mich zu orientieren. Die Luke lag hinter einem Holzstoß, der hoch genug war, um mir Deckung zu geben, so daß ich für ein paar Minuten Ruhe hatte. Ich fing an, den Vollmond zu verfluchen. Die Nacht war zu hell. Jeder konnte jeden in diesem Licht sehen, und ich mußte einige Meter im vollen Mondschein laufen, bevor ich den Schatten der Bäume erreichte.

Ich konnte mein Herz schlagen hören, während ich wartete, aber es war weniger vor Angst als vor Aufregung. Nachts fühlte ich mich im Wald immer unsichtbar, auch wenn das vielleicht bloß ein Mythos war. Jedes Tier im Umkreis von vierzig Meilen wußte, daß da ein Mensch war. Aber *kein Mensch* erwartete, daß jemand nachts im Wald herumlief, zumindest nicht ohne Taschenlampe. Wenn man sich nachts verstecken wollte, war das der beste Platz.

Etwas beunruhigte mich, etwas nagte an mir, aber ich fühlte die gleiche Aufregung, die ich beim Cross-Country gespürt hatte, und ignorierte es. Ich konnte später noch darüber nachdenken. Erst mußte ich in den Schutz der Bäume gelangen. Ich kroch um die Ecke des Hauses, um zu sehen, wo die Entfernung zu den Bäumen am kürzesten war. Ich fand die Stelle und machte mich bereit. Ich wußte, daß ich schneller sein würde, wenn ich mich aufrichtete, aber auch besser zu sehen war, also holte ich tief Luft und kroch auf dem Bauch durch das helle Mondlicht.

Ich schaffte es bis zur Baumgrenze; dann stand ich auf und rannte einige Meter durch den Wald, bevor ich mich hinkauerte und horchte. Keiner hatte mich erschossen. Es hatte noch nicht einmal jemand versucht, auf mich zu schießen. Und ich hörte nichts Ungewöhnliches. Kein Riese bewegte sich linkisch durch den Wald. Die Grillen hatten nicht aufgehört zu zirpen. In einiger Entfernung konnte ich eine Eule schreien hören – die Natur feierte ihre übliche nächtliche Orgie aus Tod und Zerstörung.

Ein großer Teil von mir wollte Willy gar nicht suchen gehen, mit Pistole oder ohne. Ein großer Teil von mir wollte mit den Schatten verschmelzen, auf daß niemand und nichts mich finden konnte. Ich war es leid, auf der Hut sein zu müssen, auf Schwierigkeiten zu warten, mein Leben von einem gottverdammten Jäger bestimmen zu lassen. Ich wollte mich nicht länger wie ein Goldfisch im Glas fühlen, an das sich das Gesicht einer Katze drückte. Ich konnte jetzt einfach einen Baum hochklettern, ganz weit nach oben, wie ich es als Fünfzehnjährige getan hatte, und der Mond würde gnädig auf mich herabscheinen. Niemand würde mich finden.

Aber wenn ich das machte, würde Willy immer noch dasein, wenn ich wieder runterkam – wenn nicht heute nacht, dann morgen oder übermorgen oder überübermorgen. Ich lief weiter. So konnte ich einfach nicht leben. Ich lief parallel zur Straße und weit genug, um hinter Willy zu gelangen, wenn ich auf der anderen Seite wieder herauskam. Hinter dem Fluß war ein kleiner Hügel. Irgendwo auf diesem Hügel würde er stehen, wenn er nicht schon wieder weg war.

Dann stoppte ich. Ich wußte, was mich beunruhigte. Es war schon merkwürdig, daß es mir erst jetzt einfiel, aber: Was genau hatte ich eigentlich vor? Wollte ich ihn erschießen? Kaltblütig? Von hinten? Oder wollte ich, daß er zuerst auf mich schoß? In jedem Fall konnte das, was ich vorhatte, nur eine theoretische Frage sein.

Aber was, wenn er gar keine Waffe hatte oder keine ziehen würde? Würde ich ihn zurück zum Haus marschieren lassen und die Polizei rufen? Schon der Gedanke, daß er in mein Haus kam, machte mich wahnsinnig. Und außerdem: Weswegen würden sie ihn festnehmen? Hausfriedensbruch. Große Sache. In zwei Tagen wäre er wieder draußen und das nächste Mal raffinierter.

Ich lief weiter und dachte daran, was Willy all den Kindern angetan hatte oder noch antun würde, und der Gedanke an seinen Tod erschien mir sehr verlockend. Es machte mir nichts aus, ihn tot zu sehen. Aber die Wahrheit war, daß ich noch nicht einmal auf Pappkameraden schießen wollte. Also wäre ich sicher auch nicht glücklich darüber, wenn ich einen echten Menschen erschießen müßte. Selbst wenn er versuchen würde, mich zu erschießen.

Außerdem gab es da noch das kleine Problem, daß ich dafür in den Knast kommen würde. Auf unbewaffnete Leute zu schießen ließ den Richter die Stirn runzeln. Aber das war nicht das Hauptproblem. Das Problem war, daß ich mir nicht vorstellen konnte, jemanden kaltblütig zu erschießen, selbst Willy nicht.

Das genau aber war das Problem mit Willy und mir, seit er draußen war. Er wußte genau, was er mit mir vorhatte – was auch immer es war, ich wollte es gar nicht wissen –, aber ich hatte keinen blassen Schimmer, was ich mit ihm machen sollte.

Dennoch: Heute nacht mußte etwas geschehen. Ich würde zu Willy auf diesen Hügel gehen und dann entscheiden, was zu tun war.

Ich lief weiter, bis ich weit genug war, um hinter Willy zu sein. Zumindest würde er das Haus nicht mehr sehen können, wenn er so weit weg war. Solange er also seinen Platz nicht verlassen hatte, wäre ich hinter ihm. Außerdem war es eine gute Stelle, um den Fluß zu überqueren. Es gab genug Felsen, um nicht naß zu werden, und genügend überhängende Zweige, die mir Deckung gaben.

Ich sprang über die Felsen und fühlte mich ein wenig ausgeliefert. Schatten hin oder her, hier war ich immer noch leichter zu entdecken als im Dickicht des Waldes. Aber wieder schoß niemand auf mich oder zog mich auf die andere Seite, und in dieser Situation war das schon meine Definition von Erfolg.

Aber als ich drüben war, kehrten die Fragen zurück: Wie raffiniert war Willy? Raffiniert. Wie raffiniert? Raffiniert genug, um mich in den Wald zu locken? Raffiniert genug, um zu wissen, daß ich rauskommen würde, wenn er Nacht für Nacht hinter meinem Haus stand und ich es herausfand? Würde er sich eine Zigarette anzünden, um mich darauf aufmerksam zu machen? Oder eine Taschenlampe einschalten?

Der Gedanke an Camille kehrte zurück – blind vor Klebeband, während ein abartiges Arschloch weiß Gott was mit ihrem Körper anstellte. Ich erschauderte, und mein Magen drehte sich um. War wirklich ich es, die hinter Willy herschlich? Oder schlich er hinter *mir* her? Ich schaute nach unten. Mit jedem Schritt konnte ich in eine Falle tappen.

Ich holte tief Luft und versuchte meine Angst abzuschütteln. Ich war mir nicht mehr sicher, ob ich hier sein sollte, aber ich hatte mich festgelegt. Ich konnte nicht wieder zurück ins Haus, um auf ihn zu warten. Ich bewegte mich langsamer als vorhin und achtete auf jeden Schritt.

Gott sei gelobt für die Wälder von New England. Sie sind nicht so dicht, daß man den Weg nicht ohne eine Axt verlassen konnte, zumindest war das die meiste Zeit des Jahres so. Die Büsche hatten erst angefangen zu knospen, und die meisten Zweige waren noch nackt. Sie standen weit genug auseinander, so daß es nichts ausmachte, daß ein Trampelpfad fehlte. Im Sommer wäre der Wald dichter, und ich würde wesentlich mehr Krach machen als jetzt. Gott sei Dank, daß dies kein Wald war wie im Süden. Ich hätte mich angehört wie ein Bär, der durchs Gebüsch brach.

Ich holte erneut tief Luft. Daß Willy den Nerv hatte, sich in meinem Wald herumzutreiben, war unglaublich. Dieser Wald war meine Heimat, und ich war wütend, daß er nun von einem Jäger betreten wurde. Aber erzähl das einer Maus oder einem Kaninchen oder jeder anderen Kreatur, die im Wald lebt. Das Leben dort ist ein Lotteriespiel. Die kreischende Eule dort oben hatte ein Faible für Gehirne. Oft konnte man ein Kaninchen finden, dessen Kopf aufgehackt war, so daß sie sich sein Hirn rauspicken und genießen konnte.

Oh, mir war klar, daß das politisch korrekt war. Die Eule tötete, um zu leben, und Willy tötete aus Spaß, und ich ahnte, daß es da einen Unterschied gab, nur war ich mir nicht sicher, ob das Kaninchen das genauso sah. Meine mondlichtglänzende Heimat war gewalttätiger als jede Innenstadt.

Und jetzt war ich ein Teil von ihr, mehr als je zuvor in meinem Leben. Bisher war ich immer bloß Gast gewesen. Heute nacht war ich an diesem Katz-und-Maus-Spiel beteiligt wie jeder andere um mich herum. Mit einer Ausnahme – normalerweise wollte das Kaninchen nicht hinter der Eule herschleichen. Vielleicht würde es auch nicht wissen, was es dann tun sollte, was genau mein Problem war.

Ich fragte mich, ob Tiere die Stadt genauso romantisierten, wie Menschen den Wald. Ich mußte fast lachen, als ich mir vorstellte, wie Kaninchen ihren Kindern die Regeln einer Stadt erklärten: »Menschen fressen nicht immer, was sie töten. Das ist nicht wie bei uns.«

Mir wurde schwindlig. Die Angst vor einer Falle und die gleichzeitige Erregung, daß ich unsichtbar war, mischten sich in meinem Kopf zu einem chemischen Gebräu, das jeden Junkie glücklich gemacht hätte. Vor mir lag der Hügelkamm, und als ich ihn sah, schlug mein Herz doppelt so schnell.

Ich versteckte mich hinter einem Baum, kauerte mich hin und spähte vorsichtig hinter dem Stamm hervor, um die Szenerie zu überblicken. Von da aus, wo ich mich befand, konnte ich niemanden sehen, aber ich war auch ziemlich weit unten. Wenn ich bis zum Kamm kommen wollte, mußte ich im Zickzack laufen, um in Deckung zu bleiben.

Wenn Willy auf mich wartete, mußte er mich erst entdecken, Nachtsichtgerät hin oder her. Ich machte mich fertig und dachte: »Okay, Schicksal, mach deinen besten Stich und laß mich bis zum nächsten Mal in Ruhe.« Diese verrückte Fürbitte kehrte immer wieder.

Mir fiel ein, wie bescheuert das für die meisten Leute aussehen mußte, was ich hier tat. Ich hatte mich freiwillig entschieden, mich mitten in der Nacht allein mit einem sadistischen Sexualtäter im Wald zu treffen, der mich verfolgte und höchstwahrscheinlich umbringen wollte. Schlimmer noch, mit einem sehr raffinierten Sexualtäter, der möglicherweise schon die Schritte zwischen mir und seiner Falle zählte.

Als ich daran dachte, stieg eine Welle von blinder Panik in mir auf. Ich hielt mich an dem Baum fest. »Sei nicht blöd«, sagte ich mir. »Das hier ist immer noch deine Arena, nicht seine. Du bildest dir bloß ein, daß er auf dich wartet.«

Aber was, wenn Willy mich wirklich erwartete? Und wenn dem so war, würde er dann ohne Deckung dastehen? War Willy nicht einer, der ein paar Fallen aufstellte? Zu spät fiel mir ein, daß er auch schon mal eine Pfadfindergruppe geleitet hatte. War er einer von diesen Waldkraxlern gewesen?

Ich wartete und merkte, wie die Panikwelle nachließ. Es hatte nichts mit meinem Denken zu tun. Panikattacken funktionierten einfach so: Sie kamen in Wellen und gingen wie Wellen zurück.

»Verdammt noch mal«, dachte ich. Ich hoffte wirklich, daß ich keine bekommen würde, wenn ich wirklich funktionieren mußte, also dann, wenn ich, sagen wir mal, mit der Pistole in der Hand vor Willy stand.

Ich hatte meine Pistole noch nicht herausgeholt. Ich glaubte nicht daran, daß eine Waffe eine Art Talisman war, die dich schon durch den Kauf beschützte, so daß ich regelmäßig trainierte. Dabei hatte ich gelernt, niemals eine Pistole rauszuziehen, solange ich nicht bereit war zu schießen. Und ich hatte Willy noch nicht einmal geortet. Der Wald war vollkommen still: Die gesamte Population sah die Kollision voraus. War Willy raffiniert genug, es ebenfalls zu bemerken?

Ich sah niemanden, bis ich den Gipfel erreichte. Geduckt lief ich den Hügel hinunter, bis ich ihn erblickte. Selbst im Mondlicht gab es so viele Schatten im Wald, daß ich mir nicht sicher war, ob ich ihn auch gesehen hätte, wenn er sich nicht bewegt hätte. Es war eine schwache Bewegung – möglicherweise trat er von einem Fuß auf den anderen –, aber es reichte.

Ich warf mich auf den Boden. Willy stand auf halber Höhe des Hügels und immer noch ziemlich weit weg. Alles, was ich erkennen konnte, war eine Gestalt. Er stand im Schatten eines großen Baumes, und ich war mir nicht sicher, in welche Richtung er schaute. Hatte er mich gehört und sich umgedreht? Oder schaute er zum Haus? Ich wartete, aber Willy bewegte sich nicht mehr. Ich öffnete die Tasche mit meiner Pistole. Der Verschluß machte in meinen Ohren einen Höllenlärm, aber Willy bewegte sich immer noch nicht.

Ich holte die Pistole heraus und kroch näher heran. Wenn das eine Falle war, so war der einzige Platz, an dem er mich nicht vermutete, hier oben. Je näher ich herankam, um so wahrscheinlicher wurde es, daß ich in eine Falle tappte.

In meinem Kopf schrillten Alarmglocken, aber ich schob sie auf die schicksalhafte Situation und meine Angst. Ich wußte, daß ich ihn nicht einfach erschießen konnte. Und jedes andere Szenario war ziemlich furchterregend.

Es war schwer, etwas zu planen. Ich hatte keinen Plan. Wenn Leute ihre Waffe zogen, konnte alles passieren. Ich mußte einfach auf meinen Instinkt vertrauen. Es war mir fast schon egal, ob er mich erschießen würde – dann wäre diese verdammte Sache wenigstens vorbei. Erschossen zu werden machte mir sowieso keine angst. Aber gefangen zu werden. Mein Hirn lief auf Hochtouren. Es kam mir vor, als ob fünfzig Gedanken auf einmal vorwärtsstürmten.

Willy machte wieder eine leichte Bewegung, und ich stoppte mit angehaltenem Atem. Ich kam näher und mußte wissen, was ich tun sollte, wenn ich angekommen war. Ich konnte ihn schlecht die ganze Nacht beobachten. Plötzlich fragte ich mich, was Adam wohl davon halten würde. Nicht viel. Scheiß auf Adam. Adam würde keine andere Antwort darauf haben, als sich unter seinem Bett zu verstecken. Aber das war nicht meine Antwort.

Mir wurde klar, daß Adam der einzige war, der das hier herausfinden würde. Beide Türen waren abgeschlossen, und ich lag, natürlich tot, im Wald, kein schöner Anblick. Feuerholz auf dem Boden. Adam würde darauf starren und anfangen, in der Luke herumzustochern. Ich konnte sehen, wie er den Kopf schüttelte, auf der Suche nach Fußabdrücken neben dem Haus. Niemand sonst würde glauben, daß ich etwas so Bescheuertes tun würde. Nur Adam.

Willy kauerte sich zusammen, und ich drückte mein Gesicht auf den Boden. Hatte er etwas gehört? Oder gesehen? Ich war immer noch etwa hundertfünfzig Meter von ihm entfernt. Zu weit. Ich wartete. Einige Lichtjahre vergingen. Willy blieb regungslos stehen, und ich fing an, langsam vorwärts zu kriechen: von Gebüsch zu Gebüsch, im Zickzack von Baum zu Baum.

Ich trieb mich an, um vorwärts zu kommen. Ich wußte, daß meine Konzentration bald nachlassen würde, und ich mußte näher dran sein, wenn ich einen sauberen Schuß abgeben wollte, aber es war schwer, vorwärts zu kommen – ein bißchen so, als ob ich mich innerhalb der Reichweite einer Klapperschlange vorsichtig vorantasten müßte. Und mit jedem Schritt dachte ich, daß ich in eine Falle tappte.

Schließlich war ich etwa sechzig Meter von Willy entfernt, und nichts war passiert. Ich war nah genug, um ihm etwas zuzurufen, und hoffentlich auch nah genug, um ihn umzulegen, wenn es sein mußte. Ich blieb auf dem Bauch liegen, entsicherte die Pistole und streckte langsam die Arme vor mir aus.

Ich fixierte die Schußlinie zu Willy, legte den Finger aber noch nicht an den Abzug, sondern auf den Abzugsbügel. Schießkurs, Regel Nummer eins: Leg deinen Finger nie an den Abzug, solange du nicht schußbereit bist. Ich zögerte. Es würde zu lange dauern, den Finger zum Abzug zu bringen, wenn ich schießen mußte. Leg deinen Finger niemals auf den Abzug. Niemals. Ich tat es nicht.

Mein Atem ging schnell und unregelmäßig. Verdammt noch mal. Es war schwer zu zielen, wenn man die Atmung nicht unter Kontrolle hatte. Man mußte zwischen zwei Atemzügen abdrücken. Woran dachte ich da? Ich wollte den Abzug gar nicht drücken. Oder vielleicht doch.

Willy erhob sich plötzlich, und mein Finger krümmte sich um den Abzugsbügel. Wäre es der Abzug gewesen, hätte ich geschossen. Ich begann meinen Finger gerade zum Abzug zu bewegen, als ich stoppte. Etwas stimmte nicht. Die Zeit blieb stehen. Es dauerte einen Moment, bis ich die Szenerie vor mir erfaßt hatte. Was stimmte nicht an dem Bild?

Das war nicht Willy. Die Silhouette stimmte nicht. Das konnte er einfach nicht sein. Selbst in diesem Mantel, selbst von hinten. Die Gestalt war zu klein.

Jesus Christus. Ich legte die Pistole auf den Boden und schloß für einen Moment die Augen. Das einzige, was mir bei Waffen angst machte, war, daß ich eines Tages einen Vierzehnjährigen erschießen würde, der in mein Haus einbrach, um die Stereoanlage zu klauen. Jesus Christus. Ich hob die Pistole wieder auf und steckte sie weg. Meine Hände zitterten. Tränen liefen mir übers Gesicht. Jesus

Christus. Ich wußte zwar nicht, wer das war, aber todsicher war es nicht Willy. Und ich hatte keinen Grund, jemand anderen tot sehen zu wollen.

Ich hätte der Gestalt etwas zurufen können, aber wer auch immer es war, vielleicht hatte er eine Pistole und würde in Panik losballern. Ich wollte nicht irgend etwas auslösen, solange ich nicht wußte, was da vor sich ging. Ich mußte es später herausfinden. Im Moment wollte ich nur noch weg.

Ich begann zurückzukriechen, weg von der nichtsahnenden Person, die nun ungeduldig von einem Fuß auf den anderen trat und immer noch mein Haus beobachtete. Mein Gott. Fast hätte ich jemanden umgebracht, ohne zu wissen, wer es war. Ich war verdammt nah dran gewesen. Willy hätte das gefallen. Vielleicht war das die Falle, die er mir gestellt hatte.

Jetzt war ich weit genug weg. Ich stand wieder auf und lief den Weg zurück, den ich gekommen war. Wer zum Teufel war das gewesen? Immer noch liefen mir Tränen übers Gesicht.

Aber da war noch etwas anderes. Irgend etwas an der Art, wie die Gestalt sich bewegt hatte, kam mir vertraut vor. Hatte Willy jemanden überredet, ihm zu helfen? Was für eine Revanche wäre das gewesen? Mich dazu zu bringen, ein armes unschuldiges Kind zu erschießen, ein Kind, das ich kannte … Wie raffiniert war Willy? Raffiniert. Wie raffiniert war ich? Vielleicht war die Antwort: »nicht besonders«.

17

Die Gestalt auf dem Hügel verfolgte mich das ganze Wochenende. In meinen Träumen drückte ich ab, um danach festzustellen, daß ich ein Kind erschossen hatte. Beim

Näherkommen verwandelte sich das Kind in Jordan. Ich wachte schweißgebadet und desorientiert auf, mit jenem metallischen Geschmack im Mund, der sich immer einstellte, wenn die Erinnerung an sie wiederkehrte.

Die Träume überraschten mich nicht gerade. Ich *hätte* fast ein Kind erschossen – eine entsetzliche Vorstellung. Und alles, was mit einem verletzten oder sterbenden Kind zu tun hatte, ließ mich an Jordan denken.

Außerdem glaubte ein Teil von mir tatsächlich, daß ich Jordan umgebracht hatte, weil ich wieder angefangen hatte zu arbeiten. Sie starb am plötzlichen Kindstod in der Kinderkrippe, an meinem ersten Arbeitstag. Und obwohl ich wußte, daß Kinder selbst dann an plötzlichem Kindstod starben, wenn Ärzte daneben standen, hatte ich die verrückte Vorstellung, daß es nicht passiert wäre, wenn ich daheimgeblieben wäre.

All das überlagerte das bizarre Verhalten von Marv. Es war schlimm, ihn nicht anrufen und nicht bei ihm vorbeifahren zu dürfen – ich hätte ein bißchen Entspannung gut brauchen können –, aber seine Bitte war so seltsam gewesen, daß es nicht einmal mir einfiel, sie zu ignorieren.

Etwas sehr Merkwürdiges ging da vor. Und sicherlich gab es gute Gründe dafür, wie ... wie ... nun ja, vielleicht wohnte Willy bei ihm, wer konnte das schon wissen. Nun gut.

Am Montag stand ich um acht Uhr morgens in meinem Büro. Eigentlich sogar etwas früher, denn um acht wurde ich schon unruhig. Normalerweise kam er immer zu spät, außer wenn er mit Klienten verabredet war. Aber heute war er absolut pünktlich, was ich als schlechtes Zeichen deutete. Ich sah ihn mir genauer an. Er hatte die gleichen kunterbunten Sachen an wie immer. Das war gut. Wenn sie farblich zusammengepaßt hätten, wäre ich in Panik geraten.

Aber sein Gesicht hatte sich verändert. Es sah aus wie das eines Bassets. Marv hatte diesem Hund schon immer irgendwie ähnlich gesehen, aber heute stahl er ihm die Show.

Am liebsten hätte ich ihn angebrüllt: *»Also was ist es? Schluß mit dem Versteckspiel. Warum durfte ich nicht bei dir vorbeikommen? Wer war da?«* Aber ich tat es nicht. Marvs Gesicht verriet mir, wie schlecht er sich fühlte, und mir fiel ein, was er für mich getan hatte, als ich mitten in der Nacht vor seiner Tür gestanden hatte.

»Was ist los?« fragte ich so gleichmütig wie möglich. Es lag immer noch genug Angst in meiner Stimme, um jeden Psychiater nach seinem Block greifen zu lassen, aber Marv schien das nicht zu bemerken.

Er setzte sich schwerfällig hin, die Augen auf meinen Tisch geheftet. »Michael«, begann er langsam, »ich muß mit dir über etwas reden.«

Sag bloß, Sherlock. Komm schon, komm schon, spuck es aus. Das sagte ich nicht, nur einfach: »Okay.«

Er rieb sich die Glatze und meinte: »Ich habe einen Fehler gemacht, einen therapeutischen, und ich fürchte, daß er sehr ernst war.«

Das weiß ich schon, du hast es bereits gesagt, und es ist auch egal, weil wir längst uralt, wenn nicht tot sein werden, bis du es endlich ausgespuckt hast. Wahrscheinlich sogar schon verwest. Das sagte ich ebenfalls nicht, nur einfach: »Dann sag's mir.«

»Es geht um Ginger.« Oh, Jesus Christus. Vielleicht wollte ich gar nicht, daß Marv es mir erzählte. Ich öffnete den Mund und machte ihn wieder zu. Marv hatte mich angerufen. Ich hatte nicht zurückgerufen. Er wollte etwas von mir – vielleicht sollte ich erst herausfinden, was, bevor ich hochging.

»Okay«, meinte ich schließlich.

Marv seufzte und rutschte auf seinem Stuhl herum. »Sie

hatte eine sehr intensive Übertragung entwickelt. Ich bin mir sicher, du weißt, was ich meine.« Er schaute zu mir auf, und sofort fühlte ich mich schuldig, daß ich sie an ihn überwiesen hatte. Wie hatte ich einem Freund so etwas antun können! »Aber zuerst sah es so aus, als ob sie stabil wäre, abgesehen von dem, was du schon beschrieben hattest. Sie fuhr wohl regelmäßig nachts und an den Wochenenden an meinem Haus vorbei, einfach um sich zu vergewissern, daß es mich noch gab und so. Sie fuhr auch vorbei, wenn sie nicht schlafen konnte. Zu der Zeit ahnte ich nichts davon. Ich fand es auch nicht heraus bis ... na gut, laß mich auf den Punkt kommen.«

Die Schreie in meinem Kopf hatten in dem Augenblick aufgehört, als Marv endlich angefangen hatte zu erzählen, aber ich ahnte nicht, wohin das führen sollte.

»Unglücklicherweise fuhr sie auch an jenem frühen Abend bei mir vorbei, als du zu Besuch warst, und sie sah dein Auto. Natürlich erkannte sie es, weil sie das auch schon bei dir gemacht hat.«

»Was hat sie bei mir gemacht? Sie ist an meinem Haus vorbeigefahren?« Marv nickte. Automatisch hielt ich mir die Hand vor den Mund. Das hatte ich nicht gewußt. Ich hatte gewußt, daß sie beim Büro vorbeifuhr und meinen Anrufbeantworter anrief, aber ich hatte nicht geahnt, daß sie auch bei mir *zu Hause* vorbeifuhr.

»Aber woher wußte sie, wo ich wohne?« Er irrte sich sicher.

»Sie ist dir gefolgt. Sie ist wirklich nicht dumm. Am ersten Abend folgte sie dir nur die halbe Strecke und drehte dann um. Am nächsten Abend wartete sie auf dich an der Stelle, wo sie umgekehrt war, und folgte dir wieder ein Stück. So ist sie dir wahrscheinlich bis nach Hause gefolgt. Kein Wunder, daß es dir nicht aufgefallen ist. Ich habe nichts davon gewußt, Michael«, meinte er, indem er meine

Reaktion vorwegnahm. »Nicht, bis ich dich anrief. Ich habe sie sofort gezwungen, mir die ganze Geschichte zu erzählen. Ich hätte es dir gesagt – die Aufhebung der Schweigepflicht, die sie unterschrieben hat, als du sie überwiesen hast, ist immer noch gültig –, aber ich habe es nicht gewußt. Auf jeden Fall, als sie dein Auto vor meinem Haus sah, wurde sie sofort eifersüchtig – ich weiß nicht genau, ob auf dich oder auf mich –, und sie kehrte mitten in der Nacht zurück, um sich zu vergewissern, daß dein Auto nicht mehr da war. Aber natürlich stand es noch da.«

»Oje ...« Es war klar, welchen Schluß Ginger daraus gezogen hatte.

»Dann traf sie dich am nächsten Tag in meinem Büro. Du hast mich, wie du sicher noch weißt, bei einer Klientin vertreten. Natürlich hatte niemand Ginger gesagt, warum ich nicht da war – ihr Termin war viel später, und bis dahin war ich ja wieder zurück. Wie vorauszusehen, entschied Ginger für sich, daß wir eine Affäre hatten. Sie nahm unsere Zusammenarbeit als Beweis: Du konntest in mein Büro gehen, wenn ich nicht da war, und sie nicht. Du trafst eine Klientin in meinem Büro, aber sie wolltest du nicht sehen. Sie glaubte, daß wir sie beide ausgrenzen wollten. Ich fürchte, das paßt genau in das analytische Modell eines Ödipus-Komplexes: Sie fühlte sich völlig im Stich gelassen.«

Diesmal verdrehte ich meine Augen nicht. Egal wie man es nannte, ich würde jederzeit glauben, daß Ginger sich im Stich gelassen fühlte, wenn sie dachte, daß Marv und ich eine Affäre hatten.

»Und was ist dann passiert?«

»Sie hatte eine Dekompensation.«

»Wie schlimm?«

»Ziemlich schlimm, fürchte ich. Selbstbestrafung. Sie hat sich in die Vagina geschnitten, um sich zu bestrafen, weil sie sich so wertlos und ungeliebt fühlte.«

Und um Marv und mich zu bestrafen, dachte ich.

»Sie war wirklich in einem ganz schwierigen Stadium. Und da machte ich den Fehler.«

»Welchen Fehler?« fragte ich sanft. Ich hatte es immer noch nicht begriffen. Was hatte Marv getan, was so schlimm war?

»Sie hatte eine Dekompensation wegen etwas, das nicht existierte. Das war die Ironie. Wir hatten ja keine Affäre, so daß ich die Schweigepflicht gebrochen habe. Ich habe es ihr gesagt.«

Er schwieg. Was er getan hatte, war nicht klug gewesen. Es war niemals klug, persönliche Informationen mit einem Klienten zu teilen. Es veränderte die Beziehung und machte sie zu einem freundschaftlichen Austausch. Aber ich verstand, warum Marv es getan hatte. Und letztendlich schien es nicht so fürchterlich zu sein.

Doch dann begriff ich. Ich wußte, was falsch gelaufen war.

»*Was* hast du ihr gesagt?« fragte ich dennoch. Es würde niemals reichen, ihr zu sagen, daß wir keine Affäre hatten. Ginger würde darauf bestehen zu erfahren, warum ich dann die ganze Nacht bei ihm geblieben war.

»Ich habe ihr nichts über dein Privatleben erzählt«, sagte er schnell. Das war gut, denn wenn er ihr erzählt hätte, was er über Jordan wußte und was sie mir bedeutete, hätte er damit einen Pflock in das Herz unserer Freundschaft getrieben.

»Also was dann?« fragte ich. »Was hast du ihr erzählt?«

Marv holte tief Luft. »Ich kann einen Klienten nicht anlügen. Ich kann es wirklich nicht. Damit hätte ich diese Beziehung völlig zerstört. Aber ich durfte ihr auch nicht die ganze Wahrheit sagen. Schlimmer noch, in dem Augenblick, als ich ihr etwas erzählte, glaubte ich, daß ich das so nicht einfach stehenlassen konnte. Also habe ich ihr von Willy erzählt.«

»Sag das noch mal!«

»Ich habe ihr erzählt, daß du einen gefährlichen Klienten hattest, der gerade aus dem Gefängnis freigelassen wurde, und daß du deshalb ziemlich beunruhigt bist. Ich habe ihr erzählt, daß du dich um deine Sicherheit sorgtest und deshalb bei mir übernachtet hast.«

»O mein Gott, Marv. Ich kann nicht glauben, daß du das getan hast. Was hat sie darauf gesagt?«

»Es ist nicht das, was sie gesagt hat«, entgegnete Marv. »Es ist, was sie *getan* hat. Im nachhinein«, sagte er kleinlaut, »war es vorhersehbar. Ich habe ihr leider die perfekte Ausrede geliefert, um dir nachzustellen. Seitdem paßt *sie* auf dich auf.«

»Jesus Cristus«, meinte ich. »Jesus Christus.« Ginger war klein – nicht größer als 1,60 und zierlich.

»Das war ein gravierender Fehler, Michael. Es tut mir wirklich leid.«

»O Mann, natürlich.« Wir verstummten beide, während ich versuchte, die einzelnen Teile zusammenzusetzen. Die Welt fing wieder an, Sinn zu machen, aber ich mochte das Bild nicht, das ich sah.

»Hast du sie gesehen?« fragte Marv. »Hast du sie irgendwie bemerkt?«

»Ja und nein«, meinte ich. »Ich habe etwas bemerkt, aber ich hatte keine Ahnung, daß es Ginger war. Aber ich hätte sie fast umgebracht. Sie stand mitten in der Nacht auf dem Hügel hinter meinem Haus, und ich lag keine hundert Meter von ihr entfernt – mit einer Pistole in der Hand. Ich dachte, es wäre Willy.« Marv blinzelte heftig und schluckte.

»Und ein paar Tage vorher hätte sie *mich* fast umgebracht«, meinte ich. »Sie scheuchte ein Kaninchen auf – ich glaube zumindest, daß sie es war. Trägt sie immer noch diese Stöckelschuhe, selbst zu Jeans?« Marv nickte. »Dann war sie es. Sie erschreckte ein Kaninchen, das mein Pferd erschreckte, so daß ich plötzlich auf der Nase lag.« Marv wurde blaß.

»Wir müssen das beenden, Marv. Sofort. Willy ist im Anmarsch, und ich muß wissen, wann er es ist und wann nicht. Ich kann nicht zögern und mir Gedanken machen, ob es vielleicht Ginger ist, die vor meinem Haus wartet. Außerdem: Wenn Willy da ist, dann weiß er, daß sie auch da ist, und könnte sie mir leicht als Geschenk auf die Türschwelle legen.«

Marv blickte drein, als würde er jeden Moment in Ohnmacht fallen. »Er würde es tun«, meinte ich sachlich. »Er würde einen Witz darüber machen. Das ist sein Stil. Er würde sagen, daß er mir einen Gefallen getan hat. Oder daß zu viele Köche den Brei verderben. Aber sie würde auf jeden Fall zwischen uns stehen, und das ist der denkbar schlechteste Platz.«

»Willy ist *im Anmarsch*«, meinte er schwach.

»Vergiß das wieder«, sagte ich. »Ich stehe in der Sache nicht allein.«

Marv schaute mich erleichtert an. Bob Dylan ist ein Genie: »Alles, was ich meine, ist, daß man nur hört, was man hören möchte.« Die Methode von Willy war lächerlich einfach. Erzähl den Leuten einfach, was sie hören wollen, und sie werden es jedes Mal glauben.

»Also«, fuhr ich fort, »was machen wir mit Ginger? Wenn wir ihr sagen, daß sie in Gefahr ist, wird sie niemals damit aufhören. Sie wird dableiben, um mich zu ›beschützen‹. Du kannst ihr nicht sagen, daß du sie angelogen hast. Es würde ihr Vertrauen zu Therapeuten zerstören, und ich bezweifle, daß sie jetzt ohne einen leben könnte. Du kannst sie noch nicht einmal als Klientin behalten. Du hast diese Beziehung durch eine Information aufgewertet, die sie nie hätte bekommen dürfen. Und außerdem hat sie oft genug die Grenzen überschritten.«

Ich versuchte freundlich zu klingen, aber es gelang mir nicht. Ich wurde immer wütender, je mehr ich darüber nachdachte. Wenn er sich ihr gegenüber hatte offenbaren wollen, warum hatte er ihr dann von *mir* erzählt? Warum hatte er ihr nicht von sich selbst erzählt?

Analytiker hatten ebenso ihre Schwierigkeiten. Marv soll nicht sauer auf mich gewesen sein, weil ich Ginger an ihn überwiesen hatte? Ha! Er hätte sie sicher am liebsten sofort zurückgegeben. Vielleicht war er aber auch so sauer auf sie, daß er sie unbewußt umbringen wollte. Oder auch beides. Wenn den Menschen nicht bewußt war, daß sie wütend waren, taten sie fürchterliche Dinge.

Das war der einzige Vorteil, den man hatte, wenn man wußte, daß man wütend war. Ich behielt meinen Ärger im Auge wie eine Boa Constrictor im Garten. Ich versuchte ihn dahin zu lenken, wo er sinnvoll war – zu Leuten wie Willy. Aber der arme Marv glaubte, daß er nur harmlos und lieb war. Und das war er auch – so harmlos und lieb wie jeder andere.

Was auch immer seine Motivation gewesen war, mich und Ginger fast umbringen zu lassen, ich wollte nicht daran rühren. Marv war ein sehr kluger Mann, und möglicherweise würde er es selbst analysieren. Seit Jahrzehnten arbeitete er sich schon an seinen Trieben ab, und das war, weiß Gott, Strafe genug.

Wir redeten bis zum Mittag und entwarfen die verschiedensten Szenarien. Wir sagten eine Reihe von Terminen und Verabredungen ab und gingen nicht ans Telefon. Die Sekretärinnen fingen an, sich über die entsetzliche Krise Sorgen zu machen, die in der Luft lag.

Von Willy erzählte ich ihm nichts mehr. Es tat mir leid für Marv, was er getan hatte, aber ich konnte es nicht ändern, daß ich ihm nicht mehr traute. Unter Druck hatte er mich verraten, und diese Tatsache blieb in meinem Kopf – und ich hätte wetten können, in seinem auch. Sicher, es hätte schlimmer kommen können – er hätte ihr von Jordan erzählen können. Aber irgendwie schien das nur ein schwacher Trost. Wie *nah* war er daran gewesen, ihr von Jordan zu erzählen? Würde er sie beim nächsten Mal erwähnen? Vom Verstand her kannte ich die Antwort, aber gefühlsmäßig war ich mir nicht mehr sicher.

Endlich erkannten wir, daß die Antwort in bezug auf Ginger schon die ganze Zeit vor uns lag. Es hatte nur vier Stunden gedauert, um sie zu sehen. Zumindest war es eine mögliche Antwort. Es war eine gute Lösung, die einzige, die uns einfiel. Aber sie setzte Ginger unglaublich unter Druck, was Marv nicht gefiel. Er wollte »mea culpa« rufen und auf den Knien um Entschuldigung bitten. Ich sagte ihm, daß er keine Zeit vergeuden sollte. Die Schuld allein auf sich zu nehmen wäre das Schlimmste, was er Ginger jetzt antun könnte.

Am Ende stimmte er zu. Er sah keine andere Möglichkeit. Er rief Ginger an, um einen Termin zu vereinbaren, und ich ging hinaus, um Toby zu finden und ihn die offene Rechnung begleichen zu lassen. Na prima. Das einzige Mal, daß Toby mir in einem Jahrzehnt einen Gefallen schuldete, und ich mußte ihn bereits nach noch nicht einmal einer Woche einfordern. Ich bezweifelte nicht, daß Toby sich darauf einlassen würde. Er liebte es, mir keinen Gefallen zu schulden, und außerdem war sein Narzißmus sein schwacher Punkt. Wenn ich den genug fütterte, würde er mir einfach alles abkaufen.

Und was meine Motivation betraf … Sicher, meine Boa würde ein wenig gefüttert werden, aber zumindest war mir das bewußt.

18

Auf dem Weg zu Toby mußte ich am Tisch von Melissa vorbei, und sie hielt mich an. »Michael«, meinte sie erleichtert, »du bist zurück. Chief Bowman hat zweimal angerufen. Er möchte dich sofort sprechen.« Es war wie verhext: Egal, wohin ich wollte, auf halber Strecke blieb ich immer stecken.

Am liebsten hätte ich den Anruf ignoriert. Halbe Sachen gingen zu meinen Lasten. Wenn ich zum Beispiel am Freitag auf dem Weg zu Marv nicht aufgehalten worden wäre, hätte ich Ginger nicht fast niedergeschossen.

Andererseits lag mein Fehler vielleicht darin, dringende Anrufe nicht zu erwidern. Das *war* ziemlich sicher ein dringender Anruf, und ich war wieder im Begriff, ihn zu ignorieren. Ich seufzte. Ich sollte meine Lektion lernen. Nur war es nicht immer einfach herauszufinden, welche Lektion man gerade lernen sollte. Ich sah die Erleichterung in Melissas Gesicht und beschloß, Adam zurückzurufen. Sie nahm es persönlich, wenn ein Anrufer sauer wurde, weil er einen von uns nicht erreichte. Für mich war es einfach zu sagen, daß ich ihn später zurückrufen würde, aber wenn Adam noch einmal anrief, wäre wieder sie am Telefon. Melissas einziger Fehler war, daß sie Streß aufsog wie ein Schwamm.

Ich marschierte in mein Büro und rief Adam an. Als er an den Apparat ging, klang er ganz geschäftsmäßig, und ich merkte an seinem Ton, daß er etwas herausgefunden hatte. »Ich habe Boston angerufen und hatte Glück. Ich habe den Beamten erreicht, der den Fall Camille Robbins bearbeitet hat. Er ist jetzt Inspektor, aber er konnte sich noch genau erinnern. Es gibt keinen Zweifel, daß sich der Vorfall wirklich ereignet hat. Sie war Krankenschwester am Massachusetts General. Sie ist vom Parkplatz verschleppt worden und wurde am nächsten Morgen in einem Hundezwinger in Concord gefunden. Sie war über einen Zaun geklettert. Der Besitzer fand sie, als er nachsehen wollte, warum die Hunde bellten. Sie war nackt und hatte Brandmale von Zigaretten auf ihrer Brust und ihren Schamlippen. Sie war ausgiebig gefoltert worden. Ihr Kopf war voller Klebeband. Sie hatte gerade soviel weggemacht, daß sie durchschauen konnte. – Nicht verwunderlich also, daß sie nicht in der Lage war, darüber zu reden. Eigentlich rollte sie sich bloß zusammen, als sie versuchten, sie zu befragen. Das einzige, was sie tatsächlich aus ihr rauskriegen konnten, war, daß sie in ihr Auto steigen wollte, um nach Hause zu fahren. Das wurde ein paar Tage später auf einem Parkplatz an der I-93 gefunden. – Mehr haben sie nicht aus ihr rausgekriegt. Sie wurde in die MacCleans-Klinik eingeliefert, und sie fuhren noch ein paar Mal hin, um mit ihr zu sprechen, aber sie bekam Flashbacks, sobald sie es versuchte. Sie wollten dranbleiben, als sie entlassen wurde, aber Camille verschwand, und niemand wußte, wohin. Sie riefen das Krankenhaus an, die Nachbarn … niemand wußte, wo sie war.«

Niemand, dachte ich, außer Chris.

»Der Beamte war ziemlich froh, als er von mir hörte. Er will immer noch mit ihr sprechen.«

»Warum?« fragte ich überrascht. »Arbeitet er immer noch an dem Fall?«

Es war ein fürchterlicher Fall, aber inzwischen waren fünf Jahre vergangen, und die Bostoner Polizei war ziemlich ausgelastet.

»Es ist nicht so sehr ihr Fall, der ihm Sorgen macht«, sagte Adam langsam. »Es sind die beiden Morde nach gleichem Muster, die er knapp anderthalb Jahren danach auf den Tisch bekam.«

Ich versuchte, meine Atmung wieder in Gang zu bringen.

Klar, Camilles Angreifer war sadistisch, aber meine größte Angst war, daß er mehr war als das: ein völlig durchgeknallter Serienkiller. »Der erste Mord ereignete sich knapp acht Monate später«, fuhr Adam fort. »Man fand die Frau gefesselt im Wald in der Nähe von Boston. Ihr Kopf war über und über mit Klebeband beklebt und ihr Körper mit Brandwunden übersät. Todesursache: Erstickung.«

»Durch das Klebeband?« fragte ich. »Kann man an Klebeband ersticken?«

»Sicher«, meinte Adam. »Nachdem er seinen Spaß gehabt hatte, hat er ihr einfach die Nase versiegelt. Er hat sie natürlich vergewaltigt. Und Objekte in ihren Anus gepreßt.«

»Es gab noch einen Mord?« fragte ich schwach. Jesus, wenn dieser Kerl zurück war, war Camille ernsthaft in Gefahr.

»Das gleiche Muster«, meinte Adam. »Die gleiche Todesursache. Und danach nichts mehr. Das ist etwa dreieinhalb Jahre her. Seitdem ist nichts passiert. Sie denken, daß er weggezogen ist oder wegen etwas anderem inhaftiert wurde, aber sie würden ihn bestimmt gerne finden. Sie glauben, wenn er zurückkommt, fängt er wieder damit an.«

Und vielleicht würde Camille auch diesmal wieder die erste sein, wie schon beim letzten Mal. »Haben sie mit Chris gesprochen?« fragte ich.

»Nein. Sie kannten ihn gar nicht. Camille hatte nichts Zusammenhängendes erzählt, und ich glaube nicht, daß sie einen Tankwart erwähnte, den sie kaum kannte. Dafür gab es keinen Grund. – Da ist noch etwas, Michael. Sie haben Quantico darauf angesetzt.« Das war klug. Die FBI-Leute vom Institut für Behaviorismus-Forschung hatten viel Erfahrung mit Täterprofilen. »Sie glauben, daß der Kerl ein Weißer ist, zwischen fünfundzwanzig und einunddreißig Jahre alt, ein Einheimischer, der sie kannte. Er hat wohl die

High-School beendet, aber dann vermutlich nicht weitergemacht. Er besitzt das neueste Automodell und arbeitet im Verkauf.«

Wie machten die das bloß? Ich konnte verstehen, wie sie darauf kamen, daß er ein Weißer war. Neunundneunzig Prozent aller Serienkiller waren Weiße, und Killer neigten dazu, ihre eigene Rasse zu attackieren, weshalb es ziemlich wahrscheinlich war, daß er ein Weißer war, genau wie Camille. Ich wußte sogar, woher sie sein Alter hatten. Killer neigten dazu, Menschen zu attackieren, die ungefähr im gleichen Alter waren. Camille war etwa achtundzwanzig gewesen, so daß sie jeweils drei Jahre abgezogen und dazugerechnet hatten. Aber wie kamen sie auf das Auto?

Wenn man Quantico solche Fragen stellte, behaupteten sie einfach, daß die Profile auf Interviews von gefaßten Killern basierten. Aber ihr Oberhäuptling mußte nur einmal am Tatort vorbeigekommen sein und konnte schon sagen, daß der Killer stotterte – was tatsächlich stimmte, wie sich hinterher herausstellte. Wie konnte er das aus Interviews mit früheren Killern erfahren? Ich hätte wetten können, daß er noch nie in seinem Leben einen stotternden Killer befragt hatte.

»Die Sache sieht ziemlich übel aus«, meinte ich.

»Würde ich auch sagen«, meinte Adam. »Soweit sie wissen, ist sie die einzige, die einen Überfall überlebt hat. Es kann sein, daß der Killer das gleiche glaubt – daß Camille sich vielleicht an etwas erinnert, sobald es ihr bessergeht. Oder er hat nur den Drang, seinen Job zu beenden. Sie waren ziemlich aufgeregt, als sie von Chris hörten. Er paßt in ihr Profil, und er wußte, wohin sie gezogen war.«

»Also, was jetzt?«

»Na ja«, meinte er, »bis jetzt habe ich einen Beamten in dem Park hinter ihrem Haus postiert, aber ich möchte mit Camille sprechen. Ich brauche dich dabei«, fuhr er fort,

»denn ich glaube nicht, daß sie es gut finden würde, wenn ein fremder Mann an ihre Tür klopft.«

Nein, dachte ich, bestimmt nicht. Und Keeter genauso wenig.

»Können wir uns in deinem Büro treffen?« fragte Adam. »Ich möchte nicht zu ihr nach Hause, für den Fall, daß der Täter sie beobachtet.«

»Nein«, sagte ich schnell. Zu schnell. Adam war still, und ich versuchte mir rasch einen Grund auszudenken. Mir fiel nichts ein. »Oh, ja, das wäre gut«, meinte ich. Es machte mich fertig, Adam in eine solche Situation zu bringen. Er ahnte noch nicht einmal, daß Willy ihn abhören konnte. Aber in Wahrheit war es egal, ob Willy Adam abhörte oder einen Klienten.

»Ich habe heute am späteren Nachmittag einen Termin mit ihr. Dann werde ich mit ihr darüber sprechen, okay? Ich würde lieber persönlich mit ihr sprechen, als sie anrufen. Bist du sicher, daß du für ihre Sicherheit sorgen kannst?«

»Sicher. Ich habe jemanden, der praktisch auf ihrer Türschwelle hockt.«

»Wer ist es?«

»Jonathan.« Das war gut. Jonathan war ein Ex-Bulle aus Boston, der früher das organisierte Verbrechen bekämpft hatte. Er hatte wesentlich mehr Erfahrung mit Gewalttätern als die meisten einheimischen Polizisten.

»Jesus Christus, Adam. Die Welt da draußen ist ziemlich brutal.«

»Nimm's dir zu Herzen, Süße«, antwortete Adam. »Du wandelst ständig am Abgrund.«

Ich legte auf und starrte das Telefon einen Moment lang an. Adam hatte recht. Ich hatte meinen Kopf schon öfter riskiert, als mir bewußt war. Vielleicht war der große Unterschied, daß ich es diesmal wußte.

Ich machte mich wieder auf den Weg zu Toby. In meinem

Kopf drehte sich alles. Eins nach dem anderen. Camille war im Moment sicher, aber ich mußte Ginger unbedingt aus dieser Sache mit Willy raushalten. Wenn Ginger ihm über den Weg lief, würde sie aussehen wie Camille nach der Entführung. Kaum auszudenken.

Auf dem Flur hielt ich an. Es nahm mich mit, was Adam mir erzählt hatte. Camilles Angreifer war ein aktiver Serienkiller, der jeden Grund hatte, sich Camille tot zu wünschen. Sie war die einzige lebende Zeugin. Aber ich wollte nicht, daß Toby mitkriegte, daß ich niedergeschlagen war. Das, wozu ich ihn kriegen wollte, war so einfach nicht. Ich wollte, daß Toby genau den Fall übernahm, vor dem er sich sonst drückte.

Seine Fälle – nicht, daß er viele hatte – waren wandelnde Wunden. Er behandelte Prominente, die von deren Chefärzten überwiesen worden waren. Er nahm Kinder von reichen Sponsoren an, die sich darüber Sorgen machten, welche Medizinhochschule sie besuchen sollten. Er nahm Chirurgen an, die ihrer Arbeit müde waren und einen Berufswechsel erwogen. Aber er nahm keine mittellosen Frauen an, die sich in die Vagina schnitten und ihm mit einer Krise nach der anderen das Leben zur Hölle machten. Es war ewig her, daß Toby mitten in der Nacht hatte aufstehen müssen.

All das war eine Schande. Denn trotz seiner Fehler war Toby eigentlich ein begnadeter Therapeut. Klienten erschienen ihm nicht so bedrohlich wie seine Kollegen, und er verzichtete auf seine narzißtische Ich-bin-aber-der-Größte-Tour. Ohne die war er erstaunlich scharfsinnig und mitfühlend.

Ich habe von seinen aktuellen Fällen gehört und Klienten getroffen, die er früher betreut hat. Sie alle waren dankbar für die Zeit bei ihm. Deshalb ärgerte es mich um so mehr, daß Toby sein Talent an solche Leute vergeudete.

Ich wartete einen Augenblick und versuchte mich zusammenzureißen, dann betrat ich sein Vorzimmer. Seine Sekretärin sah überrascht aus, als sie mich sah. Ich war keine häufige Besucherin – es sei denn, ich wurde hingeschleppt.

»Wie sieht Tobys Terminplanung heute aus?« fragte ich. »Ich müßte ihn wegen einer Klientin sprechen, die in einer Krise steckt.«

Sie schaute in ihren Terminkalender. Die Tür zu seinem Zimmer stand halb offen, nicht so weit, daß ein Besucher seinen Schreibtisch sehen konnte, aber weit genug, daß Toby hören konnte, wer bei seiner Sekretärin war. Ich hörte seinen Stuhl über den Boden rutschen, und dann meinte er: »Michael, kommen Sie herein.«

Es kam mir in den Sinn, daß Toby vielleicht gar nicht so beschäftigt war, wie ich dachte. Vielleicht saß er bloß da und lutschte Bonbons, während der Rest von uns wie emsige Arbeitsbienen herumsummte. Es beruhigte mich in bezug auf das, was ich vorhatte.

Tobys Lächeln war unglaublich breit. Daran merkte ich, wie unglücklich er normalerweise war, wenn er mich sah. Nie zuvor hatte ich ein Lächeln dieser Breite von ihm bekommen.

»Ich habe mit Lucy gesprochen«, meinte er, während er mich zu einem Stuhl führte. »Sie ist wahnsinnig erleichtert über das Geständnis dieses jungen Mannes. Sie meint, daß es alles ändert.«

»Sagen Sie ihr, sie soll das Entschuldigungsding vergessen«, meinte ich. »Es bedeutet gar nichts.«

»Oh, ich glaube nicht, daß sie daran noch interessiert ist«, meinte Toby lachend. »Das Geständnis reicht ihr. Und daß es jetzt so aussieht, als ob sie ihn doch von der Schule werfen. Ich würde mir wegen der Entschuldigung keine Sorgen machen.«

»Gut.« Und das war es tatsächlich. Solche Entschuldigungen trübten bloß das Wasser. Sie setzten das Opfer unter Druck, sagen zu müssen: »Es ist schon okay«, so als ob der Kerl ihnen bloß versehentlich auf den Zeh getreten wäre, statt sie brutal zu vergewaltigen.

»Was kann ich für Sie tun?« fragte er, und diesmal dachte ich, daß er es wirklich so meinte.

»Ich brauche Hilfe bei einem Fall«, sagte ich.

Toby sah überrascht aus und zugleich erfreut. Wenn er mir bei einem Fall helfen konnte, wäre er mir keinen Gefallen mehr schuldig. Und das bedeutete, daß er nicht in die peinliche Situation kommen würde, mich eines Tages decken zu müssen, wenn die Presse ihm wegen mir an die Gurgel ging – wie es schon passiert war.

»Ich habe einen Fall verpatzt«, sagte ich offen. »Sie wissen ja, Toby, daß ich nicht gerade ein großer Anhänger Analytischer Theorie bin, aber ich denke, daß es Zeiten gibt, wo man zugeben muß, daß man den Anschluß verpaßt hat.«

Toby nickte unschuldig und wollte etwas sagen, aber ich fuhr schnell fort. Ich wollte nicht, daß er zu einem Vortrag ansetzte, wie unheilvoll Analytische Theorie sein konnte.

»Ich hatte einen Fall, bei dem ich mich hauptsächlich auf die Mißbrauchsproblematik konzentriert habe. Dabei habe ich eine wachsende symbiotische Übertragung übersehen, die möglicherweise psychotische Ausmaße angenommen hat.«

Ich hatte schon lange nicht mehr auf diese Weise geredet und hoffte, daß ich mich noch an die korrekten Begriffe erinnern konnte. Das war so ähnlich, als wenn man versuchte, griechisch zu sprechen, das man auf der High-School gelernt hatte. Marv hätte sich bei dem Jargon besser ausgekannt, aber er war nicht manipulativ genug, um das hier durchzuziehen.

»Das ist sehr schade«, antwortete Toby feierlich.

»Ja«, gab ich zu. »Ich wurde zu einem kompletten Teilobjekt, und die Klientin verlor jeglichen Realitätsbezug. Ihr Über-Ich funktionierte nur noch auf sadistische Weise, und ihre Ich-Funktion – selbst in besten Zeiten nicht stark genug – wurde von Es-Impulsen überwältigt.« Ich merkte, daß ich mich nicht mehr erinnern konnte, welcher Analytiker-Schule Toby genau angehörte. Gehörte er zu den Anhängern der Ich-Analyse? Falls ja, dann schob ich es besser auf das Es. Das Es war bei diesen Jungs nicht sonderlich beliebt.

Ich blickte auf. Toby nickte immer noch, während er sich auf seinem Stuhl zurücklehnte und die Fingerspitzen aneinanderlegte. Zu welcher Schule er auch gehörte, ich mußte nah dran sein.

»Die Klientin – Ginger – begann, Grenzen zu überschreiten. Eigentlich stellte sie mir nach – obwohl ich zu diesem Zeitpunkt das volle Ausmaß nicht kannte. Ich wußte genug, um sie an Marv zu überweisen, in der Hoffnung, daß sie bei einer Vaterfigur stabiler werden würde.«

Toby zog die Augenbrauen hoch. Es war nicht üblich, Klienten zu überweisen.

»Aber ich hatte sie nicht mit ihren Grenzüberschreitungen konfrontiert – was ein großer Fehler war, wie ich mittlerweile glaube.« Das war bis jetzt eigentlich das einzige, was wirklich der Wahrheit entsprach. »Sie akzeptierte Marv – ich war nur ihr Teilobjekt –, aber es stellte sich heraus, daß das Geschlecht des Therapeuten nicht signifikant war.«

Toby lächelte mich an, als wenn er sagen wollte: »Klar, Dummerchen«, obwohl er es nicht auf diese Weise ausgedrückt hätte. Er würde zehn Minuten dafür brauchen, aber es würde aufs gleiche hinauslaufen.

»Ginger betrachtet Marv und mich einfach als Mutter

und Vater und überschreitet seitdem die Grenzen von uns beiden. Sie bildet sich ein, wir hätten uns verbündet, und sie fühlt sich durch unsere angebliche Allianz zurückgewiesen und verlassen.«

Toby seufzte, als ob er sagen wollte: »Amateure sollten sich nicht in solche schwierigen Fälle einmischen.« Für mich war das in Ordnung, aber ich wollte keine Zeit damit vergeuden, näher darauf einzugehen, also fuhr ich fort.

»Ich glaube, daß sie einen Therapeuten braucht, der erfahrener ist als wir beide. Ich glaube, sie braucht jemanden, der bei ihren Grenzüberschreitungen die striktesten Grenzen setzt, und das ist natürlich etwas, wodurch sich Analytiker immer ausgezeichnet haben.«

Ich wollte sagen: Analytiker sind dafür bekannt, daß sie lieber die Straßenseite wechseln, als ihren Klienten »Hallo« sagen zu müssen. Zum Glück war Toby nicht *so* orthodox.

Nicht alles, was ich gesagt hatte, war gelogen. Wenn man von dem Analytiker-Jargon absah, war Toby genau das, was Ginger brauchte. Sie würde jede zwischenmenschliche Beziehung ausnutzen, und Toby würde ihr nichts liefern, wo sie einhaken konnte. Und was ich auch sonst über Toby dachte, er würde keine ihrer Grenzüberschreitungen dulden.

Außerdem hatte er von uns allen den besten Zugriff auf die Stationierung – die Ginger phasenweise brauchte. Egal, wie überfüllt der Patientenbereich war, für Klienten des Chefs gab es seltsamerweise immer ein freies Zimmer.

»Nun gut«, meinte Toby, »wenn ich dabei irgendwie helfen kann ...?«

»Sicher können Sie«, sagte ich. »Könnten Sie Ginger übernehmen?«

»Natürlich«, meinte er, als ob das nie die Frage gewesen wäre. Als ob man jede Woche den Chef der Psychiatrie dazu kriegen konnte, einen so höllischen Fall zu übernehmen – insbesondere einen Fall, bei dem der Klient sich vielleicht umbringen würde: Es drohten Klagen, wenn jemand sich umbrachte.

»Es ist ein sehr schwieriger Fall«, sagte ich. »Sie ist phasenweise suizidgefährdet.«

»Ich bin froh, wenn ich helfen kann.« Na ja, was sollte er sonst sagen, nachdem er zugestimmt hatte? Was? Suizidgefährdet? Ich habe meine Meinung geändert. Auf der anderen Seite konnte er jetzt nicht behaupten, ich hätte ihn nicht gewarnt.

Ich verließ ihn eilig, und auf dem Weg hinaus machte ich bei seiner Sekretärin einen Termin für Ginger für den nächsten Tag aus. Ich wollte hier raus sein, bevor Toby wieder zu Verstand kam.

Warum hatte er einen Fall angenommen, der noch nicht einmal an seiner Sekretärin vorbeigekommen wäre? Er hatte ihn angenommen, weil ich ihm gesagt hatte, was für ein toller, wichtiger Typ er war und wieviel weiser als der Rest von uns Normalsterblichen. Narzißmus war wie eine Boa im Hintergarten – er machte die Leute blinder als eine Fledermaus.

Auf dem Weg hinaus dachte ich darüber nach. Toby würde sich sogar jeden Tag ein lahmes Pferd kaufen. Nicht, weil er es nicht ertragen konnte, allein zu sein, er würde es kaufen, weil Narzißten ohne irgendeinen Spiegel nicht leben konnten, selbst wenn es sich dabei nur um ein lahmes Pferd handelte. Sie sahen sich nur, sie fühlten nur, daß sie ein Selbst hatten, wenn sie jemand anderen als Spiegel benutzten. Sie waren das, was der Spiegel ihnen sagte. Sie hatten weniger Gefühl für ihr Selbst als jeder andere auf diesem Planeten.

Toby hatte für den Spiegel, den ich ihm vorhielt, teuer bezahlt. Die Ironie aber war, daß er es wert war.

19

Als ich an Melissas Schreibtisch vorbeikam, meinte sie: »Carlotta hat angerufen. Sie möchte, daß du zurückrufst. Sie ist im Büro.«

Ich setzte mich an meinen Schreibtisch und wählte sofort ihre Nummer. Ein Hoch auf die Frauenfreundschaften: die mit Carlotta war immer wie ein sicherer Hafen gewesen. Wenn ich Adam anrief, hatte ich jedesmal einen Knoten im Magen. Die beiden X-Chromosome fingen zu zirpen an, so daß ich kaum denken konnte. Mit Toby zu reden war, wie mit jemandem zu sprechen, der mich als ... na ja, als Teilobjekt betrachtete ... jemand, der bloß existierte, um seine narzißtischen Bedürfnisse zu befriedigen. Dann war da noch Marvs Verrat, der mich die Freundschaft zu Carlotta heute um so mehr schätzen ließ.

Carlotta und ich mochten manchmal Differenzen haben, die Yin und Yang aussehen ließen wie Klone, aber wen kümmerte das? Wenn sie am Telefon war, ging's mir gleich viel besser.

»Michael«, meinte sie trocken, »du bist doch ein Kotzbrocken.«

»Wie bitte? Deswegen habe ich alles stehen und liegen lassen, um dich sofort zurückzurufen?«

»Du hast mich diese Woche verdammt viel Schlaf gekostet.«

»Wieso? Wegen der Sache mit Willy?« Ich hatte immer noch Ginger im Hinterkopf, und für einen Moment war ich verunsichert, was Carlotta wußte und was nicht.

»Natürlich wegen der Sache mit Willy. Weswegen sonst? Gibt es da noch etwas?«

»Ich werde von der gesamten russischen Marine verfolgt«, meinte ich feierlich.

»Das könnte sogar stimmen«, meinte sie. »Hör zu, ich habe Adam bisher nichts gesagt. Und das verfolgt mich. Ich habe die ganze letzte Woche damit verbracht herauszufinden, ob ich Adam sagen soll, daß Willy hier ist – nah genug, um mich von dir aus meinem Haus werfen zu lassen.«

»Oje, oje«, meinte ich. Ich hatte völlig vergessen, daß sie gedroht hatte, es ihm zu erzählen. Von wegen gedroht. Es war eher ein Versprechen gewesen.

»Und?« fragte ich nach einem Moment. Sie hatte sich zu etwas entschlossen.

»Ich denke, daß du wahrscheinlich recht hattest. Es wäre nicht gut, und es würde nur Reibereien zwischen dir und Adam verursachen. Er kann dich nicht beschützen, wenn du ihn nicht läßt. Außerdem würde so ein Kampf nur dazu führen, daß du ihn wahrscheinlich noch nicht mal anrufst, wenn du ihn brauchst.«

»Genau«, meinte ich.

»Aber ich habe beschlossen, es ihm trotzdem zu sagen.«

»Was?« fragte ich. »Trotz allem? Du glaubst, daß das sinnvoll ist?«

»Ja und nein«, meinte sie. »Ich habe mich nicht dazu entschlossen, weil es etwas an deinem Vorhaben ändern könnte, dich umbringen zu lassen. Sondern weil ich dann keine Antwort hätte, wenn wir beide auf deinen toten Körper schauen und er fragen würde: ›Du hast gewußt, daß er hier war? Und du hast mich nicht angerufen?‹ Ich werde nicht den Rest meines Lebens damit verbringen zu überlegen, ob es einen Unterschied gemacht hätte. Also werde ich morgen abend mit ihm essen gehen und darüber sprechen. Möchtest du mitkommen?«

»Nein, ich glaube nicht.« Keine zehn Pferde würden mich dazu bringen. Ich war sauer, aber ich konnte nichts dagegen tun. Ich wollte Carlotta nicht bevormunden. »Schau, Carlotta. Tu, was du tun mußt. Ich glaube nicht, daß es helfen wird, aber … weißt du … was soll ich sagen? Am Ende wirst du doch tun, was du willst.«

»Genau wie du«, meinte sie.

Marv kam herein und teilte mir mit, daß er einen Termin mit Ginger für den späteren Nachmittag ausgemacht hatte. Wir wollten sie gemeinsam treffen: Ich hatte darauf bestanden, weil ich fürchtete, daß Marv auf den Knien Abbitte leisten würde, wenn ich nicht dabei war.

Ich würde noch genug Zeit haben, um Camille in meiner Privatpraxis zu treffen und wieder zurückzukommen. Normalerweise traf ich an den Tagen, an denen ich in der Psychiatrie arbeitete, keine Privatpatienten. Aber manchmal steckten sie in einer zu großen Krise, um eine ganze Woche warten zu können, und für diese Leute hetzte ich manchmal hin und her.

Als ich in meiner Praxis ankam, wurde mir klar, in was für einem Chaos ich steckte. Wie konnte ich in mein Büro gehen und mit Camille reden, obwohl ich wußte, daß Willy vielleicht jedes Wort mithörte? Wie konnte ich dieser Frau *nicht* sagen, daß diese Möglichkeit bestand?

Andererseits würde allein der Gedanke, daß ein weiterer Sadist frei herumlief und sogar ihre Therapiesitzungen belauschte, sie völlig aus der Bahn werfen. Wenn sie bisher noch nicht paranoid war, würde sie es dann sicher werden. Wenn ich es ihr sagte, würde das jegliches Gefühl von Sicherheit erschüttern und unsere Beziehung zerstören. Was also sollte ich tun?

Und wenn das für Camille galt, dann galt es für alle meine Klienten. Ich hatte einen ausgebuchten Freitag gehabt und gewußt, daß Willy mich die ganze Zeit über abhören konnte. Aber, so beruhigte ich mich, ich hatte es überprüft. Ich hatte das Zimmer zwischen jeder einzelnen Sitzung nach Wanzen durchsucht.

Das hat im letzten Fall nicht viel geholfen, sagte eine

kleine Stimme in mir. Du hast es durchsucht, bevor der kleine Schwindler gekommen war, und Willy hat ihn trotzdem abgehört.

Ich hatte einen Kloß im Hals. Zum ersten Mal in meinem Leben konnte man meine ethischen Grundsätze in Frage stellen, und das zu Recht.

Man konnte darüber streiten – und möglicherweise würde man es tun –, ob ich meine Praxis bei dem geringsten Hinweis, daß ich abgehört werden könnte, hätte schließen sollen. Kein schlechtes Argument. Aber was hätte ich mit all den Leuten machen sollen? Ich hatte hier keine Wagenladung Chirurgen, die über einen Berufswechsel nachdachten. Ich hatte eine Wagenladung traumatisierter Menschen. Camille war am schlimmsten dran, aber auch der Rest konnte nicht gerade als funktionstüchtig bezeichnet werden.

Ich konnte es mir gut vorstellen: »Roberta, ich weiß, Ihr Vater hat Sie als Kind tyrannisiert. Er zwang Sie wochenlang, Stundenberichte zu schreiben, während er auf Geschäftsreisen war, und hat Sie acht Jahre lang sexuell mißbraucht. Aber ich muß Ihnen mitteilen, daß ein mächtiger, bösartiger Mann jedes Ihrer Worte belauschen könnte. Sie glauben, Sie sind jetzt sicher? Noch nicht einmal hier.«

»Ja, Kiwi, ich weiß, Ihr Mann prügelt Ihnen die Seele aus dem Leib, aber es könnte sein, daß jemand, der noch viel brutaler ist, diese Unterhaltung abhört. Es kann sein, daß jemand zuhört, der es liebt, Kinder und Frauen zu foltern. Möchten Sie ein paar von den Dingen hören, die er ihnen angetan hat?«

So etwas konnte ich ihnen nicht sagen. Aber ich konnte ihnen mitteilen, daß ich krank war und meine Praxis schließen mußte. Oder etwas ähnliches. Je mehr ich darüber nachdachte, um so mehr wurde mir klar, daß ich etwas hätte tun sollen und jetzt auf jeden Fall etwas tun mußte.

Aber zuerst mußte ich Camille treffen. Wegen des anderen Problems konnte ich im Augenblick nichts unternehmen.

Wieder durchsuchte ich das Büro nach Wanzen. Vielleicht war das bescheuert. Bisher hatte ich mit dem kleinen Wanzenfänger von Danny nichts eingefangen. Aber es war das einzige, was ich tun konnte, um mich sicherer zu fühlen, also tat ich es. Ich war gerade fertig, als Keeter und Camille auftauchten, beziehungsweise Camille und Keeter. Irgendwie bemerkte ich Keeter stets zuerst. Sie rollte sich wie immer zwischen mir und Camille zusammen. Ich hatte noch nicht vergessen, wie sie mich sprungbereit angeguckt hatte, als ich Camilles Haus betreten hatte. Denk daran, diesen Hund nicht zu bedrängen. Ich verlagerte meine Aufmerksamkeit von Keeter zu Camille und blickte sie an.

Jedes Mal war ich überrascht, wie schlecht sie aussah. An diesem Morgen zitterten ihre Hände, und ihr Blick war leer. Ich hatte diesen Blick schon einmal gesehen – bei Leuten, die sich an einem Ort befanden, wohin andere noch nicht einmal zu Besuch kommen wollten.

Ich dachte kurz an Auschwitz und die Berichte darüber. Ich hatte von diesem leeren Blick gelesen, den Menschen bekamen, wenn sie völlig erschöpft waren und keine Hoffnung mehr hatten. Andere Insassen lernten, diesen Blick zu erkennen. Er bedeutete, daß dieser Mensch sterben wollte.

Und nun Camille. Obwohl sie schon vor langer Zeit ihre emotionalen Fettreserven aufgebraucht und alle Muskeln und Knochen abgenutzt hatte, blieb noch etwas übrig. Es würde nicht ewig reichen. Niemand auf der Welt war näher dran, besiegt zu werden. Wenn sich nicht früher oder später etwas änderte – die Flashbacks oder was auch immer –, würde es sie vernichten. Aber sie war wie eine Marathonläuferin, die sich noch nicht geschlagen geben wollte, dachte ich.

»Wie geht es Ihnen?« fragte ich freundlich.

»Ich bin okay«, sagte sie. »Ich glaube es zumindest. Haben Sie mit der Polizei gesprochen?«

»Ja, habe ich«, sagte ich, »und Chief Bowman möchte Ihnen helfen. Er hat die Bostoner Polizei angerufen, um mehr darüber zu erfahren, was passiert ist. Camille, haben Sie jemals etwas über den Kerl oder über ähnliche Vergewaltigungen gehört, seitdem Sie Boston verlassen haben?«

»Nein«, sagte sie. »Ich habe nie wieder mit der Polizei gesprochen.«

»Sie haben nicht darüber in der Zeitung gelesen oder so?«

»Nein«, sagte sie. »Zeitungen sind zu frustrierend.«

Ich bemerkte, daß sie mich nicht fragte, warum ich fragte. Sie wollte es nicht wissen.

»Sie sollten wissen, daß Chief Bowmann bereits veranlaßt hat, daß ein sehr erfahrener Polizist Ihr Haus bewacht. Er hat in Boston die Mafia bekämpft, und ich denke, daß unser Täter nicht an ihm vorbeikommt, selbst wenn er zurückkehren sollte.«

»Er kann an jedem vorbeikommen«, meinte sie verzweifelt.

»Das wissen wir nicht genau«, meinte ich. »Beim letzten Mal hat er eine unbewaffnete Frau attackiert. Und keine mit einem Wachhund und einem Polizisten vor dem Haus.«

Camille sagte nichts, aber ich wußte, daß sie nicht überzeugt war. In ihrem Kopf war er größer als im wirklichen Leben.

»Ich weiß, daß es schwer für Sie ist«, sagte ich, »aber ich muß ein paar Dinge über den Kerl wissen. Glauben Sie, daß Sie über ihn sprechen können?«

Ich haßte es, das zu tun. Es war nicht mein Job, Hilfspolizistin zu spielen. Mein Job war der einer Therapeutin. Aber es gab Zeiten, wo ich meinen gesunden Menschenverstand benutzen mußte. Wenn ein Serienkiller hinter Camille her war, würde sie nicht mehr zur Therapie kommen, wenn er nicht bald gefaßt wurde. Und es wäre viel schwerer für sie, wenn sie mit Adam statt mit mir darüber sprechen müßte.

»Vielleicht kann ich cin bißchen darüber reden«, sagte sie. »Ich habe heute morgen eine Extradosis Haldol genommen.«

»Sie haben nie sein Gesicht gesehen, richtig?« Sie nickte. »Hat er Sie an irgendwen erinnert, den Sie kannten? Hörte er sich an oder bewegte er sich wie jemand, den Sie kannten?«

»Nein«, sagte sie. »Es war ein Fremder.«

»Wie groß war er?«

Camilles Hände zitterten heftig, und sie fing an, ein Kleenex zu zerknüllen, aber sie machte weiter. »Klein«, sagte sie so leise, daß ich sie kaum hören konnte. »Nicht viel größer als ich.«

»Wie schwer?«

»Dünn ... drahtig ... und sehr stark.«

»Camille.« Als sie »stark« sagte, begann sie wegzudriften. »Camille, wie alt war er? Ich verspreche, daß ich dann keine Fragen mehr stellen werde.«

Camille starrte auf das Kleenex. »Jung«, sagte sie. »Ich weiß nicht, wie alt ... Seine Stimme klang jung.«

»Das war's«, sagte ich. »Keine weiteren Fragen mehr.«

Es war ohnehin alles, was ich fragen konnte. Ich konnte sie nicht fragen, ob er sie an Chris erinnerte. Ich durfte das Risiko nicht eingehen, daß sie sich beeinflussen ließ und die beiden vermengte, nur weil ich es angesprochen hatte. Ich konnte sie in der gleichen Sitzung noch nicht einmal bitten, Chris zu beschreiben. Das mußte ich mir für ein anderes Mal aufheben und sie dann zusätzlich bitten, ein paar andere Leute zu beschreiben, damit sie nicht merkte, worauf ich hinauswollte.

Aber zum ersten Mal hatten wir eine Art Täterbeschreibung, mit der die Bostoner Polizei überprüfen konnte, ob sie auf Chris oder jemanden paßte, den sie im Verdacht hatte. Ich würde es Adam erzählen, und wenn er sie traf, konnte er vielleicht ein paar neue Details herausfinden.

Camille war einverstanden, sich mit ihm zu treffen, aber ich wollte nicht, daß ihre Begegnung heute stattfand. Sie konnte darüber jedesmal nur ein bißchen sprechen. Adam würde mehr erfahren, wenn er bis morgen wartete. Außerdem hatte ich so eine neue Ausrede, sie zu treffen.

Nach der Sitzung begleitete ich Camille hinaus und beobachtete sie, während sie rausging. Ich hatte immer noch ein schlechtes Gefühl. Alles war anders, seit ich erkannt hatte, daß es da draußen vielleicht wirklich jemanden gab, der sie verfolgte. Ich war immer noch erschüttert von Adams Bericht, was der Kerl den anderen beiden Frauen angetan hatte. Hätte ich früher erkannt, daß er möglicherweise zurückgekehrt war, wenn Willy, dieser Hurensohn, mir nicht im Nacken gesessen hätte? Ja, wahrscheinlich.

Das war das Problem mit Leuten wie Willy. Sie konnten dich vereinnahmen, ohne einen Finger zu rühren. In dem Moment, als er auftauchte, hatte ich angefangen, all meine Sorgen und allen Ärger auf Willy zu richten. Inzwischen sah ich klarer. Camille hatte mich gefragt, wie es ein Flashback sein konnte, wenn es darin um die Zukunft ging und nicht um die Vergangenheit. Puh. Das arme Mädchen kämpfte die Schlacht ihres Lebens, und die einzige Hilfe bekam sie von einer unmoralischen Therapeutin mit dem – momentanen – IQ eines Hamsters.

20

Als Ginger hereinkam, saßen Marv und ich in fast entgegengesetzten Ecken des Zimmers. Ich hatte vorgeschlagen, gemeinsam auf der Couch zu sitzen und Händchen zu halten, aber Marv teilte meinen Sinn für Humor nicht.

Ginger wirkte angespannt, was sie vermutlich auch war. Marv hatte ihr am Telefon nur mitgeteilt, daß wir sie gemeinsam sprechen müßten, und daß es wichtig sei. Er hatte nicht gesagt, weshalb, aber Ginger wußte, daß das nichts Gutes bedeuten konnte.

Sie setzte sich zaghaft hin und schaute von einem zum anderen. Ich ergriff das Wort, so wie ich es mit Marv besprochen hatte. »Ich möchte Ihnen für Ihr Kommen danken und dafür, daß Sie bereit sind, mit uns beiden zu sprechen. Das ist so nicht üblich – wenn ich der Patient wäre, würde ich mich in die Enge gedrängt fühlen –, aber diesmal dachten wir, daß es besser wäre.«

Ginger war zu unruhig, um abzuwarten. »Warum?« fragte sie schnell, obwohl völlig klar war, daß ich genau das gerade erklären wollte.

»Einen Augenblick, bitte. Ich muß erst ein bißchen ausholen. Als ich Sie an Marv überwiesen habe, habe ich die Wahrheit gesagt. Ich habe gesagt, daß ich glaubte, daß ein männlicher Therapeut besser in der Lage wäre, Ihnen zu helfen. Zum Teil hatte das damit zu tun, daß Sie die Distanz zu mir verloren hatten und es Ihnen schlechtging, wenn ich nicht in Ihrer Nähe war. Darüber haben wir ja gesprochen, – *nicht* gesprochen haben wir darüber, daß Sie meine Nähe-Grenzen überschritten hatten und sich in mein Privatleben einmischten. Das war Grund genug, die Therapie zu beenden. Auf gewisse Weise *war* sie bereits beendet.«

Ginger schaute mich überrascht an. Ich blickte zu Marv, aber er reagierte nicht.

»Was ich Ihnen zu erklären versuche, ist, daß ein Therapeut, der seine Arbeit gut machen will, eigene Gedanken und Gefühle aus einer Therapie möglichst raushalten muß. Denn wenn Sie im Privatleben Ihres Therapeuten eine Rolle spielen, wird er seine Objektivität verlieren. Der Therapeut beginnt dann, Sie von seinem Standpunkt aus zu betrachten, statt sich auf Ihre Sicht der Dinge zu konzentrieren. Und ich muß Ihnen ehrlich sagen, Ginger, wenn ein Klient sich immer wieder einmischt, dann löst das mit der Zeit bei dem Therapeuten eine Menge negativer Gefühle aus, die aber zurückgedrängt werden müssen, um neutral, objektiv und hilfreich zu sein. Und wenn die Einmischung lange genug dauert, kommt der Tag, an dem sich bei dem Therapeuten einfach zu viele negative Gefühle angesammelt haben. Ich hatte den Glauben daran verloren, Ihnen helfen zu können, nicht nur weil Sie Ihre Grenzen überschritten haben, sondern weil Sie in meinen Bereich eingedrungen sind. Ich hätte Ihnen all das sagen sollen. Ich habe es nicht getan, weil Sie eine schwere Zeit durchgemacht haben, so daß es wie eine weitere Zurückweisung ausgesehen hätte. Aber gerade weil ich nicht mit Ihnen darüber gesprochen habe, habe ich gewissermaßen zugelassen, daß Sie auch Marv verlieren. Weil Sie gleich wieder anfingen, mit ihm dasselbe zu machen. Verstehen Sie, was ich meine?«

»Sicher«, sagte Ginger ärgerlich. »Sie erklären mir gerade, daß Marv mich ebenfalls rausschmeißt.«

»Nicht ganz«, meinte ich. »Es ist wahr, daß Sie zu oft Marvs Grenzen überschritten haben, um ihn weiterhin zu treffen, und es ist auch wahr, daß Sie mich weiter *verfolgt* haben ...« Ich benutzte den Ausdruck ganz bewußt, und Ginger explodierte.

»Ich habe Sie nicht verfolgt. Ich habe Ihnen geholfen. Marv hat mir von diesem Kerl erzählt.«

»Ginger, welchen Kerl meinen Sie? Es gibt immer einen Kerl, der gerade aus dem Knast kommt. Ich habe mit sechs Trillionen Häftlingen gearbeitet. Es wird immer einen geben, der wütend auf mich ist. Es ist nicht Ihre Aufgabe, auf mich aufzupassen.«

»Ich wollte nur helfen.« Ginger fing an zu weinen.

»Es tut mir leid, Ginger, aber das war keine Hilfe. Es ist keine Hilfe, beim Cross-Country mein Pferd zu erschrecken. Es ist keine Hilfe zu wissen, daß jemand im Wald steht und mein Haus beobachtet.«

Ginger weinte heftiger und legte sich auf ihre Seite der Couch hin. Sie zog ihre Knie an und begann, hin und her zu schaukeln.

»Es tut mir leid, Ginger, aber ich tue Ihnen keinen Gefallen, wenn ich zulasse, daß Sie das weiterhin tun.«

Marv hob die Hand, um mich zu stoppen. »Ginger«, sagte er sanft. »Wie fühlen Sie sich jetzt?«

»Ich fühle mich wie Scheiße«, sagte sie. »Ich fühle mich wie die allerletzte Scheiße. So etwas passiert mir schon das ganze Leben. Egal, was ich mache, es ist immer falsch. Ich habe noch nie etwas richtig gemacht. Ich sollte einfach sterben.«

Ich warf Marv einen Blick zu. Der Blick sagte: »Laß sie da jetzt nicht weitermachen, oder sie wird sich die nächsten zehn Lichtjahre darin einschließen.« Es war wahr. Ginger war dabei, sich hochzuschaukeln. Wenn sie sich verzweifelt fühlte, konnte sie manipulieren wie sonst was. Und sie hatte diese abartige Tour drauf, bei der sie sich nur gut fühlte, wenn sie uns dazu brachte, daß wir uns schlecht fühlten. Als wenn eine Affektstörung eine Art Bumerang wäre: Ginger würde ihre negativen Gefühle nicht spüren müssen, wenn sie sie an uns weitergab.

Ich wollte Ginger nicht quälen. Aber es würde ihr nicht helfen, wenn sie ihre miesen Gefühle auf uns übertrug. Außerdem führte ihre Taktik dazu, daß ich sie am liebsten erwürgt hätte.

»Ginger«, sagte ich. »Sie glauben immer noch, daß wir Sie loswerden wollen.«

»Das wollen Sie ja auch«, sagte sie. »Ich weiß, daß Sie das wollen.«

»Eigentlich nicht«, sagte ich, »wir überweisen Sie, ja, aber an den erfahrensten Therapeuten dieser Klinik.«

Ginger schwieg. Sie lag immer noch auf der Seite.

»Es ist wahr«, sagte ich. »Wir beide haben das Gefühl, daß Sie jemanden brauchen, der mehr Erfahrung hat als wir. Also setzen Sie sich wieder hin, denn Sie müssen zuhören und sich entscheiden, ob Sie es versuchen wollen.«

»Wer ist es?« fragte Ginger. Dann setzte sie sich langsam auf.

»Der Chef der Psychiatrie«, sagte ich. »Dr. Toby Cantwell. Er arbeitet länger auf diesem Gebiet als Marv oder ich, und er ist, nun, etwas ganz Besonderes. Würdest du da zustimmen, Marv?«

Das hätte ich nicht sagen sollen. Mit nur einem Blick in sein Gesicht wußte ich, daß er dachte, ich sei ziemlich unverschämt. Die Wahrheit war, daß ich tatsächlich etwas Positives über Toby sagen wollte, nur war unsere Beziehung so konfliktbeladen, daß alles, was mir zu ihm einfiel, zweideutig wirkte. Was bescheuert war, denn Ginger würde nur die professionelle Seite von Toby kennenlernen, bei der ich keine Einwände hatte.

Marv wandte sich an Ginger: »Er hat wirklich mehr Erfahrung als irgendwer sonst in dieser Klinik. Er kann zwar nichts *für* Sie in Ordnung bringen, Ginger, nicht mehr als wir es könnten, aber wenn Ihnen jemand helfen kann, dann bestimmt er.«

»Wahrscheinlich wird er mich auch rausschmeißen wollen«, sagte sie und ließ sich zurücksinken.

»Kann sein«, meinte ich. »Und das ist der Grund, warum wir hier sitzen. Ginger, Sie müssen das wirklich begreifen. Dr. Cantwell wird Ihre Grenzüberschreitungen noch weniger tolerieren als Marv oder ich. Und er wird auch keine weitere Grenzüberschreitung bei uns dulden. Das also ist der Deal: Morgen um vier Uhr werden Sie bei Dr. Cantwell die erste Sitzung haben. Hoffen wir, daß es gutgeht und daß es der Beginn Ihrer Heilung ist. Aber denken Sie daran, wenn Sie noch einmal die Grenzen von jemandem überschreiten – wenn Sie sich in meinem Wald verstecken, wenn Sie weiter bei Marv vorbeifahren, wenn Sie anfangen, Dr. Cantwell zu Hause anzurufen –, dann wird am darauffolgenden Dienstag um vier Uhr nachmittags jemand anderer in seinem Büro sitzen. Und weder Marv noch ich werden Sie wieder aufnehmen.«

Im Zimmer wurde es still. Es war sehr brutal, ihr das zu sagen. Es war gemein. Sie hatte echte Verlustängste, und ich hatte sie absichtlich damit erschreckt. Vielleicht war das unmoralisch. Aber alles, was ich wußte, war, daß das nur halb so tragisch für Gingers Leben sein würde, wie Willy in die Arme zu laufen. Und sich in meinem Wald zu verstecken war der sicherste Weg, ihm in die Arme zu laufen.

Ich kam auf die Entscheidung zurück, die sie treffen sollte. Wenn sie Toby sehen wollte, durfte sie keinem von uns nachstellen. Wenn sie das nicht konnte, mußte sie woanders eine Therapie machen.

Es würde funktionieren, dachte ich. Aber nur für eine Weile. Ginger würde sich ein paar Wochen oder Monate zusammenreißen, und dann würde sie erneut damit anfangen. Ich hatte nur Zeit gewonnen. Und ich hatte das Gefühl, alles wäre in dem Augenblick vorbei, wenn Ginger wieder loslegte. Entweder ich fand Willy vorher, oder er fand mich.

21

Gegen elf klingelte das Telefon. Ich war schon im Bett und nicht in Stimmung dranzugehen, aber als ich Adams Stimme auf dem Anrufbeantworter hörte, änderte ich meine Meinung. Adam sagte, daß Camille gerade ausflippen würde – sie schrie wie am Spieß – und daß Jonathan absolut sicher war, daß niemand im Haus war. Er sagte nicht, weshalb Jonathan so sicher war, daß sich drinnen niemand versteckt hatte, aber ich vermutete, daß er sich dort umgesehen hatte, während Camille zur Therapie war.

Auf jeden Fall bestand Jonathan darauf, daß niemand das Haus betreten hätte, so daß es keine andere Schlußfolgerung gab als die, daß, egal, was drinnen geschah, es diesmal nur in Camilles Kopf passierte.

Ich versprach hinzufahren. Eigentlich wollte ich es gar nicht, und normalerweise machte ich so etwas auch nicht. Wenn ich jedesmal vorbeifahren würde, wenn Camille verstört war, könnte ich ein Zelt in ihrem Vorgarten aufschlagen, aber diesmal konnte ich schlecht nein sagen. Die Polizei einer Kleinstadt hatte meistens nicht genug Leute, um eine 24-Stunden-Bewachung durchzuführen, und ich wußte, wie sehr es Adams Personalreserven strapazierte, es doch zu tun. Als er mich also um Hilfe bat, sagte ich nur: »Bin schon unterwegs.«

Aber warum? fragte ich mich auf der Fahrt. Adam hat schon viele verstörte Menschen erlebt. Warum zog er mich mit hinein? Ich nahm das Autotelefon und rief ihn an. Langsam gewöhnte ich mich an das verdammte Ding. Noch schlimmer, ich fing an, davon abhängig zu werden, was genau das Problem mit Eigentum war. Man besitzt die Dinge nicht wirklich. Die Dinge besitzen dich.

Er nahm nach dem ersten Klingeln ab. »Adam«, sagte

ich, »ich bin auf dem Weg, und ich möchte nicht, daß du mich mißverstehst. Ich habe nichts dagegen hinzufahren, aber ich frage mich, warum du glaubst, es sei wichtig für mich, sie heute abend zu sehen.«

Er zögerte kein bißchen. »Jemand muß den Grund für das Gekreische herausfinden. Jonathan war beunruhigt genug, um mich zu Hause anzurufen. Er sagte, sie höre sich an, als wäre sie völlig außer Kontrolle, und natürlich hat die Wache jede Menge Anrufe von den Nachbarn bekommen. Jonathan denkt, daß niemand drinnen sein kann, aber die ganze Sache beunruhigt ihn genug, um selber hineingehen zu wollen und es zu überprüfen. Ich denke, er hat Angst, daß sie sich erhängt hat, oder daß vielleicht dieser verdammte Hund sie gerade totbeißt, während er draußen steht und Däumchen dreht. – Ich habe ihm befohlen, draußen zu bleiben. Du weißt, daß ein fremder Mann nicht einfach vor ihrer Tür auftauchen kann, und deshalb gibt es keinen anderen Weg: Sie hat noch nicht einmal mich kennengelernt. Du bist die einzige, die sie kennt.«

»Kein Problem«, sagte ich. Ich konnte gegen seine Überlegungen nichts einwenden. Eine von Adams Stärken war, daß er auch unter Druck eine Sache klar durchdenken konnte. Er stürmte nicht einfach drauflos wie andere Leute, die ich kannte. »Ich werde nachsehen, was passiert ist.«

Um zehn vor eins war Camille immer noch fürchterlich verstört. Bei der Einschätzung von Selbstmordgefahr muß man immer zwischen »Affekt« und »Todeswunsch« unterscheiden. Manche Menschen, die sehr erregt waren, wollten sich gar nicht wirklich umbringen, und andere, die sich tatsächlich umbringen wollten, wirkten vollkommen ruhig. Allerdings kannte Jonathan Camille nicht gut genug, um die Situation einschätzen zu können. Aber wenn die Polizei es nicht überprüfte und irgend etwas passieren sollte, wäre jeder, der in die Sache verwickelt war, traumatisiert. Abgesehen davon, daß Camille dann tot wäre.

Ich bog in ihre Einfahrt ein und kurbelte das Fenster herunter. Hören konnte ich nichts. Das Geschrei hatte aufgehört. Das hatte noch nichts zu bedeuten, sagte ich mir. Letztes Mal hatte es auch aufgehört, und Camille hatte im Haus gesessen, während sie sich eine Haldol nach der anderen einwarf und immer noch darauf bestand, daß sie den Täter gehört hatte. Aber Stille ist beunruhigender als Geschrei, und ich spürte, wie mein Herz schneller schlug. Es gab immer noch die Möglichkeit, daß jemand wie Camille sich erhängte oder sonst was, und der Gedanke, daß ich diejenige sein könnte, die sie fand, zerrte an meinen Nerven.

Ich stieg aus dem Auto und betrachtete das Haus. Die Lichter waren an, und es gab keinerlei Hinweise, daß etwas nicht in Ordnung war. Keeter bellte nicht. Aber auch das hatte nichts zu bedeuten. Vergiß nicht, so ermahnte ich mich ein weiteres Mal, daß du den Hund nicht bedrängen darfst.

Ich schaute zum Garten hinüber. Keine Spur von Jonathan. Wahrscheinlich stand er irgendwo da draußen; es sah aber nicht so aus, als ob man mir einen großen Empfang bereiten würde.

Ich ging hinunter zum Eingang und klopfte, wartete aber nicht auf eine Reaktion. »Camille«, rief ich, »ich bin's, Michael. Sind Sie in Ordnung?« Wie oft war ich schon auf dem Weg zu ihrem Haus gewesen, nachdem ich wegen ihres Geschreis benachrichtigt worden war? Doch selbst wenn es tausende Male gewesen wäre, würde ich doch jedes Mal Angst haben, daß ihr wirklich etwas zugestoßen war.

»Michael«, antwortete eine schwache Stimme ganz nah an der Tür. Ich atmete aus. Was auch immer passiert war, sie war offenbar am Leben.

»Könnten Sie bitte die Tür öffnen, Camille?« fragte ich. »Ich bin's wirklich. Und ich bin allein.«

Camille öffnete die Tür einen Spalt und spähte hinaus. Dann schloß sie sie wieder und hakte die Kette aus. Sie öffnete die Tür, und ich trat ein. Sofort sah ich zu Keeter. Da war sie, geduckt auf dem Boden, bereit zum Sprung. Sie sah nicht viel freundlicher aus als beim letzten Mal.

»Oh, meinen Sie, Sie könnten vielleicht irgend etwas wegen Keeter tun?« fragte ich. Camille blickte sie an und machte ein Handzeichen. Keeter stand zögerlich auf und kam zu ihr herüber, behielt mich aber die ganze Zeit im Auge.

»Er war hier«, flüsterte Camille. Sie sah vollkommen verängstigt aus. Ihre Pupillen waren stark erweitert und ihre Augen weit aufgerissen. Oje, oje. Es sah ganz nach Paranoia aus.

»Camille«, sagte ich. »Setzen wir uns doch und reden darüber.«

Sie führte mich ins Wohnzimmer, und ich setzte mich, aber nicht Camille. Sie war so aufgewühlt, daß sie nicht sitzen konnte, und trat nervös von einem Fuß auf den anderen.

»Woher wissen Sie, daß er hier war?« fragte ich.

»Ich habe ihn gehört.« Sie flüsterte immer noch. »Er sagte, er würde bald kommen und mich holen. Er sagte, diesmal würde ich sterben. Er sagte ... Er ...«

»Ganz ruhig, Camille. Ich weiß, daß Sie glauben, daß er hier war, aber das kann nicht sein. Draußen steht ein Polizist, der Jonathan heißt, und er war die ganze Zeit über hier. Er sagt, daß niemand hereinkommen konnte. Möchten Sie mit ihm sprechen?«

»Nein«, sagte sie hastig. »Er steht draußen?« Sie ging zum Fenster und schaute durch die Rolläden. Ich hatte das dumpfe Gefühl, daß sie Jonathan und ihren Angreifer durcheinanderbrachte.

»Camille«, sagte ich. »Die *Polizei* steht draußen, nicht der Killer.«

»Ich weiß«, sagte sie, während sie sich umdrehte und sich im Zimmer umschaute. »Er ist hier drin.« Obwohl ich wußte, daß es nicht so war, spürte ich, wie sich meine Nackenhaare aufstellten.

»Ihre Nerven spielen Ihnen einen Streich«, sagte ich bestimmt. »Er kann nicht hier drinnen sein.«

»Er wird nie herauskommen, solange Sie hier sind«, antwortete sie. »Er wartet immer. Werden Sie bleiben? Bitte.«

»Ich kann nicht sehr lange bleiben«, sagte ich. O Gott, wo blieben da meine ethischen Grundsätze? Nicht nur, daß ich im Haus einer Klientin saß und in ihr Privatleben verwickelt wurde. Ich konnte auch nicht weg.

»Bitte, Michael. Bitte lassen Sie mich nicht allein mit ihm. Bitte nicht ...« Sie wandte mir ihr Gesicht zu, und ihre Stimme wurde immer drängender, während sie sprach.

Es war mir peinlich, sie betteln zu hören, aber ihre Angst war so groß, daß ich bezweifelte, ob sie selber es überhaupt bemerkte. Was, so fragte ich mich wieder, blieb da noch von meinen ethischen Grundsätzen, wenn ich blieb? Und was, wenn ich ging?

»Es wäre alles in Ordnung«, sagte sie. »Wenn Sie bleiben würden – nur diese eine Nacht. Ich könnte sogar schlafen ... Wenn ich hier alleine bin, kann ich nicht schlafen ...« Ihre Stimme verebbte.

Welche Alternativen hatte ich? Ich konnte sie ins Krankenhaus einweisen. In ihrem momentanen Zustand würden sie sie sicher aufnehmen, aber was würde das bringen? Nichts. Es würde Camille eine Menge Geld kosten. Wir hätten wieder einen stundenlangen Kampf wegen Keeter, und morgen wäre Camille wieder draußen.

Sie hatte keine Familie und keine Freunde, die ich anrufen konnte. Es war zu spät, um eine private Krankenschwester zu finden. Es gab keinen sozialen Dienst, den ich rufen konnte, und selbst wenn, so würde ich keinen freiwilligen

Helfer finden, der bei einer Paranoikerin blieb. Paranoiker waren nicht besonders stabil.

Andererseits war der Aufenthalt im Haus eines Patienten so standeswidrig, daß er ausdrücklich in die Regeln der Standesethik aufgenommen worden war. Aber welche Wahl hatte ich? In ihrem Zustand würde sie die Nacht allein nicht durchstehen. Und sie war nicht wie Ginger: Ich glaubte nicht, daß sie mich manipulieren würde.

»In Ordnung. Ich bleibe heute nacht«, meinte ich vorsichtig. »Ich werde auf der Couch schlafen und am frühen Morgen wegfahren. Und morgen werden wir eine private Krankenschwester suchen, die bei Ihnen bleibt, einverstanden?« Camille nickte heftig. Aber wenn ich gesagt hätte: »Ich bleibe, wenn du morgen aus dem zehnten Stock springst«, wäre sie wahrscheinlich auch einverstanden gewesen.

»Camille, ich möchte wirklich, daß Sie das verstehen: Ich werde das nicht noch einmal tun.«

»Ich weiß«, sagte sie. »Ich werde Sie nicht noch einmal darum bitten.« Und ich glaubte ihr.

Ich seufzte. Ich wollte nicht hier sein. Ich wollte zu Hause sein. Ich brauchte etwas Zeit für mich alleine, außerhalb der Alltagswelt. Aber was nützte das ganze Meckern? Ich saß fest.

Ich rief Adam an, um es ihm zu sagen. Er entschuldigte sich, daß er mich in eine solche Situation gebracht hatte. Ich entschuldigte mich ebenfalls: Es sah ganz danach aus, daß der Täter nur in Camilles Kopf spukte.

Ich ging zum Auto hinaus, nahm meine Pistolentasche und schloß sie in den Kofferraum. Spätabends hatte ich sie immer bei mir, aber ich wollte nicht in Camilles Haus schlafen und eine geladene Waffe herumliegen lassen. Das Risiko war größer als der Nutzen. Ich wollte noch nicht einmal daran denken, wie ich mich fühlen würde, wenn sie sich mit meiner Pistole erschießen sollte. Oder vielleicht würde sie ja auch mich erschießen, wenn sie die Pistole inmitten eines starken Flashbacks in die Hände bekam, weil sie glaubte, ich sei der Killer.

Ich nahm meine Reisetasche und ging ins Haus. Ich fand meine Zahnbürste und mein Nachthemd, entschied mich aber dafür, meine Kleidung anzubehalten. Es war schon schlimm genug, wenn ich im Haus einer Klientin schlief, da sollte ich nicht auch noch in meinem Pyjama herumlaufen. Ich breitete die Bettwäsche aus, die Camille auf der Couch bereitgelegt hatte.

Ich hatte Angst, daß Camille die ganze Nacht aufbleiben und mich am Schlafen hindern würde. Wenn ein Nervensystem einmal so auf Hochtouren gekommen war wie ihres, dauerte es normalerweise ziemlich lang, bis man sich wieder beruhigte. Aber seit Camille wußte, daß ich bleiben würde, hatte sich ihr Zustand verändert: Ihre nervöse Energie verflüchtigte sich schnell, und bald hatte sie all ihre Erregung verloren. Kaum war ihr Angstpotential dahin, schien sie nichts mehr aufrecht zu halten. Ich forderte sie auf, ins Bett zu gehen – und Keeter mitzunehmen. Ich würde im Wohnzimmer auf der Couch liegen, versprach ich, und nirgendwo anders hingehen.

Camille bestand darauf, die Tür zu ihrem Zimmer offen zu lassen, was mir nicht besonders gefiel. Ich stellte mir vor, wie ich aufwachen und mich Nase an Nase mit einem knurrenden Rottweiler wiederfinden würde.

Es dauerte nicht lange, und ich döste ein. Im Halbschlaf fragte ich mich, ob Adam Jonathan weggeschickt hatte. Alles war so durcheinander. Ich hatte versucht, mich vor Willy zu schützen, hatte statt dessen aber fast eine Klientin niedergeschossen, und wie sollte ich Willy treffen, wenn er sich irgendwo im Nimmer-Nimmer-Land herumtrieb? Ich schlief in dem Haus einer Klientin; wie würde ich das Ginger erklären können, die – o Gott – hoffentlich nicht vorbeikommen würde. Marv und ich hatten in unsere Freundschaft Löcher geschossen, die so groß waren wie Golfbälle. Wie einfach würde es werden, das zu reparieren? Und der einzige Weg, in Adams Nähe zu kommen, war inzwischen, ihn mit einem Polizeiproblem zu belästigen. Dabei wollte ich Adam nicht in seiner Uniform. Ich wollte ihn ohne.

Ich könnte mit dem obersten Knopf anfangen. Einen nach dem anderen. Wenn alle Knöpfe offen waren, könnte ich meine Finger über sein weiches, lockiges Brusthaar wandern lassen. Irgendwo um seinen straffen Bauch herum wäre das Haar zu Ende – aber nur kurz. Wenn ich noch weiter runterging, würde sich seine Atmung verändern. Ich liebte es, wenn sie um so intensiver wurde, je mehr sein ... Interesse ... wuchs. Ich lächelte, während ich einschlief.

Ich träumte, daß ich wegen Verletzung der Standesregeln vor dem Internationalen Gerichtshof in Den Haag angeklagt war. Der Staatsanwalt kam geradewegs auf mich zu, als er sich plötzlich in Willy verwandelte. Er kam mir sehr nahe und flüsterte und zischte mir ständig ins Gesicht.

Ich wachte im Dunken auf, desorientiert und verstört und mit einem Herzschlag von achtzig Meilen pro Stunde. Ich brauchte eine Minute, um zu erkennen, wo ich war. Ich brauchte eine weitere Minute, um den Traum aus meinem Kopf zu bekommen. Ich konnte ihn immer noch flüstern hören – und dazu ein anderes Geräusch, eine Art Wimmern.

Ich konnte das Flüstern nicht stoppen. Jesus, was für ein Traum! Ich setzte mich auf und blickte mich um. Und dann stockte mir der Atem. Ich war völlig wach und konnte immer noch einen Mann flüstern hören. Das Wimmern stammte von Camille.

Ich schlug die Decke zurück und kroch hinter die Couch, während ich versuchte, klar zu denken. Ich war jetzt vollkommen wach, aber immer noch durcheinander. Zunächst konnte ich noch nicht einmal sagen, woher die Stimme kam – und mir nicht erklären, wie jemand hatte eindringen können, mit Keeter im Haus und Jonathan davor. Vielleicht war Jonathan gegangen, nachdem ich Adam angerufen hatte.

Ich versuchte mich zu erinnern, wohin ich meine Pistole gelegt hatte; dann fiel mir ein, daß ich sie im Wagen gelassen hatte. Na prima. Ich hatte meine Waffe schon ins Badezimmer mitgenommen, aber in Camilles Haus hatte ich sie nicht bringen wollen.

Wo war das gottverdammte Telefon? Ich hatte es doch benutzt. Ich erinnerte mich, daß es ein schnurloses war. Also, wo hatte ich es hingelegt? Ich konnte mich nicht erinnern. Oh, Scheiße. Ich hatte es Camille zurückgegeben. Ich hatte keine Ahnung, wo es war, und ich konnte die Hand nicht vor Augen sehen.

Ich könnte schreien. Falls Jonathan immer noch draußen stand, würde er mich hören. Aber wenn der Täter hier drinnen war, stand Jonathan vielleicht gar nicht mehr draußen. Wie groß war die Chance? Wenn Jonathan nicht mehr draußen stand, wäre Schreien sinnlos. Jesus, der Täter war vielleicht geradewegs an mir vorbeigelaufen, während ich schlief. Hatte er mich gesehen? Wußte er, daß ich da war? Falls nicht, was glaubte er dann, wo mein Auto herkam?

Keeter, du Biest. Faß diesen Bastard. Sie mußte ihn kennen. Das mußte es sein. Ich lauschte wieder. Ich könnte versuchen, zum Auto zu kommen, und das Autotelefon benutzen, aber ich konnte mich nicht mehr erinnern, ob es funktionierte, wenn der Motor aus war, und ich hätte Camille allein lassen müssen.

Zuerst mußte ich herausfinden, wo er war. Ich begann, zu Camilles Zimmer zu kriechen. Das zischende Flüstern kam aus ihrem Zimmer. Ich kroch weiter, während ich jeden Augenblick erwartete, daß eine Waffe von der Größe einer Kanone auf meinen Kopf gerichtet wurde, aber die Stimme machte einfach weiter. Was sagte er? Ich war nahe genug, um es zu verstehen, und hielt inne, um zu lauschen.

»Ah, deine Klitoris – was für ein saftiger, kleiner Leckerbissen. Du hast die Wahl. Eine brennende Zigarette? Ein Skalpell? Das wäre doch das beste für dich. Wenn ich sie rausgeschnitten habe, wird sie dir nicht mehr weh tun. Außer, natürlich, wegen der klaffenden Wunde. Vielleicht wäre eine Kneifzange besser. Aber die würde ich mir lieber für deine Brustwarzen aufheben. Du mußt das Instrument auswählen. Wenn du es nicht tust, werde ich dir die Finger abhacken, einen nach dem anderen, bis du deine Meinung änderst.«

Oh, Mann. Verbale Folter. Camille begann zu jammern. Die Stimme des Täters blieb merkwürdig ruhig. Aber das war genau das, was mir bei sadistischen Tätern immer einen Schlag versetzte. Sie konnten über Folter reden wie jemand anderes übers Shoppen. Sadisten hatten immer diese eigenartige, gleichgültige Kälte in ihrer Stimme.

Camilles Jammern wurde lauter und fing an, die Stimme des Angreifers zu übertönen. Bald würde sie entsetzlich schreien. Wer konnte es ihr verdenken? Ein großer Teil von mir wollte ebenfalls schreien und zur Eingangstür rennen. Vielleicht sollte ich es tun. Wenn ich rechtzeitig an ein Telefon kommen könnte, würde Adam diesen Hurensohn vielleicht erwischen.

Ich war immer noch an der Tür zu Camilles Zimmer. Ich kroch zu der Wand daneben und sah um die Ecke in ihr Zimmer. Ich wollte wissen, wo er war. Meine Augen hatten sich an die Dunkelheit gewöhnt, und ich schaute mich um. Ich sah Camille, wie sie in ihrem Bett saß, die Hände an den Wangen. Selbst in der Dunkelheit konnte ich sehen, daß sie zitterte. Ich konnte Keeter erkennen, die neben ihrem Bett lag, aber ich konnte nirgendwo den Angreifer sehen. Wo hatte er sich versteckt? Das Zimmer war nicht besonders groß.

Ich überlegte kurz, was ich tun sollte. Dann nahm ich einen tiefen Atemzug und begann langsam vorwärts zu kriechen. Bei Camilles Jammern konnte ich ihn kaum noch hören. Ich kroch weiter, Zentimeter für Zentimeter, und blickte mich im Zimmer um. Ich konnte ihn hören, aber ich konnte ihn nicht sehen. Als ich mich dem Wandschrank näherte, hielt ich inne. Die Stimme kam aus einer anderen Ecke.

Endlich wußte ich es. Ja, wirklich, endlich hatte ich es. Ich stand auf, ging zum Lichtschalter und machte das Licht an. Camille bemerkte es noch nicht einmal. Keeter schaute mich an, als ob sie endlich die Quelle des Problems erkannt hätte. Ich ging zurück ins Wohnzimmer und machte auch dort das Licht an. In beiden Zimmern war niemand, und trotzdem machte die Stimme weiter.

Ich fand das Telefon und rief Adam zu Hause an. »Adam«, sagte ich, »ich bin bei Camille. Kannst du mich hören?«

»Sehr schlecht«, antwortete er. Camille schluchzte und jammerte. Sie war in einem Voll-Flashback und bettelte gerade den Angreifer an, ihr nicht länger weh zu tun.

»Ich denke, Du kommst besser her«, meinte ich. »Ich habe das Problem gelöst. Es ist niemand da, aber es gibt eine Stimme. Es gibt tatsächlich eine Stimme.«

»Bin schon unterwegs«, erwiderte er.

Ich ging zurück in Camilles Zimmer. Nach dem Kassettenrekorder wollte ich nicht suchen. Jetzt war alles klar, und ich wußte genug, um mich da rauszuhalten. »Camille«, sagte ich, »ich bin's, Michael.« Ich ging zu der Seite des Bettes, die am weitesten von Keeter entfernt war, und streckte meine Hand aus. »Komm jetzt, wir gehen.« Es wäre einfacher gewesen, wenn ich diesen gottverdammten Rekorder hätte ausmachen können.

»Camille«, wiederholte ich. »Ich bin's, Michael. Wir gehen jetzt.« Sie drehte sich zu mir um.

»Lassen Sie nicht zu, daß er mir weh tut, bitte«, wimmerte sie.

»Nein, das werde ich nicht.« In der Ferne hörte ich Sirenen. »Wir gehen jetzt. Kommen Sie.«

»Aber ... er ...«

»Sie sind nicht festgebunden«, sagte ich laut, um diese endlose Stimme zu übertönen »Es ist nur ein Band. Es ist vorbei. Kommen Sie. Wir gehen rüber zu Harvey.« Wieder streckte ich die Hand aus.

Diesmal ergriff Camille sie langsam. Zur Hälfte war sie in dieser Welt, zur Hälfte in der anderen. Keeter kam auf meine Seite des Bettes und schaute mich mißtrauisch an. Kein Wunder, daß sie keine Hilfe war. Was konnte ein Hund schon gegen einen Rekorder ausrichten?

Camille stand langsam auf, und ich legte meinen Arm um sie und führte sie aus dem Zimmer. Tränen liefen ihr die Wangen hinunter, und ich konnte spüren, wie ihre Schultern unter dem Schluchzen zuckten. Die ganze Sache erinnerte mich an jemanden, den Adam vor nicht allzu langer Zeit aus einer Sporthalle geführt hatte – an mich.

Die Stimme wurde schwächer, als wir uns quer durch das Wohnzimmer bewegten. Als ich die Eingangstür öffnete, sah ich, wie mehrere Polizeiwagen die Straße herunterkamen. Harvey trat aus dem Haus, und ich bat ihn, Camille mit hineinzunehmen. Ich kehrte zu Camilles Haus zurück, gerade als die Polizeiwagen in die Einfahrt einbogen. Ich wollte einfach nur noch einmal diese Stimme hören. Ich glaubte, sie zu kennen. Ich ging ins Schlafzimmer und hörte zu.

Dieser Hurensohn, dachte ich, als ich erkannte, wer es war. Dieser verdammte Hurensohn.

22

Am nächsten Tag war alles vorbei. Die Polizei fand den Kassettenrekorder, den der Hurensohn im Bett versteckt hatte. Er war mit einer Apparatur verbunden, die das Band beliebig starten und automatisch zurückspulen ließ, wenn es zu Ende war. Solange Camille allein im Haus war, war sie auch die einzige, die es hören konnte.

Das war Maßarbeit, kein Ding, das man sich bei Radio Shack besorgen konnte. Nur ein raffinierter Junge konnte sich so etwas ausgedacht haben, aber das war schließlich keine Überraschung. Willy war schon immer ein raffinierter Junge gewesen.

Aufgrund der Identifizierung seiner Stimme leitete Adam die Fahndung nach Willy ein. Aber da er längst das Weite gesucht haben konnte – während er mich verwundert und Camille verwundet zurückließ –, wußten wir, daß es eine Weile dauern konnte, um ihn zu fassen, wenn überhaupt.

Camille blieb ein paar Tage bei Harvey und seiner Frau. Sie wollte nicht alleine in ihr Haus zurück, und Harvey und Lenore waren so freundlich, ihr einen Platz anzubieten. Ich rechnete damit, daß sie ihre spontane Freundlichkeit bald bereuen würden. Es war mehr als nur ein bißchen schwierig, mit jemandem zusammenzuleben, der unter einem PTSD litt; außerdem mochte Harvey keine Hunde.

Währenddessen beobachtete die Polizei weiter Camilles Haus. Willys Ausrüstung war noch dort. Vielleicht würde er zurückkommen, um sie zu überprüfen oder zu entfernen oder sonst etwas.

Ich war nach Hause gefahren, kurz nachdem Adam gekommen war. Er wußte alles über Willys Entlassung aus dem Gefängnis, und er wußte alles über Camille, so daß ich ihm in *dieser* Nacht nichts weiter erzählen mußte. Später würde ich ihm allerdings noch jede Menge erzählen müssen – von Willys E-Mails und seinem Lauschangriff auf mein Büro und so weiter. Aber ich dachte, es wäre besser, wenn ich ihm das alles in Ruhe am nächsten Morgen in seinem Büro erzählte.

Ich war nicht gerade wild auf diesen Schlagabtausch – schließlich hatte ich Adam versprochen, ihm zu sagen, wenn Willy sich mit mir in Verbindung setzte, und ich hatte es nicht getan. Außerdem war ich viel zu müde, um damit mitten in der Nacht anzufangen. Morgen, beschloß ich. Morgen würde ich es ihm sagen. Das wäre immer noch früh genug, um Carlotta zuvorzukommen, und erst recht, um bei der Suche nach Willy zu helfen.

Aber als der Morgen kam, trödelte ich ziemlich herum. Ich wollte ihm alles sagen; ich mußte es tun. Zuerst aber brauchte ich ein bißchen Zeit, um meine Batterien wieder aufzuladen.

Ich machte mir einen Kaffee und ging hinaus auf die Terrasse. Es war ein schöner Frühlingsmorgen, und ich hatte den Bademantel an, den Carlotta mir zu Weihnachten geschenkt hatte. Er war aus diesem dicken türkischen Samt und nicht gerade die Art von Sachen, die ich mir selbst gekauft hätte: Meistens schlief ich im T-Shirt und mied solche monofunktionalen Einzelstücke wie die Pest.

Aber Carlotta kannte mich besser. Es war eine typische Wunden-leck-Kluft, und ich hatte ständig Wunden zu lecken. Ein Ding, das man tragen konnte, wenn man den großen Wurf auf dem Spielfeld verpaßt hatte, wenn man den Fall verlor, den man hätte gewinnen müssen, oder wenn ein Kind, für das man gekämpft hatte, zu dem es mißbrauchenden Elternteil zurück mußte – obwohl es in solchen Fällen auf der ganzen Welt nicht genug Samt gab, um getröstet zu werden. Es war das, wonach ich heute instinktiv gegriffen hatte, als mir klar wurde, daß es Camille schlecht bekommen war, mich kennenzulernen.

Camille war mit einem akuten PTSD in mein Leben getreten, nachdem sie einer der kleinen Mißgeburten von Mutter Natur über den Weg gelaufen war: einem durchgeknallten, seelenlosen Sadisten. Sie war in einem fürchterlichen Zustand gewesen, aber nicht in einem so schlimmen wie jetzt. Wenn sie mich nicht getroffen hätte, hätte Willy ihr nie nachgestellt und sie schikaniert, und sie hätte niemals so viele Flashbacks erlebt. Ihr Zustand hatte sich maximal verschlimmert, was niemals ohne Willys Nachhilfe passiert wäre. Und das Problem war, daß er niemals ihren Weg gekreuzt hätte, wenn sie nicht meinen gekreuzt hätte.

Wenn ich Carlotta oder Adam erzählen würde – nicht, daß ich es wirklich vorhatte –, wie miserabel ich mich fühlte, weil ich Camille ein Geschenk wie Willy beschert hatte, würde ich als Antwort nur zu hören bekommen, daß ich nichts dafür konnte. Als ob das ein Trost wäre. Menschen sind dumm, ich inklusive.

Jahrelang hatte ich nicht verstanden, warum Vergewaltigungsopfer nicht aufhörten, darauf zu bestehen, daß sie selbst schuld waren: Wenn sie nicht um sieben Uhr abends diese Straße hinuntergegangen wären, wenn sie nicht ein Kleid angehabt hätten, das nur bis zu den Knien ging, wenn sie keine Stöckelschuhe getragen hätten ... wäre das nie passiert.

Jetzt wußte ich es. Was wäre mir lieber – zu glauben, daß ich Einfluß auf eine Situation hatte und verhindern konnte, daß es noch einmal passierte, wenn ich einen Kleidersaum änderte? Oder daß es jederzeit, überall passieren konnte, egal was ich tat? Ohnmacht war nie ein Gewinn.

Und auch ich fühlte mich ohnmächtig. Ich *war* ohnmächtig in diesem Fall. Ich hatte niemals vorgehabt, Willy auf Camille loszulassen. Ich hatte noch nicht einmal daran gedacht, daß es diese Möglichkeit gab. Und genau das machte alles so schlimm. Wenn sie Willy nicht faßten, würde er ein Gefühl von Ohnmacht in mir hinterlassen, mit dem ich nur schwer leben konnte. Er konnte jederzeit zurückkommen und mit jedem, den ich kannte, um den ich mich sorgte, mit dem ich zu tun hatte, irgend etwas anstellen – etwas Neues und Widerliches.

Ich mußte wirklich mit Adam reden. Vielleicht konnte er irgendeinen Hinweis in Willys E-Mail entdecken, wie er sich Zugang zu meinem Büro verschafft hatte. Wenn es überhaupt irgend etwas bei Willys Vorgehen gab, das helfen konnte, ihn zu fassen, mußte ich sichergehen, daß Adam es wußte. Denn wenn Adam Willy nicht kriegen konnte, würde ich durch Willy früher oder später völlig handlungsunfähig werden. Und ich wollte noch nicht einmal daran denken, wie groß die Zerstörung war, die er hinterlassen würde.

Widerwillig stand ich auf. Der Bademantel hatte etwas Beruhigendes, wie der Fluß und der Sonnenschein – da würde der Rest des Tages nicht mithalten können. Ich mußte Adam vom Büro aus anrufen und einen Termin ausmachen, um über alles zu reden. Es war nötig, wenn auch schmerzhaft. Aber zuerst würde noch Camille kommen, und ich mußte rechtzeitig dasein, um das Zimmer nach Wanzen zu durchsuchen.

Ich fuhr los, vertieft in den Gedanken, wie merkwürdig das Leben doch war. Hemingway war kein Idiot. Niemand ist eine Insel, egal wie sehr er sich das wünscht. Was hatte das alles gebracht? Ich war in ein einsames Haus aufs Land gezogen, hatte jedes normale Gesellschaftsleben aufgegeben und so gut wie alle meine Habseligkeiten weggeworfen und blieb trotzdem eine Zielscheibe.

Ich wußte, was es gebracht hatte. Um vor Willys Einfluß gefeit zu sein, durfte man sich um kein menschliches Wesen kümmern. Der Hurensohn hatte einen höheren Preis verlangt, als ich bezahlen konnte.

Ich stieg aus dem Auto und nahm widerwillig meine Pistole heraus. Solange Willy hier draußen herumlief, wollte ich sie ständig bei mir tragen, aber in bezug auf Waffen hatte ich ein paar Regeln. Nie nahm ich eine mit ins Büro, weil dort auch Kinder hinkamen. Kinder und Waffen sind eine schlechte Kombination. Ich habe schon Erwachsene betreut, deren Kinder tot waren, obwohl sie ihre Waffen in einer abgeschlossenen Schublade und die Munition in einer anderen aufbewahrt hatten; ihre Kinder hatten sich trotzdem Zugang verschafft. Ich legte die Pistole in den Kofferraum, schloß ihn ab und fühlte mich nackt und verletzlich.

Ich ging hinein, nahm den Wanzendetektor aus der Schublade und scannte das Zimmer mit neuem Nachdruck. Das letzte, was ich jetzt wollte, war, Willy einen Tip zu geben, daß wir wußten, was er vorhatte. Aber wieder fand ich nichts, nichts und noch mal nichts.

Ich betrachtete den Detektor. Es gab eine Möglichkeit, die ich noch nicht bedacht hatte. Was, wenn dieses verdammte Ding einfach kaputt war?

O Gott, was für eine beschissene Situation! Ich setzte mich und versuchte nachzudenken. Es gab noch andere Möglichkeiten. Seit seiner E-Mail über den kleinen Schwindler hatte ich von Willy nichts mehr gehört. Bei dem wenigen, was ich wußte, konnte er auch tausend Meilen weit weg sein. Er erschreckte mich zu Tode und hinterließ den kleinen Hinweis mit Camille. Zweifellos hatte er eine Weile hier herumgehangen, um ihre Zerstörung zu genießen, aber wie lange? Es gab wirklich keine Möglichkeit herauszufinden, ob er immer noch da war. Wenn sein Rekorder jedes Mal nur ein paar Minuten am Tag lief, konnte er wochenlang laufen, ohne neue Batterien zu brauchen.

Warum sollte der Detektor nicht funktionieren? Willy

konnte inzwischen auf und davon sein. Das war natürlich das schlimmste Szenario. Er konnte einen Blitzangriff starten, Verwüstung hinterlassen und wieder verschwinden. Wenn er monate- oder jahrelang nicht auftauchte, bis sich alles wieder beruhigt hatte, könnte er plötzlich zurückkommen, und alles würde von vorne beginnen. Wenn er das wiederholte, konnte er mich in den Irrsinn treiben, ohne je gefaßt zu werden. Oder noch schlimmer, er konnte mir das trügerische Gefühl vermitteln, daß alles nur Schikane war.

Wenn ich mich recht erinnere, soll Alexander der Große einmal so etwas mit seinen Elefanten gemacht haben. Jede Nacht ließ er sie zu unterschiedlichen Zeiten einen Fluß rauf und runter marschieren, bis sein Feind sogar aufhörte, sich die Parade anzusehen. Dann, eines Nachts, überquerte er den Fluß.

Ich starrte auf das Telefon. Ich sollte Adam anrufen. Ich hatte mir schon genug Zeit gelassen. Es war schwerer, als gedacht. Vielleicht war der Vertrauensbruch doch eine große Sache für mich, obwohl ich es ohne Bedenken getan hatte. Wer sagt denn, daß man mit vierzig keine neuen Regeln mehr aufstellen kann? Erst lügen, dann zögern. Als nächstes würde ich noch autoaggressiv werden – was ich bis jetzt immer hatte verhindern können.

Das Telefon klingelte, und ich sprang auf. Bitte, laß es nicht Adam sein.

»Michael, haben Sie heute Zeit für uns?«

»Lorraine?« Lorraine war eine alleinerziehende Mutter mit drei kleinen Jungen. Sie neigte dazu, immer nur in Krisenzeiten anzurufen, und dann mußte sie gleich einen Termin haben. Für die Zeiten dazwischen gab es keine Möglichkeit, eine Therapiesitzung zu vereinbaren: Sie sagte Termine ab oder verpaßte sie und hinterließ eine Nachricht, daß alles in Ordnung sei.

In Lorraines Welt wurden Probleme solange ignoriert,

bis es nicht mehr ging. Ich hatte es aufgegeben, ihren chaotischen und manchmal mißbräuchlichen Erziehungsstil ändern zu wollen. Aber vielleicht konnte ich die Situation wenigstens stabilisieren – und sie davon abhalten, daß sie einen ihrer Sprößlinge umbrachte.

Als ob sie meine Gedanken gelesen hätte, fügte Lorraine hinzu: »So helfen Sie mir doch, o Gott, oder ich bringe diesen kleinen Bastard diesmal wirklich um.«

»Wie wäre es jetzt sofort?« Ich schaute zur Uhr. Camilles Termin war erst in einer Stunde, und Lorraine wohnte nicht weit weg.

»Je früher, desto besser«, sagte sie und legte auf.

Danke, Lorraine. Es war nur ein kleiner Aufschub, aber vielleicht würde er mir Zeit geben herauszufinden, warum ich soviel Angst hatte, Adam alles zu beichten. Und das war eine Situation, wo ich ein Gespräch mit ihm verschieben *mußte*, selbst wenn ich es nicht wollte.

Zu meiner Überraschung tauchte Lorraine mit ihrem Ältesten, dem sechsjährigen Daniel, im Schlepptau auf. Normalerweise waren es der zweijährige Damion oder der dreijährige Donald, die sich geprügelt oder etwas kaputtgemacht hatten oder verschwunden waren oder sonstwas. Lorraine war eine dieser Mütter, die dachten, daß es niedlich war, wenn die Vornamen ihrer Kinder mit dem gleichen Buchstaben anfingen.

»Er ist ein gottverdammter Perverser«, sagte sie, ohne Daniel zu beachten, der so traurig aussah wie noch nie. Widerwillig war er seiner Mutter ins Wartezimmer gefolgt und blieb an der Tür stehen, als ob er gleich weglaufen wollte.

»Ah«, meinte ich. »Lassen wir Daniel doch besser einen Augenblick hier im Wartezimmer spielen und unterhalten uns drinnen.« Sie war keine Mutter, die ich *mit* ihrem Kind zusammen sprechen wollte. Lorraines Art, mit ihrem Kind zu reden, war wie eine emotionale Ohrfeige. »Aber eines weiß ich jetzt schon«, sagte ich und schaute auf Daniel, »Daniel ist kein Perverser.«

Daniel wirkte ein wenig erleichtert. Jesus, was für merkwürdige Prophezeiungen muteten Eltern ihren Kindern zu! Ich stattete Daniel mit Spielzeug, Magic Markers und Papier aus und lächelte ihn an. »Deine Mama ist sauer«, sagte ich. »Und wenn sie sauer ist, sagt sie Dinge, die sie nicht so meint. Ich weiß, daß du kein Perverser bist« – egal was Daniel glaubte, was das war. »Laß mich mit ihr ein paar Minuten reden und die Sache klären.« Ich ging zurück in mein Büro und schloß die Tür. Lorraine saß auf der Couch und sah aus, als ob sie gleich einen ihrer Schreianfälle bekommen würde.

»Verdammt noch mal, Michael«, sagte sie. »Jedesmal, wenn ich ihnen etwas Gutes tun will, zerstören sie es. Sie machen jedes verdammte Spielzeug kaputt, das sie besitzen. Aber warum kümmere ich mich darum? Glauben Sie nur nicht, daß mein Hurensohn von einem Vater mir auch nur ein verdammtes Spielzeug gekauft hätte. Aber waren sie jemals dankbar für etwas? Ich war so glücklich, daß er dieses eine Ding nicht gleich kaputtgemacht hat. Was für ein Witz!«

Sie griff in eine Tasche und holte etwas heraus, das wie ein Miniatur-Radar aussah, der mit einer Art Joystick verbunden war. Kabel und Kopfhörer hingen herunter. Sie warf es auf die Couch.

»Bleiben Sie ruhig«, sagte ich, während ich mich betont langsam hinsetzte. Ich bewegte mich und sprach immer langsam, wenn Leute durcheinander waren. Menschen reagierten viel stärker auf Körpersprache, als ihnen bewußt war. Zwar war die Versuchung, sich ihrem gehetzten Tempo anzupassen, immer überwältigend, aber es machte alles nur schlimmer. »Ich habe keine Ahnung, wovon Sie reden, aber eines weiß ich genau: Wenn Sie Daniel weiter als Perversen beschimpfen, wird er Ihnen früher oder später glauben.«

»Dann ist es also meine Schuld, wenn er sich als Perverser entpuppt?« sagte sie. »Warum ist immer alles meine Schuld?« Lorraine klang wie eine aufgebrachte Achtjährige, was sie in gewisser Weise auch war.

»Beruhigen Sie sich, Lorraine«, sagte ich. »Alles, was ich gesagt habe, ist, daß Ihre Kinder mehr auf Sie hören, als Sie glauben. Seien Sie mal ehrlich: Glauben auch Sie nicht immer noch, irgendwo tief in Ihrer Seele, daß Sie das sind, was Ihr Vater behauptet hat?«

»Was hat das damit zu tun?« fragte sie.

»Alles«, meinte ich. »Möchten Sie, daß Daniel die Vorstellung mit sich herumträgt, daß er ein Perverser ist? Egal, was er getan hat, er ist erst sechs Jahre alt, verdammt noch mal.«

»Dann ist er ein sechsjähriger Perverser«, sagte sie. »Sie wissen ja, daß die mich ständig aussaugen. Ich hätte es wissen müssen. Wissen Sie, warum er sein Spielzeug diesmal nicht kaputtgemacht hat? Wissen Sie warum? Weil er herausgefunden hat, daß er damit unsere Nachbarn bespitzeln kann, das ist der Grund.«

»Die Nachbarn bespitzeln?« fragte ich überrascht.

»Ja, die Nachbarn bespitzeln. Sie wissen ja, wie nah unsere Häuser nebeneinander stehen – na gut, Sie wissen's nicht, aber es ist so nah, daß ich eine Erkältung bekomme, wenn mein Nachbar niest. Auf jeden Fall, Daniels Fenster ist bloß ein paar Zentimeter vom Schlafzimmerfenster meines Nachbarn entfernt.«

»Und er hat ihnen zugeschaut?«

»Ja. Ich kam rein, um nachzusehen, was los war. Um ehrlich zu sein, es war einfach zu ruhig. Normalerweise ruft er mich alle zwei Sekunden. Weil er ein Glas Wasser will. Oder eine Gutenachtgeschichte. Dann muß er ins Bad. Er hat Angst. Er benimmt sich wie ein großes Baby. Aber die letzten paar Nächte ging er einfach ins Bett. Kein Wasser, nichts. Die ersten Nächte war ich so müde, daß ich dankbar war. Ich meine, Damion und Donald waren weiter alle paar Sekunden auf, so daß es nicht gerade ruhig war. Dann fing ich an, mich zu wundern. Daniel schien nicht krank zu sein, aber ich dachte, daß er es vielleicht doch war. Also ging ich hinein, um nachzusehen, und da saß er am Fenster im Dunkeln und sah den Nachbarn zu.«

»Lorraine, lassen Sie mich ein paar Fragen stellen, okay? Und lassen Sie mich versuchen einzuordnen, was passiert ist. Haben Sie Daniel schon mal dabei erwischt, wie er etwas Sexuelles gemacht hat?«

»Sicher. Er legte seine Flasche auf seinen Sie-wissen-schon-was und schaukelte darauf beim Einschlafen.«

»Das war als Baby, nicht wahr?«

»Na ja, er kriegt seitdem keine mehr.«

»Die meisten Kinder spielen an sich herum.«

»Meine nicht.«

»Sie sollten mir ein bißchen vertrauen, Lorraine. Es gibt einen großen Unterschied zwischen Perversion und dem, was Kinder tun, auch wenn es Ihnen nicht gefällt. Hat Daniel schon einmal vor anderen Kindern an sich rumgespielt oder in der Schule oder so etwas?«

»Oh, nein. Ich hätte ihn totgeschlagen, wenn er so etwas gemacht hätte.«

»Wissen Sie, ob er mit anderen Kindern etwas Sexuelles angestellt hat?«

»Mein Gott, nein.«

»Ist schon einmal irgend etwas anderes passiert, irgend etwas, was Daniel mit Sex in Zusammenhang bringt?«

»Sie meinen vorher?«

»Ja.«

»Nein, aber das hier ist schlimm genug.«

»Um ehrlich zu sein – und ich sage das, obwohl ich weiß, daß Sie mir nicht glauben werden –, das ist nicht schlimm.«

»Es ist nicht schlimm? Es ist nicht schlimm genug? Wovon reden Sie? Wenn ihn der Nachbar erwischt hätte, hätte man ihn eingesperrt.«

»Nicht mit sechs Jahren, das wäre nicht passiert. Lorraine, Kinder wollen alles über Sex herausfinden. Es mag Ihnen nicht gefallen, aber es ist wahr. Können Sie sich nicht daran erinnern, wie neugierig Sie als Kind auf Sex waren?«

»Ich? Ich wußte mit sechs Jahren mehr über Sex, als ich wissen wollte, dank eines Hurensohnes von Vater.«

»Also, Daniel weiß es nicht – weil er bessere Eltern hat als Sie. Er ist nur neugierig.«

»Aber er hätte das nicht tun dürfen.« Etwas Wind war aus Lorraines Segeln genommen, aber sie hatte noch nicht aufgegeben.

»Das ist wohl wahr. Aber normale Kinder tun viele Dinge, die sie nicht tun dürfen. Es macht sie nicht gleich zu Perversen. Schauen Sie, das ist doch eine gute Nachricht, oder? Wollen Sie einen Perversen aufziehen? Oder doch lieber ein normales Kind, das etwas getan hat, das es nicht durfte?«

Sie schwieg. Vielleicht hatte ich sie nicht ganz überzeugt, aber immerhin hatte sie sich endlich beruhigt. Später dann, als sie Daniel im Wartezimmer gegenübertrat, sah sie sogar ein bißchen verlegen aus. Wenn Lorraine sauer war, beschimpfte sie ihre Kinder mit jedem erdenklichen Schimpfwort, aber wenn sie sich beruhigt hatte, tat es ihr immer leid. Es gab sogar Zeiten, wo sie sich entschuldigte, was fast so gut war, als wenn sie gar nicht geschimpft hätte.

Ich hatte nicht mehr viel Zeit für Daniel; die meiste Zeit der Sitzung hatte ich darauf verwendet, Lorraine zu beruhigen und sie zu der Einsicht zu bringen, daß sie beim Thema Sex vielleicht ein bißchen zu empfindlich reagierte und daß das möglicherweise mehr an ihrem Vater lag als an Daniel. Alles, was ich für Daniel tun konnte, war, ihn wieder aufzurichten. Als sie gingen, waren sie in einem deutlich besseren Zustand. Aber das würde nicht lange andauern.

Als Lorraine die Tür öffnete, um zu gehen, kam Camille mit Keeter herein. Lorraine und Daniel traten zurück und machten um Keeter einen weiten Bogen. Ich mußte lächeln. Normalerweise ging Daniel überaus offen auf Tiere zu, aber diesmal mußte ihm noch nicht einmal seine Mutter sagen, daß er diesen fremden Hund nicht streicheln sollte. Daniel hatte einen besseren Instinkt, als ihm seine Mutter zutraute.

Ich wußte nicht genau, was ich von Camille erwarten sollte. Letzte Nacht hatten wir keine Möglichkeit gehabt, länger miteinander zu sprechen. War sie erleichtert, daß es Willy und nicht ihr Kidnapper gewesen war, der ihr nachgestellt hatte? Oder würde es sie um so mehr beunruhigen, daß da draußen jetzt zwei Sadisten frei herumliefen? Es war natürlich keine große Hilfe, daß Willy noch nicht gefaßt war.

Camille kam herein und wollte sich setzen. Daniels Spielzeug lag immer noch auf der Couch, und sie reichte es mir, bevor sie sich hinsetzte. Ich legte es neben mir auf den Boden. Vielleicht war es ganz gut, daß sie es vergessen hatten. Ich glaubte nicht, daß Daniel in nächster Zeit damit spielen wollte, und Lorraine würde es nur an seine »Perversion« erinnern.

Keeter legte sich wie üblich zwischen mich und Camille, obwohl sie fast gelangweilt aussah, was ich als positive Entwicklung unserer Beziehung deutete.

»Wie fühlen Sie sich?« fragte ich, während ich sie musterte. Sie sah wirklich kein bißchen besser aus: dunkle Ringe unter den Augen, ein paar ängstliche Blicke zu den

Fenstern. Ich merkte, daß ich den Atem anhielt, als ich auf die Antwort wartete.

»Ich weiß es nicht«, sagte sie langsam. »Ich denke, ich bin erleichtert, daß Sie mir jetzt glauben. Sonst hat sich nicht wirklich etwas geändert. Ich wußte ja, daß er da war.«

»Sie meinen Willy?« fragte ich.

»Ja«, sagte sie. »Vorher kannte ich seinen Namen nicht. Ich denke, das hilft ein bißchen.«

Ich schwieg für einen Moment. Was stimmte nicht an diesem Bild?

»Camille, ich bin etwas verwirrt«, gab ich zu. »Sprechen Sie von Willy oder von dem Kerl, der Sie gekidnappt hat?«

Jetzt wirkte Camille verwirrt. »Was meinen Sie? Es ist derselbe. Haben Sie das nicht gewußt?«

Selbstverständlich hatte ich das nicht gewußt, und es war eine höchst unangenehme Vorstellung. Warum glaubte sie, daß es ein und dieselbe Person war? Während ich darüber nachdachte, schaute ich nach unten und bemerkte das Spielzeug auf dem Boden. Scheißding. Wie konnte er denn mit diesem Ding jemanden bespitzeln? Arbeitete es mit Infrarot? Dann fröstelte ich. Sah ich, was ich dachte, daß ich sah?

Ich griff hinunter und hob es langsam auf. Da war diese radarähnliche Schüssel mit einem Joystick dran. Und da waren Kabel. Ich steckte sie mit den Kopfhörern zusammen und setzte sie auf. Ich drehte die Schüssel und richtete sie auf Keeter. Dann klickte ich auf den Joystick, und das Geräusch, wie Keeter ihre Pfoten leckte, erfüllte plötzlich meine Kopfhörer. Ich stand langsam auf und wiederholte den Vorgang. Keeter hatte mit dem Lecken aufgehört und schaute mich mißtrauisch an. In den Kopfhörern klang ihr Atmen wie Meeresrauschen. Daniel hatte die Nachbarn nicht beobachtet, er hatte sie belauscht.

Camille starrte mich an. Ich ging um meinen Stuhl herum

und probierte das Spielzeug noch einmal aus. Nichts. »Freie Sicht«, sagte ich laut. »Dieser Hurensohn.«

Kein Wunder. Kein Wunder, daß ich keine Wanze gefunden hatte. Ich ging geradewegs zu den Fenstern und blickte nach oben. Es gab kein Haus, das gegenüber dem Seitenfenster stand, aber gegenüber der Frontseite befand sich eine Kirche mit einem Fenster, von dem man genau in mein Büro hinunterschauen konnte.

Ich richtete das Spielzeug genau auf dieses Fenster und drückte den Knopf. Nichts. Vielleicht war jetzt gerade niemand oben. Oder vielleicht hatte ich bloß die Spielzeugversion, bei der der Radius nicht groß genug war. Aber wenn es eine Spielzeugversion von diesem Ding gab, gab es auch eine Profiversion. »Hurensohn«, konnte ich nur wiederholen. Ich wunderte mich darüber, warum Willy dort ein Tonband installiert und es liegengelassen haben sollte. Es sah ihm gar nicht ähnlich, nicht in der Nähe von leidenden Menschen zu bleiben. Aber er *war* vermutlich gegangen.

Ich stürmte zur Tür. »Ich muß gehen«, schaffte ich gerade noch zu sagen und stoppte dann an der Tür. Plötzlich spürte ich so deutlich würgende Hände an meinem Hals, daß ich kaum atmen konnte. Das letzte Mal, als ich derart außer mir gewesen war, war es schlecht ausgegangen. Alles, was man tun mußte, war, mir den Hals zuzuschnüren.

Ich drehte mich um. Ich mußte an meine Pistole – aber ich merkte, daß das nicht möglich war. Sie war im Kofferraum. Wenn ich rausging, um sie zu holen, würde Willy mich vielleicht sehen. Das verdammte Auto stand auf dem Parkplatz genau vor der Kirche. Wenn ich mitten in einer Therapiesitzung meine Pistole holte, würde sogar jemand, der dümmer war als Willy, mißtrauisch werden.

Ich holte tief Luft. Da mußte ich durch. Ich drehte mich um – irgend etwas mußte ich Camille sagen, um mein verrücktes Verhalten zu erklären –, als ich das Fenster erblickte. Ich ging hinüber und ließ die Rollos runter. Freie Sicht. Alles, was ich tun mußte, war, die Rollos runterzulassen. Willy hatte sich nie über Danny lustig gemacht, weil die Rollos unten gewesen waren und er sich nicht hatte einklinken können. Er hatte nicht gewußt, daß Danny hier war.

Ich nahm das schnurlose Telefon und reichte es Camille. »Es tut mir leid, Camille«, sagte ich, »ich muß wirklich gehen, aber ich komme wieder. Falls ich nicht wiederkomme, wenn Sie nichts von mir hören, rufen Sie 911.« Camille sah mich erschrocken an. Ich wartete, aber sie sagte nichts. Ich drehte mich um und eilte zur Tür.

Sie fand ihre Stimme wieder. »Warten Sie«, sagte sie. »Er ist da draußen, nicht wahr?«

»Ja«, erwiderte ich.

»Sie wollen ihn suchen«, sagte sie mit blankem Unglauben in der Stimme.

»Ja.«

Sie schwieg, aber als ich hinausgehen wollte, fuhr sie fort: »Nehmen Sie Keeter mit. Gehen Sie nicht allein.« Ich drehte mich um, und sie hielt mir die Leine hin. Ihr Kinn und ihre Hand zitterten, aber sie hielt sie mir immer noch hin. Jesus, die Courage, die sie dafür brauchte!

Ich blickte Keeter an. Sie wirkte jetzt wie eine große Hilfe. Ich durchquerte das Zimmer und nahm die Leine. Keeter stand auf und schaute Camille und dann mich an. Würde sie mit mir gehen?

»Keeter«, sagte ich eindringlich. »Ich habe keine Zeit zum Trödeln, also laß uns gehen.« Ich marschierte los, aber Keeter nicht. Sie stand immer noch da und sah Camille an. Camille machte ein Handzeichen, und Keeter drehte sich um und trabte hinter mir her. Die Leine wurde schlaff, als Keeter automatisch bei Fuß ging. Es war klar, daß irgend etwas los war, und Keeter schien das besser zu gefallen, als bloß herumzuliegen.

Ich eilte aus dem Wartezimmer in Carlottas Wohnung und zur Hintertür hinaus. Keeter trabte ruhig neben mir her. Ich überquerte einige Hinterhöfe und dann einen halben Block weiter die Straße. Ich lief den ganzen Weg durch Hinterhöfe zurück und erreichte die Hintertür der Kirche, die gegenüber meinem Büro lag. Keeter lief immer noch bei Fuß, obwohl ich es ihr gar nicht befohlen hatte. Sie wirkte konzentriert und angespannt, aber ihr Blick verriet auch, daß der Lunch im Anmarsch war.

Die Hintertür der Kirche war nicht abgeschlossen, und ich ging einfach hinein. Im Gebäude war es still. Vielleicht waren an Wochentagen nicht so viele Leute hier. Ich durchquerte den Hauptraum und fand eine Treppe, die nach oben führte. Ich stieg in den ersten Stock hinauf und ging in ein Zimmer, das aussah wie das Büro des Pfarrers. Ich war froh, daß er nicht da war. Es war einfacher, wenn ich nichts erklären mußte, außerdem wollte ich nicht, daß irgendwer erfuhr, daß jemand meine Klienten belauschte.

Ich schaute hinaus, aber die Sträucher, die teilweise meine Fenster bedeckten, blockierten die Sicht. Warum hatte ich mir nicht gemerkt, in welchem Stock das Fenster lag? Ich rannte zurück zur Treppe und stieg in den zweiten Stock.

Dann fand ich ihn: einen großen Raum mit ein paar Pappkartons, von dem aus man mein Büro überblicken konnte. Das Licht war trübe; die Jalousie des einen Fensters war fast ganz heruntergelassen, und die Deckenbeleuchtung war aus. Ich ging hinüber zum Fenster und kniete mich hin, um durch das Rollo zu sehen. Ich berührte nichts. Das hier war ein Tatort, und ich wollte keine Beweismittel unbrauchbar machen.

Doch selbst wenn ich nur durch die Rollos spähte, konnte

ich erkennen, daß die Sichtlinie zu meinem Bürofenster perfekt war. Und es sah so aus, als ob man hier ewig sitzen konnte, ohne daß es jemand bemerkte.

Der Raum war leer. Vielleicht hatte Willy erfahren, daß die Polizei hinter ihm her war und war abgehauen. Egal. Aber es war der richtige Ort. Dieser Hurensohn hatte hier in diesem leeren, dunklen Raum gesessen und bei weiß Gott wie vielen Therapiesitzungen zugehört. Und die ganze Suche nach Wanzen hatte nichts gebracht, weil es niemals eine Wanze gegeben hatte. Was hatte Willy vorgehabt? Wollte er alle meine Klienten schikanieren, oder hatte er sich bloß Camille herausgepickt, weil sie die Verletzlichste war? Jesus, was hatte ich meinen Klienten damit angetan, daß ich die Praxis offengelassen hatte? Hatte er alles mitgeschnitten?

Ich ging in dem Zimmer herum, um nach Hinweisen für Willy zu suchen, und versuchte die Ereignisse einzuordnen. Wendy und die verlorenen Jungs. Ich hatte mich geirrt. Er wollte mich nicht mit den Kindern verhöhnen, die er mißbrauchen wollte. Wendy kümmerte sich um ihre Geschwister und die verlorenen Jungs. Da tauchte Peter Pan auf, um alle ins Nimmer-Nimmer-Land zu entführen. Kein Zweifel, die Rolle der Wendy, die sich um ihre erwachsenen Schützlinge kümmerte, hatte er für mich vorgesehen, während er sich als Peter Pan sah, der sie ins Nimmer-Nimmer-Land weglocken wollte – obwohl sich seine und Peter Pans Vorstellung vom Nimmer-Nimmer-Land ein wenig unterschieden.

Ich hatte die Leine abgemacht, damit Keeter sich umsehen konnte. Sie schnüffelte zwischen den Kisten herum, und ich bemerkte, daß sich ihr Fell im Nacken sträubte. Sie hatte wohl etwas gerochen, das sie wiedererkannte. Vielleicht kannte sie Willys Geruch aus Camilles Schlafzimmer. Er mußte ja irgendwann einmal dagewesen sein, um den

Kassettenrekorder zu installieren. Sein Geruch konnte immer noch in dem Zimmer gewesen sein, als Keeter zurückgekommen war, und er hatte ihr nicht gefallen: ein Eindringling in ihrem Revier.

Keeter lief hinter ein paar Kisten, die vor dem Fenster aufgebaut waren, und ich verlor sie aus dem Blickfeld. Zweifellos war dies der Platz, wo Willy gesessen oder gekniet hatte, denn es war der Platz direkt vor dem Fenster.

Ich wollte ihr gerade folgen, um zu sehen, ob ich einen Beweis finden konnte, daß er hier gewesen war – vielleicht war der Staub auf dem Fensterbrett weggewischt worden –, als ich ein Geräusch auf der Treppe hörte. O mein Gott, laß es den Pfarrer sein. Aber ich wußte, daß er es nicht war. Ich wußte instinktiv, daß es Willy war. Er war nur spät dran, das war alles, aber er kam, um zuzuhören.

Ich hatte noch Zeit. Ich könnte mich verstecken. Ich konnte es *nicht*. Ich konnte es nicht ertragen, darauf zu warten, daß ich entdeckt wurde. So blieb ich einfach stehen: Was sollte ich anderes tun?

Willys Schatten ging ihm voraus, was meinen Nerven nicht gerade förderlich war. Er bog um die Ecke mit etwas über der Schulter, das aussah wie eine große Kameratasche. Er sah verdutzt aus, als er mich sah, und dann grinste er. Er stützte sich mit beiden Händen an den Türrahmen, den er ziemlich gut ausfüllte.

Für einen Moment sagte keiner von uns beiden ein Wort. Komisch, daß mir nie aufgefallen war, wie groß er war. Ich wußte, daß er korpulent war, aber ich hatte immer geglaubt, daß er mittelgroß war. Jetzt erst wurde mir klar, daß selbst ein durchschnittlicher Mann immer noch größer war als ich mit meinen 1,70 Meter. Und wenn es nur eine Tür gab, war Größe ausschlaggebend.

»Gut, gut, gut«, sagte er. »Schlaues Mädchen. Ich habe dich zeitweise unterschätzt. Du mußt doch zugeben, daß es wirklich eine schöne kleine Nummer war. Und ein sehr eleganter Weg, dich zu kriegen, findest du nicht? Ich hatte mir ein Ziel gesetzt: Welche Art Verwüstung konnte ich anrichten, ohne dabei jemanden anzutasten?«

Willy nahm die Arme vom Türrahmen und tätschelte seinen stattlichen Bauch. Es war eine merkwürdig widersinnige Geste: Sie erschien so normal. Sein Ton, seine Bewegungen – er hätte auch übers Wetter reden können, nur daß er das nicht tat.

»Ich sehe, du bist allein gekommen. Wie nett. Ich hatte gerade an dich gedacht und überlegt, wie wir unser kleines Tête-à-tête auf eine etwas intimere Weise fortführen könnten. Ehrlich gesagt, hatte ich diese blödsinnige Technikspielerei langsam satt. Sie ist zu diskret. Zu ... unblutig, sollte ich besser sagen. Wie aufmerksam von dir, mein kleines Problem zu lösen.«

»Geben Sie auf, Willy«, sagte ich ruhig. »Die Polizei weiß alles. Wir haben Ihren Kassettenrekorder gefunden. Sie warten jetzt bei Camille auf Sie.« Meine Stimme klang besser, als ich es erwartet hatte. Nicht allzugut, aber immerhin quiekte ich nicht.

»Das spielt keine Rolle«, sagte Willy, »da wir *nicht* dort sind.« Wenn er nicht gewußt hatte, daß sie nach ihm suchten, verstellte er sich gut.

»Glücklicherweise«, sprach er weiter, »ist mein Motto: ›Sei auf alles vorbereitet‹; ein Überbleibsel aus meiner Zeit als Pfadfinder.« Er öffnete die Tasche über seiner Schulter, ohne mich aus den Augen zu lassen. Vorsichtig nahm er etwas heraus, das aussah wie eine größere Version des Spielzeugradars, und legte es auf eine der Kisten. Dann griff er erneut in die Tasche.

»Wußtest du, daß man jemanden völlig geräuschlos foltern kann? O ja. Es ist etwas komplizierter. Man muß sehr vorsichtig mit dem Knebeln sein und so. Nicht, daß es dann so befriedigend wäre. Ich persönlich habe es lieber, wenn das Stöhnen tiefer wird, je mehr der Schmerz zunimmt. Aber man tut, was man kann.« Er seufzte und holte eine kleine 45er mit Schalldämpfer aus der Tasche.

Unwillkürlich machte ich einen Schritt zurück. O Scheiße. Ich sollte mich schleunigst aus dem Staub machen. Na prima, das erste Mal in meinem Leben hatte ich gezögert und über etwas nachgedacht, und schon war es das Falscheste, was ich hätte tun können. Ich hätte ihn umrennen sollen, als er um die Ecke kam. Willy mag mich ein wenig unterschätzt haben, aber ich war mir jetzt absolut sicher, daß ich ihn völlig unterschätzt hatte.

Er griff erneut in die Tasche. Langsam holte er seine Sachen raus: ein langes Jagdmesser, Stricke, einen Knebel, ein biegsames Band und dann noch ein paar Dinge, die noch viel schlimmer aussahen – ein Feuerzeug, ein Skalpell, eine Kneifzange und ein paar andere Instrumente, die ich nicht kannte. Er machte das alles so vorsichtig und langsam, daß es fast hypnotisierend wirkte. Er zog eins nach dem anderen heraus und plazierte die Sachen präzise nebeneinander auf einer Kiste, die er als Tisch benutzte. Ich hatte schon von Folterinstrumenten gehört, aber ich hatte noch nie welche gesehen – geschweige denn mir erträumt, daß man sie einmal gegen mich einsetzen würde.

Es ist schon merkwürdig, was einem in Krisensituationen durch den Kopf geht. Ich dachte an eine Geschichte von Faulkner, in der ein Mann nach einem letzten Glas Wasser fragte, bevor er exekutiert wurde, und so tat, als ob er weitertrinken würde, obwohl das Glas längst leer war. Ein Teil von mir wünschte sich, daß Willy bis in alle Ewigkeit die Sachen aus der Tasche holte, egal wie grotesk das erschien, weil es nicht ernst werden konnte, bevor er damit aufhörte. Er holte Handschellen heraus, was mich mehr mitnahm als alles andere – ich konnte es nicht leiden, in meiner Bewegungsfreiheit eingeschränkt zu werden –, und hielt dann inne.

»Willy«, sagte ich mit soviel Mut, wie ich aufbringen konnte, »machen Sie sich nicht lächerlich. Alles, was ich tun muß, ist schreien.«

»Das würde ich lassen«, sagte Willy. »Denn dann müßte ich dir eine Kugel in den Hals schießen. Ich wäre schon draußen, bevor jemand überhaupt wüßte, woher der Schrei kam. Aber du würdest hier nicht rauskommen. Du würdest auf dem Boden liegen, eine ganze Weile vor dich hin gurgeln und nach Luft schnappen und sehr, sehr langsam sterben.«

O Scheiße. Aber Moment mal. Wo war Keeter? Wegen der hypnotisierenden Wirkung der Folterinstrumente hatte ich sie völlig vergessen. Wo zur Hölle steckte Keeter? Da lag ein gottverdammter durchgedrehter Kampfhund irgendwo hinter mir, versteckt hinter den Kisten, wo Willy ihn nicht sehen konnte, und machte noch nicht einmal Piep. Eigentlich sollte er knurren oder bellen oder irgend etwas. Man erwartete von ihm, daß er jeden angriff, der uns mit einer Waffe bedrohte. Was machte er also – hielt er sich mit seinen Pfoten die Ohren zu?

Ich konnte mich nicht umdrehen und über die Kartons schauen, ohne Willy mißtrauisch zu machen. Und egal ob Keeter helfen konnte oder nicht, ich wollte sie auf keinen Fall verraten; Willy würde ihr einfach eine Kugel in den Kopf schießen, wenn er sie entdeckte. Ich legte für ein paar Sekunden meine Hände vors Gesicht, so als ob ich mich sammeln wollte, und blickte soweit zu beiden Seiten hinter mich, wie es ging.

Da im Schatten, neben den Kartons links von mir, lag sie. Sie war völlig geräuschlos auf dem Bauch dorthin gekrochen. Natürlich, dafür war sie abgerichtet worden.

Keeter wartete darauf, wie sie es immer tat, daß der Eindringling das Gebäude betrat und die Tür hinter sich schloß. Ich wußte nicht, wann Willy die Tür schließen würde. Ich wußte nicht, ob Willy überhaupt die Tür schließen würde. Ich hätte mich wirklich besser gefühlt, wenn sie jetzt sofort angegriffen hätte.

Etwas spät dämmerte es mir, daß ich Camille hätte fragen sollen, wie der Befehl für »Angriff« hieß. Es war ein bißchen so, wie mit einer Waffe zu zielen, ohne zu wissen, wie sie entsichert wurde. Ich konnte Keeter nichts befehlen, also mußte ich mich auf ihre Urteilsfähigkeit verlassen.

»Willy«, sagte ich, um seine Aufmerksamkeit auf mich zu lenken. »Was soll das alles? Glauben Sie wirklich, daß Sie jemanden in einer Kirche, die an einer Hauptstraße liegt, foltern können, ohne daß es irgendwer bemerkt?«

»Ich weiß, daß ich das kann«, antwortete er leise.

»Das werden Sie nicht tun, Willy. Sie können mich erschießen oder auch nicht, aber Sie werden mir keine Handschellen anlegen. Punkt.«

Willy lachte. »Ich weiß nicht, ob du mich verstanden hast, Michael. Du erlebst gerade die letzten schmerzfreien Sekunden deines Lebens. Wenn ich dieses Spielchen satt habe, werde ich einfach eine Kugel in jede deiner Kniescheiben schießen. Du wirst automatisch in die Knie gehen, und während du dich vor Schmerzen krümmst, werde ich dich fesseln. Der Rest hängt dann von deiner eigenen Vorstellungskraft ab. Aber ich werde die komplette und endgültige Kontrolle über dich haben.«

Selbst aus der Entfernung, selbst in dem Dämmerlicht konnte ich sehen, wie seine Augen anfingen zu leuchten. »O ja«, sagte er. »Das ist dir noch nie passiert, oder? Niemand hatte jemals die totale Kontrolle über dich, niemand war in der Lage, alles mit dir zu machen, was er wollte, dich zu quälen, ja, dir sogar das Leben zu nehmen. Ich glaube nicht, daß du nachvollziehen kannst, wie high das machen kann, wenn man jemanden derart in der Gewalt hat. Das ist besser als Crack, besser als Kokain. Aus der Perspektive des Täters natürlich.«

Diese Vorstellung war so grausam, daß ich sie sofort aus meinem Kopf zu verbannen versuchte. Was hatte Keeter vor? Ich mußte nachdenken. Wenn sie nicht auf mich hörte, mußte ich eben auf sie hören. Worauf wartete sie? Ich legte meine Hand vor die Augen, als wenn ich von Willys Plan entsetzt wäre – was ich tatsächlich war –, und spähte zu Keeter. Sie lag vollkommen still und geduckt da und ließ Willys Gesicht nicht aus den Augen. Keeter, altes Mädchen, er wird die Tür nicht zumachen – nicht, bevor er mich erschossen hat. Also leg schon los.

Ich schätzte die Entfernung ab. Er war zu weit von ihr entfernt. Er kam ihr nicht nah genug. Das wäre die andere Möglichkeit, damit sie losstürmen würde: wenn er ihr zu nahe kam.

Es mußte etwas geben, das ihn näher kommen lassen würde – etwas, das Willy sich nicht entgehen lassen wollte. Was konnte ich ihm anbieten, das er dringend genug haben wollte? Daß er näher kam, ohne vorher meine Kniescheiben zu zerschießen? Er hatte schon alles, was er wollte: die Kontrolle über das Opfer.

Ich hielt ihm meine Hände entgegen. »Ich glaube nicht, daß Sie das tun können, Willy«, sagte ich. »Sie könnten mich aus der Distanz erschießen, vielleicht. Aber ganz aus der Nähe? Während Sie die Handschellen um meine Handgelenke legen und mir weh tun? Sie und ich reden schon seit Jahren miteinander. Wir sind auf eine gewisse Art Freunde geworden. Sie wären kein Mensch, wenn Sie das alles ignorieren würden.«

Willy zischte: »Mein liebes Kind. Du glaubst doch selbst nicht, was du da sagst. Du bist doch nicht so eine leichtgläubige Pollyanna, die glaubt, ich sei nur eine arme, mißverstandene Seele?«

»Ich könnte mein Leben darauf verwetten, Willy. Wenn Sie recht haben, dann müssen Sie mir nicht mit Knieschüssen drohen: Ich bin bereit, mich fesseln zu lassen. Aber wenn Sie im Unrecht sind und es nicht können, dann werden Sie rausgehen und den Lohn entgegennehmen, den Sie sich durch das Spielchen mit Camille verdient haben. Abgemacht?«

Willy zögerte. Wenn ein gutherziger Mensch nicht wußte, was er mit einem bösartigen Teufel anfangen sollte, dann war es umgekehrt vielleicht genauso. Willy würde nicht wissen, ob er mir trauen konnte oder nicht. Aber er würde es gerne wissen wollen, weil ein Vertrauensbruch für ihn spannender war, als zu gewinnen. Willy würde schon bei meinem Blick eine Erektion bekommen, wenn ich merkte, daß das, was er tun würde, genau das war, was er gesagt hatte.

Ich blickte schnell nach unten. Keeter hatte sich keinen Millimeter bewegt. Sie sah aus, als ob sie in dieser geduckten Stellung ewig verharren würde. Ich schaute auf und sah die Handschellen auf mich zufliegen. »Leg sie dir um«, sagte er.

Ich fing sie auf und warf sie zurück. »Im Leben nicht. Es ist zu einfach, da drüben zu stehen und Befehle zu geben. Nein, Sie müssen schon nah genug herankommen, um mir in die Augen zu sehen. Das aber möchten Sie lieber vermeiden, richtig?«

Willy schluckte. Er zögerte einen Moment und kam dann langsam näher. »Keine Tricks«, sagte er.

»Nun, Sie haben die Waffe und das Messer und sind außerdem ungefähr hundert Pfund schwerer als ich. Ich weiß nicht, was Sie sonst noch wollen. Aber wenn es Sie glücklicher macht ...« Langsam hob ich meine Arme hoch. Ich hoffte, daß das Keeter etwas sagen würde. Ich wünschte, ich hätte mehr darüber gewußt, wie sie abgerichtet worden war.

Willy hielt kurz inne und ging dann langsam weiter. Er fixierte mich und hielt zweifellos nach einer Stoß- oder Stechwaffe Ausschau. Ich hielt den Mund. Ich wollte Keeter nicht mit freundlich klingendem Small talk verwirren. Willy war knappe zweieinhalb Meter entfernt, vielleicht zwei – wie groß war Keeters Revier? Wann würde er ihr zu nah kommen?

Er hielt erneut inne. Willy hatte beschlossen, daß er nah genug herangekommen war. Aber Keeter leider nicht, verdammt. Wie groß war der Abstand zwischen ihm und dem Platz, an dem sie lag? Sollte ich wegen ein paar Zentimetern erschossen werden? Und außerdem: Warum war er mir gegenüber so verdammt mißtrauisch? Ich hatte doch ein ehrliches Gesicht.

Ich hielt ihm erneut meine Hände entgegen. »Sie können es nicht, Willy, also lassen Sie uns gehen. Tief in meiner Seele habe ich immer an Sie geglaubt. Ich habe stets gewußt, daß es etwas Liebenswertes in Ihnen geben muß, trotz all dem abstoßenden Zeug, das Sie getan haben. Vielleicht war es kein Zufall, daß Sie sich für eine Kirche entschieden haben, um zuzuhören.«

Willy konnte nicht anders. Der Gedanke daran, meinen vertrauensseligen Blick zu zerstören, war zuviel für ihn. Er machte einen weiteren Schritt, und ich sah eine vage Bewegung zu meiner Linken, eine völlig geräuschlose, undeutliche Bewegung durch die Luft in Richtung Willys Kehle. Für eine Sekunde sah ich den perplexen Blick auf seinem Gesicht, und dann hörte ich die Waffe losgehen. Im nächsten Moment lag Willy auf dem Boden und Keeter auf ihm.

Dieses Mal zögerte ich nicht. Ich flog förmlich durch die Tür und die Treppe hinunter. Ich rannte durch die Vordertür der Kirche und über die Straße, ohne zu schauen. Ich platzte in mein Büro und schnappte mir die Schlüssel für den Kofferraum. Camille saß am Tisch, mit dem Telefon in der Hand. Sie zitterte, aber sie war okay. »Rufen Sie 911«, war alles, was ich sagte, bevor ich kehrtmachte.

»Wo ist Keeter?« rief mir Camille hinterher. Ich blickte nach unten und sah Blut auf meinem T-Shirt. Es mußte von Keeter sein.

»Ich bin gleich wieder da«, sagte ich und stürmte durch die Tür. Ich riß den Kofferraumdeckel auf und schnappte mir die Pistole. Ich legte sie mir noch nicht einmal um. Ich lief über die Straße und zog im Laufen die Waffe heraus.

Ich kam oben an, bevor die Sirenen losheulten. Willy lag immer noch auf dem Boden. Keeter hatte seine Kehle verpaßt, aber dafür sein Schulterblatt erwischt. Es sah so aus, als ob sie den Knochen zerschmettert und dann beliebig oft zugebissen hätte, bevor sie zu schwach wurde.

Willy schwitzte und schrie, und seine Schulter blutete ziemlich stark. Keeter hatte ihn unter sich festgenagelt. Sie blutete ebenfalls – wie stark, ließ sich schwer sagen, ohne sie zu bewegen. Ihre Augen waren geschlossen, und ihr Körper bewegte sich nicht. Willy hatte zu große Schmerzen, als daß er versucht hätte, sie abzuschütteln. »Keeter«, sagte ich, aber sie reagierte nicht.

»Hol sie runter«, jammerte Willy. Schweißperlen standen ihm auf der Stirn, und er sah aus, als ob er gerade einen Schock bekommen würde, was mich, seltsam genug, nicht im geringsten bekümmerte.

Es tat mir nur leid, daß sie nicht seine Kehle erwischt hatte. Ich reagierte nicht auf sein Gejammer, sondern lief wieder hinunter, diesmal um Camille zu holen. Sie war vielleicht die einzige, die etwas für Keeter tun konnte.

Ich dachte nicht daran, irgend etwas für Willy zu tun, außer die Polizei zu rufen. Persönlich war ich sowieso nicht in der Stimmung, ihm zu helfen. Im Gegenteil, nachdem wir Keeter von seiner Brust weggezogen hatten, dachte ich, sollten wir einen Pflock durch sein Herz treiben.

23

Die Sirenen kamen näher, als ich meine Bluse auszog. Es war mir egal, daß ich in Unterwäsche dastand. Keeter blutete fürchterlich. Camille und ich versuchten, so gut es ging, ihre Seite abzubinden und die Blutung zu stoppen. Dann versuchten wir, sie von Willy wegzuschieben, aber das war nicht einfach. Camille meinte, Keeter würde um die hundertzwanzig Pfund wiegen, und es war soviel Blut auf dem Boden, daß wir dauernd darin ausrutschten. Wir hantierten so vorsichtig, wie wir konnten.

Keeter war nur halb bei Bewußtsein, aber fest entschlossen, nicht von Willy abzulassen, so daß sie insgesamt wenig kooperativ war. Wann immer sie wach genug wurde, um Camille wiederzuerkennen, ließ sie es zu, daß wir sie ein Stückchen bewegten. Als wir sie endlich von Willy weggeschoben hatten, hörten wir schon die Schritte auf der Treppe. Einen Augenblick später stürmte Adam mit zwei Polizisten um die Ecke. Er blickte kurz zu Willy und fragte: »Hast du einen Krankenwagen gerufen?«

»Nein«, sagte ich. Daran hatte ich noch gar nicht gedacht. Er holte sein Walkie-talkie raus und sprach hinein, dann kniete er sich neben Willy. Willys Augen waren geschlossen, und seine Gesichtsfarbe sah nicht gut aus. Adam schob die Augenlider zurück, um die Pupillen zu sehen, dann fühlte er den Puls. Willys Atmung war schnell und flach, und ich hätte wetten können, daß sein Puls flatterte. »Er hat einen Schock«, sagte Adam, zog seine Jacke aus und deckte ihn damit zu. Dann versuchte er, die Wunde abzubinden.

In der Ferne hörten wir wieder Sirenen. »Gehen Sie runter«, sagte Adam zu einem der Polizisten, der nur in der Gegend herumzustehen schien, »und zeigen Sie der Ambulanz den Weg.«

Es war sehr merkwürdig, jemanden wie Willy in solchen Schwierigkeiten zu sehen, und ich verspürte keine Lust, ihm zu helfen. Schlimmer noch: Ich hoffte, er würde sterben. Das gleiche hatte ich bei Ted Bundy gefühlt. Da hatte ich einfach gedacht, er habe das Recht verwirkt, unter uns zu sein, und bei Willy war das erst recht so.

Ich nahm es Adam übel, daß er versuchte ihm zu helfen, aber ich hielt den Mund. Gegenüber jemandem, der Kinder quälte, konnte man schwerlich objektiv sein – und erst recht nicht rational. Und Adam würde nicht aufhören, seinen Job zu tun, egal, was ich sagte.

Für Keeter hatten wir alles getan, was wir konnten. Jetzt mußten wir sie zu einem Tierarzt bringen. Ich schaute zu dem Polizisten, der noch da war. »Wir brauchen Ihre Hilfe«, sagte ich. »Wir müssen sie zu einem Tierarzt bringen.«

»Du«, sagte Adam bestimmt, »wirst nirgendwo hingehen. Officer Barrett wird deiner Freundin helfen, den Hund zum Tierarzt zu bringen.«

Ich wollte widersprechen, aber dann ließ ich es bleiben. Camille hielt sich so gut, wie ich es vorher noch nie gesehen hatte. Vielleicht war es besser für sie, das mit dem Tierarzt selbst zu erledigen. »Rufen Sie von unterwegs an« war alles, was ich sagte. »Lassen Sie sie wissen, womit sie es gleich zu tun kriegen«.

Glücklicherweise sah Officer Barrett wie einer dieser Bodybuilder-Typen aus. Er hob Keeter einfach hoch und ging mit Camille davon.

Ein paar Minuten später trafen die Sanitäter ein, und nach einer Phase des Durcheinanders, der Infusionen und Spritzen wurde Willy auf eine Trage gelegt, mit der die Sanitäter die Treppe hinunterstiegen. Adam und ich blieben in dem düsteren Zimmer zurück. Wir waren beide von den Knien abwärts mit Blut verschmiert.

Zu dem anderen Polizisten sagte Adam: »Sichern Sie den

Tatort und rufen Sie die Spurensicherung an, damit sie herkommen. Ich werde Dr. Stones Aussage aufnehmen.« Er klang nicht gerade freundlich. Er klang sogar ziemlich sauer, und ich vermutete, daß es wegen mir war.

»Können wir in mein Büro gehen?« fragte ich. Ich wollte nur noch hier raus und weit weg von der Erinnerung, wie nahe ich dran gewesen war, meine Kniescheiben zu verlieren und weiß Gott, was sonst noch.

»Nein«, antwortete Adam förmlich. »Ich will die Sache hier im Auge behalten. Aber«, fügte er ein wenig freundlicher hinzu, »wir können in einen anderen Raum gehen.«

Wir fanden ein anderes Zimmer, und während das Blut auf unseren Hosen trocknete, rückte ich endlich mit der Geschichte von Willy raus. Es war keine schöne Geschichte. Alles, worum Adam mich gebeten hatte, war, ihm zu sagen, wenn Willy sich mit mir in Verbindung setzte. Und ich hatte nicht nur das unterlassen, ich hatte ihm sogar mitten ins Gesicht gelogen. Selbst letzte Nacht hatte ich ihm nicht die ganze Geschichte erzählt.

Je mehr ich von Willy und seinen Plänen erzählte, um so mehr fiel Adams Kinnlade herunter, um so dünner wurden seine Lippen. Trotzdem sagte er nichts. Er schrieb nur mit, was ich erzählte, und fragte nach ein paar Details, aber um ihn herum türmte sich eine Eisschicht auf, die die Titanic versenkt hätte. Schon lange hatte ich nicht mehr viel Vertrauen in unsere Beziehung. Jetzt wußte ich endgültig, wie es um sie stand.

Zwar wollte ich ihm sagen, daß ich vorgehabt hatte, ihm an diesem Nachmittag alles zu erzählen, aber dann ließ ich es lieber bleiben. Es würde einfach zu armselig klingen. Zu wenig, zu spät.

Außerdem wußte ich wirklich nicht, warum es für mich so schwer gewesen war, Adam mit einzubeziehen. Unzusammenhängende Erinnerungsfetzen kamen mir in den

Sinn: Wie ich mit fünfzehn nachts im Fluß badete, obwohl es darin von Schlangen wimmelte. Wie ich mit sechzehn mit dem Auto unterwegs war und mit hundertzwanzig Sachen vor jeder Kurve testen wollte, ob das Schicksal zuschlug oder nicht. Es sah so aus, als ob ich immer geradewegs zum Gipfel marschieren und dabei niemals jemanden mitnehmen wollte. Die einzige ehrliche Antwort, die ich Adam hätte geben können, war: »Ich weiß nicht, warum das alles so ist, aber es ist eine alte Sache.«

Ich sagte es nicht. Statt dessen ackerte ich mich weiter durch meine Geschichte, und als ich schließlich am Ende war, fror ich und war todmüde. Das Adrenalin war schon lange verflogen, und ich fühlte mich, als ob ich von einer Klippe gestürzt wäre. Endlich schien auch Adam zu bemerken, daß es mir nicht gutging, und erhob sich. »Das ist alles für den Augenblick«, sagte er. »Es wird deswegen noch ein paar Probleme geben, aber jetzt ist nicht der richtige Zeitpunkt, um darüber zu sprechen.«

Ich wußte nicht, was er meinte, aber ich war zu müde, um mich darum zu kümmern. Es war immer noch Vormittag, aber ich fühlte mich, als wäre es Mitternacht und als würde ich bereits seit dem Morgengrauen durch die Sahara marschieren.

Ich wollte gerade aufstehen, als er meinte: »Einen Augenblick noch. Ich bin gleich wieder da.« Er ging weg, und als er wiederkam, sagte er: »Carlotta ist unterwegs hierher. Ich möchte dich bitten, solange zu bleiben.« Er klang längst nicht mehr so sauer.

Ich wollte protestieren. Wenn Leute mir sagten, was ich tun sollte, ging ich normalerweise an die Decke, aber dann merkte ich, daß es vielleicht gar keine so schlechte Idee war. Ich gab mich geschlagen. »Okay«, meinte ich, und Adam hob die Augenbrauen. Ich glaube, jetzt erkannte er, wie fertig ich war.

Er sah mich an, und ich hatte das Gefühl, daß ein Teil von ihm mich sogar in den Arm nehmen wollte. Aber er tat es nicht und ich auch nicht. Ich fühlte mich wie ein Stück Dreck, weil ich ihn angelogen hatte und noch nicht einmal wußte, warum.

Und Adam? Ich wußte nicht, was er fühlte. Er schüttelte einfach nur den Kopf und sagte: »Mein Gott, Michael, du bist schon 'ne Nummer.« Dann war er weg. Ich vermutete, das hieß, daß er immer noch wütend war.

24

Vom restlichen Tag bekam ich nichts mehr mit und schlief in dieser Nacht zwölf Millionen Jahre lang. Ich war bei Carlotta geblieben und hatte den schlimmsten Alptraum meines Lebens – voller Kneifzangen, Skalpelle und Handschellen. Nichtsdestotrotz habe ich durchgeschlafen, und als ich aufwachte, war es elf Uhr morgens am folgenden Tag. Als Carlotta mir Kaffee brachte, fragte ich nur: »Willst du eigentlich gar nicht mehr arbeiten gehen?« Ein bißchen von meiner Kratzbürstigkeit hatte ich über Nacht zurückgewonnen.

»Oh, dir geht's schon wieder besser«, meinte sie erleichtert. »Als Adam mir erzählte, daß du kooperativ gewesen bist, wußte ich, daß du in der Patsche sitzt.«

»Hexe, Hexe, Hexe«, sagte ich. »Halt die Klappe und iß dein Porridge.« Es war ein Zitat aus dem Kindermärchen von den drei Bären, und Carlotta kannte den Witz. Sie lachte.

»Adam hat angerufen. Er möchte, daß du im Revier vorbeifährst, sobald du kannst.«

»Warum denn?« fragte ich zynisch. »Hat irgendein Idiot eine Kaution für Willy hinterlegt?« Ich setzte mich auf. »Wie geht es Keeter? Ist sie in Ordnung?«

»Adam sagt ja.«

Ich sackte erleichtert zurück. »Sie ist ein lieber Hund«, meinte ich, »und ein starker Hund. Vermutlich ist Willy auch noch am Leben?«

»Ich fürchte ja«, meinte Carlotta. »Ich schätze, daß Adam dich schon genug ausgefragt hat, aber eines Tages möchte ich schon noch wissen, in was für einem Riesenschlamassel du gesteckt hast.«

»Abgemacht«, antwortete ich, erleichtert darüber, nicht wieder auf den heißen Stuhl zu müssen.

Schließlich schaffte ich es doch noch, Adam aufzusuchen, auch wenn ich damit keine Eile hatte. Es war schon Nachmittag, als ich losfuhr, und er hatte noch einmal angerufen. Ich wollte Adam nicht sehen. Ich haßte es, Menschen zu treffen, die immer noch wütend auf mich waren. Wie sollte ich mich bei einem Freund verhalten, der zu Recht empört war, daß ich ihn angelogen hatte?

Andererseits: Was sollte ich deswegen tun – zu Kreuze kriechen? Vielleicht erwartete er eine Entschuldigung. Scheiß drauf. Es würde nichts ändern. Wenn so etwas noch einmal passieren sollte, würde ich es genauso machen, und Adam wußte das. Den ganzen Weg zum Revier schimpfte ich vor mich hin und ging hinein wie ein störrischer Teenager. Ich hatte einen Fehler gemacht und war tierisch sauer, daß ich mich schuldig fühlte.

Adam sah weniger verärgert aus als am Tag zuvor, dafür aber resignierter. »Also«, sagte er ohne Vorrede, nachdem er die Tür zu seinem Büro zugemacht hatte, »was willst du ihm zur Last legen?«

»Was ich ihm zur Last legen will? Versuchtes Kidnapping und Mordversuch.«

»Das kannst du machen«, sagte er bedächtig, »aber du mußt die Konsequenzen bedenken.«

»Welche Konsequenzen?«

»Du wirst aussagen müssen, was Willy in diesem Raum gemacht hat und was du dort wolltest. Ich weiß nicht, wie angenehm es für dich wäre, in der Zeitung zu lesen, daß Willy deine Therapiesitzungen abgehört hat.«

Ich verstummte. Daran hatte ich nicht gedacht. Letzte Nacht hatte ich mir vorgenommen, allen meinen Klienten zu erzählen, daß ein sadistischer Sexualtäter möglicherweise ihre Therapiesitzungen abgehört hatte und nun ihre intimsten Geheimnisse kannte, aber ich war nicht auf die Idee gekommen, daß das auch in der Zeitung stehen könnte. »Hast du einen Durchsuchungsbefehl für seine Wohnung bekommen?« fragte ich.

»Ja«, antwortete er.

»Hat er die Sitzungen mitgeschnitten?«

»Ja«, sagte er.

»Wie oft?«

»Ich weiß nicht, ob auf einer Kassette mehrere Sitzungen drauf sind, aber es sind ein Dutzend oder mehr Kassetten. Er hat in dieser Kirche als Hausmeister gearbeitet und hatte freien Zugang.«

»Oh, Gott«, meinte ich. »Werden sie als Beweismittel zugelassen?«

»Ich denke schon«, erwiderte er. »Die Staatsanwaltschaft wird sie sicherlich vorlegen wollen – sie liefern ein handfestes Motiv –, und die Durchsuchung war legal: Klappe zu, Affe tot. Selbst wenn man ihnen das noch ausreden könnte, würde die Verteidigung versuchen, daß sie zugelassen werden. Alles, was die Lokalpolitik in Verlegenheit bringt, kann die Staatsanwaltschaft unter Druck setzen, einem Vergleich zuzustimmen. Ich schätze, es gibt ein paar Dinge auf den Kassetten, die du nicht gerne veröffentlicht sehen würdest?«

»Das könnte man so sagen«, meinte ich. Ich hatte Klienten mit Affären und Alkoholproblemen, Menschen, die ihren Ehepartner haßten, und solche, die sich in den Ehemann ihrer Freundin verliebt hatten. Ich hatte Ehefrauen, die heimlich planten, ihre prügelnden Männer zu verlassen, und ich hatte Klienten, die schwul waren, was ihre Partnerinnen noch nicht einmal ahnten.

»Ich glaube nicht, daß meine Klienten möchten, daß ihre Angelegenheiten publik werden«, sagte ich nachdenklich. »Ganz zu schweigen davon, ob es ethisch vertretbar war, daß ich meine Praxis nicht schon beim geringsten Hinweis, daß sie abgehört werden könnte, geschlossen habe. Wenn diese Kassetten als Beweismittel zugelassen werden, könnte es sein, daß mir sogar eine standesrechtliche Untersuchung droht.«

»Hm«, machte Adam, damit ich merkte, daß er ebenfalls schon daran gedacht hatte.

»Was also soll ich tun? Willy laufenlassen? Und was ist mit der Sache bezüglich Camille?«

»Nötigung, Einbruch und Hausfriedensbruch«, sagte Adam. »Das wäre alles, was wir ihm vorwerfen könnten. Dafür würde er nicht lange sitzen. Es sei denn ...«

»Was?« fragte ich. Warum war niemals etwas einfach?

»Camille hat vorletzte Nacht ausgesagt, daß er derjenige war, der sie damals gekidnappt hat.«

»Du klingst skeptisch«, meinte ich, ohne zu sagen, daß ich es ebenfalls war.

»Ja, ich bin auch skeptisch«, sagte er. »Es wäre schon ein großer Zufall. Ich möchte es ja glauben – ganz offensichtlich hat er versucht, mit ihren Ängsten zu spielen, aus welchen krankhaften Motiven auch immer –, aber daß er ausgerechnet eine Patientin von dir ein paar Jahre vorher gekidnappt haben soll, obwohl er noch nicht einmal im gleichen Teil des Landes gelebt hat – da habe ich so meine Zweifel, auch wenn es natürlich richtig ist, daß er zu diesem Zeitpunkt nicht im Gefängnis saß, so daß es zumindest möglich wäre.«

Ich hatte große Zweifel, und ich hatte Gründe dafür. Camille hatte mir ihren Kidnapper beschrieben. Wie Willy kannte auch er sich mit Vergewaltigung und Folter aus, aber ihre Beschreibung paßte überhaupt nicht auf Willy. Sie hatte ihn als jung und schmächtig beschrieben – was Willy seit Jahrzehnten nicht mehr war.

»Ich habe noch einmal mit den Beamten aus Boston gesprochen, die den Fall bearbeitet haben«, fuhr Adam fort. »Sie hatte damals eine medizinische Untersuchung abgelehnt, so daß kein Material für einen DNS-Test vorliegt. Aber sie haben bei einem der späteren Morde einen DNS-Test gemacht. Ich werde eine Probe von Willys DNS einschicken, aber ich könnte wetten, daß sie nicht zusammenpassen. – Es gibt da etwas, das nennt man Befangenheit, Michael. Werd nicht gleich sauer. Du kennst das, und ich kenne das. Ich weiß, daß du glaubst, daß das bei neunzig Prozent aller Kindesmißbrauchsfälle erklärt wird, aber andererseits – eine Frau, die so traumatisiert ist wie Camille Robbins und die Nacht für Nacht von Willys Stimme traktiert wird, die von Vergewaltigung und Folter redet und vorgibt, ihr Kidnapper zu sein ... Da muß ich dich fragen: Wie stehen die Chancen, daß sie beide Täter durcheinanderbringt?«

Bestens, dachte ich, aber ich sagte es nicht.

»Andererseits habe ich hier Beweise, Michael, die sich nicht so einfach ignorieren lassen. Wir haben seine Kassetten aus Camilles Haus. Wir hatten zwar keinen Durchsuchungsbefehl, aber sie gab uns ihre Einwilligung. Wir haben andere, ähnliche Kassetten, die wir bei der legalen Durchsuchung seiner Wohnung gefunden haben. Er hat sie zweifellos emotional mißhandelt, und sie schwört, daß er der Mann ist, der sie damals gekidnappt und gequält hat. Er behauptet das auf den Kassetten ebenfalls. Das einzige, was Willy dagegensetzen könnte, ist, daß er die Informationen aus ihrer Therapiesitzung hatte. Das war das erste Mal, daß sie überhaupt in der Lage war, über die Entführung zu sprechen. Das Problem, das Willy dann aber hat, ist, daß er die Aufnahmen nicht benutzen kann, selbst wenn Camille auf dem Band etwas sagt, das ihn entlasten könnte. Die Kassetten wurden illegal aufgenommen, und ich bezweifle wirklich, daß sein Verteidiger versuchen würde, Beweise für ein weiteres Verbrechen vorzulegen, von dem die Geschworenen nichts wissen – vorausgesetzt, du belastest ihn nicht mit irgendwas. Ich frage dich nicht, was Camille Robbins in der Therapie gesagt hat. Ich frage dich nur: Wie stabil ist diese Frau? Ist sie leicht zu beeinflussen? Hast du aufgrund der Therapie irgendwelche berechtigten Zweifel an ihrer Aussage, daß Alex B. Willy der Mann ist, der sie gekidnappt und gequält hat?«

Ich blickte Adam ins Gesicht und studierte es einen Moment. Wenn schon – denn schon, dachte ich. »Absolut keine Zweifel«, sagte ich. »Zufälle gibt es immer wieder.«

Adam schaute mich einen langen Augenblick nachdenklich an. »Michael«, setzte er an und verstummte. Sein Gesicht verriet Unschlüssigkeit.

Mein süßes kleines Lügengesicht aber hielt seinem Blick stand. »Wenn sie behauptet, daß er derjenige ist«, sagte ich ruhig, »dann glaube ich ihr, und ich kenne sie besser als du.« Ich verstummte ebenfalls, blickte aber weiterhin unschuldig drein. Adam sollte keine Unsicherheit in meinem Gesicht erkennen, nicht das kleinste bißchen: Fair-ist-fair-er-hat-es-nicht-getan-also-laß-ihn-laufen.

25

Erst mal passierte nichts. Willy war so schwer verletzt, daß er noch nicht einmal vernommen werden konnte. Aber er erholte sich, und ein paar Wochen später wurde er verhört und erfuhr, was ihm bevorstand.

Wahrscheinlich hatte ich seinen Anruf erwartet. Ich mußte nicht, aber ich entschied mich hinzugehen. Teilweise, weil ich das persönliche Bedürfnis hatte, Willy noch einmal ins Gesicht zu sehen, vielleicht um sicher zu sein, daß ich es konnte. Aber ich brauchte auch eine Art Abschluß, obwohl ich nicht genau sagen konnte, weshalb.

Ich ging hinunter in den Besucherraum der JVA, und ich war wirklich froh, daß uns eine Glaswand trennte. Ich war zwar bereit, Willy gegenüberzutreten, aber noch lange nicht, mit ihm allein in einem Raum zu sein, zumindest nicht ohne Keeter. Willies Nacken und Schulter waren bandagiert, und er hatte abgenommen, aber er war offensichtlich am Leben – leider, wie ich immer noch fand. Ich schätze, ich bin nicht gerade ein barmherziger Samariter. Mama hat immer gesagt: »Wer auf eine Klapperschlange tritt, hat keine Zeit, katholisch zu werden.«

Ich setzte mich, legte die Hände aneinander und sagte erst einmal nichts. Das war Willys Vorstellung, und vielleicht war ich sogar nur gekommen, um zu sehen, wie er sich verhalten würde.

»Guten Tag, Dr. Stone«, sagte Willy. »Ich hoffe, Sie haben sich von meinen Spielchen erholt. Und ich bin sicher, daß Sie wissen, daß ich niemals wirklich vorhatte …«

»Beleidigen Sie mich nicht, Mr. Willy«, sagte ich.

»Sicher glauben Sie nicht …«, fing er wieder an.

Ich erhob mich, um zu gehen. »Also gut«, sagte er hastig, »setzen Sie sich, bitte. Wir scheinen zwar verschiedener Meinung zu sein, ob ich es wirklich ernst gemeint habe oder nicht, aber darum geht es gar nicht«, fügte er schnell hinzu. »Ah … Anscheinend gibt es da ein kleines Mißverständnis.«

»Tatsächlich?« fragte ich.

»Ich denke, Sie wissen, wovon ich spreche«, meinte er. »Ich gebe ja zu, daß ich mit Ms. Robbins Kopf so meine Spielchen getrieben habe, aber jedem Trottel müßte doch klar sein, daß ich nicht derjenige bin, der sie vergewaltigt und gequält hat.«

»Erzählen Sie das dem Richter«, sagte ich. »Sie werden sich vor Gericht ausführlich dazu äußern können.«

»Ich glaube nicht, daß es soweit kommen wird«, meinte Willy. »Nicht, wenn Sie das sind, was Sie immer vorgeben.«

»Ach ja?«

»Nun, das ist der Punkt, an dem wir sehen werden, Dr. Stone, ob Sie so viel anders sind als ich.« Willy setzte sich gerade hin und musterte mich. Offenbar hatte er einstudiert, was er gleich sagen würde. »Oh, ich weiß natürlich, daß Sie meine ästhetischen Interessen nicht in allen Einzelheiten teilen, aber wenn wir die größeren Zusammenhänge betrachten – Wahrheit, Gerechtigkeit und solche Ideale, an die Sie angeblich glauben ... Nun, tun Sie es oder nicht? Denn, wenn Sie es tun, dann können Sie nicht einen unschuldigen Mann für etwas ins Gefängnis gehen lassen, das er nicht getan hat. Und Sie wissen genau, daß Camilles Täterbeschreibung nicht auf mich paßte, bis ich anfing, meine kleinen Spielchen mit ihr zu spielen – und ich habe mit ihr nur Spielchen gespielt.«

»Mr. Willy«, antwortete ich ruhig. »Sie sind der Schuldige, nicht ich. Sie haben die arme Frau gequält, bis sie nicht mehr zwischen Ihnen und dem echten Angreifer unterscheiden konnte. Wer bin ich, daß ich mich zwischen Sie und das Schicksal stellen könnte?«

»Das kann nicht Ihr Ernst sein«, sagte Willy. »Also habe ich hinzunehmen, daß Gesetz und Gerechtigkeit nur so lange gut und schön sind, wie es Ihnen ins Konzept paßt?«

»Sie reden, als ob beides identisch wäre«, sagte ich. »Es mag ja sein, daß Gesetz und Gerechtigkeit gelegentlich miteinander ins Bett gehen, aber es ist nicht gerade ein fortwährendes Verhältnis. Ich bin ein viel größerer Fan von Gerechtigkeit als vom Gesetz.«

»Berufen Sie sich nicht auf die Semantik, Dr. Stone. Mich für etwas ins Gefängnis zu bringen, das ich nicht getan habe, heißt, das Gesetz zu unterlaufen und dürfte wohl kaum gerecht sein.«

»Sie wurden von etwas freigesprochen, das Sie getan haben, und Sie werden für etwas ins Gefängnis wandern, das Sie nicht getan haben. Das Gesetz hat also versagt. Und dennoch: Meiner Meinung nach wird der Gerechtigkeit Genüge getan, wenn Sie jetzt schnurstracks ins Gefängnis gehen. Die Sache ist die, Mr. Willy: Für einen lahmen Gaul zahle ich nicht.«

»Was soll denn das bedeuten?« fragte er.

»Es bedeutet, daß sich Ihr Betteln um Gerechtigkeit ein bißchen so anhört, als ob eine Krebszelle Fairneß fordern würde. Lassen Sie mich das so sagen: Ich bin nicht der gescheiteste Mensch, den ich kenne, aber ich besitze genug gesunden Menschenverstand, um mir nicht andrehen zu lassen, was sie verkaufen. Und jetzt weiß ich, was Sie verkaufen. Sie verkaufen die Idee, daß es keinen echten Schrecken gibt auf dieser Welt. Das Problem aber ist, daß es ihn gibt: Es gibt auf dieser Welt das absolute Böse, und Sie, Sir, sind ein gutes Beispiel dafür. Leute, die lahme Pferde kaufen, können mit Niedertracht nicht umgehen. Aber sie ist da. Sie wollten mich verletzen, und Sie wollten Camille verletzen. Wenn Sie andere Menschen quälen können, geht Ihnen einer ab.«

Willy schwieg. Aus irgendeinem Grund war er auf so etwas nicht vorbereitet. Oder es gab keine gute Antwort darauf. Vielleicht hatte er aber auch nur eine Sache im Angebot, und man konnte sie kaufen oder auch nicht.

»Ich habe darüber nachgedacht. Wenn ich doch noch verhindern würde, daß Sie ins Gefängnis kommen, dann müßte ich mich die nächsten zwanzig Jahre bei jedem Gesicht, das ich auf der Straße sehe, fragen, ob das Ihr nächstes Opfer sein könnte. Deshalb werde ich es nicht tun. Ich werde Ihnen nicht helfen, noch mehr Trophäen an Ihren Gürtel zu hängen. Sie sind erledigt, Mr. Willy – und ich bin mit Ihnen fertig.«

Epilog

Für eine Weile hörte ich nichts von Adam. Es war nicht seine Schuld, aber zu meinem Ärger merkte ich, daß ich ihn vermißte. Männer sind gewohnheitsprägend: Sie sollten mit Warnschildern kommen. Carlotta meinte immer wieder, daß ich ihn anrufen sollte, aber was hätte ich ihm sagen sollen? Die Wahrheit war, daß ich nicht allzuviel ändern wollte, und daß er nicht mit meinen Verrücktheiten leben wollte, konnte ich ihm nicht verübeln. Ich hatte ihn im Grunde aus meinem Haus geworfen, als er mir helfen wollte. Dann log ich ihm ins Gesicht, eigentlich sogar mehrmals.

Aber schließlich rief er an und sagte, daß er reden wollte. Ob er rüberkommen könnte? »Nicht heute abend«, hörte ich mich sagen. »Heute abend ist der Abend, an dem ich meine B-Ballplatz-Phobie überwinden will. Ich muß wieder Basketball spielen, oder ich verliere noch den Verstand.«

Adam wußte alles über den Kerl, der mich in der Sporthalle attackiert hatte – er war derjenige, der mich gerettet hatte –, und er wußte auch, daß ich seitdem nicht in der Lage gewesen war, alleine in die Halle zu gehen. Ich hatte tatsächlich vorgehabt, an diesem Abend zum Spielen zu gehen – also log ich nicht wirklich –, aber ich hörte eine kleine Stimme in mir sagen: »Es muß ja nicht unbedingt heute abend sein, blöde Kuh.« Ich ignorierte sie. Ich hatte eine Vorahnung, was Adam mir sagen wollte, und eigentlich wollte ich es gar nicht hören.

Ich legte auf und starrte das Telefon an. Im Augenblick

war ich nicht in der Stimmung für ein emotionales Blutbad. Wenn Adam weg war, dann war er weg. Kein Grund, ein Beerdigungsinstitut zu beauftragen. Manche Leute wollten Dinge unbedingt zu Tode reden – ich nicht.

Aber als ich die Sporthalle betrat, sah ich zu meine Überraschung, daß Adam da war und sich einspielte. Ich ging hinüber und setzte mich für einen Augenblick auf die Bank, um ihm zuzuschauen. Ich hätte sauer sein sollen. So sicher wie das Amen in der Kirche hatte ich ihn nicht gebeten, zu kommen und mir Gesellschaft zu leisten. Ich war tatsächlich sauer, auf eine gewisse Weise, aber ich mußte auch zugeben, daß ich fast erleichtert war. Die stille Sporthalle – einmal mein liebster Platz auf der Welt – sah für mich nicht allzu einladend aus in diesen Tagen. Adam winkte, sagte aber nichts. Möglich, daß er nicht genau wußte, ob er willkommen war.

Er sah verdammt gut aus. Wenn ich B-Ball spielte, bemerkte ich so etwas meistens nicht. Früher war die Sporthalle der absolut einzige Ort auf dieser Welt, an dem ich mich nicht unbeholfen fühlte. Die Menschen auf einem Basketballfeld sind geschlechtslos. Sie sind schnell oder langsam. Sie bluffen viel oder wenig. Sie spielen raffiniert oder verhalten sich ungeschickt. Aber sie sind niemals männlich oder weiblich.

Es war schon komisch, aber Adam sah verdammt gut aus heute abend. Er machte Liegestütze, und wenn er sich bewegte, spannten sich die Muskeln an seinen Oberschenkeln. Ich hatte schon vorher Adams Oberschenkel bemerkt. Sie hatten noch nie schlecht ausgesehen. Sie hatten diese langen, schlanken Basketball-Muskeln und nicht diese aufgebauschten, wie Bodybuilder sie haben, und die ich persönlich nicht mochte. Ich hatte schon Gelegenheit gehabt, mit Adams Oberschenkeln nähere Bekanntschaft zu machen, und ja, es war wirklich nett gewesen.

Keine Ahnung, warum ich während eines Basketballspiels daran dachte. Ich hörte auf, meine Schuhe zu schnüren und ging mit meinem Ball hinaus aufs Spielfeld. »Babysitting?« meinte ich. Der Sarkasmus in meiner Stimme überraschte mich. Gewohnheit, nahm ich an.

»Das ist ein freies Land«, entgegnete er. »Ich arbeite nur an meinem Wurf.«

Ich enthielt mich eines Kommentars und begann mit methodischem Aufwärmen: fünf Dribbler unter dem Korb auf der einen Seite, fünf davor, fünf auf der anderen Seite. Ich und Bill Bradley. Ich machte ein paar Schritte und fing wieder von vorne an. Es gab kein Geräusch, außer dem Aufprall des Balls und dem Schwirren des Netzes. Gott sei Dank wußte Adam, daß er diesen Ort nicht mit unnützem Geschwätz ruinieren sollte. Ich fing den Ball und drehte mich zu Adam um. »Tut mir leid, daß ich dich angelogen habe«, sagte ich. In der Folge von Willys Verhaftung war dies eine Sache gewesen, die ich nicht hatte zugeben können. Ich versuchte, den Ärger in meiner Stimme zu dämpfen, was mir nur teilweise gelang.

»Das ist schon okay«, sagte er. »Es paßt zu dir.«

Ich drehte mich um, um zu werfen, aber dann hielt ich inne und wandte mich erneut Adam zu.

»Was? Willst du behaupten, daß ich eine chronische Lügnerin bin?«

»Du bist eine berechenbare Lügnerin«, meinte er.

Berechenbar. Ich sah keinen Grund, darauf zu antworten, und fing wieder an zu werfen. Seine Stimme klang, als ob er mich durchschaut hätte oder so. Nein, mehr als würde er mich kennen – die Risse in meiner Psyche und all das – und trotzdem nicht gleich zum nächsten Ausgang rennen wollen.

War das Intimität? fragte ich mich. Mal nicht der freie Fall beim Loslassen, gefolgt von diesem Ich-bin-hier-rausmein-Lieber-und-du-hast-eine-Frau-also-laß-mein-Hemd-los, was bis jetzt für mich am nächsten an Intimität herankam. Bei dieser Art von Intimität mit eingebautem Sicherheitsgurt kannte ich mich bestens aus.

Ich kehrte wieder zu meinen Würfen zurück. Ich arbeitete mich kreisförmig und entlang der Freiwurflinie von einer Seite zur anderen vor. Das war einfach, und ich vermißte nichts. Meine Wurfdistanz vergrößerte sich immer mehr, und danach kriegte ich Ärger.

»Horse?«

»Gleich«, antwortete ich. Jesus. Glaubte er wirklich, daß er mein Aufwärmtraining auf diese Weise unterbrechen konnte? Bei Bill Bradley hätte er das nicht getan. Adam schien vor Energie zu strotzen. Er verwandte mehr Energie auf sein Aufwärmen, als die meisten Spieler auf ein ganzes Spiel.

Horse war eine hervorragende Idee – es war ein einfacher Wurf-Wettkampf –, aber ich persönlich bevorzugte *One-on-One.* Vielleicht würden wir dazu noch kommen, obwohl wir beide wußten, daß ich dabei keine Chance hatte. Adam war um die sechzig Pfund schwerer und mindestens fünfzehn Zentimeter größer als ich. Bei einem Angriff würde das noch gehen, aber in der Abwehr hätte ich keine Chance.

Ich rannte los, um ein paar Weitwürfe zu probieren und mein Warming-up zu beenden. Ich startete in der Ecke, und zu meiner Freude ging er rein. Ich versenkte drei hintereinander und begann ein paar Zentimeter weiter von neuem. Es war toll, wenn der Ball wie von selbst reinging. Es schien alles so einfach, wenn es funktionierte. Ich stellte einfach meine Beine unter den Wurf, und der Ball rollte von meinen Fingerspitzen geradewegs und richtig ab. Er hatte einen trägen Rückwärtsdrall und einen Bogen, für den ich hätte sterben können. Ich spürte, wie sich meine Stimmung mit jedem Wurf hob.

Adam hatte aufgehört zu werfen und schaute mir zu. Ich täuschte ihn und sprang wieder hoch. Werfen machte keinen Sinn, wenn man sich vorher nicht bewegte. In einem Spiel konnte man nicht einfach stehenbleiben und werfen. Adam ging hinüber und stellte sich unter den Korb. Er fing den Ball, als er durchfiel, und warf ihn zurück. Ich dribbelte zwei Mal und warf wieder, während ich mich entlang des Halbkreises bewegte. Ich hatte eine Glückssträhne oder so etwas: Alles, was ich warf, ging rein. Ich kam näher und versuchte auf gut Glück einen Sprungwurf.

Ich sah, daß Adam mich anlächelte, und verpaßte den Korb. Ich drehte ihm den Rücken zu und dribbelte ein paarmal, bevor ich herumfuhr. Was war das für ein Lächeln? Er hatte ausgesehen wie eine männliche Mona Lisa. Was immer er auch dachte, er hatte nichts gesagt.

Ich fing an, übermütig zu werden, und verpaßte zwei weitere Würfe. *»One-on-One?«* fragte ich, um Adam davon abzubringen, daß er mich weiter ansah, und auch, um irgend etwas zu sagen. Dieses Lächeln war kein Gut-gemacht-Kumpel-auf-die-Schulter-klopf-Lächeln gewesen. Ich fing an, mich zu fragen, ob ich heute abend die Halle möglicherweise mit einer besseren Erinnerung verlassen konnte als mit der, daß jemand versucht hatte, mich umzubringen. Würde es bei meinem PTSD helfen – mal theoretisch gefragt? Würde Adam einem wissenschaftlichen Experiment zustimmen? Ich lachte laut auf.

»Was ist los?« fragte Adam.

»Nichts«, meinte ich. »Ich bin soweit.«

»One-on-One?« fragte er. »Nicht *Horse*?« Ich sollte *Horse* sagen. *Horse* war der bessere Gleichmacher. Der eine warf, und wenn der Ball reinging, mußte der andere Spieler einen identischen Wurf machen, oder er bekam einen Negativpunkt. Wenn jemand fünf Negativpunkte hatte, war er draußen. Man mußte nicht stark oder groß

sein, man mußte nur wissen, wie man wirft. Ich würde *Horse* mögen, und ich mochte es auch, aber nichts ließ dein Adrenalin so hochschießen wie *One-on-One,* von Angesicht zu Angesicht.

Adam kam mit dem Ball herüber und reichte ihn mir. Den Regeln des Pickup-Spiels entsprechend wußte er, daß es besser war, mir den Ball zu geben, als ihn mir zuzuwerfen: Ich hätte einen Wurf machen können, noch bevor er die Chance hatte, in Abwehrstellung zu gehen. Würde ich das tun? Ja, ich würde es tun.

Adam ging in Abwehrstellung. Er spielte sehr nah am Mann, was keine Überraschung war. Adam war kein Dummkopf, und mein Außenwurf ging daneben. Ich mußte vorbeiziehen, oder ich würde keinen einzigen Außenwurf reinkriegen, aber es war höllisch schwer, an jemandem wie Adam bei *One-on-One* vorbeizuziehen. Sicher, ich konnte ihn täuschen und einen Schritt gewinnen, aber er würde mich kriegen, noch bevor ich zum Korb kam.

Ich täuschte links an und ging nach rechts. Ich gewann einen Schritt, und als er beschleunigte, stoppte ich ab, täuschte in die Richtung, in die ich rannte, und drehte mich ruckartig weg, um den Ball mit Linksdrall zu werfen. Es war keine gute Idee, einen Wurf zu machen, den ich kein einziges Mal im Aufwärmtraining probiert hatte, aber es war der einzige Wurf, den Adam nicht erwarten würde. Ja, und deshalb war es auch der einzige Wurf, den ich machen konnte. Der Ball flog und sprang zwischen Rand und Korbbrett.

Natürlich versuchte ich dem Wurf zu folgen, aber Adam streckte sich, um mich abzublocken. Er hielt seine Arme hinter seinem Rücken, um mich zu kontrollieren, und ich war hinter ihm gefangen. Ich konnte die Hitze seines Körpers spüren, als wir darauf warteten, daß der Ball aufhörte zu springen und herunterkam. Adam drückte mich weg, und ich versuchte ihn unter den Rand zu schubsen, um den Ball über seinem Kopf zu kriegen.

Es war das übliche Gerangel unter dem Korb, so daß ich nicht wußte, weshalb es mich so nervös machte. Aber ich hatte Schwierigkeiten, mich zu konzentrieren. Adams Hand war an meiner Hüfte, und ich konnte ihre Wärme durch die Shorts hindurch spüren. Ebenso bemerkte ich seinen Rücken an meiner Brust. Der Ball kam herunter, und ich spürte, wie eine Welle von Kraft durch seinen Körper ging, als er hochsprang, um ihn zu kriegen.

Er dribbelte, und ich folgte ihm. Ich hatte kaum meine Abwehrposition eingenommen, als er mit dem kleinstmöglichen Täuschungsmanöver geradewegs zum Korb zurückspurtete. Arroganter Bastard. Ich schätze, er dachte, er wäre schnell genug, um sich nicht um das Täuschungsmanöver kümmern zu müssen. Ich rappelte mich auf, um mitzuhalten, und als ich ihn erreichte, schlug ich den Ball weg. Okay, der Basketball-Verband hätte das vielleicht ein Foul genannt, aber in einem Pick-up-Spiel galt nur: kein Blut, kein Foul.

Auf jeden Fall nannte Adam es nicht Foul. Er lachte bloß und holte den Ball. Zu meiner Überraschung rannte er gleich wieder los. Er machte mit dem Rücken zum Korb einen Sternschritt und warf den Ball nach hinten.

Das war etwas, das Adam selten bei mir machte. Sicher, er konnte auf diese Weise punkten, aber beweisen, daß er groß genug war, um mich unter dem Korb auszustechen, war keine große Herausforderung. Wenn ich es nicht besser gewußt hätte, hätte ich gesagt, daß Adam es genoß, mich unter dem Korb zu halten. Vielleicht hatte er vorher nicht getäuscht, weil er mich dabehalten wollte. Er bewegte sich rückwärts, und ich klammerte mich natürlich an ihn, um ihn rauszudrängen. Ich wußte nicht genau, wer hier wen foulte, aber es gab eine Menge Körperkontakt.

Normalerweise war das kein Problem. Normalerweise bemerkte ich so etwas in dem üblichen Gerangel eines Pick-up-Spiels noch nicht einmal, aber Adams Körper fing an, warm und feucht zu werden, und seine Atmung wurde tiefer, und das fing an, mir zu Kopf zu steigen, weil es so bizarr war. Bizarr, so etwas auf einem Spielfeld zu bemerken. Er tat nichts dagegen. Er schien mit dem Werfen keine Eile zu haben und dribbelte einfach um die Linie herum.

»Drei Sekunden«, meinte ich. In einem richtigen Spiel durfte man nicht länger als drei Sekunden auf der Angriffslinie stehenbleiben. Diese Regel sollte verhindern, daß die Spieler dort »parkten«, aber ich hatte noch nie gehört, daß es jemand in einem Pick-up-Spiel gerufen hatte.

»Drei Sekunden?« meinte er. »Wir sagen drei Sekunden? Okay.« Er setzte zu einem Sprungwurf an. 1:0 für Adam.

»Verlierer kriegt«, sagte ich und verlangte damit den Ball. Ich spielte nicht immer auf diese Weise, aber wenn ich es nicht tat, würde ich den ganzen Abend mit Adam unter dem Korb verbringen, und ich wollte mich auf das Spiel konzentrieren. Es war ein Sakrileg, sich auf einem Basketballfeld auf etwas anderes zu konzentrieren als auf Basketball.

»Wart mal«, meinte er und zog sein T-Shirt aus. Oh, Gott. Adam hatte ein bißchen Gewichtheben betrieben, und er hatte nicht diesen mageren, eingesunkenen Oberkörper eines durchschnittlichen, mittelalten, überarbeiteten Freizeit-Sportlers. Er hatte einen sehr netten Oberkörper und göttliche Schultern. Jetzt hatte er nichts an, außer ein paar kurzen Shorts. Ich hatte die Blitzidee, daß ich diese Shorts einfach runterziehen könnte, aber ich verwarf sie und versuchte zumindest, mich auf das Spiel zu konzentrieren. Knie dich einfach hin und zieh diese Shorts Zentimeter um Zentimeter herunter.

Ich trug unter meinem T-Shirt einen BH, und normalerweise hätte ich die Gelegenheit ergriffen, mein T-Shirt auszuziehen, aber ich entschied, es doch nicht zu tun. Ich war mir meiner nicht so sicher.

Adam ertappte mich dabei, wie ich ihn ansah. »Du siehst gut aus«, sagte ich leichthin. Wie ein neutraler Beobachter. Ich begann zu dribbeln, und Adam ging in Abwehrstellung. Ich täuschte einen Schritt vor und sprang hoch, um zu werfen, aber Adam griff nach meinem T-Shirt und verhinderte den Wurf.

»Hey«, meinte ich und versuchte verärgert zu klingen. »Was machst du da? Wir spielen B-Ball, verdammt noch mal.« Aber Adam hörte nicht auf. Er stand einfach da und hielt mein T-Shirt fest. Stille erfüllte die Halle. Ich wußte nicht genau, was ich machen sollte. Dann fing Adam an, mich langsam an sich heranzuziehen, vorsichtig, aber bestimmt. Als ich einen Zentimeter vor ihm stand, ließ er mein T-Shirt los und hakte seine Daumen in die Ecken meines Bündchens.

»Kein Foul, solange du nichts sagst«, meinte er. Große Geister denken so. Er fing an, langsam meine Shorts runterzuziehen, während er die ganze Zeit in meine Augen blickte. Ich hatte viel Zeit, es ein Foul zu nennen. Ich meine, ich hätte es tun können, und ich wußte, daß er seine Finger dann sofort zurückgezogen hätte. Aber es gab da dieses wissenschaftliche Experiment, das ich machen wollte. Es war wichtig, die Wissenschaft zu unterstützen.

Ich spürte, wie die Shorts Zentimeter um Zentimeter hinunterrutschten.

Danksagung

Als erstes möchte ich Sandi Gelles-Cohen danken, die alle meine Bücher redigiert und so zu einer enormen Qualitätssteigerung beigetragen hat. Sandi hat eine Menge von Michael Stone.

Ich möchte auch Helen Rees danken, meiner wunderbaren Agentin, die warmherzig, menschlich und außerordentlich kompetent ist, eine seltene Kombination.

Ebenso möchte ich Linda Marrow danken, meiner Lektorin bei Pocket Books, für ihre Weitsicht und ihre Unterstützung.

Danken möchte ich Lt. H. John Wojnaroski, III, von der Michigan State Police, für die Verwendung seiner ausgezeichneten Vernehmungstechniken.

Mein Dank geht auch an meine Kollegen am Midwest Center für Psychotherapie und Sexual-Therapie: Dan Brakarsh, Kristi Baker, Harvey Dym, Carol Endicott, Jane James, Pat Patterson und Lloyd Sinclair. Diese Menschen sind meine berufliche Familie.

Ich möchte auch meiner langjährigen Mentorin und Freundin Regina Yando, Ph. D., danken für ihre Vorschläge, ihre Unterstützung und ihre Zuneigung.

Außerdem möchte ich Minna Alanko für die ausgezeichnete Betreuung meiner Kinder und für ihre Freundschaft danken. Zu wissen, daß meine Kinder so gut betreut wurden, gab mir den Freiraum, den ich brauchte, um zu schreiben.

Tödliches Vertrauen

Aus dem Amerikanischen
von Thomas Stegers

Für meine Schwester Linda,
»die vor langer Zeit den Funken entzündete«

1

Man fragt sich, warum Spione eigentlich hingerichtet werden. Soldaten vergewaltigen, brennen alles nieder, was ihnen in die Quere kommt, und walzen mit ihren Panzern Häuser platt, auch wenn sich noch Menschen darin befinden. Spione dagegen fahren nicht bei Rot über die Ampel, verhalten sich auch sonst nicht verkehrswidrig und machen meistens nur Fotos von militärischen Anlagen oder anderen Dingen. Man stelle sich vor, die Japaner hätten die Bombenflugzeuge über Hiroshima und Nagasaki abgefangen – sie wären dazu verpflichtet gewesen, die Piloten über ihre Rechte als Kriegsgefangene aufzuklären und dafür zu sorgen, dass das Rote Kreuz ihnen ihre Post zustellt, selbst wenn den Aufsehern nicht im Geringsten danach gewesen wäre, aber so lauten nun mal die internationalen Bestimmungen. Einen Spion, der beim Ablichten der Schuttberge erwischt worden wäre, hätten sie dagegen standrechtlich erschießen dürfen.

Ich sagte mich von meinen quälenden Gedanken los, die die meiste Zeit in solch niederen Gefilden verweilen, und widmete mich wieder dem Tagesgeschäft. Ich saß in meinem Büro und wartete auf einen Mann, den ich nicht kannte und der ein Problem hatte, über das mir ebenfalls nichts bekannt war. Es war nicht das übliche Procedere, aber es war auch nicht ganz ungewöhnlich, wenn man bedenkt, was für eine Sorte Psychologin ich bin. Ich beurteile und behandle Täter und Opfer von Gewaltverbrechen, unterschiedlichster Art von Gewalt. Insofern ist es nachvollziehbar, wenn nicht gleich jeder freimütig gesteht, was ihm auf der Seele brennt. Ob Opfer oder Täter, es kam selten vor, dass jemand mit einem wildfremden Menschen am Telefon sprechen wollte.

Normalerweise kannte ich den Namen der betreffenden Person oder wusste wenigstens irgendwas anderes über sie, aber diesmal wusste ich rein gar nichts. Der geheimnisvolle Anrufer hatte sich lediglich als Reggie vorgestellt. Als ich ihm mitteilte, ich könnte ihn schlecht beurteilen oder behandeln, wenn ich nicht wüsste, wer er sei, sagte er, er würde mir seinen vollen Namen lieber erst nennen, wenn wir uns Auge in Auge gegenübersäßen.

Die Stimme des Mannes am Telefon hatte ich nicht erkannt, aber seine Heimlichtuerei legte nahe, dass mir wahrscheinlich sein Name oder sein Gesicht bekannt sein würde, was mich allerdings auch nicht weiter erstaunt hätte. In einer Welt, in der ein Nobelpreisträger dabei erwischt wird, wie er kleine Jungen belästigt, in der ein Universitätsprofessor obszöne Telefonanrufe tätigt, die mitgeschnitten werden, in der ein Richter bei einem Kongress über Kindesmissbrauch dabei ertappt wird, wie er das Kind eines Kollegen unsittlich berührt, in so einer Welt hätte mich ein berühmter Name mehr in diesem Zusammenhang nicht überrascht.

Ich musterte den Mann genau, als er schließlich bei mir aufkreuzte, aber sein Gesicht kam mir trotzdem nicht bekannt vor. Der Mann hatte einen Bart, war gut gekleidet, Anfang vierzig und wirkte mit seinem kurzen dunklen Haar irgendwie vornehm. Er trug eine Hornbrille, einen teuren Anzug und eine Rolex-Armbanduhr. Uhr und Anzug deuteten auf mehr hin als nur Geldbesitz. Die meisten Chirurgen, die ich kenne, tragen Jeans und billige Digitaluhren, einer fährt sogar auf Rollerskates zur Arbeit, und was für einen Haufen Geld diese Leute verdienen, weiß man ja. Hier hatte ich es also mit jener Spezies des auffälligen Konsumjunkies zu tun, der der Welt demonstrieren will, wie erfolgreich er ist.

Er kam aus dem Wartezimmer in mein Sprechzimmer und ging schnurstracks zu der Wand, an der meine Zeugnisse hingen. Ich betrachtete ihn dabei neugierig. Mit meinen Zeugnissen war alles in Ordnung – meine Promotionsurkunde war nicht aus dem Versandhaus, meine Zulassung hatte ich mir auf legalem Weg erworben –, aber nur wenige Menschen machen sich die Mühe, sie zu überprüfen. Leute, die Bedenken haben, erkundigen sich in der Regel vorher über mich.

Jede Wette, dass er das ebenfalls getan hatte. Warum aber las er sich dann den fein säuberlich geschriebenen Text auf jedem Empfehlungsschreiben und jeder Auszeichnung an der Wand durch? Ich sagte nichts und wartete ab. Weiß der Himmel, welche Schau er hier abziehen wollte, aber ich ließ ihn gewähren.

»Harvard«, sagte er. »Keine schlechte Uni. Da habe ich mein Vordiplom gemacht. Ich habe nicht viele Psychologieseminare belegt, nur das von Larry Kohlberg. Waren Sie zufällig auch bei dem?«

Ich schmunzelte und sagte: »Bestimmt gibt es da Parallelen zwischen uns, aber ich habe das Gefühl, dass Ihre Zeit sehr wertvoll ist, und ich möchte nicht, dass Sie sie vergeuden. Haben Sie irgendwelche Bedenken wegen meiner Zeugnisse? Ich bin gerne bereit, alle Ihre Fragen zu beantworten.«

»Nein, nein«, sagte er und ging zu einem Stuhl mir gegenüber. »Ich bin am Boston Harbour View Hospital. Das Krankenhaus hat Sie mir empfohlen. Ich muss gestehen, dass mein Rechtsanwalt Sie gründlich unter die Lupe genommen hat.«

»Boston Harbour View? Das ist ja ganz schön weit weg von hier.« Ungefähr drei Stunden mit dem Auto. Ich ließ die Frage in der Schwebe.

»Ich bin sicher, dass sich die Fahrt gelohnt hat«, erwiderte er diplomatisch. »Außerdem, um ehrlich zu sein, lebt meine Mutter hier in der Gegend, und es ist eine gute Gelegenheit, sie wieder mal zu besuchen.«

»Was kann ich für Sie tun?«, fragte ich. »Zunächst, wie heißen Sie?«

»Reginald Larsen«, sagte er und wartete meine Reaktion ab, »aber Sie können Reggie zu mir sagen.«

Ich warf einen Blick auf die Zeugnisse an der Wand, wo auch die Urkunde des Reginald-Larsen-Preises für herausragende Lehrtätigkeit hing.

»Sind Sie ein Verwandter?«

»Ich bin sein Sohn.«

»Tatsächlich?«, sagte ich. Reginald Larsen war früher Leiter der Pädiatrie am Jefferson University Hospital gewesen, in dem auch ich arbeitete. Er war der Begründer jenes Preises für herausragende Lehrtätigkeit, den ich vor einigen Jahren erhalten hatte und der nach ihm benannt worden war. Ich war seinerzeit in der psychiatrischen Abteilung tätig gewesen, aber da ich mit Kindesmissbrauch zu tun hatte, war ich gleichzeitig Mitglied der pädiatrischen Abteilung. Allerdings hätte es keine Rolle gespielt, wo ich gearbeitet hätte, denn jeder in dem medizinischen Zentrum kannte Reginald Larsen.

Larsen war zu einer Legende in der Pädiatrie geworden. Er war seit über zehn Jahren tot, aber er war immer noch in aller Munde. Dr. Larsen hatte eine außergewöhnliche Herzlichkeit und Wärme besessen, besonders im Umgang mit Patienten; er hatte Großes mit dem Fachbereich vorgehabt, stets die Zukunft im Blick – im Gegensatz zu seinen Nachfolgern. Noch immer habe ich das Stöhnen der Fachbereichsmitglieder im Ohr: »Wenn Reginald jetzt hier wäre … Reginald hätte niemals … Was Reginald wohl dazu gesagt hätte …« – als wäre sein Tod, er war vor zehn Jahren an einem Herzinfarkt gestorben, erst wenige Monate her.

Ich schwieg einen Moment und überlegte, ob die Behandlung seines Sohnes für mich möglicherweise einen Interessenkonflikt darstellte. Die Frage lautete, ob ich durch die Tatsache, dass er der Sohn von Reginald Larsen war, beeinflussbar war oder nicht.

Vielleicht. Ich hatte keinen sehr intensiven Kontakt zu Reginald Larsen gehabt, aber die Erinnerung an ihn war immer noch lebhaft.

»Ich weiß nicht, ob ich Sie behandeln kann oder nicht«, sagte ich. »Ich habe Ihren Vater gekannt, und sein Einfluss auf das medizinische Zentrum ist immer noch spürbar. Aber ich höre mir gerne Ihr Problem an und würde Sie dann an jemanden weiterempfehlen, wenn ich der Meinung bin, ich selbst sollte Sie lieber nicht behandeln.«

»Ich hoffe doch sehr, dass Sie mich nicht abweisen«, sagte er mit einem Hauch von Verbitterung in der Stimme. »Anscheinend gibt es an der Ostküste niemanden, der meinen Vater nicht gekannt hat, vor allem in Boston, wo er Jahrzehnte seines Lebens verbracht hat. Nach Vermont zu fahren ist schon schlimm genug. Ich hoffe nur, dass ich nicht erst bis an die Westküste reisen muss, um eine Beurteilung zu bekommen.«

»Ich werde es mir überlegen«, sagte ich. »Erzählen Sie mir doch erst einmal, worum es überhaupt geht.«

Er seufzte und machte eine Pause; er hatte Schwierigkeiten, den Anfang zu finden. »Ich bin Anästhesist«, sagte er schließlich, »am Boston Harbor View Hospital. Ich bin seit drei, vier Jahren dort. Vorher war ich in Fort Wayne ... Ausgebildet worden bin ich in Texas. Noch weiter konnte ich mich dem Einflussbereich meines Vaters nicht entziehen.« Sein Lachen hatte einen seltsamen, verdrießlichen Unterton. Bei dem Namen »Fort Wayne« war seine Stimme ein Idee tiefer gerutscht, und die Worte verloren sich irgendwie, als bedauerte er, dass er sie überhaupt ausgesprochen hatte. Ich merkte es mir. Ich wusste nicht, was Fort Wayne mit dem aktuellen Problem zu tun hatte, aber irgendwas musste dran sein.

Ich ging zunächst nach Erickson vor. Milton Erickson ist in Psychologenkreisen mindestens so berühmt wie Freud. Er war – unter anderem – ein Genie der Mikroanalyse noch so winziger Signale in der Körpersprache während der Gespräche mit seinen Klienten. Er achtete auf mögliches Stocken in der Stimme, auf Stirnrunzeln, er schaute hin, bei welchen Worten sein Gegenüber mit den Augen blinzelte, hörte auf Veränderungen in der Atmung und merkte sich, in welchen Momenten diese Veränderungen einsetzten. Aus alldem konnte er schließen, worauf es der betreffenden Person wirklich ankam und was nur Fassade war.

»Jedenfalls«, fuhr Reggie jetzt fort, nachdem sich seine Stimme wieder gefangen hatte, »haben sich die Dinge in beruflicher Hinsicht sehr gut für mich entwickelt. Vor einigen Jahren habe ich eine Forschungsreihe über negative Reaktionen auf Narkosemittel initiiert.« Seine Stimme wurde selbstsicherer, und seine Atmung ging regelmäßiger. Jetzt befand er sich auf sicherem Terrain. »Um es kurz zu machen: Ich habe einen Test erfunden, der anzeigt, ob jemand bei einer Narkose, die bei dreiundachtzig Prozent der Operationen angewendet wird, mit hoher Wahrscheinlichkeit negative, lebensgefährliche Reaktionen zeitigt oder nicht.

Dieser Test funktioniert wie ein Hauttest, der allgemein bei Allergieverdacht angewendet wird. Bis jetzt sind bei zweiundneunzig Prozent der Personen, die auf Narkose eine nachteilige Reaktion zeigen, auch nachteilige Reaktionen auf den Hauttest festgestellt worden. Zurzeit überprüfen wir die Ergebnisse noch, aber es sieht so aus, als wären wir in der Lage, die allergischen Reaktionen auf das Betäubungsmittel während des chirurgischen Eingriffs durch einen Test im Vorfeld stark zu reduzieren.

Ich brauche Ihnen nicht zu erläutern, welche Vorteile es hat, wenn man vorher weiß – und es nicht erst merkt, wenn man bereits mitten in der Operation ist –, ob der Patient negativ auf die Narkose reagiert oder nicht. In diesem Fall kann man auf eine andere Gruppe von Betäubungsmitteln ausweichen. Sie sind komplizierter in der Anwendung, deswegen greift man nicht gern auf sie zurück, aber nur wenige Menschen reagieren negativ auf beide Mittel.«

In Reginalds Stimme schwang ein aufgeregter Unterton mit, den er zu verbergen suchte. Vielleicht war er verliebt in seine Arbeit, vielleicht besaß er auch bloß irgendein Patent auf den Test.

Wie auch immer seine Motivation aussehen mochte, auf jeden Fall hatte er erreicht, dass ich schwer beeindruckt war. Wenn es zutraf, was er mir erzählte, dann würde der Mann, der da vor mir saß, schon sehr bald eine Berühmtheit in Medizinerkreisen werden, wenn nicht darüber hinaus.

Unglücklicherweise würde seine Berühmtheit es auch mit sich bringen, dass jedermann von Fort Wayne bis Sibirien herausfinden würde, worin sein augenblickliches Problem bestand. Berühmte Menschen, selbst solche, die nur auf ihrem begrenzten Gebiet Berühmtheit erlangen, haben große Probleme, ihre Geheimnisse für sich zu behalten.

»Das ist ja unglaublich«, sagte ich aufrichtig. »Wenn der Test klappt, wäre das eine großartige Leistung.«

»Ja«, sagte er, »da haben Sie Recht.« Er schaute einen Moment zur Seite. Was geht ihm bloß durch den Kopf?, dachte ich. Wollte er es auf die Titelseite des *Time Magazine* bringen, oder wollte er bloß seinem Dad beweisen, dass er doch zu etwas taugt?

»Aber deswegen sind Sie nicht zu mir gekommen«, sagte ich sanftmütig. Er hatte sicheren Boden unter den Füßen, und wenn man ihn sich selbst überließ, würde es wahrscheinlich dabei bleiben.

»Nein«, sagte er und machte ein langes Gesicht. Zwischen seiner Nobelpreisfantasie und dem Problem in seinem beruflichen Alltag, weswegen er zu mir gekommen war, herrschte offenbar eine große Kluft.

»Ich ... Das Krankenhaus hat mir nahe gelegt ... Ich meine ...« Er schwieg.

»Also gut«, sagte ich geduldig. »Warum?«

»Warum?«

»Warum hat das Krankenhaus Sie überwiesen?«

»Weil ... also ... in Wahrheit ... ich weiß es nicht. Ich meine, ich glaube zu wissen, warum, aber ich bin mir nicht sicher.«

»Wie bitte?«

Er rutschte nervös auf seinem Stuhl herum. »Man will mir nicht sagen, wie die Vorwürfe lauten. Ich weiß nur, dass man mich eines sexuellen Vergehens gegenüber jemandem bezichtigt.«

»Einem Patienten?«

»Nicht einmal das will man mir sagen. Es heißt, gegenüber einem Patienten oder einem Mitglied des Personals … aber ich glaube, es ist gegenüber einem Patienten.«

»Warum glauben Sie das?«

»Weil es stimmt.« Er sah mich direkt an, und zum ersten Mal erkannte ich seinen Vater in ihm wieder. Ich lehnte mich zurück und musste unwillkürlich schmunzeln. Das Schmunzeln auf seine Worte war völlig unangebracht, aber mir fiel die Situation wieder ein, als ich zum ersten Mal merkte, dass mit seinem Vater nicht zu spaßen war.

Es war über fünfzehn Jahre her, und ich war neu in der psychiatrischen Abteilung und bitter enttäuscht. Gleich an einem der ersten Tage hatte ich eine Fallbesprechung über mich ergehen lassen, bei der ein Mann, der seine Frau vor den Augen ihrer gemeinsamen Kinder erschossen hatte, nicht als Mörder bezeichnet wurde, sondern als jemand, der Beihilfe zum Selbstmord geleistet hatte.

»Stellvertretender Suizid«, wie der behandelnde Klinikarzt sich ausdrückte, weil die Frau sich schick gemacht und ihrem Mann gesagt hatte, sie ginge jetzt mit anderen Männern feiern. Die Kollegen im Raum glaubten anscheinend, ihr Verhalten hätte das Ganze zu einer Art Selbstmord gemacht. Ich hatte zu bedenken gegeben, dass sie nur eine Seite der Geschichte gehört hätten – die Person, die die andere Seite vertrete, sei tot – und was sie denn von einem des Mordes Überführten erwarteten. Dass er sie aus Lust und Laune umgebracht hätte? Meine Bemerkungen waren natürlich im höchsten Maße unerwünscht.

So deprimiert war ich von dem Ganzen, dass ich die folgenden Tage ernsthaft daran gedacht habe, den Job zu schmeißen und mir etwas anderes zu suchen, egal was – als Hot-Dog-Verkäufer schien man ganz gut zu verdienen. Da ereignete sich auf der Kinder-Intensivstation ein schlimmer Vorfall. Ein Frühgeborenes war nur knapp dem Tod entkommen, weil eine Schwester den Hahn an einem intravenösen Tropf versehentlich offen gelassen hatte. Der kleine Körper wurde von Kalium geradezu überschwemmt, was einen Herzstillstand zur Folge hatte. Es hatte einen Großeinsatz erfordert, das Neugeborene zu retten.

Der Fall wurde auf der M&M diskutiert, der Konferenz Mortalität und Morbidität, bei der die Mediziner aus ihren Fehlern lernen sollen. Unter anderem wurde darüber gesprochen, was man den Eltern sagen sollte.

Die Teilnehmer stimmten darin überein, die Mitteilung an die Eltern, eine Schwester habe versehentlich beinahe ihr Kind getötet, würde das Vertrauen in das Personal der Kinderstation unterminieren. Ich konnte es nicht fassen, dass sie sich darauf einigten, die Eltern zu belügen, um ihre eigene Haut zu retten. Im Kopf füllte ich bereits meine Bewerbung um eine Lizenz als Hot-Dog-Verkäuferin aus, als Reginald sagte: »Ich glaube, bei diesem Punkt brauchen wir uns nicht lange aufzuhalten. Es versteht sich von selbst, was wir den Eltern sagen werden.«

Keiner sprach ein Wort. Es verstand sich überhaupt nicht von selbst, und auch ich begriff nicht, was er meinte. Ich bin mir sicher, Reginald interpretierte die Stille richtig, aber er zwang niemanden zu einem Eingeständnis, sondern sagte bloß in einem sachlichen Ton: »Wir werden ihnen mitteilen, dass jemandem ein Fehler unterlaufen ist und der Hahn an der Infusion offen gelassen wurde.«

Noch immer sagte niemand etwas. Schließlich ergriff der Vertreter der Abteilung Risikomanagement das Wort: »Äh, Reginald, ich habe Verständnis dafür, aber, hm, die Frage ist doch, warum wir ihnen das mitteilen sollten. Es gibt …«

»Weil es stimmt«, hatte Reginald geantwortet und ihn dabei direkt angesehen, genauso wie sein Sohn jetzt mich ansah. Wahrscheinlich gab das den Ausschlag für mich, nicht zu kündigen, denn ich hatte zumindest einen Menschen sagen hören: »Weil es stimmt.«

Ich wandte meine Aufmerksamkeit wieder Reggie Larsen zu. »Erzählen Sie«, sagte ich, und im selben Moment war mir klar, dass ich den Fall eigentlich nicht übernehmen sollte. Dieser Reggie hängte sich schamlos an den Rockschoß seines Vaters. Er konnte sich meiner Sympathie sicher sein, trotz Rolex und aller anderen Insignien, und das war nicht gut. Reggie mochte das Ebenbild seines Vaters sein, aber vielleicht war er ja auch ganz anders. Manche Äpfel fallen nicht weit vom Stamm, andere meterweit davon entfernt.

»Ich hatte ein Verhältnis mit einer Patientin«, sagte er seufzend, »aber das ist Jahre her. Ich habe keine Ahnung, warum das jetzt wieder aufs Tapet kommt. Und ich verstehe auch nicht, warum man mir nicht sagt, wie der Vorwurf gegen mich lautet. Man tut so, als hätte diese Person Angst vor mir. Was soll ich machen? Sie anzeigen, weil sie die Wahrheit sagt?

Ich bin nicht stolz auf das, was ich getan habe. Die Frau hatte ein Fibrosarkom, einen Tumor, der sich an die innere Bauchdecke heftet. Man konnte ihn entfernen, aber anschließend hatte sie starke Schmerzen, die einfach nicht nachlassen wollten. Sie wurde mir zur Schmerztherapie überwiesen. Seitdem denke ich oft darüber nach, ob sie sich wirklich mit mir einlassen wollte oder ob sie nur Angst hatte, die Person, die ihre nicht unerheblichen Schmerzen behandelte, könnte sich ihr entziehen.«

Gute Frage, aber es gab noch eine andere Frage: Inwieweit verspürte jemand mit akuten oder chronischen Unterleibsbeschwerden überhaupt den Wunsch nach Sexualität mit einem anderen? »Was ist denn passiert?«, fragte ich.

»Nichts«, sagte er. »Es war kurz nach meiner Scheidung, und ich weiß, es ist keine Entschuldigung, aber ich war schrecklich deprimiert, und sie war eine sehr nette Frau. Als ich meinen Verstand wieder beisammen hatte, habe ich die Beziehung beendet. Wir hatten sowieso nicht besonders viel gemeinsam. Das ist alles.«

»Und die Schmerzen?«

»Oh, das ist schließlich besser geworden. Es ging ihr gut, jedenfalls zu dem Zeitpunkt, als ich sie das letzte Mal sah.«

»Wann war das?«

Er überlegte einen Moment. »Vor zwei Jahren, glaube ich. Sie zog gerade um und kam zu einer letzten Untersuchung. Die Schmerzen waren kurzzeitig wieder aufgetreten, aber es war nichts Schwerwiegendes.«

»Wie verlief das Treffen? War sie wütend auf Sie?«

»Nein, überhaupt nicht. Sie kam mir ziemlich aufgeräumt vor. Unser Verhältnis schien endlos lange zurückzuliegen. Sie wollte wieder heiraten – sie war auch geschieden, so wie ich – und sie zog zu ihrem Verlobten.«

»Warum glauben Sie dann, dass es bei den Vorwürfen um diese Frau geht?«

»Weil es nichts anderes gibt, worum es gehen könnte«, sagte er. »Es ist sonst nichts weiter vorgefallen.«

Ich hatte mir zwischendurch, während er redete, Notizen gemacht, und ich ließ mir beim Schreiben Zeit, damit ich nachdenken konnte. Er klang glaubwürdig, völlig glaubwürdig. Allerdings traf das auf viele Leute zu, die dennoch logen, dass sich die Balken bogen. Ich hatte so einiges gesehen und erlebt in meinem Beruf, und ohne Bestätigung von dritter Seite glaubte ich gar nichts mehr – eine Tatsache, die mir eigentlich verhasst war. Es war traurig, aber wahr: Wenn ich gute Arbeit leisten wollte, musste ich jeder Menschenseele misstrauen.

Eine Kleinigkeit war mir aufgefallen. Larsens Körpersprache war leicht unstimmig. In dem Moment, als er anfing, von dem Verhältnis zu der Frau zu erzählen, hörte er auf, die Hände zu bewegen, mit denen er vorher, als es um seine Arbeit ging, heftig gestikuliert hatte. Das war kein gutes Zeichen. Die Forschung hat gezeigt, dass Menschen, die beim Sprechen normalerweise ihre Hände benutzen, dazu neigen, beim Lügen die Hände still zu halten – vermutlich, weil sie sich stark auf das Gesagte konzentrieren müssen.

Und noch etwas, nichts Weltbewegendes, aber es war deutlich genug: Es gab keinerlei physische Reaktionen auf das, was er sagte, nicht einmal dann, als er erzählte, er habe ein Verhältnis zu einer Frau gehabt, die wegen einer Schmerztherapie immerhin abhängig von ihm war. Und ich wusste, was Anästhesisten meinten, wenn sie von »nicht unerheblichen« Schmerzen sprachen.

Eigentlich hätte es physische Reaktionen bei ihm auslösen müssen. Wenn es zutraf, dass er etwas getan hatte, das seitdem immer mit einem Gefühl der Angst behaftet war, hätte sich die Stimmlage verändern müssen, wenn auch nur leicht. Die Pupillen hätten sich beim Reden über quälende Dinge zusammenziehen, die Atmung hätte etwas schneller gehen, irgendein Signal hätte es geben müssen. Tatsächlich gab es keinerlei Anzeichen, dass er überhaupt irgendetwas empfand, wenn er über emotionale Dinge sprach.

Vielleicht glaubte er wirklich, dass nichts Schlimmes daran war, eine Affäre mit einer Patientin anzufangen, die in einem Abhängigkeitsverhältnis zu ihm stand. Oder er war von Natur aus ein ruhiger Mensch, der keinen Kontakt zu seinen Gefühlen hatte. Es konnte auch sein, dass er das Ganze einfach nur erfunden hatte. Alles zusammen betrachtet, konnte ich nicht ausschließen, dass Reginald Larsens Sohn mich hemmungslos belog.

»Warum sind Sie hier?«, fragte ich ihn. »Was erwarten Sie von mir?«

»Das Krankenhaus hat mich beurlaubt«, sagte er. »Man besteht auf einer Beurteilung meiner Person, einem psychologischen Gutachten, bevor ich wieder an meinen Arbeitsplatz zurückkehren kann. Ich möchte es so bald wie möglich hinter mich bringen. Je länger ich draußen bin, desto unglaubwürdiger werden die vorgeschobenen ›persönlichen Gründe‹. Ich bin ruiniert, wenn das herauskommt, selbst wenn sich die Vorwürfe als haltlos erweisen. Der Zeitpunkt könnte nicht ungünstiger sein. Meine Erfindung spricht sich herum, und ich bekomme Anrufe und E-Mails aus ganz Amerika. Ich darf nicht einmal mehr mein Büro betreten!«

Das war allerdings wirklich seltsam. Der medizinische Apparat funktioniert anders als die freie Wirtschaft. Im Normalfall werden diejenigen, gegen die ermittelt wird, nicht aus ihren Büros ausgesperrt, nicht mal bei einer regulären Kündigung. »Ist die Krankenhausleitung bereit, mir mitzuteilen, worum es überhaupt geht?«, fragte ich ihn.

»Warum?« Er schien erstaunt. »Müssen Sie mit denen reden? Können Sie mich nicht einfach so beurteilen? Mehr erwartet man doch gar nicht.«

»Nein«, sagte ich. »Das kann ich nicht. Ich will Ihnen sagen, was dieser Prozess beinhaltet, damit Sie für sich entscheiden können, ob Sie sich ihm unterziehen wollen oder nicht. Solange ich nicht jeden einzelnen Vorwurf gegen Sie kenne, werde ich keine Beurteilung über Sie abgeben. Ich muss wissen, worin das eigentliche Problem besteht.

Außerdem: In einer Situation wie dieser ist eine Beurteilung eine heikle Sache. Es gibt keine Interviewtechnik und keinen psychologischen Test, der mit absoluter Sicherheit feststellen kann, ob jemand ein Sexualstraftäter ist oder nicht. Sagen wir zum Beispiel, Sie wären angeklagt, eine Patientin in einem Aufzug vergewaltigt zu haben« – Reggie erbleichte – »egal welche Technik ich anwende, ich kann niemals mit Sicherheit sagen, ob Sie diese spezifische Tat begangen haben oder nicht. Letztendlich kann die Frage nach der Schuld oder der Unschuld im Zusammenhang mit einem bestimmten Verbrechen nur von einem Gericht beantwortet werden.« Bei dem Wort Gericht wich noch mehr Farbe aus Reggies Gesicht.

»Je mehr ich über Ihre spezifischen sexuellen Probleme erfahre, und je bereitwilliger Sie darüber reden, desto leichter kann ich herausfinden, was Sie in puncto Therapie brauchen – wenn Sie überhaupt eine brauchen – und was Sie in puncto Arbeitsumgebung brauchen, um einen Rückfall unwahrscheinlich zu machen.

Um so eine Beurteilung vorzunehmen, muss ich Ihre Aussagen mit den Aussagen der Beschwerdeführer vergleichen. Dabei erfahre ich nicht nur etwas über Ihre Probleme, sondern auch darüber, ob Sie sich ihnen ehrlich stellen.«

»Aber vielleicht lügen die Beschwerdeführer«, brachte Reggie stotternd hervor.

»Kann sein«, erwiderte ich ruhig, »aber Sie vielleicht auch. Das herauszufinden, darin besteht ja gerade meine Arbeit. Vielleicht besitzen die Beweise nicht die Stichhaltigkeit, die vor Gericht nötig wäre, aber sie geben doch genügend Gewissheit, um sagen zu können, ob Sie eine Therapie brauchen, was für eine Therapie das sein könnte und ob Sie danach dieselbe Arbeit in derselben Umgebung wieder aufnehmen können.«

»Nur so, um das einmal festzuhalten«, warf Reggie ein, »ich verwahre mich dagegen, dass Sie über mich wie über einen Sexualstraftäter reden. Ich will das Verhältnis mit der Patientin nicht beschönigen, aber mit einer Vergewaltigung in einem Aufzug ist das nicht zu vergleichen.«

»Was ich sagen will«, antwortete ich gelassen, »ist Folgendes: Ich weiß nicht, ob Sie ein Sexualstraftäter sind oder nicht. Vielleicht sind Sie ein unschuldiger Mensch, vielleicht haben Sie aber auch jedes Kind auf der pädiatrischen Station belästigt. Ich weiß es nicht. Aus diesem Grund, unter anderem, muss ich erfahren, wie die Vorwürfe lauten, damit ich überhaupt weiß, was man Ihnen zur Last legt.«

»Aber ich habe Ihnen doch gesagt ...«

»Sie haben mir gesagt, Sie wüssten nichts, Sie könnten nur vermuten, was man Ihnen vorwirft. Selbst wenn Sie mir sagen würden, Sie wüssten es genau, würde ich mich bei den anderen erkundigen. Sie müssen verstehen: Viele Menschen, denen man sexuelle Verfehlungen vorwirft, sagen nicht die Wahrheit. Nehmen Sie es nicht persönlich – aber ich habe nicht den geringsten Hinweis darauf, ob Sie ehrlich zu mir sind oder nicht.«

»Ach so«, sagte er, aufatmend und sich zurücklehnend, »wenn es mehr nicht ist ...«

»Ich bin noch nicht fertig«, sagte ich. »Das ist erst der Anfang. Nachdem ich die Beschwerden eingeholt habe, müssen Sie jeden von der Norm abweichenden Sexualakt auflisten, den Sie je in Ihrem Leben begangen haben. Das Ganze nennt sich ›Autobiografie der sexuellen Devianz‹.

Geschlechtsakte mit Erwachsenen, die in gegenseitigem Einvernehmen stattgefunden haben, interessieren mich dabei nicht. Ich will es nur dann wissen, wenn es in Verbindung steht mit der Belästigung von Kindern, mit Vergewaltigung, Exhibitionismus, Voyeurismus et cetera. Alles, wo Kinder eine Rolle spielen, wo Gewalt eine Rolle spielt oder die Verletzung von persönlichen Grenzen anderer Menschen.«

»Meine Güte«, sagte er, und mir fiel die flache Atmung auf, die zusammengezogenen Pupillen und die höhere Stimmlage, die besagten, dass er in diesem Gespräch schließlich doch emotional involviert war. »Jetzt bezeichnen Sie mich sogar als Kinderschänder. Ich habe in meinem ganzen Leben noch nie ein Kind als Sexualobjekt auch nur angesehen.«

»Dann dürfte das für Sie kein Problem sein«, sagte ich. »Das Verfahren zur Beurteilung von Sexualstraftaten ist heutzutage standardisiert. Wir fragen jede Art von Abweichung ab. Ich will Sie nicht mit den neuesten Forschungsergebnissen langweilen, es sei denn, Sie möchten mehr darüber erfahren – aber unterm Strich lässt sich sagen, dass die meisten Sexualstraftäter sich in mehrfacher Hinsicht deviant verhalten.«

»Ich aber nicht«, erwiderte er zornig, »das habe ich Ihnen doch schon gesagt. Ich bin kein Sexualstraftäter.«

»Gut«, sagte ich, »gegen eine kurze Devianzautobiografie ist nichts einzuwenden. Nichts gegen ein leeres, unbeschriebenes Blatt Papier.«

Er sah erleichtert aus, und seine Atmung erholte sich wieder.

»Aber bedenken Sie, dass Sie sich einem Lügendetektortest unterziehen müssen.«

»Wie bitte?«, sagte er. »Das ist doch wahnsinnig. Lügendetektoren sind vor Gericht nicht zugelassen.«

»Wir sind hier nicht vor Gericht«, sagte ich trocken. »Hier geht es um eine Beurteilung, und wir bedienen uns dabei aller Hilfsmittel, die wir für angemessen erachten.

Und nur zur Information«, fügte ich hinzu, »in immerhin achtunddreißig Staaten sind Lügendetektoren zugelassen, aber das ist ein anderes Thema.« Es gab keinen Weg drum herum. Einen mutmaßlichen Täter zu beurteilen bedeutete, Angst zu verbreiten. Bei Tätern musste man, wenn man überhaupt irgendetwas erreichen wollte, mit der Angst handeln. Was einem mit dem ganzen Procedere versöhnte, war die Tatsache, dass wirklich unschuldige Menschen viel weniger Angst haben als schuldige – und so sollte es auch sein.

»Aber sie sind nicht exakt«, sagte er.

»Auch das trifft eigentlich nicht zu. Nach Auskunft des Polygraph Institute des Verteidigungsministeriums und der John Hopkins University sollen die neuen Computer-Polygraphen mit dem richtigen Prüfer an ihrer Seite bei der Feststellung von Unschuld eine Genauigkeit von neunzig Prozent erreichen und eine noch höhere Rate, nämlich achtundneunzig Prozent, bei der Feststellung von Schuld. Auf jeden Fall sind sie seit Jahrzehnten zuverlässiger als Menschen, die selbst einschätzen müssen, ob jemand lügt oder nicht.«

»Das muss ich mir erst überlegen«, sagte er. Sein Verlangen nach einer Beurteilung hatte sich bei der Erwähnung eines Lügendetektors merklich abgekühlt.

»Das sollten Sie unbedingt«, sagte ich. »Es ist ein sehr langwieriger Prozess, und ich empfehle Ihnen, sich das gut zu überlegen und sich mit Ihrem Anwalt zu beraten. Ich muss es mir auch überlegen, weil ich mich Ihrem Vater, den ich sehr geschätzt habe, verbunden fühle. Rufen Sie mich doch bitte kommende Woche an.«

»Nächste Woche? Das ist viel zu lange hin«, sagte er rasch. »Ich werde morgen entscheiden. Ich muss diese Beurteilung umgehend kriegen, sonst spielt es keine Rolle mehr, wie das Ergebnis lautet. Die Gerüchte bringen mich um.«

»Besprechen Sie sich zuerst mit Ihrem Anwalt«, sagte ich. Das war nur gerecht. Leute, die sich dem Vorwurf eines sexuellen Vergehens ausgesetzt sehen, können häufig nicht mehr klar denken. Ich fand nichts dabei, solche Leute, die jemanden hatten, der sie vertrat, unter Druck zu setzen, aber wenn sie keinen Interessenvertreter hatten, hätte ich das Gefühl gehabt, sie auszunutzen.

Wir vereinbarten einen Telefontermin, und Reggie stand auf, um zu gehen. An der Tür hielt er inne und drehte sich noch einmal um. »Meine Mutter kennt Sie«, sagte er. »Sie sagte, mein Vater hätte Ihnen immer vertraut. Er meinte, Sie seien ein Segen für die Psychiatrie. Meine Mutter sagte, wenn die Karriere meines Vaters auf dem Spiel gestanden hätte, hätte er sich Sie für die Beurteilung ausgesucht. Ich soll Sie von ihr grüßen.«

Er war weg, bevor ich antworten konnte. Anschließend hatte ich ein beklemmendes Gefühl, und das Gewicht seiner Worte lastete auf mir. Die zehn Jahre in der Tretmühle der Psychiatrie hatten mich immun gegen Attacken gemacht, für Vertrauensbekundungen dagegen war ich höchst anfällig. Diesen Glauben an mich rechtfertigen, das war das Einzige, was ich wollte, mehr nicht.

Warum sollte ich Reginald Larsen junior seine Geschichte nicht abnehmen? Es klang alles einsichtig, was er sagte, und er wirkte extrem ernsthaft. Diese nörgelnde Stimme in meinem Kopf wollte jedoch nicht verstummen. Das, worüber Reggie keine bewusste Kontrolle besaß – Zusammenziehen der Pupillen, Veränderungen der Stimmlage, Atmung –, hatte sich in den Momenten, in denen man es hätte erwarten können, nicht gezeigt.

Und es gab noch etwas, eine Kleinigkeit nur, nämlich das, was er abstritt, und das, was er ausließ. Weglassen ist auch eine Form von Lüge. Zwingt man die Leute nicht zum Lügen, streiten sie das, was sie gemacht haben, nicht rundheraus ab, nein, sie lassen es einfach unerwähnt. Ich hatte Vergewaltigung, Kindesmisshandlung, Voyeurismus und Exhibitionismus angesprochen, ein breites Spektrum perverser Hobbys. Das Einzige, bei dem er wütende Empörung gezeigt hatte, war Kindesmisshandlung.

Vielleicht hielt er sie einfach bloß für schlimmer als alles andere. Vielleicht war es auch das Einzige, dessen er sich nicht schuldig gemacht hatte. Was hätte wohl Mrs. Reginald Larsen senior, an die ich mich gut erinnern konnte, von alldem gehalten?

2

Es war zwischen zwei Kliententerminen, und ich dachte immer noch an Reginald Larsen, als das Telefon mich aufschreckte. »Michael«, sagte Marv mit Erleichterung in der Stimme. »Ich wollte dich um einen Rat bitten. Es geht um einen bestimmten Fall. Hast du heute Abend Zeit?« Marv war, bis vor kurzem, mein Lieblingskollege in der psychiatrischen Abteilung gewesen – was sage ich, mein Lieblingspsychiater überhaupt. Momentan stand es zwischen uns beiden nicht zum Besten, aber nicht so schlimm, dass ich ihm seine Bitte um Hilfe abgeschlagen hätte.

»Heute Abend?«, sagte ich und wunderte mich über die Eile. Marv nahm seine Bitte nicht zurück, sodass ich schließlich einwilligte: »Gut, da kann ich.«

»Schön. Es ist ... wenn du nichts dagegen hast, sage ich dir alles weitere heute Abend.«

»Kein Problem«, erwiderte ich. »Soll ich nach der Arbeit bei dir vorbeikommen?«

»Ach, die Fahrt zu dir nehme ich gern in Kauf«, sagte Marv. »Ich bin ja schließlich derjenige, der um Hilfe bittet, nicht umgekehrt.« Marv wohnte in einem Haus in der Stadt, unweit der psychiatrischen Abteilung, und ich lebte auf dem Land.

»In Wahrheit komme ich wegen deiner Kunstsammlung. Sie gewinnt Macht über mich:«

»Wenn das so ist.« Marvs Stimme wurde sanfter. »Dann komm her. Ich habe eine neue Holzschnitzarbeit aus Bali. Ziemlich detaillierte Darstellung. Exquisit.«

»Ich habe um sechs Uhr Feierabend«, sagte ich.

Ich hatte so gut wie keine Ahnung von Kunst. Ich wusste nicht einmal genau, was mir gefiel. Aber ich sah gerne das Leuchten in den Gesichtern von Menschen, wenn sie sich über Dinge ausließen, die sie liebten, vor allem, wenn ich selbst nichts von diesen Dingen verstand. Dann offenbarte sich auf einmal das Geheimnis, warum der eine gerne kocht und der andere mit Vorliebe an Dieselmotoren herumbastelt. Es waren nicht Marvs Gemälde, die Macht über mich gewannen, es war Marvs Liebe zu ihnen.

Außerdem brauchten wir etwas, um uns voneinander abzulenken. Ich hatte noch nie viel Geschick darin, zerbrochene Freundschaften wieder zu kitten. Normalerweise ließ ich den Betreffenden einfach fallen, wenn es größere Probleme gab. Ich gestehe, es zeugt nicht von Reife, es ist albern und pubertär, und meinen Klienten hätte ich dieses Verhalten niemals empfohlen. Bla, bla, bla.

Diese endlosen, tiefen, grässlichen Gespräche, um wieder mit jemandem ins Reine zu kommen, waren mir verhasst. Auf einem Grabstein habe ich mal die Inschrift gelesen: »Weiß Gott, ich hab's versucht.« Aber inwieweit nützen solche Versuche wirklich? Manche Menschen reden über Beziehungen, als handle es sich um Autos, die man zu Bruch fahren kann, man tauscht hier ein Ersatzteil aus, schmirgelt da den Rost vom Blech. Diese Einstellung konnte ich nicht akzeptieren. Für mich war alles viel flüchtiger, viel schwerer zu fassen. Beziehungen war ein Zauber eigen, den man nicht reklamieren konnte, wenn das Vertrauen erst einmal dahin war.

Marv hatte einmal einen schlimmen Fauxpas begangen. Er hatte eine intime Information, mich betreffend, an einen Klienten weitergeleitet, um ihn sich vom Hals zu schaffen. Dass er hinterher einsah, was er falsch gemacht hatte, nutzte nichts. Es fehlte nicht viel, und wir hätten uns auf den Gängen nur noch mit einem Kopfnicken gegrüßt. Ich weiß auch nicht, warum ich mich nicht einfach gänzlich von ihm abwendete. Es hatte einmal eine Zeit gegeben, da hätte ich das getan. Vielleicht war ich erwachsener geworden, vielleicht hatte ich mich auch verschlissen – es ist immer schwierig, das eine vom anderen zu unterscheiden.

Marv trug lila Hausschuhe, als er mir die Tür öffnete. Manchmal hatte ich das Gefühl, er suchte sich absichtlich Kleidungsstücke in den hässlichsten Farben aus, so wie die Kunstwerke, die er sich an die Wand hängte, die herrlichsten Farben hatten. Es war nur eine der Seltsamkeiten an ihm, und nie wusste ich, ob und wie ich sie zur Sprache bringen sollte. Was sollte ich sagen? »Marv, du läufst herum wie der letzte Trottel. Mir kann es ja egal sein. Ich begreife es nur nicht. Wie kommt es, dass du so viele Gedanken darauf verschwendest, wie du deine farbenprächtigen Bilder an der Wand arrangierst, aber nie darauf achtest, welche Farben du am eigenen Leib trägst? Hast du keinen Spiegel im Haus?«

Ich war bekannt für meine direkte Art, aber das schien selbst mir ein bisschen zu freimütig. Deswegen habe ich es nie geäußert, was zur Folge hatte, dass ich jedes Mal daran dachte, wenn ich ihn sah.

Der Mann vor mir war klein, untersetzt und fast kahl. Angeblich hat man in der DDR schon bei Kindern nach Körpertypen unterschieden und sie später auf dem Gebiet ausgebildet, das dem jeweiligen Typus am besten entsprach. Marv wäre mit fünf Jahren für eine psychoanalytische Ausbildung ausgewählt worden, da bin ich mir sicher. Irgendwie hatte er seinen eigenen Weg dorthin gefunden.

»Komm rein«, sagte er, und seine Herzlichkeit umfing mich gleich wie ein warmer Mantel. Vielleicht war das der Grund, warum ich ihn nicht zu einer »Nickbekanntschaft« degradieren wollte.

»Oh Marv«, rief ich aus, auf die Wand in seinem Wohnzimmer zusteuernd, »du hast ja alles umgehängt.« Marvs Bilder hatten in seinem Haus immer denselben Platz eingenommen, seit ich ihn kannte.

»Ein Neuanfang«, bestätigte er und schaute zur Seite. »Komm, ich zeige dir meine neueste Erwerbung.«

Ich folgte ihm ins Arbeitszimmer. Dort stand, in seiner gewissermaßen einsamen Herrlichkeit, ein filigran geschnitztes Schachspiel. Ein Neuanfang? Sollte das irgendwas mit mir zu tun haben? Mit dem furchtbaren Fall, in dem wir beide beruflich engagiert gewesen waren? Oder war

Marvs Beziehung zu seinen Kunstwerken so komplex wie die Beziehungen, die andere Menschen mit ihren Mitmenschen haben? Wer weiß?

Das Schachspiel war ein erlesenes Stück, das konnte selbst ich erkennen. Marvs Blick auf die Figuren teilte mir jedoch mehr mit, als wenn ich sie mir selbst angesehen hätte. Kein schlechtes Leben: immer eine neue Geliebte, wenn man sich eine leisten konnte.

»Ein Schachspiel?«, sagte ich. »So etwas habe ich nie als Kunstwerk betrachtet, aber das hier könnte meine Meinung ändern.«

»Oh ja«, antwortete er, nahm eine der Figuren in die Hand und reichte sie mir, damit ich sie genauer betrachten konnte. »Schau dir die Details im Gesicht an. Außerordentlich, findest du nicht? Die Herstellung von Schachspielen hat bei Künstlern sogar eine lange Tradition. Sie reicht Jahrhunderte zurück. Häufig wurden Schachspiele als Geschenke für Könige angefertigt. Manche Könige haben sie auch in Auftrag gegeben. Früher habe ich solche Spiele mal gesammelt.«

Ich bewunderte die Figur gebührend, als wüsste ich, wovon ich redete, und stellte sie dann schweren Herzens wieder hin. Die winzige kriegerähnliche Figur hatte etwas Einnehmendes. Ich ging in die Hocke, auf Augenhöhe mit dem Brett, und stellte mir eine Schlacht vor. Marv reichte mir die einzelnen Figuren und erschien mir dabei auf einmal ganz wie ein Kind. Wir waren wie zwei Zehnjährige, die sich über Actionfiguren unterhielten, so deutlich war die Begeisterung aus seiner Stimme herauszuhören. Schließlich rissen wir uns los.

»Kannst du spielen?«, fragte ich und ließ mich in einem besonders bequemen, üppig gepolsterten Sessel nieder.

»Meinst du Schach?«, erwiderte Marv. »Ein bisschen. Jedenfalls früher. Es ist lange her. Ich spiele schon seit Jahren nicht mehr. Willst du ein Glas Eistee?«

»Klar«, sagte ich. Eistee ist Muttermilch für uns Südstaatler. Das heißt, eigentlich gibt es zwei Sorten von Südstaatlern: die Eistee- und die Jack-Daniel's-Trinker. Ich gehöre zu den Eisteetrinkern, aber in meiner Verwandtschaft gibt es viele, die Jack Daniel's bevorzugen – ein hinreichender Grund, um bei Eistee zu bleiben.

Als er mit dem Tee wiederkam, fragte ich ihn: »Warum hast du aufgehört?«

»Mit Schach?«, fragte er. Meine Güte, Marv, dachte ich. Womit wohl sonst? »Das ist eine lange Geschichte«, sagte er und servierte umständlich den Tee. Es war deutlich, dass er nicht die Absicht hatte, mir die Geschichte zu erzählen.

»Na gut«, sagte ich. »Dann sag mir, wozu du meinen Rat brauchst.«

»Also, ich habe eine Klientin.« Marv sah mich an – er konnte besser in meinem Gesicht lesen als sonst irgendjemand. »Die Eile kommt daher, weil eine verschüttete und jetzt wieder entdeckte traumatische Erinnerung sie eingeholt hat, an ihren Vater, der sie vergewaltigt hat. Nun will sie ihren Vater damit konfrontieren.«

»Das ist ein ziemlich heikles Unterfangen, Marv. Da darf man nichts überstürzen. So etwas kann in jeder Hinsicht schief gehen.« Ich lehnte mich in den Sessel zurück. Meine geliebte Finnhütte auf dem Land würde ich so schnell nicht wiedersehen. »Fang doch einfach ganz von vorne an.«

»Die Frau heißt Jody«, sagte Marv. »Sie ist siebenundzwanzig Jahre alt, geboren in …«

»Äh, so weit vorne meinte ich eigentlich nicht«, unterbrach ich. Ich kannte Marv. Er wusste sogar, was seine Mutter gegessen hatte, als sie mit ihm schwanger gewesen war.

Marv machte eine Pause, während der er überlegte, wo er neu ansetzen sollte. »Sie kam vor etwa sechs Wochen zu mir«, sagte er schließlich. »Ich bin ihr dritter Therapeut. Ihre Krankengeschichte weist häufige Depressionen und Angstattacken auf. Die Symptome zeigen sich, mit Unterbrechungen, seit der Highschool; im zweiten Jahr dort wurde sie wegen eines Selbstmordversuchs stationär behandelt. Ihr Studium begann sie an einem kleinen College in der Nähe von Manchester, wo ihre Familie wohnt, aber nach einem Semester hat sie wegen ihrer Depressionen alles hingeschmissen. Damals wurde sie wieder ins Krankenhaus eingeliefert.

Dieser zweite Aufenthalt war im Jefferson-Hospital. Nach ihrer Entlassung entschied sie, nicht wieder nach Manchester zurückzukehren, und arbeitete stattdessen hier ein Jahr als Kellnerin. Zum Herbst hat sie sich an der Jefferson University eingeschrieben, aber sie hat gleich wieder schwere Depressionen bekommen.

Sie hat sich wegen der Depressionen in Therapie begeben, aber sehr schnell hat sich der Schwerpunkt verlagert. Sie ist zunehmend beunruhigt wegen eines ständig wiederkehrenden Traums, der gegen Ende diesen Jahres einsetzte. Es geht in diesen Träumen um einen Mann, der sich bedrohlich über sie beugt, während sie schläft. Sie kommt sich furchtbar klein vor, und er erscheint ihr riesig groß. Beim Aufwachen ist sie überzeugt, dass ein Mann sich in ihrem Zimmer befindet, und sie ringt nach Luft. Es fühlt sich an, als läge eine schwere Last auf ihrer Brust.

Dann, vor zwei Wochen, auf der Fahrt zur Arbeit, kommen bei ihr plötzlich kleine Erinnerungsfetzen wieder hoch. Die Bilder gleichen denen aus den Träumen, nur dass meine Klientin dabei hellwach ist. Die Bilder werden so überwältigend, dass sie an den Straßenrand fahren muss. Sie sagt, sie erinnert sich daran, dass ein Mann in ihr Zimmer kommt und sich bedrohlich über sie beugt, genau wie in ihrem Traum. Sie sagt, er hätte sie vergewaltigt, und im Auto sei ihr auch klar geworden, dass dieser Mann ihr Vater sei, obwohl sie sein Gesicht nicht hätte erkennen können. Sie ist ausgestiegen und hat sich übergeben.«

»Woher weiß sie, dass es ihr Vater ist, wenn sie sein Gesicht nicht erkannt hat?«

»Das konnte sie auch nicht sagen. Sie wüsste es einfach, meint sie.«

»Irgendwelche Hypnoseversuche?«, fragte ich.

»Nein«, sagte Marv.

»Kein Sodiumamytal?«

Marv schüttelte den Kopf.

»Ich weiß, dass du nicht gerne mit den psychologischen Techniken der geleiteten Bildfantasie oder der Wiederbelebung verschütteter Erinnerungen arbeitest. Was ist mit den beiden anderen Therapeuten?«

Erneut schüttelte Marv den Kopf. »Ich kenne die beiden. Sie hat zwei Psychiater in der Umgebung von Manchester aufgesucht. Sie sind sehr engagiert in der Psychoanalytischen Gesellschaft, und sie vertreten immer noch die Ansicht, dass die Frauen, die Freud gegenüber von sexuellem Missbrauch sprachen, hysterisch waren. Sie wollen nicht wahrhaben, dass es sexuellen Missbrauch von Kindern in dieser Gesellschaft überhaupt gibt, schon gar nicht in größerem Umfang.«

»Gibt es keinen Hinweis, dass jemand ihr die Erinnerung an den Missbrauch eingeredet haben könnte?«

»Nein«, sagte Marv. »Sie hat auch keine Freundinnen, die ihr gegenüber erwähnt haben könnten, selbst mal missbraucht worden zu sein. Ihre anderen Therapeuten haben jedenfalls nicht gezielt danach gefragt. Und ich«, fügte er trocken hinzu, »habe es auch versäumt. Ich habe mich nur gefragt, ob ihre Depressionen vielleicht etwas mit dem Problem der Unabhängigkeit zu tun haben. Solche Krisen sind immer während familiär bedingter Übergangsphasen aufgetaucht. Missbrauch habe ich nie in Erwägung gezogen.«

»Hättest du aber tun sollen«, sagte ich offen. »Schon bei deiner Differenzialdiagnose. Depression und Angststörungen in allen Varianten treten bei Missbrauchsopfern vermehrt auf.«

»Aber warum in Übergangsphasen?«, fragte Marv. »Warum immer dann, wenn sie aus dem Elternhaus ausgezogen ist?«

»Was weiß ich?«, erwiderte ich. »Warum treten sie bei anderen erst mit vierzig, fünfzig oder sechzig auf? Niemand weiß, warum solche Dinge bei dem einen früher und bei dem anderen später wieder hochkommen.«

»Heute kam Jody zur Sitzung«, fuhr Marv fort, »und sagte, sie wolle das nächste Mal ihren Vater einladen. Sie will ihn mit der Missbrauchsgeschichte konfrontieren.«

»Marv«, sagte ich, »das wäre vollkommen verfrüht. Ich halte das für keine gute Idee. Was meint sie wohl, wird er antworten?«

»Das weiß ich nicht, aber ich glaube, sie ist wild entschlossen«, erwiderte Marv. »Es ist mir gelungen, sie ein, zwei Sitzungen hinzuhalten, aber ich befürchte, sie wird auf ihrem Willen bestehen.«

»Mach das nicht, Marv. Hör auf mich. Mach es nicht. Ihre Erinnerung, oder was immer das sein soll, ist noch ganz frisch. Sie weiß ja nicht einmal, ob die Erinnerung stimmt oder nicht. Jede Wette, dass sie sich in ihrer Fantasie ausmalt, sie würde ihren Vater damit konfrontieren und er würde vor ihr auf die Knie fallen und sie anflehen: ›Meine liebe kleine Jody, es tut mir ja so Leid. Seit zwanzig Jahren schleppe ich das mit mir herum. Wie kann ich das je wieder gutmachen?‹ Sie will nur, dass er ihre Erinnerungen bestätigt.

Von der Mutter ganz zu schweigen. Die soll ihm mit der Handtasche auf den Kopf hauen und ihn anschreien: ›Du böser Kerl, du, wie konntest du meinem armen kleinen Kind nur so wehtun?‹

Aber das wird nicht passieren, Marv. Ich sage dir, was stattdessen passieren wird: Ihr Vater wird sagen: ›Was? Ich bin ein angesehener Geschäftsmann. Wie kannst du nur so etwas behaupten?‹ Und die Mutter wird sagen: ›Du weißt, dass dein Vater dich liebt. Wie kannst du nur so etwas behaupten?‹ Jody wird aus der Familie verstoßen, und die Familie tritt dem Verein für fälschlich beschuldigte Familien bei. Du hast bestimmt schon mal von dem VfbF gehört, oder nicht? Die geben die Geschichte an die Zeitungen weiter – oder umgekehrt, zuerst wendet sich die Familie an die Zeitungen. Ihre Eltern landen in einem Gesprächskreis des VfbF, und Jody landet in einer geschlossenen Abteilung. Und du, du kriegst eine Anzeige an den Hals. Ich kann es nicht genug betonen, Marv: Mach es nicht!«

Marv war still geworden. »Ich glaube, ich habe gar keine Wahl«, gestand er schließlich. »Sie hat gesagt, sie würde es so oder so machen, ob mit oder ohne mich. Wenn es stimmt, was du mir erzählst, dann wird sie, ohne einen Therapeuten an ihrer Seite oder jemand anderen im Raum zur Unterstützung, zum Schluss am Boden zerstört sein.«

»Du hast nicht verstanden, worum es geht, Marv«, sagte

ich. »Die Stimmung gegen das ganze angebliche Gerede um sexuellen Kindesmissbrauch schlägt gerade erst um. Zunächst einmal: Sobald du im Raum bist, wird man dir die Schuld geben. In dem Moment, wo du den Raum betrittst, schlägt die gesamte Dynamik um. Daddy wird nicht zu seiner Tochter sagen: ›Wie kannst du das nur behaupten?‹, nein, er wendet sich an dich und wird sagen: ›Sie haben meine arme Tochter so lange bearbeitet, bis sie diese Dinge über mich behauptet. Wie konnten Sie nur? Meine arme Tochter ist ein Opfer, jawohl, aber hier liegt kein Missbrauch von Seiten des Vaters vor, sondern von Seiten des Therapeuten.‹

Es ist ihm egal, ob du mit Hypnose gearbeitet hast oder nicht. Es ist ihm egal, ob du Techniken zur Wiederbelebung traumatischer Erinnerungen benutzt hast oder nicht. Es ist ihm egal, ob Jody die Erinnerung hat, seit sie fünf Jahre alt ist, und es ist ihm egal, ob die Erinnerungen in allen Punkten exakt sind oder nicht. Wenn sie exakt sind, fällt seine Reaktion sogar noch schlimmer aus. Sobald du den Raum betrittst, wirst du zum Sündenbock gemacht. Du bist Teil der Inzestmaschinerie, die angeblich riesige Summen Geld umsetzt, indem sie angepassten jungen Menschen einredet, sie seien Opfer eines sexuellen Missbrauchs.

Ich verspreche dir, er wird Anzeige erstatten, und es wird zu einem Prozess kommen, Marv, gegen dich und gegen Jody wahrscheinlich auch. Ich verspreche dir, du wirst wegen Verletzung der Standespflichten verklagt. Ich verspreche dir, es wird die schlimmste Tortur deines Lebens. Und alles wird vor Gericht verhandelt, Marv. Vor *Gericht.*«
Marv hatte eine krankhafte Angst vor Gerichten. Der einzige Grund, warum er die Hölle nicht dem Gericht vorziehe, hatte er mal geäußert, sei der, weil sie für ihn ein und dasselbe seien.

»Soll das wirklich heißen«, sagte Marv gelassen, »dass sie ihren Vater lieber allein mit der Geschichte konfrontieren soll? Oder soll ich mich einfach nur heraushalten, um mich selbst zu schützen, und meine Klientin im Stich lassen?«

Jetzt war es an mir zu schweigen.

3

Auf dem Heimweg ärgerte ich mich, und ich machte mir Sorgen wegen Marv. Vielleicht hatte er Recht. Vielleicht hatte ich mich bereits so oft in Gerichtssälen herumgetrieben, dass ich anfing, wie ein Rechtsanwalt zu denken. Eine ernüchternde Erkenntnis.

Die eigene Haut zu retten, sollte nicht das oberste Ziel in meinem Beruf sein. Meine Aufgabe war es, mir zu überlegen, was der Klient brauchte, und nicht, eine Methode auszuhecken, wie man am besten einer Anzeige entging. Aber so eine Aussprache mit der Familie konnte Marvs Klientin jetzt am wenigsten gebrauchen, es wäre verhängnisvoll. Es ging nicht darum, ob Marv dabei anwesend sein sollte oder nicht. Das Treffen sollte am besten gar nicht stattfinden, jedenfalls nicht zu einem so frühen Zeitpunkt.

Ich bog in die Einfahrt zu meiner kleinen Finnhütte und staunte, als ich Adams Wagen am Straßenrand stehen sah. Oh Scheiße! Ich hatte mich mit dem Polizeichef, der gelegentlich auch als mein Geliebter fungierte, zum Abendessen verabredet. Sofort überkamen mich Schuldgefühle. Das ist das Problem mit dieser Welt: Diejenigen von uns, die das Versäumnis, sich nicht gebührend für eine Sache bedankt zu haben, als ihr schlimmstes Vergehen betrachten, leben so schwer beladen mit dieser Schuld, dass sie nur noch gramgebeugt durch die Welt gehen, während die andere Hälfte der Menschheit – solche Leute, die berufsmäßig alte Damen überfallen – gar nicht genau weiß, was das Wort überhaupt bedeutet. Wenn Gott das alles wenigstens etwas gerechter verteilt hätte!

Ich konnte Adam nirgendwo finden, und mein Haus war zugesperrt. Ich schloss schleunigst die Tür auf und ging hinein. »Adam?«, rief ich, obwohl ich mir ziemlich sicher war, dass niemand, wirklich niemand, ohne Schlüssel in mein Haus hineinkam. Adam hatte mir dabei geholfen, dass es so war. Ich erhielt keine Antwort, und ich schritt durchs ganze Haus und öffnete die Tür zur Terrasse. Er musste seitlich um das Haus herumgegangen sein.

Ich erspähte ein Herrenhemd auf dem Lattenrost, ein Stück weiter eine Hose. Hmhm. Der Abend nahm Gestalt an. Die Spur abgeworfener Kleidung setzte sich fort und führte um die Ecke. Dort, versteckt in einem L-förmigen Kabuff, das auf der einen Seite von der Hauswand, auf der anderen von der Garagenwand gebildet wurde, befand sich meine heiß geliebte Badewanne, die so ausgerichtet war, dass man in ihr liegend durch die darüber hängenden Zweige der Tannenbäume den Mond und die Sterne sehen konnte.

»Da sitzt ja ein nackter Mann in meiner Badewanne«, stellte ich fest und ging auf ihn zu.

»Ruf lieber gleich die Polizei«, antwortete Adam.

»Ach, die kommt ja sowieso nie, wenn man sie braucht«, sagte ich und bückte mich, um ihm einen Kuss zu geben.

»Wetten, doch?«, sagte Adam, packte meine Bluse und zog mich zu sich hinunter in die Wanne.

»Liebe Güte, Adam«, stotterte ich, erschrocken über das unerwartete Tauchbad. Er schlang die Arme um mich, meine Kleider saugten sich voll, und alles an mir war im Nu nass. »Ich bin angezogen, du Witzbold«, sagte ich blöderweise.

»Willst du Anzeige erstatten?«, fragte er und rieb seine Nase an meiner Schulter.

»Ja«, sagte ich. »Du hast meine Kleider nass gemacht. Und meine Schuhe habe ich auch noch an.« Adam hatte mich überrumpelt, aber ich war längst nicht so missgelaunt, wie es klang. Eigentlich war ich überhaupt nicht schlecht gelaunt. Der Mann in meiner Badewanne erschien mir in dem Mondlicht so nahe und so lebendig, dass ich am liebsten mein Gesicht an seiner Schulter vergraben hätte, damit er es nicht sah. Mein Gesicht war nackter als sein Körper.

»Du hast ja Recht«, sagte er. Lieber Himmel, diese testosterongetränkte Stimme im Mondschein bewirkte genau das, was er erreichen wollte. Gewisse Regionen meines Körpers, die ich den ganzen Tag über nicht gespürt hatte, erwachten zum Leben. »Nasse Kleider schaden dir nur«, erklärte er und fing an, meine Bluse aufzuknöpfen.

»Du bist ja ganz schön munter heute Abend«, sagte ich lachend, schob aber seine Hand nicht beiseite.

Er kam zum untersten Knopf meiner Bluse und streifte sie über meine Schultern ab. Er fasste nach hinten, hakte den BH aus und streifte ihn ebenfalls genüsslich ab. Er lachte jetzt nicht mehr und schob mich von sich weg, um mich ganz im Mondlicht betrachten zu können. Die Stimmung war irgendwie zärtlich und ernsthaft, was mich immer beunruhigte. Ich mochte es lieber, wenn er lachte. Ohne das Lachen fühlte ich mich – wie soll ich sagen – ausgeliefert.

»Du bist wunderschön«, sagte er und berührte mein langes, lockiges blondes Haar.

»Na ja«, stammelte ich, »na ja …«

Adam sagte nichts mehr. Er strich mit seiner Hand langsam über meine Wange bis hinunter zur Halsbeuge. Als er die Brüste erreichte, verlangsamte sich die Bewegung; er strich einmal um die Brüste herum und umfasste sie dann sanft mit beiden Händen. Ich schloss die Augen und hielt den Atem an.

»Adam«, sagte ich schließlich, »ich würde gerne einen Fall mit dir besprechen.«

»Jetzt nicht«, erwiderte er.

»Es ist wirklich wichtig.«

»Jetzt nicht«, wiederholte er streng.

In Wahrheit gab es gar keinen Fall, den ich mit ihm besprechen wollte, aber mir wäre schon einer eingefallen. Bloß, bei Adam, mehr als bei jedem anderen Geliebten vor ihm, war der Sex inniger, wenn man so will.

Das machte mir höllische Angst. Die meisten Frauen beklagen sich, sie hätten gerne einen zärtlicheren Geliebten. Ich wollte nur einen guten Mann, der etwas Distanz bewahrte. Schlimm genug, dass Adam Single war, viel schlimmer, dass er nicht auf schnelle Nummern stand. Der reinste Wahnsinn.

Keine Sorge, dachte ich, als seine Hand unter Wasser glitt.

Es würde sowieso nicht lange dauern.

Tennessee Williams hat Recht. Der Mensch wacht morgens mit einem Lächeln im Gesicht auf. Ich fasste geistesabwesend zur Seite und tätschelte das leere Kopfkissen. Adam war früh aufgestanden; es war Freitag, ein ganz normaler Arbeitstag. Dennoch, zu meinem Ärger musste ich feststellen, dass Adam mir fehlte. Es war immer das Gleiche mit den Männern. Sie machten süchtig wie Erdnussflips, aber, rief ich mir ins Gedächtnis, nicht ganz so süchtig wie Vollblüter. Ich war eben nie über meine jugendliche Pferdemacke hinweggekommen. Meiner Meinung nach stehen Vollblüter ganz oben, und danach kommen jede Menge andere Tiere – einschließlich Menschen.

Als Spezies kamen Männer lange nicht an Vollblüter heran, und trotzdem vergossen Frauen Tränen wegen ihnen. Mir war dieses ganze weibliche Getue um Männer verhasst. Mir waren auch Liebesromane verhasst und diese immer wieder neu aufgelegten Ratgeber, wie man sich einen Mann angelt, wie man ihn an sich bindet und wie man ihn sich zurückerobert. Mir war die Vorstellung verhasst, Jahre meines Lebens beim Frisör zu verbringen; und wenn Gott mir angeboten hätte, alle Musikberieselung zu verbannen, nie und nimmer hätte ich mir die Fingernägel lackiert.

Und dennoch: Selbst wenn man von seiner Einstellung her dagegen war, sein Leben lang nach einer Gruppe Menschen zu schmachten, die für neunzig Prozent der Verbrechen auf dieser Welt verantwortlich sind, für alle Kriege dieser Welt, Menschen, von denen die Hälfte keine Alimente zahlt – es gab immer noch ein Problem: wie ging man mit dem Östrogen um?

Östrogen ist ein unterschätztes Suchtmittel. Es sollte nur unter Aufsicht ausgegeben werden. Immerhin kriegen manche Frauen wahnhafte Vorstellungen davon. Es gibt nämlich nicht wenige, scheinbar gesunde Frauen, die mit absolut unverantwortlichen und sogar gewalttätigen Blödmännern zusammenleben – und keine Frage, Östrogen hatte unbedingt etwas damit zu tun.

Schlimmer noch, Östrogen führt zu Hirnhautentzündung, was nicht einmal Schokolade vermag. Die beste Schokolade, welche die Frauenwelt kennt, hat niemals die Fantasie genährt, sie würde einen schlank machen, aber es braucht nur einen sexy Kerl, und viele Frauen entwickeln die Fantasie, er würde es nie wieder tun … was auch immer. Nie wieder würde er mit ihren besten Freundinnen schlafen, nie wieder sie mit einem Besenstiel vermöbeln, nie wieder ihr gemeinsames Wohnzimmer in einen Drogenumschlagplatz umfunktionieren. Er würde ein neues Kapitel aufschlagen, sagt er. Ja, ja, und das nächste würde genauso aussehen wie das davor.

Andererseits: Gegen Östrogen zu stänkern, war eine Sache, aber dann ereigneten sich solche Nächte wie gestern. Adam hätte mit diesen Händen Pianist werden sollen. Und die Umrisse seiner Schultern vor dem Hintergrund des Himmels über meinem Bett … das war fast so schön wie mit einem Pferd, das sich wie Seide im Wind bewegte, über eine Hürde zu fliegen. Mit anderen Worten, himmlisch schön.

Ich schlüpfte aus dem Bett und hob meinen Bademantel auf, ein Luxusstück aus Frottee, das mir mal eine Freundin geschenkt hatte. Es war ein Mantel, der einem die Wunden leckte, und leider hatte ich ihn viel zu häufig zu diesem Zweck gebraucht. Aber für den Tagesanfang war er nicht schlecht, auch nicht, um seinen Geliebten an einem hellen Sommermorgen damit zu umschlingen. Ich ging nach unten, um Kaffee zu kochen, und dann nach draußen auf die Terrasse. Ich hoffte immer noch, Adam würde in der Sonne sitzen, Kaffee trinken und darauf warten, dass ich uns beide nackt in den Frotteebademantel hüllte.

Er saß nicht auf der Terrasse. Die Nacht war vorbei, und er war jetzt wieder auf Verbrecherjagd. Ich sah an mir herab, und in der einen Hand hielt ich plötzlich das Handy, ausgerechnet. Was hatte ich mir dabei gedacht? Wollte ich ihn anrufen? Ich hatte doch gerade erst die Nacht mit ihm verbracht, da brauchte ich ihn wohl kaum um halb sieben Uhr morgens anzurufen. Wie sagen die Anonymen Alkoholiker immer so schön, wenn man morgens Lust auf ein Glas verspürt? Ruf einen Freund an. Ich nahm das Handy und wählte eine Nummer.

4

Carlottas Küche bestand aus strahlend weißen Regalen mit rötlich abgesetzten Kanten, und sie hatte eine hohe Decke. In der Mitte stand ein Tisch mit einer zehn Zentimeter dicken Platte aus Redwood-Holz. Redwood beherrschte den ganzen Raum. Es war nicht zu übersehen, und man konnte sich nicht in der Küche aufhalten, ohne nicht auf einem Möbelstück aus diesem Holz zu sitzen oder an einer Schrankwand aus diesem Holz zu lehnen. Gedankenverloren fuhr ich mit den Fingern die unregelmäßigen Ränder der Tischplatte ab.

»Carlotta«, sagte ich. »Heute Morgen hätte ich beinahe Adam angerufen.«

»Na und?«, sagte sie. Meine älteste Freundin saß mir in einem türkisfarbenen Hauskleid aus Seide gegenüber, das vermutlich teurer gewesen war als mein Auto. Schlimmer noch: Sie trug passende Ohrringe dazu. Ohrringe! Um sieben Uhr morgens! Aber ich war nicht in der Stimmung, sie wegen ihrer Obsession in Bezug auf alles Weibliche zu tadeln.

»Es war dumm von mir. Er ist über Nacht bei mir geblieben. Er ist eben erst gefahren.«

»Und?«

»Und deswegen brauche ich ihn nicht anzurufen.« Irgendwie hatte ich das Gefühl, dass ich mich nicht verständlich machen konnte.

Carlotta schwieg einen Moment. »Ist das etwa ein Verbrechen?«, fragte sie gereizt. Vielleicht war sieben Uhr morgens nicht ihre beste Zeit. Also gut, ich gebe zu, ich wusste, dass sieben Uhr nicht ihre beste Zeit war.

Ich seufzte. »Ich hatte ihm gar nichts mitzuteilen«, sagte ich. »Ich wollte nur mit ihm plaudern ...« Ich verstummte.

»Michael, Michael«, sagte sie. »Du bist wirklich ein harter Brocken. Du würdest mich nicht mal anrufen, wenn sich ein wahnsinniger Killer in deinem Haus herumtreiben würde. Wie wir wissen, hat sich *tatsächlich* mal ein wahnsinniger Killer in deinem Haus herumgetrieben, und du hast mich nicht angerufen.« Carlotta trug einem aber auch jede Kleinigkeit nach. »Und dann willst du einen Mann anrufen, mit dem du die Nacht verbracht hast, einen Mann, der dir lieb und teuer ist, und gleich glaubst du, das sei ein Notfall?«

»Also?«, sagte ich herausfordernd.

»Also komm endlich zur Vernunft«, sagte sie, nahm sich ihren Kaffee und legte sich wieder ins Bett.

Um neun Uhr fing ich mit meinem Seminar zum Thema Kindesmissbrauch für die Internen der psychiatrischen Abteilung an und ärgerte mich im Stillen über Marv. Er weiß nicht, worauf er sich einlässt, tönte die schräge Sopranstimme in meinem Hinterkopf. Die werden ihn bei lebendigem Leib in Stücke zerreißen.

Ich schloss die Tür und wandte mich der Gruppe zu. Es gab einmal die Normalzeit, und es gab die Psychiatrie-Zeit. Ich glaube, als Erstes kriegen die angehenden Ärzte an den medizinischen Fakultäten beigebracht, dass man die Leute warten lässt. Keiner erschien zu den Seminaren pünktlich, es sei denn, man stand mit der Knute in der Hand da. Ich galt als ungeduldig mit Nachzüglern, das war allgemein bekannt, deswegen waren meine Internen im ersten praktischen Jahr ihrer Ausbildung in der Psychiatrie bereits alle um den runden Tisch versammelt, als ich die Tür zumachte.

Alle anderen medizinischen Dienste nannten ihre Auszubildenden im ersten praktischen Jahr schlicht und einfach Assistenzärzte, nur in der Psychiatrie, immer ein wenig minderwertig, weil sie ja keine »richtigen Ärzte« waren, wurden die Assistenzärzte gleich in den Stand der »Internen« erhoben. Es änderte nichts an der Tatsache, dass diese Jugendlichen bis vor wenigen Wochen immer bloß im Seminarraum gesessen und sich fleißig Notizen gemacht hatten. Das einzige Mal, dass sie einen Patienten zu Gesicht bekommen hatten, war, wenn sie mal einem Professor über die Schulter blicken durften.

Es war das erste Treffen in diesem Semester. Im Monat Juli rücken die neuen Assistenzärzte und Internen an, und die alten steigen auf oder machen ihren Uni-Abschluss. Da in allen medizinischen Diensten die Assistenzärzte im ersten praktischen Jahr die meiste Arbeit leisten, sollte man sich als normaler Mensch die Monate Juli und August lieber nicht zum Krankwerden aussuchen: Die Assistenzärzte haben von nichts eine Ahnung, und meistens haben sie viel zu viel Angst, das offen einzugestehen, und fragen im Notfall lieber eine Schwester.

Tatsächlich ist das Ende des Frühjahrs die einzige Zeit, in der man es sich leisten kann, krank zu werden. Man *kann* sterben, *muss* aber nicht. Es ist die Zeit, in der die Assistenzärzte im ersten praktischen Jahr alles Wissen angesammelt haben, das ihnen je vermittelt werden wird. Mehr kriegen sie nicht. Am ersten Juli sind sie weg, und der nächste Schwung von Ahnungslosen erscheint.

Ich fing an, im Raum umherzugehen und die Assistenzärzte nach ihrem Wissen in Bezug auf Kindesmissbrauch zu befragen. Normalerweise eine deprimierende Angelegenheit. Im Allgemeinen wussten sie absolut nichts und gestanden es nur widerwillig ein.

»Nichts«, sagte der Erste überraschenderweise, ein gut aussehender Junge, der Dexter hieß. »Das ist unser erster Turnus, und gleich werden wir in die geschlossene Abteilung gesteckt. Wir wissen weniger als das Hauspersonal in diesem Gebäude, und wir sind verantwortlich für die am schlimmsten Erkrankten. In meiner Schicht ist eine Frau, die sich die Vagina aufschneidet. Kann mir vielleicht mal jemand sagen, warum sich eine Frau, die nicht unter einer Psychose leidet, die Vagina aufschlitzt?«

Der Junge war goldrichtig, in meinen Augen endlich mal einer, der kein Blatt vor den Mund nahm, in den Augen meines Vorgesetzten dagegen ein Störenfried. Ich sah mich im Kreis um. Niemand antwortete, aber es widersprach auch niemand.

Reginald Larsen konnte ich nicht lange aus meinem Gedächtnis verbannen – zwei Nachrichten waren auf dem Anrufbeantworter in meinem Büro. Larsen hatte sich nicht damit zufrieden gegeben, eine Nachricht unter meiner Privatnummer in der Praxis zu hinterlassen, er hatte mich auch noch in der psychiatrischen Abteilung aufgespürt und zweimal innerhalb einer Stunde auf Band gesprochen. Ich rief ihn zurück.

»Michael«, sagte er warmherzig, als spräche er mit seinem besten Freund.

»Dr. Larsen«, antwortete ich gelassen. Ich war fest entschlossen, in dieser Sache objektiv zu bleiben.

»Ich habe entschieden, die Beurteilung durch Sie vornehmen zu lassen. Wann können wir anfangen?«

Ich war überrascht. Eigentlich hatte ich Larsen längst abgeschrieben. Immerhin wandten sich die meisten mutmaßlichen Sexualstraftäter, wenn ich die beiden Begriffe Autobiografie der sexuellen Devianz und Lügendetektor erst einmal in einem Atemzug genannt hatte, stillschweigend an einen Therapeuten, der an das Gute im Menschen glaubte. Ich versuchte, mein Erstaunen zu kaschieren. »Haben Sie mit Ihrem Anwalt gesprochen?«

»Ich habe versucht, sie telefonisch zu erreichen, aber sie ist heute am Gericht. Ich habe ihr eine Nachricht hinterlassen. Ich möchte die Beurteilung auf jeden Fall vornehmen lassen.«

»Sie müssen sich unbedingt zuerst mit Ihrer Anwältin beraten. Sie müssen verstehen, welche unmittelbaren Folgen die Untersuchung für Sie haben kann.«

»Ich verstehe sehr wohl, welche Folgen das für mich haben kann«, sagte er gereizt. »Wenn ich nicht sofort eine Beurteilung bekomme, verliere ich meinen Job.«

»Dr. Larsen«, sagte ich genervt, »gehen Sie davon aus, dass Sie Ihre Einwilligung zur Herausgabe von Informationen zurückziehen können, wenn die Beurteilung nicht so ausfällt, wie Sie sich das wünschen? Ich meine, dass Sie sie unterschlagen können?« Er klang mir zu zuversichtlich, und das machte mir Sorgen.

»Das wird nicht nötig sein, aber natürlich, ja, das könnte ich durchaus. Wollen Sie mir sagen, dass ich es nicht kann?«

»Ja und nein. Sie können die Einwilligung zur Herausgabe von Informationen verzögern und mir sagen, dass ich die

Beurteilung dem Krankenhaus nicht übergeben darf. Sollte diese Angelegenheit jedoch, aus welchem Grund auch immer, jemals vor die bundesstaatliche Zulassungskommission der Ärztekammer kommen, kann diese die Herausgabe aller Informationen in der Beurteilung verlangen oder Ihnen die Zulassung entziehen.«

»Ich bin mir nicht so sicher, ob das eine Verzögerung ...«

»Tut mir Leid, aber ich schon. Glauben Sie mir, hat man sich erst einmal auf das Procedere eingelassen, kann man nicht so einfach einen Rückzieher machen, wenn einem das Ergebnis nicht passt. Sprechen Sie mit Ihrer Anwältin und rufen Sie mich zurück«, sagte ich und legte auf.

Warum machte er alles noch komplizierter? Ich hatte seinen Besuch bei mir noch mal Revue passieren lassen und war zu dem Schluss gekommen, dass Larsen etwas verheimlichte, vielleicht nicht viel, aber irgendetwas hielt er unter Verschluss, und da ich mich seinen Eltern gegenüber mehr als verpflichtet fühlte, würde ich dafür sorgen, dass er sich die Spielregeln durchlas, bevor er mir seine Leichen im Keller präsentierte.

»Heute hat mein Seminar angefangen«, sagte ich zu Marv und ließ mich in den Sessel in seinem Büro fallen. »Was ist bloß los mit der Psychiatrie? Wo sind all die eingebildeten Lackaffen geblieben, die früher immer bei uns angefangen haben? Diese Pfeife rauchenden Fünfundzwanzigjährigen mit Ellbogenflicken an ihren Jacketts, die nicht zugeben wollten, dass sie keinen blassen Schimmer hatten. Die neuen Studenten benehmen sich ja wie ganz normale Menschen. Irgendwas ist zusammengebrochen in dem System. Toby muss einen Schlaganfall gekriegt haben.«

Marv lachte. »Ganz bestimmt«, sagte er. »Wenigstens

lenkt das unseren ehrenwerten Chef für ein, zwei Wochen von dir ab.«

»Niemals«, antwortete ich. »Er wird es so drehen, als würde ich hinter der neuesten Entwicklung stecken.« Marv lachte wieder, obwohl wir beide wussten, dass ich Recht hatte. Das war das Problem, wenn man als der Querkopf der Abteilung galt: Ich bekam Anerkennung für lauter Dinge, von denen ich mir nur wünschen konnte, ich hätte sie in die Wege geleitet.

»Ich wollte dich mal etwas fragen. Ganz im Vertrauen natürlich.« Marv sah mich neugierig an. Es verstand sich von selbst, dass alles, was wir uns gegenseitig über unsere Klienten erzählten, vertraulich behandelt wurde. »Ohne den zugehörigen Namen hat die Frage keinen Sinn«, erklärte ich. Normalerweise ließen wir die Namen aus, wenn wir über einzelne Fälle sprachen.

»Würdest du für Reginald Larsens Sohn eine Beurteilung schreiben, wenn es um mehr ginge als um das übliche ›Mir geht es schlecht, ich sehe keinen Sinn mehr in meinem Leben?‹ Wenn es vielleicht um etwas Ungesetzliches ginge, jedenfalls etwas, das möglicherweise das Ende seiner beruflichen Laufbahn bedeuten könnte?«

»Nein«, erwiderte er sofort, viel zu schnell für meinen Geschmack.

»Warum nicht?«, fragte ich erstaunt nach.

»Weil seine Eltern einmal vor Jahren mit mir über ihn gesprochen haben«, sagte er. »Vor vielen Jahren. Mehr kann ich dazu nicht sagen, Michael, wirklich nicht.«

Ich sah ihm unmittelbar in die Augen. »Haben sie sich Sorgen um ihn gemacht?« Marv antwortete nicht. »Was waren das für Sorgen?«, versuchte ich es erneut. Es hatte keinen Zweck. Marv würde nichts herausrücken, so sehr ich auch insistieren mochte. Und genau genommen hatte ich gar kein Recht, weiter in ihn zu dringen.

»Na gut«, sagte ich. »Nur noch eins. Soll das heißen, du würdest ihn deswegen nicht behandeln, weil seine Eltern vor Jahren mit dir über ihn geredet haben, oder würdest du ihn nicht behandeln, wenn du an meiner Stelle wärst?«

»Ich würde ihn nicht behandeln, wenn ich an deiner Stelle wäre.« Schweigen.

»Okay«, sagte ich gedehnt. Ich musste es mir also noch mal überlegen. »Themenwechsel: Wie steht es mit dieser Gegenüberstellung, von der wir gestern Abend sprachen?«

»Als ich heute Morgen ins Büro kam, war eine Nachricht von Jody auf meinem Anrufbeantworter«, sagte Marv. »Sie will zur nächsten Sitzung ihre Eltern mitbringen und ihren Vater mit dem Vorwurf konfrontieren.«

»Und was hast du ihr gesagt?«

»Ich bin einverstanden.«

Wir schwiegen beide. Ich hatte ein ungutes Gefühl wegen dieser Geschichte. Es würde nicht funktionieren. Es war verfrüht, und es würde alle in Gefahr bringen.

Ich überlegte, wie ich Marv vermitteln konnte, dass er sich damit zum Idioten machte, ohne es ihm explizit zu sagen. Mein kleiner Verstand war leider nicht so gepolt. Als ich nichts erwiderte, fuhr er fort: »Sie hat mir ein Ultimatum gestellt. Sie meinte, sie müsste es unbedingt tun. Zuerst hatte sie vor, nach Hause zu gehen und es ihrem Vater ins Gesicht zu sagen. Ich habe sie gebeten, wenigstens bis zur nächsten Sitzung damit zu warten, die ist am Freitag. Mehr konnte ich beim besten Willen nicht erreichen. Sie würde sich ihm ohnehin stellen, ob ich dabei bin oder nicht.«

»Marv«, sagte ich schließlich, »wenn sich jemand erschießen will, würdest du ihn ja auch nicht bitten, es in deinem Büro zu tun, weil es dadurch irgendwie erträglicher wäre.«

Alles in ihm sträubte sich. »Ich glaube nicht, dass solche übertriebenen Vergleiche hilfreich sind.«

»Das ist keine Übertreibung«, sagte ich und merkte, dass ich lauter wurde. »Hast du noch nie was von der Gegenreaktion auf diese ganze Missbrauchsdebatte gehört?«, platzte es aus mir heraus. »Die Kollegen, die das tun, was du vorhast, werden systematisch fertig gemacht. Sie verlieren ihre Zulassung, wenn sie in ihren Sprechzimmern mutmaßliche Täter mit den Vorwürfen konfrontieren. Von den Klienten ganz zu schweigen, die verlieren nämlich ihren Verstand. Jody ist auf einem selbstquälerischen Trip. Auf den Zug brauchst du nicht auch noch aufzuspringen. Du solltest sie lieber davon abhalten, statt mit ihr gemeinsame Sache zu machen.«

»Michael«, sagte er, und sein Gesicht lief rot an. »Ich kann sie nicht aufhalten, und ich werde eine Klientin nicht im Stich lassen. Du weißt genauso gut wie ich, dass es mit Unterstützung leichter für sie sein wird als ohne, egal was passiert.«

»Na gut, na gut«, sagte ich. »Es geht mich sowieso nichts an. Du machst das, was du für richtig hältst. Was soll ich dazu sagen, wenn du so selbstzerstörerisch sein willst?« Ich wandte mich zum Gehen, kam aber nur bis zur Tür und hielt inne. »Na gut«, sagte ich noch mal, diesmal etwas gefasster. Ich blieb eine geschlagene Minute lang stehen und schaukelte von einem Fuß auf den anderen. Wahrscheinlich war ich nicht nur wegen Jody sauer; wahrscheinlich war ich auch sauer, weil Marv mir nicht mehr zu Reginald Larsen gesagt hatte. Das war natürlich unfair meinerseits. Ich drehte mich um. »Okay«, sagte ich, »ich will dabei sein.«

»Michael«, sagte er trocken, »nichts gegen dich, aber das wäre das Letzte …«

»Marv«, sagte ich, die Stimme endlich unter Kontrolle. »Ich meine nicht im gleichen Zimmer, obwohl ich mich, wenn nötig, ganz gut beherrschen kann.« Das hätte Marv wissen müssen, wenn er mich im Gerichtssaal genauer beobachtet hätte.

»Ich meine natürlich hinter einem Einwegspiegel, mit Einwilligung aller Beteiligten. Du brauchst einen Zeugen, der sich Notizen macht, es sei denn, du lässt ein Aufnahmegerät laufen, aber ich gehe jede Wette ein, dass Jodys Dad das nicht erlauben wird.«

»Wozu brauche ich einen Zeugen?«

»Weil du dir nicht vorstellen kannst«, sagte ich mit einem Höchstmaß an Geduld, »was für Behauptungen über solche Sitzungen in die Welt gesetzt werden. Allein, nur mit der Klientin und ihrem Vater im Raum, gehst du ein viel größeres Risiko ein. Ich bin nur assoziiertes Mitglied der Abteilung und nicht in dem Fall engagiert. Wenigstens könnte ich für dich aussagen, wenn du verklagt wirst«, ergänzte ich nüchtern.

»Setzt du dich mit deiner Anwesenheit im Nebenraum nicht der Gefahr aus, ebenfalls verklagt zu werden? Wenn ich schon zu Jody auf den Zug aufspringe«, sagte er, »musst du mir das nicht unbedingt nachtun.«

»Erstens«, erwiderte ich mürrisch, »arbeite ich in der Regel mit der Sorte Menschen, die nicht erst lange überlegen, ob sie mich verklagen wollen oder nicht, sondern mich lieber gleich erschießen. Man könnte also sagen, das hier stellt eine Verbesserung für mich dar. Zweitens wirst du es sowieso machen, ob ich dabei bin oder nicht, und ich kann dich doch nicht einfach im Stich lassen, obwohl du ein Idiot bist.«

Ich wandte mich zum Gehen. Wir wussten beide, dass ich soeben seine Entscheidung gebilligt hatte. Denn wie konnte ich ihm vorwerfen, dass er Jody nicht sich selbst überließ, wenn ich ihm in seiner Zwangslage nicht zur Seite sprang.

Um vier Uhr klingelte das Telefon. Reginald Larsen war wieder am Apparat. »Ich habe mit meiner Anwältin gesprochen«, legte er gleich los, bevor ich Gelegenheit hatte, etwas zu sagen, »und ich würde gerne einen Termin vereinbaren. Mit der Sexualbiografie habe ich schon angefangen. Wollen Sie die in einer speziellen Form haben?«

Ich sah auf die Uhr. Ich hatte Reginald Larsen vor noch nicht einmal vierundzwanzig Stunden kennen gelernt, und schon hatte er weiß Gott wie oft bei mir angerufen. Es musste ein ungeheurer Druck auf ihm lasten. Woher der wohl kam?

»Sie können wählen«, sagte ich. »Es gibt ein Formblatt, das Sie benutzen können, Sie können es aber auch mit eigenen Worten schildern. Wenn Sie bis zum nächsten Termin warten wollen, kann ich Ihnen das Formular …«

»Warum so lange warten«, unterbrach er. »Ich fange einfach an, und dann können wir es gemeinsam durchgehen.«

»Bitte denken Sie daran«, fügte ich noch hinzu, »dass es hier nur um sexuelle Verfehlungen oder abweichendes Sexualverhalten geht. Einvernehmliche sexuelle Akte mit Erwachsenen außerhalb des Krankenhauses gehen mich nichts an. Ich erwarte jedoch, dass Sie jeden sexuellen Kontakt mit Mitgliedern des Personals, Angestellten oder Patienten des Krankenhauses und jeden Geschlechtsakt auflisten, der jemals mit einer Person auf dem Krankenhausgelände stattgefunden hat, ob Sie ihn als Verfehlung betrachten oder nicht. Selbst wenn Sie das Krankenhaus dabei nur aus der

Ferne gesehen haben, will ich es wissen. Außerdem jeden sexuellen Kontakt in Verbindung mit Gewalt, und natürlich mit Kindern. Haben Sie mich verstanden?«

»Ich sagte Ihnen ja bereits … ach, lassen wir das«, sagte er. »Ich habe Sie verstanden.«

»Ich werde Ihnen ein Einwilligungsformular zufaxen, das Sie bitte unterschreiben, damit ich mich mit dem Krankenhaus in Verbindung setzen kann. Ich möchte das möglichst bald machen, bevor der Prozess allzu weit fortgeschritten ist.«

»Um den Papierkram habe ich mich bereits gekümmert«, sagte er. »Ich habe die Formulare für die Einwilligung zur Weitergabe von Informationen da. Ich fülle eins aus und schicke es Ihnen zu.«

Bei seiner Eile überraschte es mich nicht weiter, als er sagte: »Ich kann das in den nächsten Tagen erledigen. Wie wäre es mit einem Termin am Donnerstag?«

»Donnerstag ist in Ordnung«, sagte ich. »Passt Ihnen elf Uhr?«

»Ja«, sagte er, »und noch etwas, Michael.« Er senkte die Stimme, sodass sie weicher und warmherziger klang. »Vielen Dank, dass Sie sich so schnell für mich freimachen konnten.«

»Kein Problem«, sagte ich, den Ton, den er anschlug, ignorierend. Lag hier vielleicht doch das Problem? Reggies Name, mit dem er mich ködern wollte?

Donnerstag also. Das versprach eine interessante Woche zu werden. Reggie Larsens Sohn würde am Donnerstag wer weiß was gestehen. Marv würde am Freitag einem emotionalen Blutbad beiwohnen. Bis zum Wochenende würde sich das Leben einiger Personen verändert haben, vermutlich zum Schlechten.

5

Am Donnerstag kam ich noch mal heftig ins Grübeln, ob es wirklich klug war, sich auf Reginald Larsen einzulassen. Ich fragte mich, wie es mir passieren konnte, dass ich die übliche erste Phase, Zuhören und Überweisen an einen Kollegen, übersprungen und gleich einen Termin für eine Beurteilung angesetzt hatte, ohne eine richtige Entscheidung getroffen zu haben. Irgendwie hatte ich in der Hektik der Telefonanrufe einfach einen Termin festgesetzt, und jetzt, da Reginald Larsen nach einer dreistündigen Fahrt bereits in meinem Wartezimmer saß, brachte ich es nicht übers Herz, ihm zu sagen: »Äh, ich muss mir das noch mal überlegen.«

Er war über eine Stunde zu früh da, was mich bei den vielen Telefonanrufen, mit denen er mich an nur einem Tag bombardiert hatte, nicht wunderte. Eigentlich hatte ich Zeit, aber ich ließ ihn nicht in mein Büro. Wenn ich das tat, würde er das nächste Mal noch früher kommen und wäre beleidigt, würde ich ihn nicht gleich drannehmen, selbst wenn ich noch mit einem anderen Klienten zu tun hätte. Manchmal, so schlau war ich auch, war es angebracht, in Maßen Akzente zu setzen.

Zu dem verabredeten Zeitpunkt kam er in mein Büro gehüpft und legte eine glänzende, sehr teure Lederaktentasche ab, eine Sonderedition von Neiman Marcus für sechshundert Dollar, die nur für eine begrenzte Zeit zum Verkauf angeboten worden war. Ich sah sie mir an. Wie war es möglich, dass ein Mann, der so eine Ledertasche spazieren führte, einen Vater gehabt hatte, der mit einer vierzig Jahre alten vergammelten Arzttasche herumgelaufen war, die noch aus der Zeit stammte, als er Hausbesuche gemacht hatte.

Aber wieso wunderte mich das eigentlich? Wusste ich doch aus Erfahrung, dass die Reginald seniors dieser Welt Kinder hervorbrachten, die entweder die gleiche Tasche trugen oder etwas völlig anderes. Das Ebenbild seiner Eltern oder das genaue Gegenteil zu sein, war nicht weiter schwierig. Viel schwieriger war es, weder das eine noch das andere zu sein.

»Wie geht es Ihnen?«, sagte ich förmlich.

»Danke, gut«, antwortete er beim Hinsetzen und zog einen Stapel Blätter, sauber getippt und mit einer großen Klammer zusammengeheftet, aus der Aktentasche hervor. »Ich habe meine Hausaufgaben gemacht«, sagte er.

Ich sah den Haufen Blätter. Es waren viele, sehr viele. Ein auffälliger Gegensatz zu seinem Einwand, was er mitzuteilen habe, passe auf ein einziges Blatt Papier.

Ich war überrascht, und dann auch wieder nicht. Ich wusste, dass viele Menschen beim Thema Sex logen wie gedruckt; trotzdem hätte ich ihn am liebsten angebrüllt: »Was? Vor vier Tagen haben Sie hier noch mit Unschuldsmiene gesessen und beteuert, da sei nichts dran, und jetzt kommen Sie mir mit fünfzig Seiten!«

Ich hütete mich natürlich davor, es zu sagen. »Alle Vorkommnisse von deviantem Sexualverhalten aufgelistet?«, fragte ich ruhig. Jede Andeutung von Staunen über den Umfang hätte ihn zum Schweigen gebracht. Ein Wort der Verwunderung, und er hätte die Blätter zusammengerafft, in seine Tasche gesteckt und wäre weggelaufen.

»Ja«, sagte er stolz. »Ein gutes Gefühl, mal alles loszuwerden. Wie eine Erleuchtung. Ich habe gemerkt, es ist das erste Mal, dass ich die Wahrheit sage, die ganze Wahrheit und nichts als die Wahrheit, seit ich elf war. Elf Jahre, ehrlich. Es ist wunderbar, alles auf den Tisch zu packen. Es kommt mir vor wie ein Neuanfang.«

Eins erstaunte mich allerdings wirklich: Er zeigte nicht die geringste Reue, dass er das Blaue vom Himmel heruntergelogen hatte.

»Und jetzt«, fuhr er fort, »liegt es in Ihren Händen. Seien Sie nachsichtig mit mir.« Er lachte bei den Worten und übergab mir den Packen. Als ich mich vorbeugte, um ihn entgegenzunehmen, trafen sich unsere Blicke. Seine Augen waren strahlend blau. Er hielt meinen Blick einen Moment lang fest und sah mich dabei an, als wollte er in mein Gewissen schauen.

Ich beendete den Blickkontakt und blätterte in dem Stapel Papiere in meiner Hand. Junge, Junge, wenn man bedachte, dass das die erste Überprüfung war! Wahrscheinlich waren in dem Stapel sogar mehr als fünfzig Seiten – über fünfzig, am Computer getippte Seiten mit einfachem Zeilenabstand. Vielleicht schätzte ich Reggie auch nur falsch ein; vielleicht hatte er die Instruktionen falsch verstanden. Ich konnte erklären, so viel ich wollte, die meisten Leute listeten ihre einvernehmlichen Sexualkontakte auf. Und Reggie hielt ich für den Typ Mann, der mir gerne mitteilen wollte, wie erfolgreich er bei Frauen war.

Andererseits war er vielleicht einfach auch nur besessen von dem Thema. Wer war es doch gleich, der auf fünfzig Seiten einen Penis beschrieben hatte? Proust? D. H. Lawrence? Auf jeden Fall jemand, der zu viel Zeit hatte, darauf konnte man Gift nehmen.

Ich überflog die Seiten, und mir wurde unbehaglich zumute. Ich hatte nicht den Eindruck, dass er mich falsch verstanden hatte. Die ersten paar Seiten las ich etwas gründlicher: Mit zwölf hatte er angefangen zu spannen. Manchmal hatten andere Kinder mit ihm zusammen die Gegend durchstreift und in Nachbars Fenster gespäht, aber die anderen Kinder hatten schnell die Lust daran verloren. Bei ihm hatte es sich zu etwas Zwanghaftem entwickelt. Er ging früh zu Bett und schlich sich dann durchs Fenster aus seinem Zimmer nach draußen. Er kletterte auf Bäume und legte sich auf Dächer. Er verbrachte Stunden mit seinen nächtlichen Streifzügen durch die Stadt, auf der Suche nach einem erleuchteten Fenster, sodass er am nächsten Tag in der Schule regelmäßig einschlief. Das war alles noch vor seinem zwölften Geburtstag. Von da an ging es steil bergab. Irgendwie musste ich immer an seinen Vater denken. Ob er wohl eine Ahnung gehabt hatte, wo sich sein Sohn in all den Nächten herumtrieb, in denen Reginald Larsen senior im Krankenhaus gearbeitet hatte?

Ich schaute auf. Wieso nur strahlte Reggie übers ganze Gesicht? Auf den nächsten neunundvierzig Seiten würde sich bestimmt genug Material finden, um zu bewirken, dass er nie wieder als Mediziner würde praktizieren können, jedenfalls nicht, wenn sein abweichendes Sexualverhalten in irgendeiner Weise mit dem Krankenhaus in Verbindung stand. Er hatte nichts begriffen. Wahrscheinlich dachte er, er müsste nur alles freimütig gestehen – egal, was er getan hatte –, und ich würde ihm sagen, er sei ein braver Junge, und alles wäre vergeben. Nach dem Motto: Jugendsünden sind lässliche Sünden.

Das Phänomen war mir nicht unbekannt. Manche Menschen meinten, sie hätten das Recht, ihre »Fehler« wegzuwischen, so wie man zu Hause Staub wischte, als hätten sie nur etwas Dreck gemacht und nicht Menschen misshandelt. Jemand, der eine Neunzigjährige mit einer Kettensäge ermordet hatte, brachte es fertig zu sagen: »Schade, dass es passiert ist, aber daran kann ich jetzt auch nichts mehr ändern. Es ist vorbei, und ich muss mit meinem eigenen Leben klarkommen.« Fünfzig Prozent aller Verbrecher, die ich kannte, hatten keinen Schimmer, warum sie für etwas bestraft wurden, das hinter ihnen lag und das sie jetzt sowieso nicht mehr rückgängig machen konnten.

»Dann wollen wir den Bericht mal durchgehen«, sagte ich bedächtig. »Seite für Seite.«

»Warum?«, fragte er erstaunt. »Es steht doch alles drin. Sie brauchen es nur zu lesen.«

»Es steht nicht alles drin«, sagte ich mit Nachdruck. »Es steht nie alles drin. Es ist ein guter Anfang, aber ich glaube, wenn Sie Ihr Gedächtnis weiter erforschen, werden Sie noch mehr Vorkommnisse finden. Sie werden feststellen, dass an diesen Vorkommnissen mehr dran ist, als Sie beim ersten Mal notiert haben. Es ist immer mehr dran. Was Sie mir gegeben haben, ist nur die Spitze eines Eisbergs. Ich arbeite seit fünfzehn Jahren in diesem Bereich, und immer ist es nur die Spitze eines Eisbergs. Neunzig Prozent allen devianten Sexualverhaltens, das Sie fantasiert haben, mit dessen Vorstellung im Kopf Sie onaniert haben, an das Sie gedacht haben und das Sie vollzogen haben, stehen nicht in diesem Bericht.«

Es war eine Taktik, die ich immer anwandte, auch wenn der Täter beim ersten Mal noch so viel Material anschleppte. Kein Sexualtäter, nicht ein Einziger, sagt beim ersten Mal immer nur die Wahrheit, die ganze Wahrheit und nichts als die Wahrheit. In diesem Punkt hatte ich mich bisher nie getäuscht, und ich wusste es mit der gleichen absoluten Sicherheit, mit der meine Mutter wusste, an was es mir fehlte.

Sein Gesicht wurde länger, und es sah aus, als schmollte

er. Ich übersah sein Schmollen und beugte mich wieder über die Seiten. Ich übersprang bis zu der Stelle, an der ich den ersten deutlichen Hinweis auf eine Irreführung fand, und las etwas langsamer:

> Meine Assistenzzeit fing in Fort Wayne an. Nach einiger Zeit bohrte ich ein Loch in die Wand zwischen meinem Büro und dem Untersuchungszimmer, damit ich den Patientinnen beim Ausziehen zuschauen konnte. Ende der Assistenzzeit, Eintritt in die Armee, damit ich noch etwas von der Welt sah, bevor ich mich niederließ.
>
> Mein erste enge Beziehung zu einer Patientin hatte ich bei der Armee. Die Frau eines Obergefreiten kam zu einer allgemeinen Untersuchung in mein Büro. Ich hatte mir gerade ihre Ohren angesehen, da knöpft sie ihr Unterhemd auf und fragt mich, ob bei ihr nicht eine Operation zur Verkleinerung der Brüste nötig sei. Sie hat große, herrliche Brüste. Ich gestehe ihr ganz offen, ihre Brüste seien wunderschön. Sie lacht, und eins führt zum anderen. Mir ist bewusst, dass das nicht richtig war, aber damals war mir nicht so klar, wer hier eigentlich wen verführte! Sie war Ende dreißig, und ich war vielleicht sechsundzwanzig und noch grün hinter den Ohren.

Ich las nicht weiter. Wie konnte jemand in zwei kurzen Absätzen nur so viele Lügen unterbringen? Meine Güte. Und über vierzig Seiten hatte ich noch vor mir. Später, wenn er gegangen war, wollte ich eine ausführliche SCAN-Analyse seines Berichts vornehmen, eine Technik zur Feststellung irreführender Aussagen, die Allen Goldstein entwickelt hatte, ein ehemaliger Mitarbeiter des israelischen Geheimdienstes Mossad, bei dem ich studiert hatte. Aber auch ohne eine solche Analyse konnte ich diese Aussage, die vor Selbsttäuschung nur so zum Himmel stank, mit einem Blick erfassen und hatte genug in den Händen, um den Mann aufzurütteln.

Ich kehrte noch mal zum ersten Absatz zurück. Er teilte mit, wo er seine Assistenzzeit angefangen hatte, nicht, wo er sie beendet hatte. »Anfangen« ist eines der Schlüsselworte, bei denen die Alarmglocken schrillen sollten. Man schreibt nicht »Meine Assistenzzeit fing da und da an«; die meisten schreiben »Meine Assistenzzeit verbrachte ich da und da«, es sei denn, irgendetwas war passiert und die Ausbildung musste abgebrochen werden.

Ich suchte nach einer Bestätigung meines Verdachts. Häufig reichte ein einziger Hinweis auf Irreführung aus, aber mit zwei oder mehr hatte man bessere Chancen.

Eine Bestätigung war schnell gefunden. »Damit ich … zuschauen konnte; damit ich noch etwas von der Welt sah.« *Damit* war ein Wort, das wie *weil* funktionierte. Reggie erklärte sein Verhalten. Ich hatte ihn nicht gebeten, mir zu erklären, *warum* er dieses oder jenes getan hatte, ich hatte ihn nur gebeten, mir zu sagen, *was* er getan hatte. Wenn Menschen anfingen, ihr Verhalten zu erklären, besonders wenn es zweimal in einem Absatz geschah, handelte es sich mit Sicherheit um ein sensibles Thema.

Ich las mir durch, was zwischen den beiden »Damits« stand. Zwischen den beiden »Damits« standen zwei Sätze ohne Präposition. »Ende der Assistenzzeit. Eintritt in die Armee.« Zwei knappe, abgehackte Sätze ohne Präposition, und das aus der Feder eines Mannes, der sich auszudrücken verstand. Er hatte nicht geschrieben, dass *er* seine Assistenzzeit beendet hatte; in beiden Sätzen hatte er das Pronomen *ich* weggelassen.

»Kein persönliches Engagement«, hörte ich Goldstein,

den Meister des SCAN-Systems, sagen. »Wenn er nicht engagiert bei der Sache ist, dann sollten Sie es auch nicht sein.«

»Wo haben Sie Ihre Assistenzzeit beendet?«, fragte ich.

Reggie sah mich verdutzt an. »Meine Assistenzzeit?«, sagte er. »Wieso fragen Sie danach? Ich habe doch geschrieben …«

»Sie haben geschrieben, wo Sie Ihre Assistenzzeit angefangen haben. Sie haben nicht geschrieben, wo Sie sie beendet haben.«

»Aber das geht doch eindeutig aus …«, sagte er.

»Ich will Sie nicht reinlegen, Reggie«, unterbrach ich. »Bevor Sie antworten – denken Sie daran, dass Vermittlungsstellen für Assistenzärzte Buch führen. Wo haben Sie Ihre Assistenzzeit beendet? War es in Fort Worth oder nicht?«

Es folgte eine Pause. »Also, eigentlich nicht, nein. Ich dachte, es wäre nicht wichtig. Ich habe die Stelle gewechselt.«

»Wohin sind Sie gewechselt?«

»Ich glaube, mein erstes Jahr in der Armee war gleichzeitig mein letztes Assistenzjahr. Vielleicht habe ich das nicht klar genug ausgedrückt.«

»Kann man so sagen«, antwortete ich. »Erster Knackpunkt.«

»Das ist nicht fair«, protestierte Reggie. »Sie stoßen sich an Kleinigkeiten, die mit meinem angeblichen Problem nichts zu tun haben.«

Angeblich. Jetzt waren seine Probleme nur noch angebliche Probleme. Fünfzig Seiten voller »angeblicher« Probleme. Es verlieh dem Wort eine ganz neue Bedeutung.

»Warum haben Sie dann gelogen, wenn es nichts mit Ihren Problemen zu tun hat?«, fragte ich.

»Ich habe nicht gelogen«, sagte Reggie.

Ich ersparte mir eine Antwort. Genau genommen hatte er Recht, er hatte nicht gelogen. Er hatte etwas ausgelassen, und genau das machen die meisten Lügner. Wenn der Mensch Informationen verheimlichen will, neigt er dazu, in Deckung zu gehen, sich zu winden, etwas nur anzudeuten, ohne es tatsächlich in Worte zu fassen. Aus irgendeinem verrückten Grund war es sehr viel schwieriger zu lügen, als etwas auszulassen. Den meisten Menschen musste man auf die Pelle rücken oder sie festnageln, bevor sie einen wirklich anlogen.

Reggie war anders. Denn im nächsten Absatz über die Frau des Obergefreiten hatte er mich rundheraus angelogen. Diese blöde Geschichte war so gut wie frei erfunden. Reggie hatte sich verraten, indem er ins Präsens gewechselt war, denn genau das machen die meisten Menschen, die einem ein Märchen erzählen. Dinge aus der eigenen Erinnerung werden in der Vergangenheitsform erzählt, weil der Betreffende aus der Erinnerung an ein tatsächlich stattgefundenes Ereignis schöpft, das in der Vergangenheit liegt.

»Ich tippe mal, dass es wirklich eine Frau gegeben hat, vielleicht die Frau eines Obergefreiten, und Sie haben ihr die Ohren untersucht. Der Rest, dass sie Ihnen ihre Brüste so verlockend präsentiert und sich nach einem chirurgischen Eingriff zur Brustverkleinerung erkundigt hat – das hat nur in Ihren Träumen stattgefunden. Sie haben ihr gesagt, was für herrliche Brüste sie hat, was man bei einem Arzt, der sich ihre Ohren ansieht und eine allgemeine Untersuchung vornimmt, nicht gerade als professionellen Befund bezeichnen kann.

Aber das war nicht das erste Vorkommnis, Reggie, denn in Fort Wayne hat man Ihnen wegen irgendetwas die Assistenzstelle gekündigt, und es hatte ganz sicher mit dieser Sache zu tun. In den Dienst der Armee tritt ein aufgeweckter und ehrgeiziger junger Assistenzarzt nämlich nur dann, wenn keine andere Institution ihn nimmt, das ist der einzige Grund, denn medizinisch gesehen ist die Armee auf dem Stand von Sibirien.

Und Sie wurden auch nicht wegen irgendeiner Lappalie gefeuert, etwa weil Sie einen Patienten getötet haben, das steht nämlich bei den Armeemedizinern auf der Liste der leichten Vergehen, über die man hinwegsehen kann, es sei denn, Sie hätten es sich zur Angewohnheit gemacht oder wären mit der Axt auf die Patienten losgegangen. Bleiben also nur wenige Möglichkeiten. Entweder haben Sie sich mit einer Entscheidung schwer getan, weswegen man Sie auf jeden Fall entlassen hätte, oder, und das ist wahrscheinlicher, Drogen oder Sex haben eine Rolle gespielt. Jedenfalls muss es etwas sehr Schlimmes gewesen sein, denn im letzten Assistenzjahr wird nie jemand – wirklich niemand – aus dem Dienst rausgeworfen.«

Reggie war überwältigt. »Und noch etwas«, fuhr ich fort. »Sie können sich nicht vorstellen, was Ihnen blüht und was ich Ihnen ersparen will. Von Täuschung und Irreführung verstehe ich nur so viel«, ich hielt Daumen und Zeigefinger im Millimeterabstand voneinander hoch, »im Vergleich zu dem Lügendetektorexperten, zu dem ich Sie schicken werde. Ich persönlich würde John Davis niemals belügen, und ich rate Ihnen, es ebenfalls nicht zu tun.«

Reggie war blass geworden, und wieder registrierte ich, dass er bei Aufregung körperliche Reaktionen zeigte. Umso wichtiger war es, darauf zu achten, wann er körperlich nicht reagierte, obwohl es angezeigt wäre.

»Wie hieß die Frau des Obergefreiten?«, fragte ich ihn.

»Das ist so lange her, wie soll ich mich da an ihren Namen erinnern?«, erwiderte er.

»Das sollten Sie sehr wohl«, sagte ich, »falls es die erste Patientin ist, die Sie je belästigt haben. Wenn Sie sich nicht erinnern, war es vielleicht bereits die zehnte oder zwanzigste. Also sagen Sie mir: Erinnern Sie sich an ihren Namen oder nicht?«

»Ich habe das Gefühl, ich brauche einen Anwalt«, sagte er leise.

»Das habe ich Ihnen von Anfang an geraten«, antwortete ich. »Ich behalte das hier«, sagte ich und steckte die Blätter in eine Mappe. »Sie haben Ihren Bericht im Computer. Gehen Sie nach Hause und schreiben Sie ihn noch mal, diesmal ehrlich.

Dr. Larsen, lassen Sie uns Klartext reden. Ich werde die Wahrheit nicht mit dem Holzhammer aus Ihnen herausprügeln. Es ist mir egal, wer Ihr Vater war. Ich werde nicht hundert Sitzungen damit verbringen, Ihnen jede einzelne Lüge aus der Nase zu ziehen. Wenn Sie mich weiter belügen, schicke ich Sie zum Lügendetektortest, bei dem Sie mit Pauken und Trompeten durchrasseln, und danach werde ich einen Bericht schreiben, in dem steht, dass man Ihnen in keiner Hinsicht mehr trauen kann. Das beinhaltet natürlich die Empfehlung, dass Sie nie wieder als Arzt praktizieren dürfen.«

»Was?«, sagte er. »Das können Sie nicht machen. Wie können Sie so etwas sagen? Niemand würde Ihnen glauben!«

Ich faltete die Hände, legte sie auf die Mappe und sagte in aller Ruhe: »Doch. Allein was in dieser Biografie steht, reicht aus, um diese Empfehlung zu untermauern. Ich sage nicht, dass Sie nie wieder als Arzt praktizieren dürfen, das wäre zu diesem Zeitpunkt verfrüht. Es hängt von vielerlei Dingen ab: wie ehrlich Sie sind, ob Sie bei der Behandlung kooperieren, welche Fortschritte Sie in der Behandlung machen und welche Art der Überwachung wir einrichten können. Aber wenn ich nicht in jeder Hinsicht informiert bin, besteht gar keine Möglichkeit, eine effektive Behandlung anzusetzen, und dann werde ich die Empfehlung aussprechen, dass Sie nie wieder praktizieren sollten. Lieber ein Irrtum zu viel als einer zu wenig – wenn es der Patientensicherheit dient.

Und sollten Sie Ihre Einwilligung zur Weitergabe von Informationen widerrufen und meine Einschätzung zurückhalten, wird das Krankenhaus natürlich wissen wollen, warum. Es ist wie bei den Einfahrten zu Autovermietungen: Man kann nur vorwärts fahren, nicht rückwärts, sonst werden die Reifen zerschreddert. Für einen Rückzug ist es jetzt zu spät.«

»Ich glaube, Sie schätzen mich falsch ein«, sagte Reggie. Er richtete sich auf und gewann seine Würde zurück. »Ich habe nichts von einem Rückzug gesagt. Was ich einmal angefangen habe, bringe ich auch zu Ende.«

Die letzte Bemerkung legte ich zu den Akten. Seine Stimme klang anders, als er es sagte, und sie hatte einen bedenklichen Unterton, den ich nicht genau einzuordnen vermochte.

»Bis nächste Woche. Selber Ort, selbe Zeit, und erledigen Sie Ihre Hausaufgaben. Vergessen Sie auch nicht, Ihre Formulierung ›Nach einiger Zeit‹ mit etwas mehr Leben zu füllen.«

»Nach einiger Zeit?«, fragte Reggie.

»Es ist der zweite Satz in Ihrem Bericht«, sagte ich. »Ein Zeitsprung. Was geschah in dieser Zeit?«

Reggie saß bewegungslos da. »Nächste Woche? Das geht nicht. Ich habe dem Krankenhaus gesagt, die Beurteilung sei nächste Woche da.«

»Warum?«, fragte ich erstaunt. »Wozu die Eile?«

»Ich muss das hinter mich bringen«, sagte er mürrisch. Es war keine Antwort auf meine Frage.

»Es wird Zeit, dass ich mich einmische«, sagte ich. Es war deutlich, dass Reggie mir etwas verheimlichte. »An wen wende ich mich?«

»An Margaret Jones«, erwiderte er. »Medizinische Direktorin und orthopädische Chirurgin.« Ich hatte den Namen Dr. Jones noch nie vorher gehört, aber so wie Reggie ihn aussprach, klang es, als müsste man ihn kennen.

»Was ist das für eine Person?«, fragte ich.

»Das herauszufinden, überlasse ich lieber Ihnen.« Zum ersten Mal, seit ich Reggie kennen gelernt hatte, schwang ein gewisser Humor in seiner Stimme mit.

Nachdem er gegangen war, griff ich zum Telefonhörer. Ich musste sowieso mit dieser Margaret Jones sprechen, aber Reggie hatte mich neugierig gemacht.

Beim Wählen stellte ich sie mir vor. Weibliche Chirurgen waren immer noch eine Seltenheit, vor allem im Supermacho-Reich der Orthopädie. In einem Punkt konnte ich mir sicher sein: Sie war eine außergewöhnlich gute Chirurgin. Um in die Chirurgie zu kommen, musste man als Frau so überragend sein, dass die männlichen Kollegen die Tatsache, dass man eine Frau war, einfach übersahen. Bei gleicher Qualifikation eines weiblichen und eines männlichen Bewerbers stand schon vorher fest, wer genommen wurde. Die Chirurgen waren alle Männer. Sie hatten männliche Assistenzärzte, sie verstanden sich besser mit ihnen, sie bildeten sie seit Jahrzehnten aus. Sie kannten es nicht anders.

In den chirurgischen Abteilungen gab es keine Antidiskriminierungsprogramme, Gerechtigkeit wurde überhaupt sehr klein geschrieben. Die Chirurgie war im Grunde eine Mischung aus einer Gilde und den Green Berets. Bei Margaret Jones kam hinzu, dass sie es außerdem bis zur Position einer medizinischen Direktorin gebracht hatte, was bedeutete, dass ihre Kollegen sie respektierten, ob es ihnen passte oder nicht.

»Ich hätte gerne Dr. Margaret Jones gesprochen.«

Ich wurde umgehend verbunden, und es meldete sich eine schneidige Stimme am anderen Ende. »Büro Dr. Jones.« Die Stimme klang nicht gerade freundlich, aber wahrscheinlich nahm man im Büro Dr. Jones im Laufe des Tages hunderte Anrufe entgegen, und die meisten kamen von Leuten, die die medizinische Direktorin sprechen wollten, diese aber nicht mit ihnen. Die Hauptaufgabe der Sekretärin bestand höchstwahrscheinlich darin, die Anrufer abzuwimmeln.

»Hier Dr. Michael Stone. Ich hätte gern Dr. Jones gesprochen, es geht um …«

»Ach ja, einen Moment bitte, Dr. Stone. Dr. Jones erwartet Ihren Anruf bereits.«

Nicht zu fassen. Reggies Problem hatte offenbar oberste Priorität, sonst hätte man der Sekretärin nicht Bescheid gegeben, mich gleich durchzustellen.

Sekunden später meldete sich eine zweite Stimme: »Dr. Jones ist gerade im OP.« Ich fing schon an, ihr meine Nummer zu diktieren, als die Stimme hinzufügte: »Wenn Sie sich einen Moment gedulden – sie hat Anweisung gegeben, sie bei der Arbeit zu unterbrechen, wenn Sie anrufen.«

Wie bitte? Man zerrte sie aus dem OP, weil ich mit ihr reden wollte? Ich war verblüfft. Eine Operation wurde niemals unterbrochen. Von nichts und niemandem. Der Präsident hätte anrufen können, und niemand hätte Dr. Jones aus dem OP geholt, damit sie mit ihm reden konnte. Mein Magen verkrampfte sich. Was hatte Reggie verbrochen?

Ich schluckte schwer. Schon sah ich irgendeinen armen Pechvogel mit ausgeklinktem Hüftgelenk vor mir, während draußen bereits das nächste Opfer wartete. Ganz bestimmt würde man sie nicht aus dem OP holen. Man beließ doch die Patienten nicht länger in der Narkose als unbedingt nötig.

Beruhige dich, sagte ich mir. Sie hat einen tollen Assistenzarzt, der das Skalpell geschickt übernimmt, sobald sie es aus der Hand legt – wenn kein Skalpell, dann eben die Kettensäge, wir waren schließlich in der Orthopädie.

Nach etwa fünf Minuten meldete sich eine Stimme. »Dr. Jones hier«, sagte sie. Die Stimme klang klar und kräftig, und die Worte kamen schnell. Ich musste mir die Umgangsformen der Mediziner erst wieder ins Gedächtnis rufen: zur Sache reden, kein unnötiges Blabla über das Wetter.

»Dr. Stone hier«, erwiderte ich umgehend. »Ich nehme an, Dr. Larsen hat Sie ermächtigt, mit mir zu sprechen. Ich kann Ihnen ein entsprechendes Formular zufaxen.«

»Nicht nötig. Er hat hier eins unterschrieben.«

»Was können Sie mir über ihn mitteilen?«, fragte ich. »Worin besteht sein Problem?«

»Wir haben gedacht, das könnten Sie uns verraten«, sagte sie. Sie klang leicht verärgert.

Ich fühlte mich in die Defensive gedrängt. »Vielleicht kann ich das ja«, erwiderte ich. »Am Ende. Aber normalerweise schaue ich mir erst die Symptome an, bevor ich eine Diagnose stelle.« Es trat eine Pause ein. Zwei Gegner, die sich abschätzten, wobei ich meinerseits nicht wusste, warum. Ich fragte mich, ob sie das Gleiche dachte.

»Im Verlauf der letzten zwölf Monate hat es drei Anzeigen gegeben«, sagte sie schließlich. »Alle stammen von Patientinnen, die sich darüber beschweren, er hätte sie begrapscht, während sie noch benommen von der Narkose gewesen seien.«

»Drei?« Ich war erstaunt. »In den zurückliegenden zwölf Monaten? Seit wann ist er vom Dienst suspendiert?« Nicht gerade taktvoll, diese Frage.

»Seit zwei Monaten«, sagte sie, und ich konnte wieder die Gereiztheit heraushören. Vielleicht war das Krankenhaus in irgendeiner Weise haftbar, dass es nicht früher gehandelt hatte. Wenn man gleich nach der ersten Anzeige tätig geworden wäre, wären die beiden anderen Vorfälle vielleicht nicht passiert.

Kein Wunder, dass sie mit der Auskunft zögerte. Ich sagte nichts, und sie fuhr fort: »Bei der ersten Anzeige wussten wir nicht, was wir damit anfangen sollen. Die Patientin war fix und fertig. Sie hatte sieben Stunden Narkose hinter sich und wachte gerade erst auf. Es gibt Leute, die sehen in so einer Situation weiße Mäuse.«

»Und die beiden anderen Anzeigen?«

»Die folgten kurz hintereinander. Bei der zweiten haben wir die Ethikkommission einberufen. Und die dritte platzte mitten in die Sitzung der Kommission.«

»Hat es vorher bereits derartige Anzeigen gegeben?« Wie war es möglich, dass Reggie solange hatte operieren können, ohne einmal erwischt worden zu sein, und dann erwischte man ihn gleich dreimal innerhalb eines Jahres? Das ergab doch keinen Sinn.

»Nicht aktenkundig«, sagte sie bedächtig.

»Was heißt das?«

»Es heißt, dass unbegründete Anzeigen vernichtet wurden. Ich habe allerdings keine Ahnung, ob mein Vorgänger Anzeigen abschlägig beschieden hat oder nicht.« Hier sollte mir eindeutig etwas mitgeteilt werden, sonst hätte sie diesen Umstand nicht erwähnt – mir fiel nur so schnell keine raffinierte Frage ein, um ihre Meinung über ihren Vorgänger zu erfahren.

»Sie wissen also nicht, ob es noch andere Anzeigen gegeben hat?«

»So ist es.«

»Sonst noch etwas, das ich wissen müsste?«

Sie schwieg. Das Schweigen dauerte an, und ich merkte, dass es auf jeden Fall noch etwas Mitteilenswertes gab; sie überlegte nur noch, ob sie es mir sagen sollte oder nicht. Ich wartete ab.

»Uns liegt ein Hinweis eines Mitglieds des Personals vor, das aber auf Vertraulichkeit besteht«, sagte sie. »Ich bin nicht befugt, diese Information weiterzugeben.«

»Würde es an der Sache etwas ändern, oder geht der Hinweis mehr oder weniger in die gleiche Richtung?«

»Er geht ungefähr in die gleiche Richtung«, sagte sie.

»Das bringt mich in Verlegenheit«, erwiderte ich. »Sie wissen von einem Symptom, das Sie mir aber nicht schildern wollen.«

»Ich kann Ihnen nicht mehr sagen«, entgegnete sie. »Ich bin nicht dazu berechtigt.«

»Können Sie mir sagen, worauf der Vorwurf abzielt?«

»Nein«, sagte sie. Es klang endgültig, »wie hingebellt«, wie meine Mutter das immer genannt hatte. Ich wusste nicht, woher diese Redensart kam, aber ich wusste, was sie bedeutete.

Es war sinnlos, weiter in sie zu dringen. »Dann tun Sie mir bitte einen Gefallen«, sagte ich. »Rufen Sie die Person an und geben Sie ihr meinen Namen und meine Telefonnummer. Vielleicht überlegt sie es sich ja und will von sich aus mit mir reden.«

»In Ordnung«, erwiderte sie. »Ich werde das veranlassen.«

Während des ganzen Gesprächs hatte ich mich gefragt, warum Reggie gesagt hatte, er würde es lieber mir selbst überlassen herauszufinden, was Margaret Jones für ein Mensch sei, ganz so, als wäre sie besonders schwierig. Ich fand sie überhaupt nicht schwierig, aber vielleicht wusste ich auch mit einem »wie hingebellten Wort« etwas anzufangen. Jemand, der Dinge gerne schleifen ließ und andere gern beschwatzte und der ein »Nein« für ein »Vielleicht« hielt, könnte so eine Person durchaus schwierig finden.

»Noch etwas«, sagte ich unumwunden. »Steht die Frage, ob er seine Arbeit wieder aufnehmen wird, wirklich noch aus, oder haben Sie sich bereits entschieden? Es überrascht mich insofern, als drei Anzeigen doch recht viel sind, und ich kann nur hoffen, dass eine Haftpflicht besteht, wenn Sie ihn wieder einstellen und er rückfällig wird.«

»Die Haftpflicht ist in jedem Fall sehr hoch«, sagte sie seufzend. »Es könnte bedeuten, dass man einen Anästhesisten um seinen Lebensunterhalt bringt, was, wie mir unser Anwalt versichert hat, die Gerichte nicht auf die leichte Schulter nehmen. Abgesehen davon, dass Dr. Larsen ein besonders begabter Arzt ist – es wäre eine furchtbare Vergeudung.« Sie schien hin und her gerissen.

Wie sollte es auch anders sein?, überlegte ich. Rechtlich gesehen, waren dem Krankenhaus die Hände gebunden, wie auch immer es sich verhielt. Man würde das Haus verklagen, wenn Reggie entlassen wurde. Die Zeugen waren nach der Narkose noch halb betäubt gewesen. Man konnte nicht einmal davon ausgehen, dass sie im Zeugenstand auch tatsächlich aussagen würden, sie seien hundertprozentig sicher, dass es sich um Dr. Larsen handelte, der sie belästigt habe. Hinzu kam, dass er ja wirklich ein begabter Arzt war, kurz davor, die Erfindung des Jahrzehnts zu machen, und das Krankenhaus würde seine Laufbahn beenden.

Eins war sicher: Falls Reggie Bedenken hatte, seine Chefs würden ohne vorherige Kenntnis meines Berichts handeln, war er auf dem Holzweg. Sie warteten meinen Bericht ab und hofften, die ganze Sache auf mich abwälzen zu können. Zu gerne hätten sie jemanden gehabt, der eine Empfehlung abgab, mit der sie halbwegs aus dem Schneider waren.

»Also gut«, sagte ich. »Wollen Sie noch etwas von mir wissen?«

»Wir würden gerne wissen, wie Sie bei solchen Beurteilungen vorgehen.«

»Ich faxe Ihnen eine Kurzbeschreibung zu. Das spart Zeit.«

»Wann sind Sie damit fertig?«

»In einigen Wochen«, antwortete ich. »Es hängt davon ab, wann mir ein Lügendetektor zur Verfügung steht.«

»Ein Lügendetektor?«, fragte sie konsterniert.

»Es ist Usus in dem Verfahren«, sagte ich. »Personen mit abweichendem Sexualverhalten neigen dazu, ihre Taten zu beschönigen. Wenn sie wissen, dass sie einen Detektortest über sich ergehen lassen müssen, reduziert sich das Lügen auf ein zahmes Gebrüll.«

»Ich bin sehr gespannt, was Sie herausfinden.«

»Sie wären noch viel gespannter, wenn Sie wüssten, was ich bereits herausgefunden habe.«

Es war eine unverhohlene Warnung davor, welchen Verlauf diese Untersuchung einschlagen würde. Ich weiß auch nicht, warum ich ihr das sagte. Ich hatte die Vollmacht dazu, aber normalerweise gab ich keine private Meinung ab, bevor nicht die Evaluation zum Abschluss gebracht worden war. Vielleicht spürte ich eine gewisse Verwandtschaft zu dieser groben, aber ehrlichen Frau, die andere Menschen, einen Kopf größer und etliche Pfunde schwerer als sie, zum Spuren brachte und die sich selbst nicht die Butter vom Brot nehmen ließ. Vielleicht hegte ich auch bloß Bewunderung für eine Frau, die mit einer Kettensäge in den Körpern anderer Menschen herumfuhrwerkte und etwas Produktives dabei zuwege brachte. Ich kannte bisher nur Täter, die mit Kettensägen in den Körpern anderer Menschen herumgefuhrwerkt und dabei absolut nichts Produktives zuwege gebracht hatten.

6

Am Freitagmorgen fummelte ich nervös an der Gegensprechanlage der Beobachtungskabine herum, die mit dem Sprechzimmer verbunden war, in dem Marv, Jody und ihre Eltern Platz genommen hatten. Solche Situationen waren mir verhasst. Man konnte nichts machen, wenn etwas schief lief, wenn Marv oder Jody Hilfe brauchte oder gar Schlimmeres passierte. Man war wie eingesperrt hinter der Glasscheibe und abhängig von der Technik, die, das wusste ich aus Erfahrung, gelegentlich sadistische Anwandlungen bekam.

Maschinen mochten einen, oder sie mochten einen nicht, und einige Maschinen hatten mich besonders ins Herz geschlossen. Nachdem mein Ex-Mann mich verlassen hatte – der genetisch mit einem guten mechanischen Verständnis ausgestattet war –, konnte ich wetten, dass jede Woche mindestens eine Maschine im Haushalt ihren Geist aufgab.

Mit einem Mal erwachte der Lautsprecher zum Leben. Vielleicht würde er ja diesmal während der gesamten Sitzung funktionieren, vielleicht aber auch nicht. Wenn Jodys Vater sein Geständnis ablegte, würde er sicher prompt ausfallen.

Ich ließ mich auf einen Stuhl nieder. Marv saß, auf meinen Wunsch, mit dem Rücken zu mir. Jodys Eltern wollte ich ins Gesicht sehen können, darum hatte Marv sie so platziert, dass sie mir direkt gegenüber saßen.

Ihr Vater war ein sehniger Mann, Ende vierzig, und seine nervöse Energie schien den Raum zu dominieren. Er spielte unruhig mit einem Schlüsselbund, und immer wieder warf er einen Blick in den Spiegel vor sich. Wahrscheinlich wünschte er sich jetzt, er hätte der Observation nicht zugestimmt, aber wenn dem so war, äußerte er es nicht.

Jodys Mutter, Mary Jo, wirkte irgendwie behäbig, eine leicht übergewichtige Frau, im gleichen Alter wie ihr Mann. Wenn Jodys Vater gereizt war, dann war ihre Mutter ungewöhnlich still. Nichts in ihrem Gesicht und an ihrem Körper bewegte sich. Sie sah hinüber zu Jody, aber ich war mir absolut sicher, dass ihre ganze Aufmerksamkeit dem Mann an ihrer Seite galt.

Jody war schmal und winzig, so winzig, dass ich mich fragte, ob sie früher mal an Magersucht gelitten hatte. Sie sah nicht aus, als gehörte sie zu einer der beiden anderen Personen am Tisch. Plötzlich dachte ich, es wäre besser gewesen, wenn ich Jody wenigstens heute Morgen noch kennen gelernt hätte. Sie machte einen verschlossenen Eindruck, als wollte sie sagen: Bitte schlagt mich nicht! Lief sie ständig mit diesem Ausdruck durch die Welt, jeden Tag, von morgens bis abends? Oder führte sie uns nur das vor, was die meisten machen, wenn sie mit ihren Eltern reden: Regression auf eine Altersstufe von zehn Jahren. Wenn das der Fall war, dann war das kein schönes Alter in ihrem Leben gewesen.

Jody stierte immerfort auf die Schlüssel, die ihr Vater in der Hand hielt. Sie sah hin, guckte weg, sah wieder hin. Scheißkerl, dachte ich. Irgendwas veranstaltete er mit seinen Schlüsseln. War Marv das auch aufgefallen? Anscheinend nicht. Er beachtete es überhaupt nicht, und Jodys Mutter ebenfalls nicht. Das Spiel mit den Schlüsseln, was immer es auch bedeuten mochte, funktionierte nur zwischen Vater und Tochter.

Marv sprach mit sanfter Stimme, erklärte, dass Jody um dieses Treffen gebeten habe, weil sie ein paar Dinge mit ihren Eltern besprechen wolle. Dieses Treffen sei nicht seine Idee, betonte er. Er sei nur hier, um Jody zu unterstützen.

Ein vernünftiger Anfang. Wenn ihr Vater ein Täter war, würde er wahrscheinlich als Erstes versuchen, Jody jegliche Überlegenheit abzusprechen. Täter gestatteten ihren Opfern nicht einmal die Würde, ihre Anklage in eigene Worte zu fassen. Er würde behaupten, man habe sie einer Gehirnwäsche unterzogen oder sie sei sonstwie verführt. Sie sei eine Marionette, eine Wachsfigur in den Händen eines skrupellosen Therapeuten. Es hätte mir nichts ausgemacht, wenn es zuträfe – manchmal stimmten solche Vorwürfe –, aber im wirklichen Leben sieht vieles anders aus. Meist wurde es dann am vehementesten vorgetragen, wenn es am wenigsten gerechtfertigt war.

Sam, Jodys Vater, unterbrach, bevor Marv mit seinen einleitenden Worten zu Ende war. »Ich will wissen«, sagte er, »was los ist.« Er wandte sich an Jody. »Wenn du mir was zu sagen hast, dann hattest du zwanzig Jahre Zeit dazu.«

Ich wäre beinahe vom Stuhl gefallen. Meine Güte, der Kerl war ganz schön aggressiv, und was er gesagt hatte, war beinahe ein indirektes Eingeständnis. Damit hatte ich am wenigsten gerechnet.

»Dad«, fing Jody an. »Ich will nur …«

»Du willst nur … Du willst nur … Du willst dies, du willst das. Immer willst du irgendwas. Denkst du auch mal daran, was deine Mutter will, oder was ich will? Meinst du nicht, wir hätten ein bisschen Frieden in unserem Alter verdient? Natürlich haben wir Fehler gemacht. Welcher Mensch macht keine Fehler? Wer hat schon eine perfekte Kindheit? Ich jedenfalls hatte keine. Aber das kann dir ja schnuppe sein, oder?«

Mir stockte der Atem. Gerade mal eine halbe Minute hatte das Treffen gedauert, und der Aggressionspegel des Mannes war umgehend in die Höhe geschnellt und stieg weiter an. Er war fuchsteufelswild. Entweder hatte er sich schon im Vorfeld aufgeregt, aus Angst vor dieser Sitzung, oder er war Choleriker. Vielleicht aber veranstaltete er das alles auch nur, um seine Tochter zu kontrollieren.

Wie auch immer, dieses Treffen hier würde zu nichts führen. Zu gern hätte ich Marvs Gesicht gesehen. Brech die Sitzung ab, Marv, dachte ich. Brech sie ab. Er weiß, was auf ihn zukommt, und er wird ihr eine Szene machen.

»Dad, bitte lass mich …«

»Dad, bitte lass mich«, äffte er Jodys jammernden Tonfall nach. »Was soll ich lassen? Ich habe dein Gejammer satt. Ständig jammerst du uns etwas vor. Dein ganzes Leben hast du nur gejammert. Nichts als Ärger hat man mit dir, seit du auf der Welt bist.« Seine Worte nahmen Jody allen Wind aus den Segeln.

Ich stand auf, obwohl ich gar nichts unternehmen konnte. Er machte sie nach Strich und Faden fertig, und ich konnte nur dabei zuschauen.

»Mr. Carlson.« Marv hatte endlich seine Stimme wiedergefunden. »Mr. Carlson. Sie scheinen ziemlich erregt, obwohl bisher niemand …«

Sam Carlson sah Marv zum ersten Mal ins Gesicht. »Für wie blöd halten Sie mich eigentlich? Ich weiß doch, was hier gespielt wird. Sie schiebt uns die Schuld für ihr verpfuschtes Leben in die Schuhe. Da schuftet man sein ganzes Leben, um sein Kind mal aufs College schicken zu können, und was macht sie? Liegt den ganzen Tag im Bett und zieht die Decke über den Kopf! Und auf einmal soll man an allem schuld sein. Liege ich vielleicht den ganzen Tag im Bett? Nein! Den Luxus kann ich mir nicht leisten. Ich muss nebenbei noch Geld für diese Blutsauger verdienen.«

Ich sah Jodys Mutter an, aber ihr Gesicht blieb absolut ungerührt, nur die Falten darin schienen sich zu vertiefen. Jody fing an zu weinen. Marv gab sich Mühe, die Kontrolle zurückzugewinnen.

»Mr. Carlson«, fing er an, aber Carlson unterbrach erneut.

»Hören Sie doch auf mit dem Scheiß.« Er wandte sich an Jody. »Nun sag schon«, forderte er sie auf. »Sag endlich, was los ist, egal, was es ist, oder du brauchst nie wieder davon anzufangen. Nie wieder. Hast du mich verstanden? Sag's, oder halt deine Klappe, endgültig.«

Ich dachte schon, sie würde aufgeben. Es sah ganz danach aus. Sie sackte auf dem Stuhl zusammen und schluchzte noch heftiger. Doch dann sah sie ihn durch die Tränen an und flüsterte: »Du hast es getan, Dad. Du weißt es ganz genau.«

Carlson erhob sich. »Gar nichts habe ich dir getan! Ich

habe dich wie eine Prinzessin behandelt, und was ist der Dank dafür?«

Jody krümmte sich wie in Fötushaltung. Marv hob die Hände, um alle zu besänftigen, aber es war zwecklos. Die Beteiligten kamen gerade erst in Fahrt.

Jodys Vater machte den Mund auf, um wieder etwas zu sagen, als Jody sich mit einem Mal aufrichtete und ihn anbrüllte, dass alle aufschreckten: »Du hast mich gefickt! Das weißt du ganz genau. Du hast mich jeden Tag gefickt. Du hast mich gefickt, wenn Mom einkaufen war. Du hast mich sonntags morgens gefickt, wenn du mit mir im Auto spazieren gefahren bist. Du hast mich gefickt, immer und immer wieder. Ich war gerade erst in der Schule, verdammt noch mal!« Sie heulte und japste nach Luft, aber sie hörte nicht auf zu schreien. »Du hast mich an meinem Geburtstag gefickt! Nachts bist du in mein Zimmer geschlichen! Jedes Mal wenn meine Mutter weggeschaut hat, hast du mich gefickt! Du hast mich gefickt, und du weißt es ganz genau!«

Alle waren wir vor der Wucht ihres Ausbruchs zurückgewichen, alle außer Carlson. Er trat einen Schritt vor, bis er bedrohlich über ihr stand. Jody bedeckte den Kopf mit den Händen, wie um einen Schlag abzuwehren. Marv stand auf und versuchte sich zwischen Sam und Jody zu drängen.

»Mr. Carlson, das geht zu …«

Carlson ging um den Tisch herum, als wäre er Luft und ließ die Schlüssel vor Jodys Gesicht baumeln. »Ich habe dich nie missbraucht«, rief er. »Wie kannst du behaupten, ich hätte dich missbraucht?« Er schüttelte laut das Schlüsselbund. Sie sah auf die Schlüssel und bedeckte den Kopf. Sie hörte auf zu reden. Jetzt endlich drängte Marv sich zwischen die beiden. »Aufhören«, sagte er mit etwas mehr Nachdruck. »Das hilft keinem weiter.«

Jodys Vater trat einen Schritt zurück und sagte mit etwas leiserer Stimme, aber mit einem giftigen Unterton: »Ich habe dir nicht wehgetan. Ich habe dir nie wehgetan. So was muss ich mir nicht bieten lassen.« Er machte kehrt und wandte sich zur Tür.

Jodys Mutter hatte während der ganzen Auseinandersetzung nichts gesagt. Jetzt erhob sie sich langsam und folgte ihrem Mann.

»Mommy«, sagte Jody, und ich schloss die Augen, weil ich den Klang ihrer Stimme nicht ertragen konnte. Ihre Mutter verschloss offenbar ihre Ohren, denn als ich die Augen wieder aufschlug, waren die Eltern aus dem Raum verschwunden.

Ich blieb noch ein paar Minuten in der Kabine sitzen, um mich zu beruhigen. Dieses Arschloch. Ich hatte soeben einer Schlachtung beigewohnt, und weder ich noch Marv hatten etwas dagegen unternehmen können.

Wer hatte aber auch damit rechnen können? Ich hatte gedacht, er würde lediglich den Vorwurf des Missbrauchs bestreiten, Jody würde sich zum Schluss wie eine Irre vorkommen, ihre Mutter würde nicht wissen, wem sie glauben sollte, und vielleicht wären sogar Marv und mir Zweifel gekommen.

So lief es in den meisten Fällen ab. Aber das war gerade das Problem: Man wusste einfach nicht, mit wem man es zu tun hatte, bis der mutmaßliche Täter im Raum war. Es konnte ja auch sein, dass er überhaupt nichts getan hatte. Und wenn doch, dann waren sie Meister im Herunterreden und Vertuschen. Die meisten zogen empört ihre Nummer ab, nach dem Motto: Wie kannst du so etwas über deinen lieben Daddy sagen? Dieser Therapeut hat dich doch erst darauf gebracht! Am Ende fragten sich alle – selbst das Opfer –, wie man den Betreffenden nur hatte beschuldigen können. Aber dann gab es da noch die andere Sorte Täter, den gewalttätigen, drohenden, cholerischen, und ab und zu, wenn man es am wenigsten erwartete, trat er in Erscheinung.

Marv saß der schluchzenden Jody gegenüber, und am liebsten hätte er wohl seine Arme um sie gelegt, damit sie sich an seiner Schulter ausweinen konnte. Ich hatte diesen Impuls auch verspürt und hilflos dagesessen, so wie er, aber mir war klar, dass jeder Körperkontakt mehr Probleme heraufbeschwor als er löste. Marv rührte sich nicht, und er täuschte auch nicht vor, dass Worte irgendetwas nutzen würden. Er blieb einfach nur neben ihr sitzen, während sie weinte.

Ich verließ die Beobachtungskabine und klopfte sachte an die Tür. Normalerweise hätte ich eine Sitzung niemals unterbrochen, aber ich hatte Jody kurz vor der Sitzung gesehen, und sie wusste, dass ich in der Kabine gewesen war. Ich wollte nur Bescheid geben, dass ich jetzt ging.

Ich steckte den Kopf durch die Tür. »Tut mir Leid, Jody«, sagte ich leise. Sie hob nicht einmal den Kopf. »Marv? Wir sehen uns später«, sagte ich. Ich sah das Fragezeichen auf seinem Gesicht. »Nein«, antwortete ich. »Habe ich nicht. Ganz und gar nicht.« Es stimmte. Ich hatte etwas Heimtückischeres von Sam Carlson erwartet, nicht diesen aggressiven Ausbruch. Heimtücke schien allerdings nicht zu Carlsons Repertoire zu gehören.

Marv saß zusammengesunken im Ledersessel meines Büros. Er hatte über eine Stunde gebraucht, um Jody so weit zu beruhigen, dass sie wieder allein zurechtkam. Er sah irgendwie aufgelöst aus.

»Er schlägt sie«, sagte ich.

»Wen?«

»Mom. Er schlägt sie. Sie wird sich ihm nicht entgegenstellen.«

»Bist du dir da so sicher?« Marv schien nicht sonderlich interessiert. Es war nur ein weiterer Aspekt in einem einzigen großen Kuddelmuddel.

»Sie wird ihr keine Hilfe sein. Jetzt nicht, und auch in Zukunft nicht. Wie geht es Jody?«

Marv reagierte nicht. Er schloss die Augen. »Ich weiß es nicht«, sagte er schließlich. Ich schwieg ebenfalls. Mir fiel einfach nichts mehr ein. »Sie steht kurz vor einer Dekompensation. Ich rufe sie heute Abend an.«

Falls sie bis dahin durchhält, dachte ich. Wahrscheinlich bricht sie zusammen und landet im Krankenhaus, bevor er noch dazu kommt, sie anzurufen. Das Telefon klingelte, und ich hob ab. »Der ist hier«, sagte ich. Ich hörte eine Weile meiner Sekretärin zu und reichte dann den Hörer weiter an Marv. »Melissa ist dran. Jodys Bruder will dich sprechen. Er lässt sich nicht abwimmeln.« Marv nahm den Hörer entgegen, als wäre es eine Klapperschlange.

»Natürlich«, sagte er, ohne jede Überzeugung. »Stellen Sie ihn durch.« Wahrscheinlich fühlte er sich dazu verpflichtet, aber er hörte sich wenig begeistert an.

»Dr. Gliesen hier«, sagte er. Die Stimme am anderen Ende der Leitung setzte augenblicklich ein. Sie war so laut, dass Marv den Hörer ein Stück vom Ohr entfernt halten musste, und sie klang so unheimlich ähnlich wie die Stimme von Jodys Vater, dass ich mich im ersten Moment fragte, ob der Anrufer wirklich Jodys Bruder war.

»Wie können Sie es wagen?«, sagte die Stimme. »Meine Mutter hat mich heulend angerufen. Mein Vater ist gebrechlich. Wie können Sie es zulassen, dass meine übergeschnappte Schwester ihn so aufregt? Wissen Sie, was sie damit meiner Mutter angetan hat? Welches Recht haben Sie überhaupt, sich in unsere Familienangelegenheiten einzumischen?«

Marv unterbrach ihn. »Mr. Carlson«, sagte er, »ich habe keinerlei Befugnis von Seiten meiner Klientin Jody Carlson, mit Ihnen über die Situation zu sprechen. Es tut mir Leid, aber ohne diese ...«

»Jetzt hören Sie mir mal zu, Sie Scheißseelenklempner. Ohne meine Begleitung werden meine Eltern nie wieder einen Fuß in Ihr Büro setzen. Richten Sie meiner Schwester aus, es sei das letzte Mal gewesen, dass sie unserer Familie solche Qualen beschert. Sie und ihre verrückten Anschuldigungen. Nichts als Ärger hat man mit der, seit sie auf der Welt ist.«

Marv sah mich an. Es war nicht Jodys Vater, aber er hörte sich genauso an. Der Bruder hatte Dads Sprüche voll und ganz verinnerlicht. Es musste die reinste Freude für Jody gewesen sein, in so einem Haus aufzuwachsen. Zu Hause, das war nicht nur Dad, das war auch noch Dad junior, und die blasse, abgestumpfte, gepanzerte Mutter, die sich pflichtbewusst im Hintergrund hielt.

»Es tut mir Leid, dass Sie so verärgert sind, Mr. Carlson, aber ich kann Ihnen auch nicht weiterhelfen«, sagte Marv. Am anderen Ende der Leitung wurde so heftig aufgelegt, dass selbst ich es hören konnte. Von mir aus hätte Carlson junior ruhig noch länger am Apparat bleiben können. Er hatte uns bereits einiges offenbart, und wenn wir ein bisschen nachgeholfen hätten, wäre noch mehr dabei herausgekommen. Zehn zu eins, dass er etwas von dem Spiel mit diesen Schlüsseln wusste, aber jetzt war nicht der Zeitpunkt, das mit Marv zu besprechen.

»Sie wird dekompensieren«, sagte ich zu Marv. »Das kann ich dir garantieren. Bis heute Abend schafft sie es vielleicht, aber die Nacht übersteht sie nicht. In ihrem Kopf dröhnt nicht nur die Stimme von Dad, sondern auch die von ihrem Bruder, und das Schweigen ihrer Mutter ist sogar noch lauter.

Ich glaube, es wird schlimm, Marv. Sie hat es ja schon mal angesprochen, und wir wissen nicht einmal, was damals passiert ist. Aber jede Wette, dass es nichts Gutes war. Vielleicht liegt da einer der Gründe, warum sie die Erinnerung verloren hat. Ruf lieber die Station an und frag, wie es mit freien Betten aussieht und wer Dienst hat.«

»Woher weißt du, dass sie es vorher schon mal angesprochen hat?«, fragte Marv geistesabwesend. Er war immer noch zu geschockt, um klar denken zu können.

»Das hat uns ihr Bruder soeben mitgeteilt«, antwortete ich. »Das war das letzte Mal – wohlgemerkt, das letzte Mal, nicht das erste Mal –, dass sie die Familie mit ihren verrückten Anschuldigungen spaltet. Sie hat immer nur Ärger gemacht. Abgesehen davon: Er ist stinkwütend, aber er ist nicht erstaunt.

Im Moment kriegen wir nur das zu hören«, sagte ich, »was Jody andauernd zu hören kriegt. Die Wirklichkeit setzt sich aus dem zusammen, worauf sich alle Beteiligten verständigen. Alle haben ihr immer wieder eingeredet, es sei nicht wahr, es würde nicht geschehen. Und der Preis, wenn sie es doch zur Sprache gebracht hat, war Rache von allen Seiten, außer von ihrer Mutter. Mom hat ihre Tochter schlicht und ergreifend aufgegeben. Ich an deiner Stelle würde mich um ein Bett auf der Station kümmern. Sie wird den Missbrauch noch mal durchleben, und nicht nur das. Sie wird auch den ganzen Scheiß, der ihr zugestoßen ist, als sie versucht hat, über den Missbrauch zu reden, noch mal durchleben.«

Ich hatte den Eindruck, dass er mir nicht glaubte. Allerdings hatte er auch nicht viele Fälle dieser Art erlebt. Ich schon, leider, und was ich nach langen Berufsjahren endlich verstanden hatte, war dies: Der eigentliche Missbrauch war nicht das einzige Problem, vielleicht nicht einmal das schwerwiegendste. Es war nicht allein die Gewalt, die man dem Körper des Kindes angetan hatte, die so destruktiv war. Hinzu kam die Gewalt, die man der Realität des Kindes angetan hatte. Es war so, als müsste man mit einem Nazi-Schergen unter einem Dach leben, den alle für den nettesten Mann der Welt hielten.

Marv traf keine Anstalten, den Hörer in die Hand zu nehmen. Er saß wie versteinert da, als stünde er kurz vor einem Komaanfall. Was war los mit ihm? Bestimmt hatte er doch schon mal mit verrückten Patienten und durchgeknallten Familien zu tun gehabt. Ich beugte mich vor und nahm das Telefon. Ich musste die Initiative ergreifen, denn er machte auf mich den Eindruck, als könnte er nicht mal eine Pizza bestellen, geschweige denn ein Krankenbett organisieren. Kurzzeitig überlegte ich, ob ich nicht gleich zwei Betten bestellen sollte – eins für Jody, eins für ihn –, aber ich habe schon oft von anderen Leuten gehört, ich würde mir immer den ungünstigsten Zeitpunkt für meine Witze aussuchen. Es konnte sein, dass sie in diesem Fall Recht hatten.

Ich rief die Zentrale an. »Dr. Stone hier. Wer hat heute Dienst auf der psychiatrischen Station?«

»Dr. Dexter«, sagte die Stimme umgehend. Es war Rich, der angenehmste unter den Telefonisten. Ich hatte den Mann noch nie zu Gesicht bekommen – die Telefonisten arbeiteten in einem fensterlosen Raum irgendwo tief in den Eingeweiden des Krankenhauses –, aber von allen, mit denen ich zu tun hatte, war er am geschicktesten darin, die von mir gewünschte Person aufzuspüren.

»Und wer hat Bereitschaft?«, fragte ich.

»In diesem Monat ist Dr. Johnson dran.«

Oje, Dexter war mir heute Morgen in meinem Seminar als ganz vernünftiges Kerlchen erschienen, aber Johnson, Fachbereichsmitglied und sein Tutor, war verschrien als Anhänger von Pharmacocktails. Er pumpte die Leute derart mit Medikamenten voll, dass sie nicht mehr wussten, wo rechts und links war. Wir mussten es so drehen, dass Paul unserer Patientin Jody einen Platz zuwies, wenn sie auf der Station erschien, und Johnson dabei außen vor blieb.

»Würden Sie Dr. Dexter bitte anfunken«, bat ich Rich. »Er möchte in meinem Büro anrufen, wenn es ihm passt.« Es war die beste Methode. Die Notärzte waren immer beschäftigt, und ihn aus wer weiß was herauszuholen – Sitzung mit einem selbstmordgefährdeten Zwölfjährigen – wegen einer nur potenziellen Gefährdung eines anderen, damit würde ich mich nicht beliebt bei ihm machen.

»Wie sieht dein Terminplan aus?«, fragte ich Marv, nachdem ich aufgelegt hatte.

»Das wird schwierig«, antwortete er. »Ich habe durchgehend bis neun Uhr heute Abend Klienten. Ich habe schon überlegt, welchen Termin ich verschieben kann. Aber ehrlich gesagt, wäre es bei allen schwierig. Morgen ist der Terminplan auch eng. Jeder, dem ich absagen würde, müsste bis nächste Woche warten, und keinem von denen geht es sonderlich gut.«

Verwundert sah ich ihn an. Wieso ging es keinem von denen sonderlich gut? Marv gehörte immer noch zu den besten Therapeuten, die ich kannte. Er sollte trotzdem nicht nur Patienten behandeln, denen es allesamt schlecht ging.

Urplötzlich stieg Ärger in mir hoch. Ich kam mir vor wie in einem Auto, ich auf der Rückbank, jemand anders am Steuer, der Fahrer verfährt sich, und zum Schluss sitzen wir fest. Ich sah Marv an und dachte, dass ich ihn auch einfach sitzen lassen könnte. Eigentlich ging mich die Sache nichts an. Marv würde es schon überstehen, und Jody auch – irgendwie. Jedenfalls war das, was sie augenblicklich durchmachte, auch nicht schlimmer als das, was sie bereits hinter sich hatte. Ich hatte ohnehin schon mehr getan, als ich hätte tun müssen, zum Beispiel einem emotionalen Blutbad sondergleichen beigewohnt. Es gab keinerlei Verpflichtung zu bleiben.

Ich seufzte. »Schilder Paul den Fall«, sagte ich, »und sag ihm, er soll mich anrufen, wenn Jody da ist. Und jetzt geh und kümmer dich um deine Patienten.«

Marv schaute auf. »Eigentlich geht dich das alles gar nichts an«, stellte er fest. »Du brauchst das nicht zu tun.«

»Ich werde andauernd mit solchen Fällen konfrontiert«, sagte ich. »Außerdem möchte ich doch nur erreichen, dass du mir was schuldig bist. Wart's nur ab, bis ich meinen Tribut verlange.«

Marv blickte zweifelnd. Man sah es förmlich in ihm arbeiten; er überlegte, ob er nicht besser daran täte, sich selbst um Jody zu kümmern. Ich lachte. »Und jetzt hau ab«, sagte ich. »Ich muss arbeiten. Ich stelle Paul durch, wenn er anruft.«

»Vielen Dank«, sagte er schließlich mit etwas mehr Mitgefühl in der Stimme, als mir lieb war. Er stand auf, um zu gehen, und ich sah ihm eine Weile lang nach. Er war wie ein Achtzylindermotor, der nur auf zwei Zylindern lief. An guten Tagen war er sozusagen ein therapeutischer Ferrari, jetzt dagegen zockelte er wie ein alter Volkswagen-Käfer durch die Gegend.

Ich widmete mich wieder meiner Arbeit, aber ich merkte, dass mich etwas wurmte. Ich hatte gelogen, gewissermaßen. Nicht Marv gegenüber, aber mir selbst. Ich mischte mich nicht nur deswegen ein, weil ich Jody oder Marv helfen wollte. Zu einem großen Teil machte ich es, weil ich mir Sam Carlson noch mal vorknöpfen wollte. Es ist verrückt, aber Leute wie er haben auf mich immer die gleiche Wirkung. Jeder andere Mensch wäre am liebsten weggerannt und hätte sich verkrochen. Ich wollte noch mal mit ihm in den Ring steigen und die Fetzen fliegen lassen.

Hier brach Mama in mir durch. Einmal, auf der Jagd nach einer Wassermokassinschlange, war Mama in einen Schuppen gegangen, an sich nichts Schlimmes, wäre der Schuppen nicht so winzig gewesen, dass er gerade Platz für den Heißwassertank bot. Zwischen dem Tank und der Wand war kaum Platz für eine Person. Die Schlange hatte sich um den Tank gewickelt, und es war stockfinster in dem Schuppen. Mama hatte ihr kleines Beil mitgenommen, das ihr bereits gute Dienste geleistet hatte; sie war seitlich durch die Tür ins Innere geschlüpft, und ich hatte keinen Zweifel, wer von beiden lebend wieder herauskommen würde.

Ob ich gegen die Sam Carlsons dieser Welt das Gleiche ausrichten konnte, war nicht so klar. Meine Angewohnheit, ihnen das Leben schwer zu machen, hatte mir einiges eingebracht: einmal war mir jemand an die Gurgel gegangen, einmal hatte mir jemand aufgelauert, und einmal wäre mir beinahe die Kniescheibe zertrümmert worden. Aber ich konnte es einfach nicht lassen: Immer musste ich diesen Schuppen betreten. Kein schönes Erbteil. Warum hatte ich das bloß abgekriegt, warum nicht die Hingabe meines lieben Vaters an das Vergessen durch den Suff?

Was machte ich mir bloß für Sorgen? Die Sam Carlsons dieser Welt machten sich an Menschen heran, über die sie Macht hatten: die deprimierten und verzweifelten Frauen, die sie kennen lernten oder die sie in die Verzweiflung getrieben hatten; die Kinder, die diese Frauen bekamen, für deren Schutz zu sorgen diese aber zu schwach waren. Nie suchten sich solche Typen gleich starke Opfer. Es war keine besondere Fähigkeit meinerseits, die mich davor bewahren würde, eins zu werden. Ich war einfach nicht jung genug oder klein genug oder krank genug für Sam Carlson.

7

Sie wurde wegen der Schnittwunden eingeliefert. Vermutlich wäre es nicht passiert, wenn sie nicht ein Stück zu weit gegangen wäre, nicht ein Stück zu tief geschnitten hätte. Aber der Anblick des Blutes war so schlimm, dass sie Angst bekommen hatte, und als sie sich von dem tranceähnlichen Zustand, der durch solche selbst zugefügten Schnittwunden anscheinend ausgelöst wird, erholt hatte, war sie auch noch in der Blutlache ausgerutscht. Sie hatte sich in der Notaufnahme gemeldet, um sich wieder zusammenflicken zu lassen.

Bevor sie zu mir kam, hatte ich ihre Krankenakte von vorne bis hinten studiert; mir war also bekannt, dass sie eine Selbstverletzerin war. Konkret wussten wir bislang nur von einem Selbstmordversuch, aber eine vorherige medizinische Untersuchung hatte eine ganze Reihe von Narben an Armen und Oberkörper offenbart. Von da an war mir klar, dass sie zu Selbstverletzung neigte, dass sie zu den Menschen gehörte, die sich durch selbst zugefügte Schnittwunden am Körper einen kurzen, aber kostbaren Frieden schenkten.

Warum? Weil es Endorphine tief im Gehirn freisetzte – was bedeutete, dass Selbstverletzer eine Art innere Morphiumdosis abbekamen. Vielleicht nährten die Schnittwunden den Selbsthass, vermittelten ihnen das Gefühl, dass sie die Strafe bekamen, die sie ihrer Ansicht nach verdienten. Vielleicht war es auch einfach nur eine Art Hypnose. Selbstverletzer schneiden immer langsam und sorgfältig, und gewöhnlich sagen sie, sie hätten in dem Moment nicht das Geringste gespürt.

Wie auch immer, es machte wahnsinnig süchtig. Hatten die Betreffenden einmal damit angefangen, ritzten sie sich ins Fleisch wie Kinder ins Holz ihrer Schulbänke.

Es war furchtbar. Am liebsten wäre ich auf diesen Rasierklingen herumgetrampelt und hätte Menschen dabei ins Gesicht geschrien, sie sollten den Unsinn lassen. »Haben andere sich nicht schon genug an Ihnen vergriffen? Wollen Sie sich auch noch an sich selbst vergreifen?«

Für mich stellte es ein großes Problem dar, wenn Täter und Opfer in ein und demselben Körper steckten. Ich konnte einfach kein Mitgefühl für jemanden aufbringen, der an einem lebenden Körper herumschnippelte, auch wenn es der eigene Körper war. Vom Kopf her konnte ich nachvollziehen, dass Menschen, die starke Schmerzen litten, jedes Medikament schluckten, das gerade zur Hand war – und Endorphine waren nicht zu verachten. Aber ich empfand dennoch Abscheu gegenüber Menschen, die sich wie ein Huhn aufschlitzten.

Als Jody daher mit halb zerfetzten Armen auftauchte, versteifte ich mich innerlich, was mir immer passierte, wenn ich warmherzig und mitleidsvoll reagieren sollte, in Wahrheit aber nur total genervt war.

»Ist doch egal«, stellte sie fest, als sie meinen Blick sah. Es war acht Uhr abends, und Marv hatte immer noch Patienten, sodass Paul mich angerufen hatte, als die Notaufnahme ihm Bescheid gegeben hatte. Ich war gerade erst in den Raum geschlüpft und beobachtete den Notarzt, der Jody versorgte. Nicht mal Guten Tag hatte ich gesagt.

»Es ist natürlich nicht egal«, sagte ich. Meine Stimme klang gereizt, aber die Hoffnungslosigkeit in ihrem Blick hatte meinen Zorn deutlich abgeschwächt.

»Mir ist es egal. Ihm ist es egal. Warum sollte es Ihnen nicht egal sein?« Die Worte hätten sich wütend anhören können, aber tatsächlich hörte ich eine große Müdigkeit heraus. Sie versuchte, ihren Körper in Richtung Wand zu drehen, aber der Notarzt bat sie, still zu sitzen, weswegen sie nur ihren Kopf abwandte.

»Wann haben Sie damit angefangen?«, fragte ich leise. Keine Antwort. »Können Sie mir sagen«, fragte ich erneut, »wann Sie damit angefangen haben?«

Es war eine wichtige Frage, nicht weil die Antwort uns auch nur einen Zentimeter weitergebracht hätte, sondern weil jede Antwort, egal welche, mir gezeigt hätte, ob Jody überhaupt bereit war, mit mir zu reden. Und das wiederum würde mir sagen, ob sie Hilfe haben wollte oder ob sie sich – jedenfalls für heute Abend – mir entzog.

Sie sagte noch immer nichts. Und dann, urplötzlich, hatte ich einen Geistesblitz. Keine Ahnung, woher die Eingebung kam oder ob sie stimmte, aber ich hatte nicht viel zu verlieren, da Jody sowieso nicht mit mir sprach. »Es hat wegen der Schlüssel angefangen, stimmt's? Es hat angefangen, als das mit den Schlüsseln losging.«

Ihr Körper versteifte sich. Langsam wandte sie mir wieder ihren Kopf zu. Sie sprach nicht, sah mich nur an. Ihre Pupillen weiteten sich und schrumpften dann auf die Größe von Stecknadellöchern. Die Veränderung war so auffällig, dass der Arzt, der die Wunden an ihrem Arm nähte, erst sie und dann mich ansah. Keiner sagte etwas.

Der Arzt widmete sich rasch wieder seiner Näherei. »Ich bin gleich fertig«, sagte er. Endlose Minuten verstrichen. Jody machte keine Anstalten, sich erneut abzuwenden.

Der Arzt setzte zu einem letzten Stich an, sammelte dann seine Instrumente ein und verließ schleunigst den Raum.

Jody richtete sich langsam auf. Sie zitterte leicht. »Woher wissen Sie das?«, fragte sie. »Dr. Gliesen weiß es nicht. Keiner weiß es.«

»Ihr Vater wedelte mit den Schlüsseln vor Ihrem Gesicht herum«, lautete meine ehrliche Antwort. »Ich habe es selbst gesehen.« Jetzt war es an mir, den Atem anzuhalten. Was hatte ich da losgetreten? Wenn sich solche Dinge auftaten, konnte es bedeuten, dass es den Klienten anschließend sehr viel besser ging – oder sehr viel schlechter. Wenn ich doch bloß gewusst hätte, wovon überhaupt die Rede war. Aber das wollte ich auf keinen Fall zugeben, sonst würde Jody sich ganz verschließen.

»Wie alt waren Sie?«, fragte ich. Es war die erstbeste Frage, die mir in den Sinn kam.

»Sechzehn«, sagte sie, und mit einem Mal fügte sich alles zu einem Bild zusammen. Ich hatte begriffen. Ich wusste, wofür die Schlüssel standen und warum er mit ihnen herumwedelte. Und ich verstand auch, warum Jody sich deswegen so schämte.

Ich stieß einen Seufzer aus. Kein Wunder, dass sich das arme Mädchen in diesem Zustand befand. Sie sah sich selbst nicht als Opfer. Sie sah sich als Kollaborateur, vielleicht sogar als Täter. Sam Carlson, dachte ich, wirkte nicht so glatt und gerissen, dass er Opfer verführen könnte. Er verhielt sich so wie ein roher Gewalttäter, als sei Einschüchterung seine Masche. Falsch getippt, Sam hatte auch das einkalkuliert.

»Der Mensch kann sich an alles Mögliche gewöhnen«, sagte ich. »Und er hält alles unter Kontrolle, was er nur kann, weil Ohnmacht ein schreckliches Gefühl ist. Es gibt viele Kinder, die das machen, was Sie gemacht haben. Viele.«

Jody sagte nichts. Sie sah mich an wie eine Fremde, die sie beim Ankleiden gestört hatte. Ich war ein Eindringling, keine Frage. Ich hatte eine Tür aufgestoßen und war in das einzige Zimmer in ihrem Haus marschiert, in das sie niemanden hineinlassen wollte. Ich war nicht eingeladen, und sie wollte mich nicht in diesem Zimmer haben. Aber ich ging nicht wieder hinaus. Ich befand mich in dem Zimmer, in dem die Selbstverletzungen angefangen hatten, das einzige Zimmer, in dem sie davon geheilt werden konnte.

»Nicht weitersagen«, bat sie mich. Ihre Stimme klang wie die einer Fünfjährigen. Sie sprach so leise, dass ich sie kaum verstehen konnte.

»Wem soll ich es nicht weitersagen?«, fragte ich und zog mir einen Stuhl heran. Plötzlich war mir klar geworden, dass ich diese zarte kleine Person, die auf dem Behandlungstisch hockte, überragte. Es war besser, wenn ich diejenige war, auf die man herabblickte.

Sie schien die Veränderung nicht wahrgenommen zu haben, jedenfalls nicht bewusst. Sie schwieg und starrte mich nur an, und für einen Augenblick fragte ich mich, ob sie überhaupt noch im Raum war. Würde sie sich auflösen, einfach davongehen und ich zum Schluss nur noch mit einer Hülle reden? Schließlich sagte sie: »Dr. Gliesen.«

»Einer von uns beiden muss es ihm sagen«, erwiderte ich. »Wenn er das Problem nicht kennt, kann er Ihnen nicht helfen. Das ist so, als würde man mit einem gebrochenen Arm zum Arzt gehen und sagen, der Fuß tut weh.«

Sie sah mich an, dann schloss sie die Augen. Kein Zweifel, sie hatte wirklich einen schlimmen Tag hinter sich. »Nicht heute Abend«, sagte sie. Sie fing an zu feilschen, so wie sie mit sechzehn gefeilscht hatte, und um die gleiche Sache: so viel Zeit bis zur nächsten Quälerei herauszuschinden wie irgend möglich. Aber diesmal brauchte sie nicht zu bezahlen, wenn sie die Autoschlüssel zurückbrachte.

Ich ließ mich gerne auf ihr Gefeilsche ein. Morgen, das war nur einen Augenaufschlag weit entfernt, jedenfalls von meiner Warte aus gesehen. »Abgemacht«, sagte ich. »Nicht heute Abend.«

Ich sah die Erleichterung, die aus ihrem Blick sprach. Für sie war morgen keinen Augenaufschlag weit entfernt. Sie lebte von einer Sekunde zur nächsten, und morgen, das lag irgendwo in unendlicher Ferne, Lichtjahre weit weg, Jahre voller Schmerzen. Ich wusste genau, was sie dachte: Mit etwas Glück würde es ein Morgen vielleicht gar nicht geben.

8

Ich hätte nach Hause gehen können, so wie jeden Abend, aber aus irgendeinem Grund fuhr ich bei Adam vorbei, und, nun ja, es war wirklich schon spät, und mein Zuhause war meilenweit entfernt. Vermutlich würde es ihm nichts ausmachen, wenn ich ihn überfiel.

Er machte die Tür auf, seine Augen leuchteten, und ich spürte große Erleichterung. Als ich merkte, wie erleichtert ich darüber war, dass er sich über mein Kommen freute, ärgerte ich mich schon wieder über mich selbst. Beinahe hätte ich auf dem Absatz kehrtgemacht und wäre wieder gegangen. Ich zögerte, dann sagte ich: »Irgendwie entgleitet mir das Ganze.«

»Was entgleitet dir?«, fragte Adam. Er war barfuß und trug Jeans, und er sah sehr gut aus.

»Das hier«, sagte ich. »Was habe ich vor deiner Haustür zu suchen?«

»Wieso? Ist das ein Problem?« Er lachte. »Ist das vielleicht politisch nicht korrekt oder so?«

»Lust auf Gesellschaft?«

»Hängt davon ab«, sagte er, die Arme verschränkt. »Wie schlecht gelaunt du bist.«

»Ich bin schon wieder weg«, sagte ich und wandte mich zum Gehen, aber Adam stellte sich vor mich hin, immer noch lachend.

»War nur ein Scherz«, sagte er, legte die Hände auf meine Schultern und schritt rückwärts vor mir her. Meine Güte, er ist wirklich schnell, wenn er will, dachte ich. Wie war er bloß so rasant an mir vorbeigekommen? Aber dann fiel mir ein, wie langsam er sein konnte, wenn er wollte. Sehr langsam. Auch das. Seine Schnelligkeit bewirkte, dass er urplötzlich vor mir stand und mich aufhielt, und seine Langsamkeit bewirkte, dass ich mich wieder umdrehte und ihm ins Haus folgte.

Um vier Uhr früh klingelte das Telefon. Adam hob verschlafen den Hörer ab und reichte ihn mir. »Michael?«, sagte die Stimme am anderen Ende, »hier ist Ruth von der Kinderstation. Wir haben Probleme mit einem Kind, das von der Ladefläche eines Pick-ups gefallen ist.«

»Ruth«, sagte ich gedehnt, setzte mich auf und versuchte mich zu orientieren. Ruth war leitende Assistenzärztin in der Kinderabteilung, und ich mochte sie gern. Sie verstand was von ihrem Beruf und würde nicht anrufen, wenn es nicht wirklich dringend wäre.

Ich schüttelte den Kopf, um zu Verstand zu kommen. Ich hatte mich in einem Zustand tiefster Bewusstlosigkeit befunden, an einem Ort, der für Träume unerreichbar war, wo sich der Körper nächtens zur Arbeit hinbegibt, um hier und da die Chemikalienvorräte aufzufüllen und schon mal alles für den nächsten Tag vorzubereiten. Es war ein Ort, an dem der Körper nur ungern gestört wird, und meiner protestierte laut und vernehmlich. »Wie haben Sie mich gefunden?« Ich war ja nicht einmal bei mir zu Hause, verdammt noch mal, ich war bei Adam.

Es folgte eine Pause. »Michael, wachen Sie auf.« Ruth hatte Recht. Adam und ich waren beide Single. Die Tatsache, dass wir viel Zeit miteinander verbrachten, war kein Geheimnis, und selbst wenn: Das Jefferson mochte eine große Spezialklinik sein, aber die Stadt, in der sie sich befand, war doch relativ klein.

»Moment mal. Habe ich überhaupt Rufbereitschaft? Ich glaube nicht.«

»Ich weiß«, sagte sie. »Aber hören Sie mich trotzdem an. Wir haben hier einen Zwölfjährigen, der bei einem Zusammenstoß mit einem anderen Auto von der Ladefläche eines Pick-up-Trucks gefallen ist. Er hat sich den Stirnlappen verletzt, und er wirkt desorientiert. Er hat einer Krankenschwester einen Schlag mit der Faust verpasst und ihr das Siebbein gebrochen. Wir haben ihn ans Bett geschnallt.«

»Sie haben ihn angeschnallt?«, fragte ich aufs Äußerste alarmiert. »Sie haben ein Kind ans Bett geschnallt? Haben Sie die Rufbereitschaft der psychiatrischen Abteilung angerufen?«

»Natürlich. Er hatte die Idee, ihn in Gewahrsam zu nehmen. Wir konnten ihm wegen der Kopfverletzungen kein Beruhigungsmittel geben. Wir müssen seinen Bewusstseinszustand beobachten. Der Kollege von der Rufbereitschaft war höchstens zwanzig Minuten hier.«

Ich stieß einen Seufzer aus. Das Ausbildungsprogramm der Assistenzärzte in der Psychiatrie ging von erwachsenen Patienten aus: die Pädiatrie fand so gut wie keine Berücksichtigung. Da es kein eigenes Programm für Kinderpsychiatrie gab, traf es die für die Belange der Erwachsenen ausgebildeten Assistenzärzte, die in Notsituationen zur Beratung auf die Kinderabteilung gerufen wurden, und für sie waren Kinder einfach nur kleine Menschen.

»Wo sind seine Eltern?«

»Sie wurden bei dem Unfall verletzt, ein Elternteil schwer.«

»Na gut«, sagte ich, mich ins Unvermeidliche fügend. »Ich komme sofort.«

Um halb fünf Uhr morgens ist nicht viel los im Jefferson-Krankenhaus. Das ländliche Vermont ist nicht Boston, und jeder, der Erfahrungen mit Schussverletzungen sammeln wollte, hätte sich für einen Anschauungsunterricht nach Boston City begeben müssen. Wir dagegen hatten es eher mit Kindern und Jugendlichen zu tun, die auf der Ladefläche von Pick-ups oder ohne Helm auf Motordreirädern durch die Gegend fuhren.

Ich nahm zwei Stufen auf einmal und blieb vor dem

Schwesternzimmer stehen. Die Krankenakten waren nebeneinander in einem kleinen Drehregal auf der Ablage angeordnet, aber ich hatte nicht einmal nach dem Namen des Kindes gefragt, jede Suche zwischen den Akten wäre also zwecklos gewesen.

»Der Unfall mit dem Pick-up«, sagte ich bloß. »Ein Zwölfjähriger.«

Die Sekretärin der Nachtschicht blickte auf. »Michael«, sagte sie. »Gut, dass Sie da sind. Wir haben Rocky Balboa in Zimmer elf gesteckt. Ich überlasse Ihnen den Jungen.«

Ich nickte nur und drehte das Regal herum, bis das Fach für Zimmer elf erschien. Curtis Todd. Ich schnappte mir die Akte und verzog mich zum Lesen ins Ärztezimmer. »Kommen Sie ihm nicht zu nahe«, rief die Sekretärin hinter mir her. »Wir hatten schon genug Aufregung für den Abend.« Sie hörte sich genervt an, und ich wusste auch, warum. Es machte allen höllische Angst, wenn ein Mitglied des Personals tätlich angegriffen wurde, und wer Angst hat, wird wütend.

»Hey, Michael«, sagte sie.

Ich blieb stehen und drehte mich um. »Wir sind unterbesetzt«, sagte sie. »Es ist niemand da, der Ihnen helfen könnte.«

»Öfter mal was Neues«, witzelte ich. Sie zuckte nur mit den Schultern. Seit die Krankenpflege betriebswirtschaftlich organisiert ist, leben wir mit personeller Unterbesetzung.

Das Ärztezimmer war leer, und ich setzte mich hin, um die Akte zu studieren. Der Neurochirurg war schon da gewesen, und der Junge hatte bereits eine Computertomographie hinter sich. Der Befund war negativ, und der Neurologe meinte, der Junge habe lediglich eine schwere Gehirnerschütterung abbekommen. Er war ziemlich verwirrt, und man hatte ihn zur Beobachtung in ein extra zu diesem Zweck hergerichtetes Zimmer gesteckt, das an die Station angrenzte.

Die Sozialarbeiter hatten versucht, einen Familienangehörigen des Jungen zu erreichen, aber es war niemand zu Hause. Kein Wunder, da beide Eltern im Krankenhaus waren. Jetzt suchte man nach entfernteren Verwandten.

Ich konnte ihn schon von weitem hören. Er schrie etwas, das ich nicht ganz verstand, aber dieser Schrei der puren Angst ging mir durch Mark und Bein. Ich schlang die Arme um meinen Körper, als ich an die Ecke kam, hinter der sein Zimmer lag, aber es nützte nichts.

Durch das halb geöffnete Rollo fiel schräg das Morgenlicht, und die Streifen, die die Sonnenstrahlen auf das Bett warfen, sahen aus wie Gitter vor einer Zelle. Curtis Todd war mit Riemen, die um Hand- und Fußgelenke gelegt waren, am Bett festgeschnallt, eine Zelle, die noch kleiner war als die eines Gefangenen. Er kämpfte gegen die Riemen an und schrie, aber mit seinem Kopf war irgendwas nicht in Ordnung, und die Worte waren nicht zusammenhängend. Alle paar Minuten musste er eine Pause machen und nach Atem ringen. Dann fing er erneut an zu schreien.

Einen Menschen in eine dermaßen hilflose Lage zu bringen, ist etwas Schreckliches. Es sieht aus wie Folter, und es ist Folter, und für jemanden, der aufgrund einer Kopfverletzung verwirrt ist, muss es noch schlimmer sein. Allein der Anblick eines an ein Bett festgeschnallten Menschen ist erschütternd.

Warum war dieses Kind allein? Warum hatte man keine Verwandten oder Freunde aufgetrieben? Warum lag dieses verwirrte, verängstigte, mit Riemen gefesselte Kind laut schreiend einsam hier in diesem Zimmer?

Warum niemand anwesend war, wusste ich: Es gab einfach nicht genügend Personal. Die Station war voll belegt mit schwer kranken Kindern, um die man sich kümmern musste. Dass man diesen Jungen zur Beobachtung über einen Monitor in ein Zimmer gesperrt hatte, war nur ein Kompromiss. Es stellte lediglich sicher, dass sich sein Zustand nicht verschlimmerte, ohne dass es jemandem auffiel. Den Jungen zu beruhigen, dafür hatte hier niemand Zeit.

Aber das war nicht der einzige Grund. Jede Wette, dass auch niemand wusste, was in so einem Fall zu tun war. Mit komplizierten Dingen, mit technischen Apparaten und genau austarierten Mischungen aus toxischen Chemikalien, die man auch als Flugbenzin hätte verwenden können, damit wusste jeder umzugehen. Aber mit den einfachen Dingen, mit einem verwirrten Zwölfjährigen, der angeschnallt war und eine Heidenangst hatte, damit konnte niemand umgehen.

Er sah mich im Türrahmen stehen, das heißt, seine Augen hörten auf, sich zu bewegen, als sie auf meine Gestalt fielen, aber sein Blick fixierte mich nicht im eigentlichen Sinn. Es war nicht zu erkennen, wie viel er von seiner Umgebung wahrnahm. Ich betrat das Zimmer, langsam schreitend, immer in seinem Blickfeld bleibend. Menschen, die sich in einem extrem verwirrten Zustand befinden, verstehen nicht, was um sie herum vorgeht. Sie verlieren das Gespür dafür, wo sie sich befinden und wer die anderen sind, und meistens glauben sie, man wolle sie angreifen, wenn man ihnen doch nur zu helfen versucht. Behutsam zog ich einen Stuhl heran und setzte mich. Ich rückte so nahe wie möglich, ohne in seinen begrenzten Bewegungsradius zu geraten.

Ich wartete, bis er wieder kurz mit Schreien aufhörte,

und sagte dann: »Du bist in einem Krankenhaus. Du bist von einem Pick-up gefallen. Hier wird dir keiner wehtun.« Er sah mich nicht an, aber die Unterbrechung dauerte länger als vorher. Er atmete weiterhin schwer, und mir fiel auf, dass er anfing, mit den Augen zu blinzeln. »Du bist in einem Krankenhaus«, wiederholte ich. »Du bist an ein Bett festgeschnallt, damit du dich oder andere nicht verletzt. Du musst dich beruhigen, damit wir dich losbinden können.«

Wieder fing er an zu schreien, als hätte ihn die Erinnerung daran, dass er gefesselt war, nur noch mehr aufgeregt. Ich wartete. Nach einigen Minuten machte er eine Pause, und ich sagte: »Du bist in einem Krankenhaus. Du bist von einem Pick-up gefallen. Du hast dich am Kopf verletzt, aber du wirst wieder gesund. Du heißt Curtis Todd.« Sehr wahrscheinlich hatte er seinen Namen behalten. Es passierte selten, dass jemand so verwirrt war, dass er seinen eigenen Namen vergessen hatte, aber ich dachte mir, den Namen auszusprechen würde ihm vielleicht helfen, sich zu orientieren.

Ich hielt den Atem an. Ich konnte den Jungen beruhigen, jeder hätte ihn beruhigen können, wenn nur sein Verstand klar genug war, das Gesagte zu begreifen und zu verarbeiten. Sollte sich jedoch sein akuter verwirrter Zustand nicht verbessern, dann wäre das Angebot, ihn loszubinden, möglicherweise eine Täuschung. Er brauchte ja nicht viel zu verstehen, aber ein paar Dinge musste er auf jeden Fall verstehen, wenn wir die Riemen lösen wollten.

Diesmal dauerte die Pause noch länger, und für einige Sekunden hielt er den Kopf in meine Richtung. »Michael«, sagte ich, während er mich ansah. »Ich heiße Michael.« Er wandte den Blick wieder zur Decke und versuchte zu sprechen. Es hörte sich nicht mehr so zornig an, eher wehleidig, und ich glaube, es standen Tränen in seinen Augen, aber ich konnte keine Worte ausmachen.

»Du bist von einem Pick-up gefallen«, sagte ich wieder. »Du bist hier in einem Krankenhaus. Die Leute versuchen dir zu helfen. Ich kann dich nicht verstehen. Du hast dich am Kopf verletzt, und du sprichst nicht deutlich.« Er drehte sich wieder zu mir, was mich ermutigte weiterzumachen. Sein Blick war nicht klar, das konnte man nicht behaupten, aber es gab Momente, da wirkte er konzentriert.

»Das hier ist ein Krankenhaus«, sagte ich. Es sollte sich in den nächsten Stunden einige hundert Male wiederholen. »Du bist von einem Pick-up gefallen. Pass auf, Curtis. Wir haben hier eine Regel. Man darf keinen anderen Menschen schlagen. Das ist eine Regel.« Regeln waren ein bewährtes Hilfsmittel bei Kindern, sie funktionierten besser als jede Vernunft. Kinder, die nicht klar bei Verstand waren, behielten Regeln viel leichter. Sie mochten kaum ihren Namen zusammenkriegen, aber Regeln verstanden sie in jedem Fall. Regeln gab es, solange sie denken konnten. Regeln brauchten keinen Sinn zu ergeben. Regeln brauchten sie nicht zu verstehen. Dafür waren es Regeln.

»Es ist eine strenge Regel«, sagte ich. »Man darf keinen anderen Menschen schlagen.«

Er drehte den Kopf in meine Richtung, und ich hatte den Eindruck, als wollte er etwas sagen, ganz langsam. Ich starrte auf seine Lippen, die sich zu einem Laut formten. »Ma aaa … Ma aaa.« Ich neigte den Kopf, um mich zu sammeln. Er rief nach seiner Mutter.

Endlich konnte ich ihm ins Gesicht schauen. »Deine Mutter wurde bei dem Unfall verletzt«, sagte ich. »Ich weiß nicht, wie schlimm sie verletzt wurde.« Er fing wieder an, heftig mit den Augen zu blinzeln, und jetzt war deutlich zu sehen, dass er weinte. Ich wollte ihm nicht versprechen, mich nach ihr zu erkundigen, und ich wollte ihm auch nicht versprechen, dass sie bald hier sein würde. Woher sollte ich wissen, dass sie nicht vielleicht tot war, und das dem Jungen in diesem Moment zu sagen, wäre nicht sehr hilfreich gewesen.

»Hör zu, Curtis«, sagte ich. »Wir müssen dafür sorgen, dass du wieder freikommst. Wir haben hier eine Regel. Wie lautet die Regel?« Er antwortete nicht, aber er schrie wenigstens auch nicht mehr. »Die Regel lautet, man darf keinen anderen Menschen schlagen. Kein Schlagen. Hast du mich verstanden? Und auch kein Treten.«

Ich wiederholte es immer und immer wieder, endlos lang, wie mir schien, dabei war es höchstens eine Stunde. Als Curtis ganz aufgehört hatte zu schreien und sich einigermaßen beruhigt hatte, erhob ich mich und ging in Zeitlupe zum Fußende des Bettes. »Ich binde jetzt einen Beinriemen los, Curtis. Nicht treten! Das ist eine Regel.«

Ich war mir nicht sicher, ob er damit umgehen konnte, aber was konnte er schon mit einem einzelnen Bein ausrichten, meine Güte! Als ich dichter ans Bett herantrat, sah ich, dass beide Beine leicht zitterten, ob wegen der Verletzung oder weil er Angst hatte, war schwer zu sagen. Ich band den Riemen los und trat zurück. Er zog das Bein an und streckte es dann wieder, das war alles. »Nicht treten«, sagte ich streng, ging zurück und setzte mich wieder auf den Stuhl. Es würde ein langer Tag werden, aber bis jetzt war alles gut verlaufen.

Es nahm weniger Zeit in Anspruch, als ich erwartet hatte, einige Stunden nur, um Curtis Todd von allen Riemen zu befreien. Ruth schwirrte zwischendurch rein und raus. Sie griff nicht ein, aber sie machte sich Sorgen, bei ihrer nächsten Stippvisite könnte sie mich bewusstlos auf dem Boden liegend vorfinden.

In ausgeruhtem Zustand war Ruth eine Kanone, aber unausgeschlafen machte sie schneller schlapp als andere. Ich sah zwischen ihren Augen und denen von Curtis hin und her; beide hatten einen trüben, abgelenkten Blick, und mir fiel auf, dass eigentlich kein großer Unterschied zwischen ihnen bestand. Das war mir überhaupt nicht recht.

»Wie geht es Ihnen?«, fragte ich sie.

»Vier Einweisungen«, gab sie zur Antwort. Jede Einweisung brachte mehrere Stunden Arbeit mit sich, das hieß, sie hatte keine leichte Nacht hinter sich. Hinzu kam, dass sie bereits gestern Schicht gehabt hatte, und heute würde sie noch mal den ganzen Tag arbeiten: Dauerstress ohne Schlaf. »Läuft es gut bei Ihnen?«

»Wie Sie sehen, sind alle Riemen gelöst.«

»Wird er auch keinen von uns anfallen, wenn Sie wieder weg sind?«

»Können wir uns draußen weiter unterhalten, Ruth?«, sagte ich und trat auf den Gang. »Er kann Sie verstehen.«

Sie zuckte mit den Schultern. Sensibilität geht bei Schlafentzug als Erstes flöten. »Und?«

»Er kommt zu Bewusstsein. Er ist nicht gewalttätig. Er war einfach nur verwirrt.«

Sie schien nicht überzeugt. »Er hat meiner Kollegin das Siebbein gebrochen.«

»Wenigstens ist sie so zu einer Pause gekommen«, sagte ich.

»Ein heiles Siebbein wäre mir lieber.«

»Noch ein paar Einweisungen mehr«, sagte ich, »und Sie ändern vielleicht Ihre Meinung.«

»Wenn ich dann überhaupt noch bei Verstand bin. Bisher

hatte ich vierzehn Hilferufe von Müttern.« Hilferufe von Müttern, das waren Anrufe mitten in der Nacht, wegen Ohrenschmerzen, geringfügigem Fieber und anderen Sachen, die eindeutig keine Notfälle waren. Die quetschten sich dann zwischen die üblichen Autounfälle, Kindesmisshandlungen und Fälle mit akuten lebensbedrohlichen Krankheiten. Den Assistenzärzten waren diese Anrufe ein Gräuel. Ruth spähte noch mal ins Zimmer. »Hier kann ich jetzt nichts mehr tun. Medizinisch gesehen heißt es jetzt abwarten und Tee trinken.«

»Es ist alles in Ordnung. Sie können gehen.« Sie verschwand, ohne ein Wort zu sagen.

Um zehn Uhr war Curtis bereits einige Stunden nicht mehr angeschnallt und hatte auch noch niemanden getötet. Schließlich war er sogar eingeschlafen. Müde schleppte ich mich den Gang entlang, faltete die Hände und streckte die Arme über den Kopf. Vier Uhr war einfach viel zu früh, um seinen Tag zu beginnen, und das Ende war ja auch noch nicht absehbar.

Susan, die Sekretärin der Tagesschicht, hatte die Kommandozentrale übernommen. Sie war klein und untersetzt und hatte Haare, die mir jedes Mal, wenn ich sie sah, kürzer vorkamen. Sie spielte als Catcher in der örtlichen Softballmannschaft, was ganz guter Anschauungsunterricht war, womit man in der Abteilung für Pädiatrie so rechnen musste, obwohl Hockey oder Football vielleicht noch geeigneter gewesen wären.

»Ich brauche deine Hilfe, Susan«, sagte ich. »Es geht um den Jungen mit der Kopfverletzung in Zimmer elf. Sie haben ihn festgeschnallt. Er hat ziemlich randaliert, als er herkam. Jetzt ist niemand bei ihm. Seine Eltern waren auch in den Unfall verwickelt. Der Junge muss Angehörige haben, Familie oder so was, irgendjemanden. Die Sozialarbeiter sind angeblich an der Sache dran, aber du weißt ja, dass so was leicht vergessen wird, wenn die Fälle nachts eingeliefert werden.«

»Ich kümmere mich darum«, sagte sie. »Keine Sorge. Ich klemme mich dahinter und werde schon jemanden auftreiben.«

»Die Sozialarbeiter sollen sich nach den Eltern erkundigen. Der Junge kommt langsam zu Bewusstsein und fragt nach ihnen.«

»Schon geschehen«, sagte sie. »Sie sehen müde aus. Sie verschwinden besser, ehe Sie jemand entdeckt und noch einen Beratungstermin von Ihnen haben will.«

Müde winkte ich Melissa zu, als ich durch die psychiatrische Abteilung ging, aber sie hielt mich zurück. »Eine Nachricht für Sie«, sagte sie. Ich schaute auf den Zettel, den sie mir hinhielt: nur eine Dienstnummer aus dem Krankenhaus und der Name Zania.

»Mehr nicht?«, wollte ich wissen.

»Sie hat um Rückruf gebeten.«

»Eine Konsultation?«, fragte ich. Susan hatte Recht: Ich wollte nicht schon wieder zu einem Termin gerufen werden.

»Ich glaube nicht.«

»Wieso nicht?« Ich wollte nicht gleich zurückrufen, wenn es um eine Konsultation ging.

»Hörte sich ganz so an wie einer Ihrer üblichen Fälle. Irgendwie heimlichtuerisch. Sie wollte ihren Namen nicht nennen.«

»Es ist nicht gesagt, dass Ratsuchende immer ihren Namen hinterlassen. Es könnte um einen Beratungstermin gehen.«

»Es könnte auch das Weiße Haus gewesen sein. Aber ich glaube nicht. Die Frau hatte Angst.«

»Hm. Wahrscheinlich doch ein Fall für mich.«

9

»Ich muss mit Ihnen über Reginald Larsen reden«, sagte sie, kaum hatte sie sich hingesetzt. Zania war jung, Ende zwanzig. Ich hatte ihr sofort einen Termin gegeben, weil sie am Telefon so zaghaft klang, dass ich dachte, sie würde ihren Entschluss ändern, wenn sie keinen bekäme.

»Larsen?«, sagte ich erstaunt. Diesen Namen zu hören, damit hatte ich am wenigsten gerechnet.

»Ich habe im Boston Harbor View mit ihm zusammengearbeitet«, erklärte sie. »Die Verwaltung hat mich angerufen und mir gesagt, ich könnte vertraulich mit Ihnen reden.«

»Ach, Sie sind das?«, sagte ich, leicht verwirrt. »Was machen Sie denn hier?«

»Ich bin Schwester auf der Intensivstation«, sagte sie, »und in Neuengland, außerhalb von Boston, gibt es nur wenige Intensivstationen. In Boston konnte ich nicht bleiben, nachdem ...« Sie verstummte.

Es hörte sich vernünftig an, so vernünftig, dass ich die erste Regel im Umgang mit Sexualtätern vergaß, nämlich die, dass es keine Zufälle gab.

»Man hat mir gesagt, es sei vertraulich«, ergänzte sie besorgt.

»Zunächst einmal sollten Sie wissen, dass ich absolut nichts von dem verwenden kann, was Sie mir vertraulich mitteilen. Vertraulichkeit bedeutet Vertraulichkeit. Sie können mir nicht etwas mitteilen, wenn Sie meinen, es sei vertraulich, und gleichzeitig davon ausgehen, ich könnte es verwenden, ohne das Eingeständnis, dass ich Bescheid weiß.« Diese Arie musste sein, ich hatte es schon einige Male durchexerziert.

Es folgte eine Pause. »Aber man hat mir gesagt ... Ich meine ... Ich dachte ...« Sie verstummte erneut.

»Ich weiß nicht, was man Ihnen gesagt hat. Natürlich können Sie mir etwas im Vertrauen mitteilen, aber mit den Informationen kann ich herzlich wenig anfangen. Wenn Sie mir etwas mitteilen und dazu sagen, ich soll Ihren Namen aus der Sache heraushalten, dann wissen Sie so gut wie ich, dass der Beschuldigte schnell dahinterkommen wird, von wem ich die entsprechende Information habe. Ehrlich gesagt, die meisten kommen dahinter. Wenn Sie mir dagegen etwas mitteilen, und ich darf Ihren Namen nennen, dann kann ich es natürlich verwenden. Aber ich weiß gar nicht, wovor Sie Angst haben. Haben Sie Angst vor Larsen?«

»Ja, aber nicht vor ihm allein.«

»Vor wem noch?«

»Vor dem Krankenhaus.«

Jetzt war ich wirklich vollkommen verwirrt. »Boston Harbor View? Warum? Warum erzählen Sie mir nicht einfach, was los ist, und anschließend überlegen wir gemeinsam, was ich mit der Information anfangen soll. Okay?«

Sie schwieg einen Moment. Mit meinen vielen Einwendungen und Warnungen hatte ich sie ganz aus der Fassung gebracht. Die Frau hatte Angst vor irgendetwas, und ich war ihr gleich mit dem juristischen Kram gekommen. Aber es war wichtig, dass die Leute nicht Dinge ausplauderten und dabei unrealistische Erwartungen hatten, wie diese Informationen später verwendet werden sollten.

Sie legte die Hände mit gespreizten Fingern vor sich auf

den Schreibtisch und sah lange auf sie herab, bevor sie anfing zu sprechen. Es war, als legte sie ihre Karten auf den Tisch und begutachtete sie. »Ich habe im Boston-Harbor-View-Krankenhaus auf der Intensivstation gearbeitet. Und ich habe etwas getan«, sagte sie so leise, dass ich sie kaum verstand. Die Spannung in ihren Händen verstärkte sich, und die Fingerknöchel traten weiß hervor, als sie jetzt die Tischplatte umklammerte. »Das heißt, eigentlich habe ich nichts getan. Ich habe nur zugelassen, dass er etwas getan hat. Ich meine, ich habe meinen Augen nicht getraut. Ich dachte, es würde schon einen Grund dafür geben. Er war so … so …« Wieder unterbrach sie sich.

»Warum erzählen Sie nicht einfach von Anfang an? Sie haben im Boston Harbor View gearbeitet.«

»Bis Januar. Dann bin ich hierher umgezogen.« Wieder folgte eine Pause. »Ich hatte Angst. Es gibt da Sachen, die weiß nicht einmal die Krankenhausverwaltung.«

»Was zum Beispiel? Moment noch – sagen Sie mir zuerst, was das Krankenhaus weiß.«

Sie holte tief Luft. »Sie wissen, dass ich ein Zimmer betreten habe, in dem er sich gerade aufhielt, und sein Finger steckte in der Vagina einer Frau, die künstlich beatmet wurde. Sie stand natürlich unter Betäubungsmitteln, damit sie nicht gegen den Sauerstoffapparat ankämpfte.« Pause. »Sie hatte eine Kopfverletzung und eine offene Fraktur des Schienbeins. Es gab überhaupt keinen Grund für ihn, die Frau in der Körperregion zu berühren.« Wieder Pause. »Jedenfalls nehme ich an, dass er genau das tat. Die Decke war zurückgeworfen, und es sah so aus, als sei seine Hand … er schreckte zurück, als ich ihn sah, aber sein Finger war ausgestreckt als ob … ich glaube, dass er ihn hineingesteckt hatte.«

Ich sagte nichts. Ich hatte ohnehin keine hohe Meinung von Reginald Larsen, und dank Zania sackte sie jetzt ganz in den Keller.

»Die Krankenhausverwaltung weiß davon«, fügte sie hinzu. »Ich habe es schließlich gesagt.«

»Und was weiß die Verwaltung nicht?«

Wieder holte sie tief Luft. »Sie weiß nicht, dass er öfter als einmal in dem Raum war. Allmählich fragte ich mich, warum er so häufig auf der Intensivstation aufkreuzte. Einmal, als er aus einem Zimmer kam, stand sein Hosenschlitz offen, und ich bin mir ziemlich sicher, dass er zu war, als er reingegangen ist. Jedenfalls glaube ich das. Er widmete sich ausgiebig Personen, die narkotisiert oder nicht bei Bewusstsein waren. Und auf der Intensiv gibt es viele Patienten, die narkotisiert oder nicht bei Bewusstsein sind, und die meisten haben ihre Operation hinter sich. Die Sache war nur die, dass es nicht alle seine Patienten waren.«

»Gab es nicht noch andere, die ihn dabei beobachtet haben?«, fragte ich. »Wie war es möglich, dass er das auf einer Intensivstation machen konnte? Da laufen doch ständig Tausende von Leuten rum.«

»So einfach verhält es sich nicht. Die Intensivstation wird von den Anästhesisten beherrscht. Und die wechseln sich schichtweise ab, kümmern sich jeweils auch um die Patienten der anderen. Es sind also immer welche da. Er konnte unbehelligt an jeden Patienten heran.

Aber trotzdem war er viel zu oft da, fand ich. Das machte mich neugierig, und ich fing an, die Krankenblätter zu überprüfen. Bei manchen Fällen war er als Arzt überhaupt nicht beteiligt, und er behandelte sie auch nicht.«

»Warum ist nur Ihnen das aufgefallen und niemandem sonst?«

»Weil«, sagte sie, peinlich berührt, »meine Kollegen in der Schicht wechselten, sodass ich immer mit anderen Leuten zu tun hatte, und ich glaube, er kam hauptsächlich auf die Station, wenn ich Dienst hatte.«

»Warum ausgerechnet, wenn Sie Dienst hatten?«, fragte ich weiter. »Das machte es doch nur umso wahrscheinlicher, dass er erwischt werden würde.« Langsam wurde es Zeit für mich, aus dem Staunen herauszukommen und Zania auf den Zahn zu fühlen. Ich hatte immer noch nicht in Erfahrung gebracht, warum sie solche Angst hatte.

»Weil ...« Zanias Stimme senkte sich wieder, und ich strengte mich an, sie zu verstehen. »Weil ich ein Verhältnis mit ihm hatte. Ich glaube, wenn jemand gesagt hätte, er würde sich ein bisschen zu oft auf der Station blicken lassen, hätte er geantwortet, er wolle doch nur mich besuchen.«

»Sie hatten ein Verhältnis mit ihm?«, fragte ich blöderweise nach. Sie hatte es mir doch gerade gestanden. »Haben Sie das der Krankenhausverwaltung gemeldet?«

Sie sah mich völlig verdattert an. »Ich bin allein erziehende Mutter. Ich habe eine kleine Tochter. Wenn ich meine Arbeit verlieren würde ... Ich habe ihn zu den Patienten vorgelassen. Es gab eigentlich gar keinen Grund für ihn, dauernd ihren Zustand zu überprüfen und den Vorhang um das Bettgestell zuzuziehen. Wenn es herausgekommen wäre, dass ich seine Freundin war, hätte ich meine Arbeit verloren. Ich hätte sie verloren, wenn sie mir geglaubt hätten, und ich hätte sie verloren, wenn sie mir nicht geglaubt hätten. Wie auch immer. Das Risiko konnte ich nicht eingehen. Ich weiß nicht, ob Sie sich vorstellen können«, sagte sie verbittert, »was es heißt, allein für ein Kind verantwortlich zu sein.«

Das konnte ich nicht, aber ich hätte es zu gerne selbst herausgefunden. Ich versuchte mir vorzustellen, was ich gemacht hätte, wenn mein Kind am Leben geblieben wäre und ich mich in Zanias Situation befunden hätte. Schwer zu sagen. Vielleicht hatte sie Recht. Vielleicht hätte das Krankenhaus ihr gekündigt. Auf jeden Fall konnte ich verstehen, warum sie Angst hatte, sich zu offenbaren. Sie hatte in einer Falle gesessen.

»Ich wollte es nicht wahrhaben«, fuhr sie fort. »Außerdem: Was sollte ich der Verwaltung sagen? Dass er viel Zeit mit seinen Patienten verbrachte? Ich hatte ja nichts in der Hand. Ich wusste ja gar nicht genau, was er da eigentlich machte. Deswegen redete ich mir ein, es sei nichts von Bedeutung. Aber dann kam der Tag, als sein Finger so ausgestreckt ... Da wusste ich endgültig Bescheid. So etwas durfte ich einfach nicht zulassen. Deswegen meldete ich es der Verwaltung. Nur dieses eine Mal. Das war alles. Soweit mir bekannt ist, weiß das Krankenhaus auch nicht mehr.«

»Wenn sie das schon wissen ...« Ich hatte laut gedacht. Wie konnte die Krankenhausverwaltung auch nur in Erwägung ziehen, ihn nach der Suspendierung wieder einzustellen? Aber noch während ich sprach, war mir eingefallen, dass seine Entdeckung das Boston-Harbor-View-Krankenhaus ja berühmt machen würde. Ein Mitglied der Belegschaft, das eine solche Entdeckung machte, das war nicht schlecht fürs Geschäft. Gegen ihn stand nur das Wort einer einzelnen Person. Allerdings gab es da noch die anderen Anzeigen, aber die waren wohl erst später gekommen, denn suspendiert wurde er erst nach der zweiten.

»Ich habe denen in der Verwaltung gesagt, ich sei mir nicht sicher, ich hätte nur vielleicht etwas gesehen«, gab sie zu. »Aber um die Wahrheit zu sagen«, sie senkte den Kopf, »ich war mir absolut sicher.

Er sollte nicht wissen, dass der Hinweis von mir kam. Ich

wollte der Verwaltung nur einen Anhaltspunkt geben, damit sie ermitteln konnte. Aber dann …«

»Was war dann?«

»Es war unheimlich.« Sie sah mich mit einem verunsicherten Gesichtsausdruck an. »Nachdem ich ihn in dem Zimmer gesehen hatte, habe ich Schluss gemacht. Aber schon vorher hatte ich immer so komische Anrufe bekommen.« Sie schüttelte sich unwillkürlich. »Die Stimme war verstellt. Ich habe jedes Mal gleich aufgelegt, aber die Anrufe hörten nicht auf. Ich habe ihm davon erzählt, aber wenn er da war, kamen diese Anrufe nie.

Nachdem ich dann mit ihm Schluss gemacht hatte, wurde es noch schlimmer. Die Person am anderen Ende erzählte von Dingen, die nur er allein wissen konnte. Es war Larsen. Jedenfalls glaube ich das.« Wieder schüttelte sie sich. »Er muss es gewesen sein. Keiner sonst wusste von den Dingen, von denen die Stimme erzählte.

Wenn die Anrufe erst angefangen hätten, nachdem ich Schluss gemacht hatte, hätte ich es ja verstehen können. Aber zu dem Zeitpunkt haben wir uns ja immer noch getroffen. Haben zusammen geschlafen. Und trotzdem diese obszönen Anrufe von ihm. Das ist doch abartig.«

»Allerdings«, sagte ich ehrlich. »Das ist abartig.« Aber nicht so abartig, dass es nicht doch vorkommt. Nicht so abartig bei Sexualtätern. Nicht so abartig bei Menschen, für die einvernehmlicher Sex langweilig und für die die Angst des anderen der letzte Kick ist.

»Ich habe es sogar seiner Mutter erzählt.«

»Mrs. Larsen?«

»Ich kenne sie. Als wir noch zusammen waren, ist er mal mit mir zu ihr gefahren, um sie mir vorzustellen. Sie wohnt hier in der Gegend. Ich mochte sie auf Anhieb. Als das mit den Anrufen so schlimm wurde, habe ich mich bei ihr gemeldet.«

»Was hat sie gesagt?«

»Sie hat es nicht eine Sekunde geglaubt. Sie wollte wissen, wie ich so etwas auch nur denken könnte. Das Komische war nur: Nachdem ich ihr davon erzählt hatte, hörten die Anrufe auf. Vielleicht hat sie ihm ja trotzdem was gesagt.

Das Ganze ist mir ein Gräuel. Seit diese Geschichte angefangen hat, habe ich Angst. Angst davor, was er Patienten antut. Angst davor, dass das Krankenhaus dahinterkommt, dass ich etwas wusste. Angst davor, keine Arbeit zu haben und nicht in der Lage zu sein, für meine Tochter zu sorgen. Angst vor allem Möglichen.

Deswegen habe ich damals meine Stelle gekündigt. Ich mochte nicht mehr mit ansehen, was er da anstellte. Aber daran hindern konnte ich ihn auch nicht. Ich bin aus Boston weggezogen. Ich kann nicht fassen, was aus meinem Leben geworden ist. Wenn er meiner Tochter etwas antut«, sagte sie, »ich würde ihn …«

»Warum sagen Sie so etwas?«, fragte ich sie, einigermaßen überrascht. »Gibt es irgendeinen Hinweis, der Sie vermuten lässt, er könnte Ihrer Tochter etwas antun?«

»Nein«, sagte sie. »Eigentlich nicht.« Es klang wenig überzeugend.

10

»Er droht damit, mich zu verklagen«, sagte Marv, als er am nächsten Morgen über die Schwelle zu meinem Büro trat. Er ließ sich in einen Sessel neben meinem Schreibtisch fallen.

Ich biss mir auf die Unterlippe. Natürlich droht er damit,

dich zu verklagen, dachte ich, das machen alle. »Jodys Vater?«, fragte ich, obwohl ich genau wusste, von wem die Rede war. Marv schloss die Augen und nickte. Er sah nicht gut aus. Sein Gesicht war aufgedunsen, seine Kleider waren noch zerknitterter als sonst, und bei den Farben konnte man den Eindruck gewinnen, jemand auf einem Horrortrip hätte sie zusammengestellt. Ich fragte mich unwillkürlich, ob Marv jemals einen Künstler behandelt hatte. Bestimmt nicht, dachte ich, und schon gar nicht über einen längeren Zeitraum, da wäre ich jede Wette eingegangen.

»Glaubst du, dass er unschuldig ist?«, fragte Marv verdutzt. »Wieso will er mit der Sache vor Gericht, wenn er schuldig ist?«

»Mensch, Marv. Es hat überhaupt nichts zu bedeuten. Diese Leute spielen sich ständig auf. Sie halten sich so lange für unschuldig, bis sie es zugeben. Manchmal beteuern sie ihre Unschuld so oft, dass sie selbst dran glauben.«

»Das Ganze ist schrecklich.« Marv hörte sich an, als gäbe er sich bereits geschlagen, was mich sofort auf die Palme brachte. Nicht umsonst stammte ich aus einer Familie, in der es verpönt war, tatenlos herumzusitzen und alles einfach nur schrecklich zu finden.

»Marv«, sagte ich, »jetzt ist nicht der Zeitpunkt, um kalte Füße zu kriegen. Das hättest du dir vor dem Termin überlegen sollen. Jetzt steckst du bis zum Hals in der Sache drin. Nimm dich also zusammen! Wer ist der Anwalt von Carlson?«

»Er hat keinen Anwalt«, sagte er.

»Er droht damit, dich zu verklagen, und hat keinen Anwalt? Dann kann es nicht ernst gemeint sein. Er plustert sich nur auf. Es wäre nur recht, wenn du ihm empfehlen würdest, sich wirklich einen Anwalt zu nehmen.«

Marv war sprachlos. Schon bei dem Gedanken, Carlson, der ihm mit einem Prozess drohte, zu raten, sich einen Anwalt zu nehmen, erstarrte ihm das Blut in den Adern.

»Hör zu, Marv. Wenn er Rechtsmittel einlegt, ist die Wahrscheinlichkeit sehr hoch, dass er in der Zwischenzeit keinen weiteren Rechtsbruch begeht – zum Beispiel nachts in dein Fenster schießt. Und ehrlich gesagt, nachdem ich ihn in Aktion erlebt habe, halte ich das durchaus für denkbar.« Ich sah Marv ins Gesicht und war froh, dass ich nicht noch deutlicher geworden war. Die Warnung schien vorübergehend seine Gesichtszüge belebt zu haben, doch gleich stellte sich wieder ein Ausdruck der Hilflosigkeit ein. Was war los mit ihm? So lief es eben manchmal. Es bedeutete nicht das Ende der Welt. Bisher war noch niemand gestorben, und es war noch überhaupt kein Gerichtsverfahren eröffnet worden. Carlson bluffte nur, mehr nicht. Marv machte schon in der Vorausscheidung schlapp. Wie würde es ihm da erst in der Spielverlängerung gehen?

»Na gut«, sagte er, aber er blieb wie erstarrt sitzen. »Wahrscheinlich hast du Recht«, murmelte er, rührte sich aber immer noch nicht.

»Was ist los?«, fragte ich.

»Ich mag diesen ganzen Fall nicht«, sagte er bloß.

Ich lehnte mich zurück und beobachtete ihn. Wovon redete er überhaupt? Wer mochte schon die Fälle, in denen es um Kindesmissbrauch ging? »Was meinst du damit, wenn du sagst, du magst den Fall nicht?«

Marv nahm sich ein Kleenex und putzte sich die Nase. »Ich mag ihn eben nicht.« Keine besonders verständliche Antwort von einem Mann, der sich ansonsten auszudrücken verstand. Vor langer Zeit hatte ich gelernt: Wenn Menschen sich ungeschickt ausdrückten, dann sprachen sie aus dem

Herzen. Je ausgefeilter eine Bemerkung, desto eher war sie einstudiert, abgewogen und überinterpretiert, bis das Gefühl dahinter verschütt gegangen war, tot und begraben. Affekt zeigte sich eher tastend, stotternd und stolpernd. Marv versuchte mir etwas mitzuteilen, das höchst lebendig für ihn war, viel zu lebendig, um es in schöne Worte zu kleiden. »Es geht mir zu nahe«, sagte er und schloss die Augen.

»Wer oder was geht dir zu nahe?«, fragte ich und befürchtete Schlimmes. Jetzt sag nicht, dass du als Kind missbraucht wurdest. Mir war schon klar, dass nach neuesten Erkenntnissen achtunddreißig Millionen Amerikaner missbraucht worden waren – mehr Menschen, als 1984 für Walter Mondale stimmten –, aber musste Marv unbedingt dazugehören?

»Du verstehst mich nicht, Michael«, sagte er. »Ich mag Menschen generell nicht besonders.«

Ich lachte. »Das trifft auf uns beide zu. Kannst du dich an den alten Song von dem Kingston Trio erinnern: ›And I don't like anybody very much.‹ Herzlich willkommen. Ich mag Menschen auch nicht besonders.«

»Doch«, widersprach er. »Du magst Menschen.« Er richtete sich auf und sah mich an. »Die Distanz in der Therapie, die ganzen Regeln, um Objektivität zu wahren und Grenzen und therapeutische Distanz, die gelten für mich in einem ganz anderen Maße als für dich. Für dich sind es die einzigen Mittel, um sich nicht in das Leben der Klienten einzumischen und alle ihre Probleme für sie zu lösen. Wie oft ist es schon vorgekommen, dass du jemanden mit nach Hause nehmen wolltest, um ihn zu bemuttern?«

»Nur bei Kindern«, sagte ich, völlig überrumpelt, und bedauerte das Gesagte sogleich. »Und das ist doch nur normal«, ergänzte ich wie zur Rechtfertigung. »Wer kann schon ruhig mit ansehen, was den Kindern angetan wird, und sie nicht bemuttern wollen?«

»Ich will damit sagen, dass ich kein einziges Mal den Impuls verspürt habe, einen Klienten mit nach Hause zu nehmen und ihn zu bemuttern.«

»Du arbeitest ja auch mit Erwachsenen.«

»Darum geht es nicht. Die gleichen Hemmungen, die dich daran hindern, dich zu stark zu engagieren, hindern mich daran, alles hinzuschmeißen. Ohne diese Distanz wäre ich gar nicht hier. Ich mag es wirklich nicht, Menschen nahe zu kommen, persönlich nahe, meine ich. Die Beziehungen in der Therapie sind die engsten, intimsten Beziehungen, die ich habe, die engsten Beziehungen, die ich je hatte.«

Was? Wie war das möglich? Therapie – die distanzierte einseitige Beziehung zu Menschen, die einen niemals wirklich kennen lernten, die nur das kannten, was sie in einen hineinprojizierten –, das sollte für Marv das höchste Maß an Intimität sein, das er je erreicht hatte? Ich selbst tat mich auch schwer mit Intimität, aber ich konnte doch mit Bestimmtheit sagen, dass ich einigen Menschen in meinem Leben sehr viel näher gekommen war als nur rein therapeutisch.

»Carlson hat mich heute Morgen auf dem Parkplatz abgepasst. Stell dir vor, auf dem Parkplatz. Ich hatte noch gar nicht angefangen zu arbeiten. Er sagte, er sei bereits in meinem Büro gewesen. Aber ich sei nicht da gewesen, deswegen hätte er auf dem Parkplatz auf mich gewartet. Es traf mich vollkommen unvorbereitet. Ich möchte mit so etwas nicht konfrontiert werden. Ich will nicht aus dem Auto aussteigen und mich fragen müssen, wer mir wohl als Nächster auflauert.«

»Moment mal«, sagte ich. »Du hast doch schon vorher

mit Borderline-Klienten zu tun gehabt, die dich mitten in der Nacht wecken, an deinem Haus vorbeifahren, Stunden vor Therapiebeginn in die Praxis kommen und dich vielleicht sogar auf dem Parkplatz abfangen.«

»Ja, aber das sind meine Klienten. Wir schließen gewissermaßen einen Vertrag. Ich kann ein Geschäft anbieten, Grenzen setzen, sie in ein Krankenhaus einweisen, sie an einen anderen Kollegen vermitteln. Aber in so einer Situation wie heute Morgen habe ich absolut keine Kontrolle. Soll ich Carlson überweisen? Oder Jodys Bruder, der mich gestern schon wieder angerufen hat? Sie sind ›in mein Blickfeld geraten‹, um einen Lieblingsausdruck von dir zu benutzen.« Marv verzog das Gesicht. Keine Frage, er war kein Mannschaftsspieler.

Ich wusste nicht, was ich sagen sollte. Mich beschäftigte immer noch die Vorstellung, dass die therapeutische Beziehung zu seinen Klienten das höchste Maß an Intimität war, das er je erreicht hatte. Andererseits fragte ich mich, ob ich mir nicht selbst etwas vormachte. Wie sah es denn bei mir aus?

»Kannst du dich an E. B. Whites Spruch erinnern, dass man jeden Morgen beim Aufwachen hin- und hergerissen ist zwischen dem Wunsch, die Welt zu retten, und dem Wunsch, sich an ihr zu erfreuen?«

»Klar«, sagte ich. Schon bei dem Gedanken musste ich schmunzeln. »Er meinte, das würde es besonders schwierig machen, den Tag zu planen. Das hat mir immer gefallen.«

»Ich habe es eigentlich nie richtig verstanden, erst als ich dich beobachtet habe. Ich habe noch nie irgendwas retten wollen. Ich habe auch noch nie Freude daran gehabt.«

»Was meinst du damit, du hättest mich beobachtet? Meine Sache ist das auch nicht.«

Marv sah mich an, als erwartete er, dass ich gleich zu lachen anfangen und gestehen würde, ich hätte nur einen Witz gemacht. Als ich nicht reagierte, sagte er: »Du hast noch vor keiner Windmühle gestanden, gegen die du nicht gekämpft hast, Michael. Es gibt nichts Unrechtes, das du nicht in Recht verwandeln möchtest. Du findest nicht mal Spaß an der Natur, weil in der Natur nur der Stärkste überlebt, und das ist nicht gerecht.« Woher hatte er das? Hatte ich ihm das gesagt? Ich glaube nicht, dass ich es überhaupt mal jemandem gesagt hatte. Er seufzte. »Ich will nicht gegen Windmühlen kämpfen. Ich erfreue mich lieber an dem Anblick ihrer Silhouette.«

Den ganzen Morgen brachte ich nichts Nützliches zustande. Marvs Worte gingen mir andauernd im Kopf herum. Therapie sollte das höchste Maß an Intimität sein, das er je erreicht hatte? Was war das für ein Leben? In der Therapie war man unsichtbar. Man kannte die Klienten, aber sie kannten den Therapeuten nicht. Nicht im eigentlichen Sinn.

An guten Tagen kam man sich wie ein Gefühlsvoyeur vor. Nein, das wurde der Sache nicht gerecht. An guten Tagen kam man sich vor wie ein Musikinstrument aus Schilf. Der Schmerz des Klienten durchströmte den Therapeuten, der Therapeut reflektierte ihn, und der Schmerz kehrte zurück zum Klienten, mit etwas mehr Klarheit, in etwas deutlicherer Form, und das Gewicht des Schmerzes – als wäre er über mehrere Flaschenzüge geführt worden – erschien einem geringer, denn man hatte ihn geteilt. Schmerz war niemals niederdrückend, wenn einem eine helfende Hand hingehalten wurde.

Aber es war kein Leben im wirklichen Sinn, für beide Seiten nicht. Nicht annähernd. Für den Klienten war es eine

Probe aufs Leben, eine Methode, um Vertrauen zu lernen, ohne ein Risiko einzugehen. Der Klient brauchte nichts anzubieten oder für Ausgleich zu sorgen. Es war seine Zeit, sein Raum. Man würde ihn nicht ablehnen, egal was passierte, es sei denn, er würde dem Therapeuten durchs Fenster in seine Wohnung schießen.

Und der Therapeut? Für ihn war es eine Intimität mit Schutzpanzer. Der Therapeut ging überhaupt kein Risiko ein, teilte nichts aus seinem Leben mit, brauchte nichts zu veräußern. Es war nur eine bestimmte Art von Intimität, so etwas Ähnliches wie Intimität, durchaus real, bis zu einem gewissen Grad, aber sie reichte nicht zum Leben, nicht mal dem Anspruchslosesten.

Welchen Gewinn zog dann ein so kluger und freundlicher Mensch wie Marv daraus? Warum trat er der Welt nicht gegenüber und stellte sich ihr, ging Risiken ein, so wie alle anderen Menschen auch?

Und ich? Kämpfte ich wirklich gegen jede Windmühle an, die sich mir in den Weg stellte? Ich sah mich gern als lästigen Querkopf, als eine schwierige, ja sogar unbequeme Person. Ich war stolz darauf, als schwierig zu gelten. Die Vorstellung, ich wäre ein Tugendbold und wollte alles Unrecht aus der Welt verjagen, würde mich umbringen. Aber ich musste gestehen, dass mich nichts mehr in Rage brachte, als wenn ein großer Mensch auf einem kleinen herumhackte. Vielleicht lief ich ja wirklich in meinem Leben von einer Windmühle zur nächsten.

Aber zwischen Therapie als Ort, um das Unrecht der Welt zu beheben, und Therapie als Ort, um sich eine Dosis Pseudointimität abzuholen – liebe Güte, da rette ich doch lieber die Welt. Trotzdem, es ließ sich nicht darum herumreden: In beiden Fällen hätte ich einen guten Therapeuten gebraucht.

Um halb zwölf gab ich es auf, so zu tun, als würde ich arbeiten, und ging in den Keller, wo ich mein Fahrrad aufbewahrte. Ich kramte meinen alten, zerbeulten Helm hervor und trug das Rad die Treppe hinauf ins grelle Sonnenlicht. Ach, herrlich! Die Sonne ist doch die beste Therapeutin. Ich schwang mich aufs Rad, bog in die Straße, und Ausgelassenheit vertrieb jede Grübelei und Zwangsvorstellung.

Drei Kilometer vom Krankenhaus entfernt befand sich ein Radweg, der um einen See herumführte, und ich raste los, als wollte ich ein Rennen gewinnen. Ich schaltete in den höchsten Gang, obwohl es bergauf ging, stellte mich in die Pedale und trat wie wild. Ich musste einfach meine Muskeln spüren, sie in Bewegung bringen, mein Blut mal woandershin verteilen als immer nur ins Gehirn. Ein warmer Sommerwind wehte mir ins Gesicht, während ich schneller und immer schneller wurde.

Mark Twain hatte Recht. Wieso beschreiben die Menschen den Himmel immer und ewig als einen Ort, an dem man auf Wolken sitzt und Harfe spielt? Die Menschen legen all das in ihr Bild vom Himmel, was sie auf Erden niemals aushalten würden. Wenn die Menschen den Klang der Harfe so gerne hören, sollen sie doch hier unten auf der Erde lernen, darauf zu spielen. An Harfen herrscht kein Mangel. Es sind genug da. Ich wüsste nicht, dass sich die Menschen darum rissen.

Und wenn das Sitzen auf Wolken so erstrebenswert war, brauchten sich die Menschen doch nur einen Wollballen zu besorgen und es auszuprobieren. Stellen Sie sich vor, man ginge sein Leben lang jeden Sonntag brav zur Kirche, um später auf einer Wolke sitzen und Harfe spielen zu dürfen, ohne vorher mal ausprobiert zu haben, ob einem das überhaupt gefällt.

Nein. Himmel, wenn es denn einen gab, damit verband ich etwas anderes: eine frische Brise, eine ganze Phalanx edler Fahrräder, die nur darauf warteten, dass man sich auf sie schwang, Ställe voller Rassepferde, denen es schon in den Hufen juckte, und, auf jeden Fall, einige altertümliche, etwas gammelige Turnhallen, deren Türen immer offen standen und wo immer gerade ein Ballspiel stattfand, zu dem man dazustoßen konnte, und wo keine schießwütigen Ballbesessenen auf dem Spielfeld herumliefen. Höchstens jemand, der werfen konnte wie Larry Bird und der darauf brannte, dich mit einem zielgenauen Pass zu treffen. Für so einen Himmel würde ich glatt in die Kirche gehen.

Natürlich dürfte Schokolade nicht fehlen, fettfreie Schokolade ohne Zucker, die man kiloweise in sich hineinstopfen konnte, ohne ein Gramm zuzunehmen. Im Himmel gab es kein Fett. In meinem Himmel durfte man alles essen, und man blieb trotzdem schlank, stark und gelenkig. Und Sex gehörte auch dazu, ein netter, liebender Mann, der ein bisschen Distanz wahrte.

Ein bisschen Distanz wahren. Wie bei dem Pass in jenem Entscheidungsspiel, als Isiah Thomas beim Aufspringen den Ball schlug, der dann in Larry Birds Händen landete, als noch zwei Minuten Spielzeit und die Celtics einen Punkt im Rückstand waren – der Pass, von dem Isiah später sagte, er hätte ihn im selben Moment bereut, als der Ball sich von seinen Fingerspitzen löste … wie bei dem Pass bedauerte ich die Worte in dem Moment, als sie mir in den Sinn kamen.

Ein bisschen Distanz wahren. Mein kleiner Verstand hörte auf zu denken, wie schön eigentlich alles war; stattdessen wiederholte ich ständig diesen einen Satz im Kopf: ein bisschen Distanz wahren. Wenn es zum Beispiel um Probleme mit Intimität ging. Darum, worin ich mich von Marv unterschied. Ich trat noch immer kräftig in die Pedalen, ich fühlte mich nur etwas niedergeschlagener. In welcher Mannschaft spielte ich? Vielleicht war ich Marv doch ähnlicher, als ich zugeben wollte. Spontan bog ich auf dem Kamm des Hügels rechts ab, weg vom See, zurück in die Stadt.

Direkt vor Adams Büro war ein Fahrradständer, und ich stellte mein Rad ab, ohne es anzuschließen. Wenn man sein Fahrrad nicht einmal mehr vor der Polizeiwache eines kleinen Neuengland-Städtchens unabgeschlossen stehen lassen konnte, dann war es wirklich schlimm um Amerika bestellt. Ich ging hinein und fragte nach Adam. Der Mann vorne am Empfang war ein Neuer. Er rief Adam an und sagte mir dann, ich könne gleich zu ihm. Er wollte mir den Weg zeigen, aber ich kannte mich aus.

Ich betrat Adams Büro und machte die Tür hinter mir zu. Adam erhob sich von seinem Stuhl. Seltsam, ich dachte immer, das würden nur Südstaatler machen. Andererseits tat er es vielleicht gar nicht, weil ich eine Frau war. Vielleicht stand er nur auf, weil er nicht wusste, was ihn erwartete.

»Hallo«, sagte ich und ließ mich in gedrückter Stimmung auf den Stuhl ihm gegenüber nieder. Den Helm behielt ich auf.

»Was ist los?«, fragte er, nachdem er sich wieder hingesetzt hatte. Scheinbar hatte ich seine ungeteilte Aufmerksamkeit.

Ich schwieg und überlegte, was ich sagen sollte. Schließlich fing ich an: »Es war mir der Gedanke gekommen … es hatte mit etwas anderem zu tun … ich habe mich gefragt … Findest du, dass ich Probleme mit Intimität habe?« Warum wie die Katze um den heißen Brei herumschleichen?

Adam lachte, fing sich aber gleich wieder. Ich lachte nicht.

In seinen Augen lag so ein amüsierter Ausdruck, den ich

einerseits mochte, andererseits konnte ich ihn nicht ausstehen. Er machte sein ganzes Gesicht sanfter, und die Falten um die Augen herum, die auch sonst immer gut aussahen, wirkten mit diesem sanften, amüsierten Ausdruck noch besser. Aber ich wurde das Gefühl nicht los, dass der Anlass für diesen Ausdruck meine Person war. Amüsiertheit bot auch die Möglichkeit, innerlich über jemanden zu lachen, versehen mit einer Prise Zuneigung.

»Was meinst du?«, fragte er.

Ich sah ihn an und erkannte, dass die Antwort so eindeutig war, dass er sie nicht aussprechen mochte.

Ich stand auf und wollte schon gehen. An der Tür blieb ich stehen. »Klinkendrücker«, wie wir Therapeuten sie nennen: Bemerkungen, die man in letzter Minute macht, zwischen Tür und Angel, weil man schon auf dem Absprung ist und nicht bleiben muss, um darüber zu reden. Ich war kurz davor, so eine Bemerkung zu machen.

Ich drehte mich um, die eine Hand am Türknauf. »Ich gebe zu, ich mache es dir nicht leicht«, sagte ich. »Warum bleibst du dann trotzdem bei mir?«

Ich sah, wie er mit sich rang. Es war nicht so, dass er keine Antwort parat hatte, wie ich – mit größerer Erleichterung, als ich mir eingestehen wollte – merkte, es war so, dass er wahrscheinlich mehr als eine Antwort darauf hatte. »Weil ich dich liebe«, sagte er schließlich. Er verschränkte die Arme und lehnte sich auf seinem Stuhl zurück. Er hatte soeben einen harten Pass gespielt, ein zielsicherer Wurf von der Mitte aus. Adam redete auch nicht gern um den heißen Brei herum.

Ich blieb einen Moment stehen, versuchte, den Ball zu halten. Vielleicht hatte ich keine Angst vor großen Querfeldeinsprüngen, vor Chaos unter Deck und allen möglichen anderen Dingen, aber solche Sätze machten mir panische Angst. Ich ließ den Ball nicht fallen. Jedenfalls glaube ich, dass ich ihn nicht fallen ließ. Als er gut in meinen Händen lag, nickte ich bloß und ging.

Wieder zurück, verstaute ich als Erstes das Fahrrad im Keller und stieg anschließend die Hintertreppe hoch zu meinem Büro. Genug der fixen Ideen für heute. Intimität? Dummes Zeug! Konnte mich ein Sprint mit meinem Rad nicht von quälenden Fragen ablenken, winkte immer noch die Arbeit, die große Verführerin. Erheblich mehr Menschen ertränken ihre Probleme in Arbeit als in Alkohol. Mit dem Wunsch nach Abwechslung platzte ich energiegeladen in mein Büro – und blieb wie angewurzelt stehen.

Eine kleine Dame mit weißen Haaren und blauen Augen saß im Sessel, meinem Schreibtisch gegenüber. »Mrs. Larsen«, sagte ich, vollkommen unfähig, mein Erstaunen zu verbergen.

»Oje«, sagte sie. »Ich hoffe, ich habe nichts Falsches gemacht. Ihre Sekretärin, die nette kleine Melissa, hat gemeint, ich sollte hier drin auf Sie warten. Es sei bequemer als im Wartezimmer. Aber wie ich sehe, haben Sie mich nicht erwartet. Störe ich?«

»Aber nein. Natürlich nicht. Ist schon in Ordnung. Ich bin heute nur über die Hintertreppe ins Haus gekommen und habe Melissa nicht gesehen. Ich habe absolut nichts dagegen, wenn Sie hier warten.« Mrs. Larsen war im ganzen Krankenhaus bekannt wegen ihres Mannes, und es lag nahe, dass man sie überall zuvorkommend behandelte.

»Ich habe gerade einige alte Freunde in der Kinderabteilung besucht, obwohl sich ja so viel verändert hat, dass man kaum noch jemanden kennt. Aber das brauche ich Ihnen ja nicht zu sagen. Ich dachte, ich komme mal vorbei. Ich hoffe, ich unterbreche Sie nicht bei der Arbeit. Ich kann ein anderes Mal wiederkommen, wenn Sie möchten.«

»Nein, nein. Ich freue mich über Ihren Besuch.« Es entsprach nicht unbedingt der Wahrheit. Schlimmer noch, ich hatte das blöde Gefühl, dass Mrs. Larsen das genau spürte. Es lag nicht allein an Reggie. Ich war in Mrs. Larsens Gesellschaft noch nie ganz ungezwungen gewesen, aber ich wusste auch nicht, woran das lag. Jedes Mal, wenn ich sie sah, fiel mir eine Jahre zurückliegende Dinnerparty in ihrem Haus ein, zu der ihr Mann das gesamte neue Kollegium der medizinischen Fakultät eingeladen hatte. Damals musste irgendwas passiert sein, was mich ihr gegenüber so zurückhaltend machte, aber ich konnte mich einfach nicht mehr daran erinnern, was das gewesen sein könnte. Seit jenem Abend habe ich sie nie besonders gemocht.

Ich setzte mich ihr gegenüber hin, versuchte, einen Gang herunterzuschalten und mich zu konzentrieren. Mrs. Larsen war adrett gekleidet, teurer, karierter Rock und Strickpullover. Sie musste weit über siebzig sein, aber ihre Mimik war lebhaft und ihre Augen blitzten. Manches an ihr erinnerte mich an Mama. Mamas Pullover wäre wahrscheinlich mit Pailletten verziert gewesen, und ihr Rock hätte nicht diesen Countrylook gehabt, aber sie hatte den gleichen steten und prüfenden Blick.

Ich war nicht gerade erfreut über diesen Besuch, und es lag nicht allein an meinem Unbehagen im Umgang mit Mrs. Larsen. Der Gedanke, was mein Bericht dieser Frau, die jetzt vor mir saß, antun würde, machte mir Angst, und diese Angst schlug mir von Minute zu Minute mehr auf den Magen. Ihr Mann war tot, und sie hatte nur dieses eine Kind. Ich musste annehmen, dass sie superstolz auf Reggie war. Es war das Einzige, was ihr im Leben geblieben war. Ein Täter hatte nicht allein unter den Konsequenzen zu leiden, ob zu Recht oder nicht. Auch die Familie wurde immer in Mitleidenschaft gezogen. Ich mochte mich unwohl in Gegenwart von Mrs. Larsen fühlen, aber wenn ich daran dachte, was ihr jetzt im Leben bevorstand, tat sie mir wirklich Leid.

»Sie müssen entschuldigen«, sagte ich und zwang mich dazu, nicht abzuschweifen. »Ich weiß nicht genau, warum Sie hier sind, aber ich habe das Gefühl, dass Sie nicht nur einfach so mal vorbeischauen wollten. Bitte sagen Sie mir doch, was ich für Sie tun kann.«

»In medias res«, antwortete sie. »Das hat Reginald immer an Ihnen geschätzt. Ich erinnere mich noch gut an die ersten Besprechungen, die Sie geleitet haben. Ich glaube, es war kurz nachdem Sie eingestellt worden waren. Reginald kam lachend nach Hause. Meine Güte, sagte er, diesmal hat die psychiatrische Abteilung wirklich einen guten Fang gemacht. Endlich haben sie mal jemand Couragiertes eingestellt. Die mischt die Truppe auf. Er hat Sie immer gerne gemocht.«

»Er muss Ihnen furchtbar fehlen«, erwiderte ich. »Uns jedenfalls fehlt er sehr. Aber ich habe das Gefühl, es soll hier nicht um ihn gehen, sondern um Reggie junior.«

»Ja«, sagte sie und setzte dabei ein schiefes Lächeln auf, »natürlich. Ich kann Ihnen gar nicht sagen, wie erleichtert ich bin, dass Sie seine Beurteilung vornehmen. Ich fand, dass er jemanden mit Vorgeschichte braucht, der den Zusammenhang versteht und der die Behandlungsmöglichkeiten richtig einschätzt.«

Ich hielt inne. Ich hatte keine Ahnung, welchen Zusammenhang sie meinte.

»Ich befinde mich in einer etwas seltsamen Situation,

Mrs. Larsen. Mir liegt kein Einverständnis von Seiten Reggies vor, dass ich mit Ihnen reden kann. Weiß er überhaupt, dass Sie hier sind? Ich kann Ihnen keine Fragen beantworten, die seine Person betreffen. Und ich habe nicht die geringste Ahnung, was Sie über diese Angelegenheit wissen.«

Sie überging meine Nachfrage. »Machen Sie sich keine Sorge. Ich bin nicht gekommen, um Ihnen Fragen zu stellen. Ich bin gekommen, um Ihnen einige Informationen zu geben. Ich glaube, es ist allgemein guter Brauch in Ihrem Fach, sich einige Daten zur persönlichen Entwicklung des Klienten zu besorgen.«

»Wenn wir sie bekommen können«, sagte ich überrascht. War Mrs. Larsen wirklich hergekommen, um mir Reggie juniors Lebensgeschichte zu erzählen? Ich konnte es nicht fassen.

»Also«, sagte sie. »Was möchten Sie wissen? Sie dürfen fragen, so viel Sie wollen. Sie brauchen mir auch nichts zu erzählen. Ich weiß ohnehin bereits in groben Zügen, was vorgefallen ist. Mein Sohn und ich haben uns immer sehr nahe gestanden, vielleicht zu nahe, aber das ist ein anderes Thema. Ich habe einen Hinweis bekommen ... von jemandem ... dass er einige Schwierigkeiten hat, und ich habe ihm alles aus der Nase gezogen. Ich überlasse es natürlich Ihnen, mit ihm über seine akuten Probleme zu sprechen. Ich bin bloß hergekommen, um Ihnen einige Hintergrundinformationen zu geben.«

»Na gut«, sagte ich. Mir war immer noch nicht ganz wohl bei der Sache, ohne dass ich genau benennen konnte, warum. »Was können Sie mir über seinen Hintergrund sagen?«

»Er wurde im Alter von einem Jahr adoptiert«, erwiderte sie. »Hat er Ihnen das erzählt? Ist ja auch egal. Häufig erzählt er es nicht. Trotz der Rivalität zu seinem Vater ist er doch stolz auf ihn. Er hat immer versucht, ihm nachzueifern, aber das ist auch ein anderes Thema.

Er hatte einige Schwierigkeiten, das war zu erwarten. Seine leibliche Mutter war vierzehn, als er auf die Welt kam, und es dauerte ein Jahr, bis sie ihn freigab. Ich muss sagen, sie war keine sehr gute Mutter. Das kann man von einer Vierzehnjährigen auch schlecht verlangen. Und über seinen Vater weiß ich nichts, außer dass er Reggies Mutter vor der Geburt des Kindes verlassen hat. Ich glaube nicht, dass er auch so jung wie die Mutter war. Ihrem Sozialarbeiter gegenüber hat sie erwähnt, er sei verheiratet.

Es hat unsere Ehe gerettet. Es hat … vieles gerettet. Ich hatte über zehn Jahre versucht, schwanger zu werden. Wie verrückt. Mein Mann stand in Verbindung mit einer der besten Kliniken des Landes. Wir konnten uns die beste medizinische Versorgung leisten, die man kriegen konnte, wir konnten uns überall Rat holen, aber niemand konnte uns sagen, was nicht in Ordnung war. Ich wurde von Jahr zu Jahr verzweifelter. Ich hatte mir immer eine große Familie gewünscht, und jetzt war ich über dreißig, und ich hatte nichts vorzuweisen. Dann wurde dieser kleine einjährige Junge auf die Kinderstation eingeliefert. Reginald hatte zu Hause davon erzählt – ein Kind mit Entwicklungsstörungen. Er wog nur knapp sechs Kilo im Alter von einem Jahr, war halb tot, als er eingeliefert wurde.

Ich ging nicht weiter darauf ein. Reginald hat oft von seinen Patienten erzählt. Aber dann, eines Tages, kam er nach Hause, setzte sich in die Küche und sah mich an. ›Was ist?‹, fragte ich. ›Was ist los?‹

›Sie will ihn abgeben‹, sagte er. Wir saßen in der Küche. Ich erinnere mich noch, als wäre es gestern gewesen. Ich sagte nur: ›Wer?‹, aber ich wusste, wen er meinte.

›Der Junge mit der Entwicklungsstörung‹, sagte er, ›dieser niedliche kleine Kerl. Die Mutter will ihn zur Adoption freigeben. Sie meint, sie würde nicht fertig mit ihm.‹

Ich wollte kein Kind adoptieren. Ich wollte eigene Kinder haben, gemeinsame Kinder, aber ich musste einsehen, dass es dazu nicht kommen würde. Reginald bat mich nur, hinzugehen und ihn mir wenigstens anzusehen. Also ging ich eines Tages nach meiner Schicht rüber. Ich war Schwester auf der Herzstation, als ich Reginald kennen lernte, und ich habe nach unserer Heirat weitergearbeitet. Jedenfalls bin ich an dem Tag an seiner Station vorbeigegangen, um mir den Jungen anzusehen.

Es war ein erbärmlicher kleiner Wurm, mit diesem typischen stumpfen Radarblick, den unterernährte und keinen Reizen ausgesetzte Kinder haben. Als ich durch die Tür kam, hörte dieser starre Blick auf, und er sah mich an. Er sah mir direkt in die Augen. Das hat den Ausschlag gegeben.« Sie lachte. »Am liebsten hätte ich ihn auf der Stelle mitgenommen.

Es lief natürlich alles ordnungsgemäß ab. Wir haben der Mutter einen Anwalt besorgt, eine Beratung, aber sie ist nie ins Wanken geraten. Sie hatte genug vom Mutterdasein, sie wollte aussteigen. Sie meinte es ehrlich. Wir haben die Krankenhausrechnungen für das Kind bezahlt und der Mutter ein Stipendium, aber seitdem haben wir nie wieder was von ihr gehört. Ich hoffe, sie hat was aus ihrem Leben gemacht, das arme Ding.«

Ich hatte die ganze Zeit still dagesessen, aber jetzt unterbrach ich sie. »Sie sagten, er hätte Probleme gehabt. Meinen Sie damit die Entwicklungsstörung?«

»Ach, die körperlichen Probleme hatten sich nach einem Jahr gelegt«, erwiderte sie. »Als er sich erst mal gefangen hatte, aß er wie ein Scheunendrescher. Und was seine Entwicklung betrifft, da hatte er nach einem Jahr auch bereits kräftig aufgeholt.

Aber es gab andere Dinge. Er war impulsiv, sehr impulsiv. Es war unendlich schwierig, ihm beizubringen, bestimmte Grundregeln einzuhalten. Er spielte gerne mit Streichhölzern. Nachts stand er auf und machte den Küchenherd an. Einmal haben wir ihn um fünf Uhr morgens auf einem Spielplatz gefunden, ein Stück weiter die Straße hinunter, da war er drei Jahre alt. Es ist mir ein Rätsel, wie er die verschlossene Haustür aufgekriegt hat. Ich hatte meine Stelle sofort gekündigt, als er zu uns kam, und das war auch gut so. Niemand außer mir konnte mit ihm umgehen. Für einen Babysitter wäre er eine Überforderung gewesen.

Es ist alles schon so lange her. Ich weiß auch nicht, wieso es mir wie gestern vorkommt. Wir haben ihm Manieren beigebracht, mehr oder weniger. Dann kam die Schule, und, was soll ich sagen, das war noch mal ein Kapitel für sich. Was für ein aufgeweckter Junge! Und mit dem Tag, als wir ihm sein erstes Mikroskop schenkten, fanden diese Dramen schlagartig ein Ende. Fast jedenfalls. Abends, nachdem wir das Licht ausgemacht hatten, mussten wir ihm das Mikroskop wieder abnehmen. Sonst hätten wir ihn noch um Mitternacht unter einer Decke auf dem Boden hockend damit vorgefunden. Wissenschaft war schon immer seine Stärke und seine Liebe. Zum Glück, denn es war eine Ebene, auf der er sich mit seinem Vater traf. Vielleicht die einzige Gemeinsamkeit.«

»Gab es danach keine Probleme mehr?«

»Das wollte ich damit nicht sagen. Ich sagte, die Dramen hätten *fast* ganz aufgehört. Er hatte immer noch Probleme im Umgang mit Mädchen. Nicht mit kleinen Mädchen, immer mit gleichaltrigen Mädchen. Was sollte ich da machen? Er ist eben ein richtiger Junge, habe ich mir gesagt.

Seine Lehrer haben sich wiederholt beschwert. Er würde Mädchen begrapschen, sie abtasten, ihnen die Hose runterziehen. Seine ganze Impulsivität ging nur in diese eine Richtung. In allen anderen Bereichen hatte er sie unter Kontrolle, aber Mädchen konnte er nicht in Ruhe lassen. Er wollte einfach nicht verstehen, dass die Mädchen es nicht mochten, begrapscht und gepiekst zu werden.« Vielleicht war es ihm auch egal, dachte ich.

»Bei allem Verständnis«, ergänzte sie, »aber Sie hätten mal sehen sollen, was diese Mädchen für Kleidung trugen. Ein Wunder, dass nicht alle Jungen sie begrapschten.«

Mir lag eine Erwiderung auf der Zunge, aber ich verkniff sie mir. Mrs. Larsens Irrtümer in der Verteidigungsrede auf ihren Sohn gingen mich nichts an. Sie war nicht meine Klientin, und sie damit zu konfrontieren, hätte sie vielleicht zum Schweigen gebracht. »Darf ich Ihnen einige Fragen stellen?«

»Selbstverständlich.«

»Wie alt war er, als die Grapscherei anfing?«

»Sechs, höchstens sieben.«

»Wie oft hat man sich bei Ihnen darüber beschwert?«

»Oh Gott, den anderen Eltern und den Lehrern muss es vorgekommen sein, als wäre ich jede zweite Woche in die Schule zitiert worden. Ich kann es nicht genau sagen. Jedenfalls war es ziemlich häufig. Ein paarmal im Monat. In der vierten Klasse wäre er beinahe von der Schule verwiesen worden. Es war sehr peinlich, das können Sie mir glauben.«

»Wie lange hat das gedauert?«

»Es war immer ein Problem. Jedenfalls bis zur High-school. Da schien er sich endlich gefangen zu haben.« Vielleicht hat es sich auch nur verlagert, dachte ich. Mir fiel das obsessive Spannen ein, von dem Reggie in seiner Biografie geschrieben hatte.

»Was haben Sie dagegen unternommen?«

»Wir haben es mit Beratung versucht, aber Reggie hat sich geweigert hinzugehen. Er meinte, er brauche das nicht. Hat sich schlicht geweigert.« Ich runzelte die Stirn. Wie war es möglich, dass sich ein Kind im Grundschulalter, das solche Probleme hatte, einfach »weigert«, zu einer Beratung zu gehen, und sich die Erwachsenen das gefallen ließen? Mrs. Larsen ignorierte die unausgesprochene Frage. »Wir haben natürlich mit ihm darüber geredet, das heißt, ich habe mit ihm geredet. Reginald hat die Erziehung hauptsächlich mir überlassen. Er hat die meiste Zeit hier im Krankenhaus verbracht. Ich weiß, wie beliebt er war, aber dafür musste ein hoher Preis gezahlt werden. Reggie junior hat mir mal gesagt, die Erinnerung, die sich bei ihm am stärksten eingeprägt hätte, das sei das Zuschlagen der Tür des Seiteneingangs zu Hause gewesen, wenn sein Vater abends zurück ins Krankenhaus ging.«

Auch das ließ ich unkommentiert stehen. »Andere Probleme? Diebstahl? Vandalismus? Hat er den Unterricht gestört? Sie belogen? Ist er nachts weggeblieben? War er aggressiv anderen Kindern gegenüber?«

»Nein, nein, nein«, sagte sie. »Er hat sich ganz gut gemacht, außer in dieser einen Hinsicht. Er wollte das einfach nicht begreifen.«

Er war also kein Psychopath, sonst hätte er sein Drama auch in allen anderen Lebensbereichen ausgelebt. Sein Problem war sexueller Natur, es war ein großes Problem für ihn, und es bestand offenbar schon seit langem.

»Michael«, sagte sie und hielt gleich wieder inne. Scheiße, dachte ich, jetzt kommt's. »Mein Sohn braucht vielleicht eine Therapie. In dem Punkt sind wir uns einig. Und glauben Sie mir, ich kann dafür sorgen, dass er sich behandeln lässt.«

Es lag mir auf der Zunge zu sagen, dass sie dazu Gelegenheit gehabt hatte, als er sechs Jahre alt gewesen war. Wenn sie schon damals keine Kontrolle über ihn gehabt hatte, dann hatte sie heute ganz sicher noch weniger Kontrolle über ihn, aber aus ihr sprach eben blinde Mutterliebe, nicht Vernunft.

»Ich will Ihnen nicht vorschreiben, was in Ihrem Bericht stehen soll, aber ich kann Ihnen versichern, dass diese Geschichte nichts mit seinen Forschungen zu tun hat, aber das können Sie sich wohl selbst denken. Er ist ein begabter Wissenschaftler, und seine Forschungsergebnisse können eines Tages Leben retten. Ich hoffe, Sie werden ihn nicht so sehr in seiner beruflichen Laufbahn behindern, dass er seine Arbeit nicht mehr verrichten kann. Ich glaube, das würde uns beide vernichten.«

»Mrs. Larsen –«

»Nein, ich bin noch nicht fertig. Empfehlen Sie ihm von mir aus eine Therapie. Das ist das Mindeste, was Sie tun werden. Wenn es unbedingt sein muss, sagen Sie ihm, er könne Patientinnen in Zukunft nur noch unter Aufsicht behandeln. Aber zerstören Sie um Gottes willen nicht die Karriere dieses begabtesten Forschers seiner Generation auf dem Gebiet der Anästhesie. Wem wäre damit gedient? Möchten Sie die Verantwortung für den Tod von Menschen übernehmen, nur weil die Zulassung seines Tests aufgrund einer Kontroverse, die sich um seine Person rankt, verschoben wird?«

Ich lehnte mich zurück und schwieg. Es war mir zuwider, was ich ihr jetzt sagen musste, und sie würde es ganz bestimmt nicht gerne hören, aber mir fiel einfach nichts anderes ein, was ich hätte erwidern können. »Mrs. Larsen. Mich hat mal ein Rechtsanwalt angerufen und gefragt, ob ich einen Bericht ändern könne, um die Karriere eines viel versprechenden Architekten nicht zu zerstören. Er sagte, ich wolle doch eine so wunderbare Laufbahn nicht vernichten, ganz so, als sei mein Verhalten das Problem und nicht das Verhalten meines Klienten.

Ich habe ihm geantwortet, dass der bedauernswerte Mann, der ein Sexualdelikt begeht, nicht nur seine Laufbahn zerstört, er verliert auch viele andere Dinge. Er verliert seinen Job, er verliert die Möglichkeit, seine Familie zu unterstützen, und in den meisten Fällen wandern die armen Männer ins Gefängnis, die reichen Männer nicht. Der Job beeindruckt den Anwalt vielleicht nicht besonders, aber für die Familie des Mannes macht es ungeheuer viel aus.

Man begibt sich auf höchst gefährliches Terrain, wenn man seine Gutachten danach ausrichtet, wie ›wichtig‹ oder ›nützlich‹ die betreffende Person ist. Dieses Terrain will ich nicht betreten. Reggie hatte die Wahl. Mehr als einmal. Ich weiß nicht, in welcher Situation er jeweils war, als er die Wahl getroffen hat, aber wenn dieses Verfahren vorbei ist, werde ich es wissen. Je nachdem, wie sie aussieht, hat er damit auch seine eigene Entscheidung über seine berufliche Entwicklung getroffen.«

Sie seufzte und nahm ihre Handtasche. »Reginald senior hat noch einige andere Dinge über Sie gesagt. Wollen Sie die auch hören?«

»Eigentlich …«

»Er sagte, Sie seien stur wie ein Esel, das würde Sie eines Tages noch in große Schwierigkeiten bringen. Reginald ist nicht der Einzige, der eine Wahl getroffen hat, die Auswirkungen auf ihn hat.«

Ihr Auftritt hatte mich nicht wütend gemacht, bis jetzt. »Ihr Mann hatte Recht, Mrs. Larsen. Es stimmt, ich bin stur wie ein Esel. Es wird Sie interessieren, dass mich das fast jeden Tag in Schwierigkeiten bringt. Wenn Sie sich bei meinem Vorgesetzten beschweren wollen, bitte schön, aber es sind noch einige andere vor Ihnen dran.

Nur noch eine Frage: Haben Sie das, was Sie gerade mir gesagt haben, auch den Lehrern gesagt, als die sich bei Ihnen beschwerten? Haben Sie jemals jemanden gebeten, Reggie nicht zu melden, ihn nicht zu entlassen, ihn nicht von etwas auszuschließen, weil er so klug ist oder so talentiert oder weil dieser Makel seine Zukunft beeinträchtigen könnte? Haben Sie früher je daran gedacht, ihm vielleicht mal das Mikroskop wegzunehmen und ihn zu ermahnen, er würde es erst dann zurückbekommen, wenn er aufhört, Mädchen zu begrapschen?«

»Ich hätte es mir denken können«, sagte sie. »Sein Vater hat mit Ihnen darüber gesprochen, damals, als sie beide befreundet waren.«

»Er hat nicht mit mir darüber gesprochen. Überhaupt nicht. Ich urteile nur nach dem, was Sie jetzt und hier versuchen. Nicht, dass Sie mich missverstehen: Ich kann Ihnen nicht sagen, ob Ihr Sohn heute ein anderer wäre, wenn Sie damals anders auf ihn reagiert hätten. Ich kann Ihnen nur sagen, dass es auf keinen Fall hilfreich war, ihn vor den Konsequenzen zu bewahren. Es hat sein Verhalten nur noch verschlimmert. Es hat damals alles verschlimmert, und es verschlimmert heute noch alles.«

Sie erhob sich. »Sie verstehen nicht, was es heißt, Mutter zu sein«, sagte sie, und die Bemerkung traf mich wie ein stechender Schmerz. Die Welt war klein, und sie wusste haargenau, was so eine Bemerkung in mir anrichten konnte. »Eine Mutter hat die Aufgabe, ihr Kind zu schützen.« Auch das tat weh. Es ist leicht für eine Frau, die sich nicht mit der Tatsache auseinander setzen musste, dass ihr Kind an plötzlichem Kindstod gestorben war, einer anderen Frau zu sagen, sie hätte ihr Kind schützen sollen.

»Nicht vor sich selbst«, sagte ich. »Sie können ihn nicht vor den Konsequenzen seines eigenen Verhaltens schützen. Früher oder später muss er die Zeche bezahlen.«

Sie klemmte ihre Handtasche unter den Arm und wandte sich zum Gehen. An der Tür holte ich sie ein. »Mrs. Larsen, darf ich Ihnen eine letzte Frage stellen? Haben Sie Reggie wirklich empfohlen, er soll sich an mich wenden? Haben Sie ihm geraten, ich sollte seine Beurteilung vornehmen?«

»Nein«, sagte sie. »Ganz und gar nicht. Ich weiß seit langem, wie Sie arbeiten. Ich habe ihm gesagt, es sei der schlimmste Fehler, den er machen kann.«

Ein Gefühl der Erleichterung durchströmte mich. Ich war nicht Reggie junior, und liebend gern brach ich das Vertrauen solcher Leute, die von mir erwarteten, dass ich ihnen entgegenkam. Dann war ich lieber gleich als böse Hexe verschrien. Damit konnte ich leben.

Sie musterte mich einen Augenblick, erstaunt über meinen erleichterten Gesichtsausdruck. Ich gab ihr keine Erklärung. Wir sahen uns nur an. Die Entfernung von ihr zu mir betrug nur einen Meter, aber zwischen uns lagen Welten. Sie hatte die Vorstellung, ich könnte Reggie retten und würde mich ihr bloß verweigern. Ich dagegen war felsenfest davon überzeugt, dass sie Reggie nur schadete und alles nur noch schlimmer machte und dass sie ihn immer noch bemutterte. Dazwischen gab es nichts, keine Ebene, auf der wir uns hätten treffen können. Keine Bitten mehr, keine Drohungen mehr. Wir überblickten die Kluft zwischen uns, und dann, ohne ein weiteres Wort, verließ Mrs. Larsen den Raum.

11

»Wir handeln mit Angst«, hatte John Davis einmal zu mir gesagt, und Reginald Larsen, der ungewöhnlich still und erwartungsvoll dasaß, hatte sich seine Portion abgeholt, wie ich auf dem Video-Monitor beobachten konnte.

»Setzen Sie sich.« Mehr hatte Davis nicht gesagt, als er mit Reggie den Raum betrat, in dem sich der Polygraph befand. Der Raum hatte kaum die Größe eines Kleiderschranks, und die Wände waren kahl; auf dem Schreibtisch lag Reggies überarbeitete Sexualbiografie, und daneben stand der an einen Computer angeschlossene Lügendetektor. Auf Johns Seite des Zweipersonentischs befanden sich ein Monitor, eine Tastatur und einige Kabel. Die Kabel führten von der Maschine zur anderen Seite des Tischs, auf der Sensoren zur Messung der Transpiration, des Blutdrucks und der Leitfähigkeit der Haut für Reggie deutlich sichtbar ausgelegt waren.

»Lassen Sie mich etwas zu diesem Polygraph sagen, Dr. Larsen.« John setzte sich und tätschelte das Gerät auf seinem Schreibtisch. »Er ist sicher nicht so raffiniert wie die Maschinen, die Sie aus Ihrem Krankenhaus kennen. In Wahrheit ist es eine sehr grobe kleine Maschine, aber was sie kann, kann sie gut. So ähnlich wie Ihr Stethoskop, stelle ich mir vor.« Er stand auf, trat an die Seite des Tisches, wo Larsen saß, und stellte sich so hin, dass dieser zu ihm aufblicken musste. Der Mann, der Larsen mit solcher Autorität auf die Pelle rückte, war ein großer, schlanker Südstaatler in einem cremefarbenen Anzug. Er hatte einen Bürstenhaarschnitt und ein kantiges Gesicht, und er sah nicht nur so aus wie ein ehemaliger Marine, er war tatsächlich mal einer gewesen.

»Er teilt mir mit, und das steht außer Zweifel, ob Sie mich anlügen oder nicht. Allerdings teilt er mir nicht mit, ob es sich dabei um eine große oder eine kleine Lüge handelt. Das kann er nicht.« Davis nahm erst allmählich den Ton an, den er bei dieser Vorrede üblicherweise anschlug, und ich hörte, wie sich der sprachliche Rhythmus der Südstaaten in seine Rede einschlich. Der Dialekt stammte aus keiner bestimmten Region, aber wenn der Rhythmus der Südstaaten anhob, folgte unweigerlich auch der Dialekt.

»Sie sollten also wissen: Wenn Sie mich in irgendeinem Punkt anlügen, egal um was es sich handelt, und sei es auch die winzigste Lüge, muss ich Dr. Stone sagen, dass Sie ein Lügner sind. Bei der geringsten Lüge springt unser kleiner Freund hier an. Und sei sie noch so unbedeutend.« Er hielt inne und trat wieder hinter seinen Schreibtisch. Reggie war wie hypnotisiert. Er hatte keinen Muskel gerührt, seit John mit seinem Vortrag begonnen hatte.

»Also, Mr. Larsen, ich würde nur höchst ungern – und das meine ich ganz ernst«, er beugte sich über den kleinen Tisch und sah Reggie direkt in die Augen, »ich würde Dr. Stone nur höchst ungern sagen, dass Sie ein Lügner sind. Denn für mich gibt es doch nichts Schlimmeres auf dieser weiten Welt als Lügner. Nichts.

Vielleicht meinen Sie ja, Sie seien hier, um herauszufinden, ob Sie sich schuldig gemacht haben. Aber das steht hier nicht zur Debatte. Was ich Ihnen jetzt sagen werde, ist außerordentlich wichtig, und Sie sollten gut zuhören, denn eins muss zwischen uns von Anfang an klar sein: Es ist mir völlig egal, wie viele Leute Sie vergewaltigt und ermordet haben, und wenn es vierzigtausend sind. Daran können Sie jetzt sowieso nichts mehr ändern. Aber, mein Junge«, wieder beugte er sich vor, und er senkte die Stimme, dass sie kaum zu hören war, »lügen Sie mich ja nicht an.« John machte eine Pause, und die Stille war mit Händen zu greifen. »Denn jemand, der lügt, der ist zu allem fähig.«

Reggie sah betroffen aus – und das nicht, weil ein jüngerer Mann ihn Junge genannt hatte. Er machte den Mund auf, um etwas zu erwidern, doch John hob die Hand und hielt ihn vom Reden ab; dann stand er auf und ging in dem Raum auf und ab. Ein Meter neunzig ist nicht gleich ein Meter neunzig. Eingesperrt in einem winzigen Zimmer, mit jemandem, der über deine Zukunft entscheidet, wachsen sich einhundertneunzig Zentimeter Körpergröße ins Unermessliche aus. John musste ihm vorkommen wie der Basketballspieler Shaquille O'Neal.

»Verabschieden wir uns also von der Vorstellung, Sie seien hier, um herauszufinden, ob Sie sich schuldig gemacht haben. Ich kann Ihnen nämlich verraten, mein Freund: Ich habe mir bereits Ihre Biografie durchgelesen, und daher wissen wir, dass es einiges in Ihrem Leben gibt, auf das Sie nicht stolz sind. Es muss Ihnen schwer gefallen sein, das zuzugeben. Ich habe Respekt vor Menschen, die dafür geradestehen, wenn sie sich schuldig gemacht haben in ihrem Leben. Jeder hätte Respekt davor.

Wer hat nicht schon mal …« John zwinkerte Reggie zu. »Ich meine, es wird sich kein Mann finden, der, wenn es um

Sex geht, sich nicht irgendwann in seinem Leben in den Augen der anderen schon mal schuldig gemacht hat.« Er kehrte Reggie den Rücken zu und ließ die nächste Bemerkung wie beiläufig fallen. »Ich würde jedenfalls keinem Tugendbold Glauben schenken. Und wenn, wär's wahrscheinlich eine Schwuchtel.« Ich verdrehte die Augen zur Decke. John litt keineswegs unter Homophobie, aber er versuchte wirklich alles, um Reggie zu einem Geständnis zu bewegen.

»Nein, wir sind nicht hier, um herauszufinden, ob Sie ein paar Dinge getan haben, die Sie lieber nicht hätten tun sollen.« Nur ein paar Dinge? Ausgebreitet auf fünfzig Seiten? Begangen innerhalb von fünfundzwanzig Jahren? »Uns interessiert nur die Antwort auf eine einzige Frage.« An dieser Stelle trat er wieder vor Reggie hin, bückte sich und legte eine Hand auf den Lügendetektorstuhl, auf dem Reggie saß, die andere auf den Schreibtisch daneben. Mit seinem Gesicht kam er ganz dicht an Reggie heran. Reggie schreckte automatisch zurück, aber es gab keinen Platz zum Ausweichen. »Wie gesagt, mein Junge, wir sind nur hier, um herauszufinden, ob Sie ein Lügner sind.« Er stand auf. »Mehr nicht. Schlicht und ergreifend.«

Reggie versuchte erneut, etwas zu erwidern, aber John hielt ihn auch diesmal davon ab. »Soll ich Ihnen sagen, was Sie jetzt denken? Woher will der das wissen? Ist die Maschine wirklich so gut? Ich will Ihnen sagen, wie gut sie ist. Sie teilt mir mit, was Sie denken. Sie glauben mir nicht? Dann probieren wir sie doch einfach mal aus. Strecken Sie den Arm vor.« Widerstrebend legte Reggie seinen Arm auf den pultähnlichen Schreibtisch, an dem er saß, und fachmännisch schloss John die Sensoren an. Reggie betrachtete die Schnüre an seinem Körper, als wären es Tentakel, die ihn gleich unter Wasser ziehen würden.

John ließ sich ihm gegenüber an dem Tisch nieder und schaltete den Monitor ein. »Also, Reggie. Denken Sie sich eine Zahl von eins bis zehn, und schreiben Sie sie auf dieses Blatt Papier.« Er reichte ihm Papier und Bleistift. Reggie nahm ihm beides ab und sah es misstrauisch an, als wäre das Ganze ein mieser Trick. »Machen Sie«, sagte John. »Schreiben Sie eine Zahl auf. Falten Sie das Blatt und behalten Sie es, und verraten Sie mir nicht, was draufsteht.«

Reggie schrieb etwas auf das Blatt, faltete es mehrere Male und hielt seine Hand darauf. »Sagen Sie bitte kein Wort. Hören Sie mir nur einfach zu. Eins«, fing John an. Er sprach langsam und machte eine Pause. »... zwei ... drei ... vier.« Er hielt inne und schaute auf den Monitor. »Es ist die Vier, habe ich Recht?« Reggie sagte keinen Ton. Er saß regungslos da und hielt weiter mit einer Hand den Zettel bedeckt. »Darf ich das Blatt Papier mal sehen?«, fragte John. Stille trat ein. Reggie rührte sich nicht, er schluckte nur schwer. Er schien wie erstarrt in seiner Haltung. »Ich brauche mir den Zettel gar nicht anzusehen, oder?«, fragte John.

»Also gut«, fuhr er fort und trat zu Reggie hin, um die Sensoren abzunehmen. »Bevor ich mit dem richtigen Test anfange, möchte ich Ihnen einige Fragen stellen.« Er setzte sich wieder auf seinen Platz. »Ich will mir nur noch mal eben durchlesen, was Sie uns hier aufgeschrieben haben. Ich habe es mir bereits angesehen, aber ich will es doch noch mal überfliegen, um sicher zu sein, dass ich auch alles verstanden habe.« Reggies Biografie lag deutlich sichtbar auf Johns Tisch, und er nahm sie zur Hand und fing an zu lesen.

Reggie nutzte die Stille, um einen Einwand vorzubringen. »Mr. Davis, ich dachte ...«

»Ich bin gleich so weit«, unterbrach ihn John, ohne dabei

aufzublicken. Er las weiter. Er las und las. Ich wusste, dass er den gesamten Text vor Reggies Erscheinen bereits sorgfältig studiert hatte. Ab und zu räusperte er sich oder stutzte und machte sich ein paar Notizen auf einem kleinen Schreibblock. Meistens jedoch las er einfach nur, drehte jedes Blatt sorgfältig um und legte es Kante auf Kante auf das vorherige.

Reggie stierte ihn eine Weile an, doch dann, als sich die Minuten hinzogen, fing er an, sich im Zimmer umzusehen. Es gab jedoch nicht viel zu sehen, der Raum war spartanisch wie eine Mönchszelle. Unweigerlich kehrte sein Blick zurück zu John, seinem sorgfältigen und genauen Lesen und Blättern.

Eine halbe Stunde war vergangen, als John zur letzten Seite kam. Er blätterte um, legte die gefalteten Hände auf den Tisch und sah Reggie an. Er sagte nichts. Einige Sekunden erwiderte Reggie seinen Blick, aber er hielt Johns intensiv prüfenden Augen nicht stand. Schließlich sagte John: »Ich will Ihre Intelligenz nicht beleidigen, Reggie, und ich hoffe doch sehr, dass Sie nicht hergekommen sind, um die meinige zu beleidigen.« Wieder trat Stille ein.

Reggie hob zögerlich zu sprechen an, und diesmal unterbrach John ihn nicht. »Was meinen Sie damit?«, quetschte er hervor.

»Sie wissen sehr genau, was ich damit meine, und ich gebe Ihnen einige Minuten Bedenkzeit.« Mit diesen Worten stand John auf und verließ den Raum.

Ich beobachtete Reggie. Er saß in sich zusammengesunken auf dem Stuhl, dann stand er auf und ging im Raum hin und her. Er schaute nicht einmal in den Einwegspiegel, obwohl er wusste, dass ich dahinter saß. Im Moment war diese Kammer sein gesamtes Universum. John trat in den Nebenraum, zündete sich eine Zigarette an und setzte sich mir gegenüber hin.

»Wie läuft's?«, fragte ich.

»Ich glaube nicht, dass es Probleme gibt«, sagte er, reckte sich und sah gelangweilt aus. »Und was treibst du so in letzter Zeit?

»Immer das Gleiche, immer das Gleiche«, sagte ich. »Überall laufen Täter herum. Leider bedeutet das, dass es auch viele Opfer gibt. Die Welt ist voller Abartigkeiten. Mir geht die Arbeit so schnell nicht aus, darauf kannst du Gift nehmen. Und du?«

John schaute auf seine Schuhe. »Mary Lou ist wieder auf der geschlossenen Abteilung«, sagte er gleichmütig. Johns Frau war schwere Alkoholikerin und hatte x-mal mit dem Trinken aufgehört und wieder angefangen.

»Das tut mir Leid. Sag Bescheid, wenn ich was für dich tun kann.«

»Weißt du, was komisch ist?«, sagte er. »Nach zwanzig Jahren kann ich jede Lüge meilenweit gegen den Wind riechen. Nur bei ihr nicht. Ich merke es nie, bis sie sturzbetrunken umfällt.«

»Es ist eben was anderes, wenn man es lieber gar nicht wissen will«, sagte ich leise.

»Das kannst du laut sagen«, erwiderte er. Wir saßen ein paar Minuten schweigend da und beobachteten Reggie, der auf und ab ging. Schließlich stand John auf und drückte seine Zigarette aus. »Ein schmieriger Typ, der Kerl«, sagte er.

»Wie bitte?«

»Ich sagte, ein schmieriger Typ.«

»Was meinst du damit?« Bei mindestens der Hälfte der Leute, die John dem Test unterzog, handelte es sich um Lügner und Kriminelle. Er hatte mehr Mörder an den Detektor angeschlossen, als ich allein durchs Zeitunglesen kannte. Der Ausdruck »schmieriger Typ« aus Johns Mund bedeutete daher sehr viel mehr, als wenn jemand anders ihn benutzt hätte. Johns Vergleichsgruppe war ungleich größer.

»Ich werde ihn schon zum Reden bringen«, sagte John, »aber mit der vollen Wahrheit wird er nicht herausrücken. Er ist so ein Zwiebeltyp. Man kann schälen und schälen, aber man stößt nie bis zum Kern vor. Irgendwie wird er drum herumkommen, ganz egal, was er gesteht«, sagte er. »Macht und Selbstbeherrschung, das ist sein Spiel. Irgendetwas wird er zurückhalten, nur um das Gefühl zu haben, dass er gewonnen hat.«

»Frag ihn nur nach den Vorfällen in der Anästhesie«, sagte ich. »Die anderen Sachen interessieren mich nicht. Ich muss eine Informantin schützen.«

»Ich werde mein Bestes versuchen«, sagte er und war schon aus der Tür.

John ging zurück in den Raum und ließ sich wortlos auf seinem Stuhl nieder. Als Reggie nicht ebenfalls gleich Platz nahm, sagte John mit leichter Verärgerung in der Stimme: »Setzen Sie sich, Reggie.« Reggie setzte sich sofort hin. Niemand verscherzte es sich gerne mit seinem Polygraphexperten, so wie man ja auch seinen Chirurgen kurz vor dem Eingriff nicht unnötig verärgerte. »Also?«, fragte John. »Haben Sie es sich noch mal überlegt? Gibt es irgendetwas in der Biografie, das Sie noch ändern möchten, bevor wir anfangen?«

Reggie sah ihn unentschlossen an, schüttelte aber verneinend den Kopf. »Es steht alles da«, sagte er.

John schmunzelte, was seine gründliche Skepsis verriet, aber er enthielt sich jeden Kommentars. »Also gut. Dann will ich nur die Fragen durchgehen, die ich Ihnen stellen werde, wenn Sie an den Detektor angeschlossen sind.« John machte sich zunächst an die Referenzfragen, die ihm eine Messbasis verschaffen würden, Reggies Name, Adresse – Fragen, bei denen wir sicher sein konnten, dass er nicht log. Alles Fragen, anhand derer sich feststellen ließ, wie Reggies physiologische Reaktionen aussahen, wenn er die Wahrheit sagte.

Dann kam der schwierigere Teil. John brauchte zum Vergleich eine »Kontrolllüge«, eine Antwort, von der wir wussten, dass sie gelogen war. So konnte John ihm später, wenn Reggie an die Maschine angeschlossen war, die Frage stellen, bei der er lügen würde, um auch hier eine Messgrundlage zu haben. »Haben Sie jemals in Ihrem Leben etwas gestohlen?«, fragte er.

»Vielleicht mal als Kind«, antwortete Reggie.

»Alle Kinder lassen mal kleine Dinge mitgehen, aber nur bis sie elf … oder sagen wir vierzehn sind. Und Sie? Sie haben also seit dem vierzehnten Lebensjahr nichts gestohlen?«

»Eigentlich nicht.«

»Ich habe nichts anderes erwartet. Ein Mensch, der auch nur einen Funken Ehre im Leib hat, würde nicht einmal einen Bleistift mitnehmen, der ihm nicht gehört. Keine Heftklammer. Er würde auch kein Papier ausleihen, wenn ihm sein eigenes ausgegangen ist. So etwas haben Sie also nie gemacht?«

»Ich weiß nicht, vielleicht habe ich mal einen Bleistift oder so was mitgenommen.«

»Wie oft?«

»Bitte?«

»Wie oft haben Sie etwas aus dem Büro mitgenommen, das Ihnen nicht gehört? Doch nicht öfter als fünfmal, oder?«

»Ich glaube nicht.«

»Sie sagen, Sie glauben nicht. Sie sollen hier keine ungefähren Vermutungen anstellen. Nennen Sie mir eine hohe Ziffer. Eine hohe Ziffer. Ich will eine hohe Ziffer von Ihnen hören. Sie haben nicht öfter als zehnmal etwas aus dem Büro mitgenommen, oder? Sich ab und zu mal ein paar Heftklammern zu borgen, ist verständlich – aber öfter als zehnmal etwas aus dem Büro mitnehmen … Das ist …«

»Nein, ich bin mir ziemlich sicher, dass ich nicht mehr als zehnmal etwas aus dem Büro mitgenommen habe.«

»›Ziemlich sicher‹, das reicht nicht. Nennen Sie mir eine hohe Ziffer, mein Junge, eine hohe Ziffer. Sagen wir fünfzehnmal, wenn Sie sich nicht sicher sind, ob es nur zehnmal war. Sie haben also nicht öfter als fünfzehnmal Sachen aus dem Büro mitgenommen, stimmt's? Wenn ich Sie frage, ob Sie seit Ihrem vierzehnten Lebensjahr öfter als fünfzehnmal gestohlen haben, können Sie also guten Gewissens ›Nein‹ sagen, oder nicht? Es gibt Verbrecher, die seit ihrem vierzehnten Lebensjahr nicht öfter als fünfzehnmal gestohlen haben, und trotzdem sitzen sie deswegen im Gefängnis.«

Wenn man bedachte, dass hier von einem Zeitraum von über dreißig Jahren die Rede war, hieße das, dass Reggie jeweils im Zwei-Jahres-Rhythmus nicht mehr als einen Bleistift aus dem Büro mitgenommen haben wollte. Auf diese Frage konnte wohl niemand aufrichtig mit ›Nein‹ antworten.

»Ja, schon«, sagte Reggie, »aber was hat das mit mir zu tun?«

»Ich stelle hier die Fragen, mein Junge.«

Reggie lief vor Wut im Gesicht rot an, aber er widersprach nicht. John tat so, als hätte er nichts bemerkt, und machte weiter. Er ging jetzt über zu dem »relevanten« Teil des Polygraphentests, den Fragen über sexuellen Kontakt zu Patienten und Personal, wovon in der Biografie keine Rede war, dann kam er zum Schluss. Alles gehörte zu seiner Methode, gehörig Spannung aufzubauen.

»Wir können auch gleich mit der richtigen Befragung anfangen«, sagte er. Sorgfältig schloss er die Sensoren an. Er legte einen Schlauch an Reggies Brust, zur Messung der Atmung, befestigte einen Sensor an seinen Fingern, der galvanische Reaktionen der Haut abtastete, sowie einen Kardiograph an einem Oberarm, der das Blutvolumen und den Herzschlag aufzeichnete. Danach bat er Reggie, so still wie möglich zu sitzen, und Reggie fügte sich pflichtbewusst.

Ich fragte mich, ob die Effektivität »dieses kleinen Geräts« und die erstaunliche Zahl der Geständnisse, die bei einem negativen Ausgang folgten, nicht teilweise darauf zurückzuführen waren, dass John in zunehmendem Maße Kontrolle über den Probanden gewann. Gleich zu Anfang hatte er ihm jeden Widerspruch verweigert, und jetzt kontrollierte er seine geringsten Bewegungen. Der Raum bot so wenig Stimulierung, dass Reggies Aufmerksamkeit sich voll und ganz auf John konzentrierte, und im Verlauf der nächsten Stunden würde die äußere Welt für ihn gänzlich verblassen.

Trotz seiner Ausgebufftheit, gegen diesen Druck war Reggie nicht gefeit. John war ohnehin von großer Statur, aber je weiter die Zeit vorrückte, desto mehr schien Reggie zu ihm aufzublicken.

John ging noch einmal alle Fragen durch, die er schon vorher mit Reggie besprochen hatte, und behielt dabei die ganze Zeit den Computer im Auge. Seine Stimme klang monoton. Reggie versuchte sich hier und da herauszureden, blieb aber im Wesentlichen bei seiner Geschichte. Seine

Biografie sei akkurat, sagte er. Nein, er habe nichts ausgelassen, und alles stimme, von der ersten bis zur letzten Zeile. Als sie fertig waren, fing John noch einmal von vorne an, und schließlich wiederholte er die Prozedur ein drittes Mal. Er machte immer drei Durchgänge bei einem Lügendetektortest, um die Aufzeichnungen vergleichen zu können.

Schweigend löste John alle Sensoren und setzte sich anschließend wieder an seinen Tisch. Aufmerksam las er sich die Messergebnisse seines Computers durch, schaltete zwischen den Bildschirmen hin und her, tippte gelegentlich auf der Tastatur. Er gönnte Reggie keine Ruhe. Als er fertig war, sah er Reggie eine Weile an, dann sagte er: »Sie haben einen schwerwiegenden Fehler begangen, Mr. Larsen. Sie haben sich hier heute auf den Stuhl gesetzt und mich angelogen, obwohl Sie wussten, dass mir nichts auf der Welt so sehr verhasst ist wie Lügen und ich nichts, ich wiederhole, nichts auf der Welt lieber tue, als jeden Lügner seiner gerechten Strafe zuzuführen.« Reggie schwieg.

»Ich möchte Ihnen etwas zeigen, Reggie. Sehen Sie sich dieses Diagramm an.« John hielt das Diagramm hoch, das der Computer aufgezeichnet hatte. »Wo schert die Nadel aus?« Reggie wirkte unsicher, aber er nahm das Diagramm und zeigte auf die entsprechende Stelle. »Und was sehen Sie daneben? Lesen Sie mir bitte die Zahl vor.«

Reggie las. »Äh, drei.«

»Hier ist die Liste der Fragen, die ich Ihnen gestellt habe. Würden Sie bitte Frage Nummer drei vorlesen?«

Reggie las still für sich, und John sagte: »Laut, bitte.«

»Haben Sie irgendwelche sexuellen Kontakte mit Patienten oder Mitgliedern des Personals in Ihrer Biografie nicht erwähnt?«

»Schauen Sie, ob an der Stelle die Nadel ausschert.«

Reggie sagte nichts. Er starrte wie gebannt auf das Diagramm.

»Sie haben bei der Beantwortung dieser Frage also gelogen.« Reggie schien wie hypnotisiert von dem Diagramm. Er schluckte schwer.

»Und wozu? Um etwas zu verschweigen, etwas, das, gemessen an dem, was ich hier schon erlebt habe, nicht allzu schlimm sein kann – es sei denn, Sie hätten mehrere Ihrer Patienten kaltblütig ermordet. Sicher verschweigen Sie nur irgendwelche kleinen sexuellen Abenteuer.« John klang gereizt. »Und deswegen lassen Sie sich als Lügner brandmarken. Das wiederum hat zur Folge, dass ich empfehlen werde, und ich bin mir sicher, auch Dr. Stone wird diese Empfehlung geben, dass Sie nie wieder als Mediziner praktizieren sollten.«

Reggie öffnete den Mund, um etwas zu sagen, aber schloss ihn dann wieder. Sogar von dem Nebenraum aus, in dem ich mich befand, konnte ich die Unschlüssigkeit in seinen Augen erkennen. Sollte er jetzt gestehen? Würde es ihm helfen? Oder sollte er seinen Standpunkt behaupten?

»Ich habe es Ihnen von Anfang an gesagt, Reggie. Wenn mich jemand belügt«, fuhr John fort, lehnte sich zurück und verschränkte die Arme, »kann ich mir nicht sicher sein, ob er nicht was verbrochen hat. Ich will ehrlich zu Ihnen sein, so gut es geht. Ich verstehe was von meiner Arbeit, aber wenn mich jemand wiederholt belügt – obwohl ich ihm ausdrücklich erklärt habe, dass es mir egal ist, was er angestellt hat, dass es mir nur um das Lügen geht, mehr nicht –, dann muss ich daraus folgern, dass er etwas Schwerwiegendes zu verbergen hat, etwas sehr Schwerwiegendes. Es gibt nur eins, was dermaßen schwer wiegt, nämlich, wenn er Menschen tötet. Wenn er keine Menschen tötet – nun, dann tut es weiter keinem weh. Aber wenn er irgendwelche Substanzen in intravenöse Schläuche einleitet, die da nicht hineingehören, wenn er den Hahn öffnet, obwohl er eigentlich geschlossen bleiben müsste«, John beugte sich vor, und seine Augen verengten sich, »dann hätte es einen Sinn zu lügen.«

»Nein, nein«, sagte Reggie und erhob sich. »Nein, nein. Wenn Sie das glauben ... ich würde niemals ... ich habe niemals ... nein, nein, nie und nimmer würde ich ...«

»Setzen Sie sich, Reggie«, sagte John. »Man kann eben nie wissen. Sie verbergen etwas, und wenn die Tötung eines Menschen nicht der Grund ist, kann ich mir ums Verrecken nicht vorstellen, weswegen Sie mich sonst anlügen sollten. Weswegen sonst? Eine Vergewaltigung kann nicht gar so schlimm sein für eine Frau. Es sei denn, sie würde anschließend zu Tode geprügelt. Und wenn man sie nur halb tot prügelt, nachdem sie vergewaltigt wurde, dann bleibt sie doch immer noch ...«

Ich fragte mich, wie John wohl mit seinen Mördern redete. Vielleicht so: »Einen Menschen umzubringen, ist nicht das Schlimmste, wenn man es schnell macht. Sie haben die Opfer ja nicht bei lebendigem Leib aufgeschlitzt, oder? Und anschließend die einzelnen Körperteile mit der Post an die Hinterbliebenen geschickt.«

Reggie war geschockt. Er erhob sich, stand einen Moment regungslos da, dann setzte er sich wieder hin. »Also gut«, sagte er. »Es gibt noch ein paar mehr Vorfälle, aber nicht von der Art, wie Sie denken. So was nicht. Einige Frauen waren ... vielleicht haben sie geschlafen, aber ich war mir nicht sicher«, fügte er rasch hinzu. »Ich will damit sagen, dass Frauen manchmal so tun, als würden sie schlafen, obwohl sie in Wirklichkeit wach sind. Damit sie nicht zugeben müssen, dass sie einverstanden sind.«

»Reggie«, sagte John. »Jemand anders würde mit dieser Geschichte vielleicht durchkommen. Aber Sie doch nicht. Sie sind Arzt. Sie kennen den Unterschied. Sie können beurteilen, wann ein Mensch schläft und wann er wach ist, wann er schläft und wann er bewusstlos ist, wann er schläft und wann er tot ist. Hören Sie auf, mich für dumm zu verkaufen. Sie wissen genau: Sie haben mir nicht alles gesagt.«

Stille trat ein.

»Waren sie tot?«

»Was?«

»Ich kann mir nicht vorstellen, dass Sie mich angelogen haben, wenn sie nur bewusstlos waren. Das ist doch halb so schlimm, als wenn Sie die Patienten im wachen Zustand vergewaltigt hätten. Was ist schon dabei, wenn sie nur bewusstlos waren. Dann hätten sie es ja nicht mal gemerkt. Wenn sie dagegen tot waren – auch wenn Sie sie nicht selbst getötet hätten –, das wäre wirklich abartig.«

»Sie waren nicht tot«, sagte Reggie. »Keine war tot.«

»Also gut«, sagte John. »Erzählen Sie weiter.«

12

Ich taumelte wie benommen nach draußen ans Tageslicht. Meine Güte, womit man alles ungestraft davonkommen kann! Jahrelang. Unglaublich. Sobald Menschen Vertrauen zu jemandem geschöpft hatten, schauten sie nicht mehr hin, sahen nicht mehr, was sie nicht auch sehen wollten, sahen nicht, was sie nicht auch erwartet hätten.

Ich fuhr, in Gedanken immer noch bei Reggie Larsen, zu meiner Privatpraxis und machte mich gleich ans Schreiben. Es gab keinen Grund, die Beurteilung länger hinauszuschieben. Ich hatte alles beisammen, was ich wissen musste, dass er nämlich nie wieder in seinem Leben in die Nähe eines Patienten gelassen werden durfte. Mit jedem Kilometer, den Larsen auf seiner Rückfahrt nach Boston zurücklegte, stieg außerdem die Gefahr, dass ihm klar wurde, wie ich mich entscheiden würde, und er seine Einwilligung zu einer Beurteilung lieber zurückzog, als der Krankenhausverwaltung mein Gutachten zu übergeben. Nur jetzt, solange die Einwilligung galt, hatte ich die Chance zu verhindern, dass noch mehr Frauen in bewusstlosem Zustand vergewaltigt wurden.

Das Telefon klingelte. Ich beschloss, es einfach zu ignorieren, stellte aber den Anrufbeantworter lauter, damit ich wenigstens wusste, wer dran war. Als Adams warme Stimme aus dem Lautsprecher tönte, änderte ich meine Meinung und hob ab. »Ah, Michael«, sagte er. »Gut, dass ich dich doch noch erwische.«

»War schön gestern Abend mit dir«, sagte ich. »Tut mir Leid, dass ich weg musste.«

»Wie geht es dem Jungen?«

»Schon besser«, sagte ich, »aber von seinen Eltern habe ich noch nichts gehört.« Es erinnerte mich daran, dass ich mich erkundigen musste.

»Zur Sache«, sagte er.

»Gut«, sagte ich.

»Wann hast du Sam Carlson das letzte Mal gesehen?«

Mein Magen verkrampfte sich bei dieser Frage.

»Wieso?«

Es folgte eine Pause. Die Polizei hat eine natürliche Aversion gegen die Freigabe von Informationen, aber Adam fuhr fort: »Er wird vermisst.«

»Vermisst? Seit wann? Und was heißt vermisst?«

»Nach Auskunft seiner Frau hat er sich gestern Morgen zu Hause ein Gewehr genommen, hat es in sein Auto gelegt, ist weggefahren und verschwunden. Er hat ihr nicht gesagt, wohin er aufgebrochen ist. An seinem Arbeitsplatz ist er auch nicht erschienen. Niemand hat ihn seitdem gesehen.«

»Hast du schon mit Marv gesprochen?«

»Nein, noch nicht. Sein Sohn hat erwähnt, dass du damit zu tun hättest, da habe ich mir gedacht, ich rufe zuerst dich an.«

»Der Knüller ist nämlich, dass er Marv gestern auf dem Parkplatz zur Rede gestellt hat, aber da hatte er kein Gewehr dabei, jedenfalls hat Marv keins gesehen. Wenn es anders gewesen wäre, hätte er es mir bestimmt erzählt«, sagte ich trocken. »Es geht hier um einen Fall. Weißt du in der Sache Bescheid?«

»Ich weiß nur das, was mir die Familie gesagt hat. Verrückte Tochter, falsche Anschuldigungen wegen angeblichen sexuellen Missbrauchs als Kind, ihr Therapeut hätte ihr das eingeredet.«

»Adam, ich bitte dich. Marv ist ihr Therapeut. Glaubst du vielleicht, Marv drängt seine Klienten zu falschen Anschuldigungen wegen Kindesmissbrauchs?«

»Ich wiederhole nur, was die Familie mir erzählt hat. Mehr nicht. Was kannst du mir über den Fall sagen?«

»Nichts. Es sei denn, du holst die Einwilligung der Familie ein.«

»Wenn die Möglichkeit der Gefährdung der eigenen Person oder Dritter besteht, darfst du dich durchaus zu dem Fall äußern.« Wohl wahr. Die richterliche Entscheidung im Fall Tarasoff in Kalifornien hatte deutlich gemacht, dass es Grenzen der Schweigepflicht gab.

Ich seufzte. »Wenn ein Verdacht der Gefährdung der eigenen oder anderer Personen vorläge, hätte ich längst jemanden gewarnt.«

»Dass er sich bewaffnet hat und verschwunden ist, könnte deine Meinung vielleicht ändern.«

»Vielleicht. Ach, Scheiße, Adam. Ruf Marv an und komm in die psychiatrische Abteilung, dann reden wir weiter.«

Ohne noch vorher einen Blick aufs Faxgerät zu werfen, begab ich mich flugs zur psychiatrischen Station. Es würden mir schon noch ein paar Stunden Zeit bleiben, bevor Reggie in Boston eintraf und ins Grübeln kam, was er John Davis alles erzählt hatte. So viel Zeit blieb mir bestimmt. Außerdem hatte ein Mann, der bewaffnet war, immer Vorrang.

Es war die Kamera, auf die mein Blick zuerst fiel, erst die Kamera, dann die Menschenmenge. Direkt vor dem Haupteingang des Jefferson Hospital machte die Filmcrew eines Fernsehsenders ein Interview und benutzte das Krankenhaus als Kulisse. Filmcrews im Jefferson sind eine Seltenheit. Gewalt ist bei uns kein großes Thema, und es sind auch nicht ständig neue Erweiterungsbauten einzuweihen, was immer Leute vom Fernsehen anlockt. Spontan fuhr ich an den Straßenrand und hielt an, statt den Wagen wie üblich auf dem Parkplatz für Mitarbeiter des Krankenhauses abzustellen. Ich musste unbedingt herauskriegen, ob es hier um Sam Carlson und die Tatsache ging, dass er sich bewaffnet hatte.

Ich blieb ein paar Minuten im Auto sitzen, trank aus einer Dose Diet Coke und überlegte. Eine Gegenüberstellung mit einem erzürnten Familienmitglied vor der Kamera wollte ich auf jeden Fall vermeiden, aber selbst wenn dieser Auflauf hier etwas mit Sams Verschwinden zu tun hatte – es wusste ja niemand in der Familie, wie ich aussah, außer Jody. Ich hatte mich während der Sitzung mit Marv im Beobachtungsraum aufgehalten und Sam und seine Frau gar nicht kennen gelernt.

Ich stieg aus, schlich langsam bis an den Rand der Menge und versuchte, dicht genug heranzukommen, um zu sehen, ob ich jemanden erkannte. Eine Frau in einem blauvioletten Strickkostüm sprach mit großer Erregung in die Kamera. Ihr gegenüber war eine junge Frau mit einem künstlichen Lächeln im Gesicht und einem großen Mikrofon in der Hand. Neben der Frau im Strickkostüm stand, verlegen und nervös, ein hoch gewachsener, dünner Mann mit klobigen Händen. Seine Größe erinnerte nicht im Mindesten an Sam Carlson, seine Gesichtszüge dafür umso mehr. Das musste Jodys Bruder sein. Er sah mit starrem Blick hinunter auf den Bürgersteig, als würde er am liebsten im Boden versinken; neben ihm stand eine mir unbekannte Frau mittleren Alters, mit zusammengebissenen Zähnen und einer gepflegten Frisur.

Die Frau in dem blauvioletten Kostüm war mir dagegen nur zu gut bekannt.

Ich duckte mich ein bisschen hinter der Menge und spähte meinem Vordermann über die Schulter. Sam Carlsons Sohn würde mich wohl nicht erkennen, aber Leila, die Frau in dem Kostüm, ganz sicher. Die Frau mit dem künstlichen Lächeln stellte Leila die nächste Frage und hielt ihr das Mikrofon hin. Ich rückte näher heran, weil ich die Antwort verstehen wollte.

»Ja, so etwas kommt häufig vor. Wir wissen von zahlreichen Fällen, bei denen die betroffenen Personen nicht nur verklagt wurden, sondern auch tatsächlich im Gefängnis gesessen haben. Alles nur auf der Grundlage so genannter ›verschütteter, wiederentdeckter Erinnerungen an einen sexuellen Missbrauch in der Kindheit‹, suggeriert von skrupellosen, geldgierigen Therapeuten. Das nenne ich eine nationale Schande. Solchen Leuten sollte die Zulassung entzogen werden. Ich kann nur hoffen«, hier blickte sie direkt in die Kamera und fuhr mit drohendem Unterton fort, »dass es diesmal zu keinem tragischen Ausgang kommt.«

»Okay«, sagte die Interviewerin, worauf der Kameramann sofort sein Gerät ausschaltete, sich abwandte und anfing, seine Sachen zusammenzupacken. Die Frau mit dem verkrampften Kiefer stand unsicher da, als wäre sie überrascht, dass alles so schnell vorbei war. Leila strebte schon auf die Eingangstür zum Krankenhaus zu. Ich schob mich an der Menge vorbei, Leila hinterher.

»Leila«, rief ich, während sie durch das Foyer eilte. Sie blieb stehen und drehte sich um.

»Hallo, Michael«, sagte sie. Ich habe schon Schlangen freundlicher lächeln sehen, aber es war nicht so sehr ihr Lächeln als vielmehr ihre Augen, bei deren Anblick sich mir jedes Mal die Nackenhaare sträubten.

»Sie haben gerade unsere kleine Pressekonferenz verpasst. Sie hätten auch daran teilnehmen können«, sagte sie. Ich passte mich ihrem Schritt an, und gemeinsam gingen wir in Richtung Aufzüge.

»Das wäre wohl keine gute Idee gewesen, meine ich. Haben Sie wieder einen erwischt?«

»Das müssten Sie doch viel besser wissen. Warum so bescheiden, meine Liebe? Jetzt geht es Ihnen an den Kragen.«

»Tatsächlich? Ist es so weit? Wer war eigentlich Ihre verbiesterte Begleiterin?«

»Suzy Cartwheel. Die neue Vorsitzende der Ortsgruppe des Vereins für fälschlich beschuldigte Familien. Von der werden Sie sicher noch viel hören. Schrecklicher Fall. Ihr Sohn hat ihren Mann fälschlich beschuldigt, ihn als Kind sexuell missbraucht zu haben.«

»Und Sie haben bezeugt, dass das nicht stimmt.«
»Selbstverständlich.«
»Haben Sie den Sohn jemals angehört, oder haben Sie sich das alles nur aus dem zusammengereimt, was der Vater Ihnen erzählt hat?«
»Den Sohn brauchte ich mir nicht anzuhören. Diese Fälle sind doch sowieso alle gleich.«
»Ach so. Und der neue Mercedes? Oder ist es ein Rolls?«
»Mercedes reicht meinen Ansprüchen. Ein Rolls wäre mir zu ... protzig.«
»Und verräterisch.«
»Passen Sie auf, was Sie sagen.«
»Wie sieht Ihr Terminplan aus? Immer unterwegs?«
»Wo man überall hinkommt! Sie können sich gar nicht vorstellen, wie viele solcher Fälle es gibt.«
»Doch, kann ich mir gut vorstellen.«
»Sie sollten sich uns anschließen, Michael. Sie hätten sicher enormen Erfolg.«
»Ein Platz in der Hölle wäre mir sicher.«
»Im Gegenteil. Haben Sie es noch nicht gehört? Ich werde mit Schindler verglichen. Es gibt so viele bedauernswerte, fälschlich beschuldigte Männer und Frauen, die im Gefängnis schmachten. Eine nationale Schande.«
»Hervorragendes Marketing, aber wem sagen Sie das?« Schindler! Meine Güte, der Arme würde sich vor Schreck im Grab umdrehen.
Leila lachte. »Ich kenne Sie und Ihre Sorte, aber eins sollen Sie wissen: Sie schwimmen gegen den Strom, während mich die Wellen direkt in Oprahs Talkshow tragen. Sie werden jämmerlich in meinem Kielwasser ersaufen.«
»Deswegen haben Sie noch lange nicht Recht.«
»Das ist doch völlig egal.«

»Schindler war es nicht egal.«

Der Aufzug kam, und Leila stieg ein, aber die Aussicht, mit ihr in einer Kabine eingesperrt zu sein, erschien mir wenig verlockend, also nahm ich die Treppe zu meinem Büro, zwei Stufen auf einmal. Unterwegs versuchte ich, den Gedanken an Leila abzuschütteln. Schlangen und Kurtisanen würden sich immer in unserer Nähe herumtreiben. Damit musste man einfach leben.

Ich meldete mich vorne bei Melissa an; Adam und Marv seien schon in Marvs Büro, richtete sie mir aus, und würden auf mich warten.

»Oh, Michael«, sagte Marv, als er mich sah. Er schien stark zu schwitzen, obwohl die Klimaanlage einwandfrei funktionierte. »Danke, dass du gekommen bist. Adam hat mich nach dem Fall Carlson gefragt, aber ich bin an die Schweigepflicht gebunden.«

»Eigentlich nicht. Ich habe mir das auf der Fahrt hierher durch den Kopf gehen lassen. Sam ist nie dein Klient gewesen. Jody ist deine Klientin, und sie kann dich von der Schweigepflicht entbinden.«

Marvs Miene hellte sich auf. »Natürlich«, sagte er.

»Ist sie immer noch in stationärer Behandlung?«

»Ja«, sagte er. »Ich gehe gleich hoch zu ihr und lege ihr eine Ermächtigung zur Unterschrift vor.«

Marv verließ den Raum, und ich sagte zu Adam: »Ich kann dir auch so sagen, was ich weiß. Falls Jody nicht unterschreibt, was ich nicht glaube – ich denke, du hast Recht. Sam Carlson mit einer Waffe in der Hand, das ist eine erschreckende Vorstellung.«

Ich erzählte ihm mit wenigen Worten Jodys Geschichte, von Carlsons Entgleisung während der Sitzung und meiner Hilflosigkeit im Nebenraum. »Ob du es glaubst oder nicht, aber so etwas ist heutzutage gar nicht so selten. Nur eins ist ungewöhnlich.«

Adam hatte sich kaum gerührt, während ich erzählte. »Und das wäre?«, fragte er.

»Die meisten Sexualtäter sind irgendwie abartig veranlagt, können sich aber gut beherrschen. Sie präsentieren sich als die großen Unschuldigen. Carlson war in der Beziehung anders. Eher launisch. Der Mann ist stinkwütend, und ich glaube, er versucht nicht einmal, sich zu beherrschen. Das hat er nie nötig gehabt.«

»Was wird er mit dem Gewehr anstellen, wenn man das alles berücksichtigt? Was meinst du?«

»Keine Ahnung. Wozu er gerade Lust hat. Er ist es gewöhnt, dass alle nach seiner Pfeife tanzen.«

»Ist seine Wut so groß, dass er auf jemanden schießen würde?«

»Ja, kann sein. Marv jedenfalls wäre als Erster dran, und Carlson hat ihn das Gewehr nicht einmal sehen lassen.«

»Wahrscheinlich kein gutes Zeichen«, sagte Adam.

»Wahrscheinlich kein gutes Zeichen«, pflichtete ich ihm bei.

Wir unterhielten uns noch ein paar Minuten weiter, dann erschien Marv, nicht nur mit einer Ermächtigung, sondern mit Jody gleich im Schlepptau. »Jody Carlson«, stellte er sie Adam förmlich vor. »Sie wollte dabei sein.«

Jody trug Jeans und T-Shirt. Ihr Arm war verbunden, und ihre Augen lagen tief, wie es oft bei Menschen der Fall ist, die Schlimmes durchmachen. Unschlüssig ließ sie sich auf der Kante des Sofas nieder. »Was ist mit meinem Vater?«, fragte sie. Ich sah die Anspannung in ihrem Gesicht an. Scheiße, dachte ich, sie liebt ihren Vater immer noch, trotz allem.

»Er wird vermisst«, sagte Adam leise. »Er ...« Adam zögerte, dann fuhr er fort: »Er hat gestern Morgen das Haus verlassen. Er hat Ihrer Mutter nicht gesagt, wohin er geht. Als er bis heute Morgen nicht zurückgekehrt war, hat die Familie uns benachrichtigt. Haben Sie irgendeine Idee, wo er sich aufhalten könnte?«

»Nein«, kam die rasche Antwort. »War er wütend ... auf mich?« Es hörte sich verängstigt an, und obwohl sie von dem Gewehr gar nichts wusste, wurde deutlich, dass ihr frühere Gewaltausbrüche ihres Vaters in den Sinn kamen.

Adam zuckte mit den Achseln. »Ihre Mutter behauptet, sie hätten sich nicht gestritten. Er sei einfach aufgestanden, ohne ein Wort, hätte sich angezogen und sei aus dem Haus gegangen.«

»Jody«, unterbrach ich, »Ihre Familie ist zu dem Schluss gekommen, dass eigentlich Marv und ich das Problem darstellen. Ich glaube, auf Sie sind sie im Moment gar nicht wütend.«

Jody sah bedrückt aus. »Irgendjemand wird dafür bezahlen«, sagte sie. »Wenn mein Vater wütend ist, muss jemand anders dafür bezahlen. Das war schon immer so.«

»Wie?«, fragte ich.

Die drei sahen mich verständnislos an. »Ich meine, schreit er rum, macht er Ihnen ein schlechtes Gewissen oder schlägt er oder was? Hat er Sie bedroht?«

»Geschlagen hat er viel. Meistens meine Mutter. Mich auch einige Male, wenn ich nicht gleich spurte. Meine Mutter wegen nichts. Einfach so, wenn er Lust dazu hatte.«

»Was ist mit Waffen? Hat er Sie mal mit einer Waffe bedroht?«

»Nein, eigentlich nicht. Ich kann mich nur an ein paar Mal erinnern, in meiner Kindheit, da hat er damit gedroht, einen von uns mit einer Waffe umzubringen, allerdings hat er oft genug mit einer herumgefuchtelt, wenn er wirklich wütend war.«

Wir schwiegen eine Zeit lang. Was sollte man jemandem antworten, der meinte, mit einer Waffe herumzufuchteln und damit zu drohen, ein Kind zu töten, sei »eigentlich nichts«. Jody legte eine Hand auf den Bauch und sagte: »Mir ist schlecht. Ich muss gehen.«

Marv stand auf und brachte sie zur Tür – die Station lag nur ein Stockwerk höher –, dann setzte er sich wieder hin, genauso bedrückt wie Jody.

»Leila hat sich eingemischt«, sagte ich behutsam. Ich wollte Marv nicht in Panik versetzen, aber es war besser, wenn er Bescheid wusste. »Und in den Nachrichten war es auch schon.« Marv schien ungerührt.

»Wer ist Leila?«, fragte Adam.

»Leila«, sagte ich, »ist eine Sozialwissenschaftlerin. Sie untersucht – besser gesagt, hat untersucht – den Einfluss von Menschenmassen auf das Verhalten des Individuums. Sie hat eine Doktorarbeit über U-Bahn-Unfälle geschrieben. Das sind die Fälle, da springt jemand vor einen Zug, und keiner unternimmt etwas, weil alle darauf warten, dass jemand anders was unternimmt. Das hat zwar nichts mit sexuellem Missbrauch oder der Zuverlässigkeit von Erinnerung zu tun, aber dem Fernsehvolk reicht es. Mittlerweile tritt sie als Expertin für Suggestibilität auf. Wie viele Forschungsgelder lassen sich schon für Untersuchungen von U-Bahn-Unfällen anzapfen? Als Sachverständige in Missbrauchsfällen auszusagen, ist jedenfalls weitaus lukrativer, von der Medienaufmerksamkeit, die man kriegt, mal ganz abgesehen.

Sie tritt häufig als Hauptzeugin der Verteidigung auf, reist durchs ganze Land und behauptet, dass ausnahmslos alle diese Fälle, in denen verschüttete, wiederentdeckte traumatische Erinnerungen eine Rolle spielen, reiner Humbug sind, dass die menschliche Erinnerung schon durch Zeitungslektüre verzerrt werden kann.

Sie ist sehr intelligent und ziemlich gut in ihrem Fach, und die Menschen sind ihr scheißegal. Leila macht gern Punkte.«

»Was meinst du damit?«, fragte Adam.

»Ich glaube, es geht ihr gar nicht so sehr ums Geld«, sagte ich. »Leila ist eine Trophäensammlerin, alle möglichen Trophäen. Außerhalb des Gerichtssaals ist sie eine Verfechterin der altmodischen männlichen Sexualmoral: Jeder, egal wer – Männer, versteht sich – führt Buch, nennt Namen.«

Ich wandte mich Marv zu. »Vor wenigen Minuten hat der VfbF eine Pressekonferenz abgehalten«, sagte ich.

»Irgendein Reporter wird sicher Kontakt mit dir aufnehmen.«

Bei dem Gedanken an einen Reporter, der Kontakt mit ihm aufnahm, schloss Marv die Augen. Von Moment zu Moment wurde er blasser. Plötzlich öffnete er die Augen wieder und stand auf. »Ich habe keine Zeit, weiter darüber zu diskutieren«, sagte er, auf die Uhr schauend. »Gleich kommt ein Klient.« Ohne ein weiteres Wort verließ er den Raum. Adam und ich sahen uns an. Vor zwei Minuten hatte Marv noch keinen Klienten erwartet.

13

Ich lief zurück zu meinem Wagen. Mit etwas Glück blieb mir noch die nötige Zeit, um die Beurteilung über Larsen zu schreiben, bevor er kalte Füße bekam. Ich brauchte nur zu meinem Büro zu rasen, meine Unterlagen zusammenzusuchen und den Bericht aufzusetzen. Aber die Zeit lief mir davon. Jede Minute konnte Larsen mir ein Fax schicken, in dem er seine Einwilligung widerrief. Es würde mich in eine blöde Situation bringen, wusste ich doch, dass ein Anästhesist frei herumlief, der narkotisierte Frauen vergewaltigte, und ich hätte nichts dagegen unternehmen können. Die ärztliche Schweigepflicht bezog sich auf alles außer sexuelle Belästigung von Kindern, und das schien das einzige Verbrechen zu sein, das Larsen nicht begangen hatte.

Ich stieg in meinen Wagen, trank die Coladose aus, die noch auf der Ablage stand, und fuhr aus der Parklücke. Die Anzeichen von Stress sind bei jedem Menschen anders. Wenn ich anfing, Getränke mit mir herumzuschleppen, Eistee, Kaffee, Cola, dann wusste ich, dass ich überarbeitet war. Freud hat Recht. Wir brauchen alle unsere Beruhigungsmittel. Der einzige Unterschied zu meinen Anverwandten bestand darin, dass meine Getränke nicht alkoholisch waren, aber der Impuls ist der gleiche.

Ich war beinahe bei meiner Privatpraxis angelangt, da klingelte das Telefon. »Michael«, sagte die Stimme. »Wo sind Sie gerade?«

»Ruth. Woher haben Sie meine Nummer?« Ich gab die Nummer meines Autotelefons normalerweise nicht heraus. Ich hatte es mir sowieso nur zugelegt, weil Adam wegen meiner nicht ungefährlichen Arbeit und aus Sorge um meine Sicherheit einen Aufstand gemacht hatte. Er hatte damit gedroht, mir eins zu kaufen, wenn ich es nicht selbst täte.

»Wir haben da so unsere Methoden«, sagte sie, und ich musste lachen, weil ich dabei an ihren Gesichtsausdruck dachte.

»Also, was gibt's?«

»Ihre Anwesenheit ist erforderlich. Wo sind Sie gerade?«

»Hängt davon ab«, sagte ich. »Wieso?«

»Curtis Todd ist wie durch ein Wunder wieder gesund und darf nach Hause. Eine typische Kinder-Selbstheilung. Sein Kopf ist wieder klar. Sonst war ja alles in Ordnung mit ihm. Seine Mutter und sein Vater sind hier, sie haben diverse Knochenbrüche erlitten – den beiden geht es nicht so gut –, aber sie dürfen auch nach Hause, und sie wollen Ihnen für alles danken.«

»Ich kann nicht«, sagte ich. »Richten Sie ihnen mein Bedauern aus und sagen Sie, ich sei verhindert. Das heißt, sagen Sie nicht verhindert. Lassen Sie sich irgendeine Entschuldigung einfallen. Aber bringen Sie es ihnen schonend bei.« Solche Dankesbezeugungen kann ich nicht gut aushalten, außerdem wurde die Zeit immer knapper, die mir noch blieb, um den Bericht über Larsen einzureichen, bevor der seine Einwilligung widerrief.

»Michael«, sagte sie, »der Junge will Sie unbedingt wiedersehen, bevor er entlassen wird. Ich glaube, er braucht das. Er hat seinen Eltern viel von Ihnen erzählt, und ich glaube, die Eltern wollen auch, dass Sie noch mal vorbeikommen. Ich bin nicht der behandelnde Seelenklempner, aber sind Sie nicht diejenige, die immer über mangelnde Nachsorge klagt? Also, kommen Sie gefälligst her.«

»Entschuldigen Sie bitte. Habe ich da irgendwas missverstanden? Bin ich nun ranghöheres Fakultätsmitglied oder nicht? Und Sie? Sind Sie nun eine kleine Assistenzärztin, die an meinen Lippen hängen soll, oder nicht? Reicht es nicht, morgens um vier aus dem Bett geklingelt zu werden? Jetzt kommandieren Sie mich auch noch rum! Ich will nicht zurückfahren. Außerdem habe ich tatsächlich etwas sehr Dringendes zu erledigen.« Ich hatte nicht die geringste Lust, die Beurteilung über Reggie Larsen zu schreiben, aber ich musste es tun.

»Das kann ich nicht gelten lassen. Machen Sie, dass Sie herkommen, dem Kind zuliebe, und zeigen Sie Großmut.«

Ich stieß einen Seufzer aus und wendete. Diese Frau war die reinste Tyrannin. Aber sie hatte Recht. Ständig lag ich den Assistenzärzten in den Ohren, wie wichtig die Nachsorge war, und wahrscheinlich brauchte der Junge diese Geste des Abschieds tatsächlich. »Also gut«, sagte ich. »Ich komme, aber nur für zwei Minuten, Guten Tag und Auf Wiedersehen, mehr ist nicht drin. Sie wissen doch, ich mag keine Sentimentalitäten.«

Der Parkplatz vor dem Krankenhaus war belegt. Ich fuhr auf die Rückseite und fand einen Ausweichplatz neben dem Hintereingang. Mit mir selbst schimpfend stieg ich aus. Ich wollte gerade über die Treppe hoch in den vierten Stock zur Kinderabteilung, als ich merkte, dass mir schlecht wurde. Schlagartig fühlte ich mich müde und ein bisschen benommen. Einigermaßen verwirrt lehnte ich mich an die Wand neben dem Aufzug, um wieder zu mir zu kommen. Es war so plötzlich passiert, ich war völlig konsterniert.

Ich überlegte, ob ich umkehren und zum Auto zurückgehen sollte, um mich ein paar Minuten auszuruhen, aber dann dachte ich, wie dumm das wäre. Bei der Müdigkeit würde ich sofort einschlafen, dabei warteten oben Leute auf mich. Ich schluckte ein paar Mal. Mein Speichelfluss erhöhte sich, wie bei einem pawlowschen Hund, was ich mir nun überhaupt nicht erklären konnte.

Ich drückte den Aufzugknopf, und die Türen öffneten sich sofort. Der Dienstaufzug wurde hauptsächlich für den Transport von Patienten in den OP benutzt, er war nicht für die Allgemeinheit gedacht und zu dieser Tageszeit kaum in Betrieb.

Während der Aufzug aufwärts schlich, ging es mir immer

schlechter, und ich glitt an der Wand hinab und setzte mich auf den Boden. Meine Lungen fühlten sich schwer an, und ich konnte kaum den ganzen Speichel herunterschlucken, der sich ständig neu bildete. Es war so seltsam, weil es mir fünf Minuten vorher noch blendend gegangen war. Welche Krankheit trat mit solcher Plötzlichkeit auf? Wie eine Grippe kam es mir nicht vor. Aber ich kam auch nicht darauf, was es sonst hätte sein können. Ich sah die Wände der Aufzugkabine an und hatte auf einmal das Gefühl, dass sie näher rückten, wie in einer Erzählung von Edgar Allen Poe.

Der Summer ertönte, und ich vernahm, wie sich die Aufzugtüren öffneten, aber als ich aufblickte, schienen sie meilenweit entfernt. Der Flur dahinter war verschwommen, unendlich lang und schmal wie ein Tunnel. Ich raffte mich auf, kam auf die Beine und steckte eine Hand in den Spalt zwischen die Schiebetüren, um den Schließmechanismus zu unterbrechen. Es war alles so lächerlich. Ich hatte mir einen Grippevirus eingefangen, oder vielleicht war es auch irgendeine absonderliche allergische Reaktion, aber ich würde doch wohl aus diesem Aufzug aussteigen können.

Ich taumelte aus der Kabine auf den Flur, direkt auf das Schwesternzimmer zu. Ich bewegte mich komisch, Arme und Beine fühlten sich schwer an, und ich war zu schlapp, um den Flur bis zum Schwesternzimmer zu überqueren. Die Atmung erforderte meine ganze Konzentration. Warum meinten die Menschen bloß immer, atmen sei leicht? Atmen ist höllisch schwierig. Wieso hatte ich das all die Jahre als selbstverständlich hingenommen?

Ich sah, wie die Stationssekretärin bei meinem Anblick aufstand. Offenbar konnte ich, wie eine Betrunkene, nicht artikuliert sprechen, dagegen war ihre Körpersprache eindeutig. Wieso sah sie mich so entgeistert an? Hatte sie noch nie in ihrem Leben einen Grippekranken gesehen? Wir befanden uns hier schließlich in einem Krankenhaus. Es erschien mir irgendwie komisch, dass sie mich so verdutzt ansah. Ich verlor den Kampf gegen den Speichelfluss, und die Spucke fing an, mir aus den Mundwinkeln zu tropfen.

Ich sah, wie sie zum Telefon hastete, und hörte, dass sie »Dr. Blue, bitte zur pädiatrischen Abteilung« ausrief. Um Himmels willen, was war los? Dr. Blue war ein Code, der besagte, dass alle verfügbaren Kräfte herbeieilen mussten, auf der Stelle. Das war doch albern. Bei einem harmlosen Grippefall ruft man doch nicht gleich Code Blue. Ich fiel auf die Knie, aber ich merkte, dass es mir schwer fiel, in der Höhe zu bleiben, und glitt gleich ganz zu Boden.

Meine Lungen versagten mir den Dienst, und schließlich, als ich schon Fußgetrappel hörte, dämmerte mir, dass es etwas Gefährlicheres sein musste als eine Grippe. Ich sah Ruths Gesicht über mir, und gleich schwächte sich das Gefühl der Panik ein wenig ab. Ruth, Ruth, Ruth, wollte ich sagen, ich kann nicht atmen. Aber ich konnte es nicht sagen, und nach der Angst zu urteilen, die aus ihren Augen sprach, wusste sie ohnehin Bescheid.

»Ganz ruhig, Michael«, hörte ich sie sagen. »Wir sind bei Ihnen.« Sie umfasste mein Handgelenk beim Reden, dann beugte sie meinen Kopf nach hinten und überprüfte meinen Hals. Da ist nichts, wollte ich sagen, aber mir wurde schwarz vor Augen, und es erforderte meine ganze Kraft, Luft in die Lungen zu pumpen; es fühlte sich an, als würden tonnenschwere Gewichte auf ihnen lasten.

Ich hörte noch mehr Fußgetrappel, überall erschienen plötzlich Gesichter, Beine und Füße. Ich hörte auch Stimmengewirr, nur erkennen konnte ich kaum noch etwas. Ich machte die Augen zu, die Lider wurden zu schwer.

Ich hörte, wie Ruth Befehle gab, sie beherrschte den Code. Jemand musste die Regie übernehmen; nur gut, dass es Ruth war. Dann hielt jemand mein Gesicht zwischen den Händen und blies Luft in meinen Mund, aber ich merkte nicht mehr viel davon, denn ich war schon halb weg, eigentlich ein sehr schönes Gefühl, trotzdem konnte ich darauf verzichten.

Ich musste geträumt haben. Was sonst? Wenn das Bewusstsein wie eine Kerze erlischt, hat das Unbewusste freie Hand, alle Bilder an die Oberfläche zu holen, die eigentlich ohnehin vorhanden sind, aber von dem logischen Zensor in uns am Auftauchen gehindert werden. Die linke Gehirnhälfte schwankte hin und her, spuckte ab und zu Worte aus, während die rechte ungestört Bilder entwarf, die man sonst nie zu sehen kriegt.

Außer im Schlaf. Oder wenn man ohnmächtig ist. Dann kommen die Träume. Ich dämmerte eine Zeit lang vor mich hin, beobachtete, wie Infusionen in einen Körper unter mir gelegt wurden, der mir irgendwie bekannt vorkam, dann schwebte ich den Gang entlang, glitt durch Wände hindurch, über die Straße zur psychiatrischen Abteilung. Warum gehe ich sonst nie diesen Weg?, dachte ich. Er ist doch so einfach und praktisch. Dieser ganze Aufwand immer, mit Aufzug, Treppen oder Unterführung, lächerlich. Unterhalb von mir sah ich Marv durch einen rückwärtig gelegenen Flur eilen, auf den Ausgang zu. Ich kam näher, und ich sah, dass er überall nass war, als würde er weinen, aber am ganzen Körper. Ich wollte etwas zu ihm sagen, aber da war er schon wieder weg, lief auf den Parkplatz. Er darf jetzt nicht gehen, dachte ich, er hat doch einen Klienten. Aber das schien nicht weiter wichtig. Nichts schien wichtig.

Dann befand ich mich wieder woanders, beobachtete

eine Schwester, die Monitore überwachte, eine Unzahl Monitore; es waren so viele, es musste sich um eine Spezialabteilung handeln. Sie drehte sich um, und ich erkannte Zania. »Zania«, fing ich an, »ich bin's«, aber ich hielt inne. Irgendetwas Dunkles schwirrte um sie herum, das sich mit ihr bewegte. Er wird ihr wehtun, dachte ich, ganz schlimm. Zuerst ich, dann sie.

Ich stöhnte und lief zurück zur pädiatrischen Abteilung. Ich durfte erst gehen, wenn ich ihr Bescheid gesagt hatte, vorher nicht. Die Tarasoff-Regel besagte, dass ich sie warnen musste, wenn jemand ihr wehtun wollte, und Tarasoff galt hier genauso wie dort. Der Tod wurde nicht als Entschuldigung akzeptiert.

Es war leicht. Ich würde ihr einfach Bescheid geben, und dann würde ich gehen. Aber für meine Kollegen hatte ich wirklich schlimme Nachrichten: Tarasoff war im Himmel.

Als ich endlich wieder zu mir kam, steckte irgendetwas Riesiges in meinem Rachen, damit er offen blieb, und im Hintergrund vernahm ich das unaufhörliche Dröhnen einer Maschine. Obwohl nur halb bei Bewusstsein, spürte ich die Wirkung der starken Betäubungsmittel, die mich ins Bodenlose zogen. In wachem Zustand hätte ich gewusst, dass sie Freunde waren, die mich davon abhielten, gegen die Maschine anzukämpfen, aber so starke Mittel erscheinen einem nie freundlich gesinnt.

Unermüdlich rebellierte ich, um mich von ihnen zu befreien, aber sie überrollten mich wie Wellen. Immer wieder schwebte das Gesicht von Leila über meinem Kopf, sie glitt auf ihrem Surfbrett dahin wie die böse Hexe aus dem *Zauberer von Oz* und lachte hysterisch, wenn ich versuchte, dieses blöde Brett zu fassen zu kriegen und sie umzustoßen.

Aber ich kam nicht mal in ihre Nähe, ich rutschte bloß immer tiefer und tiefer.

Dann hörte der Lärm der Maschine ganz auf, und eine Zeit lang war ich abwechselnd halb da und gleich wieder weg. Ich war mir sicher, dass ich Zania zwischendurch erkannte, aber ich war nicht wach genug, dass ich sprechen konnte. Vielleicht hatte ich es auch nur geträumt. Als ich wieder bei vollem Bewusstsein war, war sie jedenfalls nicht da. Der erste Mensch, den ich auf der Intensivstation zu Gesicht bekam, war Adam, der auf einem Stuhl saß und ein Buch las: er trug Jeans und T-Shirt. »Hey«, sagte ich mit schwacher Stimme und versuchte, den Kopf zu heben, »wo hast du denn dein Kostüm gelassen? Wieso arbeitest du nicht?«

»Michael«, sagte er, stand auf und setzte sich behutsam auf die Bettkante. Er beugte sich vor und küsste mich. »Wie geht es dir?«

»Nicht allzu gut«, sagte ich gedehnt; bei jedem Wort schmerzte es im Rachen. »Was machst du hier?«, krächzte ich.

»Ich habe mir ein paar Tage freigenommen. Draußen läuft ein Mensch frei herum, der was gegen dich hat.« Er sagte es leichthin, aber seine Augen glänzten, und als er meine Hand ergriff, fühlte es sich an, als würde er sie so schnell nicht wieder loslassen. »Ich bin nur zeitweilig hier«, fuhr er fort. »Manchmal gehe ich rüber, und dann übernimmt Jonathan die Stellung.« Jonathan war Adams bester Detective, ein ehemaliger Polizist aus Boston. Er war kräftig und wortkarg und sah aus, als könnte ihm nichts etwas anhaben, aber in einem Fall hatten wir mal zusammengearbeitet, und da hatte ich ihn anders erlebt.

»Meine Güte, Jonathan auch noch? Habt ihr euch freigenommen, um den Babysitter für mich zu spielen?« Ich wollte vor ihm die Empörte spielen, aber die Show gelang mir nicht einmal ansatzweise. Adams Anwesenheit war einfach tröstlich. »Ich brauche einen neuen Hals«, krächzte ich. Mein Rachen war wund von der Intubation. »Was ist passiert?« Ich spürte, dass ich wieder wegsackte.

»Du hast neun Leben, mein Kind. Jemand hat Ketamin in deine Cola getan. Ziemlich viel sogar. Ein sehr starkes Narkotikum. Es lähmt die Lungen. Wenn du nicht gerade zufällig in einem Krankenhaus gewesen wärst, als die Wirkung einsetzte, wärst du jetzt tot.« Er sagte es sanft und sah mich dabei an, aber ich war schon von allein darauf gekommen, wie knapp ich entkommen war.

»Mann oh Mann«, sagte ich. »Beinahe wäre ich nicht wieder aufgewacht.« Meine Stimme klang so heiser, und ich sackte schon wieder weg; Adam beugte sich zu mir hinunter, um meine Worte zu verstehen. Spontan hob ich den Kopf ein Stück an und küsste Adam auf die Wange. Dann schlief ich wieder ein, ohne noch etwas zu sagen, nicht mal die Worte »Reginald Larsen«.

Erst nach vierundzwanzig Stunden wachte ich wieder auf und hatte genug Kraft zum Sprechen. »Um Haaresbreite wäre ich nicht hergekommen«, sagte ich zu Adam. »Jemand wollte mir für etwas danken, und ich halte so etwas nicht gut aus. Ich wollte eigentlich gar nicht zurückfahren.«

Adam lachte gequält. »Das wird dir eine Lehre sein«, sagte er. »Übrigens geht es hier zu wie in einem Taubenschlag. Marv schneit jeden Tag mehrmals herein. Carlotta sitzt gerade an einem Fall außerhalb der Stadt, aber sie ruft dauernd an. Sogar Toby ist hier gewesen.«

Bei dem Namen meines geschätzten Vorgesetzten musste ich unwillkürlich die Augen verdrehen. »Wahrscheinlich war er es«, murmelte ich etwas verschlafen. »Oder wünscht wenigstens, er hätte es getan.«

»Kannst du wieder sprechen?«, sagte Adam. »Ich meine, weißt du, wer es war?«

»Ein Mann namens Reginald Larsen«, sagte ich, ohne zu zögern. »Ein Klient.«

»Hat es nichts mit dem Sam-Carlson-Fall zu tun?«, fragte Adam.

»Nein, wieso?«

»Ach, nichts weiter.«

»Doch, sag. Warum fragst du?«

»Weil vor dem Krankenhaus, fünfzehn Meter von deinem Auto entfernt, eine Pressekonferenz mit Sam Carlsons Sohn Mark stattfand, als es passierte.«

Ich lächelte grimmig. »Leila war auch da. Sie wäre eine viel bessere Kandidatin gewesen.«

Er lachte leise. »Ist ja nur eine Frage. Die Familie ist stinksauer auf dich. Der Sohn war am Tatort. Die Coladose stand in deinem Auto. Da haben wir sie später gefunden. Und obendrein ist der Mann Tierarzt. Er kommt also an Betäubungsmittel heran.«

»Ach, tatsächlich?«

»Tatsächlich.«

Ich überlegte einen Moment. »Trotzdem. Er hätte das Zeug ja bei sich haben müssen. Warum sollte er so etwas machen? Er konnte doch gar nicht wissen, dass ich da sein würde. Außerdem, warum sollte er dermaßen stinkig auf mich sein? Er kannte mich ja überhaupt nicht. Viele Leute sind stinkig auf mich, aber erst, wenn sie mich kennen gelernt haben.«

»Das stimmt«, sagte Adam. »Also, wer ist dieser Reginald Larsen?«

Ich erzählte es ihm.

14

Zania wollte nicht mit Adam reden. Sie war nur an die Tür gegangen, um ihm zu sagen, er solle verschwinden, und das Telefon hatte sie auch nicht abgenommen. Auf der Arbeit war sie ebenfalls nicht erschienen. Sie war seit drei Tagen krank gemeldet.

Am nächsten Tag wartete ich daher nachmittags so lange, bis Adam sich verabschiedet hatte, und zog mich dann langsam an. Erstaunlich, wie schlapp und ausgelaugt mein schmächtiger kleiner Körper war und um wie viel schmaler als noch vor drei Tagen. Ich fühlte mich elend, aber ich redete mir ein, ich könnte ja jederzeit zurückkehren.

»Ich verschwinde von hier«, sagte ich zu Jonathan, als ich auf den Gang trat. Ich verzichtete darauf, mich mit der Hand an der Wand abzustützen. »Vielen Dank.«

»Gern geschehen«, sagte er. »Aber, äh, so wie Sie aussehen, sollten Sie lieber hier bleiben. Haben Sie jemandem Bescheid gesagt, dass Sie gehen?«

»Sie kennen doch den gewinnorientierten Pflegebetrieb«, sagte ich. »Man darf nicht bleiben, solange man nicht kurz vorm Sterben ist. Und dann werfen sie einen erst recht raus. Ein Unding.«

Er sah mich skeptisch an.

»Sagen Sie Adam, es wäre etwas dazwischengekommen. Ich hätte unbedingt etwas erledigen müssen. Mir geht es ganz gut. Wirklich. Na ja, so einigermaßen.« Jonathan sah nicht gerade glücklich aus, aber was sollte er schon groß machen, außer es seinem Chef zu melden.

Ich hatte Melissa angerufen, um mir Zanias Adresse geben zu lassen, die sie mir bei ihrem ersten Besuch genannt hatte, und jetzt wollte ich auf schnellstem Wege zu ihr. Sie hatte ein Haus auf dem Land gemietet – wenn sie Angst davor hatte, verfolgt zu werden, war das sicher keine gute Idee. Aber vielleicht wurde sie ja gar nicht verfolgt; vielleicht hatte sie gedacht, sie würde Reggie für immer hinter sich lassen, als sie seinerzeit aus Boston weggezogen war.

Ich stieg in meinen Wagen, aber auf einmal war ich zu müde, um den Motor anzulassen. Ich lehnte die Stirn ans Steuerrad und wartete ab, bis ich genug Kraft hatte, den Schlüssel herumzudrehen. Meine Güte, es ist schon seltsam, was so eine Geringfügigkeit wie ein Beinahe-Tod mit einem anstellen kann.

Bei dem Haus, das Zania gemietet hatte, handelte es sich um ein altes Farmhaus in der Nähe der Interstate. Die Vorhänge waren zugezogen, und das Haus sah verlassen aus. Das Garagentor war zugesperrt, und ich hatte daher keine Möglichkeit herauszufinden, ob Zania überhaupt da war oder nicht. Irgendwie war das auch egal, ich musste es eben einfach probieren. Auf der Stufe zur Tür blieb ich stehen und merkte plötzlich, dass sich etwas in mir verändert hatte, aber den Gedanken wollte ich erst später weiter verfolgen.

Ich schaute auf, um anzuklopfen, und auf einmal kam ich mir vor, als wäre ich direkt dem Gedicht »Die Zuhörer« von Walter de la Mare entsprungen, einem Gedicht, das mir als Kind immer sehr gefallen hat. »Sag Bescheid, ich sei da … mein Wort zu halten«, hätte ich am liebsten laut zitiert, aber natürlich klopfte ich nur an die Tür und sagte: »Hallo, Zania, ich bin's, Michael.«

Keine Antwort. »Machen Sie auf, Zania. Ich muss mit Ihnen reden.« Ich klopfte noch eine Zeit lang weiter und gewann allmählich den Eindruck, dass sie tatsächlich nicht zu Hause war, als die Tür abrupt geöffnet wurde.

Zania schaute mich einen Moment an, dann sagte sie: »Sie sehen schlecht aus. Was machen Sie überhaupt hier? Sie hätten gar nicht so früh entlassen werden dürfen.« Zania war auch nicht gerade das blühende Leben, sie hatte Flecken im Gesicht und Ringe unter den Augen.

»Es geht mir schon wieder ganz gut.«

»Das sieht man Ihnen aber nicht an.«

»Vielen Dank«, sagte ich, »aber wenn ich die Alternative bedenke …« Ich wollte es ganz locker sagen, aber die Atmosphäre war alles andere als locker. »Darf ich reinkommen?«

»Ich will nicht mehr darüber reden«, sagte sie. Plötzlich ertönte hinter ihr ein Schrei. Sie drehte sich kurz um, und ich schlüpfte an ihr vorbei ins Haus.

»Es dauert nur kurz«, sagte ich, ging auf ein Sofa zu und ließ mich nieder. Ich war so erschöpft, dass ich dankbar war, sitzen zu können, und es hätte einiger Anstrengung bedurft, mich wieder von dem Sofa zu vertreiben. Zania warf mir einen knappen Blick zu, schien meinen Zustand zu erfassen und schloss die Tür. Sie ging zu dem Verursacher des Geschreis und kniete sich hin.

Auf dem Boden war ein kleines Kind, ungefähr sechzehn Monate alt. Das Mädchen hatte dünnes blondes Haar, das bis über die Ohren reichte, und die strahlendsten blauen Augen seit Paul Newman. Sie zerrte an einer Decke, einer abgenutzten und verschlissenen Decke für ein Kinderbettchen, die aussah, als hätte sie sie seit tausenden von Jahren mit sich herumgeschleppt. Leider stand die Kleine mit den Füßen auf der Decke, eine Tatsache, die es unmöglich machte, sie freizubekommen. Das Mädchen schrie wie am Spieß, ohne jede Einsicht, dass sie selbst zu ihrem Unglück beitrug, genauso wie manche Erwachsene, die ich behandelte.

»Robin, lass mich …«, mischte sich ihre Mutter ein, aber Robin schrie noch lauter, sodass Zania zurückwich.

Sie unternahm einen zweiten Versuch, Robin zu demonstrieren, dass sie mit ihren eigenen Füßen auf der Decke stand, aber Robin starrte sie mit einem grimmigen Blick an, den sogar Kaiser Nero nicht besser hinbekommen hätte. Ein Panzer wäre durch diesen Blick zum Stehen gebracht worden, und er brachte ihre Mutter dazu, nicht einzugreifen.

Andere Mütter hätten das Zwölfkilopaket hochgehoben, das Kind beiseite genommen, und das ganze Problem wäre gelöst, doch Zania stand bloß am Rande des Geschehens und schaute hilflos zu.

Robin zerrte mit einem letzten wilden Ruck, und es gelang ihr, die Decke unter ihren Füßen hervorzuziehen, aber sie selbst fiel dabei hin. Sie plumpste auf ihren windelgepolsterten Hintern und hörte vor Schreck auf zu schreien.

»Ganz schön munter«, bemerkte ich.

Ich hatte mich sofort in das Kind verliebt, doch Zania schüttelte bloß den Kopf und antwortete müde: »So kann man es auch sehen.« Sie setzte sich in einen Sessel mir gegenüber, behielt aber Robin im Auge.

»Ist sie immer so?«

»Bloß sieben Tage die Woche.«

»Wie kommen Sie mit ihr zurecht?«

»Ach, meistens gebe ich ihr, was sie haben will. Es lohnt sich nicht zu streiten.«

Ich wollte schon zu bedenken geben, dass es dann in der Pubertät wohl erst richtig spannend werden würde, ließ es aber bleiben. Es hatte mich keiner nach meiner Meinung gefragt. Ich war aus einem ganz anderen Grund gekommen.

Widerstrebend riss ich mich zusammen und konzentrierte mich auf das Naheliegendste. »Wie gehen Sie damit um?«

»Womit? Der Tatsache, dass ich beinahe schuldig an Ihrem Tod geworden wäre? Ich fühle mich beschissen. Aber ich hätte niemals gedacht …«

»Zania, Sie haben keine Schuld, dass ich beinahe getötet worden wäre. Wie kommen Sie bloß darauf?«

»Wenn ich Ihnen nicht gesagt hätte …«

»Zania! Reggie hat nie erfahren, dass ich mit Ihnen geredet habe. Wenn er es war, der den Anschlag verübt hat, dann deswegen, weil er mir viel von sich erzählt hat. Nicht, weil Sie mir etwas von ihm erzählt haben.« Sie wirkte nicht überzeugt, aber ich fuhr trotzdem fort.

»Darf ich Ihnen ein paar Fragen stellen«, sagte ich sanft. »Für mich ergibt das alles keinen rechten Sinn. Aus heiterem Himmel macht ein Mensch normalerweise so etwas nicht. Es sei denn, es liegt ein schwerwiegenderes Problem vor, das ich nicht kenne. Man fängt in diesem Alter nicht mehr an, Menschen mit dem Tod zu bedrohen. Gibt es irgendetwas, das Sie mir nicht erzählt haben? Hat es auf Ihrer Intensivstation mal unerklärliche Todesfälle gegeben, in der Zeit, als Larsen gerade auf Station war? Irgendetwas, worauf Sie sich keinen Reim machen konnten?«

Zania schwieg einen Moment. »Soll das ein Witz sein?«, sagte sie schließlich. »Sie können einen Mann wie Reginald Larsen doch nicht beschuldigen …«

»Ich beschuldige ihn nicht, Zania. Haben Sie Nachsicht mit mir. Überlegen Sie.«

Sie zuckte mit den Achseln. »Schwer zu sagen«, antwortete sie ausweichend. »Nahezu jeder, der auf die Intensivstation verlegt wird, ist in Lebensgefahr und könnte sterben. Deswegen ist er ja da. Und viele sterben auch tatsächlich.«

»Aber der Zeitpunkt des Todes ist eine andere Sache. Ist

jemals ein Patient unmittelbar nach einem von Larsens Besuchen auf der Station gestorben? Jemand, der sich eigentlich auf dem Weg der Besserung befunden hatte? Ist mal irgendwas Unerklärliches passiert?« Vielleicht war der Gedanke ein bisschen weit hergeholt, aber wenn sich die beste Vorhersage zukünftigen Verhaltens aus dem Verhalten in der Vergangenheit erschließt, dann lässt sich aus dem gegenwärtigen Verhalten vielleicht am besten auf das Verhalten in der Vergangenheit schließen.

»Eigentlich nicht«, sagte sie und verstummte. Sie sah zu Boden, fast schuldig, dachte ich.

»Was?«

Im selben Moment fing Robin wieder an zu schreien, und wir beide schauten zu ihr hinüber. Sie hielt eine kleine Spieldose in den Händen und versuchte, sie von der Seite zu öffnen, an der sich die Scharniere befanden. Natürlich passierte nichts, da der Deckel an der Kante fest montiert war. Unbeirrt zog sie weiter und schimpfte dabei. Verdammt noch mal, warum kriege ich diese blöde Dose nicht auf! Ich musste unwillkürlich lächeln. Robins Herangehensweise ans Leben kam mir vertraut vor.

Zania ignorierte das Geschrei und wandte sich wieder mir zu. »Das ist doch lächerlich. Wie können Sie so etwas über einen Mann wie Reginald Larsen behaupten? Es würde Ihnen niemand glauben.«

»Wer würde schon glauben, dass er versucht hat, mich umzubringen? Aber darum geht es mir nicht. Wenn er versucht hat, mich umzubringen, muss man sich vielmehr die Frage stellen, ob er so etwas zum ersten Mal macht. Darum geht es.« Am liebsten hätte ich gesagt: »Tun Sie doch nicht so. Sie wissen ganz genau, dass er versucht hat, mich umzubringen. Wieso geraten Sie denn so ins Schwitzen?« Aber ich ließ es bleiben. Stattdessen sagte ich: »Und deswegen bin ich hier, Zania. Er hat viel eher einen Grund, Sie zu fürchten als mich.«

»Ich bitte Sie. Was soll das denn heißen?«

»Bei mir kann er wenigstens hoffen, dass ich mich an meine Schweigepflicht halte, obwohl er wahrscheinlich nicht davon ausgegangen ist. Aber Sie haben nicht den geringsten Grund, irgendwas über ihn zu verheimlichen. Keinen. Und dem Krankenhaus gegenüber haben Sie nur einen Bruchteil Ihres Wissens offenbart. Sie haben nur zugegeben, dass Sie ›vielleicht‹, ›möglicherweise‹ einen Vorfall beobachtet hätten, und dann haben Sie noch hinzugefügt, Sie hätten es eigentlich nicht richtig gesehen, Sie wären erst danach in den Raum gekommen und wären sich nicht sicher. Und er weiß nicht einmal, dass Sie der Krankenhausleitung nur diese eine Geschichte und nicht noch mehr erzählt haben.

Von ihm aus betrachtet, sitzen Sie auf einem Pulverfass von Informationen, das seine berufliche Laufbahn zerstören kann. Aber er glaubt, Sie hätten nichts weitergegeben. Sie wissen, dass er sich dauernd auf der Intensivstation aufgehalten hat, obwohl gar kein Grund dafür vorlag, dass er in die Krankenzimmer hineinging und die Tür hinter sich verschloss. Sie hatten ein Verhältnis mit ihm, und Sie wissen, dass er immer dann auf die Station kam, wenn Sie Schicht hatten. Das sieht für einen Außenstehenden nach Absicht aus, von dem Vorfall mit der Patientin, den Sie beobachtet haben, ganz zu schweigen. Reginald weiß sehr genau, dass seine Karriere beendet ist, wenn Sie den Mund aufmachen und alles, wirklich alles erzählen, was Sie wissen.«

»Ist das Ihr Ernst? Soll das heißen, dass er versuchen wird, mich zu töten?« Die Angst, die in ihrer Stimme mitschwang, jagte mir eine Gänsehaut über die Arme. Ich kam mir vor wie Alice im Wunderland, ihr Mangel an logischem Denkvermögen erstaunte mich. Wieso war sie nicht schon längst selbst darauf gekommen? Aber ich erlebte es immer wieder: was der Mensch nicht sehen will, nicht ertragen kann, das sieht er auch nicht.

»Das könnte durchaus sein«, sagte ich vorsichtig.

»Mich töten? Mich töten? Das glaube ich einfach nicht. Das ist doch albern. Reggie würde niemals versuchen, mich zu töten.«

Ich schwieg. Ich wollte fragen, warum sie meinte, er würde es niemals versuchen, aber das erschien mir dann doch zu grob. Nach einigem Herumgedruckse war mir jedoch immer noch nicht eingefallen, wie ich mich anders ausdrücken sollte; ich gab daher auf und sagte: »Also gut, warum nicht?«

»Weil er Arzt ist, verdammt noch mal. Er würde doch keinen Menschen töten.«

Sie sah den Ausdruck in meinen Augen und sagte kleinlaut: »Ob er es war, der versucht hat, Sie zu töten, wissen wir ja nicht mit letzter Sicherheit. Es kann auch jemand anders gewesen sein.«

»Wieso haben Sie dann geweint, wenn Sie meinen, es könnte jemand anders sein? Warum sind Sie dann die letzten drei Tage über zu Hause geblieben? Zania, machen Sie sich nichts vor! Sie können nicht übersehen, dass Reggie Larsen versucht hat, mich zu töten, und gleichzeitig so tun, als würde er Ihnen niemals etwas antun.«

»Er würde mir nie wehtun«, behauptete sie trotzig, aber ich hörte einen panischen Unterton heraus. »Ich habe eine kleine Tochter. Was sollte aus Robin werden?«

»Über so etwas machen sich diejenigen, die andere Menschen töten, keine Gedanken. Es kümmert sie einfach nicht.

Ich bitte Sie, Zania, kennen Sie vielleicht einen Killer, der sich Sorgen macht, welche Auswirkungen seine Tat auf die Angehörigen hat? Aber Sie brauchen deswegen nichts zu befürchten. Wenn Sie dem Krankenhaus gegenüber alles sagen, was Sie wissen, hat er gar keinen Grund, Sie zu töten. Wenn es raus ist, ist es raus. Er sinnt nicht auf Rache. Außerdem würde er seine Lage nur noch verschlimmern, wenn Sie unter merkwürdigen Umständen ums Leben kämen, nachdem Sie ihn verpfiffen haben. Sie sind nur in Gefahr, solange es ihm etwas nützt, Sie zum Schweigen zu bringen.«

Zania stand auf. »Das kann ich nicht machen«, sagte sie, und diesmal klang ihre Stimme so schrill, dass Robin aufhörte, an der Dose herumzuzerren, und zu ihrer Mutter aufschaute. »Sie haben überhaupt nichts begriffen. Sie haben von nichts 'ne Ahnung. Raus hier! Sie machen mir Angst. Das muss ich mir nicht bieten lassen.«

»Zania, bitte ...«

»Auf der Stelle. Sie müssen jetzt gehen. Ich habe zu tun. Für so was möchte ich meine Zeit nicht verschwenden.«

Ich war wie vor den Kopf gestoßen. Es hatte keinen Zweck zu widersprechen. Zania war viel zu verängstigt, um klar denken zu können, einen Entschluss zu fassen oder irgendwas zu unternehmen, um den Druck loszuwerden. Ich wollte sagen: »Hey, hören Sie mal! Bedeutet es Ihnen irgendwas, dass auch mein Leben in Ihren Händen liegt?« Aber das würde ganz sicherlich nicht weiterhelfen. Wenn sie nicht reden wollte, um ihr eigenes Leben zu retten, würde sie bestimmt auch nicht reden, um mein Leben zu retten.

Ich stand auf und ging hinaus. Hier konnte ich nichts mehr ausrichten. Am Auto drehte ich mich um und sah noch einmal kurz zurück zum Haus. Ich wünschte, mein Leben läge in Robins Hand und nicht in der ihrer Mutter.

15

Ich fuhr nach Hause, aber dann änderte ich meinen Entschluss. Es gab jemanden, der etwas wusste, was mir in dieser Situation vielleicht weiterhalf. Und jetzt würde er es mir ganz bestimmt sagen. Unterwegs überlegte ich mir, wie ich an die Sache herangehen sollte. Es wollte reiflich überlegt sein. Ich würde ihn höflich fragen, und wenn er sich weigerte, mir etwas zu sagen, dann, und nur dann, würde ich damit drohen, ihm beide Daumen zu brechen.

»Michael«, sagte Marv, als er mir die Tür öffnete, und die Wärme in seiner Stimme war Balsam für meinen müden zarten Körper und meine gepeinigte Seele. »Gott sei Dank. Komm rein, komm rein. Ich war heute Nachmittag auf der Intensivstation, aber da warst du schon weg, und keiner wusste, wo du steckst. Du hast dich doch wohl nicht unerlaubt von der Truppe entfernt, meine Liebe, oder? Nach allem, was passiert ist. Übrigens hat Carlotta angerufen. Sie sucht auch nach dir.«

»Ich musste unbedingt etwas erledigen«, sagte ich. »Hast du einen Moment Zeit für mich? Ich möchte etwas mit dir besprechen.«

»Für dich habe ich immer Zeit«, sagte Marv. »Willst du zum Abendessen bleiben?«

»Nur, wenn wir nichts von außerhalb bestellen«, sagte ich. »Mein Vertrauen in fremde Küche ist momentan auf einem Tiefpunkt. Und biete mir bloß keine Cola an.«

Marv lachte. »Ich werde uns schon etwas zaubern, wenn du nicht allzu pedantisch bist.«

»Ich bin ja schon vieles genannt worden, aber das noch nicht«, erwiderte ich.

Dankbar ließ ich mich auf Marvs dick gepolstertem Sofa nieder, während er aus der Küche etwas zu trinken holte. Auf einmal fühlte ich mich so müde, dass ich auf der Stelle hätte einschlafen können. »Wie kommst du in dem Fall Carlson voran?«, rief ich ihm in die Küche hinterher.

»Berechtigte Frage«, antwortete Marv. »Jody und ich treffen uns morgen mit ihrem Bruder Mark.«

»Wozu?«, fragte ich und schloss für einen Moment die Augen.

Marv steckte den Kopf durch den Türspalt. »Er hat darauf bestanden. Sein Vater ist immer noch nicht wieder aufgetaucht. Die Familie macht sich zunehmend Sorgen, dass ihm etwas zugestoßen sein könnte.«

»Und wieso sollte ein Treffen mit dir daran etwas ändern? Glaubt der Bruder vielleicht, du wüsstest, wo sich sein Vater aufhält, oder du hättest ihn irgendwo versteckt?«

Marv zuckte mit den Schultern, und sein Kopf zog sich wieder zurück in die Küche. »Ich weiß nicht, was er glaubt. Er hat Jody und mich nur um einen Termin gebeten. Ob die Mutter mitkommt oder nicht, weiß ich nicht. Jedenfalls will ich diesmal einige Regeln festlegen, vorher. So ein Desaster wie das letzte Mal soll sich nicht wiederholen.« Ich hörte ein gewisses Schaudern aus seiner Stimme heraus.

»Wahrscheinlich will er, dass Jody den Vorwurf fallen lässt und sich offiziell entschuldigt«, bot ich als Erklärung an. »Sie soll Dad bitten, wieder nach Hause zu kommen, alles sei vergeben und vergessen. Soll heißen, es gibt nichts zu vergeben, es ist ja gar nichts passiert. Das jedenfalls würde der VfbF ihm raten: eine Entschuldigung verlangen. Falls Jody nicht einwilligt, euch beide mit Anzeigen überschütten. Und wenn sie sich entschuldigt, diesen Akt vor der Öffentlichkeit als erneuten Beweis für eine ›fälschliche Beschuldigung‹ darstellen.«

Marv brachte die Getränke und setzte sich. »Glaubst du wirklich, dass die Familie Anzeige erstatten wird?«, fragte er beunruhigt.

Schneller als dir lieb ist, dachte ich, sagte es aber nicht laut. Ich hatte heute schon mal jemandem Angst eingejagt. »Es hängt ganz davon ab«, sagte ich. »Man weiß nie« – im Gegensatz zu mir und Leila und dem ganzen Verein für fälschlich beschuldigte Familien, welche die Politik verfolgten, grundsätzlich jeden zu verklagen, wen, wann und wo auch immer. Wenn ich den VfbF richtig einschätzte, würde ihm ein Selbstmord Carlsons am besten in den Kram passen. Allein die Publicity! Leila hatte den Selbstmord praktisch vor der Kamera vorhergesagt, und falls es wirklich so weit käme, würde sie natürlich als ziemlich clevere Person dastehen.

»Soll ich auch kommen?«

»Du siehst nicht gerade blendend aus, meine Liebe. Spann lieber mal ein paar Tage aus.«

»Mal sehen«, sagte ich. »Ich komme, wenn es eben geht.« Auch wenn er es nicht zugeben würde, aber Marv sah mich mit so dankbarer Miene an, dass ich beschloss, morgen früh anzutanzen – wenn mir nach Tanzen zumute war.

»Beschließen wir das Kapitel«, sagte Marv. »Wie geht es dir?«

Ich rührte nachdenklich in meinem Eistee. »Ich möchte wissen«, sagte ich ohne Umschweife, »was Reginald Larsen senior damals zu dir gesagt hat und was dich veranlasst hat, mir zu raten, seinen Sohn lieber nicht zu behandeln.« Ich trank einen Schluck und sah Marv an.

Marv erwiderte meinen Blick; man sah förmlich, wie es in ihm arbeitete. »Ich hätte es dir sagen sollen«, meinte er.

»Das heißt nein, doch nicht. Ich habe es dir deswegen nicht gesagt …« Er seufzte. »Ach, es ist ohnehin zu spät.« Er seufzte erneut und lehnte sich in seinem Sessel zurück. »Also gut. Es war zu der Zeit, als Reginald junior Assistenzarzt in Texas war. Es gab einen Skandal. Er wurde von einer Patientin wegen unsittlichen Benehmens während eines Examens angezeigt. Irgendetwas in diese Richtung, es ist schon lange her. Die Einzelheiten sind mir entfallen.

Jedenfalls wurde überlegt, wie man vorgehen soll – wie du weißt, ist es außerordentlich schwierig, einen Assistenzarzt in seinem letzten Jahr zu versetzen. Zu dem Zeitpunkt bekam der Ausschussvorsitzende anonyme Anrufe, in denen er und seine Familie bedroht wurden.« Ich musste sofort an Zania und Robin denken. Mit fünfzig probierte man keine radikal neuen Sachen aus. Was immer Reggie tat, er tat es höchstwahrscheinlich nicht zum ersten Mal.

»Um es kurz zu machen, die Anrufe gingen auf Reggies Konto, und er wurde entlassen. Ohne jedes Empfehlungsschreiben. Ich glaube, er ist danach zur Armee gegangen. Die brauchte damals dringend Ärzte. Es fand sich keine andere Assistentenstelle für ihn.

Seine Eltern waren verzweifelt. Sie wollten von mir wissen, welche Therapie ich für angebracht hielt. Ich habe ihnen eine vorgeschlagen, aber ob Reggie jemals darauf eingegangen ist, weiß ich nicht. Ich wollte einfach nicht, dass du diesen Fall übernimmst.«

»Warum nicht?«

»Reggie ist bekannt für sein impulsives Handeln. Wenn man das bedenkt, und dazu die Sache aus seiner Zeit als Assistenzarzt … na ja, ist doch sonnenklar, findest du nicht? Er kann Druck nur schwer aushalten und hat ein unterentwickeltes Überich, gepaart mit einem schwach ausgeprägten Ego und einem signifikanten Maß an Impulsivität. Angesichts der speziellen Beurteilungen, die du machst und die für den Klienten vermutlich jede Menge Stress bedeuten, ließ das nichts Gutes ahnen. Vielleicht ist Reggie seit seiner Zeit als Assistenzarzt ja gereift, mag sein, aber wenn man berücksichtigt, welche Schwierigkeiten er hat, wie du angedeutet hast, fürchte ich, dass das nicht der Fall ist.«

Ich lehnte mich in die Polster zurück. »Nur, damit ich dich richtig verstehe, Marv: Du hattest also Angst, ich würde ihn dermaßen unter Druck setzen, dass er ausrasten und irgendeinen Anfall kriegen würde, wie damals in Texas, es sei denn, er wäre in der Zwischenzeit etwas erwachsener geworden.«

»Genau«, erwiderte Marv. »Vielleicht dachte ich bloß, ich müsste dich beschützen, weil du in letzter Zeit so schlechte Erfahrungen gemacht hast. Immerhin hast du mit etlichen Klienten zu tun gehabt, die ein unterentwickeltes Abgrenzungsvermögen hatten.«

Ich lachte. Vor einiger Zeit hatte jemand versucht, mich zu erwürgen, und jemand anders hatte auf mich geschossen, und das konnte man wohl als unterentwickeltes Abgrenzungsvermögen bezeichnen, obwohl die beiden nach meinem Südstaatenverständnis einfach bloß »blöde Arschlöcher« waren.

Marv wollte noch etwas ergänzen, da klingelte das Telefon. »Hallo«, sagte er. Er hörte eine Weile schweigend zu. »Nein, selbstverständlich. Sie stören nicht. Sie können mich jederzeit anrufen.«

Er sah mich an und zuckte mit den Achseln, als wollte er sagen, dass er nichts dagegen tun könne, und ging mit dem Telefon in ein anderes Zimmer. Es handelte sich offenbar um eine Krisensituation; die Unterbrechung konnte also länger dauern.

Ich stand auf, spazierte im Zimmer umher und betrachtete Marvs Kunstsammlung. Es gab einige Stücke, die ich meinte noch nie gesehen zu haben, und nach einigen Minuten fiel mir auf, dass sich irgendwas verändert hatte. Erst nach einer ganzen Weile wurde mir klar, worin die Veränderung bestand.

Als Marv schließlich auflegte, setzte ich mich nicht gleich wieder hin. »Marv«, sagte ich, »seit wann hast du diese Lithographie?«

Marv trat neben mich. »Ach die«, sagte er, »die habe ich vergangenen Oktober in einer kleinen Galerie in New York entdeckt. Ab und zu bekommt der Galerist wunderbare Arbeiten herein, die ich mir leisten kann. Bei den meisten ist überhaupt nicht daran zu denken.«

Wunderbar – so konnte man es natürlich auch sehen. Ich schlenderte weiter, suchte nach Bildern, die ich noch nicht kannte. »Was ist mit diesem kleinen freskoartigen Teil?«

»Ach das, Mutter mit Kind. Du wirst es nicht glauben, aber das habe ich auf einem Flohmarkt gefunden, als ich durch London spazieren ging.«

»Wann war das?«

»In diesem Frühjahr. Als ich aus Russland zurückkam.«

Ich ging ins Esszimmer, immer noch auf der Suche. »Was ist mit dieser Statue auf dem Schränkchen?«

»Die habe ich immer schon gehabt«, sagte Marv. Ich betrachtete sie genauer, vielleicht täuschte ich mich ja.

»Hat die schon immer hier gestanden?«

»Nein. Die hatte ich nicht ausgestellt. Ich musste vieles umstellen, denn langsam geht mir der Platz aus.«

Ich hatte mich doch nicht getäuscht. Ich setzte mich hin und überlegte, wie ich es ihm beibringen sollte, da klingelte erneut das Telefon. Wieder war es das Krankenhaus, eine

Anfrage, ob Marv mit einem Klienten reden wollte, ein Notfall. Marv warf mir einen Blick zu und sagte in den Hörer, der Bereitschaftsdienst solle das übernehmen. Ich fragte mich sofort, was er wohl gemacht hätte, wenn ich nicht da gewesen wäre. Hingefahren, vermutlich. Er hätte sich nicht am Telefon darüber unterhalten. Er wäre ins Krankenhaus gefahren und hätte den Abend über gearbeitet.

»Entschuldige die vielen Unterbrechungen, Michael«, sagte er. »Ich war wirklich sehr beunruhigt, nach dem, was dir passiert ist, und ich habe mich gefragt, ob ich etwas hätte sagen sollen oder nicht. Ich weiß, dass Adam mit den Ermittlungen beauftragt ist, aber wenn ich irgendwas für dich tun kann, gib Bescheid.«

»Danke«, sagte ich. »Das ist nett von dir, aber im Moment geht mir etwas ganz anderes durch den Kopf. Darf ich mal einige von deinen Bildern umstellen?«

Marv schien überrascht. »Umstellen?«

»Nur für ein paar Minuten.«

»Natürlich, aber ...«

»Nur Geduld.« Ich stand auf und nahm alle Bilder, die Marv im vergangenen Jahr gekauft hatte, behutsam von der Wand und stellte sie in einer Reihe nebeneinander auf, nach dem Zeitpunkt ihres Erwerbs angeordnet. Dann trat ich zurück, nahm einige ältere Stücke und stellte sie vor die neuen.

»Sieh dir das an«, sagte ich.

Marv schaute erst mich und dann die Bilder an. Er stand verwirrt und verlegen da, dann sah ich, dass sich sein Blick trübte. »Nein«, sagte er, »ich weiß nicht, worauf du hinauswillst.«

»Guck genau hin, Marv«, bat ich ihn. »Die Bilder sind ein Rorschachtest. Du bist ausgebrannt. Du brauchst Leben um dich herum. Wenn du dir schon keine Freundin zulegen willst, dann schaff dir wenigstens ein Haustier an, einen Dobermann oder so was.« Ich sah den Blick in seinen Augen. »Na gut, wenn schon keinen Dobermann, dann vielleicht einen Goldfisch. Irgendwas.«

»Bei allem Respekt«, sagte er eisig, »ich weiß nicht, was du meinst. Und was Kunst betrifft, das ist einfach nicht dein Ding, Michael. Können wir nicht in Ruhe zu Abend essen, und du erzählst mir von den Problemen mit Dr. Larsen.«

Ich stand wie angewurzelt da, fassungslos. Keiner hörte auf mich. Erst wollte Zania nicht auf mich hören und jetzt Marv, und doch wäre ich jede Wette eingegangen, dass ich Recht hatte. Reggie hatte allen Grund, Zania zu töten, und dass er dazu in der Lage war, hatte er uns bereits vorgeführt. Und die Kunstwerke, die Marv im vergangenen Jahr gekauft hatte, sagten alles über ihn, vor allem, was in seinem Leben nicht stimmte. Jeder ging seinen Weg, den Blick stur auf den Boden geheftet, auf einen Punkt wenige Zentimeter vor den Füßen, und keiner wollte geradeaus blicken, aus Angst vor dem, was er zu sehen bekam. Blieb mir nur die Hoffnung, dass das nicht auch für mich galt.

16

Ich überlegte, ob ich zurück ins Krankenhaus fahren sollte, aber das hätte ich nicht ausgehalten. Dann überlegte ich, ob ich zu Adam fahren sollte, aber das wollte ich auch nicht. Am liebsten wollte ich zu mir nach Hause, wollte allein in meiner kleinen Finnhütte sein, dem Plätschern des Baches zuhören, der durch meinen Garten floss, und vielleicht in der Badewanne liegen und die Seele baumeln lassen. Bestimmt würden sich einige fragen, ob ich noch ganz normal war, denn die Hütte war relativ abgeschieden, aber sie war mein Zuhause, und da gehörte ich hin.

In der Einfahrt vor der Hütte stand ein Wagen, den ich sofort erkannte, und auf dem Rasen ein kuppelartiges Gebilde, das ich nicht gleich erkannte. Ich hielt an und ging hin. »In meinem Vorgarten steht ein Zelt«, stellte ich laut fest.

Es war Adam, der den Kopf durch den Eingangsschlitz steckte. »Hallo«, sagte er.

»Was soll denn das Zelt hier?«

»Ist es nicht hübsch?«, sagte er. »Guck doch mal! Sierra Design. Für zwei Personen, und es wiegt keine zwei Kilo. Ein Sonderangebot im Campingladen.«

»Adam.«

»Hättest du mich ins Haus gelassen?«

»Auf einen Besuch, ja, aber nicht um zu übernachten.«

»Genau deswegen steht das Zelt hier.«

»Mach keine Witze. Man kann doch nicht einfach sein Zelt auf dem Grundstück fremder Leute aufschlagen. Ich könnte die Polizei rufen.«

»Ja?«, sagte er.

»Das finde ich gar nicht lustig.« Ich ließ mich im Schneidersitz auf dem Rasen nieder. »Warum bist du hier?«

»Können wir uns nicht drinnen weiter unterhalten?«

Ich sah Adam in die Augen. »Was ist los?«

»Es ist wegen Larsen«, sagte er.

Adam schien es nicht eilig zu haben mit dem Reden. Er hatte noch nicht gegessen, und ich tischte daher alles auf, was sich fand, und fragte mich die ganze Zeit, was er mir wohl mitzuteilen hatte. Wir machten es uns auf der kleinen Terrasse bequem und beobachteten, wie die Wolken vor dem

Vollmond am Himmel dahinrasten. Schließlich konnte ich nicht mehr an mich halten. »Also, was gibt's?«, fragte ich. »Schieß los.«

Adam stellte seine Tasse ab. »Reginald Larsen hat eine neue Freundin, eine Krankenschwester, und die sagt aus, er sei auf die Minute drei Stunden nach Beendigung des Lügendetektortests in Baltimore angekommen. Sie bleibt bei ihrer Aussage, und sie behauptet steif und fest, er sei den restlichen Nachmittag und den Abend über bei ihr gewesen.«

»Sie lügt.«

»Wahrscheinlich. Aber sie ist eine Krankenschwester, ein rechtschaffenes Mitglied der Gesellschaft, und sie ist bisher nicht mit dem Gesetz in Konflikt gekommen. Jede Geschworenenjury würde ihr glauben.«

»Seine letzte Freundin war auch ein rechtschaffenes Mitglied der Gesellschaft, und sie hat sein Treiben die ganze Zeit gedeckt.«

»Das hilft uns nicht weiter. Außerdem sind weder auf deinem Auto noch auf der Coladose oder sonst wo Fingerabdrücke gefunden worden. Und wir haben keine Person ausfindig machen können, die zu dem fraglichen Zeitpunkt aus dem Krankenhaus gekommen oder gerade reingegangen ist, die die Pressekonferenz verfolgt hat oder sich an dein Auto erinnert, keinen, der sich in der Nähe irgendeines Autos aufgehalten hat. Niemandem ist irgendetwas aufgefallen.«

»Fingerabdrücke sind gar nicht nötig. Er hätte sich nur vorsichtig ins Fenster lehnen und etwas in die Dose zu werfen brauchen. Er hätte sie dafür nicht einmal anfassen müssen.« Ich seufzte. »Und was jetzt?«

»Nichts weiter. Wir haben keine Handhabe.«

»Was soll das heißen, ihr habt keine Handhabe? Ihr könnt

ihn doch nicht einfach laufen lassen. Er hat versucht, mich umzubringen. Und beinahe wäre es ihm gelungen.«

»Michael, es gibt mehr ungelöste Mordfälle, als man vermutet.«

»Ist es so leicht? Kommt man so leicht mit einem Mord davon?«

»Manchmal ja«, sagte er. Wir schwiegen beide.

»Verdammt!«, sagte ich. »Verdammt noch mal!« Ich war extrem genervt, aber hinter meiner Wut lauerte die pure Angst. »Weißt du was? Ich hatte gehofft, man würde ihn wegen versuchten Mordes drankriegen, und das ganze Problem hätte sich damit erledigt. Nun, ich stehe schließlich immer noch irgendwie unter Drogen.«

Adam kommentierte das nicht weiter. »Und, was passiert jetzt?«, fragte ich ihn. »Glaubst du, du könntest so einfach hier einziehen?«

»Ja, wenigstens für eine gewisse Zeit. Entweder ziehe ich in dein Haus, oder ich kampiere draußen auf dem Rasen.«

Ich explodierte. »Das lässt du schön bleiben«, schrie ich. »Du tust weder das eine noch das andere.«

»Michael«, sagte er, und mich überraschte die Sanftheit in seiner Stimme, trotz meines Gefühlsausbruchs. Ich wollte einen Streit vom Zaun brechen, aber Adam ging nicht darauf ein. »Du zehrst von deinem Glück. Von Glück allein. Es ist das dritte Mal, seit wir uns kennen, dass etwas passiert, bei dem du beinahe draufgegangen wärst. Das Glück ist dem Menschen nicht ewig hold«, sagte er schlicht.

Ich wollte etwas erwidern, aber er unterbrach mich. »Nein, hör mir nur eine Minute zu. Sag mir, wie findest du schießwütige Alleingänger beim Basketball?«

»Solche Leute regen mich auf. Das Spiel mit denen macht keinen Spaß.«

»Beim Basketball bist du die beste Teamspielerin, die ich kenne. Du gibst auch noch den möglicherweise perfektesten Wurf ab, wenn jemand durchs Mittelfeld gestürmt kommt. Aber im wirklichen Leben bist du eine schießwütige Alleingängerin von der schlimmsten Sorte. Jeden Wurf willst du unbedingt allein machen. Zweimal habe ich daneben gestanden und musste zusehen, wie du dich beinahe hast umbringen lassen, und vorher hast du nicht einen Gedanken daran verschwendet, den Ball abzugeben.

Sieh es mal von der Wartc: Ich habe es satt, auf der Bank zu sitzen. Und dieses spezielle Spiel beherrsche ich besser als du.«

Ich machte den Mund auf, weil ich antworten wollte, aber ich schloss ihn wieder.

»Deswegen bin ich hier. Du kannst mich aus dem Haus werfen, dann kampiere ich auf dem Rasen. Wenn du mich vom Rasen verscheuchst, schlage ich mein Zelt auf der Straße auf. Ich habe es satt, ausgeschlossen zu werden. Jedes Mal, wenn es gefährlich wird, führst du dich auf wie eine Verrückte. Wenn du so weitermachst, wirst du irgendwann umkommen, und ich habe keine Lust mehr, nur darauf zu warten, dass es passiert.«

Seine Worte erschütterten mich. Mama hätte es die Wahrheit der Evangelien genannt, die absolute Wahrheit, Worte wie hingebellt. Die Wahrheit war immer hart. Ich kannte mich besser mit Lügen aus. Ich war es gewohnt, dass mich Menschen anlogen. Die Wahrheit jedoch, die aus dem Innersten kam, das war etwas ganz anderes. Erneut öffnete ich den Mund, um etwas zu sagen, und schloss ihn wieder, ohne dass ich ein einziges Wort hervorgebracht hätte. Ich wusste einfach nicht, was ich noch sagen sollte.

Am nächsten Tag saß ich mit Jody Carlson in Marvs Büro und wartete darauf, dass Marv mit ihrem Bruder Mark aus dem Wartezimmer herüberkam. Ich fühlte mich wacklig auf den Beinen, aber als ich an die lange, zärtliche Nacht mit Adam dachte, musste ich unwillkürlich lächeln – es gab Medizin, die kein Arzt verschreiben konnte. Plötzlich hatte ich einen Gedanken. »Jody«, sagte ich, »Sie wissen, dass Ihr Vater vermisst wird. Wo, glauben Sie, hält er sich auf?«

»Keine Ahnung«, erwiderte sie. »Früher habe ich auch nie gewusst, wo er sich aufhält. Mir hat ja nie einer was erzählt.«

»Was meinen Sie damit? Ist er schon mal einfach so verschwunden?«

»Natürlich«, sagte sie, »aber ...« Jody wurde von Marv unterbrochen, der zur Tür hereinkam. Sie erstarrte und sah zu Boden, als Marv und ihr Bruder Mark den Raum betraten.

Ich stand auf. »Dr. Stone«, stellte ich mich vor und hielt ihm die Hand zum Gruß hin.

Mark Carlson war ein großer, gut aussehender Mann Ende dreißig mit strohblondem, schütterem Haar. Er trug gepflegte Kleidung, und er hatte eine gewisse Art an sich, die darauf schließen ließ, dass er geordnete Verhältnisse vorzog.

Er grüßte mich mit einem festen Händedruck und nickte seiner Schwester kurz zu. »Jody«, sagte er, schaute aber gleich wieder weg. Er weiß Bescheid, dachte ich, tief in seinem Herzen weiß er Bescheid, und er ist nicht so abgebrüht, dass er ihr ruhig in die Augen schauen könnte.

Als wir alle Platz genommen hatten, wandte sich Marv an mich und sagte: »Ich habe Mr. Carlson erklärt, dass du diesmal anwesend sein wirst.« Er sagte es klar und deutlich, ohne Zeit für ein Gegenargument zu lassen.

»Also«, fuhr er fort, »eins will ich von Anfang an klarstellen. Wir werden höflich miteinander umgehen. Sollte einer den anderen anschreien oder beschimpfen, werde ich dieses Gespräch umgehend abbrechen. Sind alle damit einverstanden?« Ich sah anerkennend zu Marv hinüber: Das erste Treffen war ihm eindeutig eine Lehre gewesen.

Wie schlimm seine eigene Depression auch sein mochte, er hatte sich dazu aufgerafft, das hier durchzustehen.

»Kein Problem«, sagte Mark leise. »Mein Vater ist der Temperamentvolle in der Familie.«

Er musste die Skepsis in meinen und Marvs Augen gesehen haben und fuhr schüchtern fort: »Ich wollte mich dafür entschuldigen, dass ich Sie am Telefon angebrüllt habe. Selbst Jody würde mir beipflichten, dass ich mich normalerweise nicht so verhalte.«

»Gut«, entgegnete Marv. »Jody?«

»Schon in Ordnung«, sagte sie. Sie war dicht an Marv herangerückt, als suche sie Unterstützung bei ihm. Ihren Bruder sah sie nicht direkt an, sondern warf nur gelegentlich einen gehetzten Blick zu ihm hinüber.

»Also«, sagte Marv, sich wieder Mark zuwendend. »Warum sind Sie heute hierher gekommen?«

Carlson holte tief Luft. »Ich habe gründlich nachgedacht«, sagte er und wandte sich unmittelbar an Jody. »Es tut mir Leid, dass ich Dr. Gliesen am Telefon so angebrüllt habe, aber meine Meinung, was ich von dem Ganzen halten soll, hat sich nicht geändert. Ich weiß nicht, warum du die Familie auf diese Art auseinander reißen willst, aber es muss Schluss sein damit. Es muss einfach Schluss sein. Dad dreht durch. Du weißt, wie sich Dad aufführt, wenn er sich ärgert. Und du weißt, was mit Mom los ist. Dreimal am Tag ruft sie mich an und heult mich voll.

Du musst damit aufhören, Jody. Ich habe Familie, um die ich mich kümmern muss. Ich muss arbeiten. Du kriegst die Auswirkungen nicht zu spüren, ich schon. Ich weiß nicht, was vorgefallen ist, als du noch klein warst. Ich bin in derselben Familie aufgewachsen, und ich habe nie etwas gesehen. Und selbst wenn etwas passiert sein sollte, dann ist das lange her. Das Leben geht doch weiter, und man muss auch mal vergessen können. Du bist dabei, das Leben anderer Menschen zu zerstören.«

Jody war betroffen, sie zog die Knie unters Kinn, und wir warteten einen Augenblick, aber sie rang mit den Tränen. Als sie nichts erwiderte, sprach Marv an ihrer Stelle: »Mr. Carlson, nehmen Sie doch nur mal für eine Minute an, dass hier tatsächlich ein sexueller Missbrauch vorliegt. Nehmen Sie an, Jody sei durch diese Erfahrung so beeinträchtigt, dass sie weder arbeiten noch zur Schule gehen kann, dass sie depressiv wird und Selbstmordgedanken hat, dass sie wiederholt ins Krankenhaus eingeliefert werden muss. Und nun bedenken Sie bitte, was Sie von ihr verlangen.«

»Das ist nichts Neues«, wandte sich Jody wütend an Marv. »Er will doch nur, dass ich weiter so tue, als sei alles in Ordnung, damit die anderen verschont bleiben. Dad ist die reinste Plage, wenn er sauer ist. In dem Punkt stimme ich ihm zu. Mom schimpft und jammert hinter seinem Rücken, traut sich aber nicht, es ihm ins Gesicht zu sagen, und treibt die anderen in den Wahnsinn. Dad bei Laune halten. Das wurde mir immer vermittelt. Dad bei Laune halten, das war meine Aufgabe.«

Sie wandte sich Mark zu, und ihre Stimme wurde lauter. »Wieso hat man mich zum Opferlamm erkoren? Was ist mit dir? Wieso hat er nie auf dir herumgehackt? Was ist mit deiner Tochter? Stell dir vor, deine Tochter würde in Dads

Zimmer geschickt, und es würde ihr gesagt, sie soll Dad bei Laune halten, so wie Mom es mit mir gemacht hat.« Jody fing an zu weinen und nahm eine Fötushaltung ein.

Mir stockte der Atem. Wieso hatte ich nicht eher daran gedacht? »Moment mal«, sagte ich. »Haben Sie eine Tochter?«

Carlson antwortete nicht sofort. »Ja«, sagte er schließlich, als alle anderen schwiegen. »Ich habe zwei Kinder. Einen Jungen und ein Mädchen.«

»Wie alt ist das Mädchen?«

Wieder entstand eine Pause. »Acht«, sagte er und fügte rasch hinzu: »Aber meine Familie hat nichts damit zu tun.«

Ich blieb hartnäckig. »Wenn man bedenkt, was Ihr Vater Jody angetan hat, wie sie behauptet, und dass sie ungefähr im gleichen Alter gewesen ist – haben Sie Ihre Tochter mal gefragt, ob ihr Opa sich jemals ungehörig ihr gegenüber verhalten hat?«

»Ist das Ihr Ernst?«, fragte er, wobei seine Stimme sich beinahe überschlug.

»Mr. Carlson«, griff Marv ein, »wir haben uns darauf verständigt ...«

»Wollen Sie, dass ich ihr jetzt auch noch solchen Dreck einrede? So wie Sie es bei meiner Schwester getan haben? Was sind Sie bloß für Menschen?«

»Sie müssen nicht gleich deutlich bei ihr werden«, sagte ich. »Und Sie brauchen sie auch nicht unnötig aufzuregen. Fragen Sie sie, ob ihr Opa jemals etwas gemacht hat, das ihr nicht recht war, etwas, das sie Ihnen vielleicht hätte erzählen sollen. Fragen Sie sie, ob er ihr jemals Angst gemacht hat oder sie gebeten hat, ein Geheimnis für sich zu behalten. Wenn sie nicht missbraucht wurde, wird sie glauben, Sie redeten nur von seinem aufbrausenden Temperament.«

»Das ist doch grotesk«, sagte er. »Mein Vater würde niemals ... Er weiß ...« Er schaute auf und merkte, dass wir alle in seine Richtung sahen. Niemand sagte ein Wort. »Das ist nicht nötig«, meinte er schließlich.

»Mr. Carlson«, sagte ich, »es passieren die merkwürdigsten Dinge auf der Welt. Jeder Sexualtäter, den ich kennen gelernt habe, hatte wenigstens eine Person, die ihm nahe stand, eine Person, die ihn liebte und niemals geglaubt hätte, dass er zu so etwas fähig wäre. Niemand hier unterstellt, dass Ihrer Tochter irgendetwas Schreckliches passiert ist. Fragen Sie sie, es ist nur zu ihrem Guten. Fragen Sie sie, ob er ihr jemals Angst gemacht hat, ob er sie jemals gebeten hat, ein Geheimnis zu bewahren. So viel sind Sie Ihrer Tochter schuldig – schon weil Ihre Schwester behauptet, er habe sie im gleichen Alter missbraucht, in dem Ihre Tochter sich jetzt befindet. Sie würden es sich niemals verzeihen, wenn er sie wirklich missbraucht hat und Sie sie nicht einmal danach gefragt haben.«

»Da brauche ich gar nicht zu fragen. Die Antwort kann ich Ihnen auch jetzt gleich auf der Stelle geben«, erwiderte er trotzig. Komisch, dachte ich, er will nicht einmal den Versuch unternehmen, uns zu beweisen, dass wir Unrecht haben. Er will sie partout nicht fragen, auch nicht mit harmlosen, freundlichen Worten. Punkt. Aus. Und dafür gibt es nur einen Grund: Er ist sich der Antwort nicht sicher.

»Damit würde ich lieber warten, bis Sie sie gefragt haben«, sagte ich leise.

Niemand sagte ein Wort. Carlson sah aus, als wäre er mit dem Kopf gegen eine Wand gerannt, und ich wurde das Gefühl nicht los, dass nicht wir der Grund waren. »Ich kann hier wohl nichts mehr tun, oder? Ich stehle Ihnen nur Ihre Zeit«, sagte er schließlich. Es sollte barsch klingen, aber es war nicht überzeugend. Wenn überhaupt, klang er sogar ängstlicher als vorher. Er wandte sich an Jody. »Du hörst ja sowieso nicht auf mich. Ich weiß gar nicht, wozu ich mir überhaupt die Mühe mache.« Jody weinte immer noch leise vor sich hin und schaute nicht einmal auf.

»Es hängt davon ab, was Sie wollen, Mr. Carlson«, erwiderte Marv. »Ich glaube, Jody ist durchaus bereit dazu. Ich kann nicht für Jody sprechen, aber ich glaube, dass sie weiter Kontakt zu Ihnen haben möchte. Ich glaube, ein bisschen Unterstützung könnte sie im Moment ganz gut vertragen. Sie braucht jemanden in der Familie, mit dem sie über das reden kann, was geschehen ist. Und sie braucht jemanden, der ihr glaubt.

Aber wenn Sie nur hergekommen sind, um ihr zu sagen, sie solle alles für sich behalten, ohne Rücksicht darauf, welchen Preis sie dafür bezahlen muss, nun – dann wissen Sie jetzt, was sie davon hält.«

»Ich will gar nicht hören, was passiert ist«, sagte Carlson. »Ich will gar nicht hören, was *angeblich* passiert ist«, korrigierte er sich hastig. Er sah auf die Uhr. »Ich muss jetzt gehen. Tut mir Leid, aber ich glaube nicht, dass so ein Treffen wie dieses uns weiterhilft. Ich hatte gedacht, wir könnten das einfach hinter uns lassen und weitermachen wie bisher.« Er klang eher resigniert als wütend. Er stand auf, um zu gehen, und Marv erhob sich ebenfalls, aber ich unterbrach: »Noch eine Frage, Mr. Carlson. Ist Ihr Vater vorher schon mal einfach so verschwunden?«

»Nein, eigentlich nicht«

»Was heißt ›eigentlich nicht‹?«

»Einfach so verschwunden? Nein, noch nicht.«

»Was hat er stattdessen gemacht?«

»Eigentlich gar nichts. Er ist mal für ein, zwei Tage weggeblieben, aber nie so lange wie jetzt.«

»Er ist für ein, zwei Tage verschwunden, ohne jemandem Bescheid zu sagen?«

»Es ist nicht oft passiert. Nur ab und zu.«

»Haben Sie die Polizei benachrichtigt?«

»Das war nie nötig. Das kann man nicht vergleichen. So lange wie jetzt ist er noch nie weg gewesen.«

»Wo war er die ganze Zeit?«

»Bitte?«

»Wo war er die ganze Zeit? Haben Sie herausgefunden, wo er gewesen war, wenn er wieder zurückgekommen ist?«

»Das weiß ich nicht.« Carlson wirkte verlegen. »Ich weiß es wirklich nicht.« Er sah erneut auf die Uhr. »Tut mir Leid, aber ich muss wieder zur Arbeit.« Er ging und schloss die Tür hinter sich.

Ich sah ihm hinterher. Er stand auf verlorenem Posten, so verloren wie die Sache der Südstaaten im Bürgerkrieg. Sklaverei ließ sich durch nichts rechtfertigen, und was man mir, die ich in den Südstaaten zur Schule gegangen bin, über den Krieg beigebracht hatte – er sei aus ökonomischen Gründen geführt worden –, war blanker Unsinn. Der Grund war die Sklaverei, schlicht und einfach. Trotzdem gab es loyale und anständige Kämpfer, die lediglich auf der falschen Seite gestanden hatten und die als Kanonenfutter verheizt worden waren.

Ich hatte meine Meinung über Mark Carlson geändert. Er kam mir nicht vor wie Dad junior, eher wie ein gemeiner Fußsoldat, der in einem schrecklichen Krieg auf der falschen Seite kämpfte. Und Verleugnung der Realitäten ist nichts Außergewöhnliches, es ist eine Uniform, die Menschen wie Mark Carlson wie eine zweite Haut tragen, eine schwere, unbequeme Uniform, ungeeignet für jedes Wetter, aber eine, die er tragen musste, wenn er weiterkämpfen wollte.

Ich sagte nichts, aber Jody hatte scheinbar ähnliche Gedanken. »Manchmal«, sagte sie, richtete sich auf und griff nach einem Papiertaschentuch, »manchmal glaube ich, dass das, was meine Mutter ihm angetan hat, genauso schlimm ist wie das, was mein Vater mir angetan hat.«

»Wie meinen Sie das?«, fragte Marv.

»Er war der Mann im Haus. Der einzige Mann. Wegen jeder Kleinigkeit ist sie zu ihm gerannt. Hat ihn in der Schule angerufen, wenn sie sich geärgert hat, und er musste nach Hause kommen und sich um sie kümmern. Da war er noch in der Grundschule! Auf der Highschool später hat er keinen Sport getrieben oder in einer Mannschaft gespielt. Immer hatte er das Gefühl, er müsste nach Hause und sich um Mom kümmern. Mitten in der Nacht, wenn Dad mal wieder wütend aus dem Haus gestürmt war, hat sie meinen Bruder geweckt und sich bei ihm ausgeweint. Er setzte sich brav hin und hörte ihr zu, stundenlang. Manchmal war er am Tag darauf so müde, dass er im Unterricht eingeschlafen ist und die Lehrer sich bei ihr beschwert haben. Aber sie hat nie die Verantwortung übernommen. Sie hat sie in dem Glauben gelassen, er würde von sich aus so spät nachts noch aufbleiben. Sie ist heute noch so. Sie ruft ihn heute noch jeden Tag an.

Das Komische ist«, Jody schnäuzte sich die Nase, »er ist kein schlechter Vater. Seinen Kindern würde er so etwas nie antun. Ich wollte immer engeren Kontakt mit ihm haben, aber es war sinnlos. Er war immer so auf Mom konzentriert, dass er für mich keine Zeit hatte. Immer nur Mom, nichts anderes zählte.«

»Halten Sie es für möglich, dass Ihr Vater Marks Tochter missbraucht hat?«, fragte ich sie. »Er reagierte ziemlich verärgert, als ich das Thema anschnitt.«

»Wehe, wenn«, sagte Jody. »Mein Bruder würde durchdrehen. Ich bin für ihn entbehrlich, aber seine Kinder sind es sicher nicht.«

Beim Hinausgehen sah ich, wie Mark Carlson gerade den Hörer des Telefons in der Eingangshalle auflegte. Ich nickte ihm kurz zu und ging weiter, aber dann hörte ich, dass er meinen Namen rief. Erstaunt drehte ich mich um und wartete, bis er mich eingeholt hatte.

Er wirkte peinlich berührt, aber entschlossen. »Ich wollte Ihnen da drin etwas sagen, aber bei Jody … geraten die Dinge immer irgendwie außer Kontrolle.« Er holte tief Luft. »Leila hat mir gesagt, Sie seien im Krankenhaus gewesen; jemand hätte versucht, Sie umzubringen.« Ich starrte ihn an. Die gute alte Leila. Ich mochte es überhaupt nicht, wenn Klienten Einzelheiten aus meinem Privatleben wussten.

»Ich wollte Ihnen nur sagen … es tut mir Leid, was passiert ist, und ich hoffe, Sie glauben nicht, dass jemand von uns … jemand aus meiner Familie etwas damit zu tun hat.«

»Wieso sollte ich?«, fragte ich kühl. Wahrscheinlich meinte er es ehrlich, aber ich hatte eine Aversion dagegen, mit Klienten über meine Privatangelegenheiten zu reden.

»Sie hat mir gesagt, es sei Ketamin gewesen. Ich bin Tierarzt. Ketamin findet bei uns häufig Verwendung. Ich habe nur befürchtet, Sie könnten glauben …«

»Ich bin nie auf den Gedanken gekommen, dass Sie oder Ihre Familie etwas damit zu tun haben könnten«, sagte ich, aber zum ersten Mal meldeten sich leise Zweifel. Wenn Tierärzte so häufig Ketamin verwenden, musste ich nicht nur Sam in Verdacht ziehen, sondern auch jeden anderen aus der Familie. Obwohl es auch dann immer noch keinen

Sinn ergab. »Es ist eine fürchterliche Methode«, fügte er hinzu, »aber das wissen Sie wahrscheinlich selbst.«

»Warum sagen Sie das?«

»Es ist tödlich«, sagte er. »Absolut tödlich. Und es wirkt sehr schnell. Sie können von Glück sagen, dass Sie gerade zufällig hier im Krankenhaus waren.« Das wusste ich bereits – warum schockierte es mich dann so, als ich es jetzt noch mal hörte?

Wir verabschiedeten uns, und ich wandte mich zum Gehen, blieb aber nach ein paar Metern wieder stehen. Mark Carlson lief in die andere Richtung. »Mark«, rief ich hinter ihm her. Er blieb stehen und drehte sich um. »Nur noch eine Frage. Wie hoch schätzen Sie die Chancen ein, dass jemand so etwas spontan macht?«

»Spontan? Nein, nein«, sagte er und kam dabei auf mich zu. »Das glaube ich kaum. Dazu wirkt das Mittel viel zu gezielt. Niemand spaziert einfach so mit einer Dosis Ketamin in der Tasche herum, außer vielleicht ein Tierarzt. Nein, das Mittel wurde sorgfältig ausgewählt. Da hat sich jemand gründlich Gedanken gemacht und einige Mühe auf sich genommen, um an das Mittel zu kommen. Nein, nein, ich wüsste nicht, wie so etwas spontan geschehen sein könnte.«

Langsam schlenderte ich zu meinem Wagen und stieg ein. Die Frage war nur, warum überhaupt jemand den Plan fassen sollte, mich zu töten. Es ergab keinen Sinn, es ergab überhaupt keinen Sinn.

Seitdem mich dieser Fall beschäftigte, war ich nicht wieder in meiner Privatpraxis gewesen, aber ich wusste, dass das Fax von Reggie Larsen da sein würde, und tatsächlich, es war da. Ich nahm es und las es durch. Das Fax war in schönster Justizsprache abgefasst: Hiermit widerrufe ich die

Ihnen erteilte Genehmigung, mit Dritten über meinen Fall zu reden. Hiermit widerrufe ich meine Genehmigung, für Dritte einen Bericht über mich zu verfassen. Hiermit widerrufe ich meine Genehmigung, sich Gedanken zu meinem Fall zu machen oder Einsicht in meine Akte zu nehmen. Hiermit verbiete ich Ihnen, sich überhaupt daran zu erinnern, jemals einen Klienten namens Reginald Larsen gehabt zu haben … Es stand nicht in exakt den gleichen Worten da, aber der Tenor war derselbe.

»Du kannst mich mal«, murmelte ich. Spontan griff ich zum Telefon. Vielleicht durfte ich nicht darüber reden, aus welchem Grund er sich überhaupt an mich gewandt hatte, aber es waren einige Dinge passiert, die mit den Sitzungen, die Beurteilung betreffend, nichts zu tun hatten.

»Dr. Stone, guten Tag«, sagte ich. »Kann ich bitte Margaret Jones sprechen?«

Ich wurde sofort mit ihr verbunden. »Ja?«, sagte sie, »Margaret Jones.«

Erste Schuldgefühle überkamen mich. War ich gerade dabei, das Gebot der Schweigepflicht zu verletzen? Sehr wahrscheinlich. »Michael Stone. Guten Morgen, Dr. Jones. Ich wollte Sie nur wissen lassen, dass Reginald Larsen seine Einwilligung zur Weitergabe von Informationen zurückgezogen hat. Ich sehe mich daher nicht in der Lage, Ihnen den Bericht zuzuschicken oder den Fall weiter mit Ihnen zu besprechen.«

»Ach ja?«, sagte sie. Es hörte sich an, als sei sie wirklich erstaunt.

»Ja, leider.«

»Interessant«, sagte sie bedächtig. »Er hat mich um eine Unterredung gebeten. Wir treffen uns heute Nachmittag. Ich hatte gehofft, er würde mir sagen, die Beurteilung sei fertig und der Bericht würde in Kürze eintreffen. Ohne Beurteilung können wir das Wiedereinstellungsverfahren nicht einleiten, und im Moment kommt es auf jeden Tag an.«

»Warum?«, fragte ich. Ich hatte sowieso nie richtig nachvollziehen können, warum es in diesem Fall so einen Zeitdruck gab.

»Ach, hat er Ihnen das nicht gesagt? Sein Artikel über seine neuen Forschungsergebnisse erscheint in diesem Monat im *New England Journal of Medicine*. Die Medien kriegen Vorabexemplare, und einige Journalisten haben sich bereits angekündigt. Ich hatte gehofft, wir könnten die Angelegenheit auf die eine oder andere Art beilegen, bevor hier der Rummel losgeht.«

»Ach so«, sagte ich, »ich verstehe.« Reggies Forschungsergebnisse würden einen wahren Medienansturm auslösen. Kein günstiger Zeitpunkt für einen Skandal um anstößiges Verhalten am Arbeitsplatz.

»Oje«, sagte sie. »Wie sollen wir denn nun weiter verfahren?«

»Da kann ich Ihnen leider auch nicht behilflich sein«, sagte ich. »Nur noch eins. Ich will Sie nicht unnötig ängstigen oder gar in Panik versetzen, aber es ist etwas dazwischengekommen, allerdings nichts, was mir Dr. Larsen gesagt hätte oder sich aus meiner Beurteilung über ihn ergeben hätte. Mehr kann ich Ihnen im Moment nicht sagen, ich habe nur eine Frage an Sie. Ich muss Ihnen diese Frage stellen, wenn ich bedenke, was auf dem Spiel steht.« Ich machte eine Pause und wagte dann den Sprung ins kalte Wasser. »Hat es in den vergangenen Jahren auf Ihrer Intensivstation ungeklärte Todesfälle gegeben? Fälle, bei denen der Tod Ihrer Ansicht nach zu früh oder unerwartet eingetreten ist? Bei denen Sie misstrauisch geworden sind?«

Die eintretende Pause war so lang, dass ich schon dachte, die Leitung wäre unterbrochen. »Mein Gott«, sagte sie schließlich, als sie wieder Atem geschöpft hatte. »Wollen Sie damit sagen …?«

»Ich will überhaupt nichts damit sagen«, erwiderte ich. »Aber ich muss Ihnen diese Frage stellen.«

»Aber Sie wollen doch andeuten …«

»Bitte ziehen Sie keine falschen Schlüsse. Es handelt sich hier nur um etwas, das nachgeprüft werden muss.«

»Mein Gott«, stöhnte sie, »wie kann man nur so etwas sagen. Was wollen Sie damit andeuten? Ich bin ganz sicher, dass wir keine …« Sie unterbrach mitten im Satz. Ich hielt die Luft an. Ihr war etwas eingefallen. Jede Wette. »Ich bin ganz sicher, dass nichts dergleichen …«, sagte sie schließlich, aber ihre Stimme klang schwach und zittrig.

»Werden Sie das nachprüfen?«, fragte ich.

»Haben Sie irgendwelche Beweise für diesen Vorwurf?«

»Ich erhebe keinen Vorwurf.« Ich seufzte. Ich musste ihr ein Stück entgegenkommen. »Hören Sie«, sagte ich, »jemand hat versucht, mich zu töten. Mit einer Dosis Ketamin in einem Getränk. Für den Personenkreis, mit dem ich zu tun habe, ist das nicht die übliche Vorgehensweise. Unter meinen Klienten ist derzeit niemand, der sich mit Ketamin auskennt oder weiß, wie man an das Zeug herankommt, wie schnell es wirkt und ob es tödlich ist. Und ich habe auch niemanden, dessen berufliche Karriere durch eine anstehende Beurteilung meinerseits, sagen wir, beeinträchtigt wäre.«

»Oh mein Gott. Das tut mir Leid. Aber trotzdem, selbst wenn es stimmt, selbst wenn es so wäre – wie kommen Sie darauf, dass …«

»Wenn jemand, rein hypothetisch, bereit ist zu töten, um

einen Menschen zum Schweigen zu bringen, dann muss man sich fragen, ob vielleicht vorher schon mal jemand eine Bedrohung dargestellt hat. Und was passiert ist. Mehr nicht.«

Ich hörte förmlich, wie es in ihrem Kopf arbeitete, vielmehr wütete. »Ich melde mich bei Ihnen«, sagte sie. »Das heißt, vielleicht komme ich nicht mehr dazu. Ich weiß nicht ...«

»Noch etwas«, sagte ich. »Sie haben eine Krankenschwester erwähnt, die eine anonyme vertrauliche Aussage gemacht hat, von der Dr. Larsen nichts weiß. Wenn sie über derart brisante Informationen über seine Person verfügt, könnte sie ebenfalls in Gefahr sein. Natürlich alles rein hypothetisch.« Vielleicht würde Zania ja auf Margaret Jones hören, wenn sie schon nicht auf mich hören wollte.

»Ich melde mich bei Ihnen«, sagte sie hastig, »wenn ich kann.«

Offenbar hatte ich in ein Wespennest gestochen. In den oberen Etagen des Krankenhauses würden die Alarmglocken schrillen. Der Aufsichtsratsvorsitzende würde wahrscheinlich als Erster angerufen werden, danach zweifellos der Anwalt des Krankenhauses.

Hoffentlich war ein Notarzt in der Nähe, wenn sie dem Anwalt erzählten, welche Frage ich Margaret Jones gestellt hatte.

17

»Michael«, sagte die Stimme am Telefon, »du lebst ja noch! Ich muss mich im angestammten Feindesland der Südstaaten mit den Ermittlungen in einem blöden kleinen Drogenfall herumschlagen, und was machst du? Du bringst es fertig und lässt dich beinahe umbringen! So etwas nehme ich persönlich.«

»Was nimmst du persönlich, Carlotta? Den Drogenfall oder dass ich beinahe umgebracht worden wäre?«

»Ach, scheißegal. Bist du einigermaßen wiederhergestellt? Hast du Lust auf eine Segeltour?«

Ich sah erschreckt den Hörer an. »Zunächst einmal, meine liebe Carlotta: Es ist Samstagmorgen, neun Uhr. Was machst du überhaupt so früh auf den Beinen?«

»Ich bin seit Stunden auf«, sagte sie lachend. »Hank hat mich aus dem Bett gescheucht.«

Hank war ein Richter, mit dem Carlotta seit einem Jahr zusammen war. Ich hatte diese Beziehung heranreifen sehen, und es würde mich nicht überraschen, wenn Hank eines Tages bei Carlotta einzog.

Ich wusste nicht genau, was ich davon halten sollte. Ich mochte Hank, aber wenn Männer einzogen, spielten Freundinnen nur noch die zweite Geige. Ich wollte nicht, dass Carlotta in Zukunft ausschließlich mit Anhang zu haben war. Für einen Moment fühlte ich mich schuldig, und ich kam mir wie ein Heuchler vor, weil Adam gerade bei mir wohnte. Aber das war nur vorübergehend, rief ich mir ins Gedächtnis. Ich lebte nicht mit einem Mann zusammen. Na gut, ich schlief mit ihm, manchmal, gelegentlich, wie immer man das nennen mochte. Aber das hieß noch lange nicht, dass wir eine Beziehung hatten.

»Hank hat nächste Woche einen Mordprozess, und er will das ganze Wochenende über arbeiten«, fügte Carlotta hinzu. »Außerdem will ich dich mal gründlich in Augenschein nehmen. Dich ein bisschen aufpäppeln. Du sollst nur noch wenige Kilo wiegen, hat man mir gesagt.«

»Ach, mir geht es wieder ganz gut. Lass uns lieber über Hank reden, das ist lustiger. Hat er dich geweckt? Er ist bestimmt in aller Herrgottsfrühe aufgestanden und hat an dem Fall gearbeitet. Soll ich raten? Er hat dich in einigen Rechtsangelegenheiten konsultiert.«

»Nein, wie kommst du denn darauf! Obwohl, konsultiert hat er mich schon.«

»Er brauchte wohl deinen Beistand?«

»Nein. Ich würde eher sagen, ich brauchte seinen.«

Ich lachte. »Ich kann nur hoffen, dass ihr nichts Verbotenes gemacht habt.«

»Das hängt vom Bundesstaat ab. Wusstest du zum Beispiel, das oraler Sex in Georgia verboten ist?«

»Im Süden ist immer irgendwo was verboten. Ich muss es wissen, ich bin da groß geworden. Also, was ist nun mit Segeln?«

»Ja. Es ist ein herrlicher Sommertag, und ich habe den Wetterbericht gehört. Es weht ein leichter Wind mit einer Geschwindigkeit von zehn bis fünfzehn Knoten, und es soll schön werden. Das Boot liegt in Portsmouth. Geht es dir gut? Hast du Lust?«

»Und ob ich Lust habe. Nur noch eins. Wir bleiben doch über Nacht, ja?« Carlotta wusste, dass ich ungern mit dem Boot rausfuhr, ein paar Runden drehte und dann denselben Hafen ansteuerte, von dem aus wir losgesegelt waren. Ich ließ mich lieber treiben, und das bedeutete, dass wir wenigstens eine Nacht in einem fremden Hafen verbringen mussten. Wennschon, dennschon.

»Wo immer der Wind uns hinträgt«, antwortete sie. »Komm her.« Ich legte auf und sah auf das Telefon. Carlotta war bereits von dem Virus der Paarbildung befallen. Warum wollte sie jetzt segeln? Weil Hank arbeitete. Würde sie auch segeln, wenn Hank zu Hause gewesen wäre? Nein, würde sie nicht, es sei denn, er wäre mitgekommen.

Mir war dieses Paargetue verhasst. Paare gönnten ihren Freunden nur die wenigen Bröckchen Zeit, die von »Der Beziehung« abfielen. Freunde wurden zu Füllseln, damit einem der abwesende Partner nicht allzu sehr fehlte, damit man sagen konnte: »Ich brauche nicht die ganze Zeit untätig rumzusitzen und auf dich zu warten.« Die Beziehung war nicht mehr Beiwerk; langsam, unweigerlich rückte sie ins Zentrum des Geschehens. Sie wurde zur Sonne, um die herum sich alles andere drehte.

Ich hatte gut reden. Seinerzeit hatte ich mit Carlotta das Gleiche veranstaltet. Das Gute an Freundschaften war, dass sie überdauerten. Beziehungen meistens nicht. Außerdem tat ich ihr wahrscheinlich unrecht. Ein knappes Entrinnen vor dem Tod konnte mit »Der Beziehung« wohl konkurrieren, selbst wenn Hank nicht hätte arbeiten müssen.

Ich kannte Carlotta. Sie wollte wirklich sehen, wie es mir ging. Mich ablenken und schauen, ob ich einigermaßen wiederhergestellt war. Carlotta bemutterte gern. Dieses Bemuttern machte mich jedes Mal rappelig, aber wenn ich die Möglichkeit hatte zu segeln, konnte ich viel aushalten. Es war ein Kompromiss, mit dem wir beide leben konnten.

Adam war schon weg. Was weiß ich wo. Abends zuvor hatte ich ihm einen Hausschlüssel gegeben, damit er kommen und gehen konnte, wann er wollte. Was sollte ich ihm sagen? Ich entschied mich für eine knappe Notiz auf einem Zettel. »Bin weggefahren. Komme Sonntag zurück.« Sollte ich es lieber genauer erklären? Wozu?, überlegte ich verärgert. Ich hatte ihn nicht gebeten zu bleiben. In Wahrheit war ich heilfroh wegzukommen. Mit Adam im Haus wurde ich ganz unruhig in meinen eigenen vier Wänden.

Ich ging rüber zu meinem Auto, besser gesagt, ich flüchtete. Eine Reisetasche mit dem Nötigsten hatte ich immer dabei, Packen war also gar nicht erforderlich. Ich möchte immer das Gefühl haben, jeden Moment ins Auto steigen und wegfahren zu können. Es ist schon vorgekommen, dass ich auf dem Heimweg von der Arbeit aus einer Laune heraus zum nächsten Flughafen abgebogen und nach Hause an die Küste von North Carolina geflogen bin. Ich besitze keine Zimmerpflanzen, und ich habe keine Haustiere. Zum Wegfahren brauche ich nur die Haustür hinter mir abzuschließen.

Mein Reisegepäck enthält genug Kleidung für hundert Jahre. Was braucht man schon für eine Reise? Zwei Paar Shorts, drei T-Shirts, eine lange Hose, die zweite hat man am Leib, zwei Kragenhemden, ein schwarzes Stretchsamtkostüm, einen Pullover, einen Badeanzug, fünf paar Unterhosen, zwei BHs und einige Toilettenartikel. Wenn man einen Mantel vor Ort braucht, sollte man nicht hinfahren. Natürlich ist alles knitterfrei und leicht zu waschen und am nächsten Morgen wieder trocken.

Kürzlich habe ich die Liste um ein Paar Sandalen erweitert. Es war nicht so einfach, wie es klingt, wegen meiner 250er-Regel. In meinem Besitz befinden sich nie mehr als 250 Dinge. Ich hatte die obere Grenze erreicht, und vor dem Kauf der Sandalen musste ich mir überlegen, was ich stattdessen wegwerfen sollte. Ich konnte nicht einfach meine Haussandalen in die Tasche packen. Das Reisegepäck sollte jederzeit griffbereit sein, das war ja der Clou an der Sache. Manche Dinge musste man also doppelt haben.

Das war das einzig Schwierige an meinem Reisegepäck: Die dreißig Dinge, inklusive Toilettenartikel, die sich ständig in der Tasche im Auto befanden, konnte ich von den 250 schon mal abziehen. Trotzdem, es lohnte sich auf jeden Fall. Carlotta hätte mich auch unterwegs anrufen können, wenn ich gerade einkaufen war, und ich hätte einfach bloß kehrtzumachen und zu ihrem Haus zu fahren brauchen.

Auf dem Weg zu ihr überlegte ich, ob ich auf dem Zettel für Adam nicht doch ein bisschen ausführlicher hätte sein sollen. Vielleicht sollte ich anrufen und ihm eine Nachricht hinterlassen. Irgendwie verwirrend das Ganze. »Ach, scheiß drauf. Spaß muss sein«, sagte ich mir schließlich. Ich sah stur geradeaus auf die Straße und warf nicht einen Blick auf das Telefon.

Carlotta besaß ein eigenes Boot, nicht irgendeins, sondern ein zehn Meter langes Dickinson, ein großes, betagtes Segelboot aus Holz, das auch schweren Seegang aushielt. Ihre Tante Sally war vor einigen Jahren gestorben und hatte ihr das Boot hinterlassen. Tante Sally hatte zwei Dinge in ihrem Leben geliebt, ihr Dickinson und ihre Nichte Carlotta. Na gut, Zigarren, für die hatte sie auch was übrig gehabt.

Ich hatte Tante Sally gut gekannt – Carlotta und ich waren immerhin seit unserer Collegezeit befreundet. Sally wohnte in Mattapoisett auf Cape Cod, und an den Wochenenden waren Carlotta und ich regelmäßig zum Segeln zu ihr gefahren. Sie hatte das Boot zu einem Einhandsegler umgebaut, und mit fünfundachtzig Jahren war sie immer noch alleine in See gestochen. Wenigstens hatte sie aufgehört, nachts zu segeln.

Carlotta war erleichtert gewesen; sie hatte immer die Befürchtung gehabt, wir könnten bei Nacht eine sieben Meter hohe Stahlboje rammen, ich dagegen hatte diese Angst nie. Nachts mit Tante Sally zu segeln, das war ein Erlebnis für sich.

Der Wind peitschte die Wellen, und die nächtliche Finsternis war pechschwarz. Tante Sally stand in gelbem Ölzeug am Steuerruder. Ihre Augen leuchteten hell, und ihre Haltung war aufrecht; man hätte sie in der Dunkelheit für eine Zwanzigjährige halten können. Sie hatte so einen strammen Hintern.

Carlottas Gesicht war blass, das konnte ich bei der Dunkelheit selbst aus fünf Meter Entfernung erkennen. Dabei war es absolut sicher. Tante Sally kannte jede Boje und jeden Felsen im Umkreis von Cape Cod.

Na ja, vielleicht war es doch nicht hundertprozentig sicher. Segeln nahm Tante Sally nämlich wörtlich, das heißt, der Motor wurde nur eingeschaltet, wenn es absolut nötig war. Sie hatte es nie nötig. Ich hatte mit eigenen Augen gesehen, wie sie mit dem Boot in einem extrem schmalen Hafenbecken lavierte, und keiner an Bord wäre auf die Idee gekommen, ihr vorzuschlagen, doch den Motor anzumachen. Es hatten sich immer gern Leute an Land versammelt, die Sally bei ihrer Ausfahrt aus dem Hafen zuschauten – in finsterer Nacht, bei dreißig Knoten Windgeschwindigkeit, in einem engen Hafen, wo die Boote wie auf einem Parkplatz nebeneinander festgezurrt waren – Brigadegeneral Chuck Yeager hätte sich auf der Stelle in Tante Sally verknallt.

Ein Segelausflug mit Carlotta war vergleichsweise harmlos. Nicht, dass Tante Sally gänzlich abgetreten war. Carlotta und ich wussten, dass sie noch anwesend war, im Cockpit saß, an den Füßen die unvermeidlichen L.L.-Bean-Boots, zwischen den Lippen eine Zigarre, und die Gezeitentafel las wie andere ihre Tageszeitung. Ihre Präsenz war so deutlich zu spüren, dass man das Gefühl hatte, sie erst um Erlaubnis bitten zu müssen, bevor man an Bord ging.

Carlotta kam mit mehreren Matchbeuteln beladen aus dem Haus. Sie legte sie hinten in mein Auto und ging eine Ewigkeit hin und her, um noch mehr Taschen und Beutel aus dem Haus zu holen. Wohlweislich bot ich ihr keine Hilfe an.

»Carlotta«, sagte ich, als sie endlich eingestiegen war und wir abfahren konnten. »Kommt Hank auch mit?«

»Nein. Warum?«

»Du tust so, als müsstest du halb Vermont versorgen.«

»Beruhige dich, Michael. Auf dem Boot ist genug Stauraum.«

»Für diese Massen von Gepäck ist nicht mal auf Donald Trumps Boot genug Stauraum. Vier Matchbeutel für zwei Tage! Ich bitte dich!«

»Schlechtwetter-Ausrüstung ist auch dabei.«

»Schlechtwetter-Ausrüstung befindet sich schon auf dem Boot.«

»Ich habe noch etwas mehr mitgebracht.«

»Wieder deine geliebten Ralph-Lauren-Klamotten, was? Du hast wieder Ralph-Lauren-Zeug dabei.« Carlotta hatte eine Schwäche für Ralph-Lauren-Tücher, überhaupt für alles von Ralph Lauren.

»Probleme damit?«

»Ralph Lauren ist ein Plagiator. Er kopiert L.L. Bean und verlangt dafür das Vierfache.«

»Es ist mein Geld.«

»Ich verreise nie wieder mit dir.«

»Dann lass es eben bleiben.«

Wir verfielen in Schweigen. Es war ein uralter Streit zwischen uns, aber ich konnte es nicht lassen. Ich mag es gern locker, leicht und luftig. Ohne große Umstände. Ich mag es gern schlicht und einfach, und ich hasse »Klamotten«. Ich habe sie nicht gern am Leib, ich habe sie nicht gern im Haus, und ich reise nicht gern mit viel Klamotten.

Andererseits mochte ich Carlotta von Herzen gern, und Carlotta mag nun mal Klamotten. Sie hatte klimpernde Armreifen, trug Make-up auf, wenn wir segelten, und sie reiste mit mehr Klamotten im Gepäck als Elizabeth Taylor.

Carlotta ahnte ja nicht, wie sehr ich mich beherrschen musste. Ich warf einen verstohlenen Blick auf ihre Fingernägel. Sie waren grün, mit einem komischen aufgemalten Muster. Mochte mich meine Selbstbeherrschung vorübergehend zum Schweigen gebracht haben, jetzt verpuffte sie.

»Du läufst doch nicht etwa auch in Gerichtssälen mit diesen Dingern rum, oder? Ich wette, die Hälfte aller Richter in Vermont hat so was noch nie gesehen. Nicht, dass du am Ende noch wegen Geringschätzung des Gerichts vorgeladen wirst.«

»Nein. Ich habe mir die Nägel heute Morgen gemacht.«

»Du hast dir die Nägel für die Segeltour angemalt?«

Carlotta sah mich mit einem vernichtenden Blick an. »Deine Bekannten haben mich belogen«, sagte sie. »Offensichtlich bist du wieder ganz die Alte. Sie haben mir gesagt, du seist ein völliges Wrack. Das muss ein Witz sein. Und ich sage dir, wenn du nicht den Mund hältst, kannst du heute noch mit einem zweiten Anschlag auf dein Leben rechnen.« Mit diesen Worten zog sie ein Buch hervor und ignorierte mich für den Rest der Fahrt.

Als wir am Hafen ankamen, rührte eine leichte Brise das Wasser auf. Wir stiegen aus dem Auto und blieben erst mal einen Moment stehen, schauten zu, wie die Boote an ihren Liegeplätzen auf und ab tanzten. Die Brise war so stark, dass sie mir das Haar nach hinten blies, und ich konnte das

Salz in der Luft riechen. Mein Körper belebte sich, als ginge eine Welle durch ihn hindurch.

Wortlos fingen wir an, das Gepäck auszuladen. Ich kam Carlotta entgegen und half ihr, die Taschen an den Rand des Hauptbeckens zu tragen; ich war viel zu aufgeregt, um so lange zu warten, bis sie es allein geschafft hatte. Wir fanden ihr kleines hölzernes Beiboot am Pier und ließen es zu Wasser. Das Beiboot war ein Anachronismus. Segelboote von der Größe wie das von Carlotta verfügen in der Regel über Schlauchboote mit kleinen Außenbordmotoren. Es wäre jedoch für uns beide ein Sakrileg gewesen, mit einem Motorboot zu Tante Sallys Segelboot zu fahren. Das Rudern war für uns beide eine Art Ritual, das Meer und Küste voneinander schied.

Ich setzte mich ins Boot und übernahm die Ruder. Rudern tat ich für mein Leben gern. Vom ersten Schlag an fühle ich mich gleich heimisch. Ich rutschte vor, beugte die Knie und streckte die Beine wieder, während ich die Ruderblätter durchs Wasser zog und mich weit zurücklehnte. Mein Körper fiel fast erleichtert in diesen Rhythmus ein. Verstandesmäßig konnte ich das ununterbrochene Sitzen an den Wochentagen tolerieren, mein Körper allerdings revoltierte.

Unwillkürlich musste ich lachen, während das Boot durchs Wasser pflügte, denn ich erinnerte mich daran, wie oft ich beim Rudern schon gegen andere Boote, Bojen oder Anlegestellen gestoßen war. Das Problem beim Rudern besteht eben darin, dass man rückwärts fährt, und ich war immer so eifrig bei der Sache, dass ich oft vergaß, mich umzudrehen, um zu gucken, wo ich langfuhr. Ich brauchte Carlotta zum Steuern. Sie kommentierte mein Gelächter nicht weiter, ihr war mein verrücktes Verhalten auf See bereits vertraut.

Unser kleines Boot glitt zahm übers Wasser, und ich beobachtete, wie sich langsam die Küste entfernte. Für mich konnte es nicht schnell genug gehen. Wir ruderten durch den Hafen zum äußersten Ende des Beckens, wo Carlotta ihr Boot, *Aunt Sally*, vertäut hatte. Der neue Name war die einzige größere Veränderung, die Carlotta vorgenommen hatte, als sie das Boot übernahm. Tante Sally hatte das Boot *Uncharted* getauft, was so viel bedeutet wie »auf keiner Karte verzeichnet«. Weder Carlotta noch ich hatten den Namen je richtig verstanden, und Tante Sally hatte ihn uns nie erklärt. Das Boot sollte *Aunt Sally* heißen, klar und unmissverständlich. Zu Lebzeiten von Tante Sally war das Boot ihr Alter Ego gewesen, und jetzt, da sie tot war, war es das Einzige, was von ihr übrig geblieben war. Außerdem gestattete es uns der neue Name, mit Tante Sally zu reden, ohne zugeben zu müssen, dass wir mit einem Geist redeten. Jeder Bootsbesitzer redet mit seinem Boot.

»Hallo, Tante Sally«, sagte ich, als ich sie an der Seite zu fassen bekam und das Ruderboot beidrehte. »Wir sind wieder da. Erbitten Erlaubnis, an Bord kommen zu dürfen.«

Wir verstauten die Klamotten und steuerten, ganz unverfroren mit Hilfe des Motors, aufs offene Meer hinaus. Ich konnte Tante Sally regelrecht schimpfen hören. »Hey«, erwiderte ich die Kritik, die ich förmlich in der Luft spürte. »Wir sind doch nur das Reserveteam. Was hast du denn erwartet?« Es war ein alter Streit mit Tante Sally, der unmittelbar nach ihrem Tod angefangen hatte.

Kaum hatten wir den Hafen hinter uns gelassen, drehten wir das Boot in den Wind und setzten die Segel. Wir konnten jederzeit, wenn nötig, mit Motorkraft weiterfahren, aber dieser Rhythmus entspricht in keiner Weise einem Segelboot. Eigentlich hat so ein Motor überhaupt keinen Rhythmus. Den Motor einzusetzen, das war wie mit einem

Auto über Wasser fahren. Wind, Strömung und Wellengang konnte man getrost vergessen. Der Motor bedeutete eine Missachtung der Naturgewalten um einen herum, als würde man über eine Betonpiste rasen. Von dem Lärm des Motors ganz zu schweigen. Bei laufendem Motor war ja nicht einmal das Kreischen der Möwen zu hören.

Motorboote verhielten sich zu Segelbooten wie Nescafé zu Bohnenkaffee, wie Selbstbefriedigung zu Sex. Insgeheim hatte ich mich immer schon gefragt, ob Stinktöpfe – wie wir Segler die Motorschiffer liebevoll nennen – unter einer seltenen Gehirnkrankheit litten. Vielleicht war das die Sorte Mensch, die die Werbefuzzis im Auge hatten, als sie den denkwürdigen Spruch »Sieht aus und fühlt sich an wie echtes Plastik« kreierten.

Die Brise nahm an Stärke zu; Carlotta und ich holten das Großsegel ein, setzten ein kleineres und eine Arbeitsfock. Mit den hydraulischen Winden zogen wir die Segel auf und banden sie ein. Ich zog die Großschot ein und stellte den Motor ab. Das Segel fing den Wind ein, das Boot neigte sich und schoss wie ein Vollblüter davon. Tante Sally segelte einfach wahnsinnig gern.

Erst am Sonntagabend kamen wir dazu, über das zu sprechen, was mir widerfahren war. Carlotta hatte ein paar Mal versucht, das Thema anzuschneiden, aber ich hatte abgeblockt. Ich wollte meine Ruhe haben und mich von dem ganzen Mist erholen.

Aber der Sonntag neigte sich allzu schnell seinem Ende zu, und wir waren beide in nachdenklicher Stimmung. Die Küste meldete sich zurück, es ließ sich nicht länger leugnen. Ich schaute übers Wasser. Die Strahlen der untergehenden Sonne, wie goldene Taue, lockten das Boot zur Küste. Von dem Goldschimmer besänftigt, hatte sich das Meer in eine riesige sanfte Ebene verwandelt.

»Also, warum hat er das gemacht?«, fragte Carlotta.

Ich zuckte mit den Schultern. »Was weißt du denn schon?«, erwiderte ich.

»Ich weiß das, was Adam mir erzählt hat und was in dem Polizeibericht steht. Der Staatsanwalt hat mich mit dem Fall beauftragt.«

»Du willst damit sagen, du hast dich selbst beauftragt.«

»Genau das will ich damit sagen.«

»Ich weiß auch nicht«, antwortete ich auf ihre Frage. »Es ist mir ein Rätsel. Der Typ ist ausgerastet. Wahrscheinlich, weil er den Lügendetektortest nicht bestanden hat und mehr ausgeplaudert hat, als er wollte.

Nur eins ist komisch. Ich bin zufällig einem Tierarzt begegnet«, sagte ich. »Er hat davon erfahren. Die gute alte Leila hat mal wieder Diskretion bewiesen. Jedenfalls hat sie ihm verraten, dass es Ketamin war, und er meint nun, das Gift sei sehr sorgfältig ausgewählt worden, so etwas könnte nicht spontan geschehen sein. Anscheinend ist es ein absolut tödliches Mittel, und er meinte noch, es sei höchst unwahrscheinlich, dass man einfach so mit diesem Zeug in der Tasche herumläuft. Der Betreffende müsste es sich gründlich überlegt haben, was er verwendet. Larsen hätte es mitbringen müssen – aber wieso hätte er das machen sollen?

Mit anderen Worten: Ich verstehe es einfach nicht. Larsen konnte nicht im Voraus wissen, dass der Test negativ für ihn ausfallen würde. Und er konnte auch nicht wissen, dass er alles Mögliche gestehen würde. Ich meine, wenn er sich vorher schon gedacht hat, dass er den Test nicht besteht und dass er ein Geständnis ablegt und mich dann deswegen umbringen würde – warum hat er sich dann nicht einfach geweigert, den Test zu machen? Und was hätte er mit John Davis machen sollen? Ihn ebenfalls umbringen? Oder annehmen, der würde schon den Mund halten?« Zum ersten Mal dachte ich daran, dass ich John Davis besser anrufen und ihn warnen sollte, nur für den Fall.

Eine Weile saßen wir beide bedrückt da. »Es ergibt überhaupt keinen Sinn«, sagte Carlotta, »es sei denn, er hatte das Zeug aus einem anderen Grund bei sich.«

»Und der wäre? Ich war die Einzige, auf die er es abgesehen hatte. Es benutzt sonst kein anderer meinen Wagen. Und zu dem Zeitpunkt hat auch kein anderer drin gesessen.« Ich überlegte einen Moment. »Oje«, sagte ich. »Ich habe auf einmal so ein komisches Gefühl.« Carlotta sah mich an. »Ich war gar nicht diejenige, auf die er es ursprünglich abgesehen hat. Ich war nicht einmal der Grund, warum er überhaupt hergefahren war.

Was habe ich dir immer über Sexualtäter gesagt?«, fragte ich sie. Carlotta schüttelte den Kopf. »Dass es Zufälle bei denen nicht gibt. Wie oft habe ich gesagt, dass es niemals Zufall ist, wenn ein Sexualtäter eine Wohnung gegenüber einer Schule bezieht.«

»Stimmt«, sagte sie, »aber …«

»Ich habe nie wirklich hinterfragt, wieso Larsen für eine psychologische Beurteilung drei Stunden Fahrt in Kauf nimmt. Er hat nur gesagt, seine Mutter wohne hier in der Nähe. Aber es kann kein Zufall sein, dass er da hingefahren ist, wo auch Zania wohnt. Niemals ist das ein Zufall. Larsen ist nicht hergekommen, weil ich so eine tolle Gutachterin bin oder weil er seine Mutter besuchen wollte. Er ist wegen Zania gekommen. Er hat sich die ganze Zeit Gedanken über sie gemacht. Er hat mich ausgesucht, weil er dann eine Entschuldigung hatte, sich hier in der Gegend aufzuhalten.«

»Das bedeutet«, sagte Carlotta nachdenklich, »dass er dir wahrscheinlich nicht zum Krankenhaus gefolgt ist. Es kann sein, dass er mit dem Ketamin in der Tasche hergekommen ist und Zania sehen wollte. Zania war diejenige, die er im Krankenhaus treffen wollte.«

»Es wäre ein Leichtes gewesen«, sagte ich. »Er kennt sich in Krankenhäusern aus, besonders in dem, wo sein Vater gearbeitet hat. Er hätte Zania angetroffen, sie zu einer Tasse Kaffee eingeladen, hätte alles Mögliche angestellt, nur um ungestört mit ihr zusammen sein zu können. Er hätte ihr die tödliche Dosis Ketamin in den Kaffee geschüttet, wäre mit ihr nach draußen oder sonst wohin gegangen, um mit ihr zu reden. Ein leeres Büro, und zwanzig Minuten Zeit hätten gereicht. Das Zeug wirkt sehr schnell, und es legt alles lahm.« Ich schwieg einen Moment; mir fiel wieder ein, wie schnell es tatsächlich alles lahm legt.

»Jedes Krankenhaus verfügt über dieses Mittel. Larsen konnte also davon ausgehen, dass man niemals außerhalb des Krankenhauses nach dem Mörder suchen würde. Nicht in hundert Jahren. Man hätte jeden auf der Station vernommen, hätte alle Medikamentenvorräte überprüft, hätte sich erkundigt, wer Zugang zu ihnen hat oder wer vielleicht irgendeinen Groll gegen Zania hegte. Die Polizei hätte das Krankenhaus auf den Kopf stellen können. Larsen wusste, dass man nie und nimmer auf ihn als den Täter kommen würde, der drei Autostunden entfernt wohnte und den niemand kannte.«

»Aber du hättest ihn gekannt«, warf Carlotta ein, »und du hättest von der Verbindung zwischen den beiden gewusst. Das hättest du der Polizei verraten können.«

»Larsen wusste nichts davon. Zania hat sich vertraulich an mich gewandt. Ich habe Larsen nie von ihr erzählt. Ich habe ihn nie mit etwas konfrontiert, das sie mir im Vertrauen mitgeteilt hat. Und aus dem Krankenhaus hat ihm auch niemand von ihr erzählt. Die wollten ja nicht einmal mir sagen, wer sie überhaupt ist. Sie hat mich von sich aus angerufen. Er hatte keine Ahnung, dass wir beide uns getroffen haben.

Was uns zu der Frage bringt, was sie denn nun über ihn weiß«, ergänzte ich. »Es muss ziemlich wichtig sein.«

»Reicht es etwa nicht, dass er einer narkotisierten Frau den Finger in die Scheide gesteckt hat?«, fragte Carlotta in scharfem Tonfall.

»Um ihn beruflich zu vernichten«, erwiderte ich, »könnte es reichen, vielleicht aber auch nicht. Das wäre eine Frage der Interpretation. Es hätte keine Möglichkeit gegeben zu beweisen, dass er die Frau vergewaltigt hat. Er hätte sagen können, Zania hätte sich alles nur eingebildet. Er hätte nur die Bettlaken für die Patientin etwas gerichtet, und Zania wäre gleich hysterisch darauf angesprungen. Er hätte sogar sagen können, sie wollte sich nur an ihm rächen, weil er das Verhältnis zu ihr abgebrochen hat. Wer weiß? Es hätte ja keine Beweise gegeben. Die Patientin war bewusstlos, sie hätte über das Geschehen keine Aussage machen können. Sein Wort hätte gegen das von Zania gestanden, und er besitzt weit mehr Ansehen als sie. Würdest du mit so einem Fall vor Gericht ziehen? ›Betrogene Geliebte wirft berühmtem Arzt Sexualvergehen vor‹ oder ›Beleidigte Krankenschwester verklagt Arzt wegen Sexualvergehen‹. Und wenn das Krankenhaus ihn deswegen entlassen hätte, wäre er gerichtlich dagegen vorgegangen.

Nein, nein, ich glaube, es war etwas viel Bedrohlicheres als das. Etwas, das sich nachweisen lässt.«

»Trotzdem: warum dann dieser Anschlag auf dich? Warum ist er nicht bei seinem Plan geblieben? Zania stellte immer noch eine viel größere Bedrohung dar als du. Ich weiß selbst, wie man sich mit dieser Schweigepflicht in Bedrängnis bringen kann. Ohne seine Einwilligung hättest du niemandem etwas sagen dürfen, es sei denn, er hätte Kinder belästigt.«

»Ich weiß es doch auch nicht. Vielleicht hat er wirklich die Kontrolle verloren, weil er diesen Lügendetektortest nicht bestanden hat, und als er mich vor dem Krankenhaus stehen sah, ist er in Panik geraten. Wer weiß, vielleicht hat er plötzlich die paranoide Vorstellung entwickelt, ich könnte hergekommen sein, um mit Zania zu sprechen. Der Anblick der Pressekonferenz hat sicher auch nicht gerade beruhigend gewirkt. Es könnte ihn daran erinnert haben, wie schlimm es für ihn aussehen würde, wenn alles herauskäme. Scheiße, ich weiß es wirklich nicht.«

»Du könntest Recht haben«, sagte Carlotta. »In allen Punkten. Mal angenommen, es ist so. Das einzige Problem, das ich dabei sehe: Es bringt uns keinen Millimeter weiter. Wir könnten immer noch nicht beweisen, dass er es war.«
Was sollte ich darauf antworten? Sie hatte Recht. Es gab keine Möglichkeit, ihm etwas nachzuweisen. Darüber wollte ich lieber erst gar nicht reden.

»Was jetzt?«, fragte sie. »Du bist die Psychologin. Wird er dem Schicksal dafür danken, dass er noch mal heil davongekommen ist, und weitermachen wie bisher?«

»Nein«, sagte ich. »Das nehme ich nicht an. Aber ich nehme auch nicht an, dass er hinter mir her ist. Ich musste nur dieses eine Mal herhalten, aus einer momentanen Panik heraus. Aber da wäre ja noch Zania. Sie lebt alleine, zusammen mit dem entzückendsten kleinen Kind, das die Welt je gesehen hat. Larsen hat immer noch keinen Grund zu der

Annahme, dass wir von Zanias Existenz wissen, und sie stellt immer noch die gleiche Bedrohung für ihn dar wie vorher.«

Carlotta sah niedergeschlagen aus. Keiner von uns beiden sagte etwas, aber beide hatten wir den gleichen Gedanken. Wortlos stand Carlotta auf und fing an zu packen. Ich erhob mich ebenfalls und tat es ihr gleich. Als schließlich alles fertig war, setzte sich Carlotta wieder hin und kam auf unser Thema zurück. »Also«, sagte sie, »was sollen wir jetzt machen? Die Polizei wird sich nicht in Zanias Garten einquartieren. Und eine einstweilige Verfügung nützt nicht viel, wenn jemand vorhat, dich umzubringen. Außerdem würden wir so eine Verfügung sowieso nicht bekommen. Aus Sicht der Polizei ist das nämlich alles Spekulation. Und die Bundespolizei verfügt nicht mal über genug Leute, um den Highway zu überwachen. Und in Twin Rivers, wo Zania wohnt, gibt es nur einen einzigen Beamten für den ganzen Ort, und der ist auch nur halbtags da.«

Ich widersprach nicht. Schließlich sagte ich: »Ich könnte Kontakt mit Reggie aufnehmen. Ich könnte ihm sagen, dass ich Zania und ihre Geschichte kenne, und wenn ihr etwas zustößt, würde ich ihn des Mordes an ihr beschuldigen, egal unter welchen Umständen sie umgekommen wäre.«

»Vergiss eins nicht«, sagte Carlotta. »Er scheint unter Druck nicht gerade gut zu funktionieren. Woher willst du wissen, ob er wirklich davor zurückschreckt? Genauso gut könnte er überstürzt euch beiden etwas antun.«

»Was bleibt sonst noch? Sie will nicht mal mit Adam reden. Ich könnte vielleicht mit ihr reden, aber eins kann ich dir verraten, sie lässt sich nicht gerne einen Schrecken einjagen. Sie wird nicht bloß wütend reagieren, sie wird eine Heidenangst kriegen. Sie ist keine, die sagt, jetzt erst recht, sie ist eher eine, die den Kopf in den Sand steckt. Und während wir hier gemütlich sitzen und übers Wasser gondeln und die Enten beobachten, klopft er wahrscheinlich gerade an ihre Tür. Was heißt wahrscheinlich? Er ist schon längst da.«

»Was ist mit diesem alten Trick, den man aus Filmen kennt?«, sagte Carlotta. »Sie sagt ihm, dass sie einen versiegelten Umschlag hinterlegt hat, falls ihr etwas zustößt.«

»So etwas klappt nur«, erwiderte ich, »wenn man kein kleines Kind hat, das bedroht werden könnte. Er braucht nur Robin in seine Gewalt zu bringen, und Zania würde freiwillig alles anstellen, um ihr Kind heil wiederzukriegen. Ich würde es auch tun.«

»Dann gibt es nur einen Ausweg: Sie muss dem Krankenhaus gegenüber offenbaren, was sie weiß«, sagte Carlotta mit fester Stimme. »Wenn sie nicht ihr gesamtes Wissen auf den Tisch legt, bleibt sie ein potenzielles Opfer.«

»Wirklich ein toller Vorschlag. Sag mal jemandem, der nicht einmal ein quengelndes Kleinkind mit einem Blick zum Schweigen bringen kann, dass er sich mit einem psychopathischen Mörder anlegen soll! Glaubst du vielleicht, Zania würde das schlucken? Nach dem Motto: ›Ich weiß zwar, dass du nicht gerne die Straße überquerst, wenn sich ein Auto nähert, aber bleib einfach hier stehen, auch wenn gerade ein Panzer mit Höchstgeschwindigkeit auf dich zurast. Nimm die Hände hoch, der Panzer bremst bestimmt ab. Meistens jedenfalls. Wenn du meinst, du hättest noch genug innere Ruhe, dann lass dir gesagt sein, dass sich der Panzer, falls du ihn nicht zum Anhalten bringst, heimlich von hinten nähert und dir die Kehle zudrückt und deine Lungen lähmt. Du kannst dich noch so abstrampeln, deine Lungen funktionieren nicht, und du kriegst keine Luft mehr ...!‹« Ich unterbrach mitten im Satz und schaute aufs

Wasser. Ich schüttelte den Kopf. »Meine Güte, wo kam denn das auf einmal her? Entschuldige.«

»Wofür?«, fragte Carlotta sanft.

»Ich glaube, ich bin doch noch nicht darüber hinweg«, stellte ich überrascht fest.

Sie verdrehte die Augen, lachte dann und schüttelte den Kopf. »Michael, Michael, du bist schon eine Nummer.«

Wir schwiegen beide. Wir mussten mit dem Beiboot zurückrudern, dann folgte die lange Autofahrt, am Ziel erwartete mich der Wahnsinn, und ich hatte auf nichts von alldem Lust. »Weißt du was?«, sagte ich. »Ich muss zurück, muss unbedingt zurück, dabei will ich überhaupt nicht.«

»Ich auch nicht, aber ich könnte ja auch hier leben. Du versetzt mich in Erstaunen. Sonst bist du um die Zeit immer ganz aufgekratzt und bereit, es mit der Welt aufzunehmen, selbst mit Leuten wie Reginald Larsen.«

»Diesmal ist es anders.« Ich hielt inne, aber Carlotta sagte nichts, und Tante Sally hatte auch nichts zu bemerken, deswegen fuhr ich fort: »Es kommt so einiges zusammen. Es gibt noch einen anderen schlimmen Fall. Marv hat sich da auf eine Sache eingelassen, die er besser hätte bleiben lassen sollen. Ihm und einer Klientin hat man einen gehörigen Denkzettel verpasst. Ich konnte ihn nicht von dem Unternehmen abhalten, und jetzt sitze ich mit im Boot. Ein Scheißgefühl, wenn man in einen Unfall verwickelt wird und nicht am Steuer gesessen hat.«

»Das Gefühl kenne ich«, erwiderte Carlotta. »Lieber hätte man selbst den Unfall verursacht. Aber alles halb so schlimm wie ein Mordanschlag. Und Denkzettel hat man dir auch schon einige verpasst. Was ist daran neu? Du spielst ja nicht mal Basketball mit Leuten, die so groß sind wie du.« Carlotta meinte, die Tatsache, dass ich gelegentlich Basketball mit Leuten spielte, die einige Kilo schwerer und einen Kopf größer waren als ich, sei ein Zeichen von Schwachsinn. »Und das alles hat ganz bestimmt nichts mit Adam zu tun?«

»Was soll Adam damit zu tun haben? Mit Adam ist alles in Ordnung«, sagte ich schnell.

»Manchmal reagierst du gereizter, wenn Adam versucht, dir nahe zu sein, als wenn jemand versucht, dich zu töten.«

»Das ist doch lächerlich«, sagte ich beleidigt. War es ja auch. Es stimmte, aber es war trotzdem lächerlich.

Ich merkte, dass Carlotta mir hierbei keine große Hilfe sein würde, deswegen hielt ich den Mund. Was sollte ich ihr sagen? Dass ich manchmal diese ständige Gewalt satt hatte, diesen Wahnsinn, die Sexualtäter, die einfach jeden niederwalzten, der in ihr Blickfeld geriet? Dass Jody ihre Kindheit nicht zurückgeschenkt bekommen würde, egal, was in der Konfrontation mit ihrem Vater noch geschah? Dass in Wirklichkeit in vielen Fällen Leute wie Reggie Larsen zum Schluss die Oberhand behielten und dass es durchaus denkbar war, dass er entweder Zania oder mich oder uns beide töten und damit durchkommen würde? Und wenn das nicht eintrat, dann würden wir ihm zumindest nichts anhaben können, und er würde glücklich und zufrieden weitermachen wie bisher, Frauen vergewaltigen, die in Narkose lagen, und ich würde bis ans Ende meiner Tage mit diesem Wissen leben müssen und könnte nichts dagegen tun.

Mein Gewissen war bereits genug belastet. Es gab Männer, die einfach so zu mir gekommen waren und die mir erzählten, sie fühlten sich sexuell zu Kindern hingezogen, aber sie leugneten, jemals ein Kind belästigt zu haben. Ich wusste, dass sie logen wie gedruckt, und sie wussten, dass ich es wusste. Sie waren Kinderschänder, schlicht und ergreifend, und ich konnte nicht das Geringste dagegen unternehmen. Dann gab es noch diesen Universitätsprofessor, der die Frauen, mit denen er ausging, gern bis zur Bewusstlosigkeit würgte, während er sie vergewaltigte, aber die Frau, die mir das erzählte, wollte ihn nicht anzeigen. Ich kannte den Vorsitzenden der Stadtverordnetenversammlung, der zwei Kinder vergewaltigt hatte, hintereinander, jeweils vor den Augen des anderen Kindes, und dabei ein Lied gesungen hatte. Eins der Kinder hatte später Selbstmord begangen, das andere war eine Frau, die meinte, man würde ihr ohnehin nicht glauben, und die Panikattacken hatte, wenn sie irgendwo das Lied hörte.

Die Erfahrung, knapp dem Tod entronnen zu sein, hatte mir etwas von meiner Antriebskraft genommen. Noch konnte ich die Windmühlen da draußen sehen, aber ich hatte keine Energie mehr, gegen sie zu kämpfen. Andererseits störte mich weiterhin der Anblick ihrer Silhouette.

Ich rief Zania vom Auto aus an, aber sie war nicht zu Hause. Ich probierte es im Krankenhaus, und es wurde mir mitgeteilt, sie habe gerade Dienst. Das hatte also Zeit bis morgen. Es war nicht gut, jemanden, der auf der Intensivstation arbeitete, unnötig in Angst zu versetzen, das wusste sogar ich. Es würde meinen Ruf, unsensibel zu sein, nur verstärken, und darauf konnte ich verzichten.

Auf meinem Anrufbeantworter zu Hause waren zwei Nachrichten. Ich drückte den Abspielknopf und hörte erst Mamas erzürnte Stimme – Mama nahm es immer persönlich, wenn man nicht da war – und dann Adams fragenden Tonfall. Mama wollte wissen, wo ich steckte, Adam sagte bloß einfach, er hätte meinen Zettel gelesen und bliebe zu Hause, bis ich wieder da sei.

Ich hörte mir die Nachricht noch mal an und merkte dabei, dass ich auf gereizte Untertöne achtete. Wenn er genervt war, durfte ich sauer werden, und lieber war ich stinksauer, als mich schuldig zu fühlen. Ich musste lachen, als mir klar wurde, was ich da veranstaltete. Mich schuldig zu fühlen, fand ich schlimmer als alles andere, aber Adam gab mir gar keinen Anlass dazu. Er klang einfach nur besorgt.

Zuerst rief ich Mama an. Mit der würde ich leichter fertig werden. Mama und ich hatten unzählige Kämpfe ausgefochten, jeder kannte die Kniffe des anderen im Schlaf »Na, mein Mädchen, wo warst du so lange? Ich dachte schon, ich würde dich nie erreichen.«

»Hast du öfter angerufen? Auf meinem Anrufbeantworter war nur eine einzige Nachricht von dir.«

»Ich habe mir gedacht, früher oder später erwische ich dich sowieso.« Ich hörte die Kritik heraus, die in ihrer Stimme mitschwang. Aber wogegen richtete sich ihre Kritik? Die ganze Welt drehte sich um Mama. Wieso also die Kritik? Mama hatte versucht mich zu erreichen, und ich war nicht da. Schluss. Aus.

»Ich war nur zwei Tage weg, Mama. Jetzt bin ich wieder da.«

»Nie bist du da, wenn man versucht dich zu erreichen.« Das war der Satz, der das Fass zum Überlaufen brachte, und wie vorherzusehen, biss ich an.

»Jetzt komm schon, Mama. Sitzt du den ganzen Tag da und wartest darauf, dass das Telefon klingelt? Ich führe mein eigenes Leben. Also, was gibt's?« Mama rief nie an, um einfach nur zu plaudern. Entweder war einer meiner Verwandten ins Gefängnis gekommen, jemand war schwanger oder starb gerade an Krebs, oder es war jemand des Mordes überführt worden. Meine Verwandten waren sehr verschieden.

»Es geht um deinen Neffen, Wilbur. Du weißt doch, dass

er den Jachthafen auf Harer's Island aufgekauft hat und dafür seinen gesamten Besitz belastet hat. Seitdem knapst er wie der Teufel.«

»Ja, ich erinnere mich daran.«

»Er glaubte, er hätte es endlich geschafft, als er den Laden kaufte, aber es war schwieriger als gedacht, ihn am Laufen zu halten. Es gab viel zu tun, aber kein Großauftrag war in Sicht, nur kleine Reparaturen und so. Dann kam eine riesige Jacht angetuckert, über den Inland Waterway, von New York nach Florida. Wilbur sagt, der Kahn hätte ziemlich mitgenommen ausgesehen und der Motor wäre in miserablem Zustand gewesen. Der Anblick des Rumpfs hätte ihm in der Seele wehgetan, so schlimm war es. Als wäre das Scheißding mit irgendwas zusammengestoßen. Ganz übel.

Der Besitzer hätte nicht damit rausrücken wollen, was passiert war. Hätte nur gesagt, er hätte das Boot günstig erworben, und er wüsste, dass man viel Arbeit reinstecken müsste. Wilbur sagte, er hätte keinen ganz sauberen Eindruck auf ihn gemacht, aber das ginge ihn nichts an.

Es musste wirklich reichlich viel dran gemacht werden. Wilbur hat fünfundzwanzigtausend Dollar in das Scheißding reingesteckt. Es hat zwei Monate gedauert, er und seine Belegschaft haben Tag und Nacht geschuftet. Wilbur war anständig und hat dem Besitzer von Anfang an klargemacht, was an Kosten auf ihn zukäme. Aber der hätte immer gesagt, machen Sie nur, machen Sie, was Sie für richtig halten, als wäre Geld kein Hindernis. Als läge das Geld auf der Straße. Führte sich auf wie der große Zampano.«

»Und?«, wollte ich wissen. Worauf lief es hinaus? Es würde nicht gut enden für Wilbur, so viel war klar.

»Dazu komme ich schon noch. Gedulde dich ein bisschen. Montag morgen stand Wilbur auf, und da hatte sich der Scheißkerl über Nacht aus dem Staub gemacht. Gerade als das Boot wieder wassertauglich war. Ist einfach eingestiegen und damit abgehauen. Hat Wilbur auf dem Trockenen sitzen lassen. Ohne einen Penny zu bezahlen. Typischer Kriegsgewinnler aus dem Norden, dieser Scheißkerl.«

Ich überhörte Mamas feindselige Bemerkung über die Nordstaatler. Damit war ich groß geworden. Nicht, dass sie nicht zur Kenntnis genommen wurden. Mamas ständige Ausfälle gegen die Nordstaaten waren vermutlich auch ein Grund dafür, dass ich dort lebte.

»Oh, Mist«, sagte ich. »Das ist schlimm.« Es war wirklich schlimm. Wilbur war ein netter Kerl, nur ein bisschen naiv.

»Und er hat während der ganzen Zeit kein Geld gesehen?«

»Keinen Penny hat er gekriegt. Du kennst doch Wilbur. Der glaubt alles, was man ihm sagt. Der Kerl hat ihm versprochen, seine ganzen Schulden zu begleichen, wenn das Boot fertig wäre. Und einen Tag vorher verdrückt er sich.«

»Ach, das tut mir so Leid, Mama. Das ist schrecklich. Was hat Wilbur jetzt vor?«

»Er hat sich natürlich an einen Rechtsanwalt gewandt. Er ist zu Claude in der Main Street gegangen. Der Wahrheit halber muss man leider sagen, dass er so gut wie gar nichts über diesen Schuft weiß.«

»Was soll das heißen?«

»Wie ich sagte, er weiß eigentlich nichts. Er weiß nicht einmal, ob der Name stimmt. Er kennt nur das Boot wie seine eigene Westentasche, aber das hilft ihm auch nicht weiter.«

»Ach du Scheiße.«

»Das ist nicht mal das Schlimmste. Claude meint, wenn sie ihn finden, müssten sie ihn in dem Bundesstaat verklagen, wo er gemeldet ist, und wer weiß, wo das ist. Es könnte an die zwei Jahre dauern, und das meiste von den fünfundzwanzigtausend würde dabei draufgehen. Das Beste, was er von gesetzlicher Seite her machen kann, ist, diese zwei Jahre abzuwarten – wenn man den Scheißkerl denn findet – und sich dann mit den Brocken zufrieden zu geben, die ihm die Anwälte übrig lassen, nachdem sie ihre Honorare abgezogen haben.«

Mama mochte Anwälte nicht besonders, hatte sie noch nie ausstehen können. Daddy war Anwalt gewesen, und nie habe ich erfahren, ob er eine Ausnahme war oder nicht.

»Scheiße«, wiederholte ich. »Muss Wilbur sein Geschäft aufgeben?«

»Das Geschäft aufgeben?«, sagte Mama erstaunt. »Niemals.«

»Wieso? Hast du nicht gerade gesagt, er käme kaum über die Runden?«

»Wir müssen ihm das Geld natürlich wiederbeschaffen«, sagte Mama ganz langsam, als würde sie mit einem Schwachsinnigen reden.

»Wir? Wen meinst du damit? Ich kann nicht viel dafür tun, dass Wilbur sein Geld wiederkriegt. Und du? Du kannst auch nicht viel dafür tun.« Ich legte eine Pause ein, aber Mama erwiderte nichts. »Oder doch?«, sagte ich zögerlich.

»Selbstverständlich können wir etwas dafür tun. Man kann immer etwas tun.« Wenn Mama ein Lebensmotto hatte, dann dieses: Man kann immer etwas tun. Ich bekam ein flaues Gefühl im Magen. Manchmal war das, was Mama tun würde, nicht das Gleiche, was ich tun würde. »Ich würde das diesem verdammten Scheißkerl niemals durchgehen lassen.«

»Was hast du vor?«, fragte ich ohne Umschweife.

»Das sieht diesen verfluchten Yankees wieder mal ähnlich. Sie meinen, sie könnten einfach herkommen und uns überrumpeln. Sie tun so, als wären wir irgendwie zurückgeblieben.« Was ein Fehler wäre, das musste ich zugeben. Mama war alles Mögliche, und vieles an ihr war keineswegs bewundernswert, aber zurückgeblieben war sie wahrlich nicht.

»Was hast du denn nun vor?«, wiederholte ich meine Frage.

»Das sage ich dir lieber nicht. Seitdem du in den Norden gezogen bist, tust du immer so vornehm, und du würdest es bestimmt nicht gutheißen, wenn man mal was anderes täte, als sein Geld gleich dem nächsten Anwalt in den Rachen zu schieben.«

»Ich hoffe, es ist nichts Illegales?«

»Was soll die Frage?«, sagte Mama verächtlich. »Wofür hältst du mich?« Mir fiel auf, dass sie meine Frage nicht beantwortet hatte.

»Mama, ich werde nicht antanzen und dich gegen Kaution rausholen, sollte es so weit kommen, dass du im Gefängnis landest.«

»Es wäre der Tag, an dem Billy Lewis mich einsperren würde.«

In dem Punkt hatte sie Recht. Billy Lewis, unser gegenwärtiger Sheriff, war mit mir zusammen zur Schule gegangen und kannte Mama gut. Sie müsste schon einen Menschen vor seinen Augen mit einer Axt erschlagen, damit Billy sie hinter Gitter brachte. Das war schließlich der tiefste Süden, wo der Spruch »Er hat den Tod verdient« als Verteidigung durchaus seine Gültigkeit hatte.

»Ich kann dir nur so viel sagen: Ich werde ihm gehörig in den Hintern treten.«

Ich überlegte. »Mama, rechtlich gesehen kannst du nichts

machen, und das Gesetz ahndet das Anheuern von Profis, um andere zusammenzuschlagen, oder was du sonst vorhast, ziemlich streng.«

»Andere zusammenschlagen? Wieso sollte das Wilbur weiterhelfen? Ich glaube, du kriegst da oben nicht genug Sonne ab. Deine Gehirnzellen müssen bis auf den letzten Rest erfroren sein. Komm lieber her ins Paradies zum Auftauen. Du enttäuschst mich, meine Liebe. Meinst du nicht, deiner Mama würde was Besseres einfallen als so was?«

Ich war ratlos. Was hatte sie sich bloß ausgedacht, um Wilbur sein Geld wiederzubeschaffen?

»Also gut, Mama. Tu, was du nicht lassen kannst. Aber tu mir einen Gefallen. Ruf lieber Claude vorher an, nicht mich.« Ich war sauer auf sie, weil sie sich so zierte. Normalerweise verkündete sie immer wortreich, was sie vorhatte, bevor sie in Aktion trat.

Ich legte genervt auf und starrte minutenlang aufs Telefon, dann wählte ich die Nummer von Adams Büro. Ich hatte mich schon beim Wählen in eine regelrechte Wut auf Mama hineingesteigert, aber es war Adam, der meine Wut verdient, sagte ich mir. Er hatte kein Recht, sich wegen mir Sorgen zu machen und so ein Theater zu veranstalten. Ich konnte tun und lassen, was ich wollte. Ich brauchte mir keine Erlaubnis bei ihm abzuholen. Nur weil er in meinem Haus wohnte, musste ich ja nicht das Wochenende mit ihm verbringen. Wieso wollte er dann wissen, wo ich war? Es ging ihn einen Scheißdreck an.

»Adam Bower«, sagte er, und für eine Sekunde sah ich ihn, im Mondlicht in der Badewanne liegend, vor meinen Augen. Es brachte mich zu Fall, und mir versagte die Stimme. »Hallo«, sagte er. Ich räusperte mich, und meine Stimme kehrte zurück, mehr oder weniger.

»Hi«, presste ich hervor, nicht in dem Tonfall, den ich angestrebt hatte.

»Michael«, sagte er nüchtern, »du lebst ja noch.«

Ich hatte jede Menge Erwiderungen parat. Ich hätte sagen können: »Was kümmert's dich?« Ich hätte sagen können: »Da bin ich mal das Wochenende über weg, und du machst mir gleich die Hölle heiß.« Ich hätte sagen können: »Nur weil du in meinem Haus wohnst, gibt dir das noch lange nicht das Recht, mir in mein Leben reinzureden.« Ich hätte alles Mögliche sagen können. Aber nichts dergleichen fiel mir ein. »Abendessen?«, war alles, was ich mit schwacher Stimme sagen konnte.

Später, im Bett, focht ich einen Kampf mit meinem Schlaf aus. Ich sah hinüber zu Adam, der keine solchen Probleme hatte. Männer sind wie Computer: ein Absturz, und sie sind für Stunden lahm gelegt.

Ich sackte abwechselnd weg und wachte wieder auf, Bilder von Larsen geisterten mir im Kopf herum. Dauernd schüttete er irgendwas in eine Tasse, die Zania ständig hob, um zu trinken. Die Bilder holten mich in die Gegenwart zurück. Dann veränderte sich die Umgebung. Ich sah den Fußboden im Krankenhaus vor mir, spürte, wie die kalten Fliesen gegen meine Wange drückten, und sah eilige Füße auf mich zukommen. Im Hintergrund dröhnte laut ein Sauerstoffapparat. Je tiefer ich sackte, desto enger schnürte sich mir die Kehle zu, meine Lungen arbeiteten nicht, und ich wachte abrupt auf, schwer atmend und voller Angst.

Adam neben mir rührte sich und schlug langsam die Augen auf. Ich drehte mich zu ihm um, und er legte seine Hand auf meine Schulter, um mich zu beruhigen, bis meine Atmung wieder gleichmäßig ging. Ich sah in sein Gesicht.

»Du bist nicht hergekommen, um mich zu beschützen«, sagte ich schläfrig. »Du bist hergekommen, um mich festzuhalten.«

»Egal«, sagte er vorsichtig.

18

Am nächsten Morgen überlegte ich mir, was wohl der beste Zeitpunkt wäre, um Zania zu erreichen, und welche Worte ich ihr gegenüber wählen sollte. Ich wusste, dass sie Nachtdienst hatte, und wenn ich sie morgens, in hundemüdem Zustand erwischte, würde das meine Aufgabe nicht gerade erleichtern.

Ich schluckte daher die bittere Pille, dass Larsen vielleicht längst vor ihrer Tür stand, und ich beschloss zu warten und sie nachmittags aufzusuchen. Diesmal hatte ich nur einen Versuch, und den wollte ich nicht vermasseln.

Es war das Vernünftigste, was ich tun konnte, dennoch sorgte ich mich den ganzen Tag über, in all dem Hin und Her von Sitzungen und Seminaren, ob das Vernünftigste nicht doch das Falscheste war. Wer weiß, vielleicht war ausgerechnet heute der Tag, an dem Larsen die Sache auf seine Weise aus der Welt schaffen wollte.

Um drei Uhr konnte ich mich zu einer kleinen Verschnaufpause in mein Büro zurückziehen. Gerade hörte ich die Nachrichten auf dem Beantworter ab, da klingelte das Telefon, und ich zuckte so stark zusammen, dass ich beinahe den Kaffeebecher vom Schreibtisch gestoßen hätte. Lieber Gott, bitte mach, dass Zania oder Robin nichts passiert ist. Wäre ich doch gleich heute Morgen hingegangen. Besser noch, gestern Abend. Die Stimme am Telefon klang fremd.

»Dr. Stone? Hier spricht Doug Griffen«, sagte der Mann ruhig. »Ich bin Redakteur bei der Zeitschrift *People*. Ich würde mich gerne mit Ihnen über Reginald Larsen unterhalten.«

»Wie bitte?«, fragte ich und stand abrupt auf. Der Schreibtischstuhl kippte nach hinten. »Was haben Sie gesagt?«

»Ich schreibe einen Artikel über Reginald Larsen«, sagte die Stimme unbekümmert, »und ich habe aus zuverlässiger Quelle im Krankenhaus erfahren, dass er sich wegen einer psychologischen Beurteilung seiner Person an Sie gewandt hat. Ich wollte Sie fragen, ob Sie sich dazu äußern möchten.«

»Soll das ein Witz sein?«, sagte ich. »Es dürfte Ihnen doch bekannt sein, dass es Therapeuten nicht erlaubt ist, Informationen über Patienten oder angebliche Patienten weiterzuleiten. Wenn dieser Mann mein Klient wäre, dürfte ich es Ihnen nicht sagen. Selbst wenn er es nicht wäre, dürfte ich Ihnen das nicht sagen.«

»Sie sollten wissen«, sagte Griffen, »dass im Krankenhaus einige schlimme Gerüchte über Dr. Larsen kursieren. Ich will Ihnen erklären, wie ich darauf gestoßen bin. Ich bin hingegangen, weil ich einen Artikel über dieses neue Wundernarkosemittel schreiben wollte, das angeblich zwanzigtausend Menschen jährlich das Leben retten soll. Wir bringen eine Sondernummer über die neuen Pioniere der Medizin heraus, und da erschien mir das angebracht.

Ich habe angefangen, mich kundig zu machen, um mich in die Geschichte einzuarbeiten, ich meine, den menschlichen Aspekt und so: Wer ist der Mann? Welche Hobbys hat er? Was für ein Mensch steckt wirklich dahinter? Ich wollte Anekdoten sammeln über einen warmherzigen, etwas zerstreuten Mann, der Tag und Nacht arbeitet, der sich jahrelang der Sache hingibt ... so in dem Stil.

Dann stellte sich heraus, dass er beurlaubt ist. Na gut, dachte ich, er braucht eine Pause nach der vielen Arbeit, Ferien, mal ausspannen. Aber irgendwas war faul an der Sache. Alle, mit denen ich geredet habe, waren verschlossen. Und keiner hatte ein gutes Wort für ihn übrig, als Privatmensch meine ich. Nicht einer. Dann tauchte ein Informant auf. Mehr kann ich nicht sagen. Aber mir scheint es eine zuverlässige Quelle zu sein. Das heißt, eigentlich ist es mehr als eine. Sie kommen allmählich aus ihrem Versteck. Seit der Bekanntgabe habe ich zwei Anrufe erhalten.«

»Welche Bekanntgabe? Wovon reden Sie?«

»Haben Sie es noch nicht gehört?«, sagte er. »Das Krankenhaus hat Dr. Larsens Wunsch nach einem Rücktritt akzeptiert.«

»Was? Seit wann gilt das?«

»Seit heute Morgen neun Uhr. Ich würde sagen, da hat man Sie wohl übergangen, Dr. Stone. Dr. Larsen verlässt das Krankenhaus, um sich seinen Forschungsinteressen hinzugeben, wenn man der von ihm und dem Krankenhaus gemeinsam verfassten Erklärung glauben will. Er zieht sich aus der klinischen Arbeit zurück. Was absolut keinen Sinn ergibt, finde ich. Jedes Krankenhaus hat doch fest angestellte Mitarbeiter, die irgendwelche Forschung betreiben. Mit so einer Entdeckung könnte er weiter angestellt bleiben und sich trotzdem ganz der Forschung widmen. Forschungsgelder stünden ihm unbegrenzt zur Verfügung. Hinzu kommt, dass niemand erwähnt hat, wohin er denn jetzt geht. Und das heißt, er geht weg, aber nirgendwohin.

Daher bin ich auf Sie gestoßen, Dr. Stone. Mal unter uns: Was stimmt nicht mit dem Kerl? Warum ist er bei Ihnen in

Behandlung? Hat er irgendein Problem? Drogen? Alkohol? Oder ist es irgendein anderes Problem, eins, das eher in Ihr Aufgabengebiet fällt?«

»Bleibt das unter uns?«, fragte ich.

»Ganz unter uns«, willigte er ein.

»Von wegen unter uns«, brüllte ich in den Hörer. »Jede Wette, dass Sie unser Gespräch aufnehmen. Ganz unter uns – so was gibt's bei euch Zeitungsfritzen nicht. Und jetzt hören Sie mir mal gut zu, Freundchen. Ich kann Ihnen nicht sagen, ob Prinz Philip mein Klient ist oder nicht. Ich kann Ihnen auch nicht sagen, ob Elvis mein Patient ist oder nicht. Ich kann Ihnen gar nichts zu irgendwelchen Leuten sagen, die in ihrem jetzigen Leben oder einem ihrer früheren Leben jemals Klienten von mir waren, Klienten von mir sind oder Klienten von mir sein werden. Kapiert?« Ich knallte den Hörer auf. Ich konnte es nicht ausstehen, wenn Zeitungsfritzen einen dermaßen anlogen.

Ich blieb eine Weile stehen; die Hand am Hörer zitterte. Es gab Ärger, und nicht zu knapp. Wieso kapierten das solche Leute wie Larsen nie? Wer rumficken will, soll besser nicht berühmt werden. Wer berühmt werden will, soll besser nicht rumficken. Es ging hier nicht um Raketentechnik. Man brauchte kein Ausbund an Moral zu sein. Aber ein bisschen Paranoia würde Wunder wirken.

Ich nahm den Hörer und wählte die Nummer von Margaret Jones. Würde sie mich überhaupt anhören? »Dr. Stone hier«, sagte ich und versuchte, meine Stimme im Zaum zu halten. »Könnte ich bitte Dr. Jones sprechen?«

Die Sekretärin zögerte nur einen winzigen Moment. »Tut mir Leid«, sagte sie, »Dr. Jones ist gerade beschäftigt. Sie kann nicht sagen, wann sie Zeit findet, Sie zurückzurufen.«

Ich unterdrückte den Impuls, die Sekretärin anzuschreien, die mit der ganzen Sache nichts zu tun hatte, es sei denn, sie war eine von Griffins Quellen. »Geben Sie ihr bitte diese Telefonnummer«, sagte ich, meine Privatnummer abspulend, »und richten Sie ihr aus, sie möchte mich anrufen.«

Ich legte auf und ging unruhig im Raum hin und her. »Scheißkerl.« Sie hatten Reggie ein Angebot gemacht. Er würde von seinem Posten zurücktreten, und im Gegenzug würde man der Ärztekammer gegenüber kein Wort verlieren. So lief das, da hätte ich ein Wochengehalt von Bill Gates drauf verwettet. Wieso sollte er sonst zurücktreten, wenn es ihm nichts nützen würde?

Wahrscheinlich war alles meine Schuld, weil ich die Krankenhausverwaltung aufgeschreckt hatte. Ermittlungen gegen Larsen wegen angeblichen sexuellen Fehlverhaltens waren eine Sache, die schlechte Publicity jedoch und die Verantwortung, die das Krankenhaus übernehmen müsste, falls er tatsächlich jemanden getötet haben sollte, das stand auf einem ganz anderen Blatt. Ich wusste aus Erfahrung, dass sich Krankenhäuser so etwas genau überlegten, sehr genau.

Für mich hörte es sich so an, als wäre sich die Krankenhausverwaltung nicht mehr so sicher, dass er nicht doch Dreck am Stecken hatte, denn vorher, bevor ich mit Margaret Jones gesprochen hatte, war von einer Abmachung im gegenseitigen Einvernehmen nicht die Rede gewesen. Erst hatten sie meine Beurteilung abwarten wollen, um zu sehen, womit sie es zu tun hatten. Woher dieser plötzliche Sinneswandel? Hatte ich einen Nerv getroffen?

Das Krankenhaus würde die ganze Sache stillschweigend übergehen, und für Larsen hieß das, an ein anderes Haus zu wechseln, in einem entlegenen Bundesstaat, bis wohin die

Gerüchte nicht gedrungen waren. Er würde als der strahlende Held seine neue Stelle antreten, mit seiner neuen Entdeckung, und wieder anfangen, Frauen unter Narkose zu vergewaltigen.

Blieb nur noch Zania, die seine Aussichten auf Ruhm und Geld vereiteln konnte. Allerdings hatte sich ihre Lage verschlimmert: Es gab niemanden mehr, dem sie ihre Geschichte hätte erzählen können. Das Krankenhaus wollte sie nicht hören. Für die war der Fall erledigt. Sie konnte die Polizei bitten, sich der Sache anzunehmen, aber die würde sie noch mehr einschüchtern als das Krankenhaus.

Die Presse würde so etwas natürlich liebend gerne aufnehmen, und sie würde Zania mit Sicherheit ausfindig machen. Jeder im Krankenhaus, der mich kannte, wusste auch von Zania. Die undichte Stelle musste irgendwo ganz oben sein, vielleicht sogar in der Ethikkommission. Früher oder später musste Reggie erfahren, dass die Presse hinter ihm her war und dass die Zeitungsleute Zania suchten. Ich schnappte mir die Autoschlüssel und rannte zur Tür, aber ich kam nicht sehr weit. In der Tür wäre ich beinahe mit Melissa zusammengestoßen.

»Da ist jemand, der Sie sprechen will«, sagte sie.

»Wer?«

»Mark Carlson.«

»Was? Er ist einfach so vorbeigekommen? Sagen Sie ihm, ich könnte jetzt nicht mit ihm sprechen.«

»Es wäre aber besser.«

»Warum?«

»Weil er weint.«

Ich fluchte und setzte mich wieder an den Schreibtisch. »Na gut«, sagte ich. »Aber nur eine Minute.«

»Mark«, sagte ich, stand auf und streckte ihm die Hand

entgegen, als er zur Tür hereinkam. »Ich habe wirklich nur einen Augenblick Zeit. Etwas ganz Dringendes ist dazwischengekommen.«

Er schien mich überhaupt nicht zu hören. Er steckte sein Hemd noch tiefer in die Hose und zog die Krawatte zurecht, obwohl beides nicht nötig gewesen wäre. Er blinzelte heftig mit den Augen, und er wollte etwas sagen, aber er blieb stumm. »Nehmen Sie Platz«, sagte ich freundlich und legte die Autoschlüssel beiseite. »Was ist passiert?«

»Es tut mir Leid«, sagte er schließlich. Er sprach so leise, dass ich mich vorbeugen musste, um ihn zu verstehen.

»Was tut Ihnen Leid?«, fragte ich.

»Aber wie konnte er nur? Wie konnte er nur?« Die Stimme klang wehleidig, und das heftige Augenblinzeln ließ nicht nach. Er stand unter Schock.

»Ihre Tochter?«, fragte ich nur.

»Ich habe sie gefragt. Eigentlich fand ich es lächerlich, aber ich habe sie trotzdem gefragt. Ich habe sie gefragt, ob ihr Großvater sie jemals gebeten hat, ein Geheimnis vor uns zu bewahren. Ich sah den Ausdruck in ihren Augen. Und es traf mich wie ein Schlag in die Magengrube. Ich war früher bei der Armee, und einmal, in einer Kneipe, hat mich so ein Typ angemacht. Da hatte ich genau das gleiche Gefühl. Den Ausdruck in ihren Augen werde ich mein Leben lang nicht vergessen.«

Ich holte tief Luft und versuchte, den Gedanken an Reggie Larsen für einen Moment zu verdrängen. Mark Carlson war eines Tages aufgewacht, hatte die Vorhänge vor den Fenstern beiseite geschoben und draußen eine völlig veränderte Welt vorgefunden. Aus ihm, dem Einwohner des Landes, das er gekannt hatte und das ihm noch am Abend zuvor vertraut gewesen war, war jetzt ein Fremder geworden.

Nichts war mehr so wie vorher, und nichts würde je wieder so sein wie vorher.

»Wird sie wieder gesund?«, fragte er. Er schnäuzte sich laut die Nase. Anscheinend hatte er sich schon eine ganze Zeit den Tränen hingegeben. »Ich muss es unbedingt wissen. Deswegen bin ich hergekommen. Leila hat mir gesagt, dass Sie auch Kinder behandeln, die missbraucht worden sind. Wird sie wieder ganz gesund?«

Was er meinte, war natürlich, wird sie so wie Jody werden, aber so wollte er es nicht ausdrücken. Die ehrliche Antwort darauf konnte nur lauten: Man weiß es nicht. »Ich kenne Ihre Tochter nicht, Mr. Carlson«, sagte ich sanft. »Ich habe sie nie gesehen. Aber viele Kinder, die missbraucht worden sind, erholen sich davon wieder, wahrscheinlich sogar die meisten, wenn sie Unterstützung von ihrer Familie erfahren. Was meint Ihre Frau denn dazu?«

»Sie ist ausgerastet«, sagte er. »Sie konnte meinen Vater noch nie leiden. Sie hat immer gesagt, er sei ein Tyrann, und meine allabendlichen Telefonate mit meiner Mutter waren ihr auch verhasst. Sie meint, sie sei nicht annähernd so hilflos, wie sie immer tut. Ich war immer hin- und hergerissen zwischen den beiden.

Sie ist völlig ausgerastet. Sie fing an zu schreien und zu brüllen, dass keiner von denen je wieder unser Haus betreten dürfte, sonst würde sie die Kinder nehmen und abhauen. Sie will dafür sorgen, dass er ins Gefängnis kommt. Ich glaube, das meint sie ernst.«

»Und was hat Ihre Mutter dazu gesagt?«

Er sah zu Boden. »Ich habe sie gleich angerufen. Ich musste mit ihr reden. Sie hat ganz unglaubliche Dinge gesagt. Sie meinte, Jody hätte Cindy das nur eingeredet, Cindy wollte nur Aufmerksamkeit heischen. Ich habe versucht ihr klarzumachen, dass Cindy überhaupt nichts von Jody weiß. Wir haben ihr nie erzählt, was Jody über meinen Vater gesagt hat. Ich habe meiner Mutter beschrieben, mit welchem Blick Cindy mich angeschaut hat. Darauf kreischte sie los, dass sie diese ganze Aufregung über das bisschen Sex satt hätte. Sex sei doch überhaupt nichts Besonderes, alle versuchten immer nur, das hochzustilisieren. Und überhaupt, was wäre denn mit ihr? Ob ich mir je Gedanken darüber gemacht hätte, wie es ihr ginge. Sie schrie mich an, dass ich mich genauso wenig um sie kümmern würde wie mein Vater, dass er seine kleine Mieze bumsen würde, und sie wäre allein, und keiner würde sich um sie kümmern ... Es war unglaublich.«

»Seine kleine Mieze?«

»So hat sie sich ausgedrückt.«

»Wen meint sie denn damit?«

»Das weiß ich nicht. Es ist das erste Mal, dass ich davon höre.«

»Weiß sie, wo er sich aufhält?«

»Mir egal, wo er sich aufhält. Hauptsache, er bleibt da. Ich könnte meinen Vater wohl nicht umbringen, aber meine Frau wäre dazu fähig.«

19

Es dauerte eine ganze Stunde, bis ich mein Büro verlassen konnte. Mark Carlson trauerte über den Verlust der heilen Welt, in der er gelebt hatte, und die Trauer war nicht leicht zu überwinden. Jahrelang hatte er sich ein Bein ausgerissen, um seine Mutter zu schützen und einleuchtende Erklärungen für das Verhalten seines Vaters zu finden, und die eigene Schwester, die er dafür geopfert hatte, war nun in Gestalt der Tochter wieder auferstanden. Irgendwie hatte er immer geglaubt, sein Vater würde niemals Verrat an ihm oder seiner Familie begehen, aber ein Kerl, der seine eigene Tochter missbraucht, macht sich auch an das Enkelkind ran. Die Faustregel lautet: Wenn sie es anderen antun, dann tun sie es auch dir an.

Verrat zieht immer etwas nach sich. Wahrscheinlich ist das der Grund, warum Spione erschossen werden. Täuschung macht einen verrückt. Soldaten dagegen lassen keinen Zweifel über ihr Tun aufkommen. Jeder Mensch weiß, dass sie töten. Das einzig Positive, was man einem feindlichen Soldaten nachsagen kann, ist, dass er nie von einem verlangt hat, man möge ihm trauen. Man hat keine Beziehung zu ihm, und ohne eine solche Beziehung konnte es so etwas wie Verrat nicht geben. Das ist bei Spionen anders; sie geben vor, jemand zu sein, der sie nicht sind, jemand, dem man vertrauen kann.

Es war bereits nach vier Uhr, als ich mich auf dem Weg zu Zanias Haus befand, mit den Händen krampfhaft das Steuerrad umklammernd, weil ich eine böse Vorahnung hatte, was ich dort vorfinden würde. »Das ist doch lächerlich«, beruhigte ich mich. »Vielleicht stellt Larsen tatsächlich eine Gefahr für sie da, aber wenn das so ist, dann stellt er auch morgen und übermorgen und überübermorgen noch eine Gefahr dar. Was soll ich tun? Mir für den Rest meines Lebens ständig Sorgen machen, ob Mutter und Tochter noch am Leben sind?«

Das alte Farmhaus lag einigermaßen friedlich da, und Zanias Auto stand in der Einfahrt. Bestimmt war sie mittlerweile aufgestanden. Ich fragte mich, wer sich um Robin kümmerte, wenn Zania arbeitete oder schlief.

Auf mein Klopfen hin kam niemand an die Tür, aber ich vernahm laute Musik aus dem Innern. Ich klopfte noch mal, und da immer noch nicht geöffnet wurde, ging ich ums Haus herum nach hinten. Ich wollte nicht weg, bevor ich mich nicht davon überzeugt hatte, dass alles in Ordnung war, andernfalls hätte ich die ganze Nacht Ängste ausgestanden.

Als ich an einem Fenster vorbeiging, sah ich Zania in der Küche sitzen. Sie schwang ihren Körper zum Takt der Musik. Sie war extrem laut, und ich fragte mich, wie ein Kleinkind wohl auf so eine Geräuschkulisse reagierte. Ich klopfte an den Hintereingang, aber da ich mir nicht sicher war, ob sie mich überhaupt hörte, drückte ich die Klinke und steckte meinen Kopf durch den Türspalt. Als Zania mich erblickte, schreckte sie zusammen. Sie verließ den Raum und ging ins Esszimmer. Die Musik brach ab, und Zania kehrte zurück.

Ich war inzwischen eingetreten. »Hi«, sagte ich, unsicher, ob ich willkommen war oder nicht.

»Was wollen Sie?«, fragte sie und ließ sich wieder am Küchentisch nieder. Sie sprach undeutlich, und auf einmal wurde mir klar, dass sie betrunken war.

»Nur mit Ihnen reden«, antwortete ich, ging zu ihr und setzte mich ihr gegenüber hin.

»Es ist nicht meine Schuld. Ich hab's versucht. Wirklich.«

»Was haben Sie versucht?«

»Sie haben keine Ahnung, wovon ich rede, oder?« Ihr Oberkörper schaukelte leicht hin und her.

»Nein«, sagte ich. »Ich habe keinen blassen Schimmer.«

»Ist auch egal«, murmelte sie und griff nach dem Glas, das vor ihr stand.

Im selben Moment trottete Robin in die Küche und sagte mit fester Stimme: »Will Saft.«

»Ach Gott«, sagte sie und sah Robin an. »Ich habe keinen Saft.«

»Wir wollen mal sehen, was wir dahaben«, bot ich meine Hilfe an. Ich hatte den Eindruck, dass Zania keine Lust hatte aufzustehen. Vielleicht konnte sie auch gar nicht mehr aufstehen. Ohne eine Antwort abzuwarten, ging ich rüber zum Kühlschrank und machte die Tür auf. Zu meiner Erleichterung fand sich doch etwas Apfelsaft. Ich holte ihn aus dem Fach und goss Robin ein. Als ich mich umdrehte, hatte Zania den Kopf auf den Tisch gelegt. Vorsichtig reichte ich Robin das Glas mit dem Saft, die es mit beiden Händen packte und wieder aus dem Zimmer spazierte.

»Wie viel trinken Sie gewöhnlich?«

Sie antwortete nicht gleich, aber nach einer Weile hob sie den Kopf. »Nicht viel«, sagte sie.

»Jeden Tag?«

»Nein, nicht jeden Tag. Wie kommen Sie darauf? Wer hat Ihnen das gesagt?«

Ich nahm das Glas, das vor ihr stand, und roch daran. »Rum?«, fragte ich.

»Das geht Sie nichts an«, erwiderte sie und legte den Kopf wieder auf den Tisch.

»Wer kümmert sich um Ihre Tochter, wenn Sie betrunken sind?«

»Sie kommt zurecht.«

»Sind Sie alleine hier draußen? Ist sonst keiner da? Kümmert sich sonst niemand um Robin? Das ist ein Problem, Zania, ein großes Problem. So geht das nicht.« Das Telefon klingelte. Zania überhörte es einfach, und ich auch. Als es endlich aufhörte zu klingeln, schaltete sich der Anrufbeantworter ein, und Reggie Larsens erregte Stimme versetzte den Raum in Spannung.

»Zania«, sagte er. »Hier ist Reggie. Ich weiß, dass du da bist. Ich muss dich unbedingt sprechen. Sofort. Zania, es ist wichtig. Ich habe etwas, das dich interessieren könnte. Bitte ruf mich sofort zurück. Es ist dringend.« Er hinterließ seine Nummer und legte auf.

Im ersten Moment hatte es mir die Sprache verschlagen, so überrascht war ich. Zania schloss die Augen. »Treffen Sie sich immer noch mit Reggie?«, fragte ich ungläubig.

»Eigentlich nicht«, sagte sie.

»Was heißt ›eigentlich nicht‹?«, wollte ich wissen. »Eigentlich nicht? Zania! Haben Sie den Verstand verloren? Der Mann hat versucht mich umzubringen. Kommt es Ihnen nicht in den Sinn, dass er gefährlich ist? Gefährlich für jeden, der sich ihm in den Weg stellt? Was ist los mit Ihnen?«, blaffte ich sie an.

»Ich treffe mich nicht mit ihm«, sagte sie. »Es ist nicht so, wie Sie denken.«

»Nicht so, wie ich denke? Wie ist es dann?«

»Ich meine, ich schlafe nicht mit ihm«, sagte sie.

»Na fein. Immerhin etwas«, sagte ich. »Was ist los, Zania? Was haben Sie mit Reggie zu tun? Was meinte er damit, als er sagte, er hätte etwas, das Sie interessiert? Was ist das?«

Zania antwortete nicht, und schließlich gab ich auf. »Ich rufe den Kinderschutzbund an«, sagte ich. »Sie sind viel zu betrunken, um sich um ein Kind zu kümmern. Robin könnte eine Herdplatte einschalten oder sich eine Plastiktüte über den Kopf stülpen, und Sie würden es nicht einmal merken.« Ich wollte gerade aufstehen, da hob Zania den Kopf und packte mich am Arm.

»Nein, nein«, flehte sie mich an. »Tun Sie das nicht.« Sie fing an zu weinen. Sie hielt meinen Arm so fest umklammert, dass es schmerzte. »Tun Sie das nicht. Die nehmen mir meine Tochter weg. Ich würde meine Tochter verlieren. Ich darf sie nicht verlieren.«

Ich legte meine Hand auf Zanias Hand und ließ sie dort liegen. »Zania«, sagte ich sanft. »Was verbergen Sie vor mir? Haben Sie Probleme mit Alkohol?«

»Ich habe mit allem Möglichen Probleme«, sagte sie. Und plötzlich kam ich drauf.

»Etwas, das dich interessieren könnte«, wiederholte ich Reggies Satz von eben. »Drogen? Versorgt Reggie Sie mit Drogen?« Es war bekannt, dass Anästhesisten häufig Drogenprobleme hatten. Reggie wäre nicht der Erste, den die Unmengen Schmerzmittel, zu denen er Zugang hatte, in Versuchung geführt hätten.

Zania ließ meinen Arm los. »Keine Ahnung, woher er das wusste«, sagte sie. Auf einmal wirkte sie wie ernüchtert. Die Drohung mit dem Kinderschutzbund hatte den Alkoholrausch verscheucht, wenn auch nicht ganz. »Es steht in meiner Akte. Vielleicht ist sie ihm in die Hände gefallen.«

»Was steht in Ihrer Akte?«

»Ich wurde erwischt. Vor fünf Jahren. Wegen Drogen. Diese Scheißdrogen. Ich musste eine Entziehungskur machen, sonst hätte ich meine Zulassung als Krankenschwester verloren – für immer. Was dann? Was hätte ich dann machen sollen?« Sie rieb sich die Augen. »Meine Güte, ich hatte solche Angst. Solche Angst. Zwei Jahre lang musste ich regelmäßig meinen Urin untersuchen lassen, bevor ich mich überhaupt auch nur wieder bewerben durfte.

Aber ich habe es geschafft. Aus eigener Kraft. Und das hat gut getan. Als Robin dann kam, war ich so dankbar, dass es passiert war. Während der gesamten Schwangerschaft habe ich nichts angerührt. Gar nichts.«

»Was ist dann passiert?«

»Er hat gewusst, dass ich es Ihnen sagen würde. Vielleicht war ich selbst schuld, denke ich jetzt häufig.« Müde richtete sie sich auf und gähnte. »Einmal war er auf die Station gekommen, um eine Patientin zu besuchen, und ich ließ irgendeine Bemerkung über ein Narkosemittel fallen, das der Patient bekommen hatte. Ich sagte so etwa, das würde für viele die Probleme ein für alle Mal lösen. Ich erinnere mich noch an seinen Blick. Da dachte ich mir schon, er weiß Bescheid, aber er rief erst später an und fragte mich aus. Da dachte ich noch, ich hätte mich geirrt. Jetzt glaube ich eher, dass ich beim ersten Mal Recht hatte.«

»Hat er Ihnen Drogen angeboten?«

»Nicht gleich. Wir sind eine Zeit lang zusammen ausgegangen. Bald kam er mit Marihuana an. Na gut, Gras ist keine große Sache. Jedenfalls redete ich mir das ein. Später hat er mir dann Percodan angeboten. Das Komische ist, dass ich es eigentlich gar nicht nehmen wollte. Ich habe einfach nur mitgemacht, weil ich so eingenommen war von ihm. Er war unglaublich nett und klug, und, na ja, ziemlich reich war er außerdem. Ich habe immer nur gedacht, dass er ein guter Daddy für Robin wäre. Deswegen wollte ich ihn nicht verlieren, und ich habe mitgemacht. Ein Riesenfehler.«

Dem war nichts hinzuzufügen. »Jetzt wissen Sie Bescheid«, sagte sie. Sie seufzte, und ich merkte, dass sie sich nicht länger auf den Beinen halten konnte. Wieder gähnte sie. Ich konnte nicht erkennen, ob sie einfach nur schlafen wollte oder ob sie ohnmächtig werden würde, aber es wäre auf das Gleiche hinausgelaufen. »Ich konnte der blöden Krankenhausleitung schlecht sagen, was er so trieb – aus Angst, er würde sie über meinen Drogenkonsum aufklären.

Und um ehrlich zu sein: Kaum war ich wieder auf Drogen, hatte ich Schiss, ich könnte keine mehr bekommen. Dann fing das mit dem Alkohol an. Ich kam nicht immer gleich an Drogen ran. Und Alkohol war besser als gar nichts.«

»Haben Sie jemals Schluss gemacht mit Reggie?«

»Eigentlich nicht. Ich habe nicht mehr mit ihm geschlafen. Ich bin sogar hierher gezogen und habe versucht, mich von ihm zu lösen. Seine Mutter hat mir dabei geholfen, diesen Job zu kriegen. Sie hat mir versprochen, sie würde es ihm nicht verraten ...« Zania zuckte mit den Schultern. »Ehe ich mich versah, stand Reggie wieder auf der Matte. Mit Demerol und Percodan in der Tasche. Und ich? Ich habe ihn reingelassen. Jetzt wissen Sie alles.« Die Stimme versagte ihr, und ich beugte mich vor, um sie zu verstehen. »Ich bin eine schlechte Mutter, und ich habe meine Tochter nicht verdient, aber ich kann ohne sie nicht leben. Sie ist alles, was ich habe.« Wieder fing sie an zu weinen und nahm das Glas in die Hand, das noch immer vor ihr stand, aber ich packte sie am Arm und hielt ihn fest.

»Sie haben die Wahl«, sagte ich. »Robin oder Drogen.«

Sie schaute einen langen Moment auf das Glas, dann ließ sie es los. Ich hob es hoch, ging zum Spülbecken und schüttete den Alkohol in den Ausguss.

»Kennen Sie jemanden, der vorbeikommen und heute Abend auf Robin aufpassen kann?«

Sie schüttelte den Kopf. »Niemanden?«, fragte ich. »Was ist mit dem Babysitter? Ich kann sie hinbringen.«

Wieder schüttelte sie den Kopf. »Sie ist verreist«, sagte sie. »Zu ihrer Mutter. Sie ist weggefahren, nachdem ich Robin abgeholt habe.«

»Freunde?«

»So gut kenne ich niemanden«, sagte sie. Wieder legte

sie den Kopf auf den Tisch, und eine Weile dachte ich wirklich, sie wäre ohnmächtig geworden.

»Na gut«, sagte ich schließlich. »Dann bleibe ich eben heute Nacht hier. Ich habe alles, was ich brauche, im Auto. Sie sind zu betrunken, um sich um Robin zu kümmern. Morgen stellen wir einen Plan auf.« Zania musste eine zweite Entziehungskur machen, und niemand konnte vorhersagen, wie sie die durchstehen würde, aber jetzt war nicht der Zeitpunkt, sich darüber den Kopf zu zerbrechen.

»Sagen Sie mir nur eins, Zania.«

Sie hob den Kopf. »Ja?«

»Sie haben mir lang und breit erzählt, was für eine Angst Sie vor ihm hätten.«

Sie stöhnte. »Das stimmt. Ich habe Angst vor ihm.«

»Und trotzdem haben Sie ihn ins Haus gelassen? Haben sich Drogen von ihm geben lassen?«

Zania starrte auf die Stelle, an der das Glas gestanden hatte, als könnte sie es wieder hervorzaubern, wenn sie nur lange genug hinschaute. »Sie haben wohl nie Drogen genommen, oder?«, sagte sie. »Jemand, der Drogen nimmt, würde so eine Frage niemals stellen.«

Ich ging rüber ins andere Zimmer und suchte nach meinem Schützling. Seit meinem Eintreffen hatte ich kaum einen Mucks von ihr gehört, und zu spät wurde mir klar, dass das vielleicht kein gutes Zeichen war. Ich fand die Handtasche ihrer Mutter geöffnet auf dem Wohnzimmerboden, Sofa und Teppich waren mit Lippenstift beschmiert, aber von Robin war nichts zu sehen! Die Haustür stand offen, und ich lief nach draußen – auch auf kleinen Landstraßen fuhren Autos, wie man wusste –, aber Robin saß auf dem Rasen und spielte mit Dreck.

Ich hockte mich neben sie, und sofort schlug mir der Geruch von schmutzigen Windeln entgegen. »Na komm, meine Süße«, sagte ich und hob sie hoch. In den Südstaaten werden alle Kinder mit Süßer angeredet, mindestens bis zum Alter von fünf Jahren. Sie schrie und strampelte, als ich sie auf den Arm nahm, aber Windelwechseln war eine von den unbedingten Notwendigkeiten in der Welt der Kinder – das ließ sich nicht ändern. Sie trat so kräftig um sich, dass ich sie seitlich auf der Hüfte tragen musste, sodass ihre Beinchen hinter mir ins Leere schlugen.

Später, sehr viel später, schlief sie nach endlosem Vorlesen des immer gleichen Buches mit dem Daumen im Mund ein. Kleinkinder mögen Wiederholungen: dasselbe Lied, dasselbe Buch und dieselben Menschen, die sich um sie kümmerten. Robin hatte mich den ganzen Abend über misstrauisch beäugt, aber von ihrem heftigen Protest gegen das Windelwechseln abgesehen, hatte sie mich einigermaßen akzeptiert. Abendessen, Badewanne und fünfmaliges Vorlesen desselben Buches hatten sie sanftmütig gestimmt. Nachdem wir beide es uns in ihrem Bett gemütlich gemacht hatten, wie Flüchtlinge aus einer größeren Welt, kuschelte sie sich beim Einschlafen eng an mich.

Im Schein des Mondes betrachtete ich minutenlang ihr Gesicht. Die Gesichter von Kindern sehen im Schlaf nie so leblos aus wie die von Erwachsenen. Robins kleines Gesicht strahlte im Schlaf ebenso viel Lebensenergie aus wie im wachen Zustand, nur war vielleicht das Vorhandensein dieser Energie leichter zu erkennen, wenn sie still war.

Seltsam, aber erst jetzt packte mich der Kummer. Ich hatte mit Robin gespielt, sie gefüttert, ihr die Windeln gewechselt, sie gebadet und ihr ein Baumwollnachthemd angezogen, ohne mir nur ein einziges Mal die Frage zu stellen, die jetzt unausweichlich schien: Hätte meine kleine süße Jordan auch so ausgesehen, so gesprochen, so gerochen, wenn nicht der plötzliche Kindstot sie dahingerafft hätte?

Es heißt, Tote sähen manchmal so aus, als würden sie schlafen, aber auf tote Kinder trifft das nicht zu. Es zeigt sich nicht die Lebensenergie, die jetzt direkt unter Robins Hautoberfläche brodelte und die so stark schimmerte, dass man ihre Wirkung bei geschlossenen Augen spüren konnte. Bitterkeit stieg in mir hoch, und ich konnte spüren, wie sie sich bis in meine Handflächen ausbreitete.

Behutsam erhob ich mich vom Bett und stieg leise die Treppe hinunter, stützte mich dabei die ganze Zeit an der Wand ab. Traueranfälle machen mich immer schwach, als müsste ich bei jedem Schritt befürchten auszurutschen. Brücken lösten sich auf, und alles war zusammenhanglos. Von einem Zimmer ins nächste zu kommen, von einer Sekunde zur nächsten, alles erschien mir wie ein ungeheurer Kraftakt. Wege mussten geschlagen, Flüsse überquert werden.

Nur eins war sicher. Oben lag ein Kind, das keinen plötzlichen Kindstot erlitt: eine muntere kleine Wildkatze, ein Mädchen, das so lebendig war, wie Jordan tot war. Und ich musste dafür sorgen, dass ihre Mutter von den verfluchten Drogen loskam und nicht in Reggie Larsens tödliche Fänge geriet.

20

Es war schon spät, als ich Zania stöhnen hörte: »Oh Gott.« Ich vernahm Schritte, die Klotür wurde geöffnet und wieder geschlossen. Schließlich schlich sie auf Zehenspitzen die Treppe hinunter, fasste sich mit der einen Hand an den

Kopf, mit der anderen hielt sie sich an der Wand fest. »Oh mein Gott«, sagte sie. »Mein Gott.« Auf der untersten Treppenstufe ließ sie sich nieder. »Entschuldigen Sie. Es tut mir Leid. Normalerweise bin ich nicht so. Wirklich nicht. Sie müssen wer weiß was von mir denken …«

»Wie geht es Ihnen?«, fragte ich leise. Ich hatte das Gefühl, alles, was über Flüstern hinausging, müsste sich in ihrer Katerstimmung wie Gebrüll anhören.

Sie bedeckte ihr Gesicht mit den Händen. »Sauschlecht. Wo ist Robin?«

»Sie isst gerade ihren Haferbrei. Es geht ihr gut.«

»Michael, es tut mir Leid. Entschuldigen Sie.«

Ich sagte nichts dazu. »Erinnern Sie sich an gestern Abend?«

»An das meiste. Ich glaube, an alles. Hoffe ich wenigstens.«

»Reggie hat angerufen.«

»Ich weiß.« Sie seufzte. »Scheißkerl. Ich weiß, dass Sie mir das nicht abnehmen, aber ich habe versucht, mich von ihm fern zu halten. Ich dachte, wenn ich trinke, könnte ich ohne das andere Zeug auskommen.«

»Kein kluger Gedanke«, sagte ich sanft. Das war Zania auch längst klar, es gab also keinen Grund, ihr deswegen eine Strafpredigt zu halten. Ich wandte mich um und ging zur Küche. »Kaffee oder Tee? Wir müssen miteinander reden.«

Zania kam mir nach und setzte sich niedergeschlagen an den Tisch. Robin hörte auf zu essen, kletterte von ihrem Stuhl herunter, auf den Schoß ihrer Mutter. Zania schlang die Arme um sie, und die beiden schaukelten gemächlich vor und zurück. Ich kochte Kaffee für Zania und Tee für mich und setzte mich ihr gegenüber: »Zania«, sagte ich.

»Ich begreife nicht, was vorgeht. Ich wäre beinahe getötet worden. Ich bin mir ziemlich sicher, dass es Ihnen ebenso ergehen könnte, und das Verrückte daran ist, ich weiß überhaupt nicht, warum. Erzählen Sie mir jetzt also bitte alles, und wenn es noch so schlimm ist. Was wissen Sie über Reggie, was ihm solche Panik macht? Es muss etwas sein, was Sie mir noch nicht erzählt haben.«

»Das Schlimmste wissen Sie ja noch gar nicht.«

»Also. Was ist es?«

Robin hatte genug geschmust, wand sich aus der Umarmung ihrer Mutter und widmete sich wieder ihrem Haferbrei. Ohne Robin auf dem Schoß wirkte Zania wie nackt. Sie verschränkte die Arme vor der Brust.

»Als ich damals nach Boston kam«, sagte sie schließlich, »besaß ich nichts. Ich meine, buchstäblich nichts. Keinen Koffer. Keinen Mantel. Gar nichts. Nur Robin im Bauch, mehr nicht. In meiner Brieftasche befanden sich zweiundzwanzig Dollar, und ich habe nur angehalten, weil ich kein Benzin mehr hatte. Ich hatte Angst, dass nichts mehr fürs Essen übrig blieb, wenn ich mein letztes Geld für Benzin ausgeben würde.«

Sie lachte leise. »Schon verrückt, wenn man sich das mal klarmacht. Mit zweiundzwanzig Dollar hätte ich mir ja auch nicht viel leisten können, aber weiter als bis zur nächsten Mahlzeit dachte ich damals eben nicht.«

»Wovor liefen Sie davon?«, fragte ich.

»Vor einem Mann«, sagte sie achselzuckend. »Wovor sonst?«

Da hatte sie wohl Recht. Wovor sonst? »Was war das für ein Mann?«, fragte ich.

Sie antwortete nicht sofort. Ihre Augen wanderten hin und her, wie es bei Menschen zu beobachten ist, die sich an etwas erinnern. Als sie zu sprechen anhob, gab sie nicht direkt Antwort, jedenfalls nicht auf meine Frage. »Nach einer gewissen Zeit konnte ich in keinen Spiegel mehr gucken. Heute hört sich das komisch an, aber es stimmt. Sie müssen nicht denken, dass es an den Narben und Einstichen lag. Ich konnte mich nur einfach nicht wiedererkennen. Ich hatte jedes Gefühl dafür verloren, wer ich war. Anders kann ich es nicht ausdrücken. Einmal bin ich an einem Spiegel vorbeigekommen, und ich warf einen Blick hinein, ohne zu überlegen. Mein erster Gedanke war: Wer ist diese Frau? Und dann wurde mir klar, dass ich es selbst war.

Ich wusste nicht, warum sich mein Leben in diese Richtung entwickelt hatte. Ich wusste nicht, warum ich diesen Mann überhaupt geheiratet hatte. Er war wahnsinnig eifersüchtig, und noch bevor wir überhaupt verheiratet waren, hatte er mich schon ein paar Mal verprügelt. Er sagte, das sei, weil wir nicht verheiratet wären, und wenn wir erst verheiratet wären, würde sich das ändern. Es änderte sich auch, und wie, in dem Punkt hatte er Recht – es wurde noch schlimmer.

Er hat die Drogen angeschleppt. Aber wenn ich die Wahrheit sagen soll: Ich habe sie gerne genommen. So waren die Schläge leichter auszuhalten. Die meiste Zeit war er gar nicht da. Er verschwand dann tagelang, manchmal wochenlang, und mit ihm auch die Drogen. Da habe ich angefangen, sie von meiner Arbeitsstelle zu klauen.«

»Aus dem Krankenhaus? Wie haben Sie das angestellt?«

Sie sah mich kurz an. »Das ist leichter, als Sie denken. Die gesamte Medikation wird natürlich überwacht, wie Sie wissen. Die Tabletten werden gezählt und mit der Menge verglichen, die der Arzt verschrieben hat, und mit dem, was laut Krankenblatt dem Patienten schon verabreicht worden ist, und was übrig bleibt, wird auch noch mal gezählt. Alles zusammengenommen muss die gleiche Menge ergeben. Und wer verabreicht die Tabletten dem Patienten? Die Schwestern. Aber neben uns steht keiner und schaut, ob wir sie auch wirklich ausgeben.

Manchmal habe ich sie also gar nicht verabreicht, und manchmal nur etwas weniger, als der Arzt verordnet hatte. Es war gar nicht so schwierig.«

Sie sah meine Miene. »Was denken Sie denn?«, sagte sie. »Es war gemein, widerlich, schrecklich. Das weiß ich auch.«

Sie seufzte und stand auf. »Gehen wir rüber ins Wohnzimmer. Sie wollen eine Erklärung für das alles haben, und ich kann Ihnen nur Bruchstücke liefern.«

Eigentlich wollte ich nur erfahren, was sie über Reggie Larsen wusste, was ihn so panisch reagieren ließ, aber das verkniff ich mir lieber. Zania war diejenige, die nach einer Erklärung für all das suchte, und sie war diejenige, die die Bruchstücke lieferte. »Ist schon in Ordnung«, sagte ich, stand auf und ging hinter ihr ins Wohnzimmer. »Reden Sie, wie Ihnen der Schnabel gewachsen ist.«

Sie wurde blass, als sie das Lippenstiftgeschmiere auf dem Sofa und dem Teppich sah, aber sie sagte nichts. Sie wandte sich einfach ab und ließ sich in einem Schaukelstuhl am Fenster nieder. Ich holte mir einen Sessel heran und setzte mich ihr gegenüber hin.

»Ich war gestern Abend keine sehr gute Mutter.«

»Im betrunkenen Zustand ist niemand eine gute Mutter.«

»Sie hätten mich bestimmt am liebsten umgebracht, oder? Sind Sie die Nacht über geblieben?«

Ich zuckte mit den Achseln. »Es war keine große Sache, Zania. Um ehrlich zu sein, ich hab's für Robin getan, nicht für Sie. Ich finde, Erwachsene können sich um sich selbst kümmern, aber Kleinkinder nicht. Sie schulden mir also nichts, und ich hoffe, dass Sie es nicht als Ausrede benutzen, um sich an die Brust zu schlagen und sich noch schlechter zu machen, bis ein Schluck aus der Flasche der einzige Ausweg zu sein scheint. Reden Sie einfach weiter. Was ist danach passiert?«

»Können Sie sich doch denken«, erwiderte sie. »Ich wurde geschnappt. Patienten hatten sich beklagt, sie würden ihre Medikamente nicht bekommen. Der Krankenschwesternverband hätte mich am liebsten rausgeworfen, aber auf der Station wussten alle, dass ich bis zum Umfallen geschuftet hatte. Das hat dem Verband vielleicht jemand gesteckt, und man hatte Mitleid mit mir.

Jedenfalls wurde mir erst mal meine Zulassung entzogen, und es hieß, wenn ich zu einer Drogenberatungsstelle ging und meine Urinproben die ganze Zeit sauber wären, dürfte ich mich nach zwei Jahren wieder bewerben. Da bin ich natürlich aufgewacht. Mir war klar, dass ich ewig unter seiner Fuchtel stehen würde, wenn ich mir meinen Lebensunterhalt nicht selbst verdienen konnte. Deswegen hielt ich mich genau an das, was der Verband mir empfohlen hatte.

Karl war keine große Hilfe. Er wollte, dass ich wegen der Drogen von ihm abhängig blieb, aber nach meinem Rauswurf wollte ich keine mehr nehmen, da konnte er sich auf den Kopf stellen. Die Prügel wurden immer schlimmer. Furchtbar schlimm. Er entwickelte so eine Wahnidee, wollte mir ›das Rückgrat brechen‹, wie er immer sagte. Wenn ich nicht schwanger geworden wäre, wäre ich längst tot. Er wollte das Kind nicht, und er band mich fest und schlug auf meinen Bauch ein, damit ich eine Fehlgeburt bekam. Aber ich bekam keine. Robin war stärker als er.«

Sie starrte einen Moment vor sich hin, dann fingen die

Augen wieder an, hin und her zu wandern, und sie schüttelte sich.

Sie sah zu mir herüber. »Das war's. Das war das Ende. Ganz plötzlich war alles sonnenklar. Wie konnte er es wagen, mein Kind zu schlagen? Vielleicht war ich ja ein wertloser Mensch, aber mein Kind nicht. Nicht mein Kind. Deswegen bin ich weggegangen. Ich hatte meine Zulassung zurückerhalten, sodass ich wieder arbeiten konnte, und eines Tages bin ich einfach ins Auto gestiegen und zwanzig Stunden am Stück gefahren. Hab keinem gesagt, was ich vorhatte. Ich wusste selbst nicht mal, wo es hingehen sollte, erst als ich da war. Ich habe alles zu Hause zurückgelassen. Hatte nur meinen Geldbeutel und einen Pullover dabei, mehr nicht. Karl hat mich nie gefunden. Ich weiß nicht einmal, ob er überhaupt nach mir gesucht hat.«

Ich unterbrach sie. »Haben Sie irgendwo noch Familie?«

»Nein. Meine Mutter ist an Brustkrebs gestorben, noch bevor ich Karl kennen lernte. Und meinen Vater habe ich seit meinem zwölften Lebensjahr nicht gesehen. Ich war das einzige Kind. Mein Vater hat immer gesagt, ich sei der größte Fehler seines Lebens. Meine Großeltern sind auch alle tot. Es gibt wirklich niemanden mehr.«

»Haben Sie das alles allein auf die Beine gestellt?« Ich konnte es nicht fassen.

»Es blieb mir nichts anderes übrig. Ich gebe zu, ich bin heute noch überrascht, wenn ich darüber nachdenke.« Ein flüchtiger Stolz verdrängte für einen Moment ihre Sorgen und Ängste. »Was hätte ich sonst machen sollen? Mein Kind sollte er nicht auch noch schlagen. Das wollte ich auf jeden Fall verhindern.«

Es klang unglaublich. Ein Satz von Richard Selzer kam mir in den Sinn: »Denn ich weiß, es sind die Gezeichneten und Verderbten und Missratenen, denen Anstand widerfährt.« Diese Frau hatte Anstand, das konnte man wohl sagen. Schon tief genug gesunken, um sich die Prügel von einem Mann gefallen zu lassen – wo hatte sie da den Mut hergenommen, bei ihrem Kind die Grenze zu ziehen?

»Das verstehe ich nicht. Wie haben Sie das geschafft? Wo haben Sie angefangen?«

»Es war schon ein starkes Stück. Ich möchte es nicht noch mal durchmachen. Versuchen Sie mal, in einer fremden Stadt Fuß zu fassen, schwanger, ohne Geld und Klamotten, nur mit dem, was Sie am Leib tragen. Eine Zeit lang habe ich in einem Verschlag gehaust, hinter einem 7-Eleven, wo ich auch gearbeitet habe. Dem Geschäftsführer bin ich heute noch dankbar. Er hat mich da wohnen lassen. Wahrscheinlich habe ich ihm Leid getan. Und er hat sich auch nie an mich rangemacht oder so, obwohl ich fast damit gerechnet hatte. Von meinem ersten Gehalt habe ich mir ein Zelt gekauft und den ersten Sommer in einem Naturschutzgebiet außerhalb von Boston gelebt. Was Besseres konnte ich mir nicht leisten, und vor den Läusepensionen hatte ich Angst.«

»In einem Zelt? Wieso sind Sie nicht ins Obdachlosenheim gegangen?«

»Komisch, aber der Gedanke ist mir nie gekommen. Ich wusste gar nicht, wo die waren. Ich habe einfach nie daran gedacht. Heute kann ich es manchmal kaum fassen, wie ich das ausgehalten habe.

Aber ich hab's geschafft, und ich blieb clean und abstinent, und es lief besser als je zuvor in meinem Leben. Dann lernte ich Reggie kennen. Scheiße, ich wünschte, das wäre nie passiert.

Ich arbeitete wieder als Krankenschwester. Ich hatte mein

Zelt abgebaut und war in eine Wohnung gezogen. Ich war immer noch clean und abstinent, seit Robins Geburt, das heißt eigentlich seitdem ich schwanger war. Robin war damals ein Jahr alt, und sie entwickelte sich prächtig, es war herrlich. Es ging uns beiden richtig gut. Robin hatte keins der gesundheitlichen Probleme, die sie mit Sicherheit gehabt hätte, wenn ich weiter Drogen genommen hätte. Sie werden lachen, aber ich hatte wieder einen Spiegel aufgehängt. Wirklich. Erst ein Jahr nach der Geburt habe ich zum ersten Mal wieder einen Spiegel in meiner Wohnung aufgehängt.«

»Dann tauchte Reggie auf.«

»Kann man wohl sagen. Er hat mich förmlich überwältigt. Anfangs war er wahnsinnig nett. Wieso sind Männer zuerst immer so nett?« Sie unterbrach sich, schaukelte ein bisschen vor und zurück und überlegte.

»Es gibt keine Entschuldigung. Als er mir die Drogen anbot, habe ich zugegriffen. Ich wollte ja bloß, dass er mich mochte. Ich hatte Angst, er würde drauf kommen, dass irgendwas nicht stimmte, dass ich Probleme mit Drogen hatte, wenn ich sie ablehnte. Ich weiß auch nicht, warum ich es getan habe. Vielleicht wollte ich die Drogen einfach nehmen.«

»Hat Reggie Probleme mit Drogen?«

»Das glaube ich nicht. Das war ja das Komische. Sobald ich wieder mit Drogen anfing, hörte er damit auf. Nur zu Anfang hat er ein paar Mal mit mir zusammen welche genommen. Damals habe ich mich schon gewundert, was das eigentlich sollte.

Aber ich habe mich wohl nicht genug gewundert, denn es war erstaunlich, wie schnell ich wieder drauf war. Ich glaube, das habe ich mir nie richtig klargemacht. Ich meine, ich habe mir immer eingeredet, ich würde nur deswegen Drogen nehmen, weil Karl mich geschlagen hat. Ich glaube, ich habe mir nie klargemacht, wie verflucht abhängig ich war. Abhängig bin, muss ich sagen. Wie abhängig ich bin. Ich bin abhängig. Ich glaube, das ist wichtig. Ich muss sagen, ich bin abhängig.

Zurück zu Reggie. Zuerst dachte ich, er würde wegen mir so oft auf die Intensivstation kommen. Er guckte auch immer nur nach ein paar Patienten, wenn er da war. Nach einer Weile verbrachte er dann weniger Zeit mit mir und hielt sich länger bei den Patienten auf, und irgendwann wurde mir klar, dass er gar nicht wegen mir kam. Dann passierte etwas Schreckliches. Etwas absolut Schreckliches.«

Diesmal unterbrach sie nicht nur, sie verstummte regelrecht und schaukelte still vor sich hin. »Was ist passiert?«, wagte ich schließlich zu fragen.

Sie antwortete nicht. »Was ist passiert?«, wiederholte ich.

»Es war eine Frau«, sagte sie schließlich. »Eine junge Frau. Sie lag im Koma. Man weiß nie, wie viel solche Menschen wirklich mitkriegen. Die Frau hatte einen Autounfall gehabt, eine Kopfverletzung und eine komplizierte offene Fraktur des Schienbeins. Sie hatte schon etwas länger im Koma gelegen. Muss ein netter Mensch gewesen sein, nach ihren Familienangehörigen zu urteilen. Die kamen jeden Tag, und sie waren wirklich verzweifelt.

Na gut. Man hatte sie am Bein operiert, und Reggie war der Narkosearzt gewesen. Nach mehreren Wochen gab es eigentlich keinen Grund mehr für den Anästhesisten, nach ihr zu schauen, aber er kam trotzdem jeden Tag vorbei, meistens spät abends oder früh morgens, wenn die Familienangehörigen nicht da waren. Sie wissen ja, wie es auf einer Intensivstation zugeht. Die Familie muss in einem Nebenzimmer warten, und jedem sind nur wenige Minuten am

Krankenbett erlaubt. Wenn die Familie gerade da war, kam er später noch mal zurück.

Es ist die Frau, von der ich Ihnen erzählt habe. Der er den Finger reingesteckt hat. Den Rest der Geschichte habe ich Ihnen allerdings verschwiegen. Ich habe damals nicht gleich mit Reggie Schluss gemacht, wie ich Ihnen gesagt hatte. Ich habe mir eingeredet, ich würde fantasieren, ich wäre krank im Kopf.

Dann, eines Tages, ging es der Frau wieder besser. Sie wachte einfach auf. So was kommt manchmal vor. Eigentlich hatten die Ärzte sogar damit gerechnet, dass sie wieder aufwacht. So schlimm war die Kopfverletzung nämlich nicht. Ich konnte ja die Gehirnaktivitäten auf dem Monitor verfolgen. Reggie war gerade in ihrem Zimmer. Irgendwie hatte ich den Eindruck, er wäre immerzu an ihrer Seite.

Ich rannte durch den Flur und platzte durch die Tür ins Zimmer und hörte gerade noch, wie sie sagt: ›Ich weiß …‹ Mehr nicht. ›Ich weiß.‹ Dabei schaute sie ihm in die Augen. Ich kann nicht sagen, was sie damit meinte. Es konnte alles Mögliche sein. Ich weiß nur, wie Reggie es verstanden hat, denn an den Ausdruck in seinem Gesicht kann ich mich gut erinnern. Er war irgendwie getroffen, er fühlte sich ertappt.

Ich weiß nicht, was sie danach noch gesagt hat, weil ich gleich losgerannt bin, um den behandelnden Arzt zu holen und ihm zu sagen, dass sie aufgewacht ist. Dann ist es passiert.«

»Was ist dann passiert?«

Statt auf meine Frage zu antworten, stand sie auf und ging zu Robin, die, eine Rolle abgewickeltes Toilettenpapier hinter sich herziehend, ins Zimmer gekommen war. Keiner von uns beiden hatte etwas gehört. Zania hob Robin hoch, drückte sie an sich, übersah das Toilettenpapier geflissentlich. Sie setzte sich wieder hin und versuchte, sie in den Armen zu wiegen, aber Robin quengelte und wand sich sofort aus der Umarmung. Zania gab auf und ließ sie zu Boden gleiten. Ohne Robin auf dem Schoß fing sie jetzt an, unruhig im Stuhl zu schaukeln. »Also, was ist passiert?«, fragte ich.

»Ich weiß es nicht. Als wir zurückkamen, war sie tot.«

»Tot?«

»Die Ärzte konnten nichts mehr machen. Sie war mausetot.«

»Woran ist sie gestorben?«

»Das war nicht mit Sicherheit festzustellen. Es sah nach einem Schlaganfall aus. Die Familie widersetzte sich einer Autopsie. Ich kann nur sagen, ich habe die Daten des Computertomographen gesehen. Angeblich kennen wir Schwestern uns mit solchen Dingen ja nicht aus, aber in ihrem Kopf gab es keine Anzeichen, die auf einen Schlaganfall hindeuteten. Sie war eine junge Frau. Das erschien mir alles sonderbar.«

»Was meinten die Ärzte dazu?«

»Keiner konnte mit Sicherheit sagen, was passiert war. Man wollte eine Autopsie vornehmen, aber wie gesagt, die Familie war dagegen. Mehr weiß ich auch nicht.«

»Das verstehe ich nicht. Wieso glauben Sie, Reggie hätte etwas damit zu tun?«

»Ich weiß nur, dass Reggie am Bett stand, als ich weglief, um den Arzt zu holen, und der Frau ging es gut. Als ich zurückkam, war sie tot, und Reggie war verschwunden. Den Ärzten habe ich nichts gesagt.«

Sie sah das Staunen in meinem Gesicht.

»Ich konnte es ihnen nicht sagen. Es gab keinen Beweis, dass er in dem Raum gewesen war. Und dann war da noch die Sache mit den Drogen. Im Krankenhaus nahm ich keine, aber wenn sie erfuhren, dass ich wieder rückfällig geworden war, hätte ich meine Arbeit verloren. Reggie hätte ihnen das mit den Drogen erzählt. Er hätte alles Mögliche erzählen können. Dass er wegen der Drogen Schluss mit mir gemacht hätte. Dass ich diese haarsträubende Geschichte, er hätte etwas mit dem Tod der Frau zu tun, nur aus Rache erfunden hätte.

Verstehen Sie, was ich meine? Mein Wort hätte gegen Reggies Wort gestanden, und Sie brauchen sich nur anzusehen, wer die beiden Kontrahenten waren. Ich, eine ehemalige Drogenabhängige, die schon einmal ihre Zulassung als Krankenschwester verloren hatte, und er, ein hohes Tier, Mr. Unantastbar, der eines Tages den Nobelpreis erhalten würde. Von seinem Vater wollen wir gar nicht erst reden. Er hätte behaupten können, ich hätte ihn angefleht, mir die Drogen zu besorgen, und als er sie mir nicht hatte geben wollen, hätte ich diese Geschichte erfunden, um ihn gefügig zu machen. Ich weiß nicht, was passiert wäre. Ich hatte Robin, um die ich mich kümmern musste.

Es war schrecklich. Ich wusste nicht, was ich machen sollte. Ich dachte, wenn sie mir glauben, stünde ich am Ende noch als Komplizin da, weil ich ihn nicht früher angezeigt hatte, als er ständig zu den Patientinnen ging, ohne Grund.

Ich konnte nicht einmal beweisen, dass ein Verbrechen vorlag. Das heißt, ich war mir ja selbst auch nicht sicher. Nur frage ich mich, warum er gegangen ist, wenn es kein Verbrechen war. Es lagen nur Sekunden dazwischen. Warum hat er nicht versucht, der Frau zu helfen, wenn es wirklich ein schwerer Schlaganfall gewesen ist?«

»Moment mal. Eins begreife ich nicht. Wie war es Reggie möglich, sie innerhalb weniger Sekunden zu töten, ohne Spuren zu hinterlassen? Wie soll das gehen?«

»Meine Güte, Michael. Sie sind vielleicht naiv! Er hätte alles Mögliche machen können.«

»Was zum Beispiel?«

Sie zuckte mit den Achseln und überging meine Frage. »Danach habe ich die Beziehung endgültig abgebrochen. Ich konnte seine Gegenwart nicht mehr ertragen. Ich musste immer sofort daran denken. Monatelang hat mich die Frau in meinen Träumen verfolgt. Sie verfolgt mich noch heute.

Zu dem Zeitpunkt wurden die Anrufe immer schlimmer, und ich fand heraus, dass sie von Reggie kamen, wie ich Ihnen schon gesagt habe. Das war die Wahrheit. Alles, was ich Ihnen erzählt habe, war die Wahrheit. Ich habe nur einige Sachen verschwiegen.«

Mir fiel ein, was mein alter Lehrer Goldstein zum Thema psychologische Täuschung gesagt hatte: Viel häufiger verschweigen die Menschen Dinge, als dass sie lügen. Aber Mord, so schien mir, ließ sich dann doch nicht so einfach verschweigen.

Zania interpretierte mein grüblerisches Schweigen als Skepsis. »Es stimmt«, sagte sie. »Alles. Ich kann es beweisen, gewissermaßen. Ich habe Tagebuch geführt.«

»Was haben Sie?«, fragte ich erstaunt.

»Ich habe Tagebuch geführt.«

»Was für ein Tagebuch?«

»Ich habe immer Tagebuch geführt, schon als Teenager. Die alten Bücher habe ich alle dagelassen, als ich mich von Karl trennte. Aber danach habe ich gleich wieder angefangen. Es hilft mir dabei, über einiges klar zu werden.«

»Kann ich sie mal sehen?«, fragte ich.

»Das aktuelle oder eins aus der Zeit, als ich im Krankenhaus gearbeitet habe?«

»Eins aus der Zeit im Krankenhaus.«

Sie war nur zwei Minuten verschwunden, und als sie zurückkam, hielt sie einen ganzen Stapel Bücher mit hellen Umschlägen in den Händen. Es war die Sorte Tagebücher, die wie reguläre, gebundene Bücher aussehen, aber innen leere Seiten haben. Sie schlug einige Bücher auf, bis sie auf das aus der gewünschten Zeit stieß, und reichte es mir.

Ich begann wahllos an einer Stelle zu lesen. Man sah sofort, dass sie eine geübte Tagebuchschreiberin war, eine von denen, die mehr Zeit damit verbrachten, ihr Leben aufzuschreiben, als zu leben. Anaïs Nin gehörte auch zu ihnen und mit ihr tausende ganz normale Menschen ohne einen Funken literarisches Talent, die aber alle die gleiche Leidenschaft teilten, nämlich über jede Kleinigkeit ihres Alltags Bericht zu erstatten. Zanias literarisches Talent war minimal, dafür hatte sie einen ausgeprägten Blick für Details.

Die Eintragungen erzählten, was sie zu Mittag gegessen hatte, wie das Wetter gewesen war und wo sie ihre Haare hatte schneiden lassen. Sie waren ausführlich, was die Details anging, aber gering an Bedeutung. Die gleichen Details jedoch, die die meisten Eintragungen so ermüdend machten, waren an den Stellen, wo von Reggie die Rede war, richtig spannend.

Sie hatte über jede einzelne Visite von Reggie auf der Intensivstation Buch geführt, jedenfalls hatte ich den Eindruck. Sie sprach über die Patienten, zu denen er ging, nannte sie nicht immer namentlich, dafür aber Tag und Uhrzeit und gab genug Informationen, um die Personen später identifizieren zu können. Da war die Achtzigjährige mit Herzinfarkt, die am fünften November eingeliefert worden war, im Juli der Teenager, der vom Dach gefallen war.

Selbst bei kurzer Durchsicht wurde deutlich, dass Reggie ausschließlich weibliche Patienten besucht hatte, und immer nur solche, die bewusstlos waren oder im Delirium lagen oder deren Wahrnehmung anderweitig gestört war. Es würde wohl niemand behaupten, Zania hätte das alles nur erfunden, jedenfalls nicht, wenn sich der Krankenhausaufenthalt der betreffenden Personen tatsächlich dem angegebenen Zeitraum zuordnen ließ. Sie hätte sich schon seinerzeit alles aus den Fingern saugen müssen, und es erschien wenig glaubhaft, dass sie auf diese Weise einen Arzt hätte »rumkriegen« wollen, über Monate, Jahre.

Das Tagebuch war vernichtend. Strafverfolger oder Gesundheitsbehörden würden sich die Finger lecken nach dermaßen konkreten und detaillierten, zum Zeitpunkt der jeweiligen Tat schriftlich niedergelegten Dokumenten. Zania besaß das, worüber John Dean damals beim Watergate-Skandal verfügte, mit dem Unterschied, dass er sich dessen bewusst war und sie nicht.

»Weiß Reggie davon?«, fragte ich, als ich wieder zu Atem gekommen war.

»Von den Tagebüchern?« Ich nickte.

Sie überlegte kurz. »Das kann ich nicht sagen. In der Zeit, als ich noch mit ihm schlief, wusste er, dass ich Tagebuch führe. Ich konnte nicht einschlafen, bevor ich nicht Tagebuch geschrieben hatte. Und einmal hat er mich gefragt, ob er auch drin vorkommt. ›Natürlich‹, habe ich gesagt, ›ich schreibe immer über meine Freunde‹, aber ob er wusste, dass ich auch über seine Besuche auf unserer Station schrieb, kann ich nicht sagen. Ich glaube eher nicht. Wenn doch, hat er es mir jedenfalls nie gesagt.«

»Zania«, sagte ich, »Sie dürfen die Bücher nicht hier behalten. Auf gar keinen Fall. Darf ich sie mitnehmen? Ich will sie mir durchlesen und überlegen, wie wir am besten vorgehen.«

»Ich bitte Sie, Michael, unternehmen Sie nichts, was mich meinen Job kosten könnte. Sie dürfen diese Tagebücher niemandem zeigen. Die ganzen Drogengeschichten stehen auch alle drin.«

Ärger stieg in mir hoch, und ich musste mich zurückhalten, um ihm nicht Luft zu machen. »Ein Mensch ist tot«, sagte ich betont gelassen, »der vielleicht noch leben könnte. Ich wäre beinahe gestorben, und ich habe keine Lust, diese Erfahrung noch mal zu machen. Und Sie stehen auch auf der Liste der Personen, die tot sein könnten. Aber Robin braucht sie.

Und wessen Leben in Zukunft noch auf dem Spiel steht, wenn Reggie weiter als Arzt praktiziert, darüber will ich lieber gar nicht nachdenken. Was passiert, wenn der nächste Patient droht, ihn anzuzeigen? Also, Zania, nehmen Sie Vernunft an, und machen Sie sich klar, was in diesem Fall wichtiger ist.«

Zania schwieg. »Nehmen Sie die Bücher«, sagte sie schließlich. »Und sagen Sie mir ja nicht, was Sie damit vorhaben. Ich will es gar nicht wissen.«

21

Während der Rückfahrt lag der Stapel Tagebücher auf dem Sitz neben mir, und immer wieder schaute ich zu ihm hinüber wie zu einem Beifahrer. Ich wollte lieber keinen Blick mehr hineinwerfen, es war zu viel Elend darin enthalten.

Zu Hause angekommen, stieg ich aus und klemmte die Bücher untern Arm. Ich hatte mich bei Zania morgens nicht geduscht, und bevor ich mich jetzt auf den Weg zur Arbeit machte, wollte ich mich waschen und umziehen. Ich stand ziemlich lange unter der Dusche, als könnte das Wasser all die hässlichen Dinge, die ich heute Morgen gehört hatte, aus meinem Kopf spülen. Es müsste eine Dusche für die Seele geben, nicht nur eine für den Körper. Abrupt stellte ich das Wasser ab und ging zum Telefon. Ich rief einen alten Lover von mir an und erreichte ihn schließlich in seinem Büro. »Hallo, Jack«, begrüßte ich ihn. »Hast du eine Minute Zeit?«

»Michael«, sagte er, »lange nichts von dir gehört.« Aus irgendeinem Grund freute ich mich, dass seine Stimme immer noch so warmherzig klang wie früher.

»Ich wollte dich nur etwas fragen«, sagte ich. »Pass auf: Ein Arzt will jemanden töten, eine stationäre Patientin. Spontanentscheidung. Er hat keine Zeit zu überlegen. Die Patientin erwacht aus einem Koma, und die Schwester ist nur kurz weggegangen, um den regulären behandelnden Arzt zu holen. Deswegen hat er nur ein paar Sekunden Zeit. Was kann er machen?«

»Meine Güte, Michael«, sagte er. »Du stellst vielleicht Fragen. Jetzt sag nicht, das ist wirklich passiert.«

»Ist so etwas möglich? Ich meine, es sah wie ein Schlaganfall aus. Es wurde keine Autopsie vorgenommen, deswegen weiß man es nicht mit Sicherheit.«

»Wie kommst du dann darauf, dass jemand nachgeholfen hat? Hast du gesagt, sie sei im Koma gewesen?«

»Ja, aber die Kopfverletzung war nicht ganz so verheerend, und die Frau war noch jung. Damals jedenfalls hatten die Ärzte so ihre Zweifel. Ist so etwas möglich?«

Es folgte eine Pause. »Natürlich«, sagte er schließlich.

»Wie?«

»Er hätte verschiedene Möglichkeiten. Die einfachste Methode wäre, eine Spritze mit Luft in den intravenösen Tropf zu setzen.«

»Das würde reichen?«

»Das würde reichen. Luftblasen würden das Herz zum Stillstand bringen und einen Infarkt herbeiführen oder die Halsschlagader blockieren und einen Schlaganfall verursachen.«

»Und das reicht, um einen Patienten im Krankenhaus zu töten?«

»Wir hängen das nicht an die große Glocke, aber es ist richtig: Das würde reichen.«

Auf dem Weg zur Arbeit überlegte ich mir ernsthaft, ob ich nicht der Kirche der Christlichen Wissenschaft beitreten sollte.

Von der Arbeit aus rief ich Adam an, weil ich ihm von den Tagebüchern berichten wollte, aber er war nach Maine gefahren, um einen Gefangenen abzuholen. Ich hatte gerade aufgelegt, als ich überrascht die Tür zum Wartezimmer auf- und wieder zugehen hörte. Ich erwartete niemanden, also stand ich auf und ging hin, um nachzusehen, wer da war. Der Mann, der im Wartezimmer stand, war über einsachtzig groß und sah so unverschämt gut aus, dass mir fast die Spucke wegblieb. Er hatte strohblondes Haar und markante Gesichtszüge, die bei jedem Zigarettenkonzern unweigerlich den Wunsch ausgelöst hätten, sie auf Werbeplakate zu bannen. Die Augen erinnerten an John F. Kennedy, das Kinn an Clint Eastwood. Ich merkte, dass ich ihn regelrecht anglotzte, und ich machte den Mund wieder zu. »Suchen Sie jemanden?«, fragte ich.

Er lächelte, und seine Zähne waren bestimmt alle künstlich. Solche regelmäßigen Zähne sind kein Geschenk der Natur.

»Ich suche eine gewisse Dr. Michael Stone«, sagte er.

»Das bin ich.«

»Doug Griffen«, stellte er sich vor und hielt mir die Hand hin. »Von der Zeitschrift *People*. Ich hatte bei Ihnen angerufen.«

Ich trat unwillkürlich einen Schritt zurück und ignorierte die ausgestreckte Hand. »Was haben Sie hier zu suchen? Ich kann unmöglich mit Ihnen reden.«

»Eigentlich will ich gar nicht mit Ihnen reden«, sagte er. »Ich suche eine Frau namens Zania Thompson.«

Er beobachtete mich, als er das sagte, und der Schreck, der sich in meinem Gesicht abzeichnete, entging ihm nicht.

»Sie sind ja richtig gut«, sagte ich.

»Danke. Ich will nur sicher gehen, dass ich auf der richtigen Fährte bin. Aber da ich schon mal hier bin, könnten wir beide uns doch auch ein bisschen unterhalten. Was meinen Sie? Ich weiß nicht, mit wem Sie es bisher zu tun hatten, aber wenn ich sage, etwas bleibt unter uns, dann bleibt es unter uns.«

»Sie sind doch nicht so gut, wie ich dachte.«

»Vielleicht nicht.« Er blieb einfach stehen und sah mich an. »Nur so, aus Neugier: Wie kann ich Ihnen zeigen, dass Sie mir vertrauen können? Ich kann Ihnen Referenzen vorlegen, Personen nennen, die mit mir zu tun hatten und bei denen Sie sich erkundigen können.«

»Ich glaube nicht, dass das viel nützen würde. Sie nennen mir ja doch nur diejenigen, die Sie nicht verraten haben.«

»Wie dann?«

»Mr. Griffen. Ich weiß nicht, mit wem Sie bisher zu tun hatten, aber ich rede nicht über meine Klienten, auch nicht mit Personen, denen ich vertraue. Es gibt da nämlich so etwas wie Berufsethos. Und was das Vertrauen Ihnen gegenüber betrifft: Ich vertraue Menschen durchaus – wenn ich zwanzig Jahre lang mit ihnen zu tun gehabt habe.«

»Hört sich nicht schlecht an«, sagte er lächelnd. »Ich bin gelegentlich auf die Hilfe von Fachleuten angewiesen. Manchmal brauche ich jemanden, der sich in Ihrem Bereich auskennt.«

»Zufällig bin ich auch gelegentlich auf Hilfe angewiesen, auf die von Zeitungsreportern«, erwiderte ich. »Manchmal würde ich gern mit einer Geschichte an die Öffentlichkeit gehen, bei der kein Klient von mir betroffen ist.«

»Schon notiert«, sagte er und reichte mir seine Visitenkarte. »Ich melde mich wieder bei Ihnen.«

»Nicht, wenn es um diesen Fall geht«, erwiderte ich streng.

»Oh, das würde ich lieber nicht sagen«, entgegnete er, »vielleicht interessiert es Sie ja, was ich weiß – bevor ich es in Druck gebe.«

»Gutes Argument«, sagte ich. »Wo wir schon dabei sind: Wie weit sind Sie gekommen? Haben Sie schon mit Larsen gesprochen?«

»Noch nicht. Aber ich habe einige hundert Male auf seinen Anrufbeantworter gesprochen. Der Mann scheint mir aus dem Weg zu gehen.«

»Wer würde das nicht?«

»Jemand, der nichts zu verbergen hat.«

»Wenn Mike Wallace durch diese Tür käme, würde sogar der Papst durch den Hinterausgang verschwinden.«

»Der Papst vielleicht. Aber ich bin nicht Mike Wallace. Ich bin von der Zeitschrift *People*. Wir bringen optimistische Geschichten.«

»Nur diesmal nicht.«

»Nein, diesmal nicht.«

Er stand da und sah mich eine Weile an. »Ich kann Sie wohl nicht überreden, mit mir essen zu gehen, oder?« Sein

Lächeln löste ein Kribbeln in meinem Magen aus. »Kein Wort über die Arbeit«, fügte er beiläufig hinzu.

»Ich kann es nicht ausstehen, wenn Sie mich anlügen«, erwiderte ich.

»Es könnte interessant sein für Sie«, lockte er mich.

Ich schüttelte den Kopf. »Sie haben mich schon einmal reingelegt. Diesmal will ich kein Risiko eingehen.«

Er wandte sich ab, um zu gehen, aber diesmal war ich es, die ihn aufhielt. »Nur so aus Neugier«, sagte ich. »Was hat Sie davon abgehalten, Fernsehmoderator zu werden?«

Er drehte sich um und grinste schüchtern. »Die bedauernswerte Neigung zu stottern, wenn ich im Rampenlicht stehe.«

Gedrückter Stimmung kehrte ich zurück an meinen Schreibtisch. Mein Gott, die Presse hatte Zania Thompson ausfindig gemacht. Wusste Reggie das? Hatte Doug Griffin sie in seinen telefonischen Nachrichten an Reggie erwähnt?

Ich nahm den Telefonhörer in die Hand, um Zania anzurufen, legte aber gleich wieder auf. Auf was für schmutzige Tricks waren Journalisten bereit sich einzulassen, um an eine Geschichte zu kommen? Auf ziemlich schmutzige, würde ich mal tippen. Einmal war sogar mein Telefon abgehört worden, daher wollte ich nicht das Risiko eingehen, von meinem Apparat aus anzurufen.

Ich nahm die Schlüssel und ging nach draußen zu meinem Auto. Würde ich eine Beschattung überhaupt erkennen? Vermutlich nicht. Ich war Therapeutin. Ich hatte keine Ahnung von Beschattung. Wieso hat man uns in der Schule nichts Vernünftiges beigebracht? Ich fuhr langsam rüber zur psychiatrischen Abteilung und schaute mich ständig dabei um. Ich konnte nichts Verdächtiges erkennen, aber was hatte das schon zu sagen?

Ich nahm zwei Stufen auf einmal und fragte Melissa: »Ist Marv abkömmlich?«

»Er ist gerade mitten in einer Besprechung.«

Ich lief den Flur entlang zum Besprechungszimmer und steckte den Kopf durch die Tür. Toby unterbrach seinen Satz, und alle drehten sich zu mir um. »Marv«, sagte ich, »kann ich dich mal einen Augenblick sprechen? Es ist dringend.«

Marv stand auf und kam nach draußen geeilt. Toby knüpfte an der Stelle wieder an, wo er unterbrochen worden war. Niemand schien beunruhigt; solche Notfälle waren in der Psychiatrie an der Tagesordnung.

»Was gibt's?«, fragte er besorgt, kaum dass er im Flur stand, aber ich hatte bereits den Weg zu seinem Büro eingeschlagen.

»Es geht nicht um Carlson, wenn du das meinst«, antwortete ich, und ich merkte, wie seine Anspannung nachließ. »Ich brauche nur deine Hilfe.«

Ich betrat sein Büro und schloss die Tür hinter mir. »Kann ich mir mal deinen Wagen ausleihen?«

»Klar«, sagte er und trat an seinen Schreibtisch, um die Schlüssel zu holen. »Ist dein Wagen kaputt?«

»Nein, ich habe nur die Befürchtung, dass ich von einem Zeitungsreporter verfolgt werde.«

»Es ist doch nichts Gefährliches, oder?«

»Nein, nein. Reporter bringen dich wegen einer Geschichte nicht gleich um. Sie piesacken dich nur zu Tode.«

»Piesacken?«, fragte er.

»Entschuldigung, so redet man eben bei uns im Süden.«

Er überreichte mir die Schlüssel. »Kann ich sonst noch was für dich tun?«, fragte er unsicher nach.

»Nein. Hier sind meine Schlüssel. Der Wagen steht im

Abschnitt G, falls du ihn brauchst. Ich danke dir«, sagte ich und war auch schon wieder verschwunden.

Auf dem Rückweg ging ich an der Empfangstheke vorbei. Im Wartezimmer war gerade niemand. »Können wir unsere Blusen tauschen?«, fragte ich Melissa. »Jetzt sofort?«

Sie blickte von ihrer Schreibmaschine auf und sah mich eine Weile an. »Was ist? Gefällt Ihnen Ihre Bluse nicht?«

»Das nicht gerade. Ich will einen Reporter abwimmeln.«

Sie stöhnte. »Das steht nicht in meinem Arbeitsvertrag«, sagte sie, war aber bereits aufgestanden und ging zur Toilette.

»Fällt unter Verschiedenes«, sagte ich.

»Sie verstehen unter Verschiedenes offenbar etwas anderes als Ihre Kollegen.«

»Das macht das Leben doch gerade interessant.«

»Sechs Richtige im Lotto wären mir lieber. Für Sie zu arbeiten ist mir manchmal unheimlich.«

Wenig später fuhr ich vor Zanias Haus vor und sah mit Staunen einen dunkelblauen Volvo in der Einfahrt stehen. Vor Schreck wäre ich beinahe nicht ausgestiegen. Falls Doug Griffen mir zuvorgekommen war, hatte es wenig Sinn, überhaupt ins Haus zu gehen. Wenn er den unwiderlegbaren Beweis geliefert bekäme, dass es zwischen Zania und mir eine Verbindung gab, würde sich wahrscheinlich alles nur noch verschlimmern.

Dann aber fiel mir das Nummernschild auf; es war aus Vermont. Griffen war es also nicht, vorausgesetzt, es war kein Leihwagen. Ich stieg aus und schaute durch die Autoscheiben: ein Halstuch, eindeutig von einer Frau, und auf der Anzeige ein zu hoher Kilometerstand für einen Leihwagen. Ich musste das Risiko eingehen.

Ich klopfte, und Zania kam an die Tür; sie wirkte ruhig

und einigermaßen fröhlich, und ich konnte erleichtert aufatmen. Ihr Gast war offensichtlich nicht Griffen, und es war auch kein anderer Reporter, sonst hätte sie nicht so entspannt ausgesehen.

»Hallo«, sagte sie und bat mich herein, ohne zu fragen, warum ich überhaupt gekommen war. Die Nacht, die ich hier verbracht hatte, schien meinen Status in der Familie verändert zu haben.

Ihr Gast saß etwas geziert auf dem Sofa, und nach der ersten Überraschung, ausgerechnet diese Person hier zu sehen, dachte ich, dass es vielleicht auch sein Gutes hatte.

»Mrs. Larsen«, sagte ich verlegen. Sie hob ihren Blick, und eine Art Flackern blitzte in ihren tiefblauen Augen auf und war gleich wieder verschwunden. Wie eine gut geölte Tür, die schwer ins Schloss fiel, rutschte die aalglatte, gesellschaftliche Maske wieder an ihren Platz.

»Michael«, sagte sie und nickte mir zu. »Wie schön, dass Sie da sind. Ich wollte Ihnen schon die ganze Zeit etwas sagen. Bitte, setzen Sie sich.«

Ich ließ mich gehorsam ihr gegenüber nieder, während Zania losging und Robin von einem Tisch herunterholte, auf den sie geklettert war.

»Ich möchte mich für mein Verhalten neulich entschuldigen«, sagte sie. »Es war schrecklich, wirklich, und Sie hatten natürlich völlig Recht. Selbstverständlich müssen Sie bei allem objektiv und unparteiisch bleiben. Da bin ich grundsätzlich Ihrer Meinung. Ich weiß auch nicht, was in mich gefahren war. Ich hatte mich nur furchtbar über Reggie aufgeregt und machte mir Sorgen um seine Zukunft. Aber Sie haben ja Recht, meine Liebe. Ich kann es nicht mehr rückgängig machen. Ich kann nur hoffen, dass Sie mir noch mal verzeihen.«

»Dagegen ist nichts zu sagen«, erwiderte ich. »Mütter müssen nun mal parteiisch sein.« Sie hatte keinen Grund genannt, warum sie hier war, und ich fragte nicht danach. Wahrscheinlich wollte sie jetzt bei Zania versuchen, womit sie vorher bei mir gescheitert war. Sie hatte keine Ahnung, dass es nicht das Geringste bewirken würde.

Mehr hatten wir uns anscheinend nicht zu sagen, und Schweigen herrschte im Raum, während wir beide darauf warteten, dass es Zania gelang, Robin zu bändigen. Mrs. Larsen nahm ihre Teetasse und trank geziert einen Schluck, füllte elegant die Stille mit dem kleinen Ritual.

Zania kam ins Zimmer zurück und fragte mich freundlich: »Kaffee oder Tee, Michael?«

»Danke, ich möchte nichts«, sagte ich. Ich sah die Erleichterung in Mrs. Larsens Gesicht; sie hoffte offenbar, mein Besuch wäre nur von kurzer Dauer. Zania setzte sich wieder hin. Irgendwie schien sie sich in Mrs. Larsens Gegenwart ganz wohl zu fühlen, was mir nie gelungen war. Vielleicht hatten sie in der Enttäuschung über Reggie eine Gemeinsamkeit entdeckt.

Ich holte einmal tief Luft. »Ich bin hergekommen, weil ich Ihnen etwas sagen wollte, Zania«, fing ich an. »Und es ist vielleicht ganz gut, wenn Sie beide es erfahren. Vor ein paar Tagen hat ein Mann von der Zeitschrift *People* wegen Reggie Kontakt mit mir aufgenommen. Ich habe es natürlich abgelehnt, mit ihm zu sprechen, aber heute Morgen stand er plötzlich in meinem Büro und fragte nach Ihnen. Er kannte Ihren Namen.« Mrs. Larsen versteifte sich. Zania hatte ihre Tasse angehoben und hielt sie so schräg, dass der Kaffee beinahe überschwappte.

»Zania«, sagte ich, »Sie verschütten gleich Ihren Kaffee.« Sie sah auf die Tasse, hielt sie gerade und stellte sie ab. Ihre

Hand zitterte. »Woher kennt er mich? Was weiß er? Was will er?« Ihre Stimme klang mit jeder hingeworfenen Frage schriller. »Ich will da nicht mit hineingezogen werden«, jammerte sie.

»Ich kann nicht sagen, was er bereits weiß«, entgegnete ich ruhig. »Und Sie brauchen mit keinem Reporter zu reden, wenn Sie nicht wollen. Aber höchstwahrscheinlich kommen sie her und werden Ihnen auf die Pelle rücken. Sie sollten sich lieber einen Plan zurechtlegen.

Irgendwo an hoher Stelle in der Krankenhausleitung ist eine undichte Stelle. Vielleicht sogar in der Ethikkommission. Das hat Griffen sogar selbst zugegeben. Ich habe keinen blassen Schimmer, was die ihm gegenüber geäußert haben. Ich habe ihm jedenfalls kein Sterbenswörtchen gesagt. Natürlich nicht. Aber er wird Sie ausfindig machen. Heute lässt sich jeder Mensch über das Internet aufspüren, und man kriegt sogar noch eine Wegbeschreibung zu seiner Wohnung mitgeliefert. Früher oder später steht er bei Ihnen auf der Matte.«

Ich lehnte mich zurück und sah die beiden an. »Die Katze ist aus dem Sack. Ich weiß nicht, was dem Kerl bereits bekannt ist, aber dass er etwas weiß, das steht fest. Er weiß, dass es mit Reggie Probleme gibt. Und er weiß, dass Reggie von seinem Posten zurückgetreten ist.« Ich sah die Überraschung in Mrs. Larsens Gesicht. Reggie hatte ihr die Neuigkeit also noch nicht mitgeteilt. Interessant. »Wenn er den Grund nicht längst kennt, wird er sicher schon bald was herausfinden. Ein guter Reporter ist in der Lage, sich aus seinem Halbwissen etwas zusammenzureimen und es mit einer spannenden Geschichte zu unterfüttern. Und dieser Reporter von *People* ist sogar sehr gut. Sie können es drehen und wenden, für einen Skandal reicht es allemal.«

»Vielen Dank, dass Sie uns Bescheid gegeben haben, Michael«, sagte Mrs. Larsen schnell, die sich allmählich von ihrem Schock erholte. »Ich denke, Zania und mir wird schon etwas einfallen, wie wir damit umgehen werden, das heißt, wenn du meine Hilfe überhaupt in Anspruch nehmen willst, meine Liebe.« Sie sah Zania an. Zania nickte wie benommen. Mrs. Larsen schaute wieder mich an, und es erschien mir wie eine indirekte Aufforderung, das Haus zu verlassen.

Ich zögerte. Was immer Mrs. Larsen auch unternehmen würde, es wäre bestimmt in Reggies Interesse, da konnte man sicher sein. Aber war es auch in Zanias Interesse? Der Gedanke, dass Zanias wichtigste Beraterin in dieser Angelegenheit Reggies Mutter war, bereitete mir Kopfschmerzen. »Mit einem Anwalt wäre Zania besser gedient«, sagte ich behutsam. »Irgendwann ist sie auf rechtlichen Beistand angewiesen im Laufe des …«

Das Geräusch eines in die Einfahrt vor dem Haus einbiegenden Autos unterbrach mich, und ich hielt mitten im Satz inne. Zania wurde blass und rutschte noch tiefer in ihren Sessel. Ich sprang auf und schaute aus dem Fenster, blieb aber wie angewurzelt stehen, als ich sah, wer aus dem Auto stieg.

»Ist er es?«, wollte Zania wissen. Sie meinte Griffen.

»Der nicht, aber jemand anders«, antwortete ich.

Ich ging zur Tür und machte sie im selben Moment auf, als Reggie gerade die Hand hob, um anzuklopfen. »Kommen Sie herein«, sagte ich. »Es sind schon alle versammelt, da können Sie gleich dazustoßen.« In Anwesenheit seiner Mutter hatte ich keine Angst vor ihm. Ich hatte Killer erlebt, die um einiges kaltblütiger waren als Reggie Larsen und die vor ihrer Mutter wie kleine Kinder gekuscht hatten.

Reggie sah weder mich noch Zania an, sondern ging schnurstracks auf seine Mutter zu. Sein Kinn war vorgestreckt, und er trug eine entschlossene Miene zur Schau, aber er wirkte keineswegs überrascht. »Was hast du hier zu suchen?«, fragte er sie im Befehlston.

»Und du? Was hast du hier zu suchen?«, erwiderte sie. »Was ist mit deinem Termin?«

»Den habe ich verschoben«, sagte er. »Ich wusste, dass du irgendwas im Schilde führst, Mutter ...«

»Ich wollte mich nur ein bisschen mit Zania unterhalten, mehr nicht«, sagte sie, erhob sich vom Sofa und nahm ihre Handtasche. »Aber ich sehe ein, dass das jetzt wenig Zweck hat. Komm, Reggie, wir gehen besser. Wir haben noch einiges zu besprechen.«

Reggie überging ihre Bitte. »Das hier geht dich nichts an«, sagte er barsch, und alle spürten, wie sein Zorn den Raum erfüllte. »Ich will nicht, dass du dich einmischst.«

»Ich bitte dich, mein Lieber«, sagte sie und setzte sich langsam wieder hin. »Ich habe nur versucht zu helfen. Wir gehen jetzt ...«

Reggie biss die Zähne zusammen und sagte bedächtig: »Wir haben das schon etliche Male durchgekaut, Mutter. Ich will deine Hilfe nicht. Ich habe deine Hilfe satt. Du sollst mir nicht ständig in mein Leben reinpfuschen. Ich bin ein erwachsener Mensch.«

Anscheinend war ihm gar nicht aufgefallen, dass Zania und ich anwesend waren, oder es war ihm egal. Ich fragte mich, was um alles in der Welt ihn bewogen haben könnte, seiner Mutter eine solche Szene zu machen, quasi in der Öffentlichkeit. Die Larsens waren typische Vertreter des weißen protestantischen Neuengland-Adels, und solche Leute machten keine Szenen in der Öffentlichkeit. In dem gesellschaftlichen Umfeld der Larsens kamen solche Szenen, wie sie sich hier vor uns entfalteten, einfach nicht vor.

Ich warf Zania, die genauso peinlich berührt war wie ich, einen Blick zu. Robin trottete ins Zimmer, und dankbar wendeten wir unsere ganze Aufmerksamkeit ihr zu. Sie nahm Zanias Kaffeetasse in die Hand, fragte: »Trinken?« und schaute dabei zu ihrer Mutter auf.

Zania wollte gerade etwas erwidern, als Mrs. Larsen sich von Reggie abkehrte und sich zu ihr umdrehte. »Koffein bekommt kleinen Kindern nicht.« Sie beugte sich vor, nahm Robin die Tasse ab und stellte sie wieder hin.

Robin verzog das Gesicht, um gleich loszuschreien, und Zania sagte schnell: »Ach, das macht nichts.« Sie nahm die Tasse vom Tisch und gab sie Robin zurück. »Ich erlaube ihr manchmal einen kleinen Schluck.«

Mrs. Larsen drehte sich um und riss Zania die Tasse aus der Hand. »Nein, nein, nein, mein Liebe!«, sagte sie. »Lieber gebe ich ihr etwas von meinem Tee, Kaffee ist nicht gut für Kinder.«

Ganz langsam erhob ich mich von meinem Platz und schaute auf die Tasse. Ich spürte, wie Erinnerungen in mir hochkamen und es ganz trocken in meiner Kehle wurde.

»Was ist in dem Kaffee drin, Mrs. Larsen?«, fragte ich.

Sie antwortete nicht; sie war nur irritiert, aber viel schlimmer war, dass sich überhaupt kein Staunen in ihrem Gesicht abzeichnete.

Ich sah abwechselnd zu Reggie und zu ihr. »Haben Sie das zusammen eingefädelt?«, fragte ich.

Reggie blickte erst mich und dann seine Mutter an. »Wovon reden Sie?«, sagte er.

Ich fragte Zania: »Alles in Ordnung?«

»Nein«, sagte sie, und sie wurde ganz blass im Gesicht.

»Mir ist nicht gut.« Sie hielt sich den Bauch mit den Händen, bückte sich und steckte den Kopf zwischen die Beine, damit er tiefer lag als das Herz.

Ich raste zum Telefon. Reggie machte keine Anstalten, um mich davon abzuhalten. Er wandte sich nur seiner Mutter zu und fragte: »Was geht hier vor?«

Mrs. Larsen saß mit vorgestrecktem Kinn ungerührt da. »Ich weiß nicht, was sie meint«, sagte sie. »Geht es dir nicht gut, Zania?«

Ich rief den Notarzt an. »Wir haben einen Notfall«, sagte ich, merkte aber sofort, dass ich zu schnell redete, und versuchte, mich deutlicher zu artikulieren. »Eine Frau wurde vergiftet. Mit einer tödlichen Dosis. Vermutlich Ketamin.« Ich beschrieb rasch den Weg, dann drehte ich mich um und sah Reggie stocksteif dastehen und seine Mutter anstarren. Zania rutschte vom Sessel, und Reggie löste sich endlich aus seiner Erstarrung, ging zu ihr und kniete sich neben sie. Ruhig fühlte er ihren Puls.

»Leg dich hin«, sagte er. »Was ist los, Michael?«, fragte er.

»Bei mir hat sie Ketamin benutzt«, antwortete ich. »Diesmal wahrscheinlich wieder.«

Reggie schaute kurz hinüber zu seiner Mutter, dann wandte er sich wieder Zania zu.

»Hör nicht auf sie«, sagte Mrs. Larsen. »Sie redet Unsinn. Wir müssen jetzt gehen, Reggie, auf der Stelle.« Reggie ignorierte sie. »Ganz egal, was ihr fehlt, Reggie, kümmere dich nicht darum. Sie ist drogenabhängig. Sie kann alles Mögliche genommen haben.«

Zanias Atmung setzte stoßweise wieder ein. »War es Ketamin?«, fragte er.

»Ich weiß nicht, wovon du redest«, sagte seine Mutter.

Zania fing an zu weinen und krümmte sich vor Schmerzen. Reggie ließ sie einen Augenblick in Ruhe, trat vor seine Mutter, packte sie an den Schultern und zog sie aus dem Sessel hoch. »Jetzt sag schon«, schrie er sie an und schüttelte sie.

»Du tust mir weh, Reggie«, sagte sie. »Lass mich sofort wieder runter.« Zum ersten Mal schien ihr die Stimme zu versagen, und es war echte Angst aus ihr zu hören.

Ich schnappte mir ihre Handtasche, die auf dem Sofa lag. »Jackentasche, Handtasche«, schrie ich, »irgendwo muss sie das Zeug doch versteckt haben!«

Reggie ließ seine Mutter los und tastete die Taschen ihres Blazers ab, während ich ihre Handtasche öffnete, in der ich drei leere Röhrchen entdeckte. Ich nahm sie heraus und übergab sie Reggie. Er brauchte sie sich gar nicht weiter anzusehen. »Du lieber Himmel«, sagte er.

»Ich habe es für dich getan«, verteidigte sich seine Mutter. »Für dich. Damit du deine Arbeit tun kannst.«

»Du hast immer nur eins für mich getan«, sagte Reggie und wandte sich wieder Zania zu, »mir das Leben gründlich versaut, solange ich denken kann.«

Zanias Atmung hörte sich mit jedem Zug schlimmer an. Sie bekam nicht mehr genug Luft, um zu sprechen, und Panik sprach aus ihren Augen. Robin stand immer noch neben ihr, und vor Angst darüber, was mit ihrer Mutter geschah, fing sie an zu weinen.

Reggie ignorierte Robin und kniete sich neben Zania. »Alles wird gut«, sagte er beruhigend. »Ich kann dich so lange versorgen, bis der Krankenwagen da ist. Und jetzt hör gut zu. Das Ketamin wird deine Atemmuskeln vorübergehend lähmen, und du wirst nicht mehr atmen können, aber ich werde mich um dich kümmern. Ich verspreche dir, ich werde dich nicht sterben lassen.« Zania nickte kaum merklich. Tränen liefen ihr über die Wangen. Sie schluckte wiederholt, und ich wusste, warum, erinnerte mich daran, wie sich bei mir der Speichel im Mund gesammelt hatte. Ich ging zu den beiden und nahm Robin auf den Arm, die immer heftiger schrie und die Arme nach ihrer Mutter ausstreckte.

»Reggie«, erhob sich jetzt die Stimme von Mrs. Larsen, die Robin übertönte. »Was machst du da?«

»Ich kümmere mich um eine Patientin«, antwortete Reggie. »Ich bin Arzt, falls du das vergessen haben solltest.«

Sie stand auf und tat einen Schritt auf ihn zu. Ich stellte mich sofort vor sie hin, hielt Robin auf einer Hüfte von ihr abgewandt. Für Zania Thompson konnte ich nicht viel tun, aber ich konnte eine Siebzigjährige davon abhalten, den Arzt bei seiner Arbeit zu stören. »Bleiben Sie stehen«, sagte ich.

»Reggie«, sagte sie, und diesmal klang es fast flehentlich. Die Gesichtszüge entglitten ihr, und in den Augen war ein seltsames Leuchten, sodass ich am liebsten weggeschaut hätte. Wieso war mir ihr Wahnsinn nicht schon vorher aufgefallen? Er musste hinter der steifen Maske doch bereits vorhanden gewesen sein. Aber ja, erinnerte ich mich jetzt, er war schon einmal aufgeflackert, bei einer Dinnerparty. »Denk doch nur, was du aufgibst. Überleg doch. Sie ist die einzige Zeugin, die einzige. Denk an die vielen Menschen, denen du das Leben retten wirst.«

»Zuerst werde ich ihr das Leben retten«, sagte er. Im selben Moment hörte Zania auf zu atmen, und Reggie fing an, sie von Mund zu Mund zu beatmen. Nach wenigen Sekunden hob er den Kopf und drückte mit beiden Händen rhythmisch auf ihren Brustkorb.

»Trotz allem, was du mir beigebracht hast«, sagte er seelenruhig, eher zu sich selbst, »bin ich doch immer noch der Sohn meines Vaters.« Auch wenn er es noch so leise gesagt hatte, an einem gab es keinen Zweifel: Es klang endgültig, wie hingebellt.

Mrs. Larsen musste es ebenfalls vernommen haben, denn urplötzlich gab sie auf und setzte sich wieder hin. Sie hatte jetzt keine Trümpfe mehr in der Hand, dachte ich. Es war das Ende eines langen, jahrzehntelangen Krieges. Es gibt viele Alligatorenarten, selbst unter den menschlichen, die ihre eigenen Jungen fressen, und nicht wenige bestätigen ihren Opfern, noch während sie sie verschlingen, wie sehr sie sie lieben. Ich widmete mich wieder der kleinen Robin, um sie zu trösten, als sich Mrs. Larsen auf einmal vorbeugte und ohne jede Vorwarnung Zanias Kaffeetasse nahm und sie in einem Zug austrank. Damit hatte ich nicht gerechnet, und ich konnte sie auch nicht mehr davon abhalten.

»Jetzt brauche ich dich auch«, sagte sie siegesgewiss, wobei das seltsame Flackern in ihren Augen vollständig die Oberhand gewonnen hatte. »Du kannst nicht beide gleichzeitig retten. Für wen wirst du dich entscheiden? Für deine Mutter oder für diese kleine Drogenabhängige?« Ich sah Mrs. Larsen fassungslos an. So eine hysterische Reaktion hätte ich nie im Leben von ihr erwartet, aber wenn ich mir ihre Augen so ansah, hätte ich vielleicht doch drauf kommen können.

Reggie war vollkommen auf Zania konzentriert und schaute nicht einmal auf. »Was hat sie gemacht?«, fragte er mich, während er weiterhin mit den Händen auf Zanias Brustkorb drückte.

»Sie hat Zanias Kaffeetasse ausgetrunken«, antwortete ich. Stille herrschte im Raum; nur die Geräusche von Reggie waren zu hören. Er beugte sich vor und beatmete Zania, richtete sich wieder auf und arbeitete gleichmäßig weiter.

»Kennen Sie sich mit künstlicher Beatmung aus, Michael?«, fragte er.

»Na ja«, sagte ich, »so einigermaßen.«

»Gut. Würden Sie dann meine Mutter bitte vom Sterben abhalten, wenn sie vornüberkippt?«

»Reggie«, kreischte Mrs. Larsen, »ich bin deine Mutter! Vielleicht sterbe ich!«

»Ja«, sagte er, »das könnte sein. Wenn ich wählen müsste, würde ich mich eher für eine unter Dreißigjährige mit Kind als für eine Zweiundsiebzigjährige mit Herzfehler entscheiden. So ist das nun mal, Mutter. Und jetzt leg dich hin, bevor dir das Zeug den Boden unter den Füßen wegzieht und du noch hinfällst und dir die Hüfte brichst.«

Mrs. Larsen saß wie versteinert da, und der Ausdruck auf Gesicht war schmerzhaft – sie wirkte nicht geschlagen, eher verwundert. Das Drehbuch, nach dem sie ihr Leben ausgerichtet hatte – trotz aller Anstrengungen von Seiten Reggies, sie daran zu hindern –, der Sinn, den sie allem gegeben hatte, wurde auf die Probe gestellt, eine Probe, die sie mit Bravour bestehen würde, wie sie meinte. Sie hatte alles aufs Spiel gesetzt, im Vertrauen darauf, dass Reggie sie so sehr liebte, wie sie ihn liebte, dass er sich gegen alles andere und gegen jede andere, allein für sie und für seine Karriere entscheiden würde. Nach allem, was sie für ihn getan hatte.

Es blieb nichts mehr zu sagen, und so warteten wir ab. Mrs. Larsen wirkte auf einmal nur noch verwirrt, und sie sah älter aus als zweiundsiebzig. Reggie, zügig und professionell, beatmete Zania, damit ihr Herz nicht aufhörte zu schlagen. Ich beobachtete Mrs. Larsen, und ich fragte mich, was ich von der Ausbildung in künstlicher Beatmung behalten hatte, und musste feststellen, dass es nicht allzu viel war. Zu meiner Erleichterung hörte ich im selben Moment auch schon die Sirene des Krankenwagens in der Ferne heulen.

Die Sanitäter staunten nicht schlecht, als sie zwei Patienten vorfanden, da sie nur mit einem gerechnet hatten, und nach anfänglich hektischem Hin und Her hatten sie beide Patienten in sagenhaft kurzer Zeit verladen, und der Wagen raste mit Blaulicht und quietschenden Reifen davon. Als sie Mrs. Larsen in den Krankenwagen schafften, setzte die Wirkung des Gifts ein. Es war kein schöner Anblick. Mit ihren über siebzig Jahren besaß sie weniger Lebensenergie als Zania oder ich, und dazu kam noch ein schweres Herzleiden.

Reggie fuhr nicht mit. Er sagte den Sanitätern, er werde später nachkommen, aber als der Krankenwagen weg war, blieb er einfach sitzen, und es schien nicht so, als würde er sich bald vom Fleck rühren. Wir beide waren allein, abgesehen von Robin, die sich daumenlutschend an mich klammerte. Sie quengelte und weinte immer noch ein bisschen, aber die Aufregung hatte sie anscheinend erschöpft, und meistens lag sie einfach nur ruhig in meinen Armen. »Hat sie so etwas schon mal gemacht?«, fragte ich Reggie.

»Sie hat damit gedroht«, sagte er. »Nicht allzu häufig, aber wahr gemacht hat sie es nie.« Er wirkte müde und deprimiert. »Mein Elternhaus war nicht so, wie die meisten vermuten. Dass mein Vater so viel arbeitete, hatte schon seinen Grund.«

»Ich weiß«, sagte ich. »Ich musste eben die ganze Zeit an eine Dinnerparty in Ihrem Elternhaus denken.«

»Hm«, sagte er. »Bei solchen Gelegenheiten lief sie immer zu voller Form auf.«

»Wie man's nimmt«, erwiderte ich. »Ich erinnere mich, dass sie einmal Anekdoten über Ihren Vater erzählte – ich weiß nicht mehr genau, was es war, es ging darum, dass er mal wieder irgendwas gründlich in den Sand gesetzt hatte – ich weiß nur noch, dass er grundsätzlich schlecht dabei wegkam. Eigentlich sollten es lustige Anekdoten sein, aber das waren sie nicht. Mit jeder Geschichte machte sie Ihren Vater runter, und ich glaube, wir waren alle peinlich berührt. Ihr Vater selbst merkte das anscheinend gar nicht, und wenn doch, dann hat er es sehr gut überspielt.

Was mir erst jetzt wieder einfiel, ist dies: Ich kam gerade von der Toilette, und Ihre Mutter stand mit einem Tablett in der Tür zum Wohnzimmer und sah Ihren Vater an, der lachte. Er saß da in einer Runde mit einigen Studenten, die ihn bewunderten, und einen Moment lang sah er richtig glücklich aus, nur der Ausdruck im Gesicht Ihrer Mutter erschreckte mich.

Es war so ein Leuchten in ihren Augen, genauso wie heute – als Sie sich eben um Zania kümmerten, hatte sie den gleichen Ausdruck –, und es war eindeutig böswillig. Ich weiß noch, damals sah ich abwechselnd zu ihm und zu ihr hinüber, und ich dachte, dass irgendein Hass in ihr stecken musste, dass sie es nicht ausstehen konnte, wenn er sich amüsierte, dass sie ihn selbst vielleicht sogar hasste. Ich weiß nicht, wie ich es erklären soll. Sie sah kaltblütig aus, als wollte sie ihm wehtun.

Ich wich etwas zurück und wartete, bis sie gegangen war, bevor ich wieder ins Zimmer trat. Sie sollte nicht wissen, dass ich sie beobachtet hatte. Ich glaube, damals habe ich zum ersten Mal gedacht, dass irgendwas mit Ihrer Mutter nicht stimmt.«

Reggie schwieg eine Zeit lang, dann sagte er: »Ich habe nie herausbekommen, ob sie mich wirklich geliebt hat. Behauptet hat sie es jedenfalls immer. Sie konnte es nicht oft genug wiederholen. Sie hatte so eine Art, sich an einen zu klammern, als wäre man ein Körperteil von ihr und hätte nicht das geringste Recht auf ein eigenes Leben. Und wenn sie nicht ihren Willen bekam, setzte sie alle Hebel in Bewegung.«

Ich ließ mich mit Robin, die eingeschlafen war, auf dem Sofa nieder, einträchtig schweigend. Es war die Ruhe vor dem Sturm, das war mir klar. Sobald wir die friedliche Umgebung von Zanias Haus verließen und zur Intensivstation aufbrachen, würden wir permanentem Druck ausgesetzt sein. Die Sache würde einen riesigen Medienrummel entfachen, von der polizeilichen Untersuchung ganz zu schweigen. »Die Presse ist hinter Ihnen her«, sagte ich, um von der Frage, die ich ihm eigentlich stellen wollte, abzulenken. Ich fragte mich nämlich, ob ich seiner Antwort Glauben schenken konnte oder nicht, und gleich danach, wieso ich die Frage dann überhaupt stellen sollte, wenn ich seiner Antwort nicht trauen konnte.

»Ja, ja«, sagte er. »Ausgerechnet die Zeitschrift *People*.«

»Sie wissen von Zanias Existenz«, sagte ich. »Ich habe keine Ahnung, woher.«

»Wirklich?«, sagte er, aber es hörte sich nicht so an, als interessierte es ihn.

»Nur damit Sie Bescheid wissen. Von mir haben sie es nicht«, sagte ich. »Und von Zania auch nicht.«

»Ist sowieso egal«, sagte er. »Früher oder später musste es herauskommen.«

»Ich muss Sie etwas fragen«, sagte ich schließlich. »Sie brauchen es mir nicht zu sagen. Ich wüsste ohnehin nicht, ob ich Ihnen glauben kann oder nicht. Und ein Anwalt würde Ihnen raten, auf die Frage nicht zu antworten. Haben Sie damals die Frau auf der Intensivstation getötet?«

Reggie seufzte. »Ich weiß, von wem Sie reden«, sagte er. »Zania machte immer Andeutungen in diese Richtung, wenn sie zugedröhnt war. Irgendwas muss sie auch meiner Mutter gegenüber gesagt haben, weil ich mir denken kann, dass es damit zusammenhängt. Was meinen Sie, Michael? Glauben Sie, dass ich sie getötet habe?«

Ich hielt inne und überlegte. »Schwer zu sagen, Reggie. In ausweglosen Situationen reagiert der Mensch manchmal verrückt. Andererseits haben Sie heute nicht gezögert, ein Menschenleben zu retten, und ich würde sagen, die Situation war mehr als ausweglos. Es ist eine schwere Entscheidung. Man könnte einwenden, dass Sie es nur getan haben, weil Sie einen Zeugen hatten, und mich konnten Sie nicht auch noch beseitigen, jedenfalls nicht so ohne weiteres. Aber das glaube ich nicht. Ich glaube, Sie hätten Zania auf jeden Fall gerettet, egal unter welchen Umständen. In einer anderen Situation allerdings, mit einer anderen Frau, die Sie nicht kannten …? In einem Moment blinder Panik …? Wie gesagt, es ist eine schwere Entscheidung.«

»Was führe ich nur für ein Leben«, murmelte Reggie, »wenn alle um mich herum, sogar meine eigene Mutter, glauben, ich wäre fähig, einen Mord zu begehen?« Es hörte sich nicht an, als wollte er sich verteidigen, er klang einfach nur müde.

»Glauben Sie, was Sie wollen«, sagte er schließlich. »Ich bin kein Mörder. Ich erinnere mich an den Tag, als wäre es gestern gewesen. Ich dachte, jetzt hätten sie mich bestimmt erwischt. Sie hat nur zwei Worte gesagt – ›Ich weiß‹ – und das Blut gefror mir in den Adern. Vor Schreck konnte ich nicht mehr atmen. Ich stürzte aus dem Raum. Die Stunden danach habe ich immer gedacht, dass jeden Moment die Polizei vor meiner Tür steht. Es war furchtbar. Als nichts passierte, ging ich am nächsten Tag zur Arbeit und rechnete mit dem Schlimmsten. Und dann habe ich es erfahren. Ich weiß genauso wenig wie die anderen, was mit ihr passiert ist. Wahrscheinlich hat sich ein Blutgerinnsel in ihrem Bein gelöst und ist ins Gehirn gewandert oder ins Herz. Sie hatte einen schlimmen offenen Bruch. Haben Sie das gewusst?

Egal, was passiert war, ich war heilfroh. Es hört sich schrecklich an, aber die Erleichterung hat mich euphorisch gestimmt. Eine Zeit lang habe ich sogar ganz damit aufgehört. Ich habe mir geschworen, mich nie wieder in so eine Lage zu manövrieren. Aber dann ist es doch wieder passiert, irgendwie.

Sie verstehen das nicht, Michael. Nach meinem Empfinden, meinem eigenen Empfinden, hatte ich nur ein bisschen rumgemacht mit einigen Patientinnen, nichts Großartiges. Sie waren alle am Schlafen oder einfach nur durcheinander. Sie würden sich gar nicht mehr daran erinnern, wenn sie es überhaupt gemerkt hatten. Die ganze Heimlichtuerei – alles Notlügen, die würden keinem wehtun. Ich fand, es war keine große Sache. Aber Mord? Mord wäre mir nie in den Sinn gekommen.«

Ich stand auf und wiegte Robin schweigend in den Armen. Notlügen. Die Hand unter der weißen Decke, die eigentlich Schutz versprach. Mir fiel wieder der Moment ein, als ich im Krankenhaus aufgewacht war, die Finger in die Decke gekrallt, und was für eine enorme Erleichterung ich verspürt hatte. Tausendmal besser als auf einem Linoleumboden zu liegen und auf den Tod zu warten. Schutz und Sicherheit versprach die weiße Decke, eindeutig eine Krankenhausdecke, versprach die Infusion, versprach das Beatmungsgerät. Aber welchen Schutz versprachen die weißen Decken all den Frauen, die nach Autounfällen, nach einem

Sturz in der Badewanne oder nach einem Gehirnschlag eingeliefert wurden, bereits hilfloser, als die Bedrohung mit einer Pistole oder einem Messer sie gemacht hätte? Die Hand, die bei ihnen die Decke zurückschlug, gewährte keinen Schutz.

Notlügen. Das wusste ich so gut wie jeder andere auch, komme ich doch aus einer Gegend, wo der Anblick eines Mannes, nur in eine Decke gehüllt, nachts auf dem Rasen vorm Haus, das Schlimmste war, was einem passieren konnte.

Und dennoch: Die Notlügen, die er erzählt hatte, hatten Zania am Leben erhalten – nicht die, die er anderen erzählte, sondern die, mit denen er sich selbst betrog. Er hatte sich nie wirklich klargemacht, wie schlimm sein Tun war, und Mord erschien ihm völlig abwegig.

Hatte er die Grenze überschritten? Hatte er die Frau getötet? Ich hätte ihm gern geglaubt. Verdammt, ich glaubte ihm ja, obwohl es keine letzte Sicherheit gab. Aber ich hatte beobachtet, wie er sich um Zania gekümmert hatte, und in dem Moment war er mir wie ein richtiger Arzt vorgekommen. Schließlich war er doch der Sohn seines Vaters, das stand fest, und deswegen hatte ich mich im Zweifel für den Angeklagten entschieden. Ich hätte so oder so nichts bewirken können, aber, Reginald Larsen senior, sagte ich leise, dieser Punkt geht an Sie.

22

Ich ging ins Wartezimmer und reichte meinem Besucher die Hand. »Gut, dass Sie gekommen sind«, sagte ich. »Treten Sie ein.«

Er schritt durch die Tür, und als ich sie hinter uns geschlossen hatte, sagte ich: »Tut mir Leid, das mit Ihrer Mutter.«

»Es war idiotisch«, sagte er leise und setzte sich. »Die Frau war über siebzig und hatte ein Herzleiden. Da schluckt man kein Ketamin. Wahrscheinlich hat sie gedacht, sie sei unverwüstlich. Vielleicht wollte sie sich auch wirklich umbringen. Was meinen Sie?«

»Ich habe Ihre Mutter nicht gekannt, Reggie. Aber ich würde sagen, dass sie zu dem Zeitpunkt nicht rational gehandelt hat. Sie hat einfach die Folgen nicht bedacht. Jedenfalls war sie nicht bei Sinnen, das steht fest.«

Reggie nickte nur leicht mit dem Kopf. Er hatte abgenommen, seitdem wir uns das letzte Mal gesehen hatten, und er sah fast so niedergeschlagen und müde aus wie an dem Tag, als seine Mutter im Krankenwagen fortgebracht worden war. »Geht es Ihnen gut?«, fragte ich. »Wie steht es um Sie?«

»Schlecht«, sagte er. »Die Medienmeute hat mich regelrecht in der Luft zerrissen. Lesen Sie Zeitung?«

»Gelegentlich«, sagte ich.

»Seit der erste Artikel erschienen ist, kriechen alle möglichen Leute aus ihren Schlupflöchern hervor. Leute, die ich nie zuvor gesehen habe, beschuldigen mich, ich hätte sie belästigt.«

»Das bezweifle ich«, sagte ich.

Reggie antwortete nicht. »Dürfen Sie Ihre Zulassung behalten?«, fragte ich.

»Meine Anwälte sind nicht gerade optimistisch.«

»Es bleibt Ihnen immer noch die Forschung.«

»Ja«, sagte er. »Ich wollte zwar nie für die Pharmaindustrie arbeiten, aber das ist vielleicht die beste Alternative.

Die scheint die ganze Publicity um mich nicht zu kümmern.«

»Kein Wunder, bei dem Haufen Geld, das Sie denen bescheren werden«, sagte ich. »Es ist eine gute Alternative. Sie dürfen keine Patienten mehr behandeln, Reggie. Es würde alles wieder von vorne beginnen.«

»Ich bilde mir ein, dass ich meine Lektion gelernt habe.«

»Das würde ich auch gern glauben, aber es ist nun mal nicht so. Es hat zu lange gedauert. Sie würden wieder damit anfangen. Sie brauchen eine Therapie, Reggie.«

»Ist das der Grund, warum Sie mich herbestellt haben?«, fragte er verbittert. »Damit Sie sich an meinem Niedergang weiden und mir sagen können, ich hätte eine Therapie nötig?«

»Liebe Güte, Reggie«, sagte ich freundlich. »Ich bin nicht Ihre Mutter. Ihre Mutter ist tot. Ich weide mich an gar nichts. Im Gegenteil, ich hege sogar großen Respekt vor Ihnen, weil Sie Zania das Leben gerettet haben. Aber Sie haben Recht, es ist nicht meine Aufgabe, Ihnen zu sagen, dass Sie eine Therapie brauchen. Wenn Sie es nicht längst selbst wissen, würde es auch nichts ändern, wenn ich es Ihnen sagte. Es ist auch nicht der Grund, warum Sie hier sind. Es ist wegen Zania.«

»Zania?«, fragte er. »Was ist mit ihr? Sie wird bald entlassen. Ihr geht es ausgezeichnet.«

»Ausgezeichnet nicht gerade«, sagte ich. »Zania ist schwer drogenabhängig, was Sie noch gefördert haben. Sie muss stationär behandelt werden, und ihre Versicherung übernimmt nur einen Teil der Kosten. Sie braucht jemanden, der sich um Robin kümmert, solange sie in Behandlung ist. Ich hatte sogar an ein richtiges Kindermädchen gedacht, die den ganzen Tag da ist. Und sie braucht Geld zum Leben, denn auf absehbare Zeit ist sie nicht in der Lage zu arbeiten.«

Reggie sah mich an. »Sie stehen in der Verantwortung«, sagte ich. »Sie war clean und trocken und hatte eine Arbeit, als Sie sie kennen lernten, und Sie haben sie bewusst abhängig gemacht.«

»Hören Sie«, sagte Reggie. »Zania ist ein liebes Ding, aber sie war schon drogenabhängig, bevor ich sie kennen lernte. Dafür bin ich nicht verantwortlich.«

»Sie war eine Drogenabhängige auf dem Weg der Besserung«, erwiderte ich. »Bis Sie ihr Percodan gegeben haben.«

»Sie kennen doch die Zahlen, Michael. Die meisten haben früher oder später einen Rückfall. Es war nur eine Frage der Zeit.«

Ich biss die Zähne zusammen und bemühte mich, ruhig zu bleiben. Reggie Larsen war kein Heiliger geworden, nicht mal ein vernünftiger Mensch, nur weil er Zania gerettet hatte, aber ich war dennoch enttäuscht.

Ich ging zu meinem Schreibtisch und fing an, die Tagebücher darauf zu stapeln, die auf dem Boden lagen. Reggie stutzte einen Moment, dann stand er auf, kam rüber und sah sich die Bücher neugierig an. Als er begriff, um was es sich handelte, wurde er blass.

»Zania hat eine Schwäche für Details«, sagte ich. »Soll ich Ihnen einige Eintragungen vorlesen?« Ich schlug ein Buch an einer beliebigen Stelle auf, blätterte ein paar Seiten weiter und fand einen passenden Eintrag. »Zwölfter Juli«, sagte ich. »Reggie kam heute um halb elf rein und ging gleich zu der Dreiundzwanzigjährigen, die von einem Schneemobil gestürzt ist. Er zog die Vorhänge vors Bett und blieb einige ...«

»Aufhören«, sagte Reggie. »Das ist Erpressung.«

»Nein«, entgegnete ich. »Keineswegs. Ich erspare Ihnen nur Schlimmeres. Das ist lediglich ein Vorgeschmack auf die Beweise, die Zanias Anwälte in der Zivilklage den Gerichten vorlegen werden, es sei denn, Sie nehmen schleunigst Vernunft an. Und wenn Sie meinen, Sie hätten jetzt schon Ärger am Hals, dann warten Sie erst mal ab, bis sich Patientinnen melden, die sich in diesen Eintragungen wieder entdecken. Wie viele Prozesse wollen Sie durchstehen, Reggie? Fünfzig? Hundert?« Ich war stinksauer, und er sollte es merken. Wut konnte ich sowieso noch nie gut verbergen.

»Was wollen Sie?«

»Ich will, dass Sie Zania Thompson einen Scheck ausstellen, über eine Summe, die so hoch ist, dass sie nicht mal im Traum auf den Gedanken kommt, Sie zu verklagen.« Dass Zania bei dem Gedanken, Reggie vor Gericht zu bringen, erblasst war und gar nicht die Absicht hatte, ihn zu verklagen, ließ ich lieber unerwähnt. »Die Summe muss hoch genug sein, damit sie nicht doch später ihre Meinung ändert und zu der Ansicht gelangt, sie könnte vor Gericht mehr erstreiten.«

Reggie warf noch einmal einen Blick auf die Tagebücher und seufzte. Dann zückte er seinen Füllfederhalter.

Wir saßen alle bei Marv und mussten bedrückt mit ansehen, was sich auf dem Fernsehschirm abspielte. Leila, diesmal ganz in Gelb, lieferte eine verblüffende Analyse der »Opfer«, die die »Inzestmaschine« von unschuldigen Familien forderte, wie die schreckliche Tragödie der Familie Carlson wieder einmal beispielhaft beweise. Suzy, die Vorsitzende des örtlichen VfbF-Ablegers, saß neben ihr, und mir fiel auf, dass sie immer noch zu demselben Frisör ging, der Anteile an einer Firma für Haarspray besaß.

Zwischen den beiden hockte der Gast der heutigen Sendung, ein Mann, der sich anhörte, als würde er den Fernsehreporter Peter Jennings imitieren – gleicher Sprachrhythmus, gleiche Modulation. Weder Mark Carlson noch ein anderer Vertreter der Familie war anwesend, aber das hielt Leila nicht davon ab, den Fall zu verhackstücken.

»Er wird immer noch vermisst«, betonte Leila. »Wieder ein Beispiel für …«

»Die Frau treibt mich noch mal in den Wahnsinn«, sagte ich. »Sie weiß genau Bescheid. Sie stand in engem Kontakt zu der Familie. Sie weiß, dass Marks Tochter ebenfalls missbraucht worden ist.«

Marv schüttelte nur den Kopf. »Ich bin schwer enttäuscht von ihr«, murmelte er.

»Ich verstehe das nicht«, sagte Carlotta. »Die kann sich doch denken, dass Mark und seine Frau nur in dem Studio anzurufen brauchen und sie vor aller Welt bloßstellen können.«

»Sie weiß aber auch«, warf ich ein, »dass die Familie niemals an die Öffentlichkeit gehen würde, weil sie die Privatsphäre ihrer Tochter schützen will.«

Das Telefon im Studio klingelte, und der erste Anrufer lobte Leila in den höchsten Tönen und berichtete im weiteren Verlauf, seine von ihm getrennt lebende Frau habe fälschlicherweise Anzeige wegen Missbrauchs gegen ihn erstattet, damit ihm die Besuchserlaubnis für seine Tochter entzogen wird. Leila brachte ihr Mitgefühl zum Ausdruck. Suzy nannte ihm eine Kontaktadresse des VfbF.

»Das ist doch einfach unmoralisch«, protestierte Marv. »Die können doch überhaupt nicht überprüfen, ob der Mann seine Tochter missbraucht hat oder nicht.«

»Der Verein hat die Leute noch nie überprüft«, sagte ich.

»Wusstest du das nicht? Wenn man die fragt, woher sie die Sicherheit nehmen, dass alle Mitglieder unschuldig sind, kriegt man zur Antwort, wie viel Geld sie verdienen und dass sie alle solider Mittelstand sind.«

»Das ist doch unglaublich«, sagte Marv. Ich konnte nur staunen über so viel Naivität. In dem Moment meldete sich der nächste Anrufer im Studio. Wir waren wie elektrisiert.

»Hier ist Sam Carlson«, sagte die Stimme. »Ich wollte Ihnen nur sagen, dass Sie diesmal voll ins Schwarze getroffen haben.«

»Sind Sie es wirklich, Mr. Carlson?«, fragte der Moderator.

»Da haben Sie Recht, ich bin's«, sagte er. »Früher habe ich immer gedacht, ihr Fernsehleute hättet nur Scheiße im Kopf, aber diesmal habt ihr wirklich gute Arbeit geleistet.«

»Er ist betrunken«, sagte ich.

»Hört sich aber nicht so an«, meinte Marv.

»Doch«, sagte ich. »Er gehört zu denen, die die Silben nicht verschleifen. Er ist Gewohnheitstrinker.«

»Seid doch mal still«, sagte Carlotta.

»Geht es Ihnen gut, Mr. Carlson?«, fragte der Moderator. »Man hat sich schon Sorgen um Sie gemacht. Wo stecken Sie?«

»Das geht Sie einen Scheißdreck an. Manchmal halte ich es mit der Fettsau zu Hause nicht mehr aus. Sie verstehen schon.«

Leilas Haltung versteifte sich, und sie konnte den Schreck in ihrem Gesicht nicht verbergen.

»Mr. Carlson, ähem ...«

»Die alte Kuh hat mich angerufen«, sagte er. »Verfluchte Möse. Hat rumgeschrien und mich angebrüllt, wegen der Enkelin, dem kleinen Biest, das jetzt auf den Zug aufspringen will. Hat mich beschuldigt, ich hätte sie missbraucht. Ich werde die ganze Scheißsippe verklagen.«

»Wie kommt er damit durch?«, fragte Marv. »Werden solche Wörter nicht normalerweise mit einem Piepton unterlegt?«

»Das ist live«, flüsterte ich. »Echt live. Die lokalen Fernsehsender können sich die Zeitverzögerung, die man für die Erzeugung von so einem Piepton braucht, nicht leisten.«

»Psst!«, zischte Carlotta.

»Meinen Sie Ihre Frau?«, fragte der Moderator. »Hat Ihre Frau Sie angerufen?«

»Na klar, meine Frau«, sagte Sam. »Wen soll ich wohl sonst meinen, verdammt noch mal ...«

»Dann weiß sie also, wo Sie sich aufhalten«, platzte der Moderator dazwischen.

»Klar weiß sie das«, sagte er. »Wenn sie will, weiß sie es. Ich habe ihr schon mal gesagt, wenn sie nicht nett zu mir ist, dann gibt es da immer jemand anders, der nett zu mir ist.«

»Äh, Dr. Jenkins«, sagte der Moderator, »möchten Sie Mr. Carlson noch eine Frage stellen?«

Leila schüttelte den Kopf, aber Suzy wagte sich vor. »Ich bin Suzy Cartwright, Mr. Carlson. Ich bin Vorsitzende des örtlichen Vereins der fälschlich beschuldigten Familien. Sie sagen also, dass Sie unschuldig sind. Stimmt das?«

»Ja, verdammt noch mal«, sagte er. »Ich habe nichts gemacht, was sie nicht auch wollte. Gar nichts. So viel steht fest. Ich bin das Opfer in dieser Scheißsache. Verstehen Sie? Wenn hier jemand missbraucht wurde, dann ich.«

»Also Missbrauch durch falsche Vorwürfe«, stellte Suzy schnell fest.

»Ja, genau, Missbrauch durch falsche Vorwürfe«, erwiderte Sam. »Die Teenager heutzutage, die legen es doch geradezu drauf an, bei den Klamotten, die die tragen. Die legen es doch drauf an. Da kann man doch gar nicht anders als Mann.«

Schließlich hatte sich der Moderator wieder so weit gefangen, dass er dazwischenfunkte. »Vielen Dank, Mr. Carlson«, sagte er mit geschmeidiger Stimme und betätigte einen Schalter. »Ein Mann, der behauptet, Mr. Carlson zu sein, hat eben hier im Studio angerufen«, sagte er. »Ich möchte noch einmal betonen, dass wir nicht mit Sicherheit bestätigen können, ob es tatsächlich Mr. Carlson war. Nach der nächsten Durchsage sind wir wieder für Sie da.«

Es gab also doch einen lieben Gott, und er hatte Sam Carlson eine Flasche Whiskey beschert und den Fernseher für ihn eingeschaltet.

»War das wirklich Sam Carlson?«, wollte Carlotta wissen.

»Das war Sam, eindeutig«, antwortete ich.

»Ganz sicher?«

Marv und ich nickten beide. »Marv hat ihn kennen gelernt, und ich habe ihn durch die Scheibe im Beobachtungsraum gesehen. Glaub mir, das war seine Stimme und seine Art zu reden.«

»Das rückt den VfbF ja in kein gutes Licht.«

»Wenn es nach mir ginge«, sagte ich, »würde ich ihn zum Werbeträger für den Verein machen. Ich kann nur hoffen, dass die Öffentlichkeit ihn dazu macht. Ihr könnt sagen, was ihr wollt, Sam Carlson repräsentiert den VfbF.«

Carlotta verabschiedete sich, und ich wollte mich auch gerade auf den Weg machen, aber Marv bat mich, noch kurz zu bleiben. Er hatte wohl etwas auf dem Herzen, also willigte ich ein. Er kehrte ins Zimmer zurück, nachdem er Carlotta zur Tür gebracht hatte, und setzte sich mir gegenüber hin.

»Jody ist heute entlassen worden«, sagte er. »Sie zieht zu ihrem Bruder und seiner Frau.«

»Hm, keine schlechte Idee.«

»Eine sehr gute sogar. Ich habe seine Frau kennen gelernt. Eine sehr nette Person. Klarer Verstand, nimmt kein Blatt vor den Mund. Ich glaube nicht, dass Mr. Carlson die noch mal besuchen kommt. Sie hat sogar die Telefonnummer geändert, damit seine Mutter nicht mehr anruft. Sie haben mich beauftragt, dich zu fragen, ob du bereit wärst, Cindy zu behandeln.«

»Nein«, sagte ich. »Da gibt es einen Interessenskonflikt. Ich war schon anderweitig in diesen Fall verwickelt.«

»Das habe ich mir gedacht«, sagte er. Stille trat ein.

»Hast du schon was von Reggie Larsen gehört?«, fragte er.

»Ja, ich habe ihn vor ein paar Tagen getroffen. Es geht ihm nicht schlecht. Er ist aus dem Krankenhausbetrieb raus, was nur gut für ihn sein kann.

Wenn ich Zania bloß die richtige Frage gestellt hätte. Es war Mrs. Larsen, die an dem Tag, als ich das Gift abkriegte, bei ihr angerufen und sich auf einen Kaffee im Krankenhaus mir ihr verabredet hat. Ich hätte nur zu fragen brauchen, ob Zania sich mit jemandem treffen wollte.« Er sah mich fragend an. »Das Ketamin war für Zania gedacht, nicht für mich. Ich war nur so eine Art Blitzableiter.« Ich schüttelte den Kopf.

»Glaubst du, dass Mrs. Larsen wirklich sterben wollte?«

»Nein. Ich glaube, sie wollte nur erreichen, dass Reggie angerannt kommt und sich um sie kümmert, und da er ein Abgott für sie war, hat sie gedacht, er würde es schon wieder richten. Ich sag's nicht gern, aber ich glaube, es ist gut so, wie es jetzt ist. Der Staatsanwalt hätte von Rechts wegen Anklage erheben müssen. Die Frau hat versucht, zwei Menschen zu töten. Aber stell dir vor, eine Zweiundsiebzigjährige im Gefängnis! So weit wäre es gekommen. Ich glaube, sie hat sich eine Menge erspart.«

Wieder trat Schweigen ein, ein ungewöhnlich verlegenes Schweigen für Marv und mich. Ich hatte das Gefühl, dass er etwas hinauszögerte. Er hatte mich nicht gebeten zu bleiben, um dann über Dinge zu reden, über die er auch im Beisein Carlottas hätte reden können. »Wo ist Robin?«, fragte Marv.

»Adam kümmert sich gerade um sie. Er bleibt ein paar Tage, um zu helfen, bis Zania ein Kindermädchen gefunden hat.«

Das verlegene Schweigen trat wieder ein.

»Und wie kommt Adam mit Robin zurecht?«, fragte Marv.

»Er mag sie. Es war für uns beide überraschend. Ich habe Adam nie als den großen Kinderfreund gesehen. Wir mussten uns schon etwas umstellen. Keine Waffen mehr im Haus. Und«, fügte ich hinzu, »mit einem Kind in der Wohnung lässt sich unmöglich mit nur 250 Dingen auskommen. Windeln, Spielzeug, das summiert sich.

Marv, ich halt's jetzt nicht länger aus. Du guckst so komisch. Was ist los?«

Marv seufzte und stand auf. Ich erhob mich ebenfalls und folgte ihm. Er ging zu den Bildern an der gegenüberliegenden Wand des Zimmers. Sie standen immer noch in einer Reihe nebeneinander auf dem Boden, so wie ich sie angeordnet hatte.

»Du hast sie ja stehen gelassen«, sagte ich.

»Es hat etwas gedauert. Ich habe es erst nicht erkannt. Aber wegstellen konnte ich sie auch nicht. Eines Morgens dann stand ich auf, ich ging hin, und es fiel mir wie Schuppen von den Augen.«

Verwundert sah ich mir die Bilder an. Wenn man sie nebeneinander aufgestellt betrachtete, nach dem Zeitpunkt ihres Erwerbs geordnet, musste es einem ins Auge springen. Die Bilder wurden immer kleiner und dunkler. Zum Schluss hatte Marv nur noch winzige, schwarze, groteske Kunstwerke gekauft. Wie hatte er das nur übersehen können?

»Ich habe noch mal nachgedacht«, fuhr er jetzt fort, sich räuspernd, »über das, was du mir gesagt hast. Ich brauche etwas Abwechslung in meinem Leben.«

»Nicht nur du brauchst die, alle brauchen das«, sagte ich. »An was hast du gedacht? Ein Haustier? Katze? Hund?«

»An so was eigentlich nicht«, erwiderte Marv. »Aber im Grunde steckt doch der gleiche Gedanke dahinter.« Er bat mich in die Küche. Ich hatte keine Ahnung, was mich erwartete. Auf dem Tisch stand ein altes Schachbrett aus Pappe, mit Plastikfiguren.

»Schach?«, fragte ich.

»Ja«, sagte er, »als Kind habe ich viel gespielt. Ich war sogar ziemlich gut«

»Hast du mit diesem Spiel gespielt?«

»Ja, genau. Woher weißt du das? Es war dieses Spiel. Ich habe es in der Abstellkammer gefunden. Es ist schön, nicht?«

Ich lachte. »Du willst dir also keinen Hund zulegen?«

»Um Gottes willen, nein. Wieso?«

»Nur damit ich dich richtig verstehe, Marv. Inwiefern bringt dich das Schachspiel deinen Mitmenschen wieder näher?«

»Mich meinen Mitmenschen näher bringen? Das will ich doch gar nicht. Ich versuche ja gerade, mich von ihnen fern zu halten.«

»Aber zum Schachspielen braucht man doch andere Menschen, es sei denn, du trittst gegen einen Computer an.«

»Ja, klar, und im Moment spiele ich gerade gegen jemanden, der in Singapur lebt. Per E-Mail. Ich habe drei Wochen Zeit für den nächsten Zug.«

Ich sah ihn ungläubig an. »Wie lange dauert so ein Spiel denn?«, fragte ich ihn.

»Einige Jahre«, sagte er gut gelaunt.

Epilog

Das Lämpchen an meinem Anrufbeantworter blinkte, als ich nach Hause kam. Die Anruferin nannte ihren Namen nicht, sondern sagte nur: »Ich habe ihm gehörig in den Hintern getreten. Ruf mich an, aber nur, wenn du nicht zu beschäftigt bist.« Der Sarkasmus in ihrer Stimme war nicht zu überhören.

Ich rief trotzdem bei ihr an, neugieriger, als ich mir eingestehen wollte. »Also, Mama«, sagte ich. »Was hast du unternommen?«

»Hat mich genau einhundert Dollar gekostet«, sagte sie. »Mehr nicht.« Mama hatte sich noch nie gern von ihrem Geld getrennt. »Und Wilbur hat jeden Cent von seinem Geld zurückgekriegt, einschließlich Zinsen. Die habe ich noch draufgeschlagen. Ich habe Wilbur gesagt, er soll dem Kerl noch die Zinsen aufbrummen, und dann musste er zahlen.«

»Zieh die Geschichte nicht unnötig in die Länge, Mama. Ich bin ganz Ohr. Was hast du unternommen?«

»Wenn du nicht zu viel zu tun hast, kann ich es dir ja erzählen. Jemand musste dem armen Wilbur doch helfen.«

»Mama ...«

»Na gut. Wenn man sich von hier aus auf den Binnenwasserstraßen fortbewegt, gibt es nur zwei Richtungen, Norden und Süden. Es sei denn, man will nach Frankreich oder so, aber dafür war das Boot nicht ausgestattet.«

»Stimmt.«

»Es geht auf den Herbst zu, und ich habe mir gedacht, Richtung Norden wird er nicht fahren. Nur dumme Menschen leben den Winter über im Norden.«

Ich ersparte mir eine Bemerkung. »Okay …«

»Trotzdem habe ich nördlich von hier auch bei einigen nachgefragt. Nur nicht bei so vielen.«

»Bei wem hast du nachgefragt?«

»Bei den Brückenwärtern. Auf den Binnenwasserstraßen gibt es viele Brücken, und die meisten werden noch von Brückenwärtern betrieben. Die Brückenwärterei ist ein einsames Geschäft. Da hat man den Tag über nicht viel zu tun.«

»Meine Güte.«

»Ist doch genial, findest du nicht? Man muss die Brücken passieren, wenn man nicht gerade aufs Meer hinaus will, aber dazu war er nicht der Typ. Er gehörte eher zu denen, die nachts in einem Hafen ankern wollen. Der liebte seine Bequemlichkeit.

Es hat nicht viel gekostet. Ich habe einfach jedem Brückenwärter im Umkreis von hundert Kilometern Richtung Süden und fünfzig Richtung Norden eine Beschreibung von dem Boot durchgegeben. Und habe dem Ersten, der das Boot sichtet, hundert Dollar geboten. Ich hatte Glück. Ein Wärter, kurz vor der Grenze zu South Carolina, hat ihn gesehen. Dann haben wir in den Bootshäfen in der Nähe angerufen, und tatsächlich, in einem hat er dann auch angelegt, diesseits der Grenze, in North Carolina. Auf der anderen Seite wäre es vielleicht ein bisschen schwieriger geworden, aber wir hätten ihn so oder so zu fassen gekriegt. Noch am gleichen Abend, als er in den Hafen einlief, hat der Sheriff sein Boot beschlagnahmt. Er durfte es erst wieder in Empfang nehmen, nachdem er die Summe gezahlt hatte, in bar. Plus Zinsen, natürlich.«

»Alle Achtung, Mama«, sagte ich und meinte es ehrlich.

Mama war ganz eingenommen von sich und redete in dem Stil weiter. Als ihre Selbstbeweihräucherung vorbei war, hatten wir uns nicht mehr viel zu erzählen. Mama hatte sich noch nie sonderlich für das interessiert, was mir im Leben so widerfuhr, deswegen waren Unterhaltungen mit ihr eher Monologe. Mama stellte keine Fragen.

Ich legte auf und dachte nach: Mama und Mrs. Larsen. Mama hatte mich meine Kämpfe immer alleine ausfechten lassen. Hatte sie je Partei für mich ergriffen? Hatte sie sich je für mich eingesetzt, in der Schule oder gegenüber sonst irgendeinem anderen Menschen in der weiten Welt?

Andererseits, fragte ich mich zum ersten Mal, war es jemals wirklich nötig gewesen? Wilbur, ja, der hatte sie jetzt wirklich gebraucht, unbedingt. Mit einem Schlag hätte er beinahe seine Firma verloren, den Lebensunterhalt für sich und seine Familie und seine Selbstachtung, und es war Mama, nicht ihre Tochter mit Harvard-Diplom, die die Brückenwärter angerufen hatte.

Wie hätte Reginald Larsens Leben wohl ausgesehen, wenn er in Mamas Familie groß geworden wäre? Auf jeden Fall hätte er in der dritten Klasse großen Ärger bekommen, sehr großen. Schwer zu sagen, welchen Einfluss das gehabt hätte, aber es hätte sich niemand mehr vor ihn gestellt und es ihm leicht gemacht, mit seinem Verhalten durchzukommen.

Das Leben mit Mama war kein Zuckerschlecken gewesen. Durchaus denkbar, dass man gerade einen Arm oder ein Bein verloren hatte, während sie dagesessen und einem die eigene Blödheit vorgehalten hätte, die einen angeblich erst in diese Situation gebracht hatte. Ich war mit gebrochenen Knochen nach Hause gekommen, und Mama hatte geschimpft: »Warum passiert dir immer so was?«, als hätte ich gleich morgens nach dem Aufwachen beschlossen, auf den Baum zu klettern und runterzufallen.

Natürlich hatte diese stiefmütterliche Behandlung, jedenfalls kam es mir jetzt so vor, auch ihre Grenzen. Sie war nicht heiß darauf, einem den Hintern zu versohlen.

Immer habe ich mir in meiner Kindheit jemanden gewünscht, der sich für mich einsetzte, der mich in seinen Armen wiegte, der mir vorlas, so wie ich es bei anderen Müttern und ihren Kindern beobachtet hatte. Mama löste stattdessen ihre Kreuzworträtsel und flüchtete zur Grand Ole Opry. Trotzdem, dachte ich. Trotzdem. Dieses seltsame Flackern hatte ich in Mamas Augen nie gesehen. Mama fraß ihre Kinder nicht auf. Sie ließ sich ihr Leben nicht von den Kindern diktieren, und trotzdem war sie irgendwie immer da – vielleicht weit weg, im Hintergrund –, aber sie war da, wenn man sie brauchte.

Zugegeben, Mama machte keinen auf warmherzig. Aber dann sollte man vielleicht mal Wilbur fragen, was ihm lieber war: das Mitleid seiner Mitmenschen oder die Tatsache, dass Mama auf die Idee kam, die Brückenwärter anzurufen. Ich hatte es ganz gut erwischt, was meine Eltern betraf, und viele Menschen auf dieser Welt hatten überhaupt nichts. Ich trank keinen Alkohol, deswegen konnte ich kein Glas heben, aber in Gedanken hob ich trotzdem eins auf diese kleine alte Lady in ihren bestickten Pullovern.

Adam lag, fest eingeschlafen, auf dem Boden im Wohnzimmer. Robin hatte schließlich auch kapituliert, obwohl ganz deutlich war, dass Adam als Erster eingepennt war; andernfalls hätte er Robin sicher ins Bett gebracht und sich selbst auch richtig hingelegt. Ich schüttelte erstaunt den Kopf, und mir fiel eine Fotoserie aus einer alten Ausgabe von *Life* ein: Man hatte einen Olympiasportler den ganzen Tag einem Kleinkind hinterherlaufen lassen, und er hatte alles tun müssen, was das Kind tat. Irgendwann im Lauf des Tages war der Sportler zusammengebrochen.

Eigentlich hat es die Biologie falsch eingerichtet. Es dürfte nicht sein, dass nur zwei Menschen für die Zeugung eines Kindes reichen. Zwei Menschen kommen gegen ein Kleinkind niemals an. Biologisch gesehen sollten mindestens sechs Menschen an der Zeugung beteiligt sein. Natürlich würde die Terminabsprache für den gemeinsamen Sex dazu führen, dass sehr viel weniger Menschen die Erde bevölkerten – aber welch ein Zeitgewinn für die Erwachsenen!

Behutsam hob ich Robin vom Boden auf, trug sie ins Bett und deckte sie zu: die uralte Gewohnheit der Mütter, dafür zu sorgen, dass ihre Kinder es auch gut haben. Ich ging zurück und sah hinab auf Adam. Ihn konnte ich nicht aufheben, also versuchte ich nur, ihn zu wecken, aber davon wollte er nichts wissen. Mit einer Handbewegung wischte er mich weg wie eine Mücke, und ich ließ ihm seinen Willen.

Ich ging ins Badezimmer, um zu duschen, machte die Schublade auf und nahm die Antibabypillen heraus. Aus irgendeinem Grund zögerte ich. Was sollte eine Frau über vierzig schon mit Antibabypillen anfangen? Es bestand nicht die geringste Chance, dass ich schwanger wurde. Außerdem schluckte ich die Pillen ohnehin schon eine ganze Zeit lang, wahrscheinlich war es gar nicht gut für den Körper, wenn man solche Sachen bis in alle Ewigkeit einnahm. Wahrscheinlich hatten sie die schlimmsten Nebenwirkungen. Wo hatte ich das doch gleich gelesen? Ich warf die Pillen in den Mülleimer und stieg unter die Dusche.

Danksagung

Schriftsteller werden bei ihrer Arbeit von einem ganzen Netzwerk hilfsbereiter Menschen unterstützt, die ihnen das Schreiben überhaupt erst ermöglichen. Schreiben ist kein Einmannunternehmen, und das gilt auch für mich. An erster Stelle möchte ich mich bei meinem Kindermädchen Minna Alanko bedanken, die sich rührend um meine Kinder kümmert, sodass ich die nötige Ruhe zum Schreiben habe. Ich möchte meinen Kindern Jazzy und Blake danken, die mein Heim mit Freude, Farbe und Leben erfüllen und mir die Energie geben, die es braucht, um weiterzumachen.

Ich habe festgestellt, dass der Freundeskreis im Laufe der Jahre immer wichtiger wird. Bedanken möchte ich mich bei Regina Yando, meiner Harvard-Lehrerin und Freundin, die mich und meine Arbeit in den vergangenen zwei Jahrzehnten begleitet hat. Ardis Olson war so freundlich, meine Bücher auf Genauigkeit in medizinischen Fragen zu überprüfen; ihre Freundschaft ist eine Bereicherung. Ich möchte meiner Jugendfreundin Jennie Jeffries dafür danken, dass sie wieder in mein Leben getreten ist, und Dalene Washburn, Suzanne Brooks, Lynn Copen und Linda Cope dafür, dass sie immer zu mir gehalten haben. Schreiben geschieht in einem Lebenszusammenhang, und diese Menschen tragen dazu bei.

Der Begründer der Aussagenanalyse, Avinoam Sapir, gewährte mir freundlicherweise Einblick in sein Material über menschliche Täuschungsmanöver. Er ist ein brillanter Kopf auf dem Gebiet der psychologischen Aufdeckung solcher Täuschungsmanöver. Danken möchte ich ferner meinen guten Freunden in der kleinen Gemeinde der Fachleute für Lügendetektoren. Donnie Dutton vom Department of Defense Polygraph Institute hat die entsprechenden Stellen im Text über Lügendetektoren überarbeitet und stand mir im Laufe der Jahre immer großzügig mit Rat und Tat zur Seite. Mein Dank gilt auch dem Pathologen Mark Witeck für seine Auskunft über Giftstoffe.

Meine Verlegerin Sandi Gelles-Cole ist ein Glücksfall für mich. Sie leistet hervorragende Arbeit. Helen Rees schätze ich nicht nur als Agentin, sondern auch als eine außergewöhnliche und begabte Freundin. Linda Marrow, meine Lektorin bei Pocket Books, bringt sich mit ihrem Humor ein und behält stets den Überblick, und sie glaubt an Michael Stone. Dafür bin ich ihr dankbar.

Schließlich gilt mein Dank meinem Freund Rick Holden, Polygraph-Experte und geschickter Vernehmer. Was ihn betrifft, kann ich die alte texanische Weisheit »Großer Hut, keine Rinder« nur umdrehen. Rick ist geradezu legendär, und er ist das einzig Wahre: Großer Hut, viele Rinder.

JOY FIELDING

Spannende Psychothriller von der amerikanischen
Erfolgsautorin Joy Fielding.
»Wahrhaft meisterlich spielt Joy Fielding mit unseren geheimsten
Erwartungen und tiefsten Ängsten!«
The Washington Post

42852

43087

42869

42870

GOLDMANN